红楼梦俗文艺作品集成

说唱集（一）

朱恒夫 刘衍青 编订

上海大学出版社
·上海·

2019 年度国家社会科学基金项目
"《红楼梦》说唱文献的整理与研究"(19BZW088)阶段性成果

序言

詹 丹

《红楼梦》所具的百科全书性,单从其与戏曲结缘论,也洋洋大观。

虽然这种结缘让有些学者产生冲动,很愿意相信《红楼梦》作者是一位戏曲家,也费心费力做了研究,所得出的结论,堪称另一种"荒唐言"。但产生这种冲动的原因,是可以理解的。因为隐含在《红楼梦》小说中,作为情节发展和人物性格塑造一部分的元明清戏曲作品,姑且称之为小说文本外的"副文本",随处可见。据徐扶明等学者统计,《红楼梦》共有 40 来个章回涉及了当时流行的 37 种剧目,据此,有人夸张地称《红楼梦》中藏着一部元明清经典戏曲史,也并不令人惊讶。

研究元明清戏曲与《红楼梦》文本的关系,努力挖掘涉及的剧目是怎样滋养着《红楼梦》的创作成就,当然是一种重要的研究路径,而且确实取得了令人瞩目的成绩,丰富了我们对《红楼梦》同时也是对那些戏曲作品乃至当时社会文化的认识。当然这仅仅是一方面。

另一方面,《红楼梦》作为一部传统社会的小说巨著,也构成文化创作的丰富源泉,不断激发后人的创作灵感,延伸出大量戏曲改编作品。而且,不受传统戏曲种类局限,辐射到其他各种类别,在近两百年的历史长河中,持续不断,滚滚而来。

虽然本人的研究兴趣在《红楼梦》小说本身,但偶尔对改编的戏曲乃至影视作品也稍有涉猎,这里略谈几句感想。

其实,小说问世没多久,就有了仲振奎改编的共 32 出的《红楼梦传奇》。由于需要将《红楼梦》小说的基本内容在 32 出戏中全部演完,就不得不对小说的许多线索进行归并。比如将原本分处于第一回和第五回的木石前盟的神话传说和太虚幻境的情节进行归并。再比如在情节设计中,交代林黛玉的父母在黛玉进贾府前都已去世,这样林黛玉进贾府后不会再有牵挂,也避免再去探望病重的父亲及奔丧之类横生的枝蔓。又比如戏曲中林黛玉和薛宝钗是一起进贾府的,而在小说中,林黛玉和薛宝钗分别在第三回和第四回进贾府。在读小说的时候,读者可能感到奇怪:为什么对林黛玉进贾府有详细的描写,而对薛宝钗进贾府的情况则几乎没有描述,宝玉和宝钗正式见面的场合又在哪里?戏曲改编大概考虑到读者的心理疑惑,于是就安排了两人恰巧凑在一起进贾府,同时也改去了小说第三回中贾政未见林黛玉的情节,而让这两人见到了家中每一位长辈,等等。虽然从整体看,戏曲对小说文本的改造比较多,但出于演出制约和现场效果的特殊需要等,不得不对纷繁复杂的小说情节线索加以重新梳理,使得小说文本一些细腻之处就不可避免地被抹除,原本较能够凸显人物性格差异的精微之处,也不再彰显。

如何看待戏曲改编和小说文本的差异,是一个饶有趣味的接受学问题,这里举两例来谈。

其一,《红楼梦》小说改编而成戏曲的,影响最大、最深入人心的是越剧《红楼梦》。而越剧《红楼梦》改编之所以成功,一般认为,重要原因之一,是改编者在改编过程中做了一个大胆选择:将《红楼梦》小说中家族衰败的主线基本删除,只抓住了宝黛爱情这条线索。当《红楼梦》被改编成一部凸显爱情主题的作品时,尽管在越剧最后部分也有抄家的情节设计,但主要也是为了烘托宝黛爱情的悲剧性。此外,越剧《红楼梦》对小说一些重要情节的处理变动也很有意思。比如,它将黛玉葬花的情节放在了宝玉挨打之后,而在小说中,黛玉葬花在第二十七回,宝玉挨打在第三十三回,当中还间隔了六七回。这一改动让北大教授、曾经也是红楼梦学会会长的吴组缃非常不满。他认为,小说中,宝玉挨打后,林黛玉前来探望,宝玉让晴雯给林黛玉送去两条旧手帕,林黛玉在其上作《题帕三绝句》,通过这些情节的处理,表明两人此时已彻底理解了对方的心意,不可能再有大误会发生。而越剧在这之后,还把小说之前的一段情节挪过来,即林黛玉误以为贾宝玉吩咐怡红院里的丫鬟不给自己开门,然后心生哀怨,在悲悲戚戚中葬花,这样的变动设计是不合理的,也没有理解宝玉挨打后的一系列事件所蕴含的宝黛已经有了默契的深意。但现在回过头来思考这个问题,我觉得还可以有另一种思路。为什么越剧《红楼梦》要进行这样的情节改动?在我看来,情感的高潮与情节的高潮未必相等。在越剧《红楼梦》中，情感是其表现的主要内容，黛玉葬花则是其高潮，不同于宝玉挨打这一情节的高潮。如果黛玉葬花这一幕出现过早，是不符合越剧《红楼梦》高潮设计的整体布局的。

其二，鲁迅曾为厦大学生改编的《红楼梦》话剧写过一篇小序，这就是著名的《〈绛洞花主〉小引》。其中有一段话，十分经典，即"单是命意，就因读者的眼光而有种种：经学家看见《易》，道学家看见淫，才子看见缠绵，革命家看见排满，流言家看见宫闱秘事"。这虽然是从读者反应角度对《红楼梦》主题的经典概括，其梳理也相当精准。但让人感到疑惑的是，何以在这篇短小的"小引"中，鲁迅会强调这个问题？其实，如果我们阅读了《绛洞花主》剧本，就可以意识到，这出话剧对《红楼梦》作出了很大的改动。它甚至安排了"反抗"这样一出戏，让宁国府的焦大和进租的乌进孝等分享反抗的经验，并设计黑山村、白云屯等村民联合起来，要求贾府减轻租税，显示了一个来自底层的人对上层社会的对抗。而这种对抗性，在小说本文中，是很难发现的。即使鲁迅本人不会这样理解小说（就像他在其他场合论及焦大一样），但话剧的改编，把《红楼梦》定位为社会问题剧，鲁迅还是从读者接受的角度，给出了同情式理解。所以"小引"引入种种不同的眼光，其实，也是给话剧的大胆改编提供了合法依据。这在一定程度上启发我们，所谓改编，其实都是后人站在自身立场，对原作的一次再理解和再创作，从而形成持续不断地与原作的对话。从这一思路看，拘泥于作品本身的改编，改编者宣称的所谓忠实于原作，就可能是迂腐的，也是不现实的。

令人感叹的是，《红楼梦》作为白话小说，在当初正统文人眼里应该就是俗的，但时过境迁，它也有了雅的地位，而使得改编的其他类别的文艺作品，成为一种俗。这种雅和俗的微妙分离、变迁和对峙，也是值得讨论的耐人寻味的现象。

朱恒夫老师是我十分钦佩的国内研究戏曲的名家，不但善于发现新问题并加以解决，也勤于收集整理原始资料。之前，他已经主编并出版了数十卷的《中国傩戏剧本集成》，令人叹为观止，如今他和他的高足刘衍青教授搜罗广泛的《红楼梦俗文艺作品集成》也即将面世，知道我是《红楼梦》爱好者，就嘱我写序。以前翻阅顾炎武《日知录》，说"人之患在好为人序"，使我对写序一事，颇有忌惮，但朱老师所托之事，又不便拒绝，只能硬着头皮，略写几句感想，反正"人之患在好为人师"方面，我几十年教师当下来，已脱不了干系，再加一"患"，有虱多不痒的心理准备。只是一路写来，定有不当处，还请朱老师指正，借此也表达我对朱老师勤勉工作的敬意。

是为序。

2019 年 3 月 15 日

前言

朱恒夫　刘衍青

　　《红楼梦》自问世之后,不断地衍变,至今天,已经形成了一个形式多样、品种丰富的"红楼梦"文艺作品群。我们可以将它们分成五类,即曹雪芹创作的小说《红楼梦》,根据原典改编、续编的小说、戏剧、曲艺和影视剧。因而研究"红楼梦"的"红学"范围也相应地扩大,亦将它们纳入研究的范围。所以,"红楼梦"不仅仅指原典小说,还包括用多种文艺形式改编的作品,"红学"也不只是研究曹雪芹所创作的《红楼梦》的学问。

　　客观地说,《红楼梦》的人物与故事能达到几乎是"家喻户晓,人人皆知"的程度,主要得力于由原典改编的作品,尤其是戏曲、说唱和影视剧,所谓"俗文艺"是也。因为,接受原典的思想和艺术,须具备识字较多和文化修养较高这两个条件,否则,即使了解了故事情节的大概,也是囫囵吞枣、似懂非懂的,甚至阅读的兴趣会越来越小,直至束之高阁。而俗文艺的戏曲、说唱和影视剧就不同了,它们将原典《红楼梦》中的故事内容,通过悦耳的音乐、动人的表演、怡人的景象等,让人们直观理解并得到美的享受。与原典相比,更为不同的是,俗文艺的改编者所呈现的作品,往往选取小说中最动人的故事情节、最为人们关注的人物并对原典的内容进行通俗化处理,接受者用不着费心思考,就能明了作品的思想内涵和人物性格。

　　因原典用精湛高超的艺术手法逼真地描写了复杂的社会生活,表现了能引发许多人共鸣的人生观,故而甫一问世,就受到了读者的欢迎,尤其到了乾隆五十六年(1791),程伟元、高鹗刊行了一百二十回本后,《红楼梦》迅速传播,到了士人争相阅读的地步。为了让更多的人接受,一些文人与艺人将其改编成戏曲或说唱作品。据现存资料看,程高本问世的第二年,仲振奎就写出了第一出红楼戏,名曰《葬花》。说唱可能略晚于戏曲,据范锴《汉口丛谈(卷五)》记载,1808年,汉口的民间艺人开始说唱《黛玉葬花》。随着文明戏的出现,1913年,春柳社等话剧社团开始改编并演出《红楼梦》。最早的电影《红楼梦》问世于1927年,为上海复旦影片公司和孔雀影片公司分别摄制的《红楼梦》无声片;1944年,中华电影联合有限股份公司摄制了第一部《红楼梦》有声片,由卜万苍执导,周璇饰演林黛玉,袁美云饰演贾宝玉。因电视剧这一文艺样式晚出,故而电视剧《红楼梦》直到1987年才出现。但由于电视剧的传播方式不同于戏曲、说唱和电影,它真正达到了让《红楼梦》的故事与人物家喻户晓、人人皆知的普及程度。

将原典小说改编成俗文艺作品的人,除了文人外,还有艺人。文人改编者,其动机多是因为由衷地热爱原典小说,欲让更多的人分享其精彩的故事、发人深思的思想和栩栩如生的人物形象,如仲振奎读了《红楼梦》后,"哀宝玉之痴心,伤黛玉、晴雯之薄命,恶宝钗、袭人之阴险,而喜其书之缠绵悱恻,有手挥目送之妙也",于是他用40天的时间,编成传奇。万荣恩作《潇湘怨传奇》也是出于这样的心地,在购得《红楼梦》后,"披卷览之,喜其起止顿挫,节奏天成,末节再三,流连太息者久焉。因不揣愚陋,谱作传奇"。艺人改编者,则多是受艺术市场引导,样式以说唱为主。他们在改编时,很少像文人那样借他人之酒杯以浇自己心中之块垒,而是力求吻合大多数接受者审美之趣味。

如果说原典《红楼梦》是定型的、不变的话,那么,俗文艺红楼梦则不仅运用新出现的文艺样式,如话剧、电影、电视、歌剧、舞剧、音乐剧,等等,就每一种样式的内容来说,也在不断地变化。仅以戏曲为例,从时间上来说,自1792年仲振奎的传奇《葬花》诞生始,清代相继创编了20部红楼梦传奇、杂剧,今存的就有仲振奎《红楼梦传奇》、孔昭虔《葬花》、万荣恩《潇湘怨传奇》、吴镐《红楼梦散套》、吴兰徵《绛蘅秋》、石韫玉《红楼梦传奇》、朱凤森《红楼梦传奇》、许鸿磐《三钗梦北曲》、陈钟麟《红楼梦传奇》、周宜《红楼佳话》、褚龙祥《红楼梦填词》,等等。民国年间,京剧名角纷纷与文人合作编创新戏,齐如山与梅兰芳、欧阳予倩与杨尘因、张冥飞、冯叔鸾、陈墨香与荀慧生等,刘豁公与金碧艳等,编创了大量的京剧红楼戏。除京剧外,各地方剧种中的名旦也纷纷编演红楼戏,经过长时间的舞台实践,有许多剧目成了粤剧、闽剧、秦腔、越剧、评剧等剧种的骨子戏。新中国成立后,戏曲红楼梦的编演掀起了一波又一波的高潮,仅越剧就有弘英《红楼梦》(1953年)、夏昉《红楼梦》(1953年)、包玉珏《红楼梦》(1954年)、洪隆《红楼梦》(1956

年)、王绍舜《晴雯之死》(1954年)、冯允庄《宝玉与黛玉》(1955年)、张智等《晴雯》(1956年)、徐进《红楼梦》(1958年)、胡小孩《大观园》(1983)、吴兆芬《晴雯别宝玉》《宝玉夜祭》《元春省亲》《白雪红梅》《晴雯补裘》(20世纪80—90年代)等等。除了徐进的越剧《红楼梦》影响较大之外,受观众欢迎的还有吴白匋等改编的锡剧《红楼梦》,徐玉诺、许寄秋等改编的河南曲剧《红楼梦》,王昆仑等改编的昆剧《晴雯》,赵循伯改编的川剧高腔《晴雯传》,徐棻改编的川剧高腔《王熙凤》,陈西汀改编的京剧《尤三姐》,等等。其他剧种如粤剧、评剧、潮剧、湘剧、吉剧、龙江剧、黄梅戏、秦腔等,亦编演了许多红楼戏。

总之,两百多年来,俗文艺红楼梦作品因不断地涌现,已经形成了一个改编、衍变原典小说内容的品种较多、数量庞大的作品群。

对于这些俗文艺红楼梦作品,学人从它们出现时就关注着。早期的红楼梦戏曲研究,多是作者的亲友以对剧本的题词、序、跋等形式介绍其创作的背景、动机,并对作品进行评论,如许兆桂对吴兰徵《绛蘅秋》评曰:"观其寓意写生,笔力之所到,直有牢笼百态之度,卓越一世之规。虽游戏之作,亦必有一种幽娴澹远之致,溢乎行间,不少留脂粉香奁气。"民国时期,学人对红楼梦俗文艺作品,开始以专文的形式发表研究成果,如含凉的《红楼梦与旗人》、哀梨的《红楼梦戏》、赵景深的《大鼓研究》、李家瑞的《北平俗曲略》、方君逸研究话剧的论文《关于〈红楼梦〉的改编——〈红楼梦〉剧本序》等。新中国成立后,因政治的与文艺的原因,"红楼梦"受到了前所未有的关注,"红学"自20世纪50年代到20世纪末,不断掀起热潮,学人除了对原典做深入探讨之外,还对红楼梦俗文艺作品进行全面的研究,其成果之一就是汇编俗文艺作品或包括俗文艺作品在内的资料集,如一粟编的《红楼梦资料汇编》(全二册,中华书局1964年版),阿英编的《红楼梦戏曲集》(上、下册,中华书局1978年版),胡文彬编的《红楼梦子弟书》(春风文艺出版社1983年版)、《红楼梦说唱集》(春风文艺出版社1985年版),天津市曲艺团编的《红楼梦曲艺集》(春风文艺出版社1985年版),台湾"中央研究院"历史语言研究所俗文学丛刊编辑小组编的《福州评话红楼梦》(上、下集,新文丰出版股份有限公司2001年版),刘操南编的《红楼梦弹词开篇集》(学苑出版社2003年版),等等。

然而迄今为止,学界还没有将大部分在历史上产生过一定影响的红楼梦俗文艺作品结集汇编,这无疑是一个缺憾。因为俗文艺作品能够为现在及未来对原典小说《红楼梦》的改编提供经验与教训，能够由它们了解到不同时期的人们对《红楼梦》的审美趣味，能够由它们探讨《红楼梦》的传播范围和深度，也能够由它们而了解到"红学"理论对红楼梦俗文艺作品的影响程度，从而对"红学"发展史有全面而较为正确的认识。

鉴于这样的认识，我们便做了这项工作。之所以称之为"集成"，是因为一定还有遗漏的作品。本集成中，我们仅收录了俗文艺红楼梦的戏曲、说唱与话剧的剧本，而没有收录也属于俗文艺的电影与电视剧的剧本，之所以这样，主要出于这两种文艺样式剧本在其艺术形态中所占的成分不大的考虑。

本集成比起同类的书籍，有两个特点：一是作品较全。民国之前的传奇、杂剧剧本和民国以来的话剧剧本基本上搜集齐全，晚清以来诸剧种的红楼戏剧目和诸曲种的红楼说唱曲目，搜集并刊载了杂剧、传奇、京剧、桂剧、粤剧、秦腔、评剧、越剧、川剧、潮剧、吉剧、龙江剧、曲剧、锡剧、黄梅戏等十多个剧种和子弟书、弹词、广东木鱼书、南音、福州评话、弹词开篇、滩簧、高邮锣鼓书、梅花大鼓、西河大鼓、东北大鼓、京韵大鼓、南阳大调曲子、河南坠子、岔曲、单弦、兰州鼓子、马头调、岭儿调、扬州清曲、四川清音、四川竹琴、长沙弹词、粤曲、山东琴书、相声等二十多个曲种的剧本。当然，由于中国的剧种、曲种实在太多，每个剧种和曲种又有很多的班社，想搞清楚在两个多世纪的时间内有哪些剧种、曲种和有哪些班社编演过红楼戏和红楼曲目，是十分困难的，所以我们也只能说已经尽了自己最大的努力，不敢称"完美"，如果以后发现新的俗文艺作品，再作补遗。二是忠实于原著。为了反映作品原貌，我们尽可能采用最早的版本，如仲振奎的传奇《红楼梦》，用的是嘉庆四年（1799）绿云红雨山房刊本；南音《红楼梦》，则用的是清末广州市太平新街以文堂机器版刻印本。

原典小说《红楼梦》是中国文学的代表作，是中国古典小说的巅峰之作，在艺术审美、历史认知和人生启迪的作用上，古今的任何文艺作品都难以望其项背。文艺创作界为了传承这一宝贵的文化遗产，也为了让当代的人更容易接受它，会持续地对它进行改编；学术界尤其是"红学"界为了挖掘原典和俗文艺作品所蕴含的思想与艺术价值，也会持续地对它进行研究。因此，我们所编的这部集成，无论是对文艺创作，还是对学术研究，应该说都能发挥点积极的作用。

编 校 说 明

本集成的编校整理,遵循如下原则:

一、收录红楼梦俗文艺作品中的戏曲、说唱、话剧剧本,共分为八个分册:"戏曲集"四册、"说唱集"二册、"话剧集"二册。

二、对于收录的剧本,尽可能采用最早的版本,并标注每部剧本的出处。

三、为了尽可能地展现剧本原貌,除必要的文字订讹外,原则上不逐一考订原剧本的疏误。

四、对未加标点的抄本,按现行标点符号使用规范进行标点;难以辨认的字,用□代替。

子 弟 书

露泪缘(全十三回) ……………………………………………… 3
晴雯赍恨 …………………………………………………………… 29
晴雯撕扇 …………………………………………………………… 31
遣晴雯(全二回) …………………………………………………… 33
探雯换袄(全二回) ………………………………………………… 37
湘云醉酒 …………………………………………………………… 41
芙蓉诔(全六回) …………………………………………………… 43
椿龄画蔷(全一回) ………………………………………………… 66
一入荣国府(全四回) ……………………………………………… 68
二入荣国府(全十二回) …………………………………………… 75
两宴大观园(全一回) ……………………………………………… 92
醉卧怡红院(全一回) ……………………………………………… 94
品茶栊翠庵(全一回) ……………………………………………… 96
三宣牙牌令(全一回) ……………………………………………… 98
过继巧姐儿(全一回) ……………………………………………… 100
凤姐儿送行(全一回) ……………………………………………… 102
宝钗代绣(全一回) ………………………………………………… 104

双玉听琴(全一回)	106
二玉论心(全二回)	110
玉香花语(全四回)	114
葬花(全五回)	120
悲秋	128
石头记(全四回)	136
海棠结社(全一回)	143
会玉摔玉(全二回)	146
议宴陈园(全二回)	150
埋红	154
思玉戏鬟	156
宝钗产玉(全二回)	158

广东木鱼书

梦游太虚	163
怡红祝寿	166
芦亭咏雪	169
宝玉葬花(上)	174
宝玉葬花(下)	176
夜访怡红	179
晴雯撕扇	182
晴雯补裘	185
私探晴雯	188
祭奠晴雯	191
颦卿绝粒	194
黛玉焚稿	198
黛玉葬花	201
潇湘听雨	204

潇湘琴怨	207
宝玉赠帕	210
宝玉心迷	212
宝钗送药	216
黛玉恨病	219
黛玉弃世	222
宝玉相思	225
宝玉哭潇湘	227
宝玉入闱	230
宝玉逃禅	233

南　音

一卷	239
二卷	254
三卷	272
四卷	287

福 州 评 话

| 黛玉葬花 | 303 |
| 黛玉焚稿 | 323 |

滩　簧

元集	345
亨集	381
利集	406
贞集	428

子弟书

选自《清蒙古车王府藏子弟书》抄本(首都图书馆藏)。

露泪缘(全十三回)

头　回

诗篇

　　孟春岁转艳阳天,甘雨和风大有年。
　　银幡彩胜迎人日,火树星桥庆上元。
　　访名园草木回春色,赏花灯人月庆双圆。
　　冷清清梅花只作林家配,不向那金谷繁华结热缘。

薄命的红颜林黛玉,她本是绛珠仙草降尘凡。
生在那灵河岸上无人管,多亏了神瑛侍者用心专。
每日把甘露琼浆亲灌溉,才能够修炼成形做女仙。
只因那侍者深恩未图报,心儿中耿耿难忘这段缘。
恰遇着神瑛侍者该出世,投身在贾府做了儿男。
绛珠仙女尘心动,早来到警幻仙宫法座前。
说我受了侍者洪恩天样重,愿托生美女去填还。
要将我长流不断的痴心泪,补报他甘露滋培几万年。
托生在林府为小姐,和宝玉中表姻亲骨肉连。
从小儿椿萱早丧无依靠,寄居在舅母家中倒也相安。
舅母心疼外甥女,爱惜如珠在掌上悬。
因和她表兄宝玉同居住,他两个寸步不离在一处玩。
后又来薛氏宝钗诸姊妹,再添了史湘云与邢岫烟。
连本家迎春姊妹人三个,又有那李纹李绮随着李纨。
自从宝玉搬到花园住,众人各占了一所好庭轩。
苍天有意怜才女,把一群国色天姿都聚在大观园。
兴起了海棠诗社轮流会,美景良辰乐事全。

这宝玉女孩队里偏是和气,就是那婢子丛中也耐烦。
虽然和众人情意好,和黛玉相亲相近更相怜。
但只是天生左性终难改,一会儿多情一会儿难缠。
那黛玉性又孤傲面又冷,心又多疑话又尖。
背地里不知流了多少泪,渐渐的形容瘦损病恹恹。
宝玉为失了通灵玉,自言自语像是疯癫。
贾母把他搬到上房去,要替他冲喜除灾把姻事完。
思黛玉虽然有才又有貌,只怕她福薄轻微身子单。
不及宝钗行事好,向姨妈当面求亲礼数全。
选定了良辰上好吉日,佳期不远就在眼前。
花氏袭人是宝玉的妾,心地明白见事儿宽。
见宝玉定下了这亲事,老大的担惊心里为难。
没奈何才向王氏夫人禀,说求太太恕我狂愚才敢进言。
太太看宝玉到底和谁好,薛姑娘林姑娘谁和二爷更有缘?
夫人说我哪里知道了,袭人说事到如今也不敢瞒。
他与林姑娘不是寻常好,两个人合意同心这几年。
口里不说心里都有,是二爷拿定的姻缘并蒂莲。
我是他贴身服侍的家生女,有什么参不透的巧机关。
恐怕他事不随心添了病,天大的干系叫我怎担!
王夫人当下也无主意,回明了贾母更心烦。
忙请来了当家凤姐来商议,到底是她巧变机灵不费难。
定下了一条换斗移星计,趁宝玉病体痴迷正好瞒。
此时只要说是娶黛玉,到临时盖头遮住那个美红颜。
照常拜堂与合卺,还要借林妹妹的丫鬟是紫鹃。
叫她把新人搀扶定,宝玉认得是她屋里的大丫鬟。
只要一时将他哄过,扶入罗帏两团圆。
从未见销金帐里变了卦,鸳鸯枕上起波澜。
况薛妹姿容不在林妹下,他两个向来情意也缠绵。
他再要是往死里追求这件事,只说是老爷定下的姻亲谁敢拦?
看来只有这一招稳,包管他好事圆成不能翻。

贾母点头说是很好,凤姐的诡计可瞒天。
就依她方法儿要去办妥,但只是不可泄露这机关。
快吩咐各房侍女丫鬟辈,把薛字儿休提要谨言。
安排要把公子哄,主仆设计把他瞒。①

二 回

诗篇

仲春冰化水生波,节届花朝天气和。
轻暖轻寒时序好,乍暖乍雨赏心多。
杏花村里寻芳酒,好鸟枝头诵雅歌。
怪只怪青青柳条儿偏多事,无端的泄漏春光可奈何!

林黛玉痴心妄想成连理,风闻的话语不甚明白。
不好在人前明打听,只落得腹中辗转暗掂掇。
想我与宝玉同居这几载,相待的情儿也不薄。
任我冷言冷语全不恼,我越挑刺他越柔和。
必是前身种下的良缘分,这段姻缘定是无挪。
但不知舅舅舅母肯不肯,老祖宗心下更如何?
既是疼他的心太盛,自然要碰着他心儿叫他快活。
左思右想拿不定,万转千回怎捉摸。
倒不如寻访姐妹闲谈叙,还可以解散幽怀驱睡魔。
独自一个出了潇湘馆,小脚儿步步行来莲瓣儿挪。
转过了沁芳亭又到了红香圃,忽听得哭声隐隐在山坡。
遥望见一个女孩在坡上坐,号啕痛哭泪雨儿滂沱。
走进跟前仔细看,面貌形容仿佛认得。
这不是老太太房中傻大姐,生来心性蠢而拙。
为着何事在此哭叫,就里情由叫我摸不着。
忙问道,丫头你哭因何事?有什么委屈你对着我说。
莫不是主子生气要责罚你?莫不是大丫头们把你折磨?

---

① 最后两句据会文堂刻本补入,别本无。

那丫头傻头傻脑全不理,说人家委屈你怎么晓得!
林黛玉又是可怜又是可笑,说快快明言我替你撕罗。
傻大姐这才举目抬头看,认得是林家姑娘才住了数落。
说姑娘呀,你说叫人气不气,这样的冤枉叫怎么忍得?
黛玉着急说,你直说罢,不必唠叨又转弯抹角。
大姐说,方才我是无心的话,和那些姐姐们唠闲嗑。
我姐姐不犯就打我,巴掌抡圆在脸上搁。
打得我火星乱爆金花滚,到如今还是嘴巴子生疼不敢摸。
黛玉说,你这丫头真是傻,到底是为甚事情总不明白。
还只管冬瓜茄子胡拉扯,怄得我心烦谁和你耐磨!
大姐说,方才也不为别事,为的是宝玉亲事起风波。
黛玉闻言唬了一怔,连忙问二爷的亲事怎么着?
大姐说,我说薛大姑娘常叫惯,过了门再叫姑娘使不得。
我姐姐听见就打我,还骂我多嘴混嚼舌。
傻大姐言词还未尽,把一个林黛玉顿时着了魔。
又问道,此事你听见是谁讲?多咱日子谁是媒婆?
大姐说,老太太自去求亲事,亲上做亲何用媒妁。
看定了出月初三一准娶,前日个过礼行茶还有大果盒。
收拾的洞房真好看,真赛天宫景致多。
我前日跟了他们去逛逛,见了个世面心里快活。
到那时我带姑娘去瞧热闹,听得说还有南来的小伴婆。
但只是哪个爷们不娶媳妇,哪一个姑娘不出阁?
呼啦巴儿的不许人提一句,弄鬼装神不知为甚么?
林黛玉听得一句怔一句,霎时间魂飞魄散气要脱。
闷沉沉闭口无言咕嘟了嘴,喘吁吁怒气填胸噎项脖。
怔呵呵脸上发青无了颜色,扑腾腾心中乱跳颤哆嗦。
直勾勾两眼无光天地暗,闹哄哄两耳生风打旋磨。
恶狠狠满腔怒气高千丈,软怯怯一捻身躯往下锉。
恰便是一声霹雳真魂丧,又像那万箭攒身把肉割。
一天好事成了画饼,几载幽怀付与南柯。

同林的鸟儿被风吹散,比目鱼儿叫波浪打脱。

傻大姐全无个眼色观风势,她还要絮絮叨叨把委屈说。

黛玉哪里还听见她说的话,一转身去把莲步挪。

黛玉有言难出口,只得腹内暗颠夺。①

三　回

诗篇

　　季春和煦正良时,万卉芬芳斗艳奇。
　　溱洧彩兰传郑女,山阴修禊美羲之。
　　神女生涯原是梦,情人爱慕总成痴。
　　桃花流水依然在,到只怕刘阮重来路一迷。

林黛玉无心中听见锥心的话,万种的柔肠也没处提。

一心只要寻宝玉,也不觉自己是病身躯。

莲步如飞走得更快,哪里管苍苔滑倒路高低。

恰遇到紫鹃正把姑娘找,遥见只身独自苦奔驰。

体态形容真诧异,神气张遑行步急。

往常间轻盈弱体娇无力,还要我搀扶才把莲步移。

此时要往何处去？这样慌张委实奇。

忙唤道姑娘站住我来了,慢慢走仔细提防地下泥。

这黛玉一点真魂离了窍,任凭她叫唤总不知。

一直扑到了上房去,紫鹃姐连忙赶上喘吁吁。

说姑娘呀什么事情这等要紧？也不怕劳碌身子又生疾。

谁知她不见不闻如同木偶,全然不理进了正门间。

正逢贾母睡午觉,两廊下一群小婢俱顽皮。

站起低声说,姑娘来了,老太太方才躺下无多时。

林黛玉哪有心情问闲事,直奔到宝玉房屋进了卧室。

此时宝玉将才睡起,花袭人在旁边侍候把玉手携。

见黛玉猛然掀帘进屋内,神情恍惚不似平时。

---

① 最后两句据会文堂刻本补入,别本无。

忙让到姑娘请进屋内坐,二爷方才正把你提。
紫鹃在背后忙摆手,花袭人心中辗转费寻思。
不知道这般做作何缘故,又不便明言细问虚实。
见黛玉默默无言坐在椅上,眼瞧着宝玉气长吁。
只说宝玉你什么病症？宝玉说为的是林妹妹谁不知！
这一个无精打采只发愣,那一个似醉如痴笑嘻嘻。
对坐了半晌默无一语,恰好似木雕泥塑两神祇。
惊坏了旁边二侍女,两个人摸头不着暗着急。
再若是停留半刻不离散,害怕她说出不好听的乱言词。
袭人说今日外边天气冷,我看你姑娘身上未添衣。
倘若是受了风寒添病症,少不得服药又延医。
妹妹你不如服侍她回房去,也让她养养精神好好将息。
要不是我就同你送回去,怕二爷常常呼唤不敢轻离。
紫鹃点头会意说很是,从今早也何曾进饮食。
姑娘呀咱俩回去罢,这时候你也该午休养神思。
这黛玉目不转睛看宝玉,也不寒暄也不告辞。
那宝玉也不想留也不想送,真成了一对痴人共着迷。
出了门姑娘在前丫鬟在后,脚不点地尚嫌迟。
一直赶到潇湘馆,紫鹃说够了也有到家时。
一句话提醒了林黛玉,真魂归舍定了神思。
一跤跌倒台阶上,哇的一声口吐鲜红血染墀。
粉面焦黄没了人色,柳腰歪倒软了四肢。
神思儿昏昏闭了二目,游气儿刚刚剩下一丝。
紫鹃慌忙这是怎样了,我那般苦劝总不依。
必要到这步田地方才罢,想必要使尽了精神血气虚。
伸双手要把玉体搀扶起,怎奈我骨软筋酥力不支。
更兼她软瘫热化全不动,手指着心头一步也难移。
忙唤了雪雁同来搀扶定,慢慢的轻挪进了内室。
掀开了棉被放下了绣枕,牙床上睡倒了病西施。
则见她无语低头唯落泪,精神怯弱费支持。

叫着她不应问着她不理,又像是明白又像是痴。
紫鹃说人参煎好接接气,雪雁说粥儿熬香醒醒脾。
黛玉摇头说全不用,从今后服药煎参总莫提。
眼看黛玉病体重,雪雁紫鹃干着急。①

四　　回

诗篇

孟夏园林草木长,楼台倒影入池塘。
佛诞繁华香火盛,名园贵重牡丹芳。
梅雨怕沾新绣袜,踏花归去马蹄香。
就只是开了荼蘼花事了,玉楼人对景伤情暗断肠。

黛玉回到潇湘馆,一病恹恹不起床。
药儿也不服参儿也不用,饭儿也不进粥儿也不尝。
白日里神魂颠倒偏思睡,到晚来彻夜无眠恨漏长。
有时节五内如焚浑身火热,有时节冷汗沾巾又怕凉。
瘦的个柳腰无一把,病的个杏脸更焦黄。
咳嗽不断莺声儿哑,娇喘难停粉鼻儿张。
樱唇儿绽裂成了白纸,珠泪儿流干塌了眼眶。
孽病儿那堪连日的害,怯身儿怎禁不时的伤。
自知道这病身儿支不住,小命儿活在人间也不久长。
暗想着古来红颜多薄命,谁似我伶仃孤苦更堪伤!
才离襁褓就遭不幸,椿萱未丰弃了高堂。
又无兄弟并姊妹,只剩下一个孤鬼儿收凄凉。
可怜我不出闺门一弱女,奔走了多少天涯道路长。
到京中舅舅家中留住下,常言道受恩深处便为乡。
虽然是骨肉至亲身有靠,究竟是寄人篱下气难扬。
老太太虽然疼爱我,细微曲折怎得周详!
况老人家精神短少儿孙众,哪里敢恃宠撒娇像自己娘。

---

① 最后两句据会文堂刻本补入,别本无。

舅舅舅母不管事，宾客相待也只平常。
凤姐诸事想得到，也只是碍不过脸儿外面儿光。
大嫂子为人正直无偏向，改不了好好先生道学腔。
园中姊妹虽然好，怕的是人多口杂惹饥荒。
丫头婆子更难打交道，饶是那样的谦和还是说狂。
自存身份才免人轻贱，使碎心机方保得安康。
终日里随班唱喏胡厮混，还不知叶落归根是哪厢！
这叫作在人屋檐下随人便，只落得自己酿酸自己尝。
更有那表兄宝玉常亲近，他和我自小儿同居在一旁。
耳鬓厮磨不离半步，如影随形总是一双。
虽是他性情偏僻拿不定，那些个软款温柔尽在行。
世间哪里寻这样风流种，易求无价的宝难得有情郎。
我和他年庚相仿大我一岁，就是评才论貌也相当。
口里虽然未曾说破，暗中会意各自参详。
他也曾借古言今把衷肠诉，他也曾参悟机锋把哑谜藏。
我几番变脸生嗔拿话堵，他还是悦色和容总照常。
我因是一点芳心注定他身上，满拟着地久共天长。
谁想他魔病迷心失了本性，事到临头无了主张。
听了那傻大姐一番话，分明把一团火热化作冰凉。
可怜我几载幽情成逝水，一场痴梦付黄粱。
欲待要和他亲质证，女孩家最重的廉耻与纲常。
况他那疯癫病体呆痴样，哪能辨皂白与青黄！
事已至此不能挽回，倒惹得旁人话短长。
宝姐姐素日空说和我好，谁知是催命鬼又是恶魔王！
她如今鸳鸯夜月销金帐，我如今孤雁秋风冷夕阳。
她如今名花并蒂栽瑶圃，我如今嫩蕊含苞委道旁。
她如今鱼水和谐连比目，我如今珠泣鲛绡泪万行。
她如今穿花蛱蝶随风舞，我如今绕砌虫吟怕夜长。
难为她自负贤良夸德性，生生的占了我好鸾凰。
有何面目重相见，命不如人还要什么强！

罢罢罢我也不必胡埋怨,总让她庸庸厚福才配才郎。
细想奴家唯有一死,填完了前生孽债也该当。
林黛玉无眠一夜思量遍,似这般万缕千条怎不断肠!

五　　回

诗篇

仲夏熏风入舜琴,女儿节气是良辰。
忘忧萱草宜男配,如火榴花照眼新。
青青艾叶悬朱户,袅袅灵符插鬓云。
汨罗江屈原冤魂凭谁吊?
空留下《天问》《离骚》与后人。

黛玉病体看看重,紫鹃服侍甚殷勤。
也明知心病须将心药治,又不敢明言叫她动嗔。
一旁侍立低声儿劝,说姑娘啊自从得病到如今。
精神渐短身躯渐瘦,这些时米水何曾到嘴唇。
愁眉泪眼哭不够,就是那铁石为人怎样禁!
你不信自拿镜子照一照,模样儿竟比当初另是个人。
又不知病根儿从何处起,断不是暑热风寒外面侵。
自己的心事谁知道,问着你半句全无只是出神。
黛玉说我并无有关心事,多应是年月逢灾恶煞临。
日深一日那里还望好,听天由命捱过光阴。
活在世间也无趣味,倒不如眼中不见耳不闻。
紫鹃说,姑娘说的什么话,你别要信口开河怄死人。
老祖宗何等疼爱你,看你如同掌上珍。
若是有一差二错意外的事,却叫她白发高堂怎样禁?
一家哥嫂和姊妹,哪个不为你张罗费尽心!
更是那二爷宝玉着急得很,每日里请安问好不离门。
黛玉一听见提宝玉,由不得怒上心来脸一沉。
说这些人儿都不必提起,谁是我知心着热的亲!
紫鹃说,姑娘你不可太执性,自己身子价值千金。

况且林门又无后,留下你还是血脉相连嫡派人。
万事皆轻一身为重,姑娘啊,你原是读书识字人。
黛玉说,你再休提起书和字,这件东西最误人。
念了书就生了魔障,认得字便惹动情根。
古人云穷乃工诗原不错,又道是书能解闷未必真。
悔当初不该从师学句读,念甚么唐诗讲甚么汉文!
想幼时诸子百家俱各念过,诗词歌赋也费尽苦心。
诗与书竟作了闺中伴,笔和墨都成了骨肉亲。
又谁知才高又遇怜才客,诗魔反被病魔侵。
倒不如一丁不识的庸庸女,她偏要凤冠霞帔做夫人。
细思量总是不学的好,文章误我我误青春。
既不能玉堂金马登高第,又不曾流水高山遇知音。
女孩笔墨怎叫男儿见?倒没的惹得旁人起笑唇。
不如将他销毁尽,把一片刻骨铭心化作灰尘。
一卷诗稿在书案上,叫紫鹃取来在枕边存。
勉强挣扎将身坐起,细细地翻开墨迹新。
一篇篇锦心绣口留香气,一字字怨柳瞅花渍泪痕。
只是我一生心血结成字,对了这墨点乌丝怎不断魂!
曾记得柳絮填词夸俊逸,曾记得海棠起社斗清新。
曾记得凹晶馆内题明月,曾记得栊翠庵中谱素琴。
曾记得怡红院里行新令,曾记得秋爽斋头论旧文。
曾记得持蟹把酒把重阳赋,曾记得吊古攀今将五美吟。
到如今奴身不久归黄土,它也该一例化灰尘。
又叫紫鹃将诗帕取,见了帕如见当初赠帕人。
想此帕乃是宝玉随身带,暗与我珍重题诗暗写心。
无穷心事都在二十八个字,围着字点点斑斑是泪痕。
这如今绫帕依然人心变,回思旧梦竟是浮云。
命紫鹃火炉之内多添炭,把诗帕诗篇一总焚。
紫鹃着急说可惜了,黛玉说痴丫头哪里知我心!
我将这聪明依旧还天地,烦恼回头认本真。

香奁艳句消除尽,不留下怨种愁根与后人。

六　回

诗篇

　　季夏炎威大火流,北窗高卧傲王侯。
　　凉亭水阁红尘远,沉李浮瓜暑气收。
　　花影慢移清永昼,棋声惊醒梦魂幽。
　　爱莲花情高雅韵同君子,误认作连理双枝效并头。

宝玉只说是娶黛玉,暗中欢喜解了忧愁。
精神踊跃身子儿健,心地清明傻气儿收。
疯魔病症好去了一半,数着日子儿盼河州。
想我这木石姻缘今已定,再休提金玉良姻赋好逑。
林妹妹不是凡间种,她是那绛阙宫中第一流。
看了她眉锁春山藏秀气,正配我细染霜毫用意钩。
看了她眼横秋水无尘垢,正配我青眼相看格外留。
看了她宜嗔宜喜多情态,正配我惜玉怜香绕指柔。
看了她文成珠玉缤纷落,正配我笔走龙蛇富唱酬。
我为她心事都从诗帕赠,她为我泪珠常伴枕函流。
我为她似淡如浓不露意,她为我欲言又止半含羞。
我为她温家玉镜留为聘,她为我韩寿闻香不许偷。
我为她来把琴心通卓女,她为我肯将萧韵引秦楼。
这如今阿娇已向金屋贮,不亚如新得佳人字莫愁。
人间乐事无双美,往日相思一笔勾。
这宝玉少年公子呆情性,哪知道换日偷天的巧计谋。
那一日凤姐进房来问病,要探探口气试试他心头。
说连日病体可曾大愈?好大气精神配凤俦。
宝玉说托庇连朝身上好,谢姐姐时常挂念替担忧。
凤姐说人逢喜事精神爽,怪不得笑逐颜开乐不休。
把林妹妹娶来好不好?宝玉说穷秀才谁不愿作状元头。
但是她怎么连日不见面?我要和她当面诉情由。

也叫她心生欢喜除了病,她知道指日佳期定解愁。
凤姐说二爷的话儿真好笑,到底你傻气呆情尚未收。
谁家新妇可见新郎面,难道她千金贵体不害羞?
宝玉笑说我真是傻,总因为话到心头就不自由。
凤姐说老爷子要与你完姻事,又怕你疯魔未退病根留。
宝玉回说无妨碍,这几日心地宽舒少怨尤。
一个心已交给林妹妹,要等她拿来还我便把心收。
凤姐闻言忍不住的笑,说等你林妹妹来时好和她求。
迎亲过门就在明早,你还是这等糊涂信口儿诌。
我有一言相嘱咐,到那时乖乖儿的少要闹魔头。
老太太年高老爷的事碎,莫叫他喜里又添忧。
宝玉回言说我知道,任凭你吩咐我怎敢拗。
凤姐回身去见贾母,说这事儿绕手又挠头。
看他病体虽然痊可,只提林字儿就像蜜里油。
有说有笑一团高兴,出来进去好像个活猴。
虽然暂时将他哄过,只恐怕当场要露楂头。
打破了灯虎儿如何是好,兀的不是一天好事变成愁!
贾母说千思万算没好计,全仗你随机应变使智谋。
凤姐说老祖宗且自宽心罢,到时候鹊巢里面暗藏鸠。
凭着我这张说天谈地的口,管教他天孙织女会牵牛。
到次日正是吉日良辰候,这宝玉衣冠楚楚逞风流。
天未明时就盼花轿,望眼巴巴问不休。
凤姐说娶亲原要时辰好,选定了红鸾天喜照朱楼。
昨日的言词须谨记,做儿孙孝顺当先是第一筹。
人世上不如意事常八九,随缘随分莫要追求。
多生欢喜少生烦恼,且落的自占便宜缓白头。
这凤姐话里有话藏深意,那宝玉听不出来只有点头。
凤姐叫林家的速到潇湘馆,唤紫鹃快来听令莫要迟留。

七 回

诗篇

　　孟秋冷露透罗帏,雨过天凉暑气微,
　　七夕年年牛会女,穿针乞留满香闺。
　　海棠花溅佳人泪,万木秋声楚客悲。
　　最伤心是杜鹃枝上三更月,听那一派啼声怎不皱眉!

紫鹃本是贾母随身婢,心肠儿向热又能为。
后拨与黛玉房中听使令,主仆们事事同心处处随。
自从黛玉身染病,留神仔细在暗中窥。
参透她心事为的是宝玉,满望着京兆挥毫代画眉。
自那日春光泄露回家后,细看她形容景况竟全非。
病势儿过了一日深一日,弱体儿哭了一会软一回。
又不敢明言只好暗想,常把那保身养病的善言规。
要把这光景禀知贾母,偏遇到那边有事不敢回。
那边为着宝玉娶亲事,人人都往热炕上煨。
哪有工夫来到潇湘馆,要一个人影全无冷翠帏。
回想到当日姑娘身子好,姐姐长妹妹短叫的不知谁是谁。
到如今一病看看人待死,鹁鸽儿只拣着旺处飞。
可见那面子情儿全是假的,好叫我怒气添胸泪暗垂。
若提起二爷宝玉更可恨,素常的日子瞒得过谁!
我当初不过错说了一句话,就惹得覆地翻天闹了个黑。
这如今生巴巴的变了卦,竟公然负义忘情心性亏。
到那时更有何颜来见我,我看你怎生翠绕与珠围!
紫鹃正自心伤感,林黛玉一阵的昏迷势更危。
慌得个紫鹃没了主意,这时候夜静更深叫我去告诉谁?
猛想起李纨为人好,大奶奶心地公平无是非。
况孀居定然不到新房去,叫小丫鬟稻香村去请一回。
这李纨慌张跑到潇湘馆,见黛玉低头相唤用手轻推。
她已是人事不知昏过去,这众人乱乱哄哄闹成一堆。

正哭之时林家的①来到,唤一声紫鹃姐姐少伤悲。
二奶奶差我来叫你,新人将到要你陪。
这紫鹃又是伤心又是气,哪里还有好话回。
说二奶奶这又是何苦,也不想想病人已是到垂危。
还只管赶尽杀绝往死来挤,一味的霸道强梁显你施威。
我也估量着这里难久住,只是她气还未断就来催。
且等她事情出了再搬出去,那时节分散存留任指挥。
况那边不少人伺候,能干的聪明的一大堆。
何巴巴儿指名来叫我,我知道甚么是合卺杯!
我若是忍心害理抛了她去,你叫她洗面穿衣却靠谁!
实说吧今朝断不肯离此地,就把我粉身碎骨也不皱眉!
我一辈子不会浮上水,锦上添花从不肯为。
别处的繁华富贵由他去,我情愿守着冷香闺。
想那边宗宗高兴人人乐,夹上这不吉利的人儿也难奉陪。
再要相逼破这一死,正好同姑娘一处归。
姑娘啊你生来命中真个的苦,到这时节还要把命来追!
这紫鹃瞅着黛玉把肝肠断,就是那铁石人闻心也悲。
林家的说上命差遣不由己,姑娘的言语叫我怎敢回!
那李纨用手指着叫林家的看,说你瞧瞧这般的光景也太难为。
这里除了她还有谁可靠?也不怪得心内着急万事灰。
我看她两个竟像亲姊妹,讲甚么主仆分别有尊卑。
难为她赤胆忠心单为主,让她把大事完成把愿随。
这才是岁寒方知松柏茂,隆冬始显傲霜梅。
正气真堪羞粉黛,忠诚直可愧须眉。
我有个方法两全其美,何不叫那雪雁去走一回?
林家的说这是奴才担不起,大奶奶吩咐又怎敢违!
我先带去雪雁看,二奶奶前将此情由细细回。

---

① 原文无"的",据上下文补上。下同。

八　　回

诗篇

中秋十五月轮高,月下人圆乐更饶。
金茎玉露空中落,桂子天香云外飘。
嫦娥应悔偷灵药,弄玉低吹引凤箫。
怕只怕龙钟月老将人误,两下里错系红丝惹恨苗。

林家的把雪雁带来见凤姐,少不得将潇湘馆的光景又重描。
说林姑娘已到病势垂危候,大奶奶说那里无人把夜熬。
紫鹃姐难以分身来此地,只好叫雪雁前来走一遭。
凤姐说到底不如紫鹃好,也罢了今日全将她代庖。
吩咐些搀扶新人小心的话,雪雁答应偷把洞房瞧。
则见那珠络银灯光灿烂,香焚宝鼎篆烟飘。
五彩悬门多喜气,红毡铺地一条条。
傧相插花披红锦,乐工击鼓奏笙箫。
果真是富贵人家新气象,专等那织女天孙渡鹊桥。
进房来留神看宝玉,但见他无边喜色上眉梢。
面容儿红润精神儿爽,笑语儿香甜意气儿豪。
暗想他和姑娘何等好,怎么就得了新人忘旧友!
痴心女子负心汉,古语言来不爽分毫。
不多一时花轿到,鼓声喧阗人语哰嘈。
伺候的女子将轿帘掀起,雪雁儿手扶新人缓步毡条。
先拜天地后拜祖,喜的个老太太乐陶陶。
公婆跟前行了大礼,新人交拜把琴瑟调。
这宝玉偷眼忙吧新人看,偏碍得盖头罩定美多娇。
见旁边搀扶的丫鬟是雪雁,心内踌躇不住拿眼瞧。
说为何不见紫鹃姐？那是她心腹人儿如漆似胶。
平时不肯离一步,为何回避在今朝!
莫不是为她原是吾家婢？莫不是属相逢冲不许瞧？
行礼已毕扶入绣户,少不了是坐帐交杯把俗礼学。

宝玉说妹妹的身子可大愈？只怕今朝行礼又烦劳。
待我把盖头与你轻掀起，也省了气闷热难熬。
凤姐说暂且消停莫要心焦，众人闻见吓了一跳。
宝玉性急哪忍得住，连忙的揭起红罗看阿娇。
呀，好奇怪不是林家妹妹同罗帐，分明是薛家姐姐在蓝桥。
猛然见这一惊非小，说林妹妹呀怎么找不着？
凤姐说老爷还在外面坐，莫要胡言把气淘。
这宝玉惊疑不止无了主意，把袭人拉到内室问根苗。
说床上坐的是谁你告诉我，袭人笑说你也太唠叨。
成日价耳鬓厮磨天天见面，这今日为甚么不认这丰标！
宝姑娘啊二奶奶啊总是她一人，你不信再去拿灯仔细瞧。
宝玉说本说娶的是林妹妹，为甚平空的掉了包？
袭人说老爷的主意谁敢拗？嫌林姑娘命短又福薄。
不如宝姑娘福分大，两姨兄妹作了凤鸾交。
宝玉闻言惊破了胆，便恰似一声霹雳震云霄。
顿时面上变了颜色，怒气冲天有万丈高。
果然又犯了疯魔病，乱话胡说信口儿嘲。
一声声要到潇湘馆，一心心要将林妹妹瞧。
又说我病为她她为我，咱两个性命相连在这遭。
这事儿若是她知道，又不知怎样哭号啕！
妹妹啊想来总是我误你，任凭你咒骂怎能逃！
倒不如叫我和她见一面，辨明心迹两下里开交。
又说道我也不久辞于人世，一点真魂早已消。
不如也把我送到那边去，同病相怜也好诉心苗。
就是你们照看服侍也容易，到将来一双枯骨同葬荒郊。
这是我倾心吐胆的真实话，你们要把我的遗言谨记牢！
他这里洞房花烛生奇变，不料那潇湘馆内魂魄儿飘飖。

九　　回

诗篇

季秋霜气雁声哀,菊绽东篱称雅怀。
满城风雨重阳近,一种幽香小圃栽。
不是渊明偏爱此,也只为此花开后少花开。
到夜来几枝疏影横篱外,恍疑是环佩魂归月下来。

潇湘馆病倒了林黛玉,门儿寂寞掩苍苔。
贾母在那边料理迎亲事,各样张罗撂不开。
这日闻得她病日垂危候,亲来视看外孙女孩。
只见她气息恹恹身不动,说一病缘何就这样衰？
这黛玉杏眼微睁定了一会,勉强支持略把抬头。
低声说老太太你可白疼了我！我死后千万休将我挂怀。
两句话未曾说完气又噎住,心儿中万语千言只是说不上来。
贾母说儿呀你好好养着罢！人生谁没有那病灾。
老人家痛急伤心忍不住,扑簌簌泪滚珍珠落满腮。
叫众人好劝歹劝这才回房去,吩咐把后事快安排。
姊妹们大伙儿全来看望,那黛玉眼也不睁口也不开。
直等到更深夜静人都散了,才叫那紫鹃姐姐诉情怀。
说你我相依这几载,同心合意两无猜。
自从我得了冤孽病,时时相守永不离开。
难为你知轻识重得人意,难为你软语柔情解闷怀。
难为你体饥问饱随手儿转,难为你早起迟眠耐性儿安排。
眼皮儿终夜何曾对,眉头儿连朝展不开。
万种温存千般体贴,就是那骨肉亲人也赶不上来。
不幸今朝和你分手,我死后你也不必太悲哀。
想人生离合悲欢都是数,各奔前尘各自宽怀。
只要你安身立命得好处,我在九泉之下也是笑颜开。
从今后一冲的性儿你要休使,心儿要细嘴儿还要乖。
但不知将来派你到何房去,只怕别的姑娘你服侍不上来。

黛玉说到伤心处,紫鹃的珠泪滚满腮。
说姑娘何等恩待我,尽心伺候也应该。
你若是身子有些好和歹,叫我这一腔热血向谁筛!
天地深恩不能答报,就是那结草衔环也不称心怀。
我劝你把那闲闷闲愁都搁起,安心调养莫悲哀。
万一苍天可怜见,岂不是月落重升花又开!
再和你手摩鸾镜调香粉,再和你代挽龙盘整玉钗。
再和你寻花小径持纨扇,再和你并坐纱窗刺绣鞋。
再和你添香侍立观书画,再和你步月随行踏碧苔。
再和你春朝早起摘花朵,再和你寒夜挑灯斗骨牌。
那才是奴的真造化,我情愿终身修佛持长斋。
若叫我重新伺候他人去,别说是羞脸难抬就是心上也下不来。
黛玉说痴丫头你休妄想,你看看我这副孽形骸!
还有一言相嘱咐,我本是江南籍贯住秦淮。
将来还送我江南去,把我这几根枯骨向故乡埋。
紫鹃回说奴谨记,断不叫你环佩空归冷夜台。
但只是姑娘的心事奴知道,总为这一事关心起祸胎。
宝二爷何等相亲近,也指望配合双双把凤鸾谐。
黛玉摇头说哪里话,紫鹃说这又何妨我还看不出来。
黛玉正然还要讲话,一阵昏迷痰往上塞。
喉头哽咽说好宝玉,三个字之外就听不明白。
香魂艳魄飘然去,这时候正是宝玉娶宝钗。
一边拜堂一边断气,一处热闹一处悲哀。
这壁厢愁云怨雨遮阴界,那壁厢朝云暮雨锁阳台。
这壁厢阴房鬼火三更冷,那壁厢洞房花烛一天开。
众人忍不住悲声放,一个紫鹃哭得死去又活来。

十 回

诗篇

　　孟冬万卉敛光华,冷淡斜阳映落霞。
　　小阳春气风犹暖,下元节令鬼思家。
　　哪里寻桃花似火春天景,只剩下霜叶红于二月花。
　　潇湘馆重翻千古苍梧案,吊湘妃竹叶成斑泪点杂。

宝玉成亲犯了病,昏聩癫狂势更加。
不茶不饭人儿懒见,行哭行笑性儿难拿。
贾母担心添忧愁,王夫人背地泪滴答。
多谋凤姐无了主意,会哄的袭人少了方法。
唯有宝钗心细深明理,暗想道此病原为那人发。
成天价瞒哄也不成事体,倒惹得终日闹拨杂。
倒不如打开窗子说亮话,才能够死心塌地好收煞。
尽着性儿让他哭一个够,叫他把郁闷全舒才去得病芽。
含笑道你这几日神昏乱,想的是林家妹妹要见她。
实告诉你罢前日我过来那一晚,她已一命染黄沙。
宝玉闻言惊破胆,说果真是么莫要哄咱!
宝钗说我岂肯撒谎将她咒,现在守孝停灵还在家。
这宝玉哎哟了一声跌在地,半响还魂强挣扎。
立刻要到潇湘馆,学一个宋玉招魂把怨气发。
进馆来哪里还像当日景,由不得百感中来泪似麻。
但只见竹梢滴露垂清泪,松影森阴映落霞。
庭前空种相思豆,砌畔还留断肠花。
老树无情飘落叶,幽林有恨噪啼鸦。
栏杆十二依然在,倚栏的人儿在哪一答?
进了门黛玉的灵柩中间放,白缎灵帏在两边搭。
香焚玉炉燃素烛,案列金瓶插绢花。
有几个零落的丫鬟将孝守,有几个龙钟老妇也披麻。
那一种凄凉况景真难看,也顾不得烧香与奠茶。

叫一声妹妹呀你往何处去,哭一声佳人啊叫我哪里抓!
想来全是我误你,把一条小命儿枉糟蹋。
我平生只看上了你一人,任凭谁倾国倾城莫浪夸。
细思量岂是人间种,你定是王母宫中萼绿华。
我爱你骨格清奇无俗态,我喜你性情优雅厌繁华。
我羡你千伶百俐见事儿快,我慕你心高志大把人压。
我许你高节空心同竹韵,我重你暗香疏影似梅花。
我叹你娇面如花花有愧,我赏你丰神似玉玉无瑕。
我服你八斗才高行七步,我愧你五车学富手八叉。
我听你绿窗人静棋声远,我懂你流水高山琴韵佳。
我怜你椿萱凋零无人靠,我疼你断梗漂浮哪是家!
我敬你冰清玉洁抬身份,我信你雅意深情暗浃洽。
只因你似有如无含哑谜,我只得半吞半吐种情芽。
并无有一言半语相挑逗,为的是天上仙人怎敢亵狎。
指望着恩情美意成佳偶,只因那父母之命不敢争差。
也只是命中早定无缘分,恨当初月老红丝不向一处拿。
问紫鹃姑娘的诗稿今何在?给与我焚香盥手细评跋。
紫鹃说姑娘自己焚化了,宝玉说可惜了一片好精华!
雕龙绣虎成了灰烬,戛玉敲金作了泥沙。
也只为知音不把钟期遇,因此上发恨碎琴访伯牙。
苦只苦直到临终未见面,恨只恨满怀心事未能达。
到今日万语千言你听见否?妹妹呀你在九泉之下还要你详察。
从今后我醒了那槐中梦,看破了无非那镜里花。
不久的夜台见面重相聚,好合你地府成双胜似家。
这段情直到地老天荒后,我的那怨种愁根永不拔!
只哭的月暗星稀无了气象,云愁雨泣掩了光华。
恰便似倾城一恸悲秦女,抵多少断肠三声过楚峡。

十 一 回

诗篇

　　仲冬瑞雪满庭除,冬至阳生一线舒。
　　酒香不问寒深浅,漏永谁知梦有无。
　　水仙花放黄金盏,心字香焚白玉炉。
　　绣帏中柔情软语低低劝,好一副寒夜挑灯仕女图!

宝钗是个闺中秀,不戴方巾一丈夫。
自从与宝玉成亲后,因为他病魔未退费踌躇。
原知道此病只为黛玉起,积痛伤心气不舒。
常把良言相劝解,要将他引归正路指迷途。
这日宝玉又提起伤心事,短叹长吁滚泪珠。
宝钗说有句衷言告诉你,这几日看你的精神有恍惚。
饭儿也不食茶儿也不思饮,学儿也不上书儿也不想读。
闷沉沉终夜常睁眼,乜呆呆白日像糊涂。
你是个读书明理的奇男子,智慧聪明盖世无。
怎么这点儿就看不破,定要在女子身上用工夫!
自古道不如意事常八九,谁能够件件随心事事舒!
乾坤尚自留缺陷,就是那古圣先贤岂愿足!
你的心事奴知道,为的是林妹妹身亡忍不住哭。
我想她是仙人谪降临凡间,到如今游戏人间限满足。
回首重归极乐地,返本还原到了蓬壶。
空留下你千秋万载歌长恨,要寻那九转还魂灵药无。
若论她才华学问谁能够比,就是那态度丰姿哪个如!
怪不得常在你心坎儿上,也算是高明眼力叫人服。
真个是曾经沧海难为水,除却巫山总是俗。
就只是事已成空人已亡,哪曾见落花返树又重苏。
我劝你及早回头寻彼岸,枉费了精神分毫益处无。
宝玉说我也明知是无益事,由不得心中辗转又反复。
已往的事儿焉能瞒你,我和她心里相亲外面疏。

到如今飘然长往撇了我去,叫我这万绪千愁总说不出。
可怜临死也不曾说一句伤心话,怎不叫我肝肠寸断泪眼模糊!
宝钗说为人哪个无心事,也要分一轻重与亲疏。
老祖宗看你如同性命,说什么怀中美玉掌中珠。
太太只生你人一个,慈母的深恩分外笃。
老爷指望你登金榜,显亲扬名把大事图。
一家儿所靠就只是你,你想想一身关系岂轻忽?
就是咱二人姻缘天作配,几辈子修来才做眷属。
终身仰望非同小可,巴不得你一举成名震帝都。
谁想你不思上进把功名取,终朝打不破这闷葫芦。
料我这一辈子也没有指望,枉费了心机你辜负奴。
宝玉说儿女夫妻全是假,富贵功名尽带俗。
我要把迷关打破归仙道,一切凡心尽扫除。
宝钗说这又说的是什么话?我笑你空读圣贤书。
攻乎异端斯害也已,你自夸明白我说你糊涂!
我虽是妇人女子无远见,这些个道理也听得熟。
从古及今谁是成仙者?哪个有长生不老术?
虚无寂灭是口头禅语,莫认作旁门倒误了正途。
治国安民才为正道,承先启后方是大儒。
父母膝前要你多孝养,祖宗统绪要你接续。
论盛德尧舜与孔孟,讲文章韩柳共欧苏。
说功业汉有萧曹唐房杜,谈道统周程一脉到张朱。
宝玉含笑说难为你,竟是个道学先生会讲书。
从今割断闲情归正务,一心上进又何如!
袭人在旁听说是够了,亏奶奶妙药仙丹把爷的病除。
奶奶说的俱是正经话,就是小妾无知也佩服。
宝玉说一个不够又添上一个,你们打伙儿商量来作弄吾!

十 二 回

诗篇

季冬万物尽凋零,腊月流传节令同。
东厨祭灶香烟盛,除日辞年酒味浓。
百草新芽还未吐,万花春意已潜生。
松竹梅岁寒三友非凡品,须向那三岛蓬莱问姓名。

宝玉失了通灵玉,终日昏昏睡梦中。
幸遇和尚将玉送返,身安心泰才得康宁。
这一日似睡不睡朦胧去,顿觉身如一叶轻。
耳边又听说和尚到,前厅相见一同行。
遥望见牌楼一座在荒郊外,猛回头再寻和尚去无踪。
但只见翠柏参天祥云护,竹阴满地瑞霭笼。
异鸟灵禽难问种,琪花瑶草不知名。
真个是一点红尘飞不到,洞天福地不与世间同。
牌楼上匾额高悬四个金字,真如福地写的分明。
旁边一副长联对,凤篆龙章是玉琢成。
左边是过去未来莫谓圣贤能打破,右边是前因后果须知亲近不相逢。
宝玉的灵机忽然一动,说我正要把因果从头明一明。
恍惚间遇见殉节的鸳鸯姐,却又是夭亡的秦可卿。
屈死的晴雯不改生前样,当家的凤姐还是旧时容。
猛然又听见人索命,尤三姐怒目攒眉把剑横。
暗想道她们原来都在此,却怎么不言不语像是无情。
慌张张又进一重殿,金碧辉煌瑞气浓。
进了殿只见神橱在当中列,一卷卷宝册天书锦套蒙。
打开从头仔细看,都是些古董新诗题咏精。
第一卷是一根钗与一根带,以后的半是懵懂半是分明。
上写着金陵十二钗五字,还有那隐语微言也记不清。
宝玉正观宝册胡思想,忽听的窗外唤神瑛。
说林妹妹叫你呢,快去罢,不由得笑逐颜开喜气生。

见一个宫装打扮的仙家女,说妃子有命你即便同行。
宝玉说却是何人称妃子,我知道谁是神瑛敢冒名?
仙娥说不必多言你随着我走,保管你后果前因总证明。
这宝玉心内狐疑相随定,又见有白石栏杆绕数重。
栏杆内种着一株草,半是青青半是红。
飘飘荡荡随风舞,袅袅婷婷向日明。
问仙娥此草何名栽种此?说这是绛珠仙草化菁英。
只因为受了神瑛侍者栽培惠,特下凡尘了这一段情。
这如今心愿已完归于原处,你看他得意欣欣更向荣。
快走罢仙妃久候休迟慢,又来到一所琼楼玉宇中。
命宝玉在檐下伫立听宣旨,等请了仙妃懿旨再来迎。
这宝玉屏气低头垂手立,猛听见竹帘高卷唤神瑛。
帘开处睁睛往里留神看,见一位端庄幽静美仙容。
和黛玉体态形容无二样,由不得惊喜悲哀感动了七情。
叫妹妹你在这里想煞了我,侍女旁边喝住声。
这里是仙府清净地,哪许你凡间浊气擅来冲!
再不走叫黄巾力士将锤打,这宝玉魄散魂飞往外行。
迎面正遇着和尚至,说道是何妨求你醒愚蒙。
和尚说你到此心中觉悟否?宝玉说弟子凡尘哪得明!
和尚说册子上的诗词你须谨记,那都是微妙天机别当轻。
林黛玉是绛珠仙草临尘世,你本是神瑛侍者下托生。
要把那琼浆甘露的恩情报,都到这人世红尘走一程。
造定无有姻缘分,只将那情字填还就复了真形。
并那些夫妻儿女牵连债,都从着孽海情天早配成。
到如今谁是黛玉谁是宝玉,认得了本来面目总成空。
这宝玉言下大悟归了本性,那些露泪姻缘历历清。
谢吾师当头棒喝把迷途指,我情愿撇下家园从你修行。

十 三 回

诗篇

三国逢闰岁华接,赏心乐事喜重叠。
天公有意留馀景,人世从新贺令节。
囊有丰姿增气概,家余吉庆衍瓜瓞。
文章要有余不尽方为妙,越显得煞尾收场趣味别。

宝玉钟情林黛玉,入骨的相思总不歇。
想她那国色天姿是人里凤,心高志大是女中杰。
论聪明回文织锦添奇巧,比才调咏絮铭椒逊敏捷。
哪一条儿不叫人相念,真是倾国倾城占了绝!
这如今一朵海棠娇无力,一轮明月素光缺。
剩下了紫鹃姐姐孤单的很,这些时淡扫娥眉瘦了好些。
失巢的凤雏经雨困,离群的孤雁受风劫。
但只生成又是个难缠的种,也像她姑娘性儿个别。
我几番着意温存另眼儿看,她倒把眼皮儿搭撒嘴儿撅。
像是心中还记恨我,不该把她的姑娘情意撇。
她哪里知道我的那心事,口里难言只往肚里憋。
趁此时更深人静寻她去,就只怕冷语侵人把我拒绝。
那紫鹃自从黛玉身亡后,孤鬼儿一个自伤嗟。
回想我姑娘恩典如山重,从不曾下眼相看把贵贱别。
我就是粉身碎骨难补报也,不承望大数难逃我的心力竭。
泰山已倒将靠谁?也是娘儿们造定该遭此一劫。
叫我这一腔怨气凭谁诉?万种深愁只往肚里噎。
就分与怡红院院中听使令,有甚心肠再往上巴结!
宝玉的性格儿从来拿不住,饶是那样的情儿就往脑后撇。
况兼他燕尔新婚琴瑟美,还当是先前那个二爷。
因此上乌云乱挽懒梳洗,脂粉慵施罢盥栉。
怨气填胸低粉颈,泪痕不断满眉睫。
女伴队中也无有来往,二奶奶跟前也不去迎接。

闭门儿情思昏倦唯寻梦,直睡到花阴转砌日影儿西斜。
那一晚闭门独自房中坐,恰正是黄昏以后起更的时节。
无精打采把簪环儿卸,少魂失智将裙袄儿叠。
炉烟儿未灭剩了一寸,蜡花儿未剪点了半截。
忽听窗外脚步儿响,这时候还有谁来想必是二爷。
细听声音果然是宝玉,这冤家此时到此有甚情节?
外边低声将姐姐叫,开门来让我房中歇一歇。
紫鹃问道有什么事?这早晚外面风寒露气结。
更提防人来看见不雅相,不知道的又说我心邪。
宝玉说姐姐不必胡猜想,我知你冰比清来玉比洁。
你本是娇花含嫩蕊,我肯作狂蜂与浪蝶?
不过是句衷肠话,问你个明白就心愿歇。
快些开门让我进去,霜华满地湿透了新鞋。
紫鹃说有话明朝再来讲,这时候我要安歇。
宝玉说我也没有别的话,为的是万恨千愁在心上叠。
你姑娘临终可曾提我?有什么言词与我永诀?
再把我委屈冤情与你诉诉,也免得怨气常在那心内憋。
紫鹃说这样的话儿我也是听惯,姑娘在日也说过好些。
半夜三更有什么要紧,你是真傻还是装茶?
二人正然闲斗口,那麝月手提灯笼把二爷接。
说这是甚时候还站在此,也不怕霜重苔滑暗里跌。
也没见紫鹃姐姐的心太狠,任凭他百般央及只拿话噎。
一个有情一个无义,铁石心肠与人各别。
紫鹃说我再三苦劝只不理,还只管絮絮叨叨不断绝。
倒惹得别人抱怨于我,这何苦呢,跺了跺绣鞋。
麝月说快走罢不必多留恋,我劝你早把念头歇。
二奶奶不放心叫奴来找你,你看那斗转星移月影儿西斜。

晴雯赍恨

诗篇

生离死别最难堪,别到晴雯更可怜。
总有愁肠难贮泪,任他仇口也称冤。
了无私爱生前共,空有虚名死后担。
肠断芙蓉秋水上,香魂犹伴大观园。

叹晴雯雀裘补竣增新病,瘦骨儿渐渐难支卧枕边。
又被人添上些浮言回太太,叫她那兄嫂领去不许耽延。
可怜她好胜的心肠成画饼,可怜她超群品貌化云烟。
这宝玉一念痴情来探病,见那一种欲去的香魂那个怜。
进门来见斗室漆黑蝇蚋满,到房中不知何味甚腥膻。
窗台上纵横堆满残灯檠,土炕上腌铺就破绒毡。
见晴雯恹恹独在床头卧,犹盖着平时锦被色尚鲜妍。
只见她面如金纸双睛闭,听人声把杏眼微开仔细观。
见宝玉来至房中不能说话,手指着茶瓯嚷喉干。
这宝玉取过茶瓯腌臜甚,闻一闻气味甚难堪。
回头见有个煤燎烟熏薄沙铫,倒了半盏似墨水一般又涩又咸。
这晴雯接来饮尽如甘露,她这才手拉宝玉慢开言。
说我虽是稍有聪明也无过犯,为甚么顿时撵逐信浮言。
竟说我狐媚偏能来惑主,到底有甚么实据就掩袖宫馋。
如今我倒深悔从前错,空作了尽心竭力无玷丫鬟。
只因我心直口快难容物,所以才将风月担。
故使我衾枕夜抱终无分,反落个妖娆淫贱众相传。
这晴雯越说越痛柔肠碎,手拉着宝玉要换她的衣衫。

叫宝玉扶她坐起将里袄褪下，这情郎慌忙接过恸泪涟涟。
他忙着解钮来把衣脱下，就将她贴身小袄换来穿。
就将那自己的小袄与她披身上，又将她轻轻扶倒卧衾间。
这晴雯狠命把春葱齐咬断，犹带着凤仙花染色斑斓。
递与宝玉将手来攥住，说也算我一点遗念就永别尊颜。
二爷呀我服侍你一场也无好处，今日一见就死在阴曹鬼也安。
快去罢这屋中气味难禁受，也不必念这苦命的丫鬟在黄泉。
再不能霞影窗前闲斗草，再不能水晶帘下簸金钱。
再不能病雀裘灯尽后，再不能娇撕彩扇在晚风前。
只落得坟头草长迷青冢，只落得月下魂归响佩环。
再别想翡翠衾中和握手，再别想鸳鸯枕畔笑摩肩。
这晴雯她已死春蚕丝未尽，可不把个多情公子哽咽难言。
本待要劝解一番无从劝解，又怕那天晚花园门要关。
又遇着她嫂子歪缠胡乱语，没奈何强收珠泪慢回还。
到怡红又遭小鬟偷探望，这一宿捶床捣枕泪难干。
到次日小鬟背地来回话，她知道小爷心性就编了一派胡言，说晴姑娘原来并非是死，她做了园内花神上了天。
宝玉惊喜说把何花管？她编道专管芙蓉在秋水边。
这宝玉信以为实拍着手笑，说到底是天公位置正当然。
喜孜孜笑向袭人称怪事，把一个花姑娘笑倒在床边。
我再要不劝你我又忍耐不住，像你这肉麻的话叫我怎么搭言。
什么爱物儿不过也是个我，几曾见丫头队内有天仙。
真要是晴雯若果能尸解，今夜晚请爷就去伴花眠。
一席话说得宝玉无可对，他总想着晴雯一定是登仙。
他撰一篇茜纱窗下《芙蓉诔》，悬在那芙蓉花上拜花前。
叹晴雯这番做鬼也风流尽，竟借着那江上芙蓉把倩影传。

晴雯撕扇

诗篇
　　佳人难得态憨生,弱质娇柔貌娉婷。
　　俏语频频含妒意,娇嗔脉脉露风情。
　　影内情郎终是幻,镜中爱宠总成空。
　　莫笑晴雯言最利,侍儿妙处是机灵。

晴雯姐宝玉婢中为翘楚,她的那容颜俏丽心性聪明。
这一日正在娇嗔当院卧,在宝玉床头睡正浓。
偏遇着二爷带酒归来晚,见床头有人倦卧眼蒙眬。
真如那梨花带雨娇无力,梦绕巫山上一层。
这宝玉把早间跌扇居然忘,说起来罢露重风凉病又生。
不由得挨身紧靠晴雯坐,手拉玉腕唤娉婷。
这晴雯翻身便自来相躲,提鞋意欲下床行。
蠢丫头哪配与爷一处坐,服侍爷手脚笨诸事无能。
宝玉说你如今脾气真真傲,早间那数语何须你就把气生。
你和我一时使行倒还罢了,袭人姐好心来劝你也发疯。
一席话说得晴雯无言对,不由得噗哧一笑面皮儿红。
说道是别拉拉扯扯我真觉热,让我向房中洗浴省得汗似蒸笼。
叫她们若来看见何模样,编排言辞不受听。
再者呢也不配在爷床上坐,宝玉说坐着不配你怎么倒睡浓?
晴雯听罢嗤一笑,说爷来家须把尊卑分个明。
起开罢袭人麝月已经洗毕,待我去把她们唤至预备茶茗。
宝玉说方才我也喝了酒,拿水来我和你同洗一盆中。
晴雯失笑忙摇手,说爷虽赏脸我可不敢承情。

那一年碧痕服侍爷洗澡,足够那三个时辰未闻声。
宝玉无言唯一笑,回言道此时凉快不洗也行。
晴雯说我去倒盆洗脸水你洗洗脸,把头发梳开通它一通。
鸳鸯姐适才送至好些个鲜果,我都搁在那水晶缸内用冰冰。
待我去叫她们出来同伺候,宝玉说你就去拿来解解宿醒。
晴雯笑道我慌张得很,倘或把盘子失手爷又心疼。
宝玉说这些东西不过供养用,比如那扇子炎热为他扇风。
若要高兴撕着听它一响,却不可拿它煞气那就不近人情。
晴雯笑道原来如此,我最爱使劲一撕听那一声。
你就把手中扇子交与我,宝玉笑把扇子递过说这就遣情。
见晴雯哧的一声撕成两半,宝玉说撕得真响甚堪听。
偏遇着麝月持扇从旁过,这宝玉连忙夺得在手中。
这晴雯接来也就同撕碎,麝月说阿弥陀佛造孽无穷。
点头咂嘴连声叹,说拿我的东西开心太也近情。
宝玉说扇匣打开挑了去,管叫你春扇到夏秋扇到冬。
麝月说把扇匣搬出叫她撕个尽力,宝玉说你就搬去到房中。
麝月说可不她今并未撕折手,晴雯笑说我也撕乏就挟在床棂。
这一回晴雯撕扇作千金笑,可羡那奢华公子甚多情。

遣晴雯(全二回)

诗篇

梧雨蓼风最断魂,秋声渐沥不堪闻。
湘云怨结光流远,楚柳魂消冷泪痕。
哀公子物在人亡填词作诔,叹佳人芳魂艳魄玉碎珠沉。
芸窗下医余兀坐无穷恨,闲消遣楮洒凄凉冷落文。

头回　追囊

佳人薄命病浮沉,唯恨诼谣贱妇人。
嫣红虽艳遭蜂妒,姹紫徒香惹燕嗔。
只因为痴鬟误拾春囊袋,又谁知无心触怒老夫人。
急煎煎忧虑堆胸发了怔,茶呆呆烦难满腹只出神。
又不知斯囊出在何人手,越叫人疑上添疑好闷人。
来到了熙凤房中相探问,勘察暗地追询佳人。
知她是生长公门断无此事,又兼着言和理顺不便追寻。
幸亏了大太太园中相遇见,若是姊妹们看见天哪好怕人。
或者是太夫人跟前痴鬟送去,说我不严家教闹个地覆天昏。
又恐怕堂堂公府传出去,有失了椒房之贵贻笑他人。
想到此一阵心酸垂下泪,王熙凤旁边安慰也伤心。
说太太呵闲愁抛却休忧虑,倒不如差些仆妇私访原因。
再者是园中使女无其数,又兼那小厮应差在二门。
拿不定打牙斗嘴难言事,不免偷情递目人。
查看时太太趁势将他撵,省得个朝朝暮暮吊胆提心。
别将这些言传到园中去,怕的是风声走透就难以追寻。

说毕时忙呼侍女传周瑞,快叫他晓报陪房仆妇们。
进来了吴兴来旺郑华来喜,一旁侍立鸦雀无闻。
话未言绣帘启处一齐举目,正是那邢夫人仆妇送袋的来人。
说你何不暂到园中权时照管,将她们仆妇丫鬟细细寻。
有什么事物禀我知道,莫作瞒赃隐弊人。
事毕后再归东府回音去,大家彼此放宽心。
王善保一一答应说知道,太太言词谁敢不遵。
暗思量园中的侍女轻狂得狠,一个个眉高心大目无人。
我何不在太太的跟前将她们暗算,将计就计斩草除根。
想毕时说太太早就当严紧,又搭着事务繁冗哎哪里留心。
说园中的女孩儿们哪有体统,倒像是受了封诰一般比小姐还尊。
说那声儿调唆姑娘说我们欺负,奴才们怎能担待焉敢相侵。
夫人说跟姑娘的丫鬟们原当娇贵,就不当饵名钓禄仗势欺人。
妇人说更有这二爷屋里的晴雯女,她不比小姐的丫鬟侍女们。
终日里打扮个西施狂样子,一张巧嘴惯会咬群。
香囊儿时常在她胸前挂,粉扑儿终日何曾离却身。
桃红柳绿妆成狐媚,扑粉施脂像是文君。
见了我们无事生非鸡争鹅斗,见了爷们有说有笑分外的精神。
若不要寻个错缝儿将她遭,有失了大家的体统贻笑别人。
这正是嫣红雨打从头儿受,秦镜尘埋挨次儿浑。
你听听杜宇儿声声不如归去,好端端漏泄春光到绣门。

诗篇

忽对西风倍黯神,一庭明月照离人。
兰胸紧锁无穷恨,绣枕还留有迹痕。
黄土垄中女儿命短,茜纱窗下公子情深。
唯有这玉儿一去无归路,空怅望一林红叶几片白云。

二回 遣雯

夫人闻言满面嗔,回头有语问佳人。

说那日跟随老太太往园中去,树林下影影绰绰记得最真。
削肩膀水蛇腰眉眼像你林妹妹,妖妖趫趫正那里骂人。
我很瞧不上那狂样子,在老太太跟前不便追寻。
到后来要问是谁我偏忘记,想是她方才说的那晴雯。
佳人说太太说的倒也仿佛,就只是确实未对不敢胡云。
这熙凤一腔忿怒无心绪,那妇人三千鬼话有精神。
说何不叫了她来太太看看,并不是奴才撒谎亵渎夫人。
夫人点首微含笑,忙呼侍女唤晴雯。
留下那佳蕙扫云看守门户,服侍宝玉麝月袭人。
单叫那晴雯前来我有话问,不许你把机关泄露告诉别人。
小鬟答应忙出去,步入怡红到绣门。
正值那午梦乍醒不自在,云鬓无意整闷闷对斜曛。
听如此忙整乌云跟随她去,忙离绣榻步出园林。
知王氏最厌娇装与艳饰,所以才不能露面避夫人。
只因她连日心中不自在,并无有十分妆饰不挂于心。
步槛穿廊扶竹过柳,来到了凤姐房中小画门。
仆妇丫鬟一旁侍立,小鬟跪禀说带到晴雯。
夫人举目留神看,正是那上园中遇到的人。
只见她双绽颊红春山淡,朱唇不点粉面轻匀。
星眸乍炯云鬓半褪,独钟秀气别样消魂。
穿着那洒花顾绣的桃红衫子,配着那金沿葱绿的六幅湘裙。
小背心倭锻镶边天蓝玉色,好似枝崇光泛彩东风袅袅海棠魂。
站在尘亭亭玉树临风立,真有倾国的举动洛浦的精神。
这夫人真怒攻心微微冷笑,说好个捧心的西子带病的佳人。
呸没廉耻的东西不识羞的贱婢,打量着你做的事儿我不知闻。
我问你妆成狂样给谁看?且放着明朝追你贱人的魂!
复说道今朝宝玉身康否?这佳人屈情满腹不敢相云。
便知道必有仇人将她暗算,她本是过顶聪明的智慧人。
见问宝玉说奴才不晓,知宝玉起居之处问麝月秋纹。
夫人说贱人这就该掌嘴,你难道不是跟他的贴己人?

晴雯说我从不到他的房里去,所以才一应事件概不知闻。
我本是老太太房中呼唤的使女,因说奴才伶俐拨到他房中不过是看守屋门。
有时间大家顽会儿一时就散,上一层有嬷嬷看待下一层有麝月袭人。
闲暇时还做老太太房中的针和线,所以宝玉事竟不留心。
太太既怪从此留神就是,这夫人闻听此话信以为真。
说阿弥陀佛你不近他跟前是我的造化,不劳大驾请不必留心。
明日个回过老太太再处你,回头说你们小心看守不许她入宝玉房门。
夫人一声将晴雯喝退,正是那晚烟挂树日影儿西沉。
这佳人悲声哽咽出门去,气扑扑袖梢儿掩面揾啼痕。
可怜这贱妇谗言晴雯遭妒,就是那一旁的侍女也酸心。
皆因是兔死狐悲物伤其类,眼看着一旦分离怎不叹人。
这佳人多歧自遇谗后,身离荣府回转家门。
每日里身伴蓬窗悲往事,染病后渺渺还将旧路儿寻。
可怜她昔日风流今已过,空留下一抔净土伴秋林。
蕉窗人剔烛闲看《情憎录》,清秋夜笔端挥尽《遣晴雯》。

探雯换袄(全二回)

诗篇

冷雨凄风不可听,乍分离处最伤情。
钏松怎忍重添病,腰瘦何堪再减容。
怕别无端成两地,寻芳除是卜他生。
云田氏长夏无聊消午闷,写一段宝玉晴雯的苦态形。

头回　探病

自从那晴雯离了怡红院,宝玉他每每痴呆似中疯。
无故的自言自语长吁气,忽然问着十声九不应。
有一时袭人麝月频相劝,他不过是点点头儿哼一声。
他想着房中除却了晴雯女,这些人似玉磬傍着瓦缶鸣。
这宝玉一腔郁闷出房去,低头儿离了怡红小院中。
信步儿走到了角门儿外,见个老妈儿身靠着墙根儿捉半风。
宝玉说你可知晴雯何处住?婆子说就从此径往南行。
痴公子并不回言扬长就走,几个小院儿房上挂着布帘栊。
这宝玉潜身就把屋儿进,见迎面儿箱厨儿紧靠着后窗棂。
瓷壶儿放在炉台儿上,茶瓯儿摆在碗架儿中。
内见儿油灯儿藏在琴桌儿下,铜镜儿梳头匣儿合旧掸瓶。
小炕儿带病的佳人歪玉体,弱身儿搭盖着半旧的红绫。
脸蛋儿桃花儿初放红如火,乌云儿未绾横簪儿发乱蓬。
玉腕儿一只舒放红绫儿外,纤手儿一只藏在被窝儿中。
小枕儿轻轻斜倚蛮腰儿后,绣鞋儿双双紧靠炕沿儿扔。
柔气儿隐隐噎声脖项儿堵,病身儿辗转轻翻骨节儿疼。

猛听得颤颤嗜声叫嫂嫂,你把那壶内茶给我半盅。
这宝玉忙取茶杯不怠慢,说吃茶罢妹妹是愚兄。
这晴雯一听声音是宝玉,唬得她半晌痴呆哼了一声。
说二爷哟你自何来还不快去,倘若是太太闻知就了不成。
宝玉说为卿一死何足惜,要贪生黄泉何面再相逢。
自从你前朝离了怡红院,两日来茶饭不思我的病已成。
本待要早早前来把卿看看,被袭人苦苦相拦不放行。
勇晴雯眼瞧着宝玉悲声咽咽,点头儿一语全无两泪零。
欠身形手拉宝玉旁边儿坐,说我和你情意相投似妹兄。
只说是终须有日随心愿,又谁知无故平空有变更。
那虔婆好好生心要将我害,这其中想来一定是有人通。
若知道不白的冤屈今日有,我早和你话到其间脸一红。
又说是这会外面是何时也？屋内又无有交时报刻的钟。
宝玉说自家内出来交未正,可是哟你也吃了些汤水不曾？
这晴雯滔滔泪向腮边滚,说你打量我还在怡红小院中。
咱那里随心如意般般有,不拘时要甚么东西立刻现成。
你摸摸我四肢浑身如火炭,怎能得可口的茶儿吃上半盅。
痴公子忙向怀中一伸手,说我把玫瑰露给你拿来一小瓶。
等我寻些凉水冲与你饮,这晴雯聪慧的芳心暗感情。
说难为你样样桩桩思虑的到,哎可怜我除了你连心有哪个疼？

诗篇

情深婢妾也相怜,片时密语叙心田。
赠物无非明好爱,迁衣总是意情缘。
此恨更深孤影怯,彼忧人去两眉攒。
名园从此春光老,过眼繁华大半完。

二回　离魂

这宝玉近前拉定晴雯手,叹气嗜声眼望着天。
可怜他别后胸中愁万种,及至相逢又无话言。

半晌含悲呼了声妹妹,说卿卿不必过心酸。
你等我今晚就到上房里去,将你这以往的冤屈对祖母言。
定叫你明朝重进怡红院,不能时情甘一死献卿前。
晴雯说二爷好歹休生事,你把这偌大的干系当作等闲。
老太太倘然问起因何故,那香袋儿定然惹下祸塌天。
就便是强把奴家说回去,你叫我何颜再入大观园。
二爷呀从今把奴丢开罢,只当是此生早已丧黄泉。
你若是果然不舍晴雯女,望天涯频频长唤我两三番。
我死后此身不可留尘世,恳请也即刻将奴用火燃。
免得我胆小的魂灵儿去看尸骨,这就是你实意真心把妾怜。
宝玉说卿病何堪能至此,将养着身安不过五七天。
晴雯说妾知不久入黄土,总不过小命儿呜呼在早晚间。
二爷呀你待我深恩难以尽述,怜奴时撕扇千金作笑谈。
大料着今生里不能相补报,也只好来生结草再衔环。
这佳人口含玉笋腮流泪,咯吱吱双双咬下指甲儿尖。
恸哀哀说权将此物与君赠,算晴雯未死的前身一样般。
作诗时翻纸儿常掩书本内,写字时舀水相随笔墨儿间。
勇晴雯话到柔肠双凝杏眼,芳心一恸改变了朱颜。
这晴雯苏醒多时睁二目,泪珠儿滴滴枕上尽是红斑。
宝玉他忙取绫帕儿把香腮揾,咬牙儿说卿卿何必过伤残。
人秉着七情六欲谁无病,退浮灾调养中和体自安。
这佳人明知宝玉是宽心话,点头儿一语全无两泪涟。
说爷呀你搀起奴家稍坐坐,可怜我浑身疼痛骨节儿酸。
痴公子手扶玉体挪鸳枕,只闻得阵阵肌香被底儿搛。
这佳人忙将绣袄儿轻脱下,说这衣服奴与郎君对换着穿。
我和你今生虽未通形体,也算是昼夜贴身伴你眠。
奴与你从此永别休思再会,要相逢只待三更魂梦间。
这宝玉惨惨凄凄将衣换上,忽听得窗外像有人言。
原来是晴雯的嫂嫂回家转,痴公子硬撑着心肠到外边。
又听得一片声音呼宝玉,他只好含悲忍泪进了花园。

这晴雯眼瞧着宝玉出房去,恰好似万把钢刀刺肺肝。
一霎时神气迷糊身躯儿挺,猛然间四肢冰凉手脚儿瘫。
痴呆呆目对房门呼恩主,怔呵呵手指窗棂口内言。
说宝玉你回来罢哟怎的不应?顿时间香魂一散艳魄飘然。

湘云醉酒

  风流名士数姣娃,一任园中众口哗。
  不避腥膻真韵事,偶将烂醉作生涯。
  烧来一胬尝新味,梦入群仙数落花。
  如此佳人如此醉,古来闺秀总输她。

史湘云仕女情怀名士概,她一生爽快异群娃。
宝钗有量偏怜我,黛玉多心也敬她。
这一日在阿母房中闲戏耍,见关东的鹿肉味真佳。
她就要了些生肉往园中去,说看我今日叫你们笑煞!
这佳人携肉前往呼宝玉,他们在假山石畔笑声哗。
就着那青花石板为条案,捡几块太湖石子把灶搭。
拾个梅梢与柳干,扫些个芳草与枯葭。
这佳人卷高翠袖当炉坐,那宝玉取递奔驰当火家。
他二人大嚼连称快,把那些见不惯的姑娘们笑掉了牙。
这个说云姑娘哪像个斯文小姐?那个说大观园竟变了口外人家。
这个说唐突煞花姣柳婿,那个说赖着算沉李浮瓜。
湘云说自古真人能本色,一味的扭扭捏捏岂是通家。
似我这大口吞膻终不失锦心绣口,像你们装模作样只好是弄嘴磕牙。
我看这生鹿脯不亚如羊羔美酒,胜似你们冷屋里扫雪烹茶。
这湘云偶尔粗豪天然娇艳,做的那韵事种种迥异涂鸦。
又一日在园中持蟹成雅集,真个是花团锦簇玉笋兰芽。
入座时翩翩飞绛雪,散步处片片落朱霞。
哗啷啷掌上杯声敲玉钏,香馥馥盘中鬓影照堆鸦。
不一时玉山齐倒娇无力,把一天春色都醉上海棠花。

这湘云拇战飞扬兴高采烈,她只顾争胜泛流霞。

不多时弱体恹恹不胜酒力,想到那花阴深处避喧哗。

不想她姣怯身子被风吹软,因此上玉容无主伴群葩。

衬香肩别样的锦茵绣褥,绾云鬟天然的翠钿珠花。

香气儿熏透了冰肌玉骨,小梦儿享尽了异彩浓华。

这一回忙坏了凤媒蝶使,又不知种下了几许情芽。

众家人忽然不见云小姐,齐来寻觅女姣娃。

转过了太湖石的假山一座,在芍药丛中瞧见了她。

正是四面彩云环落雁,一天红雨照堆鸦。

脉脉春愁探月窟,沉沉香梦到峰衙。

津津粉黛残香腻,楚楚罗衫倩影遐。

众人说笑真真好睡,忙扶起她秋波未启口犹哑。

叫了声三儿吓五儿吓睁睛细看,这才惊醒了佳人梦转南华。

这湘云有黛玉的聪明又颇爽快,负宝钗的温雅更擅风华。

偶尔超膻更增妩媚,公然入醉独冠群花。

念久因家亲良宵分苦,对多情公子美玉无瑕。

叹人生如此佳人仍薄命,可不肠断那连理枝头日影斜。

芙蓉诔(全六回)

凄鸦绕树动霜钟,帘幔低垂烛影红。
玉指轻舒拈绣线,金针微度倚熏笼。
病容饶有西施态,纤手何如织女工。
憔悴为郎情切切,强支鸳枕不辞慵。

第一回　补呢

侍儿薄命秉霜清,贾府晴雯最苦情。
她生来一段风流体,长成一副美娇容。
娥眉两道春山翠,杏眼一双碧水澄。
万缕乌云如墨染,樱桃小口似朱红。
说什么百媚千娇天下少,果然是如花似玉貌倾城,
更兼她秉性儿耿直心地儿正,活计儿精工文艺儿通。
就只是口角儿太快招人怨,往往的语言儿锋利惹人憎。
自从那贾母派来跟随宝玉,后来又搬进了怡红倒也安宁。
这佳人仔细殷勤侍奉主,或者是无事偷闲习女工。
那宝玉待她情最厚,胜如姊妹一般同。
府中上下都和睦,就只是常与袭人把气生。
那夜晚因同麝月闲顽闹,偶感风寒嗽不停。
只觉得头上发烧身体儿热,眼中冒火两腮儿红。
次日里四肢无力浑身儿懒,到晚来两腿发酸骨节儿疼。
忙服了一丸发散药,依然是喘嗽坐不安宁。
支撑不住宽衣儿卧,她这里掀开了锦被把头蒙。
欲睡的佳人忽听脚步儿响,原来是宝玉转家中。

说:"今朝替舅舅预祝寿,明早仍须把礼行。
但不知晴雯的感冒可曾好?袭人探母可转回程?"
说话间连把秋纹、麝月唤:"有一件焦心的事儿要费调停。
我今日得了雀金呢一件,却是那外国的至宝最驰名。
老太太赏我之时命仔细,又说是此衣的价儿贵似连城。
世间只得俄罗斯国有,百年不坏颜色儿鲜明。
穿了它不但邪魔都远避,还带着寒暑不侵身体儿宁。
我今晨穿了出门去,果然是人人喝彩把奇称。
都说道这件衣裳天下少,不是那手巧的人儿也织不成。
我听了正自心欢喜,偏偏的庆寿放花灯。
不提防前身的衿子烧了一块,岂非是辜负了祖母的重恩情。
老太太今晚虽然瞒过了,到明朝一场大骂岂能容?
更可答刚才送给裁缝看,他倒问:'怎么样儿补来怎么样儿缝?'
机坊中访来问去全不晓,织绣匠找去寻来都不能。
而今是买也没处买来补又不能补,教茗烟四处徒然脚不停。
偏遇着手巧的晴雯病未好,那探亲的袭人又未转回程。
林妹妹欠安怎好去劳动,又恐怕七言八语走漏这风声。
这呢儿既是裁缝都不会补,林妹妹焉能又有巧针儿缝?
你们拿去看一看,大约是也无妙手把功成。
果真是左右为难难坏了我,只怪我摆什么款儿逞什么雄。
好好的收在箱中岂不省事,只落得无颜羞进上房中。"
说着不由连跺脚,长吁短叹不绝声。
麝月说:"这样的精工谁会补?"秋纹说:"纵让他神仙也不能。"
听话的佳人只得扎挣起,顾不得眼花头晕耳生风。
忙把那乌云挽了两挽,身上的棉衣加了一层。
叫小鬟银灯移在帐儿外,床儿上铺下了呢儿仔细定睛。
果然是攒红缀绿喷霞彩,灿烂辉煌绕眼明。
就只是正面的大衿烧破了一块,约来大小似茶盅。
佳人看罢将头点,说:"老夫人瞧见岂有不心疼。
二爷呀,如此的好衣该仔细,再要想复旧如新可不能。"

说罢重新又细看,翻来覆去费经营。
看了多时又细忖,说:"除非界线可成功。
须用那雀金二线捻在一处,双层儿界密一般同。
就只是活计虽小工夫儿大,必须要慢慢地织补细细地缝。"
麝月说:"这样的女工只有你会,恰恰儿你偏染病不安宁。"
秋纹说:"若等病好再去补,教二爷明朝怎到上房中?"
佳人说:"知道了,不劳你们嘴碎,为什么今朝俱各少威风?
平日里若听好话学学针线,也免得此时急得只哼哼。
讲不起只好我病人来挣命,管什么手腕子发酸眼眶儿疼。"
说罢的佳人忙取雀金线,配着那雀呢的颜色一般同。
两样的线儿都配好,一丝一缕捻得碧清。
不多时线儿捻好把呢儿取,呢儿上补线她验分明。
说虽然颜色都相衬,但不知可能织补把功成?
"二爷呀,事儿虽急你心儿要缓,须让我慢慢地想法儿替你缝。"
说话间忙把黑斑全去净,破口儿刮得散松松。
竹弓儿一个钉在背面,正面儿两条经纬界的分明。
刚缝了数针只觉头发晕,这佳人爬伏枕上又嗽不停。
公子观瞧心不忍,说:"姐姐呀,你有病之人莫要逞能!
我明朝宁可去挨骂,你若是身子劳伤我心更疼。
快些儿吃药早些儿睡,谅来即刻不成功。
赶紧儿补完也得一夜,你何能带病到明天?
你若是只图狠命来缝补,倒只怕破洞儿依然病反增。
若要虑明朝祖母来盘问,就说是舅舅留存在府中。
不过是十天半月就还我,趁这空你再偷闲替我缝。"
说罢只催:"快收起,请去安歇莫逞能。"
这佳人宁神半晌觉清爽,重新扎挣坐床中。
战兢兢勉强拿针线,说:"二爷呀,你让我从容且缝一缝。
我若是支撑不来自然就睡,岂肯熬伤把病增?
况且我举动照常无大病,不过是四肢微觉有些儿疼。
我与其趴伏床中只是睡,倒不如扎挣起来神也清。

借此消闲倒解闷,包管织完病也宁。
求只求补得好来休说好,一时弄坏要包容。
你如果安安静静的随人补,我就是带病支持也愿情。"
公子闻言心内喜,蹿前跳后似欢龙。
一时间忽替佳人把靠枕儿取,一时间又把痰盒儿放床中。
一时间又把皮衣取出几件,一时间火盆添炭热烘烘。
唤秋纹去把姜汤预备两盏,呼麝月快将黄酒伺候一瓶。
"姐姐呀,你心儿可觉饿?要什么粥啊羹啊都现成。
或者是做些酸辣汤儿开开胃,抑或是吃点砂仁汤儿宽宽胸。
你多少用些到底好,受不住遥遥的长夜腹中空。
你虽然汤儿水儿吃不惯,但只是有病的人儿要忌肥浓。
你是那外感的症儿不受补,唯有那清淡的东西才得宁。
至于那人参的膏子只好权收起,水燕的汤儿也暂停。
各种的肥浓一概免,你若是粘上了唇儿病更凶。
林妹妹身儿虚弱自然要补,你和她一虚一实不相同。
她宜重补你宜清淡,这虚实医书之上载的分明。
若不信明朝去把大夫问,并非我只知疼她不把你疼。
我的那医道儿也还可以,药方儿碰着也有几个儿灵。
从今各样都依了我,包你身安享太平。"
这公子话语投机说顺了口,指手画脚嘴不停。
佳人听罢只发笑,说:"二爷呀,也该够了,你住一住声。
我不知你偏有这许多话,只是个长篇大套再也讲不清。
我此时又不害了馋痨病,谁想那肥不肥来浓不浓?
你只顾喳巴舞手随嘴儿讲,全不想被人传出不好听。
知道的说是二爷瞎捣鬼,不知的还当我平日有馋虫。
又是什么清淡咧,不受补,又是什么药方咧,最有灵。
哪一个奉请来医病?摇头摆脑混充高明。
我看你天下的事儿全知晓,就只是谈起了文章翻眼睛。
你与其把那聪明儿来零碎用,何妨去愤志把书攻。
二爷的话,以后也该务务正,何苦哩,终朝嬉笑似癫疯。

正大光明为君子,只是个论短说长嘴不停。
你跟我真正是明公,林姑娘果然起的甚高明。"
二人正在谈论处,听外面谯楼交了几更。
"你还不去安歇罢,上房里此时久已睡蒙眬。
从今说了多一会,这衣服另找别人替你缝。"
宝玉眼睛大似饼,忙说道:"姐姐良言敢不听。
但只是你针来线去绕花了眼,你可肯略把针儿停一停。
那衣服权且借观领领教,我也好高枕无忧睡到明。"
说话间接过雀呢仔细看,陡然面上长欢容。
口内只言:"真个巧,这针线果然精致赛神工!
我心中实在佩服你,为什么丝毫不像是用针缝。
破的整的连成一片,呢儿线儿也辨不清。
一点痕迹全不露,就犹如生成长就的一般同。
姐姐呀,你替我果然都补好,我唯有磕几个头儿谢你的情。
我只说女红谁与天孙比,哪知道你比天孙更不同!
果真是世间的手巧没有你巧,天下的心灵没有你灵。
说甚么描鸾与刺凤,管教你压尽了人间的众女红。
这针线明朝传到园中去,包管是人人俯首拜明公。"
呆公子赞叹多时身子倦,众丫鬟围随服侍睡蒙眬。
佳人复又把雀呢补,谯楼之上打三更。
不多时房内的众人都睡去,静悄悄一盏孤灯案上明。
这佳人忽然起了别的心念,不由伤感把针停。
晴雯这里流痛泪,姊妹全无少弟兄。
只今落在荣国府,多亏了老夫人恩待似亲生。
为人之道可是如此,安身乐业却也安宁。
我看一家都也好,可敬他诸凡尽让量宽宏。
麝月姐姐全不错,秋纹性格更和平。
都是命定天生造,倒像是一会儿呆来一会儿明。
有一时温存怜爱令人感,有一时古怪刁钻又不尽情。
但只是他平时待我情非浅,却比他三人大不同。

一样的人儿两样待,要算识得重与轻。
听他的素日言谈颇有意,要留我终身陪伴在怡红。
到将来果能如此倒也如愿,但不知可能遂意把心从。
也只好听天由命朝前混,此刻发愁也是空。
恨只恨小爷不务正,一味的憨皮赖脸似癫疯。
引逗的大伙儿贪玩全不学好,无夜无明搅不清。
不是说来就是笑,哪一个肯在房中做做女红?
怡红院唯有袭人年纪大,但只是也不能将大义儿明。
有一时忽劝小爷把学上,有一时又教他装病在房中。
无故地常到潇湘馆狠命地找,倒像是生怕小爷无影踪。
更可恨大家只顾来顽闹,全不怕外人听见要批评。
这些事将来传入了夫人的耳,倒只怕难分皂白与青红。
虽然暗地不时来解劝,无奈他众人当耳旁风。
我只好谨慎留神保自己,唯有那忠心一点对苍穹。
况且是各人颜面各人顾,自己洗脸自己光荣。
过几时唯有再将公子劝,撺掇他馆内把书攻。
他若是学中务了正,这房中一定就安宁。
到那时小爷是学内把书念,我们是房中习女工。
有长有进朝前过,大观园有谁谈论我怡红?
必须如此方安稳,太太闻知都有荣。
佳人想到开心处,针线如梭快似风。
织完了背面儿织前面,缝过了里层儿缝外层。
正在拈针交四鼓,只见那微微的淡月上窗棂。
只听得树叶摇风唰唰响,旅雁南征阵阵鸣。
檐前的铁马叮当碰,房中的众婢打鼾声。
远远忽闻声又响,原来是栊翠庵中夜撞钟。
佳人听罢将头点,说:"妙玉焚修倒也至诚。
果真是数声钟韵烟霞外,一片禅机水月中。
她人儿虽小把红尘全看破,但不知果出真意与实情。
细想起为人在世真无趣,忙碌碌无非夺利与争名。

虽然富贵强如贫贱,到头来哪个脱离了黄土儿篷。
最可叹世上妇人命最苦,一生一世要靠夫荣。
纵让你花容月貌千般儿巧,若要是嫁夫不着一场空。
细思想与其婚配不如意,倒不如尘缘斩断去修行。
无拘无束倒安稳,不虑不愁享太平。
持斋念佛养真性,修一个姻缘美满到来生。
这府中上下的姑娘却不少,但不知是谁得个美多情?
看起来只有林姑娘的八字儿好,听说是要同公子把亲成。
这件事不但老爷久有了意,就是那太太的心中也乐从。
合府中算是林姑娘有结果,得了个如心遂意婿乘龙。
自然是齐眉举案偕连理,如鱼似水两情浓。
为人在世能如此,才不枉碌碌忙忙过一生。
看来又比修行好,纵然是立刻成仙太寡情。
她与其洞中受那零丁的苦,又不如双双偕老趁心胸。
林姑娘前世修积得到,所以她今生的福分不非轻。
本来是人间少有那才貌,更兼她世上无双好女工。
最难得造定才郎来匹配,也不枉生成那副美娇容。
但只是而今又有了稀奇的话,说什么金玉良缘匹配成。
这话儿也不知真和假,那公子还未吹来到耳中。
若听见旧病必然要发作,那人儿也就难以为情。
盼只盼这个谣言不中用,那时节方能两处保安宁。"
这佳人一壁里寻思织又补,看看的五鼓亮钟儿鸣。
将将儿补完金鸡叫,只觉得遍体发酸四肢儿疼。
急忙忙叠好了雀呢收针线,趴在床中嗽又哼。
宁神片晌身躯儿倦,娇怯怯合衣就枕睡蒙眬。

雨打梨花月满庭,飘零红粉最伤情。
怜她蟫首姿容丽,惹得蝇谗妒忌生。
空把虚名担笑骂,谁知恩怨欠分明。
柔肠百转无凭事,好读《离骚》诉不平。

第二回　谗害

带病的晴雯一夜将呢都补好，到清晨宝玉观瞧长笑容。
连忙拿到园中去，众妹妹个个争夸好女工。
过几日佳人的病儿好，那袭人久已转回程。
贾府的闲是闲非都不表，不觉的寒冬过去又把春迎。
上元灯事方才了，转眼花朝快似风。
清明才见把坟上，忽又龙舟锣鼓鸣。
七夕乞巧无多日，又到中秋看月明。
一时间美景良辰也言不尽，谁知哪补呢的晴雯又病在怡红。
时逢正是重阳近，果然是气候儿逢秋万里清。
这佳人只因贪看了庭前的月，怎知道那夜气儿侵人受了风。
只觉得一会儿发烧一会儿冷，一会儿咳嗽一会儿哼。
一会儿懒来一会儿软，一会儿酸来一会儿疼。
每日里虽然举动还依旧，无奈她胃口不开裙带儿松。
公子焦愁心不定，这一日走到了床前问一声。
说："姐姐呀，今朝的病儿可曾少减？为什么身躯总是欠安宁？
此时胃口开没有？你的那头上的发烧可略平？
这两日米汤未卜吃多少？药酒还能饮几盅？
配来的丸药服过没有？摊来的膏药贴过不曾？
做来的杏酪好不好？煎来的参膏浓不浓？
蒸来的花露吃了几盏？制来的小菜用了几瓶？
青笋嘈人你最喜，鱼虾虽好又嫌腥。
点心最爱哪一样？茶叶喜吃哪几宗？"①
"红红的嘴唇果然是位佳人相；瘦瘦的肩膀儿自然是个美人形。
真个是颤颤巍巍浑身儿带俏，摇摇摆摆体态儿轻盈。
我看你衣儿不舒发儿也不整，为什么无缘无故两腮儿红？
你还是吃了酒儿没有醒，你还是装出这浪样儿假撇清？

---

① 此处上下文内容衔接不上，有缺文。

你自己瞧瞧可像个黄花女,倒像那画儿上的西子病形容。
作耗的妖精就是你,怪不得宝玉而今不老成。
怡红院就只你会领头儿吵,撺掇得宝玉似欢龙。
成日价不是顽来就是闹,到晚上你还说笑到天明。
在那边混充宝二奶奶你瞎作怪,脸面儿不顾乱胡行。
你同他背地做的事,休当我一点儿不知情。
那袭人百般劝你你全不理,无法无天了不成。
不要脸的贱人出去罢!你站在跟前我气上冲。
你回去宝玉的跟前休把话讲,不劳你暗地儿撺唆混逞能。
好好儿给我蹲在怡红院,慢慢地再来请你去登程。"
王氏越说越气恼,佳人听罢面绯红。
摸不着此话从何起,也呆呆发怔似雷轰。
喘嘘嘘正要上前分辩儿句,偏偏的贾政进房中。
无奈何只得抽身走,她那委屈愁烦有万重。
回到了房中腿乱颤,只气得浑身发抖泪珠儿倾。
战兢兢将身倒在床上,拉开了锦被把头蒙。
越思越气越伤感,受这样的委屈可活不成。
别的话儿犹自可,说什么小爷背地有别情。
这话儿不晓从何起,无脑无头是哪阵风?
若说是暗地有人去葬送,自然是总在怡红这院中。
但只是数日大家情最厚,都和我亲亲爱爱似同生。
那袭人虽然常到上房去,她却是语言稳重量宽宏。
合府中说起袭人谁不赞好,她岂肯造这荒唐事一宗。
若说是太太是从疑惑起,为什么一口儿咬定不容情?
这不是平空生出蹊跷事,老天哪,为何无故把人坑?
无据无凭怎么讲,好教我遍体排牙也辩不明。
夫人是听信了谗言全不管,一味的生嗔动怒恨重重。
我今日虽然还在园中住,看起来时光不久要别怡红。
大约是我与小爷的缘分尽,当初的疑念儿总成空。
果然是人情奸险难防备,无故的暗箭伤人我恨怎平!

我只说争强要好保全脸,殷勤谨慎想求荣。
谁知道忽然祸从萧墙起,平空伤脸在怡红。
这话儿一时传到外边去,谁辩此中浑与清。
自然背后要谈论,算是我辛苦了一场落臭名。
平时说嘴中何用,素日英名一旦空!
这而今无颜住在荣国府,愧见家中嫂与兄。
偏偏的父母都辞世,这兄嫂又非与我是亲生。
若要是父母在堂犹自可,爹娘前究竟还能诉诉苦情。
而今是六亲无靠剩了孤苦一弱女,又遇这难讲难言事一宗。
只落得万般委屈无人诉,千种烦难辩不清。
任你呼天天不应,纵然唤地地无灵!
如今是前进无门退也无路,也唯有全节一死把心明。
佳人越想越伤感,泪珠儿点点滴滴不住停。
睡卧在床中只等死,恨不能无常一到赴幽冥。
一连数日断了茶饭,她把那饮食废弃要轻生。
这公子只当佳人真有了病,走出走进不得安宁。
医生请过无其数,无奈她药儿总不入喉中。
公子发慌只落泪,摸不着佳人心内主何情。
这一日正在床前来劝解,忽听外面喊连声。
公子连忙迎出去,只见那夫人大怒动无名。
唤袭人:"快教晴雯早早儿走,把她即刻撵出怡红!
我跟前只存宝玉这条后,还望他巴高学好把人成。
受不住弄个妖精这里搅,胡作非为可不能。
快快跟随她哥嫂去,这房中顷刻定安宁。"

秋风秋雨满梧桐,凄恻归来恨万重。
咫尺即成千里阔,百年唯有一心从。
霜天月冷闻孤雁,茆舍灯昏泣晚虫。
纸帐芦帘人病后,不堪回首忆怡红。

第三回　恸别

王夫人听信了谗言把晴雯撵，这佳人明知缘尽不能停。
战兢兢慌忙扎挣把床下，羞惭惭强打着精神整病容。
一件件衣裙鞋袜来穿好，乱蓬蓬万缕乌云用帕蒙。
昏沉沉刚移莲步觉头晕，虚飘飘四肢无力她体酸疼。
扑腾腾肝气上冲心乱跳，浑澄澄金星乱冒眼蒙眬。
急忙忙欠身手按着小鬟的背，喘嘘嘘暂时歇息把神宁。
颤巍巍勉强移步到廊下，委屈屈王氏的跟前把礼行。
嫩生生花枝招展将头叩，娇怯怯说多蒙素日的重恩情。
凄惶惶拜罢了夫人拜宝玉，目眈眈眼瞧着公子面皮儿青。
一汪汪恸泪盈腮不敢落，恸煎煎满口哭声不敢哼。
体颤颤浑身发抖身无主，冷湿湿遍体筛糠体似冰。
怔呵呵立在了庭前如木偶，也呆呆走近了宝玉的跟前似哑声。
恶狠狠忍恸含悲她舒玉体，悲哀哀强咬着银牙把礼行。
惨戚戚伤情的公子来搀起，戚惨惨佳人礼罢进中庭。
意殷殷要往上房谢贾母，怒冲冲夫人说道："不劳情。"
气昂昂吩咐："去将行李取，急速速快些儿收拾莫要消停。"
羞惭惭佳人只得将房进，恨悠悠走到了床前不胜情。
红绮绮掀开了锦帐亚似刀割胆，晶莹莹拿起了菱花如同刃刺胸。
一个个梳妆盒儿无心取，一卷卷针线儿懒怠擎。
一幅幅秋纹替把被囊儿裹，一桩桩麝月忙将箱笼儿盛。
一面面袭人替把菱花放，响当当她安心跌碎了镜青铜。
跳钻钻小鬟去把面盆取，笑嘻嘻又将净桶放当中。
一对对粉盒油瓶堆满地，一丛丛头绳腿带几多重。
忙促促老嬷搬物如梭快，光油油案上床中一扫儿平。
悲凄凄睹物的佳人心内惨，泪涟涟拜别三人不敢停。
闷恹恹离情满腹不能讲，步姗姗小鬟搀手到堂中。
气扑扑夫人仍在廊前坐，一行行侍儿环立列西东。
惨淡淡公子在旁垂手站，寂默默望着佳人泪点儿零。

咯吱吱强咬银牙移玉体,悲切切回视情郎叹几声。
一步步浑身亚似千金重,慢延延半晌才将莲步行。
怅怏怏满怀难舍情公子,快怅怅心中不忍别怡红。
扑簌簌戚惨的眼中流恸泪,号啕啕大放悲声好惨情。
凋零零佳人出了怡红院,羞答答见了族中的嫂与兄。
一队队园中的姊妹来相送,咨嗟嗟人人感叹恨难平。
哭啼啼顿时拜别到园外,一双双手扶着哥嫂到家中。
昏晕晕玉体斜横草榻上,软瘫瘫浑身发倦四肢儿疼。
闹轰轰只觉耳鸣头又晕,闷沉沉霎时伏枕睡蒙眬。
飘荡荡不觉灵魂离了窍,步跄跄跨出了房门走似风。
慌匆匆一心要把情郎找,路迢迢不分南北与西东。
喜孜孜忽然迎面见公子,絮叨叨离情畅叙带欢容。
意伴伴同入园中观仔细,灿烂烂青红叠翠甚怡情。
芳芬芬千娇百媚迎人面,锦簇簇万紫千红遍地横。
一瓣瓣花片飘扬飞碎锦,几丝丝柳条上下舞轻风。
来往往池内游鱼戏碧水,一攒攒园中浪蝶闹花丛。
叫喳喳梁间燕舞呢喃语,娇滴滴林内莺梭百转鸣。
曲弯弯离架蔓藤盘古柏,弯曲曲隔墙薜荔绕苍松。
重叠叠凉亭水榭临幽渚,叠重重雾障云屏接碧空。
笑盈盈双双正把怡红进,厮琅琅忽闻喊叫似雷霆。
威凛凛迎面花妖把路阻,光闪闪无情棒在手中擎。
雄赳赳对准了天庭朝下落,咕咚咚佳人跌倒在陷人的坑。
忽悠悠猛然梦里来惊醒,汗津津浑身湿透冷如冰。
蒙眬眬半晌宁神睁凤目,萧瑟瑟四壁凄凉好惨情。
刷拉拉篱外风摇败叶响,忒楞楞疏棂乱舞纸条鸣。
明皎皎斜日穿窗照瘦影,冷飕飕凉风入户扫愁容。
几星星榻上的尘沙浸泪眼,一缕缕梁间的蛛网钓悲胸。
静悄悄梦中公子何方去?孤单单依然独自叹凋零。
路茫茫怡红从此人千里,泪潜潜茅舍新增恨万重。
飘摇摇素日痴情随绿水,虚渺渺梦中好事逐西风。

几处处应候寒蛩鸣户外,一群群感时旅雁唳长空,
寂寥寥唯闻隔院砧声弄,凄凉凉只有檐前铁马鸣。
闹吵吵兄嫂声喧门外去,冷清清一人独对苦零丁。
一种种新愁旧恨离回首,万千千别绪离情塞满胸。
几阵阵思前想后无情绪,恨漫漫唯求即早赴幽冥。

　　　　　弹来别泪洒西风,十指纤纤带血红。
　　　　　银甲全除回玉腕,樱唇轻启折春葱。
　　　　　堪怜撕扇千金笑,忍看缝呢一线工。
　　　　　佩入荷囊如见妾,他年空自忆芙蓉。

第四回　赠指

王夫人驱逐了晴雯回房转,这宝玉立在庭前似哑聋。
痴呆了半晌将神定,说此事蹊跷主甚情。
莫不是太太今朝吃了酒,或者是别处同人把气生。
平空地大动雷霆这一阵,好教我糊里糊涂总不明。
这事儿我仔细来思忖,一定是有人暗地把她坑。
猛然低头想了一想,不觉的口中冷笑两三声。
说一定是此人弄的鬼,且等我慢慢留神再打听。
说着复又暗垂泪,想起了佳人好恸情。
她而今负屈回家孤又苦,但不知病体如何死与生?
幸亏是她家就在园门后,我何不暗去将她劝几声。
不多时走到了上房用过饭,悄悄地出了怡红步似风。
好容易央及老妈问了门户,这公子跨出园去不消停。
跑进了对门只将姐姐叫,又唤那晴雯嫂与兄。
连呼了数遍无人应,慌忙入户验分明。
原来是晴雯的哥嫂出门去,静悄悄佳人独自睡床中。
满屋里只觉一股煤烟气,只见那房中光景甚凋零。
正中间破桌儿一张三条腿,旁边里旧椅子两条少上层。
土灶旁炖着一把瓦茶铫,木凳上摆着一对破茶盅。

窗台上放着一把砂酒嗉,墙儿边挂着一盏铁油灯。
那边是吹桶弹弓堆满地,这边是雀网粘竿好几重。
又只见房顶儿稀糟透出亮洞,窗棂儿破碎尽是窟窿。
四壁厢灰尘黑暗暗,满床上稻草乱蓬蓬。
公子看罢这凄凉景,不由得顿足手捶胸。
口内只言怎么好,这哪里是人间倒像幽冥!
慌忙忙走近床前仔细看,只见那佳人合眼睡蒙眬。
虽然病体十分重,她那种长就的风流自不同。
说什么带酒的杨妃来转世,好一似捧心的西子又重生。
不但那素日的丰姿全未减,越显得娇愁满面可人疼。
公子越瞧心越不忍,不由得哭泣恸伤情。
这佳人正自昏迷神涣散,忽听房内有哭声。
猛然间秋波慢闪见公子,不觉心中喜又惊。
一壁里开言喘带嗽,说:"公子呀,难道我同你是梦里相逢?"
这佳人话未说完又身发抖,痰堵咽喉似哑聋。
昏迷半晌来苏醒,止不住伤情的恸泪把腮盈。
战兢兢手扶着公子坐床上,说:"二爷呀,我离恨千端讲不清。
可记得从前那句话,你说是将来怕我转家庭。
这而今果然应了当年话,大观园只有我晴雯无后成。
人之去留原不要紧,决不应听信了谗言污我的名!
数日前唤到了上房将我骂,说什么背地有别情。
不容分辩回房转,那一种委屈愁烦我自己明。
我只说断了饮食死在荣国府,又谁知忽然分散两西东。
孤零零委屈戚惨回家内,我唯有呼天唤地只哀鸣。
虽有离情要对你讲,一时间何能传入到怡红?
不料你义重情深来探我,更令人终身感戴把心铭。
二爷呀,今朝永别要分手,我的心中你要明。
自古道贞节二字女之根本,从一而终无变更。
我而今担了虚名谁不晓,难免那背后旁人议论生。
虽然说此心可以对天地,就只是枉费了平时一片的情!

我只好以假作真错到底,那从一二字不能更。
生是你的人来死是你的鬼,也不枉旁人给我这虚名。"
说罢玉手慌忙放口内,将指甲顿时咬断赠多情。
公子接来如酒醉,只觉得心如剑刺一般同。
刚把那指甲收过了,这佳人又脱身上的袄红绫。
狠命地左脱右解嘘嘘地喘,好容易袄儿褪下嗽连声。
公子一见知就里,也把那袄儿褪下不消停。
两个人刚才替换来穿上,这佳人猛然晕倒又眼蒙眬。
公子不由流恸泪,只将那节烈的贤人叫不停。
一连唤够十余遍,这佳人气转悠悠哼一声。
昏沉沉倚着绣枕睁开眼,扑簌簌血泪如珠往下倾。
一只手拉住了情公子,一只手指着那袄红绫。
说:"这是你苦命的人儿留下的物,切不可抛弃把它轻。
久以后倘然想念我,看看它犹如见我一般同。
那指甲曾把雀呢针线挑,放在你身边了我的情。
今日里把它两样作个遗念,也算我服侍你一场留个后成。"
说话的佳人复又喘,只觉得阵阵虚火望上冲。
强打着精神又把二爷叫,还有数言仔细听:
我自从投入荣国府,从小儿即蒙拨在你房中。
数年来多蒙你青目恩非浅,种种的错爱垂怜情更浓。
至于那当年所讲衷肠话,我非草木岂能忘情?
但只是从前的痴念儿今何用,只落得知心的人儿两西东。
虽然今被虚名儿误,我岂肯半路之中有变更。
以死相报把贞节保,但愿来生再续旧盟。
公子呀,我饮食已绝身无主,此时心内似油烹。
我与你时短话长言不尽,纵有那万口千牙讲不清。
也只好从前以往全收起,这是我命薄福轻惹了祸星!
念只念老夫人待我恩情重,从小儿即蒙教养把人成。
最可惨临别不准见一面,就是我死到黄泉也不平!
数年来慈爱千般指望我好,怎知我此时业已离了怡红。

老夫人哪我的虚名晓不晓,我的冤屈明不明?
算是我辜负深恩不学好,只好是衔环结草把心铭。
想只想林姑娘待我情非浅,最可叹临走不曾诉诉苦衷。
愁只愁她身儿虚弱常多病,必须要调养宽心才太平。
你二人老爷虽有了联姻的话,愿只愿早早如心把此事成!
咱府内人情都欠美,唯恐怕事到了临期又不宁。
虑只虑老爷的秉性多严厉,教训子侄不留情。
唯望你一切虚心宜谨慎,诸凡耐性要谦恭。
父母前务要承欢尽孝道,弟兄前切须友爱念同生。
在外边小人须远近君子,断不得孤身城外又闲行。
至于那酒肆歌楼你休要走,要知道传出名儿不好听。
你如果外务全收起,合家儿欢悦你身宁。
你若是任性老爷必动怒,恐伤了天伦父子的情。
这是我临危赠别的语,牢牢紧记要曲从!
我虽然还有数言要奉劝,无奈我神魂散乱气往上涌。
园门首喊叫声喧要上锁,二爷呀不可久坐快转怡红!
你只是悲恸伤心不打紧,好教我箭箭攒心阵阵疼。
咱二人从此一别难见面,但愿你保重身躯我目瞑。
公子呀以后不必常想念,要知道红颜薄命古今同。
虽然说天下的人苦苦不过我,这也是前生造定岂容情。
悲的是眼前没有父和母,哪有同胞弟与兄。
纵有那万般说不出的苦,也唯有自己伤心自己明。
可怜我此时哭得喉咙哑,哪有亲人问一声?
可怜我此时血泪都流尽,哪有亲人把我疼?
最可叹从前以往全无用,最可叹自今以后总成空!
二爷呀你前程远大须努力,可惜我不能看你把名成。
我的那身后的事儿虽然有兄嫂,还望你命人照应入土中。
倘能够亲到灵前送我一送,阴魂儿再见你一面死也闭睛。
公子呀我此去虽然无挂念,只可叹父母的香烟一旦空。
我临危手中给我香一股,愿来生接续香烟再报恩情。

我的那棺木入土休朝北,向西方望着爹娘心也宁。
盂兰会你不用把纸钱儿送,清明节也不必把黄土儿蓬。
望只望悲风愁雨凄凉夜,你把那苦命的人儿叹我几声!
一壁里说着悲又惨,霎时间樱桃口内冒鲜红。

    野草闲花陌路馨,无端错认订鸳盟。
    愁肠哪得添欢笑,媚态真能解送迎。
    难遇事偏成巧遇,多情人反对无情。
    小窗笔写风流况,一段春娇画不成。

第五回　遇嫂

垂危的晴雯把后事嘱,顿时昏晕倒床中。
宝玉在旁无主意,只急得拳回两腕手搥胸。
口内只言要我的命,止不住滔滔的珠泪恸伤情。
说:"姐姐呀,你千万慢些儿走,等等我薄情的宝玉一同行!
你若是果然撇下了我,倒不如双双儿同去最安宁。"
这公子正自伤悲无主意,忽听得园中一片喊连声。
原来是天晚园门要上锁,公子闻言不敢停。
强咬牙关才要走,来了那晴雯的嫂嫂母大虫。
只见她生成一副春风脸,浑身卖俏带着轻盈。
两道弯眉常锁恨,一双俊眼最多情。
刷就的银牙一口白如玉,染成的朱后一点赤通红。
金莲儿窄窄衬着高底,颧骨儿高高堆着笑容。
肩膀儿苗条身段儿俏,柳腰儿摇摆骨头儿轻。
油搽的青丝一锭墨,梳成的水鬓一蓬松。
耳边厢坠子环子一大串,鬓儿边花儿朵儿几多重。
年纪儿不满三十岁,她那种体态风骚自不同。
这妇人十指儿尖尖来拉公子,她未曾开言先自笑颜生。
说:"宝二爷呀,我久仰大名非止一日,你今儿到此刮来是哪阵风?
偏偏地他哩刚才去摇会,妹妹哩不知人事儿在床中。

我被那街邻请了裁衣去,恰恰儿此时凑巧转家庭。
二爷呀接待不周望恕我,破房儿屈驾要包容。
喜只喜难得贵人来下降,今朝要算巧相逢。
人说是闻名不如来见面,果然见面胜闻名。
说什么潘安与宋玉,要比尊容万万不能。
请问你今年贵甲子,是属龙属虎几时生?
从小儿可曾庙宇把名寄?自幼儿可还上学把书攻?
书画琴棋学过没有?笙管丝弦习过不曾?
街市上楚馆秦楼曾去走,城儿外花街柳巷可闲行?
身儿边如君有多少?房儿内侍儿有几名?
尊夫人年纪可相配?自然是写算兼全好女工。
何日行茶并过礼?几时合卺把婚成?
模样儿果真好不好?你的那心儿可愿情?
二爷呀你身上的前程有几品?是秀才进士还是举人公?
但不知乡会场儿下了几遍,书院学棚考过不曾?
当日个何时将学进?幼年间几岁把名成?
房儿内哪位如君如你的意?是哪个着热知心最把你疼?
每日里做何事儿来消遣?有什么时兴的玩意可陶情?
平日间好碰湖来好压宝?爱抛球儿爱拉弓?
十锦的杂要看不看?傀儡的戏儿听不听?
骰子老阳学过没有?天九的牌儿你能不能?
二爷呀你来了多时可饿不饿?收拾个家常便饭要包容。
街儿上洁净的菜儿买几样,肆儿中上好的酒儿打一瓶。
无非是三个碟儿两个盏,匆匆的哪里还能去杀牲。
我们是小户儿人家没有菜,不过是水酒儿一杯表表至诚。
素日的量儿大不大?遇着那行令豁拳赢不赢?
此刻是先吃点心先吃饭?你还是先把酒儿饮一盅?
并非我故意儿杀鸡来问客,只因为今朝初次两相逢。
要什么吃的快些讲,断不可辜负区区一片的情。
你看么这不是件稀奇的事,怎么地我说了半天你声也不哼?

为什么问你话儿全不理?不瞅不睬主何情?

你还是安心要摆款?你还是生成怕认生?

既然到此该欢喜,却因何一团愁闷眼圈儿红?

人说你女孩儿跟前知疼热,为什么见了我闻言似哑聋?

你还是果真长就的脸皮儿嫩,你还是本来是个愣头青?

我只好两个山儿放在一处,请出罢你闹什么油来撇什么清?"

说话间晴雯的哥哥回家内,只见他请安问好陪着笑容。

说:"二爷呀,我多时未去将安请,只因为有些俗事乱匆匆。

我妹妹自进府中十数载,多蒙你另眼相看恩不轻。

无奈她秉性儿太刚口角儿快,吃亏了为人直爽过于真诚。

因此上小人不足生嫌怨,哪知道暗施冷箭设牢笼。

这也是五行造定该如此,也说不清来辩不明。

但只是而今病已十分重,要想复原万不能。

世间心病最难治,纵有仙丹也不灵。

早晚间时倘有不虞的事,还望你念念平时一片的情。"

着急的公子不住将头点,心儿里万转千回阵阵疼。

悲切切无心把话讲,急忙举步转怡红。

走到房中只发怔,呆呆无语似痴聋。

麝月说:"二爷半日往何方去?"秋纹说:"我找遍园中无影形。"

转过了袭人腮带笑,说:"痴爷呀你又朝何处去闲行?

回家来眉头不展因何故?满眼泪痕主甚情?

不语不言却为什么事?无情无绪究因哪一宗?

我看你木雕泥塑差多少,倒像是少魄失魂一样同。

我劝你闲情从此全收起,不必去胡思乱想惹灾星。

今日里太太生嗔那一阵,难道说你还任性不心惊?"①

猛然惊醒留神看,只见那案上的银灯暗又明。

听了听天交五鼓金鸡叫,原来是南柯梦里会多情。

公子发愁心暗想,说此梦蹊跷定主凶。

---

① 此处上下文内容衔接不上,有缺文。

我看她今日的病容虽觉重,细思想何能顷刻就赴幽冥。
但只是她饮食久绝不服药,怕只怕安心有意要轻生。
也只因沉冤莫辩心灰尽,所以她不如一死把心明。
她果然立志要如此,却教我怎能排解这愚衷?
愿只愿这个梦儿不效验,求只求她身安逸我心宁。
只要她身体复原无大病,慢慢地再求祖母的重恩情。
一壁里愁思身发倦,不觉得一枕黄粱梦又浓。

芙蓉色相记三生,一缕炉香秉血诚。
笔底行行书旧恨,花前字字诉离情。
红襟赠别卿怜我,黄绢填词我忆卿。
目断芳魂应不远,锦城端合续前盟。

第六回　诔祭

烈性的晴雯夜间辞了世,次日里宝玉闻听魂吓惊。
"嗳哟!"一声:"疼杀了我!"顿时口内吐鲜红。
连连地顿足只将姐姐叫:"好教我恸碎了肝肠阵阵儿疼。
我只说你们看我先归土,谁知道你先撇我赴幽冥?
我此时只想灵前去看你,又谁知母亲吩咐十分凶。
此刻是后门之上加封锁,你教我何能前去送你一程?
我虽然暗地命人去照料,怎能够样样儿齐件件的精。
果真是在日不能如你的意,到死后依然处处欠你的情。
世间上无情第一就是我,姐姐呀,你枉自痴心把我疼!"
这公子终日悲伤心不定,行哭行笑似癫疯。
那一日偶然听见小鬟讲,说佳人在花神队里掌芙蓉。
连忙地强打着精神把祭文做,细将那从前以往写分明。
这一日带病做完《芙蓉诔》,巴到了黄昏忙出户庭。
教小鬟园中暗暗地排香案,这公子芙蓉花下秉虔诚。
忙将那净水一盅供案上,又将那紫檀一瓣放炉中。
未曾祝赞心先碎,他把那诔文哭诉向芙蓉。

"姐姐呀,你生前聪慧秉性儿巧,一定是死后的阴魂分外灵。
你那里有圣有灵来享祭,我这里无知无识只哀鸣。
你那里凄凄惨惨守荒墓,我这里悲悲切切伴孤灯。
你那里愁云日向坟头起,我这里相思常在腹中萦。
你那里青草年年冢上绿,我这里泪痕夜夜枕边红。
你那里月下三更愁寂寞,我这里灯前五鼓叹零丁。
你那里别恨千端无处诉,我这里离情万种向谁明。
你那里望乡台上添悲恸,我这里芙蓉花下倍伤情。
念只念万里黄泉谁是伴,愁只愁孤魂儿一个有谁疼。
叹只叹你生前哪有亲骨肉,忧只忧阴曹作鬼也苦零丁。
哭只哭两段指甲成故物,哀只哀身边只落袄红绫。
恼只恼旁人暗地施毒计,怨只怨高堂误中计牢笼。
惨只惨饮食断绝药不入口,伤只伤情感一死担虚名。
恨只恨临危不能将你送,愧只愧死后桩桩欠你的情。
闷只闷你而今到底何方去,苦只苦今生今世不相逢。
悲只悲满腹的衷肠要对你讲,恸只恸再想谈心万不能。
可爱你温柔贤慧礼节儿晓,可爱你玉洁冰清大义儿明。
可爱你情性耿直心术儿正,可爱你举止端庄礼貌儿恭。
可爱你婉顺柔和怀烈性,可爱你温存妩媚秉霜清。
可爱你语言直截无虚假,可爱你行为爽利尽真诚。
可爱你春风和蔼将人待,可爱你宽宏大量把人容。
可爱你舍己从人出至性,可爱你解纷排难是天生。
可爱你只晓雪中将炭赠,可爱你不知锦上把花增。
可爱你非礼的话儿决不讲,可爱你非礼的事儿从不行。
可敬你每日焚香敬天地,可敬你终朝参拜礼神明。
可敬你逢朔遇望祭先祖,可敬你四时八节扫坟茔。
可敬你尊长跟前尽孝道,可敬你姊妹丛中情义浓。
可敬你扶危济困恤孤寡,可敬你敬重年高慈幼龄。
可敬你欢喜施茶爱舍药,可敬你恼恨杀牲好放生。
可敬你行路怕伤蝼蚁命,可敬你爱惜飞蛾纱罩灯。

可敬你每欲施棺免暴露,可敬你常思补路济人行。
可敬你在日常言缺孝道,可敬你临死不忘父母的情。
可感你炎天替我扇衾枕,可感你寒冬替我把炉烘。
可感你病时与我将药进,可感你渴来与我把茶烹。
可感你凉时替我添衣履,可感你饥时与我治汤羹。
可感你清晨与我勤栉沐,可感你灯前伴我把经穷。
可感你终朝替我把衣衫做,可感你每日常将鞋袜缝。
可感你夜深还去将呢补,可感你梦中仍劝把书攻。
可感你良言规劝将心正,可感你痴心盼望把名成。
可感你一片血心待我宝玉,可感你满腔仁义在我怡红。
可叹你服侍我一场无结果,可叹你平空的被害入牢笼。
可叹你枉长了如花似玉娉婷貌,可叹你空生了百俐千伶锦绣胸。
可叹你女工枉自桩桩晓,可叹你文艺徒然件件通。
可叹你含冤负屈无人诉,可叹你忍气吞声自己明。
可叹你千般的袅娜汤浇雪,可叹你万种的风流火化冰。
可叹你描鸾刺凤今何用,可叹你知书达理一场空。
可叹你一生要好如流水,可叹你半世争强无影踪。
可叹你素日痴情沉大海,可叹你玉骨冰肌被土蒙!
再不能上元同把花灯放,再不能清明散闷放风筝。
再不能端阳共把龙舟戏,再不能盂兰携手看荷灯。
再不能七夕穿针共乞巧,再不能中秋同赏月晶莹。
再不能重阳联步登高去,再不能除夕守岁待天明。
再不能投壶夺尽人间巧,再不能猜拳饮尽酒千盅。
再不能池中同把游鱼钓,再不能林间共听野禽鸣。
再不能山前共赏峰峦翠,再不能舟中同玩碧波澄。
再不能园中同你斗百草,再不能庭前同我弄丝桐。
我为你人间找遍了还魂草,我为你天涯觅尽了药回生。
我为你空求了月下的嫦娥女,我为你枉拜了天边的织女星。
我为你满斗焚香不中用,我为你斋天大醮总成空。
我为你每日徒然告天地,我为你终朝枉自祷神灵。

我为你争名的痴念今灰尽,我为你巴高的妄想冷如冰。
我为你恸肠儿每向芙蓉断,我为你泪珠常对茜窗倾。
我为你神思儿只在园门后,我为你梦魂儿不外碧橱中。
我为你只想同衾常聚首,我为你唯求共穴两相逢。
想得我每日发呆如木偶,想得我终朝纳闷似雷轰。
想得我两耳轰轰听不见,想得我二目昏昏看不明。
想得我精神恍惚神不定,想得我话语模糊语不清。
想得我举止慌张坐不稳,想得我梦魂颠倒睡不宁。
想得我柔肠九转满腹儿痛,想得我血泪千行一色儿红。
想得我左思右想刀剜胆,想得我想后思前刃刺胸。
想得我无精无采无情绪,想得我如醉如痴如哑聋。
想得我懒在人间将你想,想得我要到阴曹续旧盟!"
这公子越哭越伤感,不由得大放悲声好恸情。
只哭得冷路凄凄浸泪眼,只哭得阴风惨惨扫愁容。
只哭得檐前铁马添愁韵,只哭得长空旅雁带悲声。
只哭得星斗不明多晦暗,只哭得月色无光带朦胧。
只哭得孤鹤哀鸣唳声惨,只哭得子规倒挂口啼红。
只哭得鸳鸯惊走迷失配,只哭得金鸡乱唱错啼鸣。
只哭得寒雀深藏怕入耳,只哭得宿鸟高飞不忍听。
只哭得月殿嫦娥也惨切,只哭得天边织女也伤情!
痴公子正自伤心号啕恸,猛听得黛玉含悲叫一声。
说道是多情的人儿世间有,要像你实意真心可不能!
那祭文句句鼻酸多惨切,就是那铁石人闻也泪倾。
我这里窃听了多时心已醉,教你何能心不疼?
虽然说衷情恋恋难割舍,要知道人死焉能会再生?
况且是而今她已成神去,你徒自悲伤把身子坑。
我劝你天已夜深回去罢,你若是冒了风又要不安宁。
好容易把宝玉劝进了怡红院,下回书凤姐儿拈酸再找零。

椿龄画蔷(全一回)

诗篇

情重失神便似痴,哪知局外也忘机。
女伶魄走何时也,公子魂消却为伊。
两下迷离一样景,一番风雨两不知。
好一副难描难画的痴人小像,全在那彼此交呼猛省时。

听我说怡红院内的贾宝玉,这一日只觉静坐无聊无局。
望了望天上红轮方才过午,对了对房中钟表刚交未时。
看了看晴雯麝月都酣午睡,想了想袭人说话又欠投机。
一低头信步出了怡红院,胡思想欲往东来复向西。
欲待要往潇湘馆去把颦儿看,又恐怕惊了她的午梦惹嫌疑。
欲待要往蘅芜院,宝姐姐心情与我不相宜。
忽又想到院里无人这等寂寞,想必是处处儿都在垂帘不语时。
倒不如独自园中闲步步,就与那花鸟相亲也遣心思。
这公子想到了得意处,分花拂柳步儿慢移。
只见那垂杨柳深深添苍翠,碧苔痕冉冉长了绿泥。
瞧一回蜻蜓闹处红莲放,看一回绿波深处戏游鱼。
最可爱鹤自刷翎鸳鸯自睡,百鸟儿无声花影儿自移。
唯有那绿阴深处蝉声噪,好似那断续临风一管笛。
这公子去去行行行又止,猛抬头一架蔷薇把路迷。
遥望去似锦如霞耀人眼目,红红绿绿蔓住疏离。
暗想我闲常没到这一处逛,却不知这一段幽情颇有意思。
恍惚见有个人影在花墙柳壁,细看去是个女子默坐把头低。
慢慢向前走几步,偷身儿隐住在隔篱。

见她穿一身素色纱衫侧身而坐,看她那半面春风就令人痴。
茶呆呆一手画地如写字的样,人到近前她尚不知。
宝玉说我不曾见过这女子,看光景也是多情一个女痴。
你总不爱在闺中描鸾刺绣,这早晚也正是纱窗午梦时。
再不然你也像我散一散步,你一个女孩家园中走走有谁不宜?
为什么在这里自寻烦闷?嫩生生的小手儿画地痴也不痴?
莫不是你的心情与颦儿一样,也要做首葬花诗?
我何不顺着她的玉手瞧了去,看看她写的是什么诗词。
这痴儿顺着笔迹儿留神看,数了数笔画儿足够一十七。
但只是先后模糊未曾记定,看她再写便可知。
只见她慢慢荡平地上土,再写时竟与前番不错分厘。
自己揣摸着写了一遍,是一个蔷薇的蔷字定无疑。
看她又写还是一般样,仍旧是那蔷字哪有差池。
小椿龄左画右写是一个字,把一个局外的痴郎着了迷。
暗想到这女子一定有什么心腹事,断不是因写蔷字忘了饥。
莫非你姊妹行中有些闲气,莫非你父母跟前受了委屈。
你有什么胸中块垒难消化?你有什么肺腑衷情难对人提?
你若肯把一腔心事泄与我,能与你排难解纷也未可知。
似这等低首无言只是乱画,我看你画到何时是个了时。
他们俩画字的失神,看的也发了怔,忽然间一阵暴雨来的甚疾。
这痴儿见倾盆大雨来如注,那女子浑身湿透全然不知。
只见她乌云好似方才绾,粉面犹如汗淋漓。
身上的纱衣全贴了肉,露出了那姣腻洁白的嫩肤皮。
急得个痴郎失声儿高叫,说那女子你的衣服淋了个精湿。
椿龄被惊才知着了雨,一回头瞧见了痴郎说这更奇。
既知叫我你还不避避?你瞧瞧你那衣服湿也不湿?
痴儿猛省说我忘情也,急回头向怡红院里跑得疾。
羡红楼何处得来生花妙笔,似这般花样他越写越奇。

一入荣国府(全四回)

诗篇

小窗酣醉欲狂吟,忽见新籍伫案存。
漫识假语皆虚论,聊将闲笔套虚文。
有若无时无还有,真为假处假偏真。
谁言作者多痴想,足把辛酸滴泪痕。
暂歌一段《石头记》,借笔生端写妙人。

第一回　探亲

有个村农年尚幼,王狗儿祖贯乡居是此处人。
觅偶结姻刘氏女,生下了子女成双两个人。
子名小板多懵懂,女唤青儿最可人。
小夫妻日无他计家萧索,凄凉苦困受清贫。
到后来相倚岳母刘姥姥,老孀居是个世态丛中历过的人。
因怜爱女残冬苦,这一日故向娇生女婿云:
"眼前现有生机会,你夫妻仔细思量再理论。
这城中现有一族豪华富,她与王家系内亲。
如今何不将她恳,倘若是怜念族中苦困人。
那时节咱们好把残冬过,但只是吾婿言谈蠢又村。
女儿却又年轻小,怎么露面抛头去见人?
必须我舍着老脸亲身儿去,到那里苦告哀求把就里云。"
合家主意相商妥,次日个携同小板儿便来寻。
一直竟奔荣国府,遥望见朱户金钉稳兽门。
正门儿纵设长关闭,角门儿出入有行人。

两凳上坐满华服人无数,俱是个腆胸叠肚笑颜䫉。
引南话北闲谈论,八语七言把话评。
一番势力多严肃,大家子风气不同寻。
老孀妇搭讪蹭到了角门首,未语开言面带春。
说:"有礼了,借仗大爷们给俺通个信,特来府上望候一个人。"
那些人闻言不睬仍谈论,有一个揽事的家人把话云:
"找谁的且在那墙角一畔儿等,不许在这里唠叨琐碎人!"
板儿说:"寻找姑妈周奶奶,她本是太太的陪房我们的内亲。"
那人道:"周家不在前边住,过墙角顺着墙根往后寻。"
老孀居无奈抽身把墙角过,一路行不多时就到了后门。
行人来往频出入,买卖集聚乱纷纷。
成群打伙儿童戏耍,刘姥姥上前细问与小儿们。
说:"此处有个姓周的你可晓不晓?哥儿你若知道就对我云。"
小儿说:"周家现有十数个,不知你可找的是哪个人?"
姥姥说:"她本是陪房来到此。"小人说:"陪房周不在家已出了门。
曾闻得上头使往江南去,周大婶现在家中是个乐人。
府中一切无她的事,若问她家是这个门。"
说话间一直领到周家的院,说:"大婶子,有人在外特来寻!"
周瑞的妻子出户抬头才一看,就看见了刘家的老妇人。
连忙让进房中去坐,叙了些近年别话语谆谆。
老孀居又将来意说了一遍,周家的会意含春带笑云:
"这府中一概传言我都不管,另有专职回事的人。
你今既来将吾找,少不得委屈破例代你去云。
近年来全系凤姑娘司家务,二奶奶赏罚公平得众心。
年纪虽小行事儿准,举止儿安详性情儿温。
说话儿有深有浅知轻重,诸几事知苦知辛怜下人。
出挑得更比当年俏,身量儿不高不矮却合均。
两宅上下皆钦敬,老太太爱似明珠掌上的珍。
如今你我将她见,只怕还略有些便宜未可云。
但只他饭后余暇稍闲片刻,除此外别无暇隙在家存。

如今先去将她见，倘若迟些枉费神。"

说话间二人携手出庭院，笑笑说说进了后门。

至到厅廊檐前安住了刘姥姥，自己来先回平儿把就里云。

第二回　求助

且说那轻盈体态的王熙凤，百媚千娇一女娥。

这一日侍奉贾母晨饭后，自归房莲步轻移出了后阁。

围随着丫鬟侍女人无数，到檐前高打帘栊立候着。

媚佳人才入暖阁归坐位，乐钟儿八下叮当到了辰刻还多。

小丫鬟高擎茶盏在旁边立，玉舡盘龙凤茶缸是银盖盒。

俏佳人接过茶杯方入口，说："你们总不留心这是怎么话说？

曾说过这茶已受潮湿气，总叫我诸处劳神费唇舌。

快去罢，急急另和平儿去要，将这个赏给丫头们随便儿喝。

来一个再去前边将爷请，问一问早饭不吃却是为何？"

小丫鬟去不多时回来禀，说："爷说了，叫奶奶先吃罢不必等着。

目下书房有客至，在外相陪有话说。"

这佳人闻言吩咐说传饭，一霎时几个仆人捧进了饭盒。

炕桌儿面前安排妥，摆下了牙饰银叉羹匙是细螺。

盒盖儿高擎银火碗，小碟儿热炒馨香菜样儿多。

皆是山珍与海味，正居中还设白银鹿肉锅。

一色匀合茶米饭，器具精制世罕得。

饭单儿斜尖扣在胸脯儿上，把裙袄衣衫都总一概遮。

万籁不闻人止嗽，片刻的工夫就撤下了饭桌。

小丫鬟一旁侍立声息儿悄，漱口盂儿掌上托。

扶侍佳人才漱了口，俏平儿高擎香茶燕尾萝。

这佳人饭后吃茶无了事，将小匙儿手炉以内把炭活。

自说道："既有人来何不去请？"猛抬头面前已见一村婆。

便向周家的含笑道："既进房来何不早说？

这老人家可是与奴何等辈数，你须细讲我才明白。

奈因我出嫁之时年尚幼，所以的一概亲戚我不晓得。"

周家的带笑回言说："称姥姥。"百媚的佳人机便儿多。
笑嘻嘻迎头拉住刘家妇，叙谈套话口似开河。
老村妇入室早已看花了眼，只是个东瞅西望咂嘴儿吐舌。
见佳人端然正坐在炕沿儿上，浑身俏丽胜嫦娥。
内穿着大红洋莲纱绿袄，上套着混犬杭蓝皮袄儿薄。
宽袖儿边卷桃红三蓝颜绣，内衬着衣袖层层数件多。
皮裙儿镶金嵌翠南红缎，凤毛儿刀斩斧齐却未磨。
皮领儿滚圈海龙尾，手帕儿南绣金黄腋下脱落。
小毛儿紫貂新巧昭君套，飘带儿钉翠元青有二尺多。
云鬓堆鸦乌又亮，密绁儿紫色斜尖勒了个得。
大花儿一朵旁边带，鲜水仙数朵攒成嵌凤挖。
坠钩儿赤金细翠双如意，玉珠儿翡翠叮当巧配合。
俏庞儿嫩似梨花娇带雨，柳眉儿淡描浮翠似嫦娥。
粉鼻儿端庄垂拱把琼瑶倚，媚眼儿无尘秋水涨横波。
珠唇儿微点桃花片，烟袋儿斜含把玉牙儿露者。
尖尖玉笋苗而秀，细细腰肢瘦且得。
戎指儿攒珠嵌宝新花样，手镏子圆背雕花玉色儿白。
赤金洋錾指甲套，俏腕儿金钏叮当配玉镯。

第三回　借屏

老孀居看毕佳人心绪乱，瞠目呆呆少话说。
全不懂玉人所道皆何语，一味地强笑摇头口念佛。
逗得佳人只是大笑，请坐罢从容慢慢地再把话说。
周家的又与姥姥偷送目，怕的是村语胡言的了不得。
这凤姐命给吃食与小板，丫头们捧进新攒一果盒。
老孀居才欲开言忽又怔，见挂钟儿在壁就闷杀鹅。
上筑着木楼金绕眼，下系着长绦坠秤砣。
来回不住咯当咯当地响，又听得响亮如钟震耳朵。
自思未见这稀罕物，不由得眼似篱鸡往后挪。
痴呆半晌方言语，无奈才勉强带笑把话说：

"今来府上无别事,为的是在姑太太跟前暂且对挪。"
听话的佳人回笑道,说:"近年苦况自知觉。
虽然外面扬声势,内里空虚了也了不得。"
二人正自闲谈论,但闻得报事云牌一下磕。
丫鬟进内忙通禀:"东府里的蓉爷立等着。"
佳人吩咐说:"着他进见。"
小大爷尽瘁鞠躬进了绣阁。
请安已毕旁边站,慢把来言细禀白。
此时难坏刘姥姥,坐不安来立不合。
百般装作撇村调,掩掩遮遮不快活。
凤姐说:"此人非是别家者,他系吾侄儿却不碍得。
那边只管歇息坐,你这老人家坐着却也使得。"
贾蓉复向佳人道,带笑开言把话说:
"明朝那府里请坐客,实在的陈设屏风俱不合。
暂借婶娘那架玻璃罩,借设中堂摆列着。"
熙凤回答说:"已坏,也没见人家有物就要来磨。
难道说王家物件都精巧妙?"
贾蓉说:"知道是外祖家中的婶子得。
婶娘若不把屏风借,叫侄儿素手空回必要受责。"
一壁里笑着一壁里跪,炕沿以下他把身矬。
无奈的佳人说传出话去,令平儿好生仔细派人去挪。
又说道:"借是我借着你拿去,倘若是弄坏了提防我要责。"
言毕贾蓉连应:"是,婶娘所谕的谨遵着。"
俏佳人猛见贾蓉的衣和帽,俊俏的身材打扮的得。
红绛色一裹圆的羊灰袄,镶边花样却是二则。
上套着元青毡面云狐褂,领袖儿俱是直毛道儿活。
卧兔时兴前冲后,三水貂皮样儿很得。
帽缨儿头横菊花顶,飘带儿二尺来长背后拖。
缎靴儿三直半冲家中的样,圆底儿时兴下面坡。
佳人看毕复言讲,说:"蓉儿呀,偏偏唯你闹的得!

难道你家常皮袄只一件,怪冷的天故意抛轻穿的这么薄。
倘然若被风吹体,提防着又要头疼个了不得。"

第四回　赠银

蓉哥笑说:"无妨碍,上身儿却是白狐倒暖和。"
言毕蓉哥儿抽身出房去,这凤姐又从窗内唤蓉哥。
侍儿檐下接声儿唤,"止步罢,蓉爷!"蓉哥应着。
回身复进房儿内,柔弱的佳人又没有话说。
沉吟半晌向蓉哥道:"也罢么,此话当人却讲不得。
如今你且回家去,酉正再来对你说。"
蓉哥领命方出户,这会子就闷坏了孀居似愣鹅。
带笑的佳人呼姥姥,老孀居不住地点头口内念佛。
佳人说:"今蒙你不弃相看望,不时地常来走走却碍何。"
刘氏说:"但欲常来恐耻笑。"佳人说:"谁敢多言把你笑说。"
又说道:"现成便饭你用些罢,若要装假可使不得。"
令丫鬟领到厢房屋内去坐,又吩咐给姥姥要饭莫耽搁。
就命周媳妇相陪伴,周媳妇谢饭步出了绣阁。
凤姐说:"周姐你来我问你话,太太方才是怎么样的说?"
周家的向前低声悄悄道:"太太说任凭奶奶自斟酌。
她祖上曾作京官十数载,老太爷因篡同宗把一姓合。
并非王氏嫡亲派。"凤姐说:"如此说来这就怪不得。
你且陪她吃饭去,此事我自有定夺。"
这佳人斜推靠枕把平儿唤:"看一看钟表之弦剩得不多。
到前边拿着椎把儿三针表,日晷上对着快慢却如何?"
平儿领命前边去,少刻回来把话禀说:
"日晷钟表全都对了,唯有这大挂钟儿慢的不多。"
说话间姥姥早已吃毕了饭,玉人儿请过孀居复又说:
"你今来看多承爱,怎么好叫你空回理不合。
幸而有太太拿来银数两,原是给跟我的丫头们去作活。
暂将此项聊为赠,实然的刻下拮据的了不得。

莫嫌微少旋留下,望念亲戚勿怪薄。"
令平儿将银付与姥姥手,老孀居看见白银笑呵呵。
连说道:"多谢姑奶奶!"将银揣怀内,笑嘻嘻又是说来又是念佛。
这凤姐立起身来说:"少礼,如今我有事不能陪着。"
轻移玉体往前边去,周家的带领着孀居已出了绣阁。
俏平儿相送在廊儿下,客套话儿说了许多。
大家作别出门去,周媳妇暗怪孀居老村婆。
行来一路无多语,到家中面带微嗔细细说:
"也没你这老人家说话卤,轻重深沉也不晓得。
你侄儿长你侄儿短不自料,若是那嫡派的蓉爷可怎么着?
那才是他亲侄子辈,你要是这样说来理不合。
为什么见面全然颜色变,怎么你偌大的年纪说话拙?"
姥姥说:"见了姑娘深慕爱,所以的一派深言顾不得说。"
二人又讲了些闲言语,刘姥姥告辞回家好快活。

二入荣国府(全十二回)

诗篇
　　侯门阀阅贵为尊,豪富温良自解纷。
　　心地修持为善录,全凭培植好耕耘。
　　垂恩满望资频助,既去重来习气昏。
　　试看一场荣枯事,此卷函中有笑纯。

头　　回

有一刘氏婆儿年老迈,跟随女儿女婿住乡村。
她女婿混号狗儿人鲁笨,从祖上家道贫寒实因是耕种的民。
他的父曾在南京捐过职分,专好结交富贵人。
本姓王就与金陵连姓王宗谱,论亲戚正是这贾府的夫人内侄孙。
狗儿说富家最厌穷亲故,姥姥何苦再劳奔。
若无照应空开口,倒惹得他们耻笑人。
姥姥说得来有益不得何损,谁家无有一穷亲。
俗话说瘦死的骆驼比马大,咱们的腰也不抵他们汗毛拔一根。
我自会抛砖引玉将凤儿探,见景生情把腿儿伸。
她婆媳倘若发慈念,省得咱岁毕年终求告人。
商议一定收拾起,换了衣裳一色新。
拿了那沉重的倭瓜三四个,新鲜的野菜许多斤。
刘姥姥把褡裢儿驮在驴背儿上,后跟着十岁的板儿小外孙。
时逢正是深秋后,西风透体冷森森。
刘姥姥前番到过荣国府,进城来越巷穿街把旧路儿寻。
来至了热闹的通衢岔路口,不走前门奔后门。

到门前坐卧的豪奴人密密,往来的买卖乱纷纷。
倚门的妇女无其数,玩耍儿童一大群。
姥姥下驴板儿牵住,这婆儿寻思一会又沉吟。
我前番到此寻周瑞,他女人是太太的陪房身份儿尊。
亏她通禀才把真佛见,今儿个一客不烦二主人。
吩咐板儿将驴看守,她这里直往周家去叩门。
正遇着周家媳妇房中坐,二人相见叙寒温。
那周媳早知此次投亲的意,这刘婆深谢前番引进的恩。
周媳妇卖弄里面有体面,引她去上房参拜见夫人。
王夫人最是心慈多念旧,怜她老迈又家贫。
因说道前次来时未曾见面,皆因我时常的不爽病缠身。
近年来多有疏慢缺礼数,难为你还念旧时的亲。
又叙了几句寒温的话,吩咐那周家媳妇意谆谆。
引她到奶奶房中留酒饭,去时通报我知闻。

二　　回

周媳妇前行引定刘婆子,过穿堂西南又进几重门。
刘姥姥前番未入深宅院,今日里重来处处细留神。
只觉得大厦高楼光辉目,回廊夹道路迷人。
石阶砖砌多平坦,后院前厅无点尘。
见了些抹脂涂粉的使女辈,又见些穿靴带帽的小厮们。
又见些托盘弄碗的频来往,又见些送礼投书的等信音。
二人同是闲唠的话,周媳妇悄向刘婆耳畔云。
说今年我家的太太不理事,你们这姑奶奶她是当家理计的人。
内侄女又作了侄媳妇,婆媳们缘法相投甚一心。
难为她幼小年轻能主事,可算是妇女的班中夺尽了尊。
奉承得老少的婆婆都见喜,款待得许多的弟妹甚相亲。
事情儿历练灵机儿好,加积儿操劳谋略儿深。
待人接物无差错,早起迟眠受苦辛。
你看她鲜花儿一样的温柔态,竟是个神棍儿一般的利害人。

做事儿一层做到十层上,说话儿无理说出理万分。
这如今偌大的家私都交付了,掌管着米粮仓库共金银。
正经的我家二爷全靠后,奶奶的话谁不惧怕五七分。
你再来亲近别人不要紧,定须要她的跟前礼数儿勤。
说话间穿过屏风门一所,院儿不大甚清新。
正是那凤姐的住房前院里,刘姥姥前次曾来认的真。
只见那屏风下挤满了僮仆辈,纱窗外站立着女孩儿们。
又听得廊下鹦鹉呼有客,阶前小犬吠生人。
周媳妇先到房中忙通禀,这凤姐因是熟识分外的亲。
吩咐一声说快请!众丫鬟顿时引进了绣房门。
见姥姥衫儿新制是毛蓝布,冠子放亮是珐琅银。
头上儿插带些荆钗棒,身下儿显露着布青裙。
更觉得鬓发星星白似雪,这一回不似前番腰板儿伸。
亏得是体儿粗实还行步儿快,脸儿丰足还有精神。
这凤姐正然理事才完毕,见她来笑脸相迎立起身。
殷勤问候双携手,一面的让坐吃茶叙寒温。
小子们把褡裢儿扛进忙倾倒,献上了野菜倭瓜色色新。
婆子说这是我乡间一点穷心意,姑奶奶见笑包涵只好赏人。
凤姐说常来看看就多情意,又何必携带东西叫你费心。
前番既把亲情认,就该走动往来的勤。
为何疏淡无闻问,音信不通直到今。
我这里事务繁多想不起,谁能够特地专差把你寻。
知道的说你们怯官羞见面,不知道的反说我们拿大不理人。
不过是穷官的架子支门户,近年来谁能照料远方的亲。
因问她女儿女婿近时的光景,又问她今年的年成够了几分。
只婆子一一详说年来的事,多半是旱涝不收受苦贫。

三　　回

凤姐说今日来的甚是凑巧,老太太连朝无事闷沉沉。
晌午时一人独坐常思盹睡,怕的是饮食儿停滞在腹中存。

我时常变着方法儿那边逗笑,众姑娘替换着班儿上去散心。
我今带你去恭见,老祖宗喜个谈心解闷的老人。
刘姥姥着急说不可,姑奶奶你看我这身名是囫囵村。
烧煳了的卷子差多少,在乡下终朝火燎受烟熏。
我那里往来的无非乡里亲家辈,出入的都是长工笨汉们。
这如今村粗的婆子把仙人会,洁净的房儿着臭气喷。
倒无的不干不净人粗鲁,招惹的烧酒生葱人怕闻。
老祖宗堆金积玉云端里坐,她比那菩萨娘娘身份儿尊。
似我这未见世面人村蠢货,规矩不知说话儿浑。
倘有了语错言差失礼数,得罪了有寿的佛爷我可罪万分。
一霎时告辞就要回家转,又说道老爷儿待落恐怕掩城门。
凤姐说老太太心慈面软常行善,念旧多情最认亲。
解闷儿爱的是弟女孙男辈,说话儿喜的是年高有寿人。
近年来周济了多少穷亲眷,从不会身居富贵笑人贫。
不必推辞快随我去,这有什么你忕头忕脑就吓失了魂。
这婆子此时间无奈依从了,说今日是乡间的人儿朝至尊。
急忙的袖中取出一条白布帕,掸去了身边土共尘。
又把那头上的冠花整一整,系紧了腰下脱罗的青布裙。
把那些鼻涕眼泪擦干净,只恐怕汗气腌脏见笑人。
霎时间高兴的凤姐前引路,年老的姥姥身后跟。
侍女平儿也随着走,手拿着烟袋牙签儿共手巾。
平儿说我们这里虽然规矩大,姥姥年高你又是旧亲。
你不必拘拘束束将官怯,你只管大大方方把话云。
老太太近年听话微觉背,倘若是说话声低就耳不闻。
婆子点头说知晓,多谢了姐姐的言辞我记在心。
行走行过了上房的院,刘姥姥昏花老眼细留神。
只觉得清堂瓦舍层层好,画栋雕梁处处新。
暗想我乡间最大是娘娘庙,这竟比佛堂神殿宽又深。
上冬来时候天寒冷,不知它多少烧柴把这大炕熏。
她这里一边盘算一边走,不觉得又过了鹿顶游廊几道门。

忽见个丫鬟奔走来回话，说老太太命我迎接要会亲。
叫她把驴儿牵在棚儿里喂，叫周嫂好生照看着她的小外孙。
原来是那边饭后闲谈论，王夫人把那昔日的干亲禀过太君。
老太太年高更是多高兴，巴不得有个年老的人儿细论心。
凤姐她眼望着刘姥姥嘻嘻的笑，说这是你出门顺利撞见了喜神。
我包管见面投缘怜爱你，住下罢今宵不必转家门。
连忙携手催快走，说老祖宗立等盼咱们。

四　　回

东厢房本是穿堂院，穿过来正是贾母的高堂院落深。
只见那阶下鲜花开艳色，又听得笼中禽鸟噪娇音。
绣窗前处处玻璃镜，甬路旁矗行对对是白石墩。
廊下站立着许多侍女和仆妇，静悄悄却是挥指的声儿也不闻。
上台阶刘婆已是吁吁喘，渐觉得发烧脊背的汗津津。
止住步歇息要等人传禀，禁不得凤姐推拉催促的更勤。
又说不是丑媳妇怕见公婆的面，你揑磨时候枉揪心。
高声道老祖宗客来了今日堪消闷，我请得个乡间的妈妈是体面人。
众丫鬟上前忙把帘栊启，这凤姐用手相搀引进门。
这婆子进门来只觉得自己身材小，又不知哪里的香气往鼻孔里喷。
正中间牙床宽大镶珍宝，上坐着多福多寿的史太君。
鬓发儿一半苍白了，眼珠儿光亮有精神。
竟是个老佛王母差多少，直溜溜端坐牙床腰板儿伸。
椅儿上散坐着六位千金女，一个个着绿穿红分外的新。
免不得向前叩头三尽礼，说老寿星安么我是个蠢笨的人。
老太太忙呼侍女搀扶起，说道是恕我年老不起身。
鸳鸯呢快向床前安机凳，请坐下咱们初会叙叙寒温。
这婆子回身忙问姑娘们好，说是众千金见笑我是个老乡屯。
谦虚了一会方归坐，只觉得局蹐不安似背刺着针。
凤姐不命之坐不敢坐，在床前献茶服侍甚是殷勤。
贾母说吩咐厨房给她传晚饭，齐备时你们禀告我知闻。

因问道老亲家贵庚年多少？花甲还是七旬与六旬？
为什么年来未见亲家的面，多因为事务儿匆忙疏淡了亲。
你若是不嫌俭慢就请下榻，何妨呢旷几天儿在此处存。
这婆子忙中有错岔批了，她把那文话儿谦词都听的未真。
忙应道少年时耕种我全都会，如今衰老了力难禁。
老祖宗方才问我田多少，能多少呢二亩薄沙零四分。
我家离城不远三十里，最好我不用七寻与八寻。
这几年年成不济没收麦子，就便忙谁敢疏忽断了亲。
等来年麦子收成磨些个白干面，我送来老祖宗姑娘们尝个鲜。
北屯里破庙中就有那上塔与下塔，没意思逛一会儿的工夫就腻死人。
言还未必贾母笑，点头道今朝有趣我闲心。
手帕不住的擦双泪，老人家笑时反是泪津津。
只笑得迎春扭项不会转，黛玉弯腰不敢伸。
薛宝钗几番欲笑怕她羞耻，只把那袖梢儿掩住了点朱的唇。
窗儿外众人压静循规矩，由不得你挨我挤乱纷纷。
鸳鸯女抿口急行朝外走，出房来前合后仰只扪心。
探春暗把香肩抖，照镜子搭讪走进了暖阁门。
小惜春欲寻奶母揉她的肚，祖母前不便高声嚷唤人。
只有这史湘云哈哈仰面双拍手，不提防碰洒了茶杯湿了绣裙。

<h2 style="text-align:center">五　　回</h2>

这凤姐带笑用手推婆子，说我的妈你听话不真活呕人。
老太太问你岁数是多少，你竟把年庚的庚字当耕耘。
谁和你清查地亩把租儿长，苦穷儿又二亩薄沙咧就苦到万分。
人家说见面你就是白干面，难道说麦子收时才去认亲。
七旬就是七十岁，何曾要差人寻找你的乡村。
请下榻文话就是叫你过宿，怎说道逛庙寻春请你下北屯。
这刘婆方才省悟知觉了，不由得满面通红叠暴筋。
忙站起说我今年七十五，幸亏得牙齿紧牢眼未昏。
多年未到祖宗的府，皆因为头脚不齐怕见人。

老太太不嫌村野容留住，好罢暂逛几天我深感恩。
就只怕庄家的婆子不知规矩，别计较我老迈年残蠢又浑。
这贾母适才欢笑正然高兴，又听得她说话儿柔和更是可心。
近年来贵客高亲不会面，上年纪老人更与老人亲。
笑说道亲家过谦了我当不起，你自说是村粗可又闹什么文。
我今小你好几岁，哪是个康强硬朗的身。
再几年倘若巴结到了你这高年纪，还不知是怎么样了瘫化了的身躯不像人。
这几年腰又疼来腿又软，头又眩来耳又沉。
烂些的食物还降得动，略硬些的东西就囫囵吞。
走道儿不是人扶就须拄杖，看东西摘去了眼镜儿就闷昏昏。
方才说的话随即忘，有事儿不是人提记不真。
这如今秋风儿才起我就怕冷，只在这房内藏朦不敢迈门。
我闲了时丫鬟仆妇谈谈话，闷了时孙女孙男散散心。
你家的姑太太也是多灾病，老媳妇随她自去养精神。
亏有这凤丫头她还孝顺我，累得她早起迟眠几下里奔。
这在坐的姑娘你都认识否？告诉你罢她们这几个丫头可是五六门。
指说道这宝姑娘就是你姨太太的女，好孩子她识文断字她的性情儿温。
她娘儿们去岁进京投亲眷，我就留下了在东北的梨香院内存。
这一个瘦弱的姑娘你知道否？她就是我的亲生女外孙。
从小双亡了父母无兄弟，我就来娇生惯养到如今。
这一个圆脸的丫头是史大姐，她是我娘家侄子的女千金。
近年来横针竖线的学活计，一会儿家傻笑发疯闹死个人。
暖阁中坐的是我三孙女，活计上来得也会点子文。
和宝玉虽是隔娘的兄与妹，恶脾气未曾沾染半毫分。
两个穿绿的是那边大太太的亲生女，她们的小名一个是迎春一个唤惜春。
迎春孩儿老实忠厚无个多话，这个小惜春动不动儿的吃素谈经她信佛门。
园子里还有孙媳妇李氏女，可怜她青年失偶是半边人。
念经书自家教训着亲生子，作针线终朝陪伴这小姑们。
那边的大太太也有当家的累，东府里珍哥的媳妇更操心。
她婆媳各干她们的事，一月间点景当差进我门。

六　　回

　　刘婆说老祖宗前世修来的好,才有这福寿双全百寿的身。
　　亲孙女宫中封了皇妃的位,西府里两个公爵荫子孙。
　　作什么手下呼奴和侍婢,要什么家中积玉又堆金。
　　老爷们小爷们哪个不承顺,儿媳妇孙媳妇谁敢不精心。
　　再几年宝二爷又要娶个孙媳妇,可不就锦上添花乐坏了人。
　　这贾母许多的高兴思盘语,凤姐她上前摆手笑吟吟。
　　说好祖宗暂且歇歇儿罢,说多了闲话看费精神。
　　姥姥你站起身来亦该走走,也和这众位千金叙叙亲。
　　你看看她姐儿们的衣服是哪位穿得好,你都不知我们这姑娘们有几个人。
　　这刘婆巴不得的一声忙站起,绕圈儿把各位姑娘都细看真。
　　按着座位瞧了个够,又向那黛玉的跟前饱看了一巡。
　　把她的发儿瞧了复瞧手,把她的手儿摸了又摸身。
　　这黛玉满面的羞惭她扭项连连的躲,欠身儿离座位一直的笑奔了史湘云。
　　凤姐说起开罢姥姥她的气软,当不起你那蓝布衫的靛气熏。
　　她饭食儿每顿一点点,略有些风儿就体不禁。
　　没见你把手儿拉住了才瞧手,把身儿挨了又摸身。
　　她生成的是一个洁净清高的性,怎见得你这样粗糙老笨的人。
　　这婆子点头跪坐连砸嘴,说我今朝开眼遇见仙真。
　　姑娘们都是缠缠到底,难为老祖宗可怎么扎裹的这般新。
　　书儿中闻听有出现的天仙女,画儿上看见过描成的玉美人。
　　只说是诌书离戏人撒谎,世界上哪里有这人们。
　　谁想到老祖宗的府里是神仙会,竟把这玉女仙姑都聚了一群。
　　靠窗儿坐的林小姐,可怎么这等的单薄嫩到万分。
　　就犹如弱柳儿禁不得风儿摆,鲜花儿搁不住雨儿淋。
　　我老身今年活到七十五,所见的女子群中她夺尽了尊。
　　骨格儿城中乡下谁能比,模样儿天上人间无处寻。
　　在南京过世的姑太太我也曾会面,她这模样子活脱儿和生母的神情儿是一个人。

一句话勾起了贾母的哀肠痛，不由得悲伤一阵好伤心。
凤姐着急连跺脚，暗说道这惹乱儿的妈妈活闹人。
一面说不早了也该得吃晚饭，一面的走到床前递毛巾。
这贾母帕儿擦泪还伤感，忽见那侍女鸳鸯走进门。
禀问道酒饭已齐往何处摆？贾母说在你的房中倒也温存。
陪着些儿勤把菜儿布，让着些儿频把酒儿斟。
老亲家依实些儿休要作假，上城来受了些远路的大风尘。
款待不周休笑话，用过饭咱们同坐再谈心。
这婆子起身称谢随着鸳鸯走，出房来正遇着宝玉前来把凤姐寻。
上前忙问哥儿好，多年不见了越发斯文。
骨骼儿又比先前出长的大，可怎么瘦掐掐的这等细腰身。
这个嘴唇儿好似胭脂儿点，脸皮儿有如花朵儿的新。
方才我没说吗老太太这里是神仙府，要不是可怎么玉女金童都会在一门。

七　　回

这宝玉问了问鸳鸯方知来历，生性儿怕见那白发弯腰的老妇人。
支吾了几句往旁边闪，笑嘻嘻低头甩手去如奔。
这鸳鸯把她让到房儿内，刘姥姥正是个又乏又饿的老年身。
饭食儿虽是贾府的三四等，争奈她乡下的人儿久不动荤。
肉包儿吃罢方添饭，好酒儿饮到半醺醺。
送茶来她说道是乡里的妈妈茶不惯，咱们快去罢看老太太房中把我寻。
这鸳鸯引她到前堂里，正遇着端盘撤碗乱纷纷。
老太太晚饭已毕把床儿下，更衣取便进了内房门。
凤姐她也是回房传晚饭，宝玉在床前逗笑他姐儿们。
宝钗说姥姥吃饱了么且请坐，等一等老太太出来共谈心。
这婆子一旁闲坐留神看，细看这富贵的高堂是怎样的摆陈。
暗想道官家都是磨砖地，听说是把桐油罩了黑斟斟。
这房中怎的不见砖儿的面，铺地的毡条这样新。
可惜了儿的阴天下雨沾泥土，白白糟蹋了与众人出入垫脚根。
我乡间人人土炕上滚钉板，似这等上好的绒毡可哪处寻。

条桌上设摆着两个瓷盘子,怎么的又窄又深大似过瓦盆。
这盘中盛放的果儿都似香瓜儿大,焦黄的颜色赛过真金。
却怎生个个都似拳头样,手指儿一半儿拳回一半儿伸。
那盘中盛放的秋梨真异样,个头儿好大软香儿喷。
它城中的梨树另是一种,却怎的形象儿不圆到往长大里抻。
本待要问人又恐招逗笑,她这里独自个腹中捣鬼眼出神。
又见那案中间摆设的更稀罕,木托儿铜款式更清新。
三面的玻璃明晃晃,镶嵌着许多铜铁共金银。
一个圆光儿上横三竖四的黑道子,好像那苏州的码子可不知是什么文。
那里边咯噔咯噔不住的噪声响,那外边微微似动的两锥针。
说是个虾子匣盛的什么物,说是个佛龛罢怎的又无有门。
猛然间铜钟儿忽炸当当响,才知道它是个沙子灯儿作的可人。
褥垫子前后炕儿铺了个满,自然是常来贵客与高亲。
却怎么多余的褥子不收起,把那有团的直直竖立在墙根。
挨坐褥个个圆盒有肚脐眼儿,细看去几副是金的几对银。
想是迎宾待客的茶食果,就近收藏在手下存。
西炕上又圆又扁是什么物,好像个倭奴又像个木头墩。
为什么挨着褥子旁边放,却用着青缎子漫了又拓金。
地儿上放着的镜子高七尺,到早晨谁能挪动这几十斤。
自然是走到了跟前才照一照,众仆妇站立着梳头也照得过三四人。
墙儿上又无悬挂着神佛像,小桌儿空设着香炉主甚因。
里间屋门上的帘子这般软,愁只愁支它不起受烟熏。
竖柜儿两层竟有房大,拿放个东西倒也费神。
若无个凳儿梯子登扒上,谁有如此的长胳膊启柜门。
她这里一旁闷坐呆呆想,忽见贾母出房她立起身。
那宝玉依然满地团团转,引的姑娘们嬉笑吐娇音。
宝钗说老太太来了你也歇歇儿罢,黛玉说这怕什么呢再也不嗔。
平素间还嗔他拘谨不顽笑,宝哥哥更不管生人与外人。
史湘云向宝玉低声道,说你也和这来的妈妈叙叙亲。
你问她老妈妈贵庚年多少,花甲儿或是七旬或六旬。

再问她怎的多年不见妈妈的面,多因是事务儿匆忙疏淡了亲。
你这么说不嫌俭慢请你下榻,何妨呢旷几天儿在此处存。

八　　回

这宝玉不知就里其中故,还当上正经的说话细留神。
说问她作甚我也知晓,看光景也是七旬以外的人。
她岂非躲着咱家不见面,依靠着太太时常自助银。
我又留她下什么榻,老祖宗吩咐一声谁敢不遵。
悄悄儿的说你知道么我那个脾气是改不了,平素间与这老丑的人儿不恋群。
这贾母手扶侍女到窗前坐,鸳鸯女捧上了洗手的小金盆。
老太太高声又让亲家坐,你们来给她快把暖茶斟。
说方才的便饭可曾用饱,没什么吃的倒慢待了亲。
我近年来不能照管家中事,厨房里随便当差应付的人。
婆子说老祖宗赏饭我全领,才吃的尽是些美味与馐珍。
咱府中日用三牲是吹口力,像我这适才领饭算是开荤。
在乡下蒜泥儿拌酱生茄子,小米儿熬粥腌菜根。
几工儿有了客来才吃豆腐,哪有这鲜酒活鱼入嘴唇。
这婆子形容虽笨她心中巧,常言道长老的生姜更辣人。
一句句捎言带语把艰难诉,奉承时随风儿上顺可人的心。
来意原为是求周济,看光景搭讪着便把腿儿伸。
偏遇着这贾母怜贫又惜老,把算着她何日回家帮助银。
老太太又点手连连呼宝玉,说是你知道么这是你亲娘的老内亲。
她今日特进城来瞧看我,我留她住几日再下屯。
你也该作个揖儿问问好,怎么的全然不理半毫分。
像你这扎把舞手成什么样子,也不管当着人就大论上篇闹了个浑。
宝玉说幼年之时曾会面,这如今数载相隔我记不真。
方才在院中我问过好,问鸳鸯已知当年就里的音。
老太太说我在人前扎把手,这是我放学这孝子与贤孙。
古人云菽水承欢膝下舞,又有那堂前斑衣乐老亲。
我并非顽笑淘气无规矩,这都是在本儿的行为按着史文。

他这里佯佯得意胡夸口,一旁惹笑了史湘云。
说二哥哥你空自读书史,古典不通信口云。
那菽水承欢是贫家的事,那斑衣戏彩是老人的身。
像你这不贫不老又是个孙男辈,史书上孙子的斑衣却未闻。

九　　回

宝玉说这么着吗姑娘你且请坐,原来你胸中博古又通今。
到明日买一个饽饽算贽见礼,拜你为师我就故典深。
古人云爱亲并爱亲之母,能为孝子必是贤孙。
老莱子若还到他祖母房中去,难道是脱却了斑衣才进门。
黛玉说真真呕断人肠子,两个人谁不饶谁针对针。
史妹妹批评的特也多拘谨,宝哥哥也强词夺理占三分。
再几年舅舅辞官在林下住,你必是荆耙儿拖拉尽孝心。
宝钗说大家厌静悄悄儿的罢,这一会的工夫可讲什么文。
这贾母又呼宝玉在床前坐,说方才这姥姥看过你姐儿们。
一个个她都夸作天仙女,这内中更把你林家的妹妹赞到十分。
竟说她娇花弱柳一般样,还说是天上人间无处寻。
她乡里人终朝见惯乡屯的女,自然是看不惯咱家这软弱的人。
宝玉连声答应是,一边儿坐去自出神。
暗想道人同此心心同此目,这村婆她也瞧人的眼力儿真。
可见我素日的品题非妄语,本来她绝世的丰姿超尽了群。
近年来有人为我提亲事,老太太和太太自有个胸中主见存。
有人说骨肉还家俗所忌,又有的说姑舅联亲是辈辈亲。
不知何时得随我衷肠愿,那体情的月老冰人在哪里寻。
方才时在院中遇到刘姥姥,她说是玉女金童全在一门。
怎的她也提姑舅联亲的话,多有这无心的一语定婚姻。
他这里一心指望他提亲事,竟把那厌恶的心情无半分。
怔呵呵只顾无言往深沉里想,湘云说呆雁儿发呆又想什么文?
宝钗说你是他一个饽饽的老师父,该和他把故典清查论论古今。
宝玉闷坐低头全不睬,如痴如醉闷昏昏。

林黛玉容颜绝世她聪明绝顶,看光景心中猜透个五七分。
老太太告诉方才称赞我,这个爷就把痴憨勾起事攻心。
可怜你为人特也心肠儿傻,何苦呢在大众的跟前像失去了魂。
那凤姐晚餐已毕又来定省,笑嘻嘻掀帘走入上房的门。
说吃饱了么姥姥你别作假,常住这就如在你家的本乡村。
张罗不到失陪伴,皆因为那边的琐碎事缠身。
婆子说我酒儿喝了七八碗,肉儿吃了二三斤。
这样的筵席若不用饱,那就辜负了恩情就不是人。
凤姐她又来床前垂手立,说散话只图开解老人的心。
猛回头瞧见了宝玉呆呆坐,通红的脸蛋儿汗津津。
探姑娘和迎惜依旧挨床坐,围着他是宝钗黛玉史湘云。
不知是哪位姑娘招惹了,怎么是满面愁烦失去了魂。
又想他在姐妹跟前有尽让,平素间从不会一言半语就生嗔。
这其中定有个别缘故,小傻子神魂飞冒入天云。
好好的低头丧气痴呆了,倘若是老太太知道了又费心。
哦是了我知道就里其中的故,他必是厌恶憎嫌这老妇人。

十　　回

因说道姥姥的酒饭吃足了,何必在一旁闷坐自出神。
也把你们庄家的事儿讲一讲,你的那二亩薄沙是怎的耕耘。
怎的是旱来怎的是涝,哪一年丰阜哪一年贫。
老祖宗秋后夜长歇睡的晚,何妨盘话到更深。
宝玉盼她因话提姑舅,笑说道这稼穑的艰难我也愿闻。
这老婆子又寻炕凳挨床坐,诉说那田家的万苦与千辛。
因说道龙抬头后修犁杖,又说道耕牛划地等春分。
又说道三月的春雨难如圣水,又说道一年的粪土贵似黄金。
又说那清明节种下葫芦籽,又说那谷雨时分定了软秋根。
全仗着秋麦收了才吃饭,倘若是半月的晴干就害死人。
又说那麦子登场不要雨,又说那大田六月盼连阴。
又说那芝麻黄豆如何种,又说那糜麦高粱怎的耘。

又说那田间送饭妻儿的苦,又说那棚下看瓜日夜的勤。
又说那纺线弹棉织大布,又说那粮食上市纳租银。
又说是那年抗旱无滴雨,赤日炎炎冒火云。
又说是那年大水淹庄稼,颗粒不收咽草根。
又说那碾扬场堆草豆,又说那杀鸡打饼会乡亲。
总说罢人和天年把饭儿讨,这耕种收割是仰仗着神。
这贾母年高历练京都的事,乍听见耕种锄刨野意儿新。
他兄妹生长侯门娇又贵,哪一个亲身到过野乡村!
诗文上见过些田园过套的典,谁知道怎的是耕来怎的是耘。
今夜晚忽听这地亩庄农的话,欢喜道这是我等生平所未闻。
宝玉说我方知稻粱一粒是耕夫血,耕织图五亩我桑墙下阴。
这衣食之源都在此,谁知那耕作田家的苦万分。
宝钗说你真是个膏粱的子,到几时拜了先生才故典深。
刘姥姥说棉花种了织匹布,高粱掐后捆柴薪。
那稻米说的是水田里的话,桑叶儿说的是那养蚕的人。
载桑种稻都是南京的事,与北方两不相干你又引什么文。
宝玉哈哈大笑说我又错了,今日你两个先生教的我勤。
林妹妹自幼儿曾在南京住,何不把南省的农桑对我云。
探春说林姐姐独靠东窗坐,不知她因何事故惹伤了心。
这半日一语不发无意绪,只见她手帕儿频频擦泪痕。
凤姐她又催姥姥往细里讲,也不觉一旁听的味津津。
这婆子庄稼话儿说完无话讲,少不得信口儿胡编哄众人。
说道是我在那田间地里看瓜菜,见过些怪怪奇奇的事罕闻。
青蝎子马蛇子长一尺,刺猬年久满身的针。
成精的狼子狐狸满地的跑,动不动乡中地惊吓了小孩儿们。
旋风儿卷起高十丈,多半是虚空过往的神。
未曾下雨先知晓,必定是东南早响起乌云。
柱顶石泛水生潮气,蚂蚁封窝缸套裙。

十 一 回

龙王爷行雨也取凡间的水,那一日一阵旋风卷去了个水饭盆。
下的那沿街绕巷是米汤气,瓦陇儿地沟儿暗后还有米粒儿存。
又说道我那里还有稀奇事,提将起又怕人来又爱人。
那一年来十月中旬天降雪,大片的鹅毛二尺深。
只下得走路的人儿空落落,穿窗的冰气儿冷森森。
树枝儿压坏都成了玉,沟坎儿填平一色的银。
谁不是围炉烤火家中坐,为当时煮饭烧茶把热炕熏。
那一日方才清晨我还未起,只听得唰啦柴草有声音。
恐怕是天寒大雪人偷盗,爬起来把窗户洞儿抓开看了个真。
哪里是穿墙越壁的毛贼盗,竟是个绝色天仙的玉美人。
头发梳坐了盘龙髻,翠衫儿紧衬着水红裙。
娇滴滴脸儿鲜花朵,登愣愣手钏是真金。
模样儿不在林姑娘下,也是个细怯怯的腰肢瘦弱弱的身。
雪地里含羞带笑闲玩耍,把柴草顿时抽下了许多根。
我这里咳嗽一声惊散了,霎时间踪影全无无处寻。
她这里正然讲话人喧嚷,忽见那大院的东南冒火云。
众家丁纷纷乱乱人呼水,廊檐下迎着南风烟气熏。
原来是马圈堆起的柴草垛,不小心一时天火尽烧焚。
众姑娘个个都惊呆了,刘婆儿胆小软瘫了身。
这贾母惊慌失色把床儿下,气喘吁吁走到门。
面向这东南连叩首,忙吩咐上供烧香祭火神。
凤姐她连忙吩咐传汲桶,宝玉他掖起衣襟往马圈里奔。
不一时贾政贾赦齐来到,紧跟着贾琏贾蓉共贾珍。
邢夫人王夫人齐把安来请,孙媳妇尤氏女惊慌走进了门。
赵姨娘周姨娘也率领丫鬟至,上房中密密匝匝挤了一群。
贾政说火儿扑灭烟消了,幸亏得人马无伤房舍儿存。
这时候也有三更半,秋夜风高冷气侵。
老太太高年惊吓歇歇儿罢,毫无妨碍请宽心。

贾母说火光一灭我心安了，散了罢你们都各去转家门。
老太太身儿发倦呼茶水，时间漫散了众千金。
刘姥姥也要辞别回后院，宝玉他心中牵挂又问原因。
姥姥的话未说完我就不晓，到底那雪下抽薪是什么人？
贾母说才提柴草就烧柴草，这话不吉祥且莫云。
这半夜深更你也回房去罢，天不早了我要掩门。
顿时间关门闭户熄灯火，刘姥姥就在鸳鸯的房内存。
凤姐她送到一床绵被褥，又送来两件衣服绸缎新。
那宝玉心中挂记这抽柴的女，哪里管秋凉夜静与更深。
紧跟来也在鸳鸯房中坐，絮叨叨从新问底又盘根。
那姑娘因何不怕天寒冷，她到底是个人来或是个神？
刘姥姥身儿乏倦无精气，少不得随便答应信口儿云。
我那里有个老爷和太太，他夫妇年纪俱已过五旬。
存不下亲身壮健的儿男子，只有个膝前弱女爱千金。
这姑娘模样儿娇娆心性儿好，描鸾刺凤又会诗文。

十 二 回

谁想到那年刚过十七岁，一病恹恹就作了故人。
她父母中年失去娇生的女，死去活来哭了个昏。
花棺殡殓何须讲，又给他修盖个祠堂塑作神。
四时不断香烟祭，逢时节把泥胎搂住嗅亲亲。
到如今一家儿搬去祠堂破，这姑娘作怪成精好显魂。
我刚才说的这个抽柴的女，就是这无主的孤魂各处里奔。
她父母不知今日存和没，破祠堂谁人祭扫把香焚。
有一时哀哀切切把悲声儿吐，有一时影影绰绰把鬼火儿喷。
村儿里时时作怪惊孩子，众乡农要打碎了泥胎毁庙门。
宝玉说这等的人儿终不朽，她的那一缕香魂万古存。
并不是成精与作怪，总因为凄风苦雨收孤坟。
快些拦住休拆毁，打了庙叫她何处去存身。
你何不按这时节勤祭扫，把庙宇祠堂见见新。

我替她写成个缘簿修修庙,我家中都是喜舍资财行善的人。
婆子说哥儿说透我才知晓,原来的这样人儿就是个神。
可怜它破庙孤坟荒废久,到明日哥儿快写化缘的文。
我老身愿作会头把庙宇管,也托这姑娘的香火过光阴。
保佑你聪明智慧登科早,从此后这显圣的姑娘也不闹人。
这宝玉点头欢喜回房转,史妹妹送入怡红小院门。
袭人麝月迎门等,说是散晚了三下钟儿已到了寅。
方才失火惊怕否,你怎么马棚里奔跑受烟熏?
宝玉他支吾几句宽衣带,在床前辗转寻思叹女魂。
这憨哥最是姑娘们的情意重,今日个鬼魂结到费心神。
彻夜无眠知道晓,细想募化银钱缘薄文。
快快的把祠堂修好孤魂喜,我和她梦里相逢叙叙心。
急煎煎东方见亮披衣起,唤茗烟骑马出城把破庙寻。
这憨哥一心盼望回消息,不住的探探张张倚二门。
只等到日头转到平西后,才听见茗烟回转马蹄音。
这小子汗流满面吁吁的喘,衣袍沾带着土和尘。
埋怨到二爷又不知听信何人的话,又不知瞧了那什么书上故典文。
刘姥姥村南村北都寻遍,到此时奴才水米未沾唇。
也有些旗杆小庙儿神佛像,都是些龙王土地靠乡村。
走过了东北坡儿黄土岗,有个庙供的是红须兰脸大瘟神。
问遍了瓜田菜地的庄农汉,都说是无有什么姑娘好显魂。
宝玉说等我问明你再去找,怕的是年老的人儿记得不真。
不一时贾母房中传晚膳,痴公子走进西院上房的门。
凤姐她放箸托盘亲捧饭,贾母下围坐这宝玉和众千金。
刘姥姥另设张小桌吃酒饭,厨房中献上了茄子倭瓜色色新。
凤姐说这都是姥姥乡下摘来的菜,昨日难为她驴背的褡裢儿那么休沉。
婆子说这是我园中种,带露水摘来它的鲜味儿存。
老祖宗用惯珍馐品,这不过是野菜尝尝算我的心。
贾母说我家也有个荒园子,那里边也有些果木与松榛。
你若不嫌就请游玩,唤凤姐明日若晴明你就去摆陈。

两宴大观园(全一回)

诗篇

不是天生命不同,如何一类有苦荣。

荣时处处皆佳趣,枯者常常遇上风。

史太君虽有瑕疵许多粉饰,刘姥姥纵然直爽也算奉承。

可喜她作戏逢场本来面目,休笑她脸厚皮臊着不疼。

史太君与刘姥姥投机更添清兴,带着她到大观园内自在游行。

稳平平一张交椅名曰亮轿,尾随着丫头婆子一窝蜂。

还有那邢王夫人凤姐儿等等,与刘姥姥喜笑颜开步下行。

游过那迎春姊妹薛林的绣户,刘姥姥说就是广寒宫殿也比她不能。

贾母说这些个丫头她们好静,咱们这俩遭瘟讨不受庸。

倒不如重新下舟坐坐船儿罢,咱们往探春家吃饭去船是顺风。

鸳鸯与凤姐儿忙吩咐,说要船呢底下人答应不住声。

顷刻间绣帆开处船拢岸,到船上荡荡悠悠缓缓行。

刘姥姥说你们家真是无所不有,这倒像从通州送我下天津。

我虽然船只见过无其数,不似这水浅船轻坐着老成。

说话之间登彼岸,都进了秋爽斋内晓翠堂中。

调开桌椅安设坐位,只见那鸳鸯与凤姐儿挤眉传情。

凤姐儿会意将刘姥姥唤,说这里来打个休息你要听。

我们家但在园中来用饭,务必使一气说出自己的姓名。

奏作出有什么本领的真样子,才许你举箸沾唇端酒盅。

刘姥姥说这件事儿交与我,我管保一闻就会比灵狗儿还灵。

说话毕大家序齿归座位,桌面上海馔山珍盘碗盛。

丫头们刚刚的斟完了酒,刘姥姥瞅冷子吆呼发了疯。

说刘姥姥是我真名姓,量大如牛味口清。
不抬头一个母猪不够用,外号人称母蝗虫。
说的这满堂上下哄然笑,笑的个贾母哎哟说肚肠子疼。
史湘云饭入唇中喷了一地,林黛玉笑岔了气咧手捶胸。
刘姥姥离坐出席把排场作,你看她鼓起腮帮子瞪眼睛。
招的那大家复又哄堂大笑,这顿饭要搅个翻江吃不成。
鸳鸯与凤姐儿齐声的说道,你安顿着些儿罢老猴儿精。
刘姥姥这才归座吃了口酒,要夹菜这双筷子手难擎。
原来是赤金三镶十分沉,又遇着鸽子蛋溜滑在海碗中。
好容易夹一个又滚在地下,急得她稀里哗啦满碗里翻腾。
史太君观瞧刘姥姥被人捉弄,吆喝道促狭到底是年轻。
快着把我吃的东西挪过去,老亲家吃的当了恕他们不恭。
刘姥姥虎咽狼餐吃了个干净,一点儿也没剩盘碗皆空。
笑说道我的肚腹虽然硬,再吃点儿翻不过身儿就活不成。
站起来伸了个懒腰说不好要漾,用巴掌拍打着肚子响膨膨。
又惹得大家一阵笑,贾母说咱们走罢别装疯。
去到那缀锦阁中吃回菜酒,传家乐吹打几套给姥姥听听。
若饮到那意畅心开的浓恰处,编一个难人的方儿把酒令而行。

醉卧怡红院(全一回)

诗篇

老眼模糊看不真,更兼多酒乱神魂。
千觞酝酿休辞醉,一枕邯郸已睡沉。
锦绣场添村妇梦,温柔乡乐野人心。
酒余饭饱何妨睡,可羡她是随遇而安的爽快人。

适才是贾母歇息稻香村去,上下人两两三三笑语连声。
独有这刘姥姥面带十分春色,满口里念念叨叨的字儿不清。
瞧见了省亲别墅的牌坊一座,便说道磕个头儿佛爷也领情。
四蹼子着地将头碰,爬起来食撑的肚胀酒烧的眼红。
连忙褪手将裙解,众丫头说这个地方出不得恭。
笑指着那边的小角门外,刘姥姥咬着牙关憋不住疼。
一溜烟儿扑了去,才蹲下尿粪直流一片声。
挪窝儿一连就是十来处,擦净了提衣向外行。
又谁知这是园中幽僻处,刘姥姥转向不知南北西东。
趁酒意踉里踉跄摸索着走,好半天转弯抹角眼冒金星。
着急打算心虚怯,由不得肚里黄汤往上涌。
手扶竹篱身乱晃,眼前便有个门儿狭道逢。
到院中一色石子镶甬路,院中的虫鱼花卉叫不出名。
掀帘子走到房中观动静,有一女子含着笑脸迎。
原来是一轴西洋画,怪不得问她半晌不答应。
见那边有个门刚然要走,出来个带酒婆儿面色红。
刘姥姥赶向前来端详了一会,那婆儿与她相凑把眼眯缝。
刘姥姥伸手一摸是穿衣镜,说把玻璃墙上镶倒稳成。

不提防手荡消息轴儿动,闪出个如意门儿是内屋中。
一阵阵异香温暖扑鼻孔,那里面床帐鲜明炕罩玲珑。
刘姥姥这场欢喜从天降,说我这里正想歪歪儿把腰眼儿松松。
趁着这锦衾绣褥鸳鸯枕,把我这粗重的身体往床上横。
才沾枕呼呼竟如阳台梦,睡浓了四脚拉义胡蹍蹬。
刘姥姥醉眠身卧怡红院,满园中到处搜寻了个土平。
多亏了袭人想起了方才光景,说必是失迷了路径到我家中。
待我归家寻问去,到房中听到屋内打呼声。
揭开帐幔猫腰看,一阵阵顺口吹来酒肉腥。
鼻涕眼泪流不止,哈拉子枕头笼布上定成浓。
袭人悄悄轻声唤,刘姥姥梦话滔滔的记不清。
好容易连推带晃揉搓醒,你看她趴起身来撒吃怔。
揉着两眼撅着嘴,袭人观看笑盈盈。
说刘姥姥快着下床罢,休叫那宝玉回来把天要闹红。
刘姥姥这才慢把牙床下,懒腰哈气半晌磨棱。
向袭人说方才醉了此时睡醒,我可曾在姑娘们跟前撒酒疯?
我还去陪着老太太谈今论古,若有酒热热的将它提几盅。
袭人相送园中去,领着人打扫不暂停。

品茶栊翠庵(全一回)

诗篇

  茶与酒较酒应先,读过《茶经》则不然。
  酒酿沾唇通血脉,茶汤入腹免熬煎。
  不须滥解相如渴,何必多嫌陆羽馋。
  栊翠庵几杯苦茗香儿淡,添上个刘姥姥无知惹厌烦。

且说这缀锦堂中晚饭已毕,贾母说顺便去瞧瞧栊翠庵。
住持尼姑名妙玉,这孩子苦苦的焚修太可怜。
瞻仰我家园里的庙,参悟咱们酒后的禅。
不多时众人来至庙门外,出来个绝俊的尼姑美少年。
刘姥姥跟随贾母把山门进,说家庙比野庙更新鲜。
妙玉见这个婆儿出言不逊,而且是一身俗气甚腌臜。
仔细端详心中诧异,她也配与贾母同行并同肩。
不是我眼内将她瞧不起,只是她颠蒜儿一般教我嫌。
贾母吃就着眼儿看,真个是清凉自在福地洞天。
妙玉命人开正殿,老太太请把菩萨的法像参。
贾母说我方才茹荤饮酒,阿哩不脏的罪过多端。
不如到你禅堂去,扰你杯茶也算遇缘。
妙玉命人将茶献,茶杯儿一色成窑五彩的花鲜。
一旁里宝玉忽然抿着嘴笑,说老太太她的清茶非容易餐。
妙玉连忙瞪了他一眼,贾宝玉自悔失言怔了半天。
搭讪着说听见丫头婆子们说道,这里烹茶的水最甜。
笑吟吟即便抽身到妙玉的房屋内,见宝钗同着黛玉正把茶端。
手内的两个茶杯真罕见,全都是唐宋的名人赏鉴过一番。

从外面妙玉进来斜瞅着宝玉，说这个爷无故无缘满屋里混钻。
宝玉说偏她们饮得高茶使得古盏，独把我这浊物瞧来不耐烦。
妙玉说今日你托了她俩的福气，给你杯茶吃免你的怨言。
向多宝阁取下一支碧玉斗，宝玉说这般俗气我不喜欢。
妙玉说你家自然少不了翡翠，不能像我这杯儿颜色可观。
宝玉说虽然绿了个十分透，也不过作阔兴时值点子钱。
妙玉说你今竟自通得很，说来有味是入耳之言。
罢了合该便宜便宜你，我还有个竹根茶海奇古非凡。
向箱中连忙取出放在几上，这支海一百二十竹节九曲十环。
向宝玉慢慢将茶斟了半海，说这支杯韫椟而藏十数年。
贾宝玉刚一沾唇说好俊水，难为你整夏经年吧雨水蠲。
妙玉微哂说非也，口中无味莫胡言。
这是那蟠香寺内梅花上的雪，收到如今五六年。
虽则不多可也不少，整整的鬼脸儿青瓷的一小坛。
说话间人说老太太走了，他们才放下茶杯说另日再谈。
妙玉相送到山门外，一回身就把门儿紧闭关。
他三人赶上贾母与王夫人等，照旧的说说笑笑唱诺随班。
贾母说稻香村里多清净，我且去略略的歇歇回来再玩。

三宣牙牌令(全一回)

诗篇

苦菜逢来亦放花,点装野景胜奇葩。
应嫌胭脂还嫌粉,重问蚕桑复问麻。
快意不妨俗且厌,追思敢比丽而华。
金鸳鸯牙牌佐酒三宣令,支使那惹笑的村婆费齿牙。

缀锦阁贾母张筵女优作乐,挨次儿陈几设榻次第不差。
上边是史太君与刘姥姥坐,同着的是宝钗老母薛姨妈。
邢王夫人分左右,珍大奶奶琏二奶奶同着李纨是妯娌仨。
湘云宝钗宝黛二玉,迎探惜三春都是自己的娇娃。
一霎时按席饮过三巡就,贾母含春把话发。
说咱们今日不可低着头吃闷酒,为什么美景良辰装哑巴?
倒不如行个令儿大家耍耍,纵然是多吃几杯也好消化。
可别像爷们饮酒粗糙的狠,左不过嚷断了脖筋把嗓子划。
凤姐儿迎合贾母忙回话,行令儿鸳鸯熟练总得用她。
贾母点头把鸳鸯叫,你替我正正经经地把酒令儿发。
说个明白都要遵令,连我都要属你辖。
常言酒令如军令,印把子今天叫你拿。
金鸳鸯令杯一举高声道,这令儿不论亲疏违者受罚。
三张骨牌成一幅,拆开了要句成语上问下答。
跟着上句合辙押韵,仔细留神不可有差。
倘然有个一差半错,认输罢不须费嘴与磨牙。
按仔细把牌名儿念,全都是不费思量一字无差。
这令儿皆因满座都熟得很,虽然雅不过如同顶针续麻。

而况且黛玉宝钗湘云等等,全都是久熟笔墨这算个什么。
刚刚的令儿行到刘姥姥的位,吓得她摆手摇头往桌子下爬。
鸳鸯说你来好好的听我的令,若不然把你活活拿酒灌杀。
刘姥姥热汗直流浑身乱战,说快些说罢我的菩萨。
鸳鸯说一张人牌如天大,姥姥说是个人就会种庄稼。
鸳鸯说三四成七你快着说话,姥姥说七三儿七四儿是个小娃娃。
鸳鸯说满口胡说全不成话,暂且相饶不把你罚。
还有张幺四成五点儿不大,姥姥说要四称五快把秤拿。
鸳鸯说这也不算还饶你,你听着成一副一枝花。
刘姥姥说这一句我可逮着了,你可是自己搬砖把脚砸。
鸳鸯说快着些将就着完了令罢,姥姥说这一句合该要骗拉骗拉。
你拿着一枝花来难我,磕个头儿说不告诉姑娘我告诉大家。
这枝花难道就常开不落,落了时无非结个老倭瓜。
幸亏这倭瓜二字捞了捞本,差一点挺大的蛊儿把我罚。
说的那满堂之人哈哈笑,贾母说好个难缠的老亲家。
咱不如活动活动回来再饮,或者是吃袋烟儿喝碗茶。
略将酒意同疏散,太湖石畔看看菊花。
赶回来再饮几杯再上晚饭,还叫鸳鸯把这饭令儿稽察。

过继巧姐儿(全一回)

诗篇
　　好鸟知还一倦飞,高枝不必久栖迟。
　　莫招疏淡方回首,请趁香甜早告辞。
　　野性岂真贪富贵,勤心终不爱安逸。

刘姥姥住进贾府刚三日,她的那惦着家的心儿似火急。
一清早忙起穿衣梳头净面,给板儿换上穿来的新布衣。
悄悄的来到前面寻凤姐,说姑奶奶糟蹋了个誓不有余。
这几天开了些没开过的眼,还带着吃了些没吃过的食。
连板儿回去都说的了古,他也算经过见过的小孩提。
凤姐说远路风尘多住几日,两三天的工夫是一屁时。
你不用惦记家中事,你有那利计当家儿子儿媳。
而况且你是我娘家的至亲不远,何苦来叫人瞧着像讨火呀是的。
刘姥姥说我当年下还来送节礼,那时会儿住到清明也不迟。
凤姐儿说今日事忙你且别去,送你那所有的东西没有凑齐。
老太太昨儿个在园中乐了一日,闹了一夜今早连忙去请太医。
你外甥女昨朝抱到园中去,太太疼给了块冲糕在风地里吃。
半夜里汤烧火热说谵语,这时还躺在摇车儿不醒昏迷。
再加上上上下下有多少件事,乱的我心中什么儿是的。
刘姥姥说方才听到鸳鸯说道,老太太出了身痛汗暖着呢。
据我瞧外甥女这个病,未必是因为风口里吃东西。
或者是小孩子人家心清眼净,园中撞见什么神祇。
何不就命人看看《玉匣记》,烧张纸给她送送是老规矩。
凤姐儿被她提醒忙吩咐,叫彩明焚化黄钱送之大吉。

刘姥姥说妞儿娇养多尊贵,禁不住些微的受点屈。
若生在我们那里落乡居住,管保她无病无灾结实耍皮。
凤姐儿说将她过继你们罢,叫你那狗儿的媳妇养活之。
刘姥姥说我的佛爷折受死,凤姐儿说过了门槛可结实。
你就给他把名字起,刘姥姥说姐儿他是几月里生的?
凤姐儿说掐头去尾才三岁,七月初七的正丑时。
刘姥姥说这个生辰作了个巧,可巧是天上神仙巧会的日期。
我看姑奶奶十分巧,心儿巧口儿巧诸凡事儿巧算巧到至极。
叫她个巧姐儿好不好?据我瞧这个名儿倒有意思。
凤姐儿含春说由着你罢,她便是你家的孩子问贾家无宜。
刘姥姥说姑奶奶开这样抬举,真亲家今又加上巧亲戚。
但愿巧姐儿长命百岁,长大了我给她说个好女婿。
今日在此还住一夜,等着巧姐儿好了病疾。
明朝一定回家走,别叫我心里阵阵急。
凤姐儿说一住你又说住一夜,就住上十年都有我呢。
上下的人丁谁敢怠慢,量他们看我的人情也不好意思。
你还去陪着老太太说说话儿,亮来一定送你东西。
刘姥姥带着板儿仍然入内,专等明朝再告辞。

凤姐儿送行(全一回)

诗篇

多住豪门又一宵,亲情高厚有余饶。
不亏此际施仁惠,安得他年全故交。
巧也将未托足稳,凤号不是设谋高。
试看凤姐儿终身后,还不及刘姥姥的身家保的牢。

刘姥姥起来的更比昨日早,重带着板儿到前边是第一遭。
凤姐儿连忙就把平儿叫,把咱们相送的东西给姥姥瞧。
平儿领至南屋内,但只见炕边堆掇着许多包。
说话间鸳鸯领着些丫头来到,说这个姥姥悄不声儿的往外逃。
老太太不来相送是才好了病,大夫说的是恐怕凉着。
因此上命我前来将行送,丫头们将老太太东西当面交。
这个是你要的西纱还有尺头两个,五十两纹银一总包。
这寿衣每年亲友把生日作,老太太不穿人家东西嫌忌交。
全都是没伸过袖儿新裁新做,你们那儿会会新亲还借不着。
这是你前日寻的诸般丸药,陈李济粤海的钞官打广东捎。
这是你爱吃的点心行匣两个,此外有姑娘们奉赠几对荷包。
荷包里都有银八宝,拿到家中细细的瞧。
这一条口袋是园中的果品,怕磨毁是架上结下的几斤葡萄。
还有我一点敬意姥姥莫怪,这两件是我穿过的小主腰。
虽然褪旧却还骨力,再配上灰色秋罗的裙两条。
氅衣儿两件嫌它太素,很配合姥姥她是年岁高。
都是我前年穿孝而今无用,姥姥你若不沉心也把它带着。
刘姥姥说姑娘的高情禁也当不起,谁还敢捣怪做精混把眼挑。

但只是这样恩情深似海,何时才答报姑娘这地厚天高。
平儿说姥姥如何这样外道,说些客套倒漏着蹊跷。
这是我几件衣裳不算很旧,拿了去拆拆毁毁给小儿曹。
金鸳鸯交代已毕抽身回去,平儿说我们的你也要听着。
一锭元宝是二奶送,两位太太是四个方槽。
银子唯独我的少,块数儿虽多是零打碎敲。
十五两不过献心而已,姥姥千万莫嫌薄。
二奶奶说绫罗绸缎庄家人不用,这几匹棉绸茧绉莫怪粗糙。
内造的点心样样都有,吃年茶摆摆蝶显得花哨。
口袋中装的是高丽米,朝鲜国进贡的东西成色高。
而况且日子比树叶儿长的很,要东西我也不把姥姥饶。
再来时千万万可别忘了,窝窝头粘糕丝糕豆馅包。
越大越好倭瓜拣几个,晒干的灰头菜与那笤帚苗。
更有一条尤其要紧,我们这儿个个儿都吃葫芦条。
刘姥姥说这点东西值个狗屁,叫姑娘这等的操心犯不着。
平儿连把小厮们叫,抱东西车上安排撒垫个牢。
腾地方姥姥带着板儿坐,把那匹骑来的驴儿车尾上捎。
姥姥你先上中厕走走去,怕的是车上咕咚路途遥远。
今日荣府送行去,再来时上下人儿是另眼瞧。

宝钗代绣(全一回)

诗篇

新春新喜喜相逢,丰福丰寿喜封赠。
增爵增禄增福寿,寿长寿永寿长生。
升文升武生贵子,子贤子孝子孙荣。
荣华到老重重喜,喜的是福如东海永长宁。
飞飞往往燕忙忙,两两三三日日长。
雨雨风风花寂寂,重重叠叠泪行行。
虚虚实实悠悠梦,淡淡浓浓俏俏妆。
切切思思君漠漠,伤心心事事茫茫。
偶步怡红小院西,恰逢郎睡正浓时。
心痴易露忘情处,技痒难防不自持。
自喜小窗依枕绣,谁期隔户有人知。
此一回柔情醋意真难写,笑老拙怎比红楼笔墨奇?

这一日宝钗偶赴怡红院,但只见花阴正午日迟迟。
湘帘不卷人生静,银蒜低垂昼影移。
进房来见宝玉床头酣午梦,袭人在床侧把蝇驱。
拿一方兜肚把花儿绣,一见宝钗笑嘻嘻。
站起来,忙问好,薛宝钗一见兜肚说花样新奇。
依我说何必这等细致,兜肚不同外面的大衣。
花袭人手指宝玉说是我们爷用,若不然谁这等费神思。
他的脾气真真古怪,稍省点工夫他也是不依。
又说道恰好姑娘来的凑巧,我到外面去取件东西。
说罢袭人把蝇刷递过,薛宝钗挨身坐下把麈尾轻持。

拿起那未完的兜肚留神看,连夸奖道花儿做的有生机。
这佳人一壁里挥麈一壁里绣,她一时的高兴就忘了嫌疑。
纤手儿不离肩左右,俊眼儿时注面东西。
脖颈儿压麻轻轻儿垫起,斗篷儿蹬下款款的拉披。
分明是阿姐心情好,倒像个丫鬟伴枕席。
这佳人代绣驱蝇是出无奈,不提防窗外有人看了许多时。
林黛玉约定湘云来寻宝玉,她二人双携玉腕莲步轻移。
进门来见丫鬟睡去帘未卷,就走进茜纱窗下暗地偷视。
见宝钗在宝玉的床沿上坐,好一似年少的一对小夫妻。
黛玉一见飞红了脸,点手低声叫云儿。
湘云听见悄悄也来窥看,暗暗地猜透了颦儿小意思。
急忙抽身说是回去罢,等一等宝哥哥醒了再来不迟。
这黛玉一味狐疑痴痴冷笑,说今日才见道学先生汉官仪。
她平日端庄寡言寡笑,你看她恭恭敬敬把蝇子驱。
湘云说你太多心别作此想,这不过偶然凑巧莫狐疑。
姐弟间脱略形骸人人都有,你切莫嘴快笑人痴。
她二人说说笑笑回房去,宝钗这里只管代绣未曾知。
忽听得宝玉床头说梦话,唧唧浓浓地吐微词。
说的是金玉良言我不信,我只晓得姻缘是木石。
麒麟佳配我也不知道,只知我的配偶有灵芝。
僧道的言辞我不管,我只说太虚幻境的梦儿奇。
还有些别样言语不真切,把一个听话的佳人生了疑。
才想到适才代绣失了检点,倘或有人瞧见定笑我情痴。
又想到侥幸没被颦儿看见,她要瞧见定要造作传奇。
她不过偶尔无心忘了避忌,姊妹看见可就动了心疑。
思量那兄妹异席别于六岁,才知那制礼周公是万世师。

双玉听琴（全一回）

诗篇

嗟彼朱弦绿绮琴，数声高调少知音。
惊闻卧雪高人梦，弹入悲秋壮士心。
竟日岂无山水志，当年先有武城吟。
何劳彼相多珍爱，轸是羊脂徽系金。
落叶梧桐秋气深，西风潇洒到园林。
绿窗朱户增离绪，画栋雕栏也断魂。

这宝玉闲来闷坐怡红院，寂寞无聊对暮曛。
残声已入欧阳耳，感叹偏生宋玉心。
闷对袭人与麝月，愁看春燕与秋纹。
丫鬟识破悲秋意，漫对怡红公子云。
说何不暂到亭园闲步步，何须忧虑闷沉沉。
公子点头离绣户，丫鬟带笑启朱门。
这宝玉不出怡红花甬路，蹁跹独自踏芳尘。
但只见落叶飘摇阶砌下，海棠憔悴粉墙阴。
芭蕉犹展微寻翠，菊蕊才开数朵花。
又只见疏篱半透阑干远，衰柳斜遮画阁新。
芳亭宽敞容花影，曲栏幽深接水津。
行行往往添清兴，来到了沁芳桥上更怡人。
只见那鸥鹭梦中荷叶冷，蝴蝶影里蓼花深。
鹤在松间剔翎翅，鹿从洞后避游人。
栖鸟偷将波影照，游鱼争把落花吞。
遥望见绿叶迷离蘅芜苑，白云环绕稻香村。

凹晶池馆晴霞锁，凸碧山庄落照新。
信步行来迎面望，已到了蓼风桥外小朱门。
暗思量多时不见惜春面，何妨顺便以相临。
这公子随弯就转行芳径，过槛穿廊到绣门。
静悄悄低垂帘幕无人语，香馥馥冷坠金英有桂阴。
猛然间一声小响穿窗牖，细听去半响方知棋子音。
自启绣帘轻举步，悄挨书案慢留神。
左边是蓼花轩里惜春妹，右边是栊翠庵中槛外人。
这一个玉肩斜倚劳妙想，那一个纤手擎棋细思寻。
见妙玉头戴翠巾簪别玉，腰笼丝绦穗垂金。
百开仙衣天蓝玉色，双道金沿元素花裙。
内衬着红衫露在傍开楔，外罩着掐牙镶边小背心。
真果是眉蹙春山含妩媚，眼凝秋水有精神。
浓堆云鬓青丝润，艳透桃腮柳色新。
又兼着绝顶的聪明多颖慧，棋着儿巧妙露芳心。
这公子痴痴看到忘情处，一笑双惊两玉人。
惜春说何时至此将人唬，小胆儿多应被你唬惊魂。
这公子见礼已毕忙含笑，早有那侍女重新设绣墩。
宝玉说妙公轻易不游赏，何缘今日下凡尘？
见妙玉杏脸儿添红羞态儿媚，柳媚儿低翠眼皮儿沉。
暗悔失言多冒撞，忙赔笑脸又温存。
急说道心静则灵灵则慧，出家人远世俗人。
这妙玉一睁杏眼波微动，两瓣桃腮红更新。
惜春说下棋罢残局未了，妙玉说再下罢何苦劳神。
这妙玉整整衣襟重坐下，向宝玉细细莺声慢慢云。
你从何处来斯地？语罢痴痴带笑频。
宝玉时间心始定，方知道适才之言未含嗔。
又思量或是讥讽怎样好，霎时间羞红满面口难云。
惜春说何处来何止无语，也值得这般发趑是见了生人。
这妙玉芳心一动香腮热，站起来锦绣场中物外身。

说出庵已久当回转,这惜春知她的脾气也不强留存。
众丫鬟分开了绣幕金钩挂,打起重帘玉腕伸。
三人笑语离瑶砌,一行随送到朱门。
妙玉说多时未走园亭路,曲曲弯弯记不真。
宝玉说我来指引何如也?妙玉说有劳前步我随后追寻。
向惜春说声慢再移莲步,与宝玉同行缓步度芳林。
衫袖儿翠沾百露冷,弓鞋儿红印绿苔痕。
行挨杨柳柔条儿颤,步近芙蓉艳影儿分。
两人指点依依景,一派声音渐渐闻。
宝玉说凄凄惨惨谁家怨?妙玉说冷冷清清何处音?
隐隐约约难寻觅,渺渺茫茫听不真。
莫不是阁内钟报分时刻,莫不是槛外竹敲断续音。
莫不是铁马悠悠鸣画栋,莫不是草虫唧唧叫花阴。
说话间转过假山山脚下,太湖石一片平平卧草茵。
粉墙半露朱户掩,竹影千竿翠枝新。
顺着声音频侧耳,分开杨柳细留神。
清音恰在潇湘馆,呀原来是潇湘妃子理瑶琴。
有时间急如檐下芭蕉雨,有时间缓如天涯石岫云。
轻挑时依稀花落地,重勾际仿佛木摧林。
妙玉懒移逍遥步,公子迟留自在身。
妙玉说你我何妨石上坐,你看它细腻光滑可爱人。
这宝玉轻向身边抽手帕,慢向石上掸灰尘。
又因为一曲琴中新雅调,坐下了三生石上旧知音。
这时节万籁无声人寂寞,越弹得数阕古调韵沉沉。
高向枝头惊鸟梦,低从篱下醒花魂。
慢将隐隐心中事,弹作凄凄弦上音。
半晌停弦歇玉腕,一声长叹有低吟。
低吟道风萧萧兮秋景深,美人千里兮独沉吟。
望故乡兮存何处,倚栏杆兮泪沾襟。
宝玉听来双泪点,妙姑站起两眉颦。

两人转去一声叹,数步行来两路分。
这一个走到怡红天已暮,那一个转来栊翠月黄昏。
唯有那秋声断续如琴韵,不管凄凉憔悴人。

二玉论心（全二回）

诗篇

流水高山何处寻？茫茫天地少知音。
马逢平路皆云善，人到交深始见心。
劲节不随寒暑变，清操方耐雪霜侵。
此情自古称难遇，莫怨伯牙摔碎琴。

头　　回

赫赫荣宁旧国勋，巍巍府第上连云。
金辉玉映繁华景，翠绕珠围富贵春。
荣禧堂前花似锦，大观园内月如银。
说不尽园中姐妹人无数，一个个国色天香世罕闻。
薛宝钗稳重端方明大礼，薛宝琴温柔典雅顺亲心。
史湘云大说大笑精神爽，邢岫烟守素安贫情性儿温。
贾探春持家儿才调人难比，小惜春巧笔的丹青画入神。
李宫裁放荡奢华无半点，王熙凤风流潇洒到十分。
侍妾中袭人平儿堪为首，丫鬟内鸳鸯琥珀最超群。
还有个断梗飘蓬的孤妙玉，坐蒲团自称云山槛外人。
内有绝代的佳人名黛玉，她在那姐妹丛中夺尽了尊。
模样儿捧心的西子难相比，才情儿咏雪的文君让几分。
都只因双亲早丧无依靠，外祖母接来膝下伴晨昏。
可叹她人太聪明身子儿弱，才惹得多病多愁两泪频。
又有个才貌双全的痴宝玉，他比那黛玉的年庚长一春。
生成的脾气儿乖张情性儿左，常常儿自言自语自伤心。

从不知经济文章为何事,他把那功名富贵算浮云。
终日价形骸放荡无个拘束,最喜和女孩们一块儿搅成群。
他倒说男子们都是些个须眉的蠢物,不过是乾坤的浊气禀成了人。
怎比那女孩儿的身子清净的狠,天地间至尊至贵的到了十分。
自恨身前没有造化,为甚么不向香闺脱化个身。
因此上看着那些女孩儿们都如珍似宝,终日价的为奴作婢效尽了殷勤。
自从那黛玉搬到园中住,他二人耳鬓厮磨分外的亲。
若不是对景题诗怜皓月,就便是焚香品玉赏花辰。
有时节园林春晓同携手,有时节夜雨幽窗共诉心。
虽然是姑表亲情称兄妹,那一种投分投缘难细云。
自古道情因爱切常如怨,果然是话到情真反似嗔。
又兼那多病的佳人心太重,偏遇着贪玩的宝玉欠留神。
有时节言语参差失了照应,勾起那佳人幽怨郁难申。
顷刻间肝肠痛断无休息,哭一个泪染鲛绡带血痕。
他二人似此分真也非次,问起那根底情由无半分。
都只为终身未定离合的景,往往的话语难明肺腑的心。
因此上忽密忽亲忽冷淡,行说行笑又行嗔。
惹得个贾母着急常常的抱怨,说没见这两个不知好歹的冤家怄死个人。
从那日砸玉遭殃分手后,两个人又难不见又难亲。
一个似傻如呆的失了本性,一个是无情无绪的减了精神。
一个是怡红小院淹成了病,一个是孤馆潇湘痛碎了心。
说不尽那花阴冷落人悲月,更可叹是竹影萧条月伴人。
这一日宝玉来到了潇湘馆,见佳人合衣睡卧闷沉沉。
好容易费劲了心机拿着话儿哄,刚刚儿的万转千回才念转了心。
宝玉说嗐世间唯有心难料,人要是得一个知心可贵似金。
黛玉说这个话含糊我竟不懂,倒要你分析个明白细细的云。

诗篇

说不尽世人心,世上人心似海深。

海虽深深有底,最深还是世人心。

从古来有几个流水高山一心的至死不变？
世界上都是些覆云翻雨交结来往尽黄金。
有一朝黄金尽貂裘敝壮士无颜佳人老，
也不知埋没了多少塞上的琵琶鬟下的音。
但有个效管鲍赛雷陈终始如一知心友，
我情愿拜门墙随鞭镫赴汤蹈火乐追寻。

二　　回

宝玉说我的心知道你的心你的心如何不知我，
难道说你的心就知道你的心不知道我的心？
黛玉说你的心是你的心我如何知道？
我的心又不是你的心你如何知道了我的心？
宝玉说我的心就是你的心你如何不懂，
莫不成你的心是你的心不是我的心？
黛玉说一个人都是一个心我倒知道，
从没见两个人只一个心一个人倒有了两个心。
宝玉说既然两个人两个心如何你的心又知道你，
黛玉说我的心是一个心想你的心是两个心。
宝玉说你的心既然是一个心我的心如何会有两个，
黛玉说我的心不像你的心你的心不像我的心。
宝玉说两个人通共一个心如何会有两个不像？
黛玉说一个心再凑上两个心这不成了三个心？
宝玉说谁是两个心谁是三个心你倒要讲讲，
黛玉说金有个心玉有个心难道麒麟它就没有个心？
一句话急得宝玉双眼直瞪，望佳人微微地冷笑咬朱唇。
说姑娘近日实在的改变，说的话都是古怪稀奇竟罕闻。
全不想你我从前是何等样的好，更比那一奶同胞还胜几分。
从小同起同眠同玩笑，哪样的不比别人分外的亲。
到而今人大心大把脾气儿改，动不动使性子蹩摔拿冷脸子对。
早知道人家的心不像我，绝不该妄想巴高错用了心！

倒不如速死速完速闭了眼，早离早散早脱了身。
到那时恩怨皆空闲愁扫尽，也免得到处招嫌得罪人。
病佳人鼻音儿冷笑一声啐，说可是呢倒不如早些儿一死免伤心。
宝玉说我说的我死谁咒你，何苦呢无缘无故的寡牛嗔。
我知道姑娘竟是嫌透了我，不住的寻嗔找上门。
早知道人遭了败运真没趣，还不及永远在黄泉作个鬼魂。
省却这耐苦担愁造孽的体，免却这抱愧含冤交罪的心。
说着的个宝玉情难禁，止不住腮边滴下泪纷纷。
佳人一见由不得的笑，说够了也少说些儿罢仔细劳神。
难为你也这么大了还不该知道个好歹，为什么脾气更比从前怄人。
说的话又不是聪明又不是傻，听了去是一半儿明白一半儿浑。
也有个见理不明也不去想想？一味的抛却了身心向外寻。
岂不知时时错认了禅门的理，才有这处处强分个意外的心。
但能够妄念不生绝了外障，自然是一心无挂现了天真。
宝玉闻言才要答话，忽听那紫鹃带笑近了房门。
说二爷的贵步如何到此，莫不是偶未留神认错了门？
劝爷也该往别处去逛逛，让姑娘歇歇儿养养精神。
黛玉说此时我也不觉困，倒是把那窗屉子拿开敞一敞心。
可将我前日的好茶快些沏去，看仔细屈尊了大驾得罪了贵人。
宝玉闻言噗嗤儿地笑，说何苦呢这样称呼我怎么样的禁。
但能够不撵出门就是造化，怎么敢生受姑娘这样费心。
黛玉说饶这么小心着还有不是，动不动成月成年的不上门。
说着话的佳人又擦泪，这宝玉忙又带笑搭讪把话云。
说今日天气很好何不同去走走？到园中找一找她们散一散心。
黛玉闻言低玉颈，意迟迟半响方才立起了身。
向妆台略整云鬟出了小院，娇怯怯轻抚雪雁蹈芳茵。
说不尽花攒锦簇园中景，言不尽姐妹题诗笔下的春。
向竹窗写了凄凄切切的湘君怨，倒只怕一声声谱入那流水悲风不耐闻。

玉香花语(全四回)

诗篇

丹凤来仪大观园,圣恩普被满门欢。
霓裳雅奏弦歌咏,灯月交辉羽觞传。
邀月偏逢风月婢,惜花恰遇采花男。
痴情侍女含羞耻,得趣琴童兴未澜。

头　　回

自从那元妃归省回宫后,那荣宁二府上下之人都未闲。
真果是个个神疲人人力倦,两三日的工夫他将那般般陈设件件收完。
王熙凤任重事繁条条经理,难为她性强身弱处处周全。
唯有那宝玉一人全不管,终日间逍遥自在甚是清闲。
这一日袭人的母亲来接她的女,到家中去吃年茶逛一天。
回过了贾母王夫人和宝玉,同着她母亲回转家园。
这宝玉寂寞无聊和丫头们来凑,掷骰子赶围棋儿耍笑着顽。
大家正是高兴处,忽见个丫鬟进来眼望着公子带笑言。
说东府的珍大爷专人来请,请二爷前去听戏大放花灯热闹非凡。
宝玉听说忙将衣换,他就要前往东府不迟延。
忽见个内监奉了元妃的命,说娘娘特赠糖蒸酥酪杠口儿的甜。
宝玉说替我谢恩将太监赏毕,这宫官自去交旨不必细言。
痴公子忆及袭人爱吃此物,命丫鬟与她留着收放严。
急忙的自回贾母往东府里去,也不由大门行走从内里打穿。
也不带嬷嬷与丫鬟等,只叫了书童小茗烟。
霎时间来到了宁国府,只听得锣鼓喧天是出武戏打作一团。

但则见丹墀之中排家宴,开场演戏在大庭房前。
结彩悬灯非常的好看,优伶歌姬俱是名班。
本家是贾珍贾琏蓉哥儿让座,相陪着外请的亲戚是薛蟠。
传杯换盏同观剧,大家见宝玉前来一齐让座长笑颜。
闻听说头出唱的是丁郎寻父,又开了黄伯央大摆阴魂阵势儿悬。
更有那大闹天宫与封神斩将,那妖魔神鬼张盖扬幡。
锣鼓喧扬声闻巷外,满街上人人夸奖热闹非凡。
虽然是珍琏贾蓉薛蟠皆喜,唯有这宝玉心中不耐烦。
这公子懒观武戏嫌聒噪,一心要找寻书童小茗烟。
想罢时慢慢离座假装解手,要到那别处去游玩。
忽想起这小书房有一轴美人画,是一位名笔丹青的散花仙。
神情儿妩媚真飘洒,亚赛过活人一样妙非凡。

二　　回

我何不去把画儿看,也免得美人寂寞胜似庭前把戏观。
一壁里寻思一壁里走,来到书房窗外边。
猛听得屋内咯吱吱响动不知是何物,袅娜娜的声音哪晓是谁言。
暗思量此处是何人来讲话,呢莫非是画上的花仙降下尘凡?
痴公子暗自欢欣说真妙也,轻轻开放门儿往里观。
见二人俯仰葳蕤在床儿上,倒像是警幻仙姑也把他传。
反将公子唬了一跳,细端详上边是书童下边是一丫鬟。
他二人见宝玉忽来慌忙站起将衣衿披上,
只唬得战战兢兢面目更色一语不言。
见丫鬟鬓发儿微松神情儿带愧,衣袖儿低垂意绪儿增惭。
俏眼儿一汪秋水直瞪瞪的看,愁容儿两道春山紧蹙蹙的攒。
公子见她如此害怕,就由不得动了惜玉怜香的好心田。
见茗烟跪倒哀求央告,求二爷千万莫向外人言。
宝玉说青天白日真胡闹,若叫珍大爷知道那可莫当顽。
我看你还是活着还是死,还不给我滚起来么真正胆包天。
眼望丫鬟将脚一跺说你还不快跑,见她猛然醒悟出了书房一溜烟。

痴公子赶出房来说你别害怕，我从来不将这事向人言。
小茗烟一见公子在院内嚷，急得他在身后低声直叫祖宗尖。
说这一嚷分明是叫人知道，是安心要我的小命儿去见老阎。
宝玉说此处无人你不必和我假怕，既是怕就不该把人家的幼女奸。
茗烟说走啵看有人查问，问根由咱们爷儿两个难以答言。
痴公子走着问道这丫头十几岁了，茗烟说大约不过二八年。
宝玉说你连她的岁数儿还不知道，竟敢如此似乎也太难。
可惜这傻丫头白认得了你，倒是个痴情的人儿甚可怜。
可是嗾她的名字难说你也不晓，茗烟说提起她的名字甚罕然。
她母亲说养她的时节做了一梦，得了匹锦缎上有万字接接连连。
名叫万儿是应梦儿起，就生她一个儿在膝前。
宝玉闻听说真也奇怪，想必她将来有些儿造化不非凡。
他主仆一壁里说着一壁里走，茗烟说二爷呀你怎么不去听戏往哪里去游玩？
宝玉说我向来就不爱听戏，我听了一会儿就不耐烦。
我出来逛逛就将你们碰见，真他娘的丧气这会儿我无主意去到哪边。
茗烟说我悄悄地引二爷往那城外头去逛，
公子说不好要碰见拍花的拍去可莫当顽。
倒不如找个近些的去处，茗烟说我想不出地方儿来甚为难。

诗篇

春光明媚日初长，晴雪梅花照满廊。
蕴玉生香香氤氲，名花解语语温凉。
一朝归省怀慈母，几次周旋奉玉郎。
无端忽自临蓬荜，反惹情婢意彷徨。

三　　回

宝玉和茗烟出离了书房的小院，一壁里款款而行慢慢商量。
公子说不如找你花大姐去说说话，瞧瞧她在家里做些什么也无妨。
茗烟说被他们知道又打我，公子说有什么乱子我承当。
茗烟说好哇，他就准备了马来一齐的乘上。

出后门不多时来到了花家,茗烟下马语高扬。
此时间袭人的母亲早将女儿接到,又接了甥女与侄女几个媳妇姑娘。
正吃茶果闲谈话,忽听外面叫声大哥花自芳。
自芳出房留神看,见是他主仆二人不由心下甚慌张。
一面嚷道宝二爷来了,将公子抱下马。
见袭人跑出房来说,哟你因何来此快道其详。
宝玉笑说我在家里心中烦闷,来找你也认门户儿在何方。
佳人听说才把心放下,说真胡闹做什么来此为哪桩。
问茗烟连你跟来人几个,茗烟说就是我二人前来碍何妨？
袭人说你们的胆子真比芭斗大,倘或要遇见了老爷祸非常。
再者呢街上的人多车马又重,若有一个一差二错谁敢当。
必是你撺掇二爷出来逛,今日晚告诉嬷嬷给你顿板子汤。
茗烟闻听噘了嘴,说这是二爷的主意和我商量。
我说是不来罢他就要打要骂,这会儿都推到我身上把板子搪。
若不然我们趁早回去罢,也免得姐姐担忧我犯愁肠。
自芳说既来者则安之何必如此,就只是我们这茅檐草舍甚腌臜。
袭人的母亲也出来迎候,俏佳人手拉着宝玉进了上房。
见房屋儿虽小收拾的般般雅致,陈设儿不多摆列的件件排场。
猛抬头见炕上坐着人几个,尽都是穿红挂绿的媳妇姑娘。
一个个见宝玉进来都低垂了粉颈,羞得那俊庞儿香腮红润醉海棠。
也有那微施粉黛鲜艳的打扮,也有那不染铅华淡雅的梳妆。
也有那面貌微麻麻而且俏,也有那眼眉似笑而不狂。
有似那灵台郎观星高扬脸,有似那达摩祖修道面朝墙。
有几个低言把公子的衣巾谈论,有几个偷眼把他的品貌端详。
俱是些小户儿的形踪都羞羞惭惭,并无那大家子的气象都躲躲藏藏。
宝玉出神将众女子偷看,见有个穿红姑娘俊俏非常。
花自芳母亲齐让宝玉上炕,说这边滚烫一点也不凉。
又连忙倒茶欲摆果点,袭人说你们不必张罗空落忙。
他吃的东西我知道,在家中不敢胡吃怕把胃伤。
一壁儿说着去过了自己的坐褥,铺在了一张板凳儿之上靠在茶几一旁。

四　回

这佳人将自己的脚炉垫在公子脚下,荷包内取出两个梅花饼递与痴郎。
将手炉重新添炭放在公子怀内,案头洁净洗他自使的茶缸。
现沏的香茶递过去,忙坏了花氏婆娘与自芳。
齐齐整整摆上了一桌果品,恭恭敬敬一起说道二爷你尝尝。
袭人见并无公子可吃之物,笑盈盈说好歹吃点也不枉来此一场。
伸纤手拈了几个松子儿将皮儿吹去,用手帕轻托递与公子说你尝尝。
痴公子接来笑嘻嘻的说承赐,忽看见佳人的杏眼微红粉面不光。
悄问道好好的因何哭泣？有什么向我诉说衷肠。
袭人笑说我方才眯了眼,用手揉红她遮掩过痴郎。
佳人说公子身穿狐肷箭袖,外罩着石青貂皮排穗儿长。
笑问道你特为来此将衣换,难道说他们就不查问你去何方？
宝玉说今日珍大爷请我东府里去听戏,故此才无人问短究长。
俏佳人闻听将头点,悄说道这里可不是你来的地方。
略坐一坐就回去罢,若叫老爷知道必要大闹一场。
痴公子点头说你也快快回去,我给你留着好吃的东西呢,叫他们紧收藏。
佳人笑说悄默声儿地讲罢,看叫他们听见是何意味恐惹旁人话短长。
俏袭人伸手将公子的通灵摘下,笑盈盈说你们都见识见识这玉是无双。
时常提起都说瞧不见这稀罕物,今日个尽力的瞧瞧强不强。
说罢时递与大家传看了一遍,仍与公子戴上众女子都赞美非常。
这佳人忙叫哥哥去雇车或雇轿,自芳说有我送去还骑马碍何方。
佳人说唯恐路上被人碰见,传到了老爷耳朵里谁敢当。
自芳点头出门去,霎时间雇来了一乘小轿放在门旁。
这佳人又给茗烟果子与钱钞,嘱咐他莫向他人说你们来此一场。
痴公子告辞出门乘上小轿,这袭人送到门前将帘放下才回转了房。
抬起轿一直竟奔宁国府,后跟着茗烟拉马自芳在轿旁。
不多时相离宁府的后门切近,这公子下轿乘驹就欲进门墙。
眼望着自芳说今日多多累你,改日道乏罢叫你受忙。
自芳说伺候不到望二爷耽待,千万的莫怪我母子和我们姑娘。

花自芳眼看主仆都进了后户,回家去告诉袭人好放心肠。
茗烟说二爷且莫回家免人疑惑,必须要回东府去鬼混它一场。
宝玉说此话真有理,他主仆一齐下马竟奔前庭走慌忙。
至庭前虚应故事略坐了一坐,即告辞竟回了怡红小院房。
叙庵氏挑灯摹写红楼段,喜迟眠把酒频因此夜长。

葬花（全五回）

诗篇

绿碎红摧景暗迁，东风薄幸不留连。
痴儿妄想榆钱买，倩女空思芳冢全。
春去春来愁漠漠，花开花谢恨消涓。
娥眉始见真情重，泪洒芳尘倍可怜。

第一回　伤春

遮暮春归又一年，杨花无奈雪漫漫。
莺狂燕俏香闺丽，水软风柔游子欢。
无限豪华荣国府，一般儿女大观园。
遇着这淡荡春光时芳景美，一簇簇拈花斗草各纷然。
蘅芜院兰芷生香凝座右，秋爽斋芭蕉分绿上窗前。
稻香村麦浪翻风平畴缥缈，怡红院海棠映日玉砌暄妍。
花溆两旁青沙嫩嫩，菱洲一带绿水湾湾。
恰正是春光到处韶华满，说不尽楼榭亭台景物繁。
林黛玉无聊郁在潇湘馆，想起宝玉恨难堪。
为甚的一旦之间他心性改，莫非是听信旁人金玉言。
空教奴一念攸关千念切，百般注意万般怜。
实指望痴心相感同生死，又谁知如梦无托秋扇捐。
方信道儿郎到底难深信，可见我倾尽了真心是枉然。
恨悠悠几回搔耳摸云鬟，怔呵呵半晌抬身启绣帘。
乱纷纷竹影铺阶筛凤尾，一阵阵香花满院透龙涎。
痴迷了戏耍的心肠无半点，泪潜潜牢骚愁绪有千般。

意迟迟轻移玉体将行又止,茶呆呆步出潇湘馆外边。
闷恹恹懒玩园中景,娇怯怯不住蹙眉尖。
猛然见双双蝴蝶穿花过,厮赶着行下行高远面前。
林黛玉强打精神逐蝴蝶,轻摇罗扇舞蹁跹。
但见那飘飘粉翅来回游荡,引得她盈盈秋水左右凝瞻。
顾不得脱落了十分齐楚的罗袂袖,累得她散乱了千般绰约的云鬟风鬟。
霎时间风飘蝶远飞不见,倒把个窈窕姣娃喘了个难。
独自个凝神停立周围看,大观园风晴日暖更鲜妍。
榆钱儿繁密迷芳径,柳絮儿飘扬点翠衫。
绕池塘垂杨梢吐金丝儿袅,出粉壁红杏枝含绿叶儿尖。
娇滴滴越显红白桃李笑,唧喳喳自成腔调燕莺喧。
猛听得声声笑语在花间柳外,遥望见簇簇人影在楼外庭边。
离的又远分不出是姑娘啊是使女,林黛玉也无心去相就她独步幽然。
仰面见碧湛湛青天晴而且霁,淡微微白云几片断了还连。
荡悠悠好鸟高飞如日下,平稳稳纸鸢高寄在云端。
又见那燕子将雏拂面过,蜂儿戏蕊绕花旋。
无意中信步来至山坡下,呀!见落花成霞片片飞残。
正所谓落花满径胭脂冷,春末三分尘土淹。
一阵风来花翻万点,林黛玉俨然不亚如散花仙。
似嫦娥月明桂馥飘云外,凝神看似水点花飞在目前。
立山坡凝眸半晌一声长叹,别一样的婉转娇羞画也难。

诗篇

一夜风吹春早还,朝来景物顿非前。
园中有卉皆红减,眼里无枝不绿添。
山径遥凝说法处,池流猛讶避秦源。
娇莺应解惜花意,衔取残红过画栏。

第二回　埋花

说花儿呀怎么零落如期也,天公呵因何造化不周全。

既布春光把风物点,为甚匆匆又唤转还。
空教人姹紫嫣红无意赏,待等莺期燕不成欢。
探腰肢微舒玉指拾花片,把那些败落残红归作了一攒。
回玉腕簪发金钗轻轻儿拔下,屈香躯也不顾尘渍行染衣衫。
弄金钗纤纤素手翻春土,埋花片婷婷俏立暗伤残。
叹花儿一旦之间凋零至此,追想你浓艳鲜姣才有几天。
向东风放蕊弄香真可爱,恰以那多情知趣有情的男。
今日个仍是东风将你断送,便似那薄幸子冷落了红颜。
你那旧日的芳容往何处去也,转眼间便怎的这样色退香寒。
人家是系铃惊鸟惜浓艳,谁似奴拨土埋护落花残。
恨东风等闲不与人方便,不由奴不感物生悲意怆然。
眼看这好花残落娇艳散,便与姑娘这弱质虽存要持久难。
问花枝花枝不语含愁态,听春鸟春鸟悲啼怨景还。
曲栏辞春春寂寞,红尘潇洒泪悲残。
古人云韶光易过红颜易老,到而今黛玉方知是确谈。
奴今何不把花儿埋葬,不过略表痴情一念牵。
也省得袅娜香魂随尘飘落,也省得轻盈芳质和土阑珊。
也省得薄幸东风乱飘乱荡,也省得无情蠢物胡践胡残。
也为你媚态姣姿与奴恰似,也为你分浅缘薄和我一般。
今日个你谢之时有奴葬你,奴死后知有何人把我来怜。
自回思輦儿果是真薄幸,憔悴奴萧条似花片一般。
后事难期范范未准,前途一望杳杳无边。
何况这依人形景孤恓万种,竟像那细雨斜飞燕子孤单。
痛父母双双抛我归泉下,教孤儿望断白云相见难。
更有谁知心贴己把奴怜念,无非是面皮儿上一点相观。
怨天公空赋花月一般的模样好,到教我梳妆对镜自相怜。
更可恨这织锦的才华埋没了,尚不如花儿还有个艳阳天。
想到此越逼人家千种恨,况我这软怯怯的身子儿也难。
倒不如也和花片随风落,也省得春感秋愁无限牵。
痴情女思前想后添悲叹,不由得双双珠泪眼中含。

忧容儿如龙女救羊蓬云鬓,愁态儿似西施捧腹蹙春山。
恨难消徘徊花冢占诗句,金钗儿信着手儿乱画胡涂。
林黛玉悲忧正在出神处,猛听得宝玉的声音到面前。

诗篇

文豹诚难一管看,管中窥豹亦斑斓。
因怜红粉调鹦鹉,学买胭脂画牡丹。
当日手神真可忆,而今笔墨总难传。
伤心梦逝红楼杳,弄玉台空秦月寒。

第三回　调禽

解语曾闻大戴篇,身文性慧惹人怜。
上皇遥问林邱畔,田乐频呼殿陛前。
吟偈语移妃子意,唤茶声代侍儿传。
佳人别院归来处,低讶青衣未卷帘。
切碎牙儿戏损山,闺愁却为阿谁衔。
佳人别院调鹦鹉,慧鸟能言弄舌尖。
言言语语喉咙朗,字字声声调弄得圆。
佳人点首说真真慧也,怪不得书籍多将此鸟传。
又听它学一回闲语叫一回侍女,念儿句词赋吟几句诗联。
多是前人得意的句,半集黛玉感怀的篇。
佳人带笑说真可喜,难为它灵心记得全。
紫鹃说姑娘日诵它学会,整天家絮絮叨叨念也念不烦。
猛然鹦鹉扇双翅,朗咏唐人诗一联。
说愁怀望处春何限,病眼开时月正圆。
恰恰乎触起佳人心内的事,一声长叹双锁眉尖。
徘徊良久频移玉步,默然不语自启湘帘。
进房来慵眠绣榻思宛转,倦扶鲛绡意黯然。
抱恨的佳人悲枕上,负荆的公子到门前。
进院来讪讪的自语说,竹真好实在清风胜渭川。

又说是主人闭门何深也！又说是鹦鹉如何不报传？
帘儿里紫鹃猛见忙出迎,说二爷吗今日如何这等闲。
痴公子垂颈含惭无话对,上阶除低问姑娘想午眠。
侍儿未对佳人问,紫鹃儿你在檐下与谁言？
紫娟说二爷来看姑娘也,佳人说不许放入我门阑。
敏侍儿笑瞅公子把帘轻启,痴公子羞羞愧愧步武迟延。
进房来见佳人斜卧头朝里,鬓云半绾上别着簪。
绣枕儿半按半弹纤手儿动,药气儿半闻半隐叹声儿含。
杏眼儿半掩半开微微一顾,泪珠儿半垂半转点点相连。
身儿傍罗帕儿上半带涕痕半染泪,手儿边绣枕儿畔半边摊放半边圆。
这公子忙到床前尊几声妹妹,林黛玉半晌咳声似怒如烦。
公子复问姑娘可好？连日暌违贵体安。
见佳人低迟微哂说真无味,贱体安否与公子何干？
宝玉儿就势儿趣笑说真何话？无干连我怎问着有干连。
所以才恶抢白不敢在心怀记,志诚心黄昏清旦废寝忘餐。
黛玉儿一闻此言娇声儿厉,说此为何语你有了疯痰。

诗篇

二八芳年一小环,妆台日近美人前。
会心善得人频爱,解语能将意代传。
翠钿可为闺内友,素英同是月中仙。
何人翻讶青衣贱,一种狡猾自可怜。

第四回　谑鹃

片言触起佳人怒,分雪全凭笑脸含。
公子说皆因前日得罪妹妹,心如蓬舞地意似絮漫天。
今日来特意赔罪又失了口,望姑娘豁达大度一并包涵。
要打呀要骂呀但听尊便,唯求妹妹意下释然。
你只顾这般光景无关紧要,反叫那些别人说你我变颜。
林黛玉半晌说咳这又是何苦,我说了永世再不敢傍台前。

宝二爷不见黛玉也不为缺典，我若是不赡丰度反省些心烦。
人说只管由他说去，况变脸是情真何惧人言。
多谢你恶语儿伤甜话儿哄，忽而天忽而地主子性儿叫人难。
甜哥哥蜜姐姐哪里学会的屈劳儿态，深知你花言巧语呆里藏奸。
宝玉儿笑着点首说我又多话，这两句可是何书上有的言？
这黛玉被他问得红了脸，泪珠儿干转良久无言。
迟多会说没说别望我说话，一个女孩儿家晓甚书篇。
不过是两句常说的话，又是书上咧字上咧彻底穷源。
奴劝二爷回驾罢，看再有不妨头的话语冒犯尊颜。
宝玉赔笑说又急了，这里成了秦国怎逐客还。
向床前轻轻坐下说姑娘撵，佳人说少逗颜色只胡缠。
奉请速回春雪棹，莫非等念北诗山。
公子说撵不动身骂不犟嘴，贵打愿领唾面自干。
想我动身请息此念，佳人说找到家里磨人太罕然。
要不然我竟躲了你，宝玉说步步相随不怕你嫌。
黛玉说避君明日就归乡去，宝玉说也跟妹妹去回南。
黛玉说莫非二爷磨定了我，宝玉说实禀姑娘躲我难。
黛玉说我若死时看你怎样？难道还赶我到黄泉。
宝玉说何苦又说这丧气话，好端端说活说死忌讳也不嫌。
倘妹妹果有不讳我便削发，干净净一领袈裟了尘缘。
这佳人听说着恼方欲变脸，见公子形容踧踖动静堪怜。
忍气吞声含惭露悔，卑词屈体无笑强欢。
心中不忍变为一哂，说此话蹊跷其理难参。
几曾见兄因妹死出家去？况且你妹妹又不少更觉难。
死一个出遍家都死了怎处？除非有分身的妙处才可周全。
痴公子明知说错料她必怒，因见她反说些趣话意外生欢。
随趣笑说那个妹妹先亡故，为她削发便选禅。
从来释子无牵累，那后死的任他死去与我无干。
佳人说原来是这等，果然明澈见得宽。
公子说无非一派糊涂想，明澈如何惹妹妹嫌。

不多时紫鹃素手呈灵味,有一盏白雪清香贮舜盘。
佳人说他不配喝茶拿回去,紫鹃微笑说姑娘是何言?
虽则是熟不讲理理固可废,但二爷话久岂不舌干。
公子便赞说丫头好,可意的青衣正是此鬟。
我与你多情小姐同鸳帐,怎舍得叠被铺床待吾眠。
未说完又觉失了口,呆呵呵半晌无一言。

诗篇

一幅绫绡越女缣,江头西子手亲浣。
尝偎素手依纨扇,偶傍菱花上绣奁。
杏脸半遮人入梦,莲塘倒影鲤凝黏。
泪痕点点因何透?只为青娥有恨衔。

第五回　掷帕

公子知非容似塑,佳人自气战如绵。
恼盈俏脸桃花赤,嗔透姣眸杏子圆。
唬宝玉怒声似惊雨莺急躁,坐起来弱质如因风柳乍翻。
姣音带颤说这是何话?柔体微筛气咽又无言。
痴公子红胀胀的面皮如销萃体,急煎煎的心绪若火炙肝。
暗想到原为凑趣招他笑,岂意无心又失言。
悔只悔九州铁怎铸一时错,千江水难涤满面惭。
方欲说妹妹恕我刚说到妹妹,因自知失言太重不敢说完。
见佳人一帕自拿时抹泪雨,五丁再世难断眉山,
恨难消榴齿欲碎身忽探,意难堪春笋微舒臂乍前。
向公子面上额边急戳一指,恶狠狠声含怒意却无言。
痴公子怨恨交集一心似醉,悲愁搅乱五内如煎。
垂首无言频舒襟褶,满眸洒泪直染衣衫。
渐渐的一滴滴似珍珠断线,越越的一行行若瀑布出泉。
欲擦时怎奈来时忘记了手帕,不擦罢无如满面甚是难看。
无奈何捏起衣襟频拭泪,纱衫染透泪痕斑。

林黛玉见他的形景心早悔,又见他无物抹泪手捏新衫。
信手儿把手中罗帕掷在他身畔,自己却手抹秋波把珠泪弹。
这宝玉拾起帕来一声长叹,暗想他自恼如此尚知怜。
可见过错全由我,况妹妹素日厚意甚周全。
而且她身子常常的病,我怎该冒犯越理无端。
前日个一番暴躁就无知得紧,方才的这句言语尤其胡言。
那一件不因我愚蠢起,她一个女孩儿家的心性怎不烦难。
公子越思泪珠儿越滚,佳人一见心儿里一怜。
想宝玉待我的情肠真恳切,何时何事都尽让周旋。
总是奴天生的傲性不容物,一偏的拗见少包涵。
不但说起事多因奴的语刻,就便是方才的光景也叫他的心寒。
这佳人千思万想心中软,那公子泪眼愁眉意下烦。
两个一般同悔恨,两人四目共涕涟。
香闺顿化回心院,绣榻忽成垂泪山。
正所谓一腔心事无由诉,纷纷红泪落君前。
一个儿深思妹妹适来的意,一个儿全恕哥哥已往的愆。
一个儿体贴公子心无二念,一个儿细想佳人好有千般。
一个儿想前日的光景是奴暴躁,一个儿细想方才话语是我失言。
一个儿有话欲说随口怕错,一个儿怀情欲吐启齿觉难。
二人悲心相视处,听外面说一声好了笑语纷然。

悲　秋

诗篇

大观万木起秋声,漏尽灯残梦不成。
多病只缘含热意,惜花常是抱痴情。
风从霞影窗前冷,月向潇湘馆内明。
透骨相思何日了？枕边唯有泪珠盈,
孤馆生寒夜色暝,秋声凄惨不堪听。
人间难觅相思药,天上应悬薄命星。
病久西风侵枕簟,梦回残月满窗棂。
玉人肠断三更后,漏永灯昏冷翠屏。
一寸眉心恨几重,钗环慵整鬓蓬松。
黄花都似形容瘦,秋雨不如泪点盈。
薄命凋零知有分,相思解释叹何从？
断肠最是潇湘馆,露冷窗寒泣暮蛩。
一幅鲛绡泪点盈,痴心总是葬花情。
谁将恨海填胸满,只有愁天补不平。
鸿雁影中秋万里,寒蛩声里月三更。
绿纱窗下无穷怨,说与孤灯直到明。
薄命从来离恨宫,芳心不与世情同。
落花收入荒坟内,佳句抛残烈炬中。
秋作凄凉搜户牖,月将惨淡染帘栊。
醒来人住潇湘馆,泪比湘江一倍洪。

金陵春色美无穷,黛玉的丰姿迥不同。

生成的倾国倾城人难比，只无奈多病多愁体不宁。
更兼她秉性儿孤高心性儿冷，举止儿端庄心地儿聪明。
针儿习熟活计儿巧，书卷儿博通诗赋儿能。
吃亏了模样儿风流身体儿弱，心思儿仔细气质儿清。
只落得形容儿瘦怯情思儿倦，茶饭儿懒餐病势儿增。
渐渐的梦魂儿颠倒精神儿减，粉脸儿香消衣带儿松。
到秋来时光儿萧条柔肠儿断，风月儿凄凉愁态儿萦。
可怜她早丧了高堂父和母，又无有同胞弟与兄。
接在这母舅家中抚养大，外祖母爱似明珠掌上擎。
闲来时或同姊妹谈书史，或共丫鬟习女工。
便与那表兄宝玉同居住，从小儿不分彼此似同生。
自从他大家搬入园中去，潇湘馆紧对着怡红小院中。
这宝玉娇痴习惯多情爱，脾气儿一会儿糊涂一会儿明。
有时节殷勤体贴过于留意，有时节怠懒歪缠大不近情。
呕的人哭也不是来笑也不是，恼不成来好也不成。
时逢正是深秋景，气爽天高万里晴。
眼看着满城风雨重阳过，这姑娘节气儿交时病势儿增。
只见她菱花羞对朱唇儿淡，粉黛慵施鬓发儿蓬。
好模好样的眉头儿皱，无缘无故的眼圈儿红。
有一时临波顾影还自言自语，有一时问着十声九不应。
不知她终朝闷闷因何故？谁晓得每日怏怏主甚情？
这一日园中的姐妹未来造访，日光儿午后倒也清闲。
林黛玉独自房中无情绪，唤丫鬟随我到门前略一行。
说话间紫鹃扶定轻轻走，雪雁跟随慢慢行。
主仆们慢慢地步出潇湘馆，呀这一种凄凉迥不同：
潇洒洒碧落天空云织锦，静荡荡云山雾敛雨初晴。
纤巍巍三径菊花开灿烂，碧森森千竿竹叶显菁葱。
韵铮铮隔院秋砧惊午梦，呼喇喇临窗老树起悲声。
枯干干荷盖翻披为败叶，软怯怯海棠憔悴剩残茎。
香馥馥芬芳尚有岩前桂，冷凄凄零落远留井上桐。

重叠叠山经秋雨十分翠,碧澄澄水共长天一色青。
急煎煎云外归鸦投远岫,乱纷纷亭前落叶舞西风。
寂寞寞往来哪有双飞蝶,静悄悄上下不闻百啭莺。
一阵阵天际惊寒穿旅雁,几处处空庭应候少秋蛩。
细条条数棵衰柳无情绿,丛簇簇一片枫林着意红。
佳人对景频嗟叹,她的那身倚阑干愁绪增。
暗想道幼时读过《秋声赋》,果然是物老悲秋今古同。
眼前一派凄凉景,似这等衰草寒烟好恸情。
才知道欧阳作赋文词警,怪不得宋玉登高感叹重。
想三春郁李夭桃浓淡淡,流莺舞蝶闹轰轰。
到后来牡丹开罢石榴放,荷花儿谢后海棠红。
又谁知韶华有限悠然去,晚景无多一旦空。
霎时间秋来夏去繁花尽,露冷霜寒草木零。
看起来物有盛衰时有寒暑,就犹如月有盈亏人有死生。
老天哪发生长养为根本,既然春夏何必秋冬!
何不叫日往月来人不老,又何妨风吹雨润草长青。
岂不是何思何虑报乐世,倒成个不凋不谢广寒宫。
为什么潇洒的西风如利剪,凭陵的霜气似雄兵?
务必要秋声儿一起群芳儿落,把些个万紫千红一扫空。
接连着雪花儿飘后坚冰儿冻,只弄得地老天荒闭塞不通。
怨只怨东君一去全不管,恨只恨青女飞霜主甚情?
又想到气至三春依旧暖,花从二月又重生。
独有这人生斯世无多景,老去如何转妙龄?
最可叹逝水年华光苒苒,如梭岁月势匆匆。
青春虚度难留住,绿鬓消磨去不停。
黄泉不去无归路,还不如草木逢春枯又荣。
似我这浮生好比花间露,病体还如风裹灯。
回首红颜能几日,已到了叶落归秋途路穷。
渐觉得秋风重来身体重,时候儿更来颜色更。
这便是一朝春尽红颜老,眼看着花谢人亡两不逢!

想春时痴情是我悲花落,把花片儿收来在土内儿封。
那时节我身一旦随花损,未卜知秋林下送我是何人着土儿蒙?
佳人越思柔肠断,止不住娇声儿呜咽泪珠儿倾。
这黛玉羞花闭月姿容绝代,落雁沉鱼艳气独钟。
只这一番哀怨悲秋意,感的那无情景物也伤情:
动摇摇树枝儿轻颤如点首,扑腾腾鸟雀高飞似不忍听。
忽然间园中一阵西风紧,吹的她喘嗽吁吁把使女凭。
急忙忙一同回转香闺内,这佳人四肢无力倦支撑。
恹恹睡卧牙床上,不觉的神思困倦睡朦胧。
有一位多病多灾林黛玉,病在潇湘馆院中。
恹恹斜卧牙床上,不觉的心思困倦睡蒙眬。
偏这日宝玉闲中来问病,兴匆匆步入潇湘竹院中。
进得门来见那些乳母丫鬟廊下坐,满院中苍苍竹影翠阴笼。
紫鹃说姑娘散闷方才睡,请进去二爷仔细莫高声。
痴公子点头会意朝前走,雪雁儿轻轻揭起绣帘栊,
进房来珠围翠绕言难尽,另有那一种的清香往鼻内冲。
暖阁内佳人睡卧头朝里,房儿内寂然鸦雀不闻声。
这公子床头对面轻轻坐,悄悄儿细验病形容。
见佳人头边斜倚着鲛鮹枕,身上横搭着旧斗篷。
柔气儿一阵儿姣吁一阵儿嗽,细声儿一会儿哎哟一会儿哼。
绣鞋儿一面儿遮藏一面儿露,纤手儿一只儿舒放一只儿横。
小枕儿一边垫起一边儿靠,书本儿一卷儿抛西一卷儿东。
乌云儿一半儿蓬松一半儿绕,孤拐儿一个儿白来一个儿红。
真个是神游洛浦三秋水,梦绕巫山十二峰。
病形容捧心的西子差多少,就是那妙手丹青书不能。
不提防窗前鹦鹉将茶唤,房儿内西正交了六下钟。
霎时间佳人昼寝忽惊醒,不觉得弱体轻舒把倦眼睁。
见宝玉无言独自旁边坐,反惹得佳人意不宁。
本待要起身陪坐又娇无力,枕头上指头儿轻按俏眼儿蒙眬。
命紫鹃床上重新铺坐褥,唤雪雁案头洁净洗茶盅。

低声道适才盹睡失迎候,贵人哪今日刮来是那阵风?
昨日个清晨早起往何方去?可是怎么咧要会会尊颜都不能。
宝玉说连朝有事未来看你,我却时时悬挂在心中。
今日里破了个工夫儿特来看问,多有疏慢了莫怪愚兄。
这几日午后的发烧可曾少止,夜间的咳嗽可曾轻声?
身躯儿可比从先强与弱?饭食儿或比先前减与增?
送来的茯苓服过了无有?拿来的燕窝吃过不曾?
配的那丸药可是哪一料儿好?寻的那偏方儿到底是哪样儿灵?
佳人说起动前来多承挂意,我这病势儿更比先前一倍儿增。
参苓儿服过无其数,燕窝儿吃过好几封。
偏方儿试过尽无有应验。病魔儿延缠何日安宁?
发烧时五更已后方才减,咳嗽来一夜何曾略住声。
神气儿焦劳成弱症,梦魂儿颠倒甚虚惊。
待要去观花我心中又懒,提起了吃粥我头都是疼。
眼看着绿纱窗下奴将离去,病骨儿不日掩埋黄土坑。
这几年园中的往事都不堪回首,再若是和你们讲赋吟诗可不能。
佳人说到伤心处,不由得泪珠儿扑簌往下倾。
一双双恰似珍珠儿落,一滴滴犹如秋露儿冷,
霎时间点点滴滴无歇止,把一条手帕儿湿透了好几层。
这宝玉硬着心肠忙解劝,心儿中万转千回不胜情。
说大势无妨何至如此?你把那烦恼忧愁暂止停。
我劝你药也要吃病也要养,为什么自己熬煎把自己坑?
茶饭儿也要勉强着进,身体儿也须扎挣着行。
早些儿歇下休熬夜,厚些儿穿衣莫着风。
想吃什么说知琏二嫂,要什么东西告诉愚表兄。
园中的姐妹跟前常走走,散散闷强如睡卧在房中。
若是睡坏了脾胃多添了病,叫我心中岂不疼?
说话间痴郎久坐憨情动,不住的嘻嘻微笑眼眯缝。
一壁里搭讪说话朝前凑,他把那玉腕双携不放松。
说外面的菊花都开过了,真个是紫配着黄来白配红。

咱们俩何不前行同去玩赏？也别辜负了秋芳太寡情。
使性子的佳人忙躲闪，顿时间娇羞气恼面通红。
说起开罢那边给我斯文坐，方才我出去了受不了外边的风。
刚刚的睡醒你又来缠我，我知道你是我命中生来的魔难星。
似这等拉拉扯扯成甚么样子？也不管人家手腕子发酸骨节疼。
动不动有人无人的上头上脸，讨人嫌更比从前说话儿疯。
知道什么一年小二年大也该把那脾气改改，
何苦呢传出去倒惹的别人好说不好听。
还有句言词奉劝你，二爷的话好歹别当耳旁风。
谁像你终朝只和女孩儿们一处挤，从无见一个胭脂贴在爷们嘴上红。
一席话把宝玉的高兴全扫尽，数落的闷闷低头不作声。
半晌道姑娘近日特也高傲，行动儿干人冷似冰。
有一时好意来亲近你，谁想你每到其间和我把气生。
有一时偶尔疏忽我若失照应，你又说什么狠心咧无义咧哭一个不成。
黛玉说本来你的心肠大比从前改，自有那上好的人儿在你的意中。
甚么金咧玉咧我也全不懂，又是甚么冷咧香咧我都记不清。
请罢二爷你往那高处里走，何苦把有用的精神在此处扔。
耽误了时候倒屈尊了你，反惹的好人儿埋怨你也不得安宁。
说的个公子情急只发怔，他的那委屈烦难填满胸。
欲待要隐忍不言撂开手，可惜我一片衷肠未得明。
欲待要分证几句将情诉，又怕她病久的人儿把气生。
罢罢罢暂时躲避由她去，等她的怨气消时再来辩明。
主意儿一定将身起，他这里步出了潇湘回转了怡红。
林黛玉见他不语扬长去，更觉得寂寞无聊怨气生。
我不过几句儿顽话白噷你，怎么就认起真来怒气生？
细想来我的情意儿都依旧，委实是他的心肠大变更。
莫不是从今真个丢开手，天哪怎么一旦之间就这样的薄情？
这佳人掩面悲啼声哽咽，直哭到黄昏已后秉银灯。
忽听得悠悠晚寺钟声起，又见那淡淡窗棂竹影横。
佳人坐起推窗看，要看一看今宵的月色明。

但只见斜月横空光灿烂,竹影满地碎玲珑。
金风飒飒霜叶冷,银汉迢迢夜气清。
何处寒砧频捣练,谁家玉笛暗飞声?
云外秋宾千里雁,长空月白一天星。
阶前唧唧寒蛩闹,檐下悠悠铁马鸣。
对月的佳人反把愁勾起,倚窗儿频频嗟叹望苍穹。
说月儿呀你经行天下千万里,普照人间万千情。
你只该梨香院内添佳景,杨柳池塘趁晚晴。
你只该舞乐歌筵催劝酒,瑶台锦砌待悬灯。
似我这幽斋寂寞秋窗冷,为什么偏向愁人特地明?
她这里频言频语频伤感,身背后走过了丫鬟回一声。
紫鹃说迟眠贪看窗前月,只恐怕坐久身招檐下风。
姑娘啊夜气儿侵人须躲避,倒还是关严了门户放下帘栊。
雪雁说药儿也煎好还有一剂,粥儿也熬得略进一盅。
从朝自暮还未沾水米,再若是淘碌着身子可了不成。
黛玉说吃什么粥来服甚么药,就是那妙药仙丹也不灵!
这病儿堪堪挨不到重阳也,咱主仆分离眼下赴阴城。
有一件要紧的事托付你,临时休忘我叮咛。
书案上抄写了一部诗稿,我死后你俩拿来一火烘。
女子吟诗原非本分,留着它反惹俗人议论生。
不如焚去倒也干净,我平生最厌人称才女名。
更可怜世上伶仃谁似我?说起来铁石人不免泪双倾。
幼年间慈母归西抛弱女,接连着先君捐馆丧南京。
剩下个无依无靠茕茕的女,一家儿死别生离一散空!
只落得孤身漂泊投亲眷,到而今无定的形迹似转蓬。
虽说是外祖母的家中如同自己,到底是异姓的人儿水上萍。
人见我美食暖衣居富贵,谁知我暗中多少费调停。
行事儿须知深与浅,说话儿须辨重和轻。
纵有那烦难却向何人诉?也只是泪眼偷弹午夜中。
眼儿前谁是我同胞姐与妹,哪是我一母弟和兄?

这屋里只有你们和俩乳母,大伙儿甘苦同知着意儿疼。
实指望耳鬓厮磨长聚首,又谁知西风儿送我入幽冥。
数年间无甚么好处休埋怨,你们的甘苦勤劳我岂不明?
再者我死后你们身无主,也无非将来分散各房中。
这园中哪位姑娘是好说话,呆丫头还当是我么那们个发疯。
少不得宁心耐性加仔细,还要你早起迟眠习女工。
不必时常思念我,人生聚散似浮萍。
盂兰会常把纸钱儿送,清明节多将黄土儿捧。
有一时月明人静黄昏后,你向那篱下花前唤我几声。
这便是主仆数载的恩和义,我虽然死在黄泉目也瞑。
二使女一面悲啼一面劝,说姑娘啊如何说道这般凶。
夜气儿寒冷安歇了罢,谯楼已经鼓三更。
且把那闲愁撇去宽心养,为何把精神耗费损花容?
耐心儿调养终须好,岂有这么样的人儿无后程。
此一时宁国府中人浩浩,大观园内月溶溶。
西院中贾母年高安歇早,前边的凤姐归家理事情。
藕香榭迎春赌胜棋声儿远,秋爽斋探春观书夜灯儿红。
蘅芜院宝钗独自拈针坐,稻香村李纨训子把书攻。
梨香院女乐遥传箫鼓韵,栊翠庵尼僧敲动木鱼儿声。
对门就是怡红院,他那里一派喧哗笑语声。
只有这凄凄惨惨潇湘馆,主仆们愁眉泪眼对银灯。
最可叹秋虫儿也似知人意,四壁里唧唧同声哭月明。

石头记(全四回)

诗篇

东风憔悴复西风,春去秋来恨转浓。
一片月明千里梦,半窗花影五更钟。
凄凉自觉芳心警,婉转谁怜密意同。
月地花天无限景,牵缠情续一重重。

第 一 回

且说林黛玉赋性聪明心思儿细腻,恰好似良工施巧琢透的玲珑。
逐处推敲时时留意,博学辨问件件精通。
谁承望天公也妒倾城貌,埋没杀钟灵秀气无限的风情。
可怜她身躯儿多病声气儿软,饮食儿清减妙药儿无灵。
强打着精神似叶底花儿浑不露,同姊妹们依然欢笑若生平。
这一日薛姨妈欲接宝钗和黛玉,又嘱咐相约宝玉一同行。
他三人见了太君请安已毕,承欢侍立笑语儿轻盈。
贾母问姐儿三个往何处去逛,花朵儿一般配着簇新的衣服更鲜明。
宝玉儿回道说姨妈请,叫我们任性儿消遣随意儿闲行。
贾母说这几日你林妹妹颇觉脾气儿软,很该散散闷足感姨妈美盛情。
说话间仆妇回说宫中有旨,夏太监要在老太太的跟前禀事情。
贾母说道快些儿请,那夏太监把帘栊掀起进房中。
正立着先代娘娘相问毕,他请了安——细禀话语儿从容。
说娘娘命我来传密旨,很惦着宝二爷的青春已长成。
急欲给他联配偶,说林姑娘倒好呢又碍着中表的俗传不便行。
唯有宝姑娘端谨大方真淑女,必能够举案齐眉赛孟鸿。

他将那项圈如意恭恭呈上,说请太太即刻去求亲莫暂停。
贾母听罢心中喜,怎么娘娘的圣意就合着我这愚衷。
忙回首说太太你还不快去,命丫鬟们在耳房款待夏公公。
不多时王夫人回来说姨太太慨允,这贾母随心洽意乐无穷。
那夏太监自去宫中复懿旨,荣国府阖家儿欢悦喜气儿盈盈。
唯有那黛玉宝钗同宝玉,他三人明明听见这细腻的真情。
姊妹们各人自有萦怀处,也呆呆欢喜忧思各不同。
因此上三人都不往姨妈家去,次第回园意不宁。
薛宝钗羞答答悄觅宫裁闲叙话,林黛玉她默默无言缓步儿行。
慢慢地回到自己潇湘馆,她斜倚着牙床不作声。
紫鹃款款将茶献,这黛玉勉强接来吃了半盅。
可怜她好事无成芳心失望,向紫鹃总有那万句衷肠也难话明。
她依旧的假作安闲强餐茶饭,见宝玉时倒添了些笑语共欢容。
宝玉他见此神情更添了愁闷,渐渐的积成忧郁似癫疯。
终朝只在怡红院,也呆呆一腔心事倩谁凭。
有一时癫狂花畔环香久,有一时寂静窗前待月明。
到后来咄咄书室无人敢问,更兼着心思儿紊乱脾气儿纵横。
他一味的觅事寻非损伤器皿,找丫鬟们的嫌隙闹的人都头疼。
麝月、袭人也都无了主意,一个个藏藏躲躲往各处里潜形。
他找不见人时就大声的哭喊,将一个怡红院顿然变作了怨愁城。

诗篇

蔓草荒烟泣野萤,长林落叶叠重重。
秋风送雨幽窗冷,旅雁穿云素月溶。
石镜空余妃子迹,琴台淹没美人踪。
悼今怀古情多少,蕙损兰凋两不逢。

第 二 回

那怡红院门儿紧对着潇湘馆,林黛玉却也深知那些个情形。
慢寻思等她来时加意儿劝,这几天她未曾到此话衷情。

见夕阳慢转竹阴儿碎,暖阁旁酉正方交六下钟。
命紫鹃去请二爷来叙叙,唤雪雁向竹炉细细把茶烹。
说话间见宝玉行来竹院将房进,他也呆呆独坐无言泪珠倾。
林黛玉面前春风忙称贺,说眼前你得伉俪真是美满前程。
却因何六亲先就不相认,对着人委屈烦难主什么情?
宝玉着急道别人不晓我的衷肠事,怎么连妹妹也这样的相熬我心里不明。
佳人说你那样儿不是还不欢喜,宝姐姐德容工貌真是难以形容。
可记得你自己常说是须眉浊物,蠢笨得像杨柳桩子一样同。
今配上如花似玉的真淑女你还不知福么?莫再寻人把闲气生。
宝玉答言说何尝不是,我有句言词要请妹妹评评。
人说道熏风都爱娇菡萏,我却是秋江独爱俏芙蓉。
宝姐姐才貌兼全人难比,却不是我那肝肠画影可意的芳容。
佳人说你注意之人偏是有缘无分,落絮随波欲化萍。
宝玉说失却琼瑶千载恨,我欲将这恨海愁天一抹平。
佳人说上天注定循环的礼,怎能够挽回造化把缺陷填盈。
宝玉说这个虽然不能够,唯恨那良缘咫尺竟难成。
佳人说你那注意之人若得了,自然是爱惜珍获比众不同。
于今无分空翘首,也必有一段怜惜安慰的情。
怕将来春归花谢遭风雨,但愁你爱莫能助也难行。
今日个事既无成莫空钟私爱,必须要爱人以德才是真情。
似这般镜花未许轻浇灌,水月谁能掩却明。
只要你认真的珍重怜知己,休被那无稽之语任意儿形容。
宝玉猛省道妹妹说的很是,为什么言词儿掩映又不肯说明。
求妹妹快快言明我的心已碎,切莫含糊要尽情。
说话间紫鹃端过茶两盏,他二人默默接杯似哑聋。
这佳人沉吟了半晌长吁气,说我这性急的脾气怎肯将言语儿朦胧。
咱二人自幼儿彼此相怜爱,不比寻常一样的情。
你眼内长留我薄命的影,我心上长怀你俊俏的形。
遵礼节兄妹相依存大体,心儿里惺惺到底是惺惺。
我和你彼此痴情应自省,切莫听旁人议论污我的清名。

你往常间在侍女跟前还殷勤的留意,况长我你自必婉转怜惜音至诚。
从此后颐眷通灵成大礼,且将这眼前的因果了今生。
宝玉闻言忽然大悟,就犹如醍醐灌顶棒喝愚蒙。
他站起身来连说几个是,镜儿中犹有忧思不胜情。
宝玉道今生既已无缘分,唯愿来生结蕙盟。
黛玉说人到计穷期来世,谁知来世亦虚冥。
现在缠绵皆自苦,来生叶果更无穷。
再不必多生烦恼空贻笑,莫把那情欲模糊了你的性灵。
这宝玉省悟低头无一语,忽听得萧萧竹韵响西风。
紫鹃说夜深了,姑娘该安歇,你听那风度蒲牢已四更。
宝玉站起说告退,这佳人抬身目送意无穷。
紫鹃他扶侍姑娘安寝毕,叹佳人恹恹难寐睡不宁。

诗篇

漫将聚散叹浮生,往事伤心若个评,
憔悴潘郎犹落拓,梦腾倩女自轻盈。
喜逢掷果空余爱,痴到离魂始谓情。
才子佳人千古恨,此中意味欠人明。

第 三 回

且说那悬花结彩的荣国府,预备着门前百辆盈。
阖府内锦簇花团人济济,华堂中笙箫雅奏韵铮铮。
这无限的繁华休琐赘,可怜那潇湘馆内自空明。
更趁着竹韵摇风声断续,那一种的景物凄凉可泪零。
林黛玉病体恹恹床上卧,委实是香消玉殒减却了花容。
见紫鹃斜靠床边频泣泪,这佳人强伸玉腕拉住了春葱。
紧紧地将她攥了又攥,软怯怯伤心欲语珠儿倾。
说我和你名分虽然为主仆,就如那姊妹的情肠一样同。
我死后望你逢时遇节常想念,到坟前叫几声姑娘慰我的魂灵。
这紫鹃听着不由得芳心儿痛碎,止不住泪珠儿扑簌簌往下倾。

说姑娘啊你要好生将养身子,从来道吉人天相病势渐觉轻。
我愿与姑娘终身一处长厮守,服侍的你朱颜儿依旧玉体儿康宁。
佳人笑说傻丫头人生在世谁能不死,我倒是有福的才能早一步儿行。
叹尘寰苍狗白云频变幻,到头来电光泡影相皆空。
因问道此刻新人过门否?紫鹃说彩轿方才进后厅。
佳人不语将头点,柔肠儿婉转暗伤情。
细思量宝姐姐今朝成大礼,她自然是得意佳章赋采蘋。
洞房中对对银杯倾绿蚁,双双红烛剪金虫。
裴航恰是云英侣,他两个一对仙姿画不能。
我薄命今夜欲辞尘世,羞从那罗浮梦里觅相逢。
命紫鹃将竹院门儿关闭上,人来时就说我才入梦儿中。
这紫鹃正欲关门见探春来到,她将那吩咐之言细禀明。
探春说就是睡下何妨碍,我欲瞧气色看形容。
紫鹃进内将言禀,佳人点首说她却可相容。
那探春走进房来相问候,林黛玉转携素手泪盈盈。
说半夜三更你还来瞧我,也不怕露冷苔滑莲步儿难行。
探春见她神情儿委颓声气儿软,也就慢慢地告退还将话语儿叮咛。
佳人说紫鹃哪你预备香汤我要沐浴,这清净的身心必须要洗濯的晶莹。
紫鹃说今日有风天气冷,姑娘啊你看仔细着凉切莫劳形。
佳人抬头说你哪里知道,回首时必须玉洁与冰清。
来时清净去也清净,从今消尽玉壶冰。
这紫鹃不敢相违将浴盆端过,奈佳人哪有气力将皓魄儿涤明。

诗篇

溶溶逝水去无声,转眼年华几度更。
花到荣时偏馥郁,月当盈处更光明。
痴心须向情中悟,妄念都从幻境生。
艳魄有知能返本,何妨百日唤卿卿。

第 四 回

紫鹃她忙代佳人沐浴毕,穿好衣裳披上了斗篷。
林黛玉喘吁了半晌难扎挣,紫鹃她轻轻扶定玉芙蓉。
服侍佳人床上卧,绣枕斜倚嗽不停。
这佳人凝神半晌将秋波转,说紫鹃哪你将灯花儿剪却我还有话叮咛。
我春天学描自己的小行乐,记得收藏在样本中。
寻出来送与三姑娘传我的话,说见面就如同见我的形容。
还有那些书籍诗稿我也看看,又命她轻轻移近绣花檠。
拣几本李杜诗集在旁边放,说也要你亲身交付与香菱。
对她说这是我给她留的遗念,往常间我深怜爱她的聪明。
外打进的工夫却也好,勤学去将来怕不作诗翁。
紫鹃说姑娘安歇罢,看伤着身子子初三刻已交了四更。
今夜精神虽勉强,到明日姑娘未免又劳形。
佳人说且把那作成的诗稿攒一处,向水盆边你一一焚尽了我的聪明。
这正是落花流水空成梦,苦雨凄风枉动情。
烧残慧思知多少,灰烬芳心恨儿重。
紫鹃不敢相违背,将水盆儿轻轻挪近靠花檠。
把诗稿儿张张理过皆焚却,那纸灰儿飘飘尽落水盆中。
半晌烧残诗百首,忽见诗稿内半露芙蓉手帕儿红。
紫鹃她连忙的递与佳人看,说几乎将绫帕儿随同付丙丁。
这佳人战战兢兢伸玉腕,接看时止不住的伤心珠泪儿零。
原来是宝玉春间相赠物,还有那自题的诗句墨犹浓。
不觉得一时伤感神思儿乱,哽咽了半晌才微嗽了一声。
痛断柔肠无一语,递与了紫鹃犹自泪盈盈。
恹恹气喘低声儿道说是烧啊,她悲透于中欲话不能。
这紫鹃万种伤心频随泪,百般凄楚不胜情。
她搀扶着玉体临芳榻,慢推绣枕倚轻盈。
林黛玉强合杏眼溶溶泪,迷离恰趁五更风。
紫鹃她哭泣了一回身子软,不由得心思儿魔乱倦眼儿蒙眬。

乏透的身躯方入梦,听她姑娘说你好好的看家我欲行。
猛然惊醒一身香汗,忙向床头看玉容。
见佳人轻舒玉体双合眼,早已是香消花谢艳魄儿飘零。
紫鹃她哭倒在床边声气儿哑,说姑娘啊你撇我一人也不愿生。
似你这绝代佳人何处觅,多应是魂归离恨魄返虚灵。

海棠结社(全一回)

诗篇
玉露凋伤枫树林,岚扉云户淡无痕。
秋色佳时梧桐老,商音乍到桂花香。
海棠吟咏逢萧景,荷花未谢待霜侵。
闷坐翻抄《红楼梦》,劳君教正这粗文。

且说那怡红院中的贾宝玉,适从那王夫人处回园正换衣巾。
忽听那帘栊中声响凝眸看,原来是翠墨前来送信音。
宝玉观书喜出望外说原来是为请诗社,三妹妹到底是个文雅人。
更衣换履一同前去,见那婆子手拿字帖把话云。
说道是芸哥儿请安在花园外,说为避园中的姑娘们未便他亲来进园门。
这宝玉将字儿拆开忙忙的看,上写着父亲大人金安自称是不肖男芸。
仰蒙鸿恩认于膝下,日夜忧思孝敬心。
今奉上白海棠二盆倒是新奇的种,望父亲视若亲儿一样务祈收下莫沉吟。
宝玉看罢微微笑,说将海棠送去交与袭人。
过了那沁芳亭畔秋爽斋已到,进门来见笔砚辉煌色色新。
众姐妹站起笑说又来了一个,探春说真有兴哉难得群贤集我门。
宝玉说我早有此心可惜迟了,黛玉说也不可惜也不迟你可忙叨死人。
又说道这个诗社可别算我,我不敢作诗恐人看见可笑破了唇。
迎春带笑说你不敢还有谁敢,忽听那丫鬟说大奶奶来了见李纨款步入斋门。
大家让坐说今朝有趣,黛玉说既起诗社把叔嫂姊妹的称呼且莫云。
李纨说俱起别号我的稻香老农先占定,探春说我的秋爽居士倒也斯文。
宝玉说居士主人累赘到底不确,倒不如指蕉桐起号似更显的新。
探春说我最喜芭蕉就叫蕉下客,说还有林丫头就以湘妃滴泪也倒切其人。

别号就称她个潇湘妃子,薛妹妹叫个蘅芜君。
宝玉说我的号儿还无有,再要不起就急死人。
宝钗笑道我送你一个,无事忙的三个字很绝伦。
大家说宝丫头莫要取笑就称他怡红公子,到临时出题限韵也试试文人。
宝玉说二姐姐四妹妹也该起号,宝钗说二姐姐只借藕榭也切真。
四妹妹住的是紫菱州内,就叫这菱州为号倒也成文。
李纨说从今起尊我指令我为社长,副社长限韵出题菱州一人。
眷录监临是藕榭的事,因我三人不能作诗才将这几件事分。
迎春回手将诗本找,展开一看是七律诗文。
又命丫鬟来限字,那小丫鬟正倚着门儿就说了个门。
迎春说就门字韵十三元也,又要了韵牌匣子抽出一屉字迹真。
命丫鬟随便拿出牌子四块,原来是十三元上的盆昏痕魂。
有命侍书将香点,香完三寸诗上青云。
移桌列椅分次序,墨浓笔饱字要均匀。
一时间丫鬟忙乱把文房整,各归各坐提笔凝神。
霎时间诗风布舞珠扉外,惊的那鸟雀飞空寂无闻。
人人思索多一会,文稿全新落款痕。
诗完先后来交卷,李宫裁抖擞精神留心校阅各诗文。
海棠正茂胜千金,雅兴诗文可爱人。
莫论春光云缥缈,堪夸秋景起氤氲。
偶逢丽日吟佳句,乍送寒风赋正音。
才子佳人经济展,纷纷咏作染笺痕。
李宫裁接收诗文来评论,详加勘阅细留神。
探春首先来交卷,上写着海棠诗社下写诗文。
首句是斜阳寒草带重门,接联着苔翠盈铺雨后盆。
玉是精神难比洁,雪为肌骨易销魂。
芳心一点娇无力,倩影三更月有痕。
莫道缟仙能羽化,多情伴我咏黄昏。
大家称赞多一会,再看那宝钗诗句亦精神。
上写道珍重芳姿昼掩门,自携手瓮灌苔盆。

胭脂洗出秋阶影,冰雪招来露砌魂。
淡极始知花更艳,愁多焉得玉无痕。
欲偿白帝宜清洁,不语婷婷日又昏。
李纨看毕犹称赞,说到底不同众人文。
说话间看罢蘅芜君之卷,怡红公子诗亦来临。
上写着秋容浅淡映重门,七节攒成雪满盆。
出浴太真冰作影,捧心西子玉为魂。
晓风不散愁千点,宿雨还添泪一痕。
独倚花栏如有意,清砧怨笛送黄昏。
宝玉说今日这诗称她为首,手指着探春说就是此人。
李宫裁终唯宝钗诗有身份,宝玉见如此批评也不好再云。
大家又看黛玉底稿,不比寻常诗共文。
上写道半掩湘帘半掩门,碾冰为土玉为盆。
观到其间大家赞美,更有宝玉罕奇新。
又说道从何处寻思这等的妙句,真令人搜索枯肠也想不到此文。
看那下联是偷来梨蕊三分白,借得梅花一缕魂。
大家看罢又喝彩,说此诗妙甚大有精神。
果然是新奇之句别开生面,众人从新看下文。
又写着月窟仙人缝缟袂,秋闺怨女拭啼痕。
娇羞默默同谁诉,倦倚西风夜已昏。
李纨从新来评论,第一是让了蘅芜君。
潇湘妃子为第二,怡红公子压尾你尊与不尊？
从此后诗社之期须定准,按每月初二十六为社日俱赴稻香村。
倘若有高兴之人只管另加日子择所在,就是那太太们知道也不难嗔。
宝玉说明日去接史大妹妹,等我去回明老太太再去接人。
她若来岂不又多一个诗翁也,更觉得热闹非常不同寻。
众姐妹议论规模方才毕,略用些酒果各自回家不必细说。
第二日宝玉催逼贾母将湘云接到,从此后诗社增辉又多了个才人。

会玉摔玉(全二回)

头回　会玉

诗篇

　　人世从来梦幻身,兴衰成败等浮云。
　　可怜绣户深闺女,也是红尘偿债人。
　　渺渺桑榆零落后,茕茕玉树倚朱门。
　　《露泪缘》多少悲伤嗟叹句,怕凄冷反写当初艳热文。

且说那如海林爷身临外任,他与那荣宁两府本系姻亲。
贾夫人唯生弱女名黛玉,遭不幸夫人仙逝闪孤根。
叹黛玉举目无亲相倚老父,年方七岁抚育无人。
实出无奈投托舅氏寄居贾府,因此上惹出悲金悼玉文。
林黛玉辞别老父登途路,原有那贾府来接的仆妇们。
小丫鬟自幼跟随名雪雁,隔舟护送有业师雨村。
这一日来至京师投贾府,林黛玉从轿中举目细留神。
见荣府气象巍峨隆甲第,庄严光彩耀庭门。
正中间兽面金钉双扉紧闭,二角门花砖砌就两边分。
至门前轿夫住步忙打杵,换上了本府青衣请轿人。
仆妇们步下跟随朝里走,早有那回事之人先报闻。
来到垂花门外搀扶下轿,与佳人整翠扶钗理绣裙。
这佳人玉体娇娆姿容绝代,端庄典雅别样的超群。
年纪虽小心胸大,举止儿柔和情性温。
今来到外祖家中她心下自忖,说今后诸般着意要留神。
少不得规模体统重新学样,别惹得仆妇家人起笑唇。

林黛玉心中自忖朝前走,已来到贾母两边内儿门。
转屏风院宇清幽花砖墁地,两廊下金笼悬挂各样鸣禽。
绣帘起处莺声细,青琐窗前笑语温。
出来了许多的丫鬟仆妇,一个个笑语融和接丽人。
齐说道姑娘来了一路风尘身体泰,迎几步请安问好礼貌殷勤。
说老太太方才还把姑娘提念,算行程今朝一定到来临。
娘儿们今朝见面真可喜,省得老人家时常挂念每日悬心。
只说是姑娘幼小前程远,哪是个着己跟随托靠的人。
林黛玉随口答言将房进,从里面迎出来高史太君。
颤巍巍手持拐杖人扶定,泪汪汪眼望佳人把话云。
说来了么千里途程你能有多大,受这样风霜儿呀可疼死人。
这黛玉知系外祖忙施礼,老人家想起亲身爱女泪珠淋。
说起来罢远路出来不必行礼,林黛玉轻摇玉体慢平身。
娘儿俩携手相亲将房进,谈往事不由得含悲泪纷纷。
老人家暮景关心儿女情肠格外重,叹黛玉年轻孤苦温柔娇怯可人亲。
太君说咱家的三个丫头呢今朝不必将学上,她嬷嬷们怎不带来相见好一起死人。
说话间探春姐妹将房进,一一相见叙寒温。
问午安王氏夫人也来到,见黛玉不由一阵好伤心。
贾母说你甥女儿初来才坐下,小人家歇歇再过去舅母们别嗔。
王夫人方要答言闻有人说话,从后面说我接客来迟走进了玉人。

二回　摔玉

诗篇

春入莺花别样新,绣窗儿女闻天真。
繁华每美当年景,冷落还悲后日人。
富贵何曾前世种,恩情总是孽缘深。
今一旦宿孽遭逢虽言分定,只恐怕偿不了的相思两泪淋。

林黛玉在贾母身旁斜身坐,留神大量进来的人。
见她淡梳妆珠花点翠笼云鬓,巧打扮素袄沿边拖绣裙。

柳叶蛾含情似蹙原非蹙,芙蓉面细瞧宜喜也宜嗔。
别有那一种精神天然的性巧,走进来慢启朱唇把话云。
走上前两手相携林黛玉,说来了么妹妹一路受风尘。
又细瞧了瞧说模样和姑太太生前脱了个影,
好命苦的妹妹能有多大就没了娘亲。
说话间忙让黛玉依旧坐,也不免怕展秋波落泪痕。
忙回头问姑娘的行李可安放好,还不知外面跟来有几个人。
贾母说可怜你妹妹年轻幼小,就算是姑太太留下这条根。
我见了她如同见了亲女儿的面,她跟着我她娘在九泉之下也安心。
我方才强止悲哀非别故,皆是你妹妹才来她是个弱人。
你又来勾我的伤心快别提了,这如今骨肉团圆该把乐寻。
王熙凤止悲变喜开言道,说是呀我真该打糊涂到十分。
向黛玉说别伤心了这里如同自己家一样,好妹妹从今诸事莫存心。
缺甚么使用告诉太太,要甚么东西只管对我云。
就是丫鬟们不服使唤须管教,切不可纵着她们怕得罪人。
林黛玉回答说知道,姐姐的言词我谨遵。
就只是今我来此年纪小,诸般之事叫嫂嫂操心。
熙凤哎呀说妹妹才多大,说这样客套言词怄死人。
帘外边有人传话说宝玉回来了,只听得环佩叮当走进门。
这正是灵河岸上前身伴,孽海池边的旧主人。
则见他丰姿俊雅天然秀,相衬的箭袖宫袍别样新。
向贾母双膝跪倒将安问,复回身连忙施礼见娘亲。
贾母说这是你姑妈跟前的林妹妹,快来问好不是外人。
林黛玉知系表兄名宝玉,欠香躯双垂玉腕站起身。
不慌忙二人相见频施礼,这宝玉身虽行礼两眼出神。
恰好似久别重逢非同初回会,就便是平生素昧意也相亲。
忙说道妹妹的尊容我好像曾会过,若不然怎么一见就像熟人。
贾母说但愿如此才和气,也省的彼此不睦叫我悬心。
见宝玉又问妹妹可有玉,这黛玉不知从何说起无的话云。
两旁边许多仆妇皆带笑,探春姐姐也含春。

贾母说那件东西岂是人人有,你妹妹新来乍到问的真怄人。
宝玉闻听心不悦,解丝绦把玉摘来扔在尘。
说妹妹无有我要它有何用,难道说独我一人有孽根。
王夫人一同熙凤齐向劝,吓坏了跟随宝玉的人。
王熙凤机谋权变开言道,说林妹妹也有此玉你别闹人。
皆因是姑妈去世带了去,至今此玉并无存。
宝玉闻言方才罢了,林黛玉见这般的光景起忧心。
自忖道今我初来就这等吵闹,回寝后独对银灯拭泪痕。

议宴陈园(全二回)

诗篇

雪鬓霜鬟兴倍添,金陵独占冠群妍。
风景无边开眼界,文章有用阔心田。
谁知雅谑增新谱,且叹真情感旧篇。
符斋氏阅览一段《红楼梦》,泼笔墨偶题两宴大观园。

第 一 回

史太君晚餐以后无别事,围坐着众位千金闲叙谈。
说前日个云丫头请我赏桂树,在藕香榭吃过的螃蟹味清鲜。
这如今时序中秋多佳日,咱们何不把席还。
我已约下刘亲戚,也叫她明日同步大观园。
王夫人带笑答应是,贾母说商议妥协再往那下厨传。
备办酒蔬该用多少,众千金说老祖母高兴那有何难。
说话间宝玉进门说我有主意,笑嘻嘻站立紧贴贾母的跟前。
说大略明日无外客,也不用按桌列席筵。
每人要什锦攒心盒儿一个,将可食的肴馔放在里面。
每个人高几儿一张各有座位,自斟壶觞岂不快然。
这贾母笑向那王氏夫人连说有趣,也难为这孩子想的新鲜。
忙吩咐明日早饭在园中摆,凤丫头呢你想着铺陈设杯盘。
说话间早已秉烛灯散彩,看了看自鸣钟儿交了酉正三。
贾母说大家散了罢我要歇息,众千金答应各归园。
金鸳鸯焚香熏帐贾母安寝,放下绣幕关了门栏。
宝玉儿已回怡红院,刘姥姥早寻凤姐儿去安眠。

且说那李宫裁次日早晨盥漱毕,出房来见晴空一色旭景悬。
呼婆子擦抹桌椅净酒器,唤丫鬟打扫落叶除去苔斑。
一处处掸去浮尘安几杌,见丰儿带领着那刘姥姥走向前。
还有那十岁的小板儿紧跟定,他原系刘氏婆儿的外孙男。
刘姥姥笑向李纨开言道,说大奶奶才忙活哪她不住的搭讪。
李纨说我想着昨日个你不能走,刘婆说老太太留我旷荡一天。
还叫我等着尝尝园中的果,想来是果儿肥大似蜜甜。
却说那丰儿领了凤姐的命,奔入园中见李纨。
他说二奶奶遣婢前来回句话,手拿着钥匙站立在面前。
恐今日外头的高几儿不够使用,请奶奶令人开楼往下盘。
我们奶奶因有事,老太太呼唤在那边。
李宫裁命婆子传唤厮仆辈,遣素云启放了缎锦阁的画雕栏。
众仆人一齐登楼搬去几凳,一张张瞧来尽是硬木紫檀。
李纨说按着所在陈设好,你们仔细莫迟延。
传驾娘备下篙棹遮阳帐,老太太若高兴不看坐船。
又说道姥姥何不登高一望,那刘婆儿答应着竟奔画楼前。
刘姥姥足踏胡梯扶曲槛,满屋中五彩光耀四壁悬。
细看来许多器皿未识名色,只觉得眼花缭乱口难言。
刘婆儿正然游赏阁中的事,忽听得下面一声笑语喧。
她那里口念着弥陀将楼下,早见那众千金簇拥着贾母走进园。

第 二 回

诗篇

大观两宴聚群芳,偏宜时序半秋凉。
桂枝儿扶蔬月里飘玉蕊,菊花儿潇洒篱东碎金香。
村姬助兴添新趣,万艳同游举一觞。
亭中谈笑声寂静,又入潇湘话逾长。

这一日贾母清晨挽妆毕,茶罢更衣出画堂。
手扶着琥珀穿庭院,后跟着宝玉和那众位姑娘。
进园来爽气迎人金风萧瑟,畹兰纫佩玉露凄凉。

早见那宫裁含笑迎贾母,刘姥姥奔来站立在一旁。
李纨说折来的菊花未曾送去,见碧月捧过那翡翠盘儿放清香。
这贾母拣了一朵儿簪在鬓上,又嚷道刘亲家戴花吓恰好的芬芳。
话未了凤见姐拉着婆子说别发怔,只管过来不用拿糖。
又说道往前些待我打扮你,说话间横三竖四满头的红黄。
早惹众人鼓掌而笑,婆子反觉得意洋洋。
笑说道这头不知修来什么福分,到今日这样体面实在非常。
众人说妖精吓似的大家又笑了,难为你还说体面有光芒。
老姥姥说我少年最爱花和粉,这如今老来风流理当癫狂。
说话间众人步入沁芳亭内,史太君凭栏而坐引兴长。
让姥姥坐下观园中景物,细看看哪样儿衰微哪样儿强。
姥姥说瞧来处处无所不好,我刘婆儿如登仙境来到上方。
想我们乡间多少村夫辈,提起来老太太闻知见笑哄堂。
我那里如要开眼还得等到年下,进城来买得画儿贴在土墙。
闲来时烧茶静坐大家观赏,就犹如见过世面到过天堂。
见些个山水人物虚浮的草色,殿阁楼台是假雕梁。
他们说若得见这真景趣,也不忘人间活一场。
我看着园子竟比画儿好,老太太何不请位丹青画一张。
见贾母带笑指着惜春女,说是她曾学过米元章。
刘婆儿听说忙站起,走向前拉住惜春仔细端详。
不住地咂嘴将头点,惜春扭项把脸扬。
又说道模样儿绝色年纪儿小,恰好似神仙托生的位能干姑娘。
这姥姥饱看一顿丢开手,说姑娘给我画张园子可莫要忙。
贾母说姥姥走罢再有别处,出离亭榭绕过池塘。
不多时众人已至潇湘馆,进门来更觉清幽满目凄凉。
正中间石子攒锦漫得路径,两旁边竹枝儿扶疏覆垣墙。
刘姥姥让出甬道与众人走,她独踏苍苔脚步儿忙。
琥珀说姥姥慢着些儿罢,看滑倒了,刘婆儿说我是熟了的路儿却无妨。
比不得你们那绣鞋儿不看沾污了,谁知她只顾说话就不提防。
只听得咕咚一声她跌倒地上,惹得那众人哈哈笑断了肠。

这太君才待命人搀婆子,见姥姥已经爬起来了掸衣裳。
她笑说道方才说嘴就打了嘴,果然那姑娘的话儿不荒唐。
见紫鹃早打起竹帘掀翠幕,那贾母升阶移步入了绣房。

埋　　红

诗篇
绝世聪明绝代愁,惜花人不为花留。
于今香冢埋芳草,当日春风绕画楼。
满地落红飞灿烂,一林姣鸟叫勾辀。
𦱬卿雅意谁能解,只落得千古风流作话头。

偏这日宝玉携书在花下坐,忽见那一天花雨落影稠。
真果是风番碎锦飘红紫,乱洒云霓彩片揉。
说道是必然林妹无情绪,这落红满地少人收。
他连忙置书石上把残花扫,用衣襟兜起送至清流。
猛回身见曲栏杆外姗姗影,见个人穿花度柳步芳洲。
宝玉说世间谁更痴于我,你看那花外行人意甚幽。
分花拂柳飘逸得紧,意态萧然弱体柔。
原来是黛玉轻装花外立,见她把纤腰紧束更风流。
手拿着花锄花囊低玉颈,又提这花篮花铲把花收。
慢将那残红细扫在花囊内,她向这太湖石畔作花丘。
下铺着翠叶层层新绿满,上摊着落红满满彩云稠。
又取那堤边净土深深盖,为的是化成净地免得蝶采蜂游。
这宝玉慢慢移步呼称妹妹,那黛玉偶闻呼唤便抬头。
宝玉说妹妹收花何须用土,倒不如抛向河中顺水浮。
黛玉说你只晓得园中水净,却不知流出外面却不清流。
倒不如只把残花埋净土,做一个明妃青冢苏小坟头。
忽然见太湖上书一卷,说那是何书,怎么个根由?
宝玉回言无可看,不过是《诗》《书》《易》《礼》和《春秋》。

黛玉说别弄聪明又来赚我,乖乖的拿来我看万事全休。
说的个宝玉无言将书递,你看罢,这个文章绝世占头筹。
这黛玉接书便向石上坐,宝玉说他这措辞典雅从何处搜求。
姑娘一看是《西厢记》,果然是言词温婉对句温柔。
不一时把全集阅毕,真是余香满口如吃珍馐。
又翻一过要留心记,这宝玉在姑娘的身后咂嘴摇头。
低头说你是倾国倾城我便是多愁多病,这佳人听罢顿时满面羞。
说你看了邪书拿我凑趣,我成了爷们玩意儿逗笑儿的丫头。
一面说着一面走,去到那太太房内讲讲情由。
这宝玉着忙复又赔不是,说好妹妹怨我言语不防头。
我从此竟把绝大乌龟化,等妹妹百年之后叶落归秋。
将妹妹贤德行书勒石上,我替妹妹驮于背上万载无休。
林黛玉听罢不免噗哧笑,说呸也是个银样蜡枪头。
宝玉说这个也就该罚你,我也到太太房内诉情由。
黛玉说你当你能过目成诵,还有个一目十行在后头。
他二人说说笑笑将花收净,这黛玉就穿花拂柳信步闲游。
猛听得笛韵飞声飘来槛外,细听是梨香院内转歌喉。
唱一声如花美眷音多惨,接一句似水流年意更柔。
八个字仰抑悠扬风送至,不觉得百感缠绵满腹愁。
又听那流水落花春去也,人间天上两悠悠。
再搭上落花流水红门愁万种,真个把多情小姐珠泪来流。
这姑娘伤心慢步归房去,把一天哀怨上心头。
想一回园中景况情堪断,玩一会词中滋味更添忧。
调一回窗前鹦鹉学诗句,作一回雨后新诗句更幽。
问一回贴己的丫鬟闲刺绣,盼一回同心姊妹共妆楼。
叹颦卿无边芳意深如海,笔尖儿难画佳人万种愁。

思 玉 戏 鬟

诗篇
和风动荡艳阳天,柳媚花明出自然。
不向丝桐拂正调,暂从古砚写红颜。
换出笔墨新文咏,除去宫商旧套删。
演成俚句堪人笑,闲叹痴情解闷烦。

痴公子自从黛玉离魂日,成大礼纳聘迎妆事已完。
虽有那风流的妻妾同相守,但是他秉性儿乖张一味的歪缠。
病怏怏忧思表妹的情切切,痴呆呆愁想侍女的意坚坚。
他只说木石的前盟托生死,并不念金玉的姻缘在梦里传。
暗思量说自从表妹身辞世,也无个梦警见芳颜。
只使我掩衿偷拭相思泪,闭户愁看碧落天。
我不免今夜孤眠于外榻,耐性儿梦中必定见婵娟。
想毕时频呼侍女移衾枕,卧绣榻翠被香薰反侧到更阑。
睡不着的痴郎忙坐起,倚绣枕眼含血泪意流连。
半晌发呆频转目,呼侍女屏后轻出小丫鬟。
嫣红姹紫姣难比,燕朱郑紫态无端。
莲步轻移侍榻左,姣姿艳艳俏眼缠绵。
这宝玉神魂飘荡情切切,眼睁睁加细打量小丫鬟。
残妆头上乌云偏挽,翠带身边红袄披肩。
西子的风流明妃的度态,倾国的举动飞燕的容颜。
近前来亭亭玉树临风立,最销魂纤纤玉手捧定茶盘。
痴公子看罢佳人心迷乱,意绵绵头也不回眼都瞪圆。
说细瞧这侍儿好似晴雯样,俏庞儿俏到个十分妙不可言。

一双眼两道春山秀且丽,两只手十指葱尖软又绵。
看起来月殿的仙姬不如斯美,这就是一团的造化偏在女儿眼前。
痴公子痴情大作迷心腑,他把那五儿当作了去世的丫鬟。
低问道奶奶和袭姐安歇了否? 你看看这等寒天你连衣服也不穿。
倘然冻出些儿病,这娇娜的身子怎耐病缠。
这宝玉一壁里说着轻伸手,向床头取过了皮衣递给丫鬟。
说暂且披衣在床头上坐,趁无人咱俩对面叙叙心田。
痴公子把五儿当作晴雯样的侍婢,他把那素手轻携笑眼儿缠绵。
侍儿羞躲低声语,红怯怯的香腮带怒颜。
说快些撒手好好儿的坐,是怎么了揽臂携肩的这等憨缠。
倘若是被人知道那时怎样,倒闹得彼此敢怒而不敢言。
再者呢你是爷们奴是个侍女,哪有个无上无下的这等刁钻。
总说罢奴家非比别人者,凭爷们说时恼笑时怒往死里煎熬。
不过是浮来暂去的在此应役,哪有个千里长棚不散的席筵。
一席话说得个宝玉无言痴痴地坐,也呆呆丧气低头满脸的羞惭。
侍儿移步归平后,公子合衣卧榻边。
正所谓候芳魂侍妾五儿承错爱,到后来还宿债俏娘迎女返真元。
恰遇到景物和融春气象,驱斑管感叹闲情解昼眠。

宝钗产玉(全二回)

头　回

　　几块石头数本松,相看且自适闲情。
　　家贫不吝池中墨,性癖长消架上灯。
　　谁遣骚人传稗史,烦予颓笔画蝗虫。
　　才涂了氤氲海市一痕黑,早见那缥缈蜃楼万丈红。
且说那黛玉香菱托梦境,又谁知主仆三人一样同。
薛宝钗正与云春相议论,忽见个婆子前来禀事情。
说姑娘们暂止清淡姨太太来了,顿时间姐妹三人诧又惊。
说奇怪呀起身直奔前堂上,见薛母正与夫人叙话浓。
薛太太一见三人腮带笑,说宝姑娘今来为问你事一宗。
昨夜晚可曾梦见林姑娘否?宝钗说母亲梦见香菱也不曾?
王夫人在半壁闻言忽一怔,说娘儿俩怎么未卜先知梦里的情。
薛太太方欲回言陈就里,见姑娘变眉变色的锁眉峰。
牙根儿咬动腮帮儿鼓,胸脯儿抽定柳腰儿躬。
悄声儿道我请妈妈说句话,老人家点点头儿心下明。
说有罪了暂且失陪亲家太太,少时节再把梦里的蹊跷细禀明。
王夫人情知媳妇身临月,说老亲戚何必多谦恕我不恭。
薛太太回身拉住姑娘的手,顾不得步乱心慌往外行。
一下台阶便低声儿问,说我的儿大概方才是腹内疼。
这佳人满面娇羞说快走罢,母女们双双趱步向怡红。
小莺儿房中正自拂桌椅,忙把那毛掸儿插在瓶中笑脸儿迎。
下香阶请安站起搀薛母,轻轻款款进房中。
服侍定太太姑娘床上坐,回身去套间儿里面点茶羹。

薛母说此刻姑娘觉怎样,宝钗道心中却也甚安宁。
说话间忽闻一阵丁当响,进来了招展花枝俩娉婷。
忙上前一齐悄语把消息问,薛母却说有空儿商量这事情。
探春说前边已遣林之孝,叫他把刘姥太即可接来到府中。
湘云道车去的工夫也不小,想必如今也待好进城。
薛母闻言说很好,到底是好性儿的婆婆把媳妇儿疼。
宝钗听罢眉头儿皱,说妈妈呀若弄了她来可就不成。
胡闹三光真厌气,太太闻听唉了一声。
眼望着云春姊妹将头点,说二位姑娘听一听。
才养头生就嫌长嫌短,你宝姐姐不真真成了个小人儿精。
说的个云春姊妹拍手儿笑,说宝丫头亲娘的好话很该听。
虽然说瓜熟蒂落自然理,那达生篇款款条条讲的明。
老娘婆无非只用她收洗,注意儿还是自己拿来字准成。

二　　回

说话间人报道姥姥来了,才下车彼时已竟到前庭。
薛母说三姑娘在此照看着你姐姐,遂与那湘云复到上房中。
王夫人和刘姥姥将身起,薛姨妈顿时满面长春风。
姥姥你身上可好家中可好?一年多没见你更精灵。
婆子说要抱外孙儿咧我的姑太太,恭喜罢麒麟送子到门庭。
我自从这里老太太她老归天后,好容易巴竭着进过一回城。
刚把巧姑娘送下我就回家去,接连上穷苦饥荒可就打不清。
虽没有工夫儿来请安问好,想起来太太们恩典叫我怎的了那宗。
才刚儿听说二奶奶要恭喜,火票飞签叫我快进城。
那时候我正要吃早饭还未端碗,听见这要紧的风儿我就轰的一声。
扔下了筷子我就急忙的来了,怕这风火事儿耽误了工夫不成。
哎呀这一位好像是史大姑娘可是啊不是?湘云说难为你这妈妈还记得清。
为什么不带了你外孙儿来这里逛逛?婆子说今年的皇历不和旧年同。
这如今都是碜大的身量了野头野脑,又没件遮身子盖道儿的好毛翎。
没的叫摆在人前打嘴现世,因此上都囤在乡中看老营。

正说时见莺儿跑至房门口,喘吁吁张口结舌话都不能。
说三姑娘方才立即叫我,请姥姥快些过去莫消停。
王夫人和薛姨太太慌了手脚,请湘云和平儿搀架上老妖精。
这娘儿俩唧唧嘎嘎似莺拿燕雀,那老婆子磕磕绊绊像鸟入打笼。
拽的她脚不得沾尘身不得自主,抡的她头似车轮眼似铃。
揪的她披头散发像脱了翎的箭,拉的她七扭八歪像跳了绽的弓。
俩太太在后面督催说快走,闹哄哄齐奔怡红一阵风。
刚进了十锦香阁门两扇,就听见那房内儿啼像个小钟儿鸣。
刘姥姥本是积年的真老手,忙进去抖擞精神卖弄能。
轻悄悄裹起婴儿安顿下产母,这才叫人来料理房中的小事情。
则见她未消片刻俱毕整,果然是一事精来百事精。
刘姥姥一边净手一边笑,说姑太太们大喜新添了个小相公。
俩亲家相看一样眉欢眼笑,说这块石头才落地平。
王夫人叫随身的仆妇传知小子,到书房内老爷跟前去禀明。
贾政闻听虽甚喜,也不免得孙思子带伤情。
忙传唤太医诊视孙儿和媳妇,拜谢了天地宗祠才与孙儿命名。
喜今日兰桂联芳歌衍庆,贺三朝洗宴上醉蝗虫。

广东木鱼书

选自胡文彬编《红楼梦说唱集》(春风文艺出版社1985年版)。

梦游太虚

春梦好,托游仙,芙蓉帐里日长眠。
花气袭人浓似酒,嫩寒深锁海棠天。
春风一枕飞蚨蝶,梦入巫山思渺然。
只见楼台金屋排云出,正是春满蓬壶别有天。
丹耸流露飞画栋,青侵瑶草入珠帘。
琪花并蒂含仙露,玉树连枝绕瑞烟。
红豆粒成鹦鹉啄,碧梧枝待凤凰眠。
回栏曲曲穿芳径,寻花问柳过前边。
忽听得环佩悠扬风远近,歌声传递似人言。
我便随香缓步寻踪迹,好似瑶台月下会神仙。
见伫迎风仙袂飘飘举,绰约娉婷正妙年。
眉秀春山肌似玉,眼含秋水鬓凝烟。
桃花两朵腮边艳,髻挽巫云成咁自然。
莫不是呢汉皋解佩逢神女?洛浦凌波遇水仙?
抑或吹箫凤跨秦宫女?天台仙子下蓬瀛?
我且步上瑶街深作揖,低头花下拜神仙。
叫一声仙姑劳你慧听:"我宝玉逢今日□尽属前缘。
仙居此地蓬莱岛,未晓古洞云深却在哪边?
仙乡可许凡人到?乞求方便对吾言。"
又道仙姑启回公子:"本是离恨奴居第一天,
愁海春山环左右,遣香云洞乐长年。
警幻仙姑原是号,太虚留我掌情天。
君呀,相逢此次非轻易,我且与君游玩证吓前缘。"

宝玉喜随云步转,珠帘玉槛景无边。
回廊曲径花迷柳,不觉行行已到呢薄命司前。
只见佢窗前高伫金陵册,十二钗名上下编。
举目案前观仔细,看不尽呢丹青词句记唔完。
回首问一句:"仙姑姑呀,何故事?"
一阵佢轻摇玉麈笑起言端:
"君呀,仙机泄露须牢记,自然日后咯得悟前缘。
今番何必多根究,不若与君游赏到瑶天。"
只见光摇朱户金铺地,雪照琼宫玉作檐。
仙花瑞草多春色,刚遇云房掩映又降群仙。
行近口称仙姑忙下拜,又道众仙还礼在花前。
正系云移雉尾开宫扇,群芳随霭宝炉添。
朝罢香烟携满袖,又见玉奴一名进帘前。
龙团碧浸甘泉露,一窟千红品独先。
忽听痴梦仙姑忙启齿,叫句钟离大士听奴言:
"记得当日蟠桃春色瑶池会,我把百花齐采酿金樽。"
好将风月留佳客,就命引愁金女摆设华筵。
真是麟酷凤乳多珍品,万艳同杯玉液鲜。
度恨菩提先把盏,尖尖银甲捧到筵前。
小鬟劝酒催弦管,就命把十二红楼曲演先。
翩翩五色霓裳舞,行云响遏绕琼筵。
阳春一曲才歌罢,暂倚仙人锦瑟边。
宝玉起身忙告别,又道仙姑留挽笑开言:
"公子呀,你此来原不偶,莫话天台容易得会神仙。
知你凤根偶坠瑶池劫,我唤可卿贤妹□共你暂结良缘。"
双双携手共把珠帘卷,正是安排金屋贮婵娟。
一枕高唐人似玉,几番云雨意缠绵。
沉酣春梦迷蝴蝶,温柔乡里会神仙。
绿环低垂娇无力,起来依旧整花钿。
含情笑语唤公子,镜台同照并香肩。

"妾居此地蓬莱近,一向唔曾出到院前。
君呀,如此春光休负却,不若与卿游赏艳阳天。"
红袖低垂携住玉手,春心无主两飘然。
行行不觉迷津近,只见茫茫白浪远滔天。
"公子呀,你彼岸回头须要及早,莫多留恋在此缠延。
奴今别向离天去,眼见得太虚从此就杳无边。"
宝玉闻言魂欲断,叫句:"仙姑何不可人怜。"
只话上前快步忙留挽,唔想偶然失足误堕深渊。
连叫几句可卿将佢唤醒,仿佛枕边环佩韵尚依然。
回首忽见袭人旁侍立,触起我呢春愁无限更情牵:
"妹呀,我有仙梦一番同你领略。"又到娇姿含笑伴坐床前。
风流细说一段鸳鸯谱,讲到武陵春色咱们就暗度神仙。
正是相爱相怜情总未免,私眷恋,欢怀今遂愿,
人间天上结就呢,两段奇缘。

怡 红 祝 寿

风光好,寿筵开,月明如水浸楼台。
正是梨花酿熟亲开瓮,又听得银箭初更玉漏暗催。
灯红酒绿围春宴,衣香人影共徘徊。
红绡帐暖轻钩挂,香焚宝炷更添灰。
只见花梨桌上罗珍品,金樽银烛映相陪。
数不尽兰馐兼桂酢,不减葡萄酒美液衔杯。
艳香四面尽是花环坐,又到宝玉殷勤坐炕上陪。
只见炬花红小袄轻装束,青丝明衬紫金冠。
唇红齿白好似微含笑,仿佛傅粉何郎当日来。
钗黛风流分左右,丫鬟蝉鬓两边排。
其余列坐并是有拘束,记不得觞飞红袖有几多回。
宝玉开唇轻启齿,深情今夜领姊漩香雅。
正系良宵美会寄难得,喜有弦管更佐欢怀。
只听得芳官坐下就忙回语,珠唇带笑慢展香腮:
"我有艳曲一枝聊劝酒。"愧不及歌声嘹亮响过阳台。
同细听,静喧哗,唱一套《赏花时》节暗谱琵琶。
低声慢转珠喉朗,雅韵悠扬妙总莫如。
恰似花底莺歌迷院落,不减帘前燕语傍檐牙。
骨到麻姑手执青鸾尾,闲踏天门扫落花。
抚掌一时喧四座,赞道新词真个玉无瑕。
此夕几重春色仙桃醉,就使天台刘阮也思家。
阳春一曲高难和,犹觉余香尚在齿牙。
宝玉开言呼进酒:妹呀,何妨宣令效催花。

钗黛齐声称道好,唤取诗筒安放列牙牌。
清词上刻泥金字,胭脂浓尽一枝花。
安排停当重斟酒,又到宝钗撩袖把签拿。
初宣令,牡丹春,艳冠群芳咁就妙绝伦。
天生国色有双品,香占人间第一春。
正系暮烟情态看□笑,任是无情也动人。
再宣令,杏花开,探春银甲慢拈来。
瑶池仙品真堪爱,上写日边红杏倚云栽。
画罢双眉抛秀笔,他日玉楼人醉倚妆台。
三宣令,李纨临,梅花浮动暗香侵。
寒姿霜晓自抱冰心洁,梦断罗浮冷月魂。
知道清高不竞呢凡花艳,竹篱茅舍自甘心。
四宣花令海棠娇,湘云轻把玉签摇。
春阴气借为把芳姿设,香梦沉酣酒尚未消。
只恐夜深花睡去,故此高烧银烛照伴无聊。
五宣花令是荼蘼,麝月高擎第一枝。
正是韶华胜景春明媚,可爱呢醉红撩乱晚□迟。
但只见开到荼蘼花事了□,□□空剩微香影动暗自熏衣。
六宣花令并头栽,含笑香菱醉傍玉白。
双眼蒙眬看仔细,又只见联春绕瑞句偏佳。
真系东君雨露有偏爱,倘把石榴裙解旧日徘徊。
自是春风释我呢平生恨,连理枝头蕊正开。
七宣花令月初斜,黛玉轻拢翠袖遮。
诗牌艳写着个种芙蓉品,可惜清路风愁,咁就尽寄若耶。
醉窥秋水空笑呢湘江泠,莫向东风枉自怨嗟。
八宣花令碧桃亲,玉手擎杯又到袭人。
知尔武陵别境仙源近,眼转桃红又见一年春。
别是有言能解语,果是天台有路度佢刘晨。
宣令毕,饮杯巡,不觉银壶漏永转三更。
花酒共香人共醉,双双辞别转回行。

半醉颦卿呼一句宝玉:"尔体乐事难沉夜景已深。
今宵暂别尔回潇湘馆,待等明朝约伴再复前临。"
个阵宝玉起来移步送,就命红纱分点几枝灯。
袭人伴送直上前头去,到处沁芳亭畔始向行。
归到怡红重设宴,丫鬟分坐再倒金樽。
晴雯斜倚着个红香枕,麝月床边伴住碧痕。
翠缕秋纹居佢左右,四儿春燕两边分。
只有宝玉共芳官同并坐,更阑尽夜乐饮杯巡。
不觉彩痕渐渐朱唇酡,酒力难胜各自起身。
只见晴雯醉倒咁就娇无力,只着共归锦床暂歇香云。
又只见沉醉芳官浓睡去,任佢随同宝玉咯共宿红衿。
纷纷各散兰房去,情莫禁,酒梦牵人甚,
又听鸡声频唱报漏初沉。

芦亭咏雪

冬风一夜雪花飘,寒暖红衿晓晚绕。
宝鼎射媒熏钿细,重帘不卷冷香销。
披衣起傍熏笼坐,只见园林一派尽是琼瑶。
花径艳埋飞絮白,窗纱和绿上芭蕉。
鸳鸯瓦冷霜华重,红栏隐约玉楼遥。
记得稻香村里前宵约,话在芦雪亭中雅会招。
诗盟共订群芳宴,吟梅赏雪慰无聊。
料想今朝姊妹皆齐到,不若前行先赴免相邀。
思量步出怡红院,只见玲珑四面晓光遥。
琉璃世界无边色,参差寒翠色干霄。
松梢低挂西山雪,可爱琼楼玉宇景色难描。
栊翠花开梅几片,暗香浮动冷风飘。
艳红着雨胭脂湿,枝头疏影尚属寥寥。
微露几枝墙外放,点缀分明雪尚未消。
正系春色蓬莱谁领略,罗浮清梦转寥寥。
泥香雪滑秋棠屐,踏遍琼瑶色未消。
太湖石山眠仙鹤,浸香亭外冻烟寒潮。
我便转过蜂腰桥上过,只见雪汀芦苇白滔滔。
近水亭环山一带,短篱幽径别逍遥。
窗开四面堪垂钓,一望无涯俗气消。
藕香路曲通芳树,石蹬斜穿小竹桥。
忽见佳人转过湖山去,身盖猩红艳雪袍。
侍鬟手执一把青油伞,腰枝摇曳转过东桥。

行近认得探春贤娇妹,又见李纨熙凤把手来招。
岫烟却向亭前坐,宝姐低头慢整翠绦。
绮纹并倚栏杆立,湘云环衬紫金貂。
迎惜二春多态度,宝琴装束更飘摇。
黛玉身披狐白袄,大红花绉雪衣娇。
暖帽低笼时样髻,双环腰系碧金绦。
齐声笑问:"来何后?"又道探春回语答娇姿:
"我适从秋爽斋中去,故此与兄同步特来迟。"
丫鬟一齐呼公子,只见佢金藤笠衬玉蓑衣。
海龙褂罩茄花裤,满身寒氆雪光微。
携手亭边同列位,十三人共畅谈诗。
烹茶却扫花间雪,凭栏赏玩有几多时。
呼鬟卷起珠帘看,只见平桥飞遍飘飘絮。
寒山远失千峰翠,浅水光含一镜迷。
入幕怎随风默默,沾衣常带雨霏霏。
正系花因冷结红迟放,长堤疏柳景色迷离。
烟滞曲栏栖冻蝶,声喧寒雀啄高枝。
真正深院有亭皆玉槛,寒砧无地下瑶池。
滴露亭边晓雾报,枕霞阁上西风急。
凸碧堂阶笼瑞草,凹晶池馆尽砌玻璃。
暖香坞堆红叶,绛云轩景好题诗。
紫菱洲畔残荷尽,正是雪埋香塚落花池。
竹烟寒消潇湘馆,蘅芜草色细如丝。
又听一声深院梅花笛,莫不是梨香新奏一首《晓寒词》。
天公玉戏花飞舞,片云头上雪又催诗。
一众围炉餐鹿脯,个阵湘云欢笑便挽平儿。
裙屐分题同咏雪,联吟字字叠珠玑。
口角脂香频吐凤,管教红袖竞探骊。
云笺艳献鲛人锦,彩笔同抽织女丝。
潇洒美人夸咏絮,风流天子更擅青词。

吟罢李纨称妙句,果然才藻胜天姬。
剪翠栽红多绮丽,珠联璧合尽新奇。
烟霞满纸皆团簇,艳胜江郎笔一枝。
湘云七步仙才捷,却让钗黛风流独冠诗。
正系魁夺菊花夸往日,联吟香雪更羡今时。
其余次第无高下,可惜怡红公子独少佳词。
须则杯酒未行金谷令,也要罚佢栊翠红梅去取一枝。
钗黛齐声称说好,又到湘云启口说言词:
"试体风寒斜峭纷纷雪,扑面微风冷湿衣。
我便奉兄一盏葡萄酒,古道酒可消愁请莫辞。
兄呀,栊翠此行须着意,妙姑情性尔该知。
若然取得梅花到,就系当日灞桥风雪不及今时。"
宝玉领言身便起,就把玉蓑除下雪衣披。
花红暖帽金冠盖,板桥霜滑步迟迟。
阵阵寒香风扑鼻,梅红雪白望依稀。
正系西湖未访林逋宅,别女先寻玉女祠。
行到栊翠庵边忙叩户,又听得云房里面启柴扉。
相逢妙玉忙施礼,仙姑含笑启言词:
"我道连朝风雪无人到,一任洞门封锁白云飞。
君呀,尔不嫌寒雪侵人骨,莫不是贪看莲花过我小篱。
今日雪径未曾因客扫,玉茗留君暂奉一卮。"
闻言公子忙称谢,叫句仙姑听言词:
"今日群芳共作芦亭会,红炉点雪共题诗。
只话特来相约谈全乐,知尔珊瑚环佩未必肯下瑶池。
所为分题即景联吟咏,争奇斗咏逞才思。
姊妹词华皆敏捷,独我推敲难定句偏迟。
故此寻春罚到蓬莱岛,特乞嫦娥借我一枝。
知尔孤山守鹤多珍惜,妙姑呀,你好把梅花慰我寂寥。"
妙玉回言公子听:"君呀,试体槛外才开有九枝。
正系山树有花休问产,请君移步别过东篱。"

公子听,说原因:"原来妙姑尔未知闻。
湖山须有梅千树,难及呢艳香瑶落日黄昏。
缟衣未入师碓梦,林下何妨访美人。
记得天台仙子逢刘阮,尚且碧桃留赠武陵津。
须则瑶根只合瑶台种,何妨割爱暂许凡尘。"
仙姑知意难推卸,顺情无奈赠与东君。
一点芳心和雨摘,唔想枝头惊动绿衣禽。
正系枝高出手寒侵袖,香瑶寒雪落衣衿。
回头细语呼公子,梅花手执笑吟吟:
"烦君送向亭中去,姊妹前头待致一音。
独系茅庵雪积封三径,故遣江南春传报园林。
芦亭深负今宵兴,待等月明无事再到花荫。"
公子依依忙告别:"仙姑呀,多谢梅花放下再临。"
妙玉闻言无语答,粉面微红笑一声:
"君呀,寻春得意须留恋,花台雪滑尔慢行。"
逍遥步出庵桄翠,只见檐前晴雪尚纷纷。
回望柴扉知紧闭,思量背地自沉吟。
几度徘徊愁倚竹,唔想疏篱犬吠一声惊。
手中落下梅花枝,唉!可借呢,残红飘堕雪中尘。
零落仅存花几朵,只话叩门重乞一枝春。
但系仙源有路迷春色,问津难许再到渔人。
就把疏枝来拾起,不如归去且回音。
无聊转过东桥去,芦亭相见笑吟吟。
湘云笑问:"归何早?前途风雪可相侵?"
李纨带笑呼钗黛:"难为佢咁快取得花临。"
宝玉低头将语道:"不知劳费几多心,
妙姑才肯将花赐,佢话雪晴他日再聆清吟。"
惜春笑共迎春道:"姐呀,妙姑原是有情人。"
探春接转微微笑,就把梅花递与宝琴。
熙凤唤鬟重设宴,绮纹把盏酒重斟。

胆瓶供着红梅花,重有岫烟奇句甚惊人。
正系歌成白雪高难和,吟到梅花调更新。
个阵酒阑席散风初静,微醉醒,蒙眬双眼认,
不觉寒林鸦噪远见月落西明。

宝玉葬花（上）

无聊闲坐闷恹恹，想我宝玉呢一段痴情实可怜。
幸遇林妹妹与我相依酬素愿，□得他年伉俪早结良缘。
今日春愁最恼流莺啭，别无情事可解愁牵。
记得茗烟买得几本填词在，我且借消愁况免被病相缠。
迟迟步出怡红院，只见百花园内尽争妍。
槛外蔷薇含宿雨，堤边杨柳挂朝阳。
莺声呖呖明如剪，做乜撩人春色最是今年。
闲看碧蹬铺苔藓，就坐太湖石上靠住绿杨边。
几回看罢《西厢》卷，亏我废书长叹都为惜芳年！
你体莺莺君瑞都为着多情怨，求书退贼后许良缘。
今我痴情却少一个红娘姐，叫我相思情重倩乜谁怜！
自古深闺人重比天涯远，不信千里姻缘一线牵。
何时得慰我耽情痴愿，满腹闲愁只好问天！
看来自觉心神倦，抛书无语自凄然。
只见落红成阵纷纷乱，片片飘来翠袖边。
东君有意空留恋，香国凄凉在眼前。
触起我回肠千百转，对此飞花无着恨溢胸田。
自昔花重与人同一样眷恋，不忍飘离长任于儿溅。
不若载佢送入沁芳桥下去，也学得才葬湘妃了彼俗缘。
频扫下，付诸东流，随波逐浪出菱洲。
当初雨露浓沾候，蝶恋蜂攒未肯休。
虽则十分璀璨春情透，都话但见游丝莫上楼。
不想无端重墨来风飘，几番飘泊感枝头。

名花自古能倾国,今日零落空随水一沤。
最怜花事残春候,亏我伤心无语替花愁。
徘徊不忍频移步,忽见美人林下影悠悠。
依依凝步垂杨柳,踏翠来寻杜若洲。
遥见佢脸桃眉柳春如许,秋水盈盈送远眸。
春衫月白斜红绉,容唔修饰起见风流。
眉挑翠凤翎毛帚,沙囊满把落花收。
近前相见频低首,见佢个一种风情重惹我一段愁。
同坐下,诉衷情,黛玉开言细叫兄:
看书何事在呢凄凉景,不若快同收拾个的繁英。
我为着飞花触起思乡景,命薄如花感此生。
寂寥芳院怜□以□,闲寻花底倍幽清。
情丝一缕浑无定,东风何事太无情!
愁红惨绿凭谁领,佳人命薄比花轻。
不想花尔重比人生得薄命,三春弹指就尽日飘零。
今日携锄收葬实欲存花性,免被上花融咁味佢精灵。
宝玉闻言忙点首,妹呀,我已曾相送佢出前厅。
你体莺捎燕掠心何在,玉碎香残把佢国色倾。
意欲将佢尽付东流水,莫使东风掠乱咁昔返唔停。
黛玉答言非系正境,恐怕浊流长日染佢芳馨。
要在湖山石上共佢立个埋香冢,免佢三生飘荡比似浮萍。
香随玉化尘根净,有缘同尔再结来生。
皈依净上藏幽性,艳质依然一样清。
得逢尔我,大抵都系前生定。

宝玉葬花(下)

花呀,你有灵应亦鉴我地两一多情。
兄妹殷勤齐葬毕,就在太湖上结一段小小花陵。
收艳骨,返香魂,东风无赖恨三春。
落如红雨知谁问,想到成阴更怆神。
凝烟照月空留恨,难从风雨问前身。
一抔香土就把你灵根蕴,花尔今生从此就了却凡尘。
独惜我萧然孤影□于收,飘零空自感前因。
如花美眷徒增恨,似水流年易怆魂。
虽则美人千古都要归黄土,更无灵术可驻得长生。
总系我孤芳自赏情难忍,生平谁可话情亲?
未必青春咁就成飘梗,恐怕华发无端误此生。
知音自古难寻问,寂寥含恨对良辰。
似我咁样遭逢天亦怨,生成到处都种下愁根。
多情每被东风困,好似落花无主自伤神。
花呀,似尔咁凋零心不忿,忍向花前问凤因。
亏我风露清愁同一样品,体尔一片残红就系我一点泪痕。
相逢信比天涯近,只话花能解语同尔讲句情真。
不想封姨薄幸催愁紧,一瞬韶光乱落频。
长生有约难凭信,可怜离别是残春。
关心对此凄凉景,几回肠断欲沾巾。
宝玉近前忙慰问:"妹呀,尔有情何必咁芳自伤神。"
忙步起,拭泪相辞,最怜花困怯难舒。
正系飘零两字难依倚,多情蜂蝶尚恋残枝。

何况我怜香忍话成抛弃,目视香冢与花陵不忍别离。
飞红满院如霞绮,飘如弱柳属谁司?
残香断,随流水,花呀,若要共尔相逢订过后期。
收藏艳骨应留意,好比金钗斜叫咁一倒伤悲。
大抵工愁却为钟情起,做乜不见尔开时只见落时!
正系萎筵好朽亦中□止,生成薄命枉寻思。
故园花事休提起,妹呀,尔为花怜爱重要为己支持。
想看弹泪挥无语,只见晴雯寻主步依依。
穿林转到湖幽里,就见宝玉含愁态似痴。
便问:"与姑娘何事在晚风凉处,我只道为寻春色那里游嬉。
原来兄妹在此把残花葬,恐怕尔为花憔悴日锁双眉。
才闻太太传呼去,你便快些前往莫延迟。"
宝玉闻言忙步起,就话:"妹尔宽怀须转入香闺。"
话完展步相分袂,见佢匆匆还袖个一本新词。
黛玉闲聊愁徙倚,扶住晴雯步慢移。
行来触景皆愁绪,重寻风景愁依稀。
知谁断送春归去,不系卿愁怨柳丝。
林中剩有流莺语,枝上空教醒蝶疑。
成蹊自昔夸桃李,似乜无言唯有泪沾衣。
无端更怕黄昏雨,好似五湖烟水葬西施。
当时艳惹人争羡,一旦凋零难剌□替尔凄凄。
红颜生怕将花比,你话一落如花重怎样设施。
良辰美景成辜负,此情空情落花稀。
今日葬花人笑奴痴意,他日葬奴知得是阿谁?
一朝春尽朱颜异,花落人亡两不知。
思量愈觉愁难止,不堪回首绿荫垂。
行行转到潇湘馆,只见拂墙修竹怯风倚。
生憎曲槛莺哥语,佢重向人低唱个句哭花词。
分明惹我伤心事,寂寥无赖对斜晖。
离魂销尽低弹泪,一样卿愁托子规。

我相残生未必同飞絮,做乜收人唯有影追随。
孤灯相伴神如醉,何堪重读一首断肠词。
亏我愁多懒向纱窗倚,谁可语?
尽日无情绪,恰好淡飔凉月咁入照香帏。

夜 访 怡 红

烟景媚,晚风光,花压栏干永昼长。
柳絮扑帘风细细,呢喃飞入燕双双。
南园绿草迷蚨蝶,可惜春阴护海棠。
风动竹声闻雀噪,茶烟香绕碧纱窗。
正是东风不为吹愁去,使我春日偏能惹恨长。
百二韶光才转眼,又是花残春尽怎不伤悲!
自从病探怡红院,亏我触景怀人暗断肠。
杜鹃红滴珊瑚枕,恰似梨花泪滴栏干。
非关爱月眠偏夜,半为怜花起独忙。
卷帘怕问春消息,□□得呢喃燕子自成双。
芙蓉帐暖春如酒,恍惚昨宵神女会高唐。
梦入巫山峰十二,怎晓醒来依旧在潇湘!
一场好梦又俾莺惊觉,正系恼人春色恨茫茫。
无聊闷倚栏干上,又见榴花瘦减骨消香。
我便长叹一声愁掩镜,强扶鸳枕坐牙床。
曾记《牡丹亭》上曲,痴情暗合我心肠。
日间情事纷纷睡,恰似春梦难寻枉断肠。
话语未完闻步响,笑声遥隔外纱窗。
小姐思量知是宝玉,又听得金笼鹦鹉唤人忙。
只着含羞强作春昏去,行前公子启言章:
"妹呀,春宵一刻休辜负,为甚日间清事睡忙忙?"
娇姿笑展蒙眬眼:"只为春怜无心出外厢。"
才起梳头方就枕:"兄呀,你寻春终日为谁忙?"

腰肢倦起轻掩鬓,呼丫鬟宝鼎再添香。
紫鹃行近称公子,手捧香茶笑语忙。
公子回头呼小姐:"妹呀,我填词偏记及《西厢》。
佢话若得丫鬟伶俐任佢叠被铺床。"
黛玉闻言羞启齿,含嗔作怒说言章:
"奴奴不是崔莺女,紫鹃何德错认红娘。
兄你痴心纵欲同君瑞,怎好把潇湘来比佢《西厢》。
定向堂前回此语,问尔有何颜面见得我姊妹行!"
公子慌忙频作揖:"妹呀,恕我无心,出口有乜伤肝。
无人听见亦当唔曾语,容饶一次也何妨!
从今不敢轻摇舌,就系蒲鞭示辱亦甘当。
平时讲惯亦都娇唔论,莫话一时言语怪我猖狂。"
娇姿此际无言答,忽听人传入内厢:
"怡红有事寻公子。"宝玉乘机举步忙。
人去后,暗销魂,唉君呀,何须深怪我当身!
非是奴奴真薄幸,只恐隔墙有耳外人闻。
正系愁我更凭人谅我,恨君原是半怜君。
流水落花空有意,独惜我留春有意自销魂。
不如夜访怡红去,体佢言词怎酌斟?
虽然难白我心中愿,究竟钟情不忍造薄情人。
思量暗自添惆怅,盼到日斜西落又黄昏。
趁着粉墙初月朦胧色,我便悄向怡红院内行。
只见落花满地门深锁,重关银钥不通针。
行前忙把珠扉扣,丫鬟里面问:"何人?"
小姐答言:"我是我。"忽听晴雯丧气乱回音:
"公子今宵曾嘱咐:夜来不放外人行。
任你鸡鸣有术徒夸口,休想秦关得渡孟尝君。"
黛玉闻言肠寸断,低头难忍泪双淋。
自怨不辰生薄命,伊人千里剩孤身。
我估素日知心唯宝玉,怎想佢白眼看人当路尘。

啅佢狠心,宝玉□泪就枉我情真。
知你闭门不管窗前月,总系侍婢唔该也慢人。
只话无聊步转潇湘馆,唔想忽闻门内笑声音。
细听言词知是宝姐,一阵不由人不越销魂。
踌躇独立心如醉,又见门开光照一枝灯:
正是宝钗归转蘅芜院,我且暂藏花让佢先行。
只话敲门重叩问,唤未必薄情还管我呢恨难伸!
不如归去休牵挂,唔想悲声惊动树上栖禽。
正系花魂寂寞无情绪,鸟梦痴魂愈怆心。
露滑苍苔行不稳,情可恨,屈指芳辰近,
触起我呢葬花愁绪越觉销魂。

晴雯撕扇

斜倚银床空自叹，美容红泪血痕侵。
细想晴雯真薄命，生错我是红颜绿鬓人。
奴奴初入怡红院，感得公子情深独爱我一身。
曾记同床欢戏谑，相陪日夕共花辰。
一自明珠归佢手，爱护如同掌上珍。
须则姊妹同群非独我，但系惜玉怜香比未能。
巫云未入襄王梦，相爱如同姊妹亲。
只话蒹葭玉树长相倚，风流从不让他人。
岂知恩爱终难倚，风波平地果然真。
曾记得公子昨宵移步转，蔷薇院落更无人。
满身红雨香衿湿，临来含怒暗生嗔。
岂料银钥重关听不见，敲门迟开怒姐袭人。
我只话取衣同佢换，怎想踏破桃花扇一根。
遽然迁动雷霆怒，话双倬薄失斯文。
我想公子本来怜爱惜，不解情性温柔忽已改更。
一定恩爱易招旁眼妒，潜奴到底是何人？
左思右想无聊极，遍倚栏干盼夕昏。
今朝正值端阳节，榴花明照艳芳辰。
此刻画堂开午宴，倾蒲酌艾醉金樽。
大观园内姊妹亦同寻乐，独我含情无奈越觉销魂。
试体荷净雨凉池饭晚，惹人情绪睡纷纷。
金钩放下红绡帐，桃笙簟滑玉横陈。
倚枕凄迷魂欲倦，又只见公子归来酒气醺。

行近床前舒醉眼,金扇轻敲玉枕频。
恰似风狂柳弱支无力,手揭兰衿软倚身。
拍下香肩开笑口:"美人何事睡沉沉?
一年好景休辜负,莫任龙舟空戏大江滨。
知你嫦娥月殿非轻下,何不凌波暂效洛神!
今日我醉眼欲眠难敌酒,或者兰汤一浴解得微醺。
烦娇玉手金盆换,等我罗巾拂拭共尔细细谈陈。"
晴雯轻启樱桃口,一声长叹慢回君:
"奴奴自份居何等,怎敢高攀侍贵人。
闲花只合栽篱下,金屋难藏鄙贱身。
今日一枝须幸身高托,只恐山鸡难入凤凰群。
君呀,蚨蝶自寻香同去,莫多留恋路旁春。
正是落花有意随流水,出岫无心是白云。
金钗十二随君择,莫话大观园内有尔知音。
我呢,秋草难沾春雨露,从前恩爱化为尘。"
宝玉闻言偷自悔,叫句:"晴雯娇妹尔勿生嗔。
前番得罪休怀记,得饶人处且饶人。
非是重物轻人抛弃你,岂可一时言语为当真。
常云苦口多良药,只恐旁人讥笑失斯文。
轻言自问原非过,何须深怪我当身。
莫言当日不过一物桃花扇,就系抛弃明珠爱妹玉人。
自古千金图买笑,何况区区微物敢相真。
若得回眸一笑承娇颜,就系万把撕残我当未曾。"
话完举起真金扇,递与佳人玉手分:
"妹呀,当日褒姒裂缯传韵事,今却比系风流万不能。"
晴雯接扇暗思想,口共心头自酌斟:
自恨不该言太重,一时冲撞欠思寻。
须则公子情深唔记念,总系驷马难追悔已深。
一误岂堪还再误,世界难得咁有情人。
但系既然爱我又何须怨,半尚怜君半恨君。

一声撕破真金扇,睹面无言暗断魂。
唔想回头来了麝月,手摇折扇说殷勤。
今午我姊妹筵开同待姐,虚奴悬望到如今。
公子归来曾醉否? 做乜抛残金扇总唔闻。
晴雯未及回言答,宝玉回眸已看清。
起来夺了把真金扇,转身轻递过晴雯:
"妹呀,趁此何妨还博笑,任他饶舌莫为真。"
晴雯接过高提起,一声撕破乍惊人。
行行相断湘君竹,雪舞花飞影遍纷。
恰似蚨蝶乱随风上下,余香片片坠埃尘。
麝月几番忙顿足:"公子因何咁着嗔?
既然得罪宁鞭挞,乜事竟将奴物当为尘?"
晴雯抚掌频频笑,嫣然如醉倚香衿。
粉痕红满芙蓉面,鬓侧环松坠绿云。
好比海棠带雨千般媚,芍药笼烟一朵新。
得意忘情休再问,情莫忍,解释红颜恨,
暂把呢一段闲情慰玉人。

晴雯补裘

养病怡红深院静,只见寒风凛凛逼纱窗。
正系身轻无力撑月□,病怯难支弱海棠。
沉吟伏枕长吁气,叹世无秦绥有乜医方。
似此病魔难伏退,数日昏迷玉压床。
又道麝月开言微笑劝:"姐呀,常闻怒气易冲肝。
丫鬟不肖已自回归去,何苦闲愁搅寸肠。
巫云有变尔如去寻消息,热念全消粉汗香。
熏笼移近与姐尔重温被,蓝田玉暖怕烟凉。
尔睇人夜重帏梅月冷,银灯青影雪花光。
小怜体弱尔都唔知重,瘦损芙蓉为底忙?"
晴雯领意头轻点,系咯待我片时相□就出前窗。
正在养疴灯暗人初静,唔想公子回来麝月忙。
见佢顿足几番长叹息,狐疑满腹闷红妆。
笑语问君:"君呀,尔原底事?"
宝玉回言费酌量:"只为呢件孔雀金裘加懊恼,火劫阇黎一点伤。
虽则敝裘终有憾,总系荣须祖母颁恩长。
但重吩咐我明朝还要着去,退毛孔雀自愧鹡鸰。
况且翠裘难再觅,清晨怎见得萱堂。"
麝月心慌忙叠起,暗传织补到街坊。
唔想回来称说道:"天孙才晓织云裳。"
两人着急浑无主,忍不住晴雯带病亦心慌。
佢一只有无缝衣莫补,纵有上白玄狐岂异常。
有便拈来我细认吓何珍宝,麝月殷勤递过姐看。

只见金碧辉煌飞羽翩,翠屏招展舞鸾凰。
一丝结就三花蕊,千眼圆通百宝光。
哦,此系孔雀泥金凭线结,或者金线弥缝一缕长。
含颦麝月犹吁气:"姐呀,现成金碧倩谁装?巧夺天孙唯有姐尔。"
唔想宝玉忙言:"事要酌量。美人病怯休拈线,弱质无劳理七襄。
除是俄罗斯织匠来中国,卿呀,纵为裘受谴亦不敢苦苦动秦娘。"
佳人感动情何限,九转柔肠几度量。
细想我呢何定知情种累,我命友情种死亦心凉。
狠命一声鸳帐坐,强拈玉体对银缸。
艰楚万千难景状,心暗怆,苦咬银牙挡:
"君呀,但愿雀裘完好妾病何妨!"
舒玉指,理金支,翠裘灯影两迷离。
蹙额凝愁愁结绪,捧心含恨恨团丝。
只见经纬渐分劳倦眼,丝毫细别复支颐。
好似鸳鸯刷羽心仍懒,鹎鹍临流翻倦支。
长爪慢缫娇力软,霓裳舒卷故迟迟。
总系整线临风凭月姊,补云依旧倩天姬。
夜来纤手何曾歇,真系公子多情好护持。
话姐尔心烦定有相如症,绿乳香融递半卮。
又话腰肢无力神应惫,亲移鸳枕俾尔歇些时。
尔休皱五夜寒风易透,轻裘半臂搭娇姿:
"姊呀,力软背酸我拳法实好,有便与神槌皆莫雄疑。"
佳人见佢殷勤甚,一丝牵挂一情丝:
"亚系孔雀破裘容易补,世界难觅有情几。
细语劝吾归帐罢,黑甜乡里看支机。
我地女流组织皆应分,君呀,尔周旋终夜岂不神疲。
我不过病中辛苦吓□,操劳深夜怕损金枝。"
顺情宝玉归鸳帐,又到佳人低首慢支持。
花样翻新抽乙乙,罗纹细织扣丝丝。
斑斓辨去浑无迹,金碧翚飞五彩奇。

宝玉看来更羡奇:"姊呀,帝孙应让三分巧,难为妙想入非非。
织就鲛人当比美,料传神女不须疑。"
晴雯笑答:"休夸誉,任教鱼目混骊珠。
伙笑金貂缝狗尾,若求真假甚几微。
为吾咯尽些微意,不过片时掩饰就知机。"
麝月在旁轻启齿:"姐呀,无缝衣谢美人胎。
总系病躯还未愈,心神用尽力难支。
请娇早向罗帏睡。"佳人听说略把身移。
谁想玉山倾倒人如醉,芙蓉褥软压香肌。
哎哟,两眼看花魂欲碎,牙关紧闭气微微。
床前麝月慌无主,宝玉仓皇唤请太医。
诊脉已完汤药备,多致病后劳神起,
都为补裘终夜至病体延迟。

私 探 晴 雯

愁叠叠，意丝丝，满怀憔悴都为忆晴雯。
想她自入怡红院，相爱相怜有几春。
佢职分虽居奴婢辈，我情投意合胜他人。
起居所以常陪伴，就系寝食何曾两地分。
虽学偎香兼倚玉，巫山其实未行云。
佢容貌犹如林妹妹，芙蓉如面柳如身。
流盼秋波多态度，能言慧意独超群。
总系生来情性偏多执，我亦周旋委曲恐佢生嗔。
情深不管人诽谤，共佢缠头嬉戏乐芳辰。
为使千金图一笑，也曾撕扇表情真。
恩偏至此人多妒，未晓工谗到底是何人？
所以慈帏忽动雷霆怒，燕侣顿时就拆分。
将她撵出花园外，正系无端风浪散鸳群。
堪怜佢病态延残喘，弱质伶仃受苦辛。
曾记日前她染病，我重床前侍药表殷勤。
今朝佢离却怡红院，情怀欲尽更无因。
不若私行前去探问，试看病体免伤神。
想罢即时潜步出，此际无烦侍婢跟。
园中景物无心赏，俏步彷徨走似云。
正系心忙咫尺成天末，诚恐人知又试起祸根。
亏我悲惊交集愁难忍，情可悯，有意怜红粉，所以事势难将对母陈。
出门户，绕廊边，如飞一直到门前。
遥闻屋内呻吟切，五内犹如万箭穿。

迈步就将帘幕揭,只见茕茕一榻景凄然。
回思佢昔在怡红院,堪悲贵贱隔天渊。
正在出神珠泪落,唔想晴雯帐里就开言。
娇声便问:"谁人到?"又到宝玉含悲拭泪先。
回说:"我特来相探尔。"随步行慢到榻边。
罗帐轻将高抬起,见佢病骨如柴倍可怜。
鬓乱钗横云又乱挽,好似当风杨柳夕带晴烟。
佢重杏眼微微舒一线,瘦减芙蓉面,亏我相逢唯有泪涟涟。
频拭泪,唤卿卿:"如今曾否觉安宁?
自从几日分离后,废寝忘食恨不胜。
今日瞒却众人方到此,前来特表寸心诚。"
晴雯此际难开口,哽咽凄凉哭几声。
长叹几回方启齿:"多蒙公子咁深情。
自知命薄如秋叶,至此抱屈含冤恨匪轻。
鹦鹉只因文采误,纵归黄土事难明。
我冰清玉洁唯君晓,谁尚哀怜玉树倾。
亏我越想越思情愈惨,微躯从此丧幽冥。
近来此病加沉重,正系薄命红颜理所应。
我舌燥实言在上,烦君递转碗中茗。"
话完意欲将身起,唔想病体沉吟力不胜。
到宝玉近前舒玉手,香肩扶住泪盈盈。
忙将锦褥来相傍,见佢残喘劳劳更可矜。
两颊晕红唇似火,斯时宝玉更伤情。
桌畔细斟茶一碗,只见鲜色毫无水咁清。
狐疑即便先尝过,但觉酸咸苦辣味唔成。
唔想晴雯得接如甘露,慢启桃唇细吸清。
见佢香汗淋漓和泪滴,莺喉婉转但悲鸣。
举袖与她同拭汗,忍泪含悲叫句爱卿:
"尔纵有愁怀须莫想,自然病体得安宁。
也知抱屈情加惨,但系玉体千祈勿当轻!

今日蟾光虽乍暗，待到清风一到月当明。
正系逆来当顺受，宗官松柏更坚贞。
改日辨明冤枉事，免卿受屈抱虚名。
他朝复入怡红院，好比宝镜重圆乐此生。
若我无缘卿又薄命，愿随卿尔到幽冥。
免尔九泉无伴侣，茫茫泉路叹零丁。
愿尔心事解开寻乐境，
虽要自省，愁最增人病，莫多烦闷咁伤神。"
晴雯苦，泪沾衣："蒙君怜我病垂危。
公子多情奴薄命，千秋遗恨更谁知？
早晓虚名耽此日，何妨实事干当时！
深恩感戴难酬笑，愿求来世作连枝。
回首怡红浑似梦，汉关重入更无期。
亏我绿鬓未曾沾雨露，红颜薄命竟如斯。
自叹情长嫌命短，谁云死别胜生离。
今日得君怜悯我，就系九泉抱屈不胜悲。
此后杜鹃啼血如奴泪，夜台唯诵《鹧鸪词》。"
玉手强舒开纽扣，脱下个件红绫贴肉衣。
指甲硬将来咬下："君呀，尔见物还如见侍儿。"
宝玉凄凉忙接转，双流珠泪不胜悲。
欲言渐觉人声至，将到此，只着抽身起，
又到晴雯此际倍凄其。

祭奠晴雯

蓉吐艳,菊芳菲,思娇无日不神驰。
恼杀虫声鸣曲砌,愁看丹桂挺新枝。
我想人生久别长相忆,何况九泉遥隔会无期。
昨日罗帏方就枕,见娇容貌其依稀。
霓裳娇艳飘然至,含情体态似极当时。
行近窗前轻启语,婉转莺喉惹我思。
佢话自从别后常怀念,慰问温存可解颐?
重启玉皇命佢作芙蓉女,百花群卉佢专司。
仙凡路隔叫我休相忆,莫话食少愁多为别离。
相爱相怜共我谈心事,情投意合两相依。
星月渐低忙告别,奉命要往花宫不敢迟。
一声珍重忙辞别,空余环佩韵依依。
欲去欲留行又止,半愁半喜意如痴。
醒来却是南柯梦,抬头只见一灯微。
音容遥隔言犹记,教人怎不泪沾衣!
愁绪满怀情未已,不若花前祭吓姐娇姿。
想罢即呼焙茗至,礼物拈齐勿待迟!
行出园林芳草地,脱却华裳换素衣。
离院内,出花间,只见荷花零落百花残。
潇湘绿竹参差杂,蘅芜草色已成斑。
蝉噪疏林声惨切,鹿衔芝草躲前山。
秋景撩人空着眼,触起愁怀步竟难。
行行不觉湖山近,只见芙蓉红艳映罗衫。

此处与娇谈笑惯,不若祭奠多情在此间。
呼童即便排香案,礼物铺齐祭姐玉颜。
名香炷上情何限,心未成灰意自关。
初杯酒,泪频倾,叫句"晴雯娇姐鉴我微诚"。
宝玉花前相敬请,香魂何故寂无声?
有言叫尔做乜无声应?二望傍花随柳显吓英灵。
姐个红颜薄命皆前定,独系镜分鸾影尔话几个仃伶。
今日鲜花薄酒兼香茗,祭文一度表真情。
礼物虽微聊示敬,案前罗巾奉过卿卿。
伏望英灵来鉴领,莫在瑶池埋怨怜我无情。
昔日亭前斗草人何在?捉迷屏后已无声!
罗袂生寒谁为整?孔雀裘披亦伤情。
二杯酒,奠佳人,返魂无术可回生。
五载绸缪徒恨恨,怎能抛别意中人。
高标见嫉怜红粉,深信情根是祸根。
曾记梦中相叩问,玉皇封佢作花神。
虽然梦寂言难信,引古惩今亦可当真。
长吉昔年曾被召,至诚相感可为神。
蓬莱阻隔难亲近,天上人间并蒂分。
尔体鹊鸟有情应见怜,金笼鹦鹉出唤晴雯。
三杯酒,恨重重,有怀未遂恨填胸。
共尔换土宴游空有梦,难向瑶台月下逢。
可惜风流情意重,就系西子杨妃拜姐下风。
我想娇花怎耐狂风打,弱柳难支骤雨中。
恨杀谗人将计弄,枉屈娇娆恨未穷。
今日珠沉江海中何用,好胜争强事总化空。
唯愿英灵相感动,再能团叙也相从。
祭已毕,更悲伤,宝帛烧焚苦断肠。
袭人香霭无心向,秋纹波涌懒流觞。
衾开麝月成空想,青灯愁对叹凄凉。

顾影自怜添怅怅,家童行近启言章:
"娇姿自作仙班女,相公何再过悲伤!
倘或苦忆多娇成病症,姐在蓬莱也惨伤。
古道佳人多薄命,安能欢聚百年长。
尔睇稻香村外鸦归晚,野树连云障夕阳。
劝君息念回窗罢,莫因红粉误书香。"
含情宝玉忙移步,抱闷迟迟自酌量。
记得娇姿病笃临危日,遗下罗衣尚带汗珠香。
今日物在人亡堪叹息,怡红幽寂更凄凉。
回望芙蓉成掩映,见物怀人意自伤。
愁别不堪情怅怅,只愿梦魂依旧会吓娇娘!

颦卿绝粒

深闺隐约闻鬟语,亏我愁肠百结白日长。
话宝玉丝罗今已定,系同王府结姻缘。
此乃侍书传信息,重话星期卜定娶婵娟。
敢就一点痴心成妄想,虚劳数载共温存。
满望幽情今已绝,恰似石投波里坠深渊。
彼苍生我多才貌,做乜六郎丰韵竟无缘?
回首大观群履迹,一场欢会化云烟。
素日知心唯宝玉,从来相爱复相怜。
情深好比胶投漆,曾把微词挑逗试心坚。
知他亦是多情种,总系所干廉耻但神传。
私心尚望酬痴念,同咏《关雎》个一篇。
记得调情雅谑相嘲戏,许多恩爱共缠绵。
我重每愁钗黛同时出,正系瑜亮唔该两并肩。
怎想意外之虞非所料,就系还清泪债恨亦难完。
佢先闲到此论琴谱,言词忍吐都似有情牵。
讲到知音二字神先伤,真正令人徒自结疑团。
忖度几番愁莫释,泣尽啼红胜杜鹃。
一缕柔肠经百转,芳心无主独凄然。
微躯此后何须惜,或者死归泉下可鸣冤。
等我夜台表白呢疾心事,定要问明因果重证吓生前。
即此怨魄未能图极乐,就系孤魂都咁在奈何天。
免得尘寰阅历伤心景,个阵寸断肝肠只自怜。
想到极情魂欲断,只着和衣伏枕闷恹恹。

不觉紫鹃移步到，将身行近便开言。
佢话姑娘服药今初愈，纵有闲情莫挂牵。
千金贵体宜珍贵，怎好时常对景泪偷涟。
若系神疲欲睡娇无力，做乜绣衿唔复在身边？
小睇潇潇竹韵迎风响，恐怕着凉顷刻又试病相缠。
况且小鬟几次来相请，话晚膳安排在老太太身边。
一众姑娘相等候，望移玉步勿迟延。
小姐含愁将语答："纵有凤胆龙肝亦懒沾。
尔可往上房回此语，等我权时歇息暂安眠。"
紫鹃不敢频相劝，只着铺陈绣被盖住佢香肩。
鲛绡放下轻移步，将情回禀贾母尊前。
又道黛玉凄凉偷自哭，触起愁肠有万千。
痴心立意唯求死，纵有侍鬟相劝也徒然。
此后茶饭不沾肠胃薄，一病蹉跎有数天。
连日大夫来诊脉，都话病势羸劳旦夕悬。
所为忧思郁结成浮症，总要开怀顺气正为先。
若然逆意就会伤肝木，任尔灵丹服下命亦难延。
紫鹃此际添烦恼，料得佢为宝玉成亲一段冤。
但系姑娘素日痴心事，叫我私情唔敢对人言！
怨只怨上头行事错，致使佢伤怀病得咁倒颠。
又恨天意不如人所愿，抑或姑娘命薄定系宝玉无缘！
眼见得危如朝露亦应难济，又怕佢病转沉吟重有乜变迁。
不若将情回贾母，免至临时事迫欠周旋。
含泪即忙呼雪雁："我暂出园中禀事端。
尔在深闺顷刻相陪伴，留心侍候姐妆前。"
话完步出潇湘馆，斯时雪雁更心酸。
想我姑娘染此沉疴病，命在须臾似倒悬。
又见佢一息全无声寂寂，莫不是佢芳魂此际已归天？
一阵心慌胆小凄惶甚，教人惆怅刻如年。
久候紫鹃还未转，亏我影只形单望眼欲穿。

正在惊慌难自慰,忽闻户外履声旋。
凝泪眼,细观真,只见侍书行近把言陈。
说:"尔的姑娘贵恙今安否? 做乜尔颜容凄楚泪纷纷?
我适在深闺承主命,特来问候表殷勤。
为甚此间寂寞无人影,剩尔危危聊坐对黄昏。"
又道雪雁起身忙让坐,忍泪含悲诉一声:
"多蒙尔小姐情深重,独惜我的姑娘此病恐难生。
尔暂且从容同坐下,我有一段衷情向尔陈:
记得尔日前曾说道,话宝玉与王家共结亲。
未卜此言真定否? 望尔将情告诉我知闻。"
语毕侍书忙启齿:"此事原来别有因,
实系门客执柯来作伐,借此图功献殷勤。
岂知老太太唔承允,重话将来亲上又要加亲。
当日系奴亲耳听,但系未知谁是佢意中人?"
雪雁闻言长叹息:"可惜我的姑娘就误伤此身。"
侍书正欲询其故,又见紫鹃回转内厢行。
便责佢二人:"无见识,在此喁喁语甚因?
小姐病源因尔起,此刻唔该又乱语云。"
雪雁细将言尽诉,互相怜惜恨丛生。
忽听得娇声传语话姑娘到,重连呼雪雁倒茶临。
惊觉紫鹃忙进内,谁料个只鹦鹉在窗前弄巧音。
又见黛玉桃唇轻欲启,就问:"外厢谈论是何人?"
侍书听说忙行近,就把问候言词代言细申。
黛玉闻言轻点首:"又承尔小姐费心神。
刻下尔若然归绣阁,相烦回候尔姐千金。"
丫鬟领命相辞别,又道颦卿无语自沉吟。
佢为听侍书言底事,犹如阴极一阳生。
正系心病还须心药治,解铃原是系铃人。
个阵疑团已释心明白,怀开顷刻病离身。
细想侍书言一切,仔细思量真正妙入神。

自悔自怜还自慰,且惭且喜恨皆伸。
真正多磨好事何须问,诚可悯,攻破狐疑阵。
想必赤绳紧系定,结呢一段鸾凤群。

黛 玉 焚 稿

昨闻宝玉婚姻定,亏我愁怀空转九回肠。
十载温存成画饼,和鸣无计结鸳鸯。
呢吓秋云薄命悬朝露,做乜女儿都会为花亡!
风流往事成虚也,怨只怨贾母无情欠主张。
既系殷勤养有当我系亲孙女,就该为人到底共我结个段鸾凰。
恩情今日随流水,空令幽恨在潇湘。
一身多病重去受个的相思苦,生错作聪明信此要命去抵偿。
正系他年葬我知谁是,恶谶先成事可伤。
自忖自思愁更倍,强扶鸳枕伴银床。
命奴收拾残诗稿,慢展双眸仔细看。
情思尽何其中写,断送红颜就系此锦囊。
稿呀,姻缘若得谐心愿,就凭佳句当催妆。
个吓衷情定有同心咏,依稀神女共襄王。
而今空剩呢凄凉句,眼泪还完纸尚未曾干。
愁心一才怎我得咁多相思想,眉懒放,对稿涕惆怅。
罢咯,不若一把秦火化诗囊。呼侍婢,掌银灯,细语喃喃读几声。
眼前知己系呢诗千首,心血凋零又算一生。
非关文字多遭劫,实系美人□出要你情种同行。
词人多少难传也,何况大观园内有乜边。
女儿识字原非福,忏悔从前却未能。
宝玉亦系怜才客,做乜堂前总不肯提亲。
回天今日都无力,空对残篇泣血痕。
秋窗在作怀人咏,真正世间男女怎好误种情根!

若然死后还留稿,寿之梨枣倩谁人?
黄泉未必无词赋,或者文□做个女将军?
况且薄情难放过,我就把诗词作状告佢背却前盟。
倾城倾国归何处? 招魂谁赋大江滨?
黄花已有将开意,唔想兰闺把句吟。
我想葬花都重留香冢,尚余蝴蝶伴黄昏。
系今焚稿不过成灰烬,几缕香烟作暮云。
回思郡履奢华事,好似邯郸一梦深。
正系凤鸯有意思张拱,还书依旧负双文。
把绣房当作西厢地,佢薄情唔学得君瑞略我枉做莺莺。
镜台尚有新诗稿,句句缠绵可操琴。
我自焚诗难割舍,那堪焚帕更伤心。
痴心欲叩苍天问,情惨甚,呢吓月门谁为吊诗魂!
思往事,更凄凄,唔该琴瑟寄相思。
雀屏未赘身先丧,巾帼英雄一局棋。
钗黛本来同绝色,傲乜六郎容貌让佢独效于飞。
我想杨妃死去还留袜,仿佛凌波步水湄。
我一去仅存诗稿在,却重情思弃割要焚诗。
《离骚》不过孤臣怨,此稿正系含冤处女词。
心肝呕出终何用,孽债还清剩呢纸血书。
从此不敢高声读,□向帘前鹦鹉笑我痴。
扬州稿本重携带,好似囊中宝剑刻刻相依。
若使纸灰化作双蝴蝶,人琴怎忍痛分离。
但系□马尚然抛爱妾,何况小技雕虫□更可知。
讲乜咏菊当时称第一,讲乜咏荷行句甚情奇。
讲乜才惊醉咏秋棠社,讲乜栊岸联吟字字珠。
今朝都作无情物,咸阳一举痛何如。
稿呀,尔余灰莫学花飘荡,等我死后携同尔到太虚。
话完猛向灯前㩪,顷刻烟消火烬时。
寸心此际如刀割,泪洒重裳强自知。

作时辛苦焚时易,伯牙从此失钟期。
如柴病骨又怕凉风起,难买佳人续命丝。
痴心一点成虚话,晚景斜阳不久持。
茶铛药盏谁调理,一丝余生饮血悲。
情天毕竟无终始,难遂意,勘破繁杂事,
今日尽焚诗稿咁就箕撇出愁眉。

黛玉葬花

垂泪沉吟思昨夜,恰逢今日又系饯花天。
亏我愁绪满怀新旧登,无计留春惜少年。
正系花谢花开魂托蝶,春来春去怨埋烟。
敢似人比风花花易谢,你话谁如春月月常圆。
我想此际落花春去也,乱红成阵恨无边。
尔睇红冷翠寒纷落絮,秾桃艳李不争妍。
似此恨满东风无释处,百二芳辰不渐延。
敢就红颜漂泊依芳草,艳质凋零泣杜鹃。
昨宵定后似觉悲歌发,一定系花魂鸟语哭篱筵。
愿得奴奴胁下生双翼,我愿随花你飞到半天。
口水胡麻应有路,唔知香丘何处怅无缘!
不如艳骨把香囊贮,一抔黄土葬婵娟。
免至你红消香断春谁主,狼藉春风孰可怜。
无聊无赖就花锄去,含情饮恨转过山边。
只见草色青青斜照里,垒垒花冢古苔前。
花呀,你质本洁来还洁去,天台有梦许游仙。
总则你返树无期还会发,细想红颜老死便凄然。
未卜奴身何日丧,青春无几过眼云烟。
今日痴情把花葬,唔知谁人葬我在他年?
想到此情肠更断,飘残红雨湿香肩。
饮泣悲,愁绪乱,空眷恋,万事唔由怨。
唔想一阵悲声,惊动奴妆前。
忙拭泪,自狐疑,谁为衷情似我知。

我为葬花情懊恼,你又有何心事故凄凄。
肩锄缓步便去寻踪迹,或者同病相怜一故知。
唔想转过山坡逢见宝玉,啐!谁想系你个相心短命见。
微叹声移步转,腰肢摇曳荷锄归。
一阵宝玉呆呆花下立,如痴如醉暗神驰。
我为钱花寻伴到潇湘馆,唔想半途听见个有《葬花诗》。
想到无可奈何花落去,便是红颜老死时。
一朝春尽花残日,个阵花落人亡两不知。
正系一字听来千点泪,百回肠断断肠诗。
闲愁万种正在难开解,唔想见娇回去越发伤悲。
无聊只着步转怡红院,可巧冤债相逢在半路时。
分花拂柳见娇前去,忍不住呢段愁怀石结私:
"爱妹呀,须系嫦娥不理凡庸辈,我请你仙步云停少一迟。
不过讲明我呢一句心中事,伯劳湘燕任分飞。"
佳人个阵略把身回转,含嗔便答请说言词。
又道公子强颜赔笑脸:"实系有句衷情诉与妹知。
谁知小姐就咁飘然去,嗳,既有今朝何必又有当初时!"
佳人听得伤心语,好似金莲行在一缕情丝。
便问:"当初今日缘何事?"个阵公子凄凉泪又两垂。
情切切,叙前因;"嗳,我呢鹤哀鸿怨可诉瑶琴。
自从云辇光寒第,冲龄嬉戏度芳辰。
好比燕雏宿食飞鸣共,第一细意逢迎妹美人。
推心割爱轻裘马,每食难忘水一口。
妹呀,尚怕你令鬟唔太慰贴,事事纤毫解佢闻。
未曾动念先知意,万事何劳费素心。
妹呀,垂髫好爱同年长,胶漆情投怎似我两人。
正系生成天地无双品,花木莲枝树并根。
余花侧干空垂艳,出岫无心是白云。
古道情如铁石终难改,鱼目和珠到底分。
深意当饶无意客,芝兰谁与草为群。

我姊妹同堂总有几个,奈非同胞破腹生。
其余外戚呼兄妹,亲疏难间晓得唔曾。
似你我两人俱系独出,俗话重□际遇本知音。
谁料恩如流水去,白眼看人等路尘。
况我百般还检点,奚敢妆前错半分。
纵然错过你亦应当教,就系示辱蒲鞭亦可行。
胜似镜花水月难到手,少魂失魄怎甘心。
把我无时愤恨难相劝,便死去含冤恨亦深。
饶你西方求度脱,都要你言明底始得超生。"
小姐见生情亦惨,不由人不越销魂。
便问:"我昨宵来探你,做已重关银钥不通津。
知你闭门不管窗前月,侍婢唔该美舌唇。"
宝玉闻言慌设誓:"我若然如此立刻归阴。
昨宵宝姐姐亦来相访,略坐清谈便转行。
不信蘅芜相问讯,泉清石现表情真。"
小姐沉吟心乍醒:"死活何须语乱云。
此事有无何要紧,想必丫鬟丧气乱回音。
但你回须加教训,一言有失玷辱斯文。
况且昨宵逢着我,若然别位罪难禁。"
话完微笑轻撩鬓,又道公子含羞诉一云:
"我归去把丫鬟问,呢回唔好咁生嗔。
诸般过处应怜悯,得饶人处且饶人。"
就系葬花虽雅韵,恐招闲懑病牵身。
本地风光随景运,休着紧,话毕人奏禀,
佢话传言早膳入内厢行。

潇 湘 听 雨

月色溶溶秋寂静,孤灯愁对恨偏长。
胭脂懒把樱桃拭,云髻无心理晚妆。
正系三楚精神空自减,六朝金粉怕闻香。
人世青春能有几,风月催人鬓易霜。
自古红颜多薄命,亏我心情如缕恨难忘。
记得为怀宝玉愁心漾,衷情如醉倍堪伤。
意欲慰佢琪官个段无辜案,只为嫌疑所恨自慎行藏。
大抵人生易得方时恨,试睇落花无计怨春光。
忆昔晴雯送我个段鲛绡帕,泪痕盈满未曾干。
只为孤围寂寞难消遣,免显诗句暂写愁肠。
怎想轻身偶被凉风染,几多憔悴费提防。
虽则死生有定人难强,独惜花无蝶采枉生香。
难同千古酬知己,世做乜泪盈修竹馆号潇湘。
孤苦伶仃无倚靠,虚怀心愿费思量。
一日把隔天涯归漠漠,夜台无路恨茫茫。
思前想后增惆怅,尔话教人如此怎不凄凉。
心自苦,泪沾衣,几回思想恨来迟。
一腔心事向谁寄?几回肠断有谁知?
正系蝶恋花残尚有回春日,独惜人老衰颓未得旧时。
尔睇当年美眷如花盛,今日水流云散各分飞。
春山闷锁谁为解,羞把妆台宝镜窥。
命薄如萍春水寄,飘零形景最堪悲。
最系聪明每把韶光误,石火虽红不得耐时!

远隔乡关何处倚？今日寄人篱下叹斯饥。
想我自别哥哥常惦记，金鱼赠别枉牵丝。
睹物怀人谁致意？家乡无信费猜疑。
哥呀，莫不是功名念切乘时去，未晓凤鸾曾否效于飞？
海角天涯分两地，心悬千里倩谁知。
碧汉有情应怅惘，总系青天无路可追随。
风景依然人自改，百忧如草雨中滋。
异地见花终寂寞，他乡闻乐更伤悲。
亏我眼穿尝许双鱼断，空望云中雁景迟。
人世最愁长往事，为忆离情翠黛低。
大抵穷途事业自有哥调理，我且不管乡园安否把寸心地。
惆怅望，念伊人，寂寂闲庭百感生。
鲜花有意招游蝶，独怕春梦无心淡似云。
多情自古终离恨，不得秦楼同谐凤凰笙。
想我与他都是情相接，总系拾钗无主误浮生。
奔投千里殊孤苦，为着伤情两字恨难平。
尔睇近来舅母心疏冷，都为谗人口舌争。
百般诋毁真堪叹，作舌底波澜万丈腾。
思量总是成虚景，干我一日九肠万恨牵。
虽存人世终余恨，不若泉石早赴觅幽贞。
逍遥免被烽云妒，也得芳心如在玉壶中。
越思越想愁难禁，只话夜闲欹枕免伤情。
忽见窗棂月暗消疏雨，关心愁绝听声声。
纱窗风透灯初□，好似抽丝莲藕断仍连。
清秋夜雨伤心处，惊破寒衾远梦牵。
独挑残焰云空断，秋情盈抱不成眠。
几回叹息愁难尽，看到纱窗盈泪倍堪怜。
"妹呀，秋词转教我心肠断，两促离人更惨然。
诗情怜似清商怨，怎得玉箫齐赠艳阳天。"
低头无语神摇动，暗地思量转自怜。

亏我相思万种何时了，独惜佢乱愁如草自相连。
香衿阻隔云空返，何时金屋贮婵娟？
总系微波有恨终归海，明月无情却上天。
忍泪叫声："林妹妹，试睇画帘寒雨滴涓涓。
尔病烦总要寻欢笑，莫使泪从情绪似雨缠绵。
咁样天寒须保重，我亦向怡红院处转回旋。"
黛玉起身移步送，便叫紫鹃同伴过前边。
玻璃灯□频相照，两地心情只自怜。
公子相辞归去后，又道黛玉含愁恨转牵。
步入香闺愁寂寞，纱窗频觉雨声穿。
正系去雁远冲云梦雪，离人愁上洞庭船。
难得佢有样殷勤来劝慰，总系我三生无幸结前缘。
月不长圆花易落，青娥最是误芳年。
闲云行止谁相识，如水衿怀好自怜。
思来总是如春梦，我且把晚妆闲卸只着孤眠。

潇 湘 琴 怨

人寂静,漏三更,棋声敲落月初沉。
一局未分谁胜负,黑白分明各用心。
宝玉无言傍坐看,又道妙姑停子把言陈:
"正系坐久几忘秋夜永,试睇粉墙移影上花荫。
今宵暂别归栊翠,明宵步月再相寻。"
话罢低瞧吓宝玉,知情公子便回音:
"我今亦别怡红去,好无相送共前行?
免使花间寂寞无人伴,凄风寒露夜相侵。"
妙玉回言公子听:"有劳相伴共同行。"
茶罢片时方告别,借春含笑送出花荫。
耳畔秋风闻叶落,铜壶滴漏响声频。
举头忽见天边月,清光如许动我秋心。
万里无云空色净,楼台近水夜沉沉。
疏星几点时明灭,银河遥隔鹊桥阴。
残枝瘦菊经霜冷,豆篱花架晚蛮吟。
行近木樨林下过,觉得香侵罗袖暗风生。
远听一声鹤唳松阴里,忽见寒塘孤影渡遥岑。
我便转过蓼风轩外栏杆去,又只见四边人寂悄无音。
忽见琴声闻耳底,高山流水韵洋洋。
猿啼秋峡声声泪,教人入耳暗自心伤。
趁此梧桐月落湖山静,我且暂听琴声共坐石床。
琴初叠,忆文姬,怜卿孤苦少伤离。
沙漠单身流万里,飘零红粉有谁知?

凄凉十八胡笳拍,肠断悲风夕照时。
想我黛玉生来原命薄,正系古愁今很两依稀。
自系扬州一别双亲弃,亏我奔投千里寄人篱。
况且孤苦寒厅无意味,六朝金粉总愁思。
佚系抱琴有日终归里,堪叹我萍踪漂泊杳杳无期。
琴再叠,诉文王,万里羁愁事可伤。
当初只为遭谗谤,兼来恶党口难防。
宫中长舌偏狐媚,忠良谁复识姬昌。
奴奴命薄难堪想,思前想后倍凄凉。
异地羁愁谁可问,舌底难防佢暗箭伤。
百般诋毁甘遭枉,试睇杆摆何人怎样肺肠。
唉,你苦节终明独我无一见谅!眼白白含冤终日坐困潇湘。
琴三叠,吊钟期,知音如你世间稀。
当初为听琴音起,相见反嫌恨面迟。
一曲千秋成绝调,□垂来惆怅白云飞。
正系难同千古酬知己,何况钟情独我女儿。
天地生奴应有意,怎得和鸣琴瑟慰我相思?
只恐流水高山成了往事,你话人琴怎忍痛分离。
唉,你破琴当日全终始,独惜我吟成寡鹄未必到薄情知。
重按谱,再调弦,亏我未听琴音泪下先。
声声诉出离人苦,凄凉往复暗缠绵。
正系一点愁心千点泪,空怜孤月泣婵娟。
惜我感愤悲秋同宋玉,知你夜凉如水不成眠。
肠断潇湘闻落雁,不减呢哀鸿鹤怨奈何天。
无端触起相思苦,真个移情不独有成连。
正是相如素有求凰曲,独惜我琴心难诉枉情牵。
销魂愁对三更月,猛听得琴弹声断一条弦。
个阵妙玉失惊偷自想:可惜薄命红颜佢兆已先。
沉吟不忍重留恋,花前转步暗凄凉。
宝玉如痴忙笑道:叫句仙姑何不独回先?

适间弦断因何故？乞把此中琴趣便对吾言。
又道妙玉未言先叹气，试听琴音愁怨更重悲酸。
须则眼前得过聊相过，但恐胶弦固柱□误了个前缘。
长叹一声忙步去，无聊独自转过前边。
公子凄凉移步懒，剩下呢天心明月向人圆。
月呀，嫦娥有意怜孤客，我便执柯烦你月中仙。
但愿早望系足赤绳双美玉，赛过连城合璧种蓝田。
有日瑶琴共奏和鸣曲，红楼风月乐无边，花底徘徊空眷恋。
声渐远，归到怡红院，亏我含愁终夜独对呢月落窗前。

宝 玉 赠 帕

风送荷花枕簟香,深院寥寥日正长。
想我宝玉偶遭严父谴,示辱蒲鞭极惨伤。
事因王府差人到,话我把琪官戏旦擅收藏。
是以严亲忽动雷霆怒,又值三弟乘机嫁祸殃。
重话日前侍婢黄金钏,为吾投井故身亡。
父听此言须发指,火上加油就怒不可当。
家法立传施夏楚,不容分诉表端详。
个阵棒如雨落难禁苦,魂痛三千实切肝。
感得祖母得闻来劝住,就时拥护转回房。
多端解救才苏醒,无奈遍体斯时已重伤。
祖母含悲忙抚慰,嘱吾珍重勿出中堂。
自从个日承慈命,就养静怡红理棒伤。
后得宝姐灵丹方止痛,独系步履艰难未复常。
虽则患病在床诚困苦,幸免披翻黄卷在书窗。
合家大小都怜借,正系祸中得福难成祥。
我平生最喜入钗群队,今日病中常得傍红妆。
个的姊妹共丫鬟来不绝,温柔乡里纵使病何妨。
第一知心林妹妹,情投意合世无双。
想佢昨天来问候,刚逢我睡着在此牙床。
佢玉手相推将我唤醒,见佢惨淡花容带泪光。
哽咽几回方启齿:叫我前车当鉴莫遗忘。
此时正欲将言答,唔想凤姐声来自外厢。
就时辞别回香阁,后门趯出甚浪忙。

想我杜门夕来修游履,神驰常恋馆潇湘。
一日三秋从古道,亏我片刻暌隔就似几年长。
虽则目前佳丽应如许,怡红来往尽群芳。
独系知音举目人应少,唯有颦儿最合我心肠。
幸得蒹葭玉树常俟倚,但愿他年伉俪结鸳鸯。
免至情丝紧系愁难尽,相思无主自凄凉。
我乃多愁多病痴情子,都为倾城倾国俏红妆。
宿恨未知何日了,天涯咫尺愿难偿。
怀人旦夕垂清泪,罗帕啼痕不暂干。
不若将此鲛绡贴赠佢,或者佢芳心能会我呢苦衷详。
惆怅几回呼侍婢,悄对晴雯说事章:
"鲛绡携去潇湘馆,为吾送上黛玉姑娘。"
话毕晴雯承主命,轻揭珠帘出外厢。
玉步慢移穿曲径,来至深闺进入绣房。
黛玉开言忙细问:"妹尔因何到此方?"
侍婢上前含笑答:"伏为小姐要知详,
只因公子差奴到,送上罗巾共请安。"
话毕呈上鲛绡帕,颦儿接转自思量:
只见洁白素罗身皎皎,泪痕渍满在中央。
未省罗巾赠我原何意?教奴俯首自徬徨。
几度徘徊偷想过,忽然领会觉心伤。
须知所赠非无故,万千愁绪都在此中藏。
堪羡多情谁可比,不负垂青眼一双。
左想右思情惨怆,神魂今荡漾,
只着嘱鬟归去谢佢情长。

宝 玉 心 迷

暑热困人生苦恼,妆台斜倚闷恹恹。
人间富贵红颜女,描龙绣凤度芳年。
想我倾城倾国终何用,多病多愁日倒颠。
良医每嘱叫我清闲养,所以琴棋针黹总唔拈。
独坐兰闺多厌倦,不如消遣出花园。
意欲访寻云妹妹,又想去探稻香村。
料想湘云难久坐,必然在宝玉绛芸轩。
想完即便抽身起,不用鬟跟步向前。
轻轻步出花园去,只见奇花瑞草色鲜鲜。
桃树如云阴匝地,山榴似火叶相间。
风舞绿杨生翠色,蝉声断续可人怜。
轻印苍苔穿曲径,又见佛桑红紫斗鲜妍。
步出栏杆频着目,烟景繁华别一天。
满沼荷花香喷鼻,嫩红娇白舞风前。
见佢似笑如羞开并蒂,恰似英娥姊妹在水云边。
又见水荇牵风如似带,侍女偷来采白莲。
柳腰轻摆转过蘅芜院,又见红稀绿暗草芊芊。
回头修竹千株翠,金钩双控在绣帘前。
园中景致观唔尽,做乜丫鬟唔见个在花边。
我想宝玉近来多放纵,把个的情词野史日流连。
不过都系才子佳人私撮合,偷传玩物表情坚。
今日宝玉麒麟他打失,又怕佢是为非弄倒颠。
今宵悄悄到怡红院,见机行事察二人言。

刚刚行到书窗近,听见湘云屋里笑声喧。
细听已知经济事,又闻宝玉慢开言。
又话林妹并无其语讲,若然有话我就不如前。
黛玉闻言惊复喜,长吁一气见心酸。
喜我衷情素日与佢同知己,真正高山流水不虚传。
做乜在人前就把私心吐,嫌疑不避乱开言。
信既然与我成知己,岂无金殿负文鸳。
何必又将金玉论,尔有名无实怎会不情牵。
又来了宝钗一个贤姐姐,亏我九转肠回倍惨然。
又苦我个爹娘身早丧,举目无亲实可怜!
亏我满腹真情闲似水,铭心刻骨唔知对也谁言。
况且近日神思加恍惚,妙药虚劳旦夕煎。
气弱血亏成病症,红颜薄命欲久难延。
想到此时加倍苦,泪珠如雨湿腮边。
意中人去同相会,满怀愁绪步难前。
手执绣巾频拭泪,罗裳风卷转东边。
宝玉穿衣移步出,举头睇见一位女婵娟。
正系林家娇妹妹,罗衣月白绣带翩跹。
绿鬓堆鸦人窈窕,偏偏斜插翠花钿。
手持一把班姬扇,湘裙六裙曳金莲。
此景此人真可羡,飘飘疑是降凡仙。
行如风动三眠柳,凭似轻盈太液莲。
又见佢罗巾似拭腮边泪,弱体迎风欠自然。
趱步行前微笑道:"妹妹如今欲往哪边去?
为甚桃腮还带泪?不识谁人冲撞乞对吾言。"
小姐回头知宝玉,只好改悲为喜笑开言:
"奴奴无事游花苑,何曾懊恼上眉尖。"
宝玉笑说:"还不认,至今犹带泪痕鲜。"
亲袖与娇同拭泪,娇姿迭后退金莲。
就话:"因何口倒颠,举动行为欠大方。

恐怕一时泄漏春消息,我的芳名玷坏欠光鲜。"
个阵秋罗扇掩桃花面,羞不展,
欲言还腼腆,宜嗔宜喜可人怜。
兄宝玉,诉因依:"亏我对景忘情妹未知。
记得玉娇曾有话,但话事到情深以死继之。"
黛玉含羞将语道:"纵然尔死我亦都唔悲。
总系遗下此金无下落,又可惜个只麟麒永别时。"
小姐说声犹未了,宝玉顿时急竖眉。
赶上连呼林妹妹:"不识此言咒我定系要吾悲!"
黛玉见他颜色变,自惭言语欠寻思。
又见佢通红满面流香汗,只着把绣巾同佢拭冰肌。
悄悄低声:"言语错,平时惯讲尔岂有唔知。"
宝玉痴呆空对面,定神久后说言词:
"妹呀,千万尔将心放下。"又见妆台听见魄魂飞。
说:"我有什么心不放,有何闲事要我用心机。
我实想来唔晓得,望兄明示话奴知。"
宝玉听完娇妹语,一声长叹锁眉尖:
"妹呀,尔系一个巧乖伶例女,一言唔识想成痴。
纵然真正唔明白,把我素日心肠枉费思。
尔日日在深闺眉蹙损,汪汪垂泪怕人知。
只为深思远虑全无定,亏我满腹衷情付水湄。
莫道话不才当日错,尔地红楼闺女亦该知。
皆因妹妹心唔下,至此弄成病症日操持。
妹呀,疾病每从烦恼起,何况病后加愁乜了期。
勿话大夫诊脉全无效,纵有仙丹难救尔断肠时。"
娇听罢,搏合口,今日新愁又接着旧愁。
细想言词还恳切,思来句句合我心头。
一片微衷难启口,娥眉空盼恨悠悠。
宝玉神思俱不定,心随云散不能收。
从来有万语倾肝胆,今日欲说分明有句话头。

这阵宝玉无言娇默默,二人对面自生愁。
久后见娇轻咳嗽,又见佢秋波难阻泪双流。
见佢纤腰袅袅回归去,连忙呼妹诉情由:
"我有一言诉上娇宽宥。"
携玉手,多娇眉紧皱,连忙拂脱咁满面娇羞。
不须叨絮个的闲言语,岂有将人一旦付东流!
话完趣步穿芳径,花叶浓遮恨未休。
发呆花边频极目,怎想丫鬟在后头。
只为宝玉慌忙唔带扇,送来却热免担休。
见佢与一美人花下立,潜踪隐迹慢凝眸。
久后玉人回转去,忙来花底诉情由:
"做乜暑天唔带扇?我又问尔无精打采为谁羞?"
宝玉此时如梦醒,忙呼妹妹泪双流。
从来未敢言冲撞,等我诉明此事免担休。
我为尔深闺弱质成痴病,至使我惯病长年不自由。
愿娇保重千金体,莫因闲事乱心头。
袭人听罢他言语,个阵惊疑不定见担休。
手拍香肩将语问,不识一番情景为谁愁?
宝玉失惊知话错,汗湿罗衣面带羞。
顿时夺了个把真金扇,发脚如风出外头。
暗恨真情鬟识透,谁能够,寸心何日就,
怎得大观园变作秦楼!

宝 钗 送 药

自系怡红探病佢日回家后,亏我愁怀终日闷恹恹。
奴系宝钗红粉女,薛姓由来正妙年。
一从随母京华住,怎想风流结下呢段五百年冤。
只为我母与贾家系表戚,至此往来日夕快盘旋。
佢思荣府第系佢宁国,繁华富贵乐无边。
况且宝玉个种多情人所罕有,超群才貌正青年。
翩翩浊世一位佳公子,堪羡风流态度胜神仙。
私心久已还痴愿,空我几回相忆暗相怜。
记得萱亲常有话,当初曾有一真仙。
话奴个把金锁有奇来历,但系蓝田美玉就系良缘。
想我当年也亦闻人说,话宝玉生时有一种异端:
口含美玉通灵宝,莫不是意中人系我素日姻缘?
但系所妨黛玉林娇妹,自小投亲在佢个边。
佢两个情投兼意合,几多怜爱意缠绵。
食寝何曾分两地,胜过同胞姊妹先。
况且贾母殷勤养育当佢亲孙女,岂有为人唔共佢早定良缘。
只恐我镜花水月成虚想,眼看佢日长金殿宿文鸳。
想到此情魂欲断,唉,未晓奴奴金玉是否系姻缘?
记得佢为琪官个段无辜案,金钏怀愤把身捐。
奏着贾政系佢严亲亲听见,个吓佢雷霆发怒欲亦都难言。
唉,家须则系本应唔在咁性烈者,□忍佢几回失魄苦受笞鞭。
后到贾母求情方解免,就在怡红静养眼见病势缠绵。
未晓信血染罗衣痕已愈否?不若行前送药慰情牵。

长叹息,自抽身,直到怡红深院那边行。
日移花影栏杆外,重帘不卷寂无声。
行近纱窗鬟入报,袭人相见笑吟吟。
宝钗轻启樱桃口,悄语低言问一声?
"你公子身中无恙否?比做昨宵曾否见安宁?
今有药丸一包交过你,调搽须用井泉清。
莫多劳动佢千金体,自然安养得神宁。
唉,总系佢年少不该行事错,岂可猖狂作事当为轻。
不独高堂为尔心伤苦,就系我见他如此恨亦难平。"
话尚未完闻:"住口!"唔想宝玉床中尽听真。
一声揭起红绡帐,见佢眼含秋水泪盈盈。
粉痕羞满桃花面,低头拈带点无声。
深情欲诉愁难忍,一种矜怜更可人。
沉吟伏枕偷思怨,难为佢姊妹得咁情深!
想我不过蒲鞭微受辱,引佢暗地哀怜为我特临。
千般过爱言难尽,岂堪连累佢姊妹伤心。
设使我宝玉若然遭不测,个阵佢地为依何日泪始唔淋。
深情多感娇怜悯,就系死归黄土也亦甘心。
正在踌躇神未定,忽听宝钗撩鬓把言陈:
叫句:"袭人娇妹言其事,未晓何人弄舌根?
至今佢受千般辱。"又道:"娇姿详诉姐尔知闻。"
叫一句:"姑娘劳尔动问,等我从头慢慢细说原因。
只为琪官藏匿个段公明事,尔个令兄疑佢共宝玉同行。
是以谣言散布心怀忿,故此堂前触起佢父生嗔。"
宝钗听罢长吁气,怨句:"长兄何必咁为人!"
宝玉见娇长叹息,忠她怀抱暗生嗔。
连忙启口开言道:"姐呀,外人言语总难凭。
想你令兄与我同相厚,断无此事莫信为真。"
知意宝钗回语答:"公子呀,你亦晓我兄平日惯横行。
此后交游须要谨慎,莫随他去又惹是非生。

千金责体须知爱,凤凰莫入猛鹰群。
况且我兄性格原横梗,岂似公子温柔敦厚善体人心。
休学个种风流成浪子,望君还要识重斯文。
个阵成欢自得双亲喜,不枉祖母殷勤一片苦心。
奴系至亲方正话你,剩口唔休话过别人。"
又道袭人复说金钗事:"只为佢盗钗环起祸根。
可恨丫鬟抱屈身投井,累及公子凄凉受苦一勻。"
宝钗细说回娇语:"我想至爱无如手足亲。
环儿异母难同气,触起我家庭兄母越觉销魂。
我今暂别回家去,姐呀,你便殷勤善侍小东人。
明日再来相探问。"一声珍重转前行。
袭人相送出怡红院,宝钗移步再说原因:
"若须公子要需何物用,尔便差鬟前到我边临。
奴奴房下诸般有,不须堂上去回音。
本待略谈片刻方回去,怎奈蘅芜远树日已西沉。
今番与姐同分手,无劳远送且回身。"
莲花步步花苔印,风阵阵,罗裳香远近,
我且暂回书馆伴东人。

黛玉恨病

行到潇湘门口近，雪雁近前来看佢。
共扶小姐归香阁，倒卧牙床事不明。
轻揭绣衾来盖下，守住床前泪暗倾。
急欲延医将主救，无人商酌越见孤云。
这种凄凉心又忿，忽闻门外有人声。
探春随母先来到，共传贾母到来临。
李纨熙凤跟随去，入到房中叫姐身。
因何忽染沉疴病？千金不保作泥尘。
见佢痴迷存一息，越使惊疑心不放。
恼气伤肝成恶病，有何缘故咁痴情。
若是果因亲事佢唔如愿，大家儿女识书尘。
枉我一场恩爱育，不觅悲声难讽传。
众人正在旁边劝，贾琏请进太医生。
众姐抽身回避去，床边留下太夫人。
太医一见先行礼，转身来把脉调停。
诊完已晓其中病，略说几句外厢行。
片时方药俱齐备，贾母叮咛各婢身：
"须要小心侍奉汤和药，且看明朝怎酌斟。"
又道熙凤上前来奉劝："晚膳安排已日昏。
料想姑娘非险症，不须休虑老年心。
请回内阁身安息。"大众随同出外行。
紫鹃一面烹茶药，个种凄凉泪满衿。
好事变成冤孽债，可怜孤客病青灯。

怎得姑娘心醒转,好同筹策过芳辰。
不想黛玉病虚精血少,一时悲怒两交深。
痰上火冲迷本性,故此霎时狂病失其身。
挨过半天心渐醒,微开凤眼气吟吟。
轻移玉体愁无力,低声微嗽话难伸。
紫鹃一见忙拭泪,上前来问好殷勤。
黛玉相看何恨苦,满腹含愁欲细纷。
便问开箱取出金和玉,又道诗稿瑶琴在榻跟。
紫鹃恐主重伤感,温言劝姐勿劳心。
且请凝神来服药,望祈保重我千金。
黛玉无言将药弃,检还旧物泪珠淋。
剪碎绣巾和绣袋,几回哽咽苦难禁。
枉我存收为表记,今日眼白白将奴一命收。
又把诗稿攒齐将火化,费我多年用意深。
几多赠答估话成随唱,岂料空言今日付消沉。
曾听琴音来讲学,问你指法如何咁妙精。
空惹情牵动指拨,见物相怀悔未能。
恨将桌碎消我心头愿,件件排来来索命真。
非我病心成此病,实系赚奴无二用心勤。
如今飘叶随风冷,把奴厌弃当泥尘。
不死有何颜与面,青春之丧怨前生。
悲到极头无解救,几回欲绝又番生。
春□虫声灯影暗,凄风讽语入窗前。
一阵神昏难坐住,又到牙床病不胜。
一气如丝双眼闭,因知人是似失云。
紫鹃众婢多悲切,连忙哭叫振声喧。
又见凤眼微开红透出,略停喘定半时辰。
凄凉叫句:"紫鹃妹,枉你当年相伴一片心。
指望终身同快乐,谁想半途今日惨相分。
命薄双亲嗟早丧,眼前有个实心人。

共尔如同亲姊妹,致嘱叮咛你在心。
眼见孤身将死丧,尔件件安排细斟酌。
停棺照旧潇湘馆,千祈日后带我南行。
等我亦得回乡依父母,免使抛留异地作孤魂。"
话未完时心又痛,再欲开言似未能。
哭痛紫鹃真惨切,声声愿共主归泉。
一众把他来劝住,看真情景把衣穿。
着人来去报明白,办佢后事勿迟延。
此时哭死终何用,还须商酌事为先。
紫鹃拭泪来观看,万般悲切语难传。
尽地咁多情与义,眼前奴看好心酸。
纸短书长难尽表,请看后,了此恶姻缘。

黛玉弃世

情切切,泪交飞,紫鹃含恨锁双眉。
心头小鹿东西撞,人世难寻续命丝。
我想往常小姐沾微恙,姊妹人人候起居。
今日沉疴不起人将逝,正系命在须臾旦夕时。
莫道众人全不到,就系太太与夫人只作不知。
始信人情多反复,分明昨是与今非。
适道中堂人有一个,都为宝玉完婚已有期。
因办洞房花烛事,故系调汤侍药都系我共雪雁操持。
斜倚曲栏心欲碎,竹风蛩韵助人悲。
此际小姐未知生与死,忽然想起倍神驰。
牵绣幕,卷珠帘,轻轻移步到床边。
见姐微微气喘红双脸,四肢难动口无言。
弱体覆衿形似纸,我怕千金条命不能延。
肠断几回呼:"雪雁,妹呀,尔快叫奶娘来此见妆前。"
谁想奶娘一见千金面,哭声唔出泪涟涟。
紫鹃越发魂飞散,又见斜阳近晚天。
小姐若然真不测,叫我女流怎晓殓妆前。
今日凄凉偏遇着佢地繁华事,欢会悲啼共一天。
想起宝玉近来真薄幸,往常恩爱化云烟。
虽则今宵鸾凤配,做乜体住姑娘病死得咁心偏。
四路无门将气死,忽然想起稻香村。
料想孀居唔理事,就命丫鬟请李纨。
小鬟领命忙移步,竹林绕遍曲栏边。

园中景致无心问,来到兰房步占先。
匆忙难待人传报,即便潜身入画帘。
睇见李纨教子裁诗句,举笔沉吟用意专。
带泪行前将语禀,就话:"我的姑娘将近丧黄泉。"
李纨听罢她言语,魄散魂飞上九天。
心迷唔顾高低路,抽身携婢出花园。
慌忙不暇来盘问,几回跌倒在花边。
一路行来心暗想,可怜妹妹咁运遭。
此女玉容尘世少,才如锦绣更堪怜。
世间多少如花女,怎似佢貌如芍药带晴烟。
不独天下美人难比并,就系素娥青女也亦徒然。
鹤标最怜才二八,娥眉无复冠三千!
莫话闺中姑嫂多怜爱,就系下人哪个不哀怜。
咁样做人偏寿夭,红颜薄命不虚言。
伤心想起王熙凤,真正人怀恨上眉尖。
计设偷梁和换柱,至此奴奴唔敢探妆前。
未知妹妹身沾病,难尽心情实挂牵。
凄凉泪染芙蓉面,嗟命蹇,
妹死恩情断,可怜年少就为泉。
频拭泪,绕栏杆,看看行近馆潇湘。
两扇朱门分八字,只见寂寂无声好断肠。
想必姑娘身已死,唔知衣衿何样殓红妆!
慌忙步入潇湘馆,并无人影几凄凉。
适值紫鹃移步出,二人相撞为心慌。
李纨细把丫鬟问:"比做姑娘怎样酌量。"
紫鹃苦切难开口,遥指兰闺过佢看。
李纨不复将言问,连忙飞步入兰房。
行动床边心切切,泪珠如雨洒衣裳。
连叫几声林妹妹,见佢并无言语心实伤。
久后微微舒凤眼,似乎相识倍凄凉。

见佢桃唇轻欲启,只不能言切我肝。
又见佢绿鬓蓬松云乱挽,只闻气出少收藏。
眼盖微红无点泪,难为死得咁悲伤。
今日我呢凄凉人到凄凉地,新愁旧恨意茫茫。
又见紫鹃挨在牙床畔,闭埋双眼面色青黄。
涕泪交加流不止,李纨苦切共佢商量:
"目下个姑娘逢与大限,尔便快取罗衣共绣裳。
锦褥翠衿俱整备,如迟一刻就难当。
佢系一个深闺红粉女,不可临终一阵有的收藏。"
紫鹃听罢她言语,个阵凄凉实恶当。
号啕大哭惊天地,丫鬟几个断肝肠。
李纨越发心无主,泪沾罗袖抹唔干。
开声吩咐林家妇:"命尔传言到外厢。
即叫管家忙买力,姑娘后事速商量。
此事不须回太太,面禀前来到此方。"
传来晚膳无心食,李纨紫鹃倍孤寒。
忽闻一派笙箫响,香荡漾,窗外云光亮,
亏我伤心难忍见姑娘。

宝 玉 相 思

花烛好,月腾辉,洞房春色喜溢门楣。
此夕金碧画屏开孔雀,芙蓉绣幕待牵丝。
想我宝玉姻缘应有再误,丝罗明是许订黛玉佳期。
百年今遂三生愿,不枉我栖鸾当日种就连枝。
正系蓝桥得践裴船约,夭桃秾李正当时。
罗绮风流欣独占,安排金屋待娇姿。
春风解释平生恨,任凭彩笔画双眉。
静里思量心暗喜,笙歌缭乱向人催。
共道洞房筵已设,付言公子莫迟迟。
酒绿灯红添夜景,交杯传递醉金卮。
个阵眼波偷看筵前递,见佢体态风流不似旧时。
虽则旁立个侍儿明系雪雁,做乜低头无语似有满腹愁思。
反复思量看佢仔细,恰似动静分明似薛宝儿。
独恃翠绕花围难以细辨,鱼目和珠未识是非。
含情欲说人苦无人问,只着怀疑把恨懒会佳期。
一声长叹独入红绡帐,蒙眬双眼自见神痴。
忽听帘钩玉响似有人声至,无奈拥被低言细问:"是谁?"
只见银台烛影将明灭,睇真原是妹娇姿。
揽衣推枕我就徘徊起:"妹呀,做乜月落更残到得咁迟,
别来无恙见你容消减,莫不是为依长日病相思?
知卿得慰我呢相如渴,乜事见面无言不发一词?
今日我病中情意坚生死,独惜日夕销魂你总未得知。"
试睇屋梁月落三更转,只见环佩无声步悄移。

含恨近前呼句宝玉："往事前尘你可尽知？
从此风流又付你，既有今朝何必又有初时。
此后我南归休要再记，凤鸾新偶正好乐效于飞。"
话完即便抽身起："君呀，相逢从此渺无期！"
个阵宝玉慌忙忙把罗袖扯："妹呀，多情何苦独自咁伤悲！
今日我薄幸明知亏负你，也应怜念慢慢讲句呢段心期。"
唔想鸡声惊唤离人醒，蝶化南柯一梦飞。
起凭鸳枕添惆怅，正是杜鹃啼血五更时。
回头见袭人旁侍立，低声携手问句娇姿：
"近来可到潇湘馆，比如风景似否前时。
花烛昨宵究竟是谁代女？教人疑惑暗里难知。"
又道袭人轻启齿，朱唇慢展吐言词：
"为君当日把佳期定，怎奈佢病中憔悴力难支。
只着就把薛宝姑娘来代替，君呀，姻缘一定百载难移。
我想钗黛本来同绝色，温柔情性此更堪思。
况且龙桥初度双星夕，潇湘魂梦早赴瑶池。"
闻此语，倍伤悲，昨宵情事果真奇。
只话春梦无凭难尽信，怎想伯劳燕子咁就各自分飞！
亏我命薄哪知缘更薄，呢阵花月欢吟莫问往时。
只恨高堂无见识，听人言语总不寻思。
明知金玉姻缘误，怎好把我监成配薛宝儿。
十载温柔胶漆似，两人心事岂有话唔知。
无端扭断同心结，正系续命无丝恶主持。
韶华一梦随流水，纵使决尽江河莫洗此悲。
今日并头有意花空种，连理无心树枉移。
茜纱窗下怨我无缘分，黄土垄中卿你命薄可知。
独系心事未明咁就生死两地，
不若行前哭奠慰吓我呢别恨痴迷。

宝玉哭潇湘

移玉步,到中堂,相随姊妹问晨安。
略坐片时忙步出,触起伤情泪两行。
往日与娇同定省,今日未识渺渺香魂在哪方?
回栏转出庭中荡。
心想怆,再把桃源访,今日神魂颠倒为着娇忙。
忙转步,入园中,尔睇满园春色共朦胧。
清香阵阵随风送,落叶残枝满地红。
将身行近埋香塚,触起从前泪满胸。
曾记昔年娇在此,埋葬残花苦万重。
曾题诗句将花咏,曾同哭泣诉情衷。
今日岂知人作梦,亏我犹如利剑刺心中。
此后落花更有谁怜悯!
愁万种,为奴心切痛,我只着带愁含恨转入怡红。
临曲径,过庭中,又只见盈盈开满玉芙蓉。
伤心触起晴雯事,更觉衷情血泪红。
将身行近芙蓉下,叫句晴雯泪满胸:
"妹你阴魂日在花丛动,可见颦卿佢玉容?
若然得见娇姿面,烦劳贤妹共我代诉情衷。
你话祸因起及王熙凤,恳娇尔阴魂含恨切勿相容。
求娇尔千万把我衷情诉,前言唔讲妹尔亦尽知踪。
尔话姻缘复到来生种,言词委托望你相从。"
又只见太阳日出东方红。
珠泪涌,知心人断送,不若我下阶移步别却这芙蓉。

回栏直出到潇湘,你睇庭中寂静甚凄凉。
竹梢风摆撩人怆,花木凋零实可伤。
野草绵绵生满地,花苔软软砌盈墙。
蜘蛛结尽千层网,兰意空留十里香。
举步近前临寝室,做乜烟尘无点却如常。
想娇你阴魂不散在此来往,故此寂寞无尘这一方,
你体花枝招展摇风响。
心想象,转入兰房上,亏我一见娇姿灵柩碎我心肠。
频拭泪,叫句情人,此回难望共妹尔相亲。
伤心触起从前事,提起当年欲断魂。
至卿初到我寒门地,胜似同娘一母生。
自小花前同耍乐,全无一事不同群。
也曾潇馆同玩笑,曾在怡红乐步阴。
也曾促膝谈心事,也曾携手步芳林。
花间多少繁华事,常祈永远不相分。
怎想冤家起及萧墙间,真忿恨,暗重机谋运,
至此幽冥两地拆离群。
含啼再哭一声娇,知卿香魄在何僚!
你兄今日前来吊,做乜园亭花木静萧萧?
往日莺啼鸟语情何妙,今日空余蜂蝶把花朝。
此后唔望春游芳草地,难同元夜庆年宵。
夏日荷莲开正妙,难同池上乐逍遥。
中秋唔望同姑娘赏,难携菊酒共相邀。
唔望芦雪亭中同咏雪,可惜红梅仍放在花寮。
今日花木未知人已渺,还仍开放暗香飘,
亏我触景伤情难说笑。
心苦叫,为姑娘魂渺渺,恨只恨小生命薄故此断了蓝桥。
频着眼,看娇灵,亏我含啼血泪涌如倾。
想娇万种情和性,才如蔡谢又娉婷。
羞花闭月谁能比,联句吟诗压省京。

可叹红颜多薄命,致令今日赴孤零。
亏我叫断肝肠难见应,可惜玉碎珠沉一旦倾。
忽闻步履连声应,唔想举头睇见一位女娉婷。
此际我乍惊着吓凝眸认,原来娇妹尔个位婢娇英。
见佢手执香□移步到,带怒含悲把步停。
行近叫声:"贤妹妹!"扯住罗衣泪暗倾:
"一向在于何院寓,姑娘深感你多情。"
连问数声无一应,又只见佢满面嗔容不发声。
知姑娘为忆贤娇病,埋怨愚兄是薄情。
恨只恨怎能借得三江水,等我便把衷情尽诉清。
若然娇你唔烦听,待我逐一从头把怨诉明:
"此后见娇如见姑娘面。
心似箭,望把前情念,望娇你高明见察我衷情。"
紫鹃听,泪双流:"公子你含啼着甚忧!此非薛氏姑娘柩,何来在此泪双流。
此乃荒凉凄楚地,因何公子你到此芳幽?
想你欢娱燕尔新婚后,何来在此把身投?
今日害得她青春少嫩归黄土,还来在此不知羞。
我娇福薄难消受,请归回转凤阁龙楼。"
话完便把香灯上,带泪含嗔把泪收。
下阶转出回门后,转入东林个便由。
这时宝玉好似黄连吞入口,眉黛皱,气死回生后,
今日前情辜负尽付落水东流。

宝玉入闱

梧叶落,雁悲秋。一场春梦不常圆。
空空色色终成勿,回忆前尘但怅然。
想我宝玉生在豪门娇养惯,莺花寻乐度芳年。
温柔乡里清闲客,风月场中快活仙。
穿是绮罗餐是玉,般般随我悦心田。
有何不足更想去超尘劫,欲遁空门学证禅。
只为一个多情林妹妹,令我万念俱灰几咁惘然。
想佢共我两小无猜同一处,彼怜此爱极缠绵。
嘲风弄月阶前共,结社联吟乐事篇。
大观园里群芳会,十二金钗佢占先。
玉洁冰清尘不染,早已渴望他年订凤鸾。
正系同心相印多时久,唯恐花残月缺欠团圆。
谁料天果不从人愿,竟使潇湘馆里锁愁烟。
都为佢多病几经同菊瘦,痰中带血已多年。
是以祖母嫌佢唔合配,另择宝钗姐姐共我结良缘。
凑着个凤姐亏心行诡计,移花接木不堪言。
叫大观园里上下皆瞒我,齐声说黛玉与我结并头莲。
所以扶着新人行大礼,还是潇湘馆里众婵娟。
我带病悲亲原懵懂,斯身不辨但欣然。
谁料合卺个宵吾喜事,正系佢茹苦含辛落九泉。
后来病醒方知错,方晓得来人不是我意中缘。
又闻妹妹那夕已仙游了,空剩幽魂化杜鹃。
我这阵衔哀神不守舍,霎时痴想半成颠。

似从梦里寻她去,一个和尚法号空空导我前。
三十六天同遍访,始见管理群芳警幻天。
倏然妙境人稀少,怎想佢前身原是绛珠仙。
只因当日凡心动,堕落尘寰十几年。
已自返本还原归旧处,重登福地乐无边。
意欲近前呼妹妹,相思一诉解我愁怨。
谁料佢茫然不记前生事,待客客礼甚周旋。
谓我系神瑛侍者频相唤,令我夙因唔悟重尘缘。
此时即欲留修炼,一共超凡证上仙。
空空和尚苦劝我暂且回归去,谓我未完俗累要迟延。
"直等秋闱试后乡魁中,亲显名扬尔事亦了然。
这阵我在前途相等尔,闱后同登极乐天。"
我醒后片言常谨记,立意栖真病亦痊。
料想流景恰似金梭掷,秋闱明日送才贤。
慈母娇妻何限喜,叫人侍候几咁纷然。
文房四宝俱齐备,入闱什物万般全。
此时打点当前往,兰侄兼同去作七篇。
场后即将尘纲脱,皈首空门乐自然。
便与空空和尚为同伴,□崔飞声上九天。
纵使桂枝攀得亦系虚名挂,薄答劬劳我事已完。
再不从宦海繁华里,身入其中受佢纠缠。
自此火坑跳出旧莲界,贪嗔痴爱尽除捐。
独系去后可怜慈母苦,倚门翘望眼应穿。
佢估我此去无过三五日,便回奉晨昏解佢挂牵。
不想一别永成千古恨,长离膝下使佢泪潸然。
细想不孝定知难免罪,唯愿一人成佛七祖便升天。
重有宝钗姐姐还堪怜,半载恩情几并肩。
虽是这段姻缘非我愿,赖佢操持不愧系孟光贤。
喜得近来已自征兰梦,或者生得一年半载奉佢他年。
空闺寂守亦有人开解,始免佢吟成寡鹄恨终天。

想罢连忙移步出,片时来到画堂前。
一见慈亲随下拜,微微含笑近身边:
"外□明日用心文字里,笔锋横扫掩群贤。
个阵一举成名标虎榜,鞠育微酬慰你目前。
但系此去形骸虽隔神常合,梦云如在奉高年。
愿娘勿以吾为念,自娱晚景且欣然。
得快乐时须快乐,向来儿女眼前冤。
但得泥金帖报高堂上,即是孩儿酬答万般全。"
转身又向娇妻拜:"妻呀,我这一担功程要尔尽肩。
我想才全德备人难及,巾帼谁同你咁贤。
自赋桃夭刚半载,琴瑟齐挥在御弦。
并无一语曾交谪,我爱还兼你亦怜。
今日风雨倾盆分比翼,致嘱吾唯有一言:
高堂寝膳须勤侍,代吾子职望周旋。"
宝钗听罢伤情极,无言空自泪涟涟。
又道王夫人不住长叹气:"儿呀,暂别无过四五天。
做乜不祥言语纷纷乱,惹起我愁肠反挂牵。
想你从来娇养惯,一日离家当几年。
此去场中须自检,调护勤加食与眠。
但愿落笔如飞还早转,免使我遍倚门闾望眼悬。
你便快同兰侄往,等尔叔侄同科乐我暮年。"
宝玉无言唯有笑,飘然竟自出门前。
从今摆脱红尘去,朱颜缘鬓漫情牵。
正系霏微花雨蒲团里,别有逍遥自在天。

宝玉逃禅

痴魂一自归离恨,潇湘寒丽独悲秋。
一别难明千古怨,空怜八载共绸缪。
红颜命比秋云薄,月碎花残恨未休。
三生自怨无缘分,徒劳胶漆两情投。
忆昔茜纱窗下同欢笑,我宝玉痴心原望共你赋河洲。
怎识恩爱易招人所妒,虚言摆布为我暗易鸾俦。
自系洞房病里迷春色,今日李代桃僵万事休。
蝴蝶梦阑人已去,杜鹃啼血泪空流。
潇湘池馆无人迹,空余草色入帘幽。
知你泉台有恨无从诉,今日死生难改我铁石心头。
落花无主空被东风妒,招魂何处觅香丘?
昨宵庭外悲歌发,知是环佩归来月下留。
独恨阴阳两地难相见,返魂无术转成忧。
恰似星辰离合参商异,年华不忿咁就付水东流。
试睇彩云易散情同惨,好月难圆此恨怎休?
愁肠九曲黄河转,亏我明里开颜泪暗流。
回想红楼当日事,韶龄嬉笑过春秋。
娇嗔软语情何限,艳曲佳词意总留。
记得潇湘当日我把词挑逗,幽情发露渠□暗自生羞。
痴心一点为把残红葬,听到花零春尽个句我就替渠担愁。
讲乜蘅芜戏扑双飞蝶,艳笼红麝半含羞。
心迷见妹我把痴情诉,知佢亦却多情空为我绸缪。
尺幅鲛绡曾遗赠,试睇佢和泪题诗的血点尚未收。

233

芸轩梦兆鸳鸯绣，真正系情悟梨香分定莫求。
海棠结社添佳趣，丛菊留题赏晚秋。
螃蟹解嘲同讽咏，新词吐属尽是风流。
莫问大观重设宴，园林两度醉金瓯。
栊翠品茶逢妙玉，红梅白雪暗情投。
词吟风雨夜把潇湘访，笑我渔蓑烟笠妙语相俦。
曾记芦雪亭边同赏玩，联吟即景把诗酬。
灯谜雅制春游惯，暖香环，境清幽。
千金撕扇为博晴雯笑，佢重病中曾为我补呢雀金裘。
凤姐斑衣还效戏彩，罗绮丛中乐未休。
沉醉湘云眠芍药，满身花落认作衿绸。
此后石床尘积无人扫，飘残红叶绿阴收。
新装空与平儿理，裙忆香菱为解石榴。
又道群芳夜宴怡红寿，钗红黛绿共祝千秋。
琼筵开处花环坐，觞飞人醉月当头。
独有颦儿风雅尤难及，悲题五美句不胜收。
今日桃花社散人何处，词填柳絮谱亦空留。
品笛联诗多乐事，新词佳谶就赏中秋。
岂知聚散难常料，丫鬟衔恨抱屈风流。
《芙蓉诔》撰空把花魂吊，茜窗词句重倩卿修。
莫记抚琴悲往事，秋声徒惹美人愁。
杯弓蛇影卿更多情重，空怜绝粒枉为侬忧。
记得处禅个日已把心先醉，我重话一瓢只取□□波波流。
虽则姊妹同班皆义重，难及黛妹深情意重更周。
自系海棠宴赏失去通灵后，至使痴迷不悟中了奸谋。
闻你肠断潇湘亲焚却旧稿，嗟我问心难过你恨几时休！
正系一寸相思灰一寸，离天从此恨悠悠。
痴心累欲把芳魂候，痛我相逢无梦愈见添忧。
我想人生好极亦都系虚闲话，讲到死别生离边一个共得到头！
金玉纵成鸾凤偶，风流祸使我心愁。

今幸蚌胎珠朵更望早折呢蟾宫桂,等我优游昙花愿好酬。

独惜宝姐青春年尚少,去佢孤衾寒守一灯秋。

姊呀,比口非关侬负你,总系事到如今恶自由。

繁华勘破黄粱梦,罢咯不若尘缘摆脱早见清修。

蒲团夜坐三更月,心持半偈自优游。

纵使藕丝难忏今生断,定要荷叶圆添再世修。

但愿禅天双去好,高寒玉宇共你稳住琼楼。

兰因絮果因谌证,水壶心地贮清幽。

水月镜花成幻相,西方还向呢极乐中求。

凭他弱水三千里,终到蓬莱第一州。

船离苦海都仗慈航渡,免我今日住呢奈何天叫苦欲离愁。

他日龙华会上重相见,荷佛因缘慰我凤修。

散花有伴喜你同天女,个阵我任是顽石无知也点头。

坚心不枉呢今日园清净,莲花世界乐度春秋。

笑我禅心似絮已沾泥久,参已透,色空何所有,

茫茫彼岸不若及早回头!

南 音

清光绪年间广州太平新街以文堂机器版。

一　卷

梦游天虚

春梦好，托游仙，芙蓉帐里日长眠。
花气袭人浓似酒，嫩寒深锁海棠天。
春风一枕飞蝴蝶，梦入巫山思渺然。
只见楼台金屋排云出，正是春满蓬壶别有天。
丹耸流霞飞画栋，青侵瑶草入珠帘。
琪花并蒂含仙露，玉树连枝绕瑞烟。
红豆粒成鹦鹉啄，碧梧枝上凤凰眠。
回栏曲曲穿芳径，寻花问柳过前边。
忽听得环佩悠扬风远近，歌声传递似有人言。
我便随香缓步寻踪迹，好似瑶台月下会神仙。
见佢迎风仙袂飘飘举，绰约娉婷正妙年。
眉秀春山肌似玉，眼含秋水鬓凝烟。
桃花两朵腮边艳，髻挽巫山几咁自然。
莫不是呢汉皋解佩逢神女，洛浦凌波遇水仙。
抑或吹箫跨凤秦宫女，天台仙子下蓬瀛。
我且步上瑶阶深作揖，低头花下拜神仙。
叫一句姑娘劳你慧听，我宝玉得逢今日啫尽属前缘。
仙居此地蓬莱岛，未晓古洞云深乡在那边。
仙乡可许凡人到，乞求方便对吾言。
又到仙姑启口回公子，本是离恨奴居第一天。
愁海春山环左右，遣香云洞落长年。
警幻仙姑原是号，太虚留我掌情天。

君呀相逢此次非轻易,我且与君游玩证吓前缘。
宝玉喜随云步转,珠帘玉槛景无边。
回廊曲径花迷柳,不觉行行已到呢薄命司前。
只见琴窗高贮金陵册,十二钗名上下编。
举目案前观仔细,看不尽呢丹青词句记唔完。
回首问一句仙姑姑呀何故,个阵佢轻摇玉手笑启言端。
君呀仙机泄漏须牢记,自然日后略得唔前缘。
今番何必多根究,不若与君游赏到瑶天。
只见光摇珠户金铺地,雪照琼宫玉作檐。
仙花瑞草多春色,刚遇云房掩映又降群仙。
行近称句仙姑忙下拜,又到众仙还礼在花前。
正系云移雉尾开宫扇,群芳随霭宝炉添。
朝罢香烟携满袖,观见玉奴一茗进帘前。
龙团碧浸甘泉露,一窟千红品独先。
忽听痴梦仙姑忙启齿,叫句钟离大士听奴言。
记得当日蟠桃春色瑶池会,我把百花齐采酿金罇。
好将风月留佳客,就命引愁金女摆设华筵。
真是麟醅凤乳多珍品,万艳同杯玉液鲜。
度恨菩提先把盏,尖尖银甲捧到筵前。
小鬟劝酒催弦管,就命把十二红楼曲演先。
翩翩五色霓裳舞,行云响遏绕琼筵。
阳春一曲才歌罢,暂绮仙人锦瑟边。
宝玉起身忙告别,又到仙姑留挽笑开言。
公子呀你此来原不偶,莫话天台容易得会神仙。
知你凤根偶坠瑶池劫,我唤可卿贤妹啫共你暂结良缘。
双双携手共把珠帘揭,正是安排金屋贮婵娟。
一枕高唐人似玉,几番云雨意缠绵。
沉酣春梦迷蚨蝶,温柔乡里会神仙。
绿鬓低堕娇无力,起来依旧整花钿。
含情笑语呼公子,镜台同照并香肩。

妾居此地蓬莱近,一向唔曾出到院前。
君呀如此春风休负却,不若与卿游赏艳阳天。
红袖低垂携住玉手,个的春心无主两飘然。
行行不觉迷津近,只见茫茫白浪远滔天。
公子呀你彼岸回头须要及早,莫多留恋在此缠延。
奴今别你离天去,眼见得太虚从此就杳无边。
宝玉闻言魂欲断,叫句仙姑何不可人怜?
只话上前快步忙留挽,唔想偶然失足坠落深渊。
连叫几句可卿将佢唤醒,仿佛枕边环佩韵尚依然。
回首忽见袭人旁侍立,触起我呢春愁无限更情牵。
姐呀我有仙梦一番同你领略,又到骄恣含笑伴在床前。
风流细说个段鸳鸯谱,讲到武陵春色咁就暗度神仙。
正是相爱相怜情总未免,私绻恋,欢怀今遂愿,人间天上结就呢两段奇缘。

怡 红 祝 寿

风光好,寿筵开,月明如水浸楼台。
正是梨花酿熟新开瓮,又听得银箭初更玉漏暗催。
灯红酒绿围春宴,衣香人影共徘徊。
个阵红绡帐暖金钩挂,香焚宝炷更添灰。
只见花梨桌上罗珍品,金樽银烛映相陪。
数不尽兰馐兼桂酢,不减葡萄酒美夜衔杯。
艳香四面尽是花环坐,又到宝玉殷勤坐炕上陪。
只见佢花红小袄轻装束,青丝明衬紫金冠。
唇红齿白好似微含笑,仿佛傅粉何郎当日来。
钗黛风流分左右,丫鬟蝉鬓两边开。
其余列坐多装束,记不得觞飞红袖有几多回。
宝玉开唇轻启齿,深情今夜领姊送香醅。
正系良宵美会奇难得,惜无弦管更佐欢杯。
只听得芳官坐下就忙回语,朱唇带笑慢展香腮。
我有艳曲一支聊劝酒,愧不及歌声嘹亮响过阳台。

同细听,静喧哗,唱一套赏花时节暗谱琵琶。
低声慢唪珠喉朗,雅韵悠扬妙总莫加。
恰似花底莺歌迷院落,不减帘前燕语旁帘牙。
唱到麻姑手执青鸾尾,闲踏天门扫落花。
抚掌一时喧四座,赞到新诗真个玉无瑕。
此夕九重春色仙桃醉,就使天台刘阮也思家。
阳春一曲高难和,犹觉余香尚在齿牙。
宝玉开言呼进酒,妹呀何妨宣令效催花。
钗黛齐声称道好,兴取诗简安放列牌牙。
清词上刻泥金字,胭脂浓尽一枝花。
安排停当重斟酒,又到宝钗撩袖把签拿。
初宣令,牡丹春,艳冠群芳咁就妙绝伦。
天生国色无双品,香占人间第一春。
正系暮烟情态看如笑,任是无情也动人。
再宣令,杏花开,探春银甲慢掂来。
瑶池仙品真堪爱,上写日边红杏倚云栽。
画罢双眉抛秀笔,他日玉楼人醉倚妆台。
三宣令,李纨临,梅花浮动暗香侵。
寒姿霜晓自抱冰心洁,梦断罗浮冷月魂。
知道清高不竞呢凡花艳,竹篱茅舍自甘心。
四宣令,海棠娇,湘云轻把玉签摇。
春阴乞借为把芳姿护,香梦沉酣酒尚未消。
只恐夜深花睡去,故此高烧银烛照伴无聊。
五宣令,是荼蘼,麝月高擎第一枝。
正是韶华胜景春明媚,可爱泥醉红撩乱晚烟迷。
但只见开到荼蘼花事了嗜,个阵空剩微香影动暗自薰衣。
六宣令,并头栽,含笑香菱醉旁玉台。
双眼蒙眬看仔细,又只见联绕春瑞句偏佳。
真系东皇雨露无偏爱,尚把石榴裙解旧日徘徊。
自是春风释我呢平生恨嗜,连理枝头蕊正开。

七宣令,月初斜,黛玉轻拢翠袖遮。
诗牌艳写着各种芙蓉品,可惜清路风愁咁就尽写若耶!
醉窥秋水空叹呢湘江冷,莫向东风暗自怨嗟。
八宣令,碧桃新,玉手杯擎又到袭人。
知你武陵别境仙源近,眼转桃红又是一春。
别是无言能解语,果是天台有路度佢刘辰。
宣令毕,饮杯巡,不觉银壶漏滴转三更。
花酒共香人共醉,双双辞别转回行。
半醉颦卿呼一句宝玉,你睇乐事难寻夜景已深。
今宵暂别你转潇湘馆,待等明朝约伴再复前临。
个阵宝玉起来移步送,就命红纱分点几枝灯。
袭人伴送直上前头去,到个处沁芳亭畔始回行。
归到怡红重设宴,丫鬟分坐再倒金樽。
晴雯斜倚着个对鸳鸯枕,麝月床边伴住碧痕。
翠缕秋纹居佢左右,四儿春燕两边分。
只有宝玉共芳官同并坐,更阑尽夜乐饮杯巡。
不觉彩痕渐渐朱唇艳,酒力难胜各自起身。
只见晴雯醉倒咁就娇无力,只着共归锦帐暂歇香云。
又只见沉醉芳官浓睡去,任佢随同宝玉咯共官红衿。
纷纷各散兰房去,情莫禁,酒梦牵人甚,又听鸡声频唱报漏初沉。

芦亭咏雪

冬风一夜雪花飘,寒暖红衿晓晚绕。
宝鼎烟笼熏细细,重帘不卷冷香销。
披衣起傍熏笼坐,只见园林一派尽是琼瑶。
花径艳红飞絮白,纱窗和绿上芭蕉。
鸳鸯瓦冷霜华重,红栏隐约玉楼遥。
记得稻香村里前宵约,话在芦雪亭中雅会招。
诗盟共订群芳宴,吟梅赏雪慰无聊。
料想今朝姊妹皆齐到,不若行前先赴免相邀。

思量步出怡红院,只见玲珑四面晓光遥。
琉璃世界无边色,参差寒翠色干霄。
松梢低挂西山雪,可爱琼楼玉宇景色难描。
栊翠花开梅几片,暗香浮动冷风飘。
艳红着雨胭脂湿,枝头疏影尚属寥寥。
微露几枝墙外放,点缀分明雪尚未消。
正系春色蓬莱谁领略,罗浮清梦转寥寥。
泥香雪滑秋棠屐,踏遍琼瑶色未消。
太湖石上眠仙鹤,浸香亭外冻咽寒潮。
我便转过蜂腰桥上去,只见雪汀芦苇白消消。
近水亭环山一带,短篱幽径别逍遥。
开窗四面堪垂钓,一望无涯俗气消。
藕香路曲通芳树,石磴斜穿小曲桥。
忽见佳人转过湖山去,猩红身盖雪衣飘。
侍鬟手执一把青油伞,腰肢摇曳转过东桥。
行近认得探春贤妹妹,又见李纨熙凤把手来招。
岫烟却向亭前立,宝姐低头慢整翠描。
绮纹并倚栏杆立,湘云环衬紫金貂。
迎惜二春多态度,宝琴装束更飘摇。
黛玉身披狐白袄,大红花绉雪衣娇。
暖帽低笼时样鬓,双环腰系碧金绦。
齐声笑问来何后,又到探春回语答多娇。
我适从秋兴斋中去,故此与兄同饭步迟摇。
丫鬟一众呼公子,只见佢金藤笠衬玉衰飘。
海龙褂罩茄花袄,满身披尽雪寒潮。
携手亭边同列位,十三人共畅谈诗。
烹茶却扫花间雪,凭栏赏玩有几多时?
呼鬟卷起珠帘看,只见平桥飞遍絮飘飞。
寒山远失千峰翠,浅水光含一镜迷。
入幕怎随风默默,沾衣常带雨霏霏。

正系花因冷结红迟放,长堤疏柳景色迷离。
烟滞曲栏栖冻蝶,声喧寒雀啄高枝。
真正深院有亭皆玉槛,寒砧无地下瑶池。
枕霞阁上西风急,滴露亭边晓雾披。
凸碧堂阶笼瑞草,凹晶池馆尽砌玻璃。
暖香芳坞堆红叶,绦云轩景好题诗。
紫菱洲畔残荷尽,正是雪埋香冢落花时。
竹烟寒哨潇湘馆,蘅芜草色细如丝。
又听得一声深院梅花笛,莫不是梨香新奏个首晓寒词。
天公玉戏花飞蝶,片云头上雪又催诗。
一众围炉餐鹿脯,个阵湘云欢笑便挽乎儿。
裙履分题同咏雪,联吟字字叠珠玑。
口角脂香频吐凤,管教红袖竞采骊。
云笺艳献鲛人锦,彩笔同描织女丝。
潇洒美人夸咏絮,风流天子更擅清词。
吟罢李纨称妙句,果然才藻胜天姬。
剪翠裁红多绮丽,珠联璧合尽新奇。
烟霞满纸皆团簇,艳胜江郎笔一枝。
湘云七步仙才捷,都让钗黛风流独冠词。
正系魁夺菊花夸往日,朕吟香雪更羡于斯。
其余次第无高下,可惜怡红公子独少佳词。
须则杯酒未行金菊令,也要罚佢梳翠红梅去取一枝。
钗黛齐声称说好,又到湘云启口说言词。
试睇风寒料峭纷纷雪,扑面微飞冷湿衣。
我便奉兄一盏葡萄酒,古道酒可消愁请莫辞。
兄呀梳翠此行须着意,妙姑性情你该知。
若然取得梅花到,就系当日灞桥风雪不及今时。
宝玉领言身便起,就把玉蓑除下雪披衣。
花红暖帽金冠盖,板桥霜滑步迟迟。
阵阵寒风香扑鼻,梅红雪白望依稀。

正是西湖未访林逋宅,别女先寻玉女祠。
行到桄翠巷边忙叩户,又听得云房里面启柴扉。
相逢妙玉忙施礼,仙姑含笑启言词。
我道连朝风雪无人到,一任洞门封锁白云飞。
君呀你不嫌寒雪侵入骨,莫不是贪看梅花过我小篱。
今日雪径未曾因客扫,玉茗留君暂奉一卮。
闻言公子忙称谢,叫句仙姑详细听言词。
今日群芳共作芦亭会,红炉点雪共题诗。
只话特来相约谈同乐,知你珊瑚环佩未必肯下瑶池。
所谓分题即景联吟咏,争奇斗咏逞才思。
姊妹词华皆敏捷,独我推敲难定句偏迟。
故此寻春罚到蓬莱岛,特乞嫦娥借我一枝。
知你孤山守鹤多珍惜,望你怜我哀求请赐勿迟。
妙玉回言公子听,君呀试睇槛外才开有几枝?
正系山树有花休问种,请君移步别过东篱。
公子听,说原因,原来姑你未知闻。
湖山须有梅千树,难及呢艳香摇落日黄昏。
缟衣未入师碓梦,林下何妨访美人。
记得天台仙子逢刘阮,尚且碧桃留赠武陵津。
须则瑶根只合瑶台种,何妨割爱暂许凡尘?
仙姑知意难退却,顺情无奈赠与东君。
一点芳心和雨摘,唔想枝头惊动绿衣禽。
正系枝高出手寒侵袖,香摇寒雪落衣襟。
回头细语呼公子,梅花手执笑吟吟。
烦君送向亭中去,姊妹前头待至一音。
独系茅庵雪积封三径,故遣江南春倩报园林。
芦亭深负今宵兴,待等月明无事再到花阴。
公子依依忙告别,姑呀多谢梅花放下再临。
妙玉闻言无语答,粉面微红笑一声。
君呀寻春得意须留意,苍苔雪滑你慢些行。

逍遥步出庵栊翠,只见檐前风雪尚纷纷。
回望柴扉知紧闭,思量背地自沉吟。
几度徘徊愁倚竹,唔想疏篱犬吠一声惊。
手中落下梅花树,唉,可惜呢!残红飘堕雪中尘。
零落仅存花几朵,只话扣门重乞一枝春。
但系仙源有路迷春色,问津难许再到渔人。
就把疏枝来拾起,不如归去且回音。
无聊转过东桥去,芦亭相见笑吟吟。
湘云笑问归何早,前途风雪可相侵?
李纨带笑呼钗黛,难为佢咁快取得花临。
宝玉低头将语道,不知劳费几多心。
妙姑才肯将花赐,佢话雪晴他日再领清吟。
惜春笑共迎春道:妹呀妙姑原是有侬心。
探春接转微微笑,就把梅花递与宝琴。
熙凤唤环重设宴,绮纹把盏酒重斟。
胆瓶共着红梅品,重有岫烟奇句重惊人。
正系歌成白雪高难和,吟到梅花调更新。
个阵酒阑席散风初静,微醉醒,蒙眬双眼认,不觉寒林鸦噪远见日落西明。

宝 玉 葬 花

无聊闷坐闷恹恹,想我宝玉呢一段痴情实可怜。
幸遇林妹妹与我相依酬夙愿,点得他年伉俪早结良缘。
今日春愁最恼流莺啭,别无情事可解愁牵。
记得茗烟买得几本填词在,我且借消愁况免被病相缠。
迟迟步出怡红院,只见百花园内尽争妍。
槛外荼薇含宿雨,堤边杨柳挂朝烟。
莺声呖呖明如剪,做也撩人春色最是今年。
闲看碧磴铺苔藓,就坐太湖石上靠住绿杨边。
几回看罢西厢卷,亏我废书长叹都为惜芳年。
你睇莺莺君瑞都为着多情怨,求书退贼后许良缘。

今我痴情都少一个红娘姊，叫我相思情重倩也谁怜？
自古深闺人重比天涯远，不信千里姻缘一线牵。
何时得慰我呢情痴愿？满腹闲愁只可问天。
看来自觉心神倦，抛书无语自凄然。
只见落红成阵纷纷乱，片片飘来翠袖边。
东君有意空留恋，香国凄凉在眼前。
触起我回肠千百转，对此飞花无着恨溢胸田。
自昔花重与人同一样缱恋，点忍飘离长任淤泥溅。
不若载佢送入沁香桥下去，也学得水葬湘妃了彼俗缘。
频扫下，付水东流，随波逐浪出凌州。
当初雨露浓沾候，蝶恋蜂拶未肯休。
虽则十分璀春情透，都话但见游丝莫上楼。
点想无端重遇东风妒，几番飘泊感枝头。
名花自古能倾国，今日零落空随水一沤。
最怜花事残春候，亏我伤心无语替花愁。
徘徊不忍频移步，忽见美人林下影悠悠。
依依凝步垂杨柳，踏翠来寻杜若洲。
遥见佢桃眉杏脸春如许，秋水盈盈送远眸。
春衫月白斜红绉，容唔修饰越见风流。
肩挑翠凤翎毛帚，纱囊满把落花收。
近前相见频低首，见佢个一种风情重惹我一段愁。
同坐下，诉衷情，黛玉开言细叫兄。
看书何事在呢凄凉景？不若快同收拾个的繁英。
我为着飞花触起思乡景，命薄如花感此生。
寂寥芳院怜孤影，闲寻花底倍幽清。
情丝一缕浑无定，东风何事太无情！
愁红惨绿凭谁领，古道佳人命薄比花轻。
点想花你重比人生得薄命，三春弹指就尽日飘零。
今日携锄收葬实欲存花性，免使香花融蚀咁味却精灵。
宝玉闻言忙点首，妹呀我已曾相送佢出前厅。

你睇莺捎燕掠心何忍,玉碎香残把佢国色倾。

意欲将渠尽付东流水,莫使东风撩乱咁散返唔停。

黛玉答言非系正境,总怕浊流长日染佢芳馨。

要在太湖石上共佢立个埋香冢,免佢三生飘荡比似浮萍。

香随玉化尘根净,有缘同你再结来生。

皈依净土藏幽性,艳质依然一样清。

得逢你我大抵都系前生定,花呀你有灵应亦鉴我地两个多情。

兄妹殷勤齐葬毕,就在太湖石上结个段小花陵。

收艳骨,返香魂,东风无赖返三春。

落如红雨知谁问,想想成阴更怆神。

凝烟照月空留恨,难从风雨问前身。

一抔香土就把你灵根蕴,花你今生从此就了却凡尘。

独惜我潇然孤影谁怜悯,飘零空自感前因。

如花美眷徒增恨,似水流年易怆魂。

虽则美人千古都要归黄土,更无灵术可驻得长生。

总系我孤芳自赏情难忍,生平谁可话情亲?

未必青春咁就成飘梗,恐怕华发无端误此生。

知音自古难寻问,寂寥含恨对良辰。

似我咁样遭逢天亦怨,生成到处都种下愁根。

多情每被东风困,好似落花无主自伤神。

花呀似你咁凋零心点忿,只向花前问凤因。

亏我风露清愁同一样品,睇你一片残红就系我一点泪痕。

相逢信比天涯近,只说花能解语同你讲句情真。

点想风姨薄幸催愁紧,一瞬韶光乱落频。

长生有约难凭信,可怜离别是残春。

伤心对此凄凉景,几回肠断欲沾巾。

宝玉近前忙慰问,妹呀你有情何必咁苦苦伤神?

忙步起拭泪相辞,最怜花困怯难舒。

正系飘零两字谁挨倚,多情蜂蝶尚恋残枝。

何况我怜香忍话成抛弃,目视香冢与花陵不忍别离。

飞红满院如霞倚,飘如杨柳属谁司?
残香断送如流水,花呀若要共你相逢订过后期。
收藏艳骨应留意,好比玉钩斜钓咁一样伤悲。
大抵工愁却为衷情起,做也不见你开时只见落时。
正是华筵好极亦中填止,生成薄命枉寻思。
故园花事休提起,妹呀你为花怜爱重,要为己支持!
相看弹泪浑无语,只见晴雯寻主步依依。
穿花转到湖幽里,就见宝玉含愁态似迷。
便问与姑娘何事在呢风凉处?我只道为寻春色哪里游嬉。
原来兄妹在此把残花葬,恐怕你为花憔悴日锁双眉。
才闻太太传呼去,你便快些前往莫延迟。
宝玉闻言忙步起,就话妹你宽怀须转入香闺。
话完展步相分袂,见佢匆匆怀袖看一本新词。
黛玉闲聊愁徒倚,扶住晴雯步慢移。
行来触景皆愁绪,重寻风景闷依稀。
知谁断送春归去,不系卿愁怨柳丝。
林中剩有流莺语,枝上空教醒蝶疑。
成蹊自昔夸桃李,做也无言唯有泪沾衣。
无端更怕黄昏雨,好似五湖烟水葬西施。
当时艳惹人争羡,一旦凋零飘荡我替你凄其。
红颜生怕将花比,你话一落如花重怎样设施?
良辰美景成孤负,此情空倩落花稀。
今日葬花人笑侬痴意,他日葬侬知是亚谁?
一朝风尽朱颜异,花落人亡两不知。
思量愈觉愁难止,不堪回首绿阴垂。
行行转到潇湘馆,只见池边杨柳怅风悲。
最嫌曲槛莺歌语,佢重向人低唱个句哭花词。
分明惹我伤心事,寂寥无赖对斜晖。
离魂销尽低弹泪,一样卿愁托子规。
我想残生未必如飞絮,做也愁人唯有影追随,孤灯相伴神如醉。

何堪重读个首断肠诗,亏我愁多懒向纱窗倚。
谁可语？倍觉添情绪,恰好淡飏凉月咁入照香帷。

夜 访 怡 红

烟景媚,晚风光,花压栏杆永昼长。
柳絮扑帘风细细,呢喃飞入燕双双。
南园绿草迷蚨蝶,可惜春阴护海棠。
风动竹声闻雀噪,茶烟香绕碧纱窗。
正是东风不为吹愁去,使我春日偏能惹恨长。
百二韶光才转眼,又是花残春尽怎不伤悲？
自从病探怡红院,亏我触景怀人暗断肠。
杜鹃红滴珊瑚枕,恰似梨花带雨泪滴栏杆。
非关爱月眠偏夜,半为怜花起独忙。
卷帘怕问春消息,点学得呢喃燕语自成双。
芙蓉帐暖春如醉,恍惚昨宵神女会高唐。
梦入巫山峰十二,点晓醒来依旧在潇湘。
一场好梦又俾莺惊觉,正系恼人春色恨忙忙。
无聊闷倚栏杆上,又见榴花瘦减骨消香。
我便长叹一声愁掩镜,强扶鸳枕坐牙床。
曾记牡丹亭上曲,痴情暗令我心伤。
日间情事纷纷睡,恰似春梦难寻枉断肠。
话语未完闻步响,笑声遥隔外纱窗。
小姐思量知是宝玉,又听得金笼鹦鹉唤人忙。
只着含羞强作春昏去,行前公子启言章。
妹呀春宵一刻休辜负,为甚日间情事睡忙忙？
娇姿笑展蒙眬眼,只为春倦无心起外厢。
才起梳头方就枕,兄呀你寻春终日为谁忙。
腰肢倦起轻撩鬓,呼鬟宝鼎再添香。
紫鹃行近称公子,手捧香茶笑语忙。

公子回头呼小姐,妹呀我填词偏记在西厢。
佢话若得多情小姐同鸳帐,点舍得丫鬟伶俐任佢叠被铺床。
黛玉闻言羞启语,含嗔作怒启言章:
奴奴不是崔莺女,紫鹃何事错认红娘?
兄你痴心纵欲同君瑞,点好把潇湘来比佢西厢。
定向堂前回此语,问你有何颜面见得我姊妹行!
公子慌忙频作揖,妹呀恕我无心说出有乜伤肝。
无人听见亦当唔曾语,容饶一次也何妨?
从今不敢轻摇舌,就系蒲鞭示辱亦甘当。
平时讲惯亦都娇唔论,莫话一时言语怪我猖狂。
娇姿此际无言答,忽听人传入内厢。
怡红有事寻公子,宝玉趁机举步忙。
人去后,暗消魂,唉君呀何须深怪我当身!
非事奴奴真薄幸,只恐隔墙有耳外人闻。
正系怨我更凭人谅我,恨君原是半怜君。
流水落花空有意,独惜我留春冇意自消魂。
不知夜访怡红去,睇佢言词点斟酌。
须然难白我心中愿,究竟钟情不忍造薄情人。
思量暗自添惆怅,盼到日斜西落又黄昏。
趁着粉墙初月朦胧色,我便悄步怡红院内行。
只见落花满地门深锁,重关银钥不通针。
行前慢把珠扉扣,丫鬟里面问何人?
小姐答言称是我,忽听晴雯丧气乱回音:
公子今宵曾嘱咐,夜来不放外人行。
任你鸡鸣有术徒夸口,休想秦关得度孟尝君。
黛玉闻言肠寸断,低头难忍泪双淋。
自怨不辰生薄命,依人千里剩孤身。
我估素日知心唯宝玉,点想佢白眼看人当路尘。
欲效文君夜把相如访,啐佢狠心宝玉啫咁就枉我情真。

知你闭门不管窗前月,总系侍婢唔该也慢人。
只话无聊步转潇湘馆,唔想忽闻门内笑声音。
细听言词知是宝姐,个阵不由人不越消魂。
踌躇独立心如醉,又见门开光照一枝灯。
正是宝钗归转怡红院,我且暂藏花底让佢先行。
只话敲门重扣问,唉未必薄情还管我呢恨难伸。
不如归去休牵挂,唔想悲声惊动树上栖禽。
正系花魂寂寞无情绪,鸟梦痴魂愈怆心,露滑苍苔行不稳。
情可恨,屈指芳辰近,触起我呢葬花愁绪越觉消魂。

二　卷

晴雯撕扇

斜倚银床空自叹，芙蓉红泪血痕侵。
细想晴雯真薄命，生错我是红颜绿鬓人。
奴奴初入怡红院，感得公子情深独爱我一身。
曾记同床欢戏谑，相陪日夕共花辰。
一自明珠归佢手，爱护如同掌上珍。
须则姊妹同群非独我，但系惜玉怜香比未能。
巫山未入襄王梦，相爱如同姊妹亲。
只话兼葭玉树长相倚，风流从不让他人。
岂知恩爱终难倚，风波平地果然真。
曾记得公子昨宵移步转，蔷薇院落更无人。
满身红雨香衿湿，归来含怒暗生嗔。
岂料银钥重关听不见，敲户迟开怒姐袭人。
我只话取衣同佢换，点想踏破桃花扇一根。
遽然触动雷霆怒，话奴倬薄失斯文。
我想公子本来怜爱惜，不解情性温柔忽已改更。
一定恩爱易招旁眼妒，潜奴到底是何人。
左想右思无聊极，遍倚栏杆盼夕昏。
今朝正值端阳节，榴花明照艳芳辰。
此刻画堂开午宴，倾蒲酌艾醉金罇。
大观园内姊妹亦同寻乐，独我含情无赖越觉消魂。
试睇荷净雨凉池饭晚，惹人情绪睡纷纷。

金钩放下红绡帐,桃笙簟滑玉横陈。
欹枕凄迷魂欲倦,又只见公子归来酒气醺。
行近床前舒醉眼,金扇轻敲玉枕频。
恰似风狂柳弱支无力,手揭兰衿软倚身。
拍吓香肩开笑口,美人何事醉沉沉。
一年好景休辜负,莫任龙舟空戏大江滨。
知你嫦娥月殿非轻下,何不凌波暂效洛神?
今日我醉欲眠难敌酒,或者兰汤一沐解得微醺。
烦娇玉手金盘换,等我罗巾拂拭共你细细谈陈。
晴雯轻启樱桃口,一声长叹慢回君。
奴奴自份居何等,点敢高扳侍贵人?
闲花只合栽篱下,金屋难藏鄙贱身。
今日一枝须幸身高托,只恐山鸡难入凤凰群。
君呀蚨蝶自寻香国去,莫多留恋路旁春。
正是落花有意随流水,出岫无心是白云。
金钗十二随君择,莫话大观园内右你知音。
我呢秋草难沾春雨露,从前恩爱化为尘。
宝玉闻言偷自悔,叫句晴雯娇妹你勿生嗔。
前番得罪休怀记,得饶人处且饶人。
非是重物轻人抛弃你,岂可一时言语当为真?
常言苦口多良药,只恐旁人讥笑失斯文。
轻言自问原非过,何须深怪我当身?
莫言当日不过一把桃花扇,就系抛弃明珠爱妹玉人。
自古千金图买笑,何况区区微物敢相嗔?
若得回眸一笑承娇愿,就系万把撕残我当未曾?
话完举起真金扇,递与佳人玉手分。
妹呀当日褒姒裂缯传韵事,今却比系风流万不能。
晴雯接转偷思想,口共心头自酌斟。
自恨不该言太重,一时冲撞欠思寻。
须则公子情深唔记念,总系驷马难追悔已深。

一误岂堪还再误,世间难得有情人。
但系既然爱我又何须怨,半尚怜君半恨君。
一声撕破真金扇,睹面无言暗断魂。
唔想回头来了麝月,手摇折扇说殷勤。
今午我姊妹筵开同待姐,虚奴悬望到如今。
公子归来曾醉否,做乜抛□金扇总唔闻。
晴雯未及回言达,宝玉回言已看亲。
起来夺了个把真金扇,转身轻递过晴雯。
妹呀趁此何妨还博笑,任他饶舌莫为真。
晴雯接过高提起,一声撕破总惊人。
行行担断湘君竹,雪舞花飞影遍纷。
恰似蚨蝶乱随风上下,余香片片坠埃尘。
麝月几番忙顿足,公子因何咁着唶?
既然得罪宁鞭挞,乜事竟将奴物当为尘!
晴雯抚掌频频笑,嫣然如醉倚香衿。
粉痕红涨芙蓉面,鬓侧环松坠绿云。
好比海棠带雨千般媚,芍药笼烟一朵新!
得意忙请休再问,情莫忍!
解释红颜恨,暂把呢一段闲情慰玉人。

晴 雯 补 裘

养病怡红深院静,只见寒风凛凛碧纱窗。
正系身轻无力愁风月,病怯难支弱海棠。
沉吟半枕长吁气,嗳世无秦缓有乜奇方。
好似病魔难伏退,数日昏迷玉压床。
又到麝月开言微笑劝:姐呀常闻怒气易冲肝。
丫鬟不肖已自回归去,何苦闲愁搅寸肠?
巫云有梦你好去寻消息,热念全消粉汗香。
熏笼移近与姐你重温被,蓝田玉暖怕烟凉。
你睇入夜重帏梅月冷,银灯青影雪花光。

仃伶体弱你都唔知重,瘦损芙蓉为底忙。
晴雯领意头轻点,系略待我片时相抖就出前窗。
正在养疴灯暗人初静,唔想公子归来麝月忙。
见佢顿足几番长叹息,狐疑满腹闷红妆。
笑语问君君呀你原底事?宝玉回言费酌量。
只为呢件孔雀金裘加懊恼,火劫燃藜一点伤。
虽则敝裘终有憾,总系荣颁祖母领恩长。
佢重吩咐我明朝还要着去,退毛孔雀自愧鹡鸰。
况且翠裘难再觅,清晨怎见祖萱堂?
个阵麝月心慌忙叠起,暗传织补到街坊。
唔想回来称说道,天孙才晓织云裳。
两人着急浑无主,忍不住晴雯带病亦心慌。
岂有无缝衣莫补,纵使上白玄狐岂异常?
有便拈来我细认吓何珍宝,麝月殷勤递过姐看。
只见金碧辉煌飞羽翻,翠屏招展舞鸾凰。
一丝结就三花蕊,千眼圆通百宝光。
哦此系孔雀呢金凭线结,或者金线弥缝一缕长。
含颦麝月犹嗟气,姐呀现成金碧倩谁装?
巧夺天孙唯有姐,唔想宝玉闻言事要酌量。
美人病怯休拈线,弱体无劳理七襄。
除是俄罗织锦来中国,卿呀为裘何敢苦动秦娘!
佳人感动情何限,九转柔肠几度看。
细想我呢薄命定知情种累,就系死归情种亦心凉。
狠叹一声鸳帐坐,强扶玉体对银缸。
艰楚万千难景状,心暗怆,苦咬银牙挡。
君呀,但愿雀裘完好妾病何妨。
舒玉指,理金枝,翠裘灯影两迷离。
蹙额凝愁愁结绪,捧心含恨恨团丝。
只见经纬渐分劳倦眼,丝毫细别复支颐。
好似鸳鸯刷羽心仍懒,鸿鹄临流翮绻支。

长丝慢缲细无力,霓裳舒卷故迟迟。
总系整线临风凭月姊,补裘依旧倩天姬。
夜来纤手何曾歇,真系公子多情好护持。
话姐你心烦定有相思症,绿乳香融递半卮。
又话娇姿无力神应惫,亲移鸳枕俾你歇些时。
你睇人静夜寒风易透,轻裘半臂搭娇姿。
卿呀力软骨酸我拳法实好,有便与卿捶背莫嫌迟。
佳人见佢殷勤甚,一丝牵挂一情丝。
今日孔雀破裘容易补,世间难觅有情儿。
细语劝君归帐罢,黑甜乡里暗支机。
我地女流组织皆应份,君呀你周旋终夜岂不神疲?
我不过病中辛苦吓□,操劳深夜怕损金枝?
顺情宝玉归鸳帐,又到佳人低首慢支持。
花样翻新抽乙乙,罗纹细织扣丝丝。
斑斓辨去浑无迹,金碧翚飞五彩奇。
时值五更谯鼓擂,红轮东现月沉西。
宝玉刚逢身睡起,忙来观看羡奇离。
姊妹嫦娥应让三分巧,难为妙想入非非。
织就鲛人当比美,斜传神女不须疑。
晴雯笑答休夸誉,任教鱼目混骊珠。
休笑金貂逢狗尾,若求真假似几微。
为君略尽些微意,不过片时掩饰就知机。
麝月在傍轻启齿,姐呀无缝衣谢美人胎。
总是病躯还未愈,心神用尽力难支。
请娇早向罗帏睡,佳人听说略把身移。
谁想玉山倾倒人如醉,芙蓉软褥压香肌。
哎哟两眼晕花魂欲碎,牙关紧闭气微微。
床前麝月慌无主,宝玉仓惶唤请太医。
诊脉已完汤药备,多致病后劳神起,都为补裘终夜致病体延迟。

私 探 晴 雯

愁叠叠,意纷纷,满怀憔悴都为忆晴雯。
想她自入怡红院,相爱相怜有几春。
佢职分虽居奴婢辈,我情投意合胜他人。
起居所以常陪伴,就系寝食何曾两地分?
虽学偷香兼倚玉,巫山其实未行云。
佢容貌仿如林妹妹,芙蓉如面柳如身。
流盼秋波多态度,能言慧品独超群。
总系生来情性多偏执,我亦周旋委曲恕佢生嗔。
情深不管人诽谤,共佢缠头嬉戏乐芳辰。
未使千金图一笑,也曾撕扇表情真。
恩偏至此人多妒,未晓工谗到底是何人?
所以慈帏忽动雷霆怒,燕佢顿时就拆分。
将她撺出花园外,正系无端风浪散鸳群。
堪怜佢病态延残喘,弱质娉婷受苦辛。
曾记日前她染病,我重床前侍药表殷勤。
今朝佢离却怡红院,情怀欲尽更无因。
不若私行前去探问,试看病体免伤神。
想罢即时潜步出,此际无烦侍婢跟。
园中景物无心赏,悄步彷徨走似云。
正是心忙咫尺成天大,诚恐人知又试起祸根。
亏我悲惊交集愁难忍,情可悯,有意怜红粉,所以事势难将对母陈。
出角户,绕廊边,如飞一直到门前。
遥闻屋内呻吟切,五内犹如万箭穿。
迈步就将帘幙揭,只见萦萦一榻景凄然。
回思佢昔在怡红院,堪悲贵贱隔天渊。
正在出言珠泪落,唔想晴雯帐里就开言。
娇声便问谁人到,又到宝玉含悲拭泪先。
回说我特来相探你,随步行迈到榻边。

罗帐轻将高挂起,见佢病骨如柴倍可怜。
鬓乱钗横髻又乱挽,好似当风杨柳又带晴烟。
佢重杏眼微微舒一线,瘦减芙蓉面,亏我相逢唯有泪涟涟。
频拭泪,唤卿卿,如今曾否觉安宁?
自从几日分离后,废寝忘餐恨不胜。
今日瞒却众人方到此,前来特表寸心诚。
晴雯此际难开口,哽咽凄凉哭几声。
长叹几回方启齿,多蒙公子咁深情。
自知命薄如秋叶,至此抱屈含冤恨匪轻。
鹦鹉只因文采误,纵归黄土事难明。
我冰清玉洁唯君晓,谁尚哀怜玉树倾。
亏我越想越思情越惨,微躯从此丧幽冥。
近来此病加沉重,正系薄命红颜理所应。
我舌燥实难言再上,烦君递转碗中茗。
话完意欲将身起,唔想病体沉吟力不胜。
到宝玉近前舒玉手,香肩扶住泪盈盈。
忙将锦褥来相傍,见佢残喘劳劳更可矜。
两脸云红唇似火,斯时宝玉更伤情。
桌畔细斟茶一盏,只见鲜色毫无水咁清。
狐疑即便先尝过,但觉酸咸苦辣味唔成。
唔想晴雯得接如甘露,慢启桃唇细吸清。
见佢香汗淋漓和泪滴,莺喉婉转但悲鸣。
举袖与她同拭汗,忍泪含悲叫句爱卿!
你纵有愁怀须莫想,自然病体得安宁。
也知抱屈情加惨,但系玉体千祈勿当轻。
今日蟾光虽乍暗,待等清风一到月当明。
正是逆来当顺受,岁寒松柏更坚贞。
改日辨明冤枉事,免卿受屈抱虚名。
他朝复入怡红院,好比宝镜重圆乐此生。
若我无缘卿又薄命,愿随卿你到幽冥。

免你九泉无伴侣,茫茫泉路叹伶仃。
愿你心事解开寻乐境,虽要自省,愁最增人病,莫多烦闷咁伤情。
晴雯苦,泪沾衣,蒙君怜我病垂危。
公子多情奴薄命,千秋遗恨更谁知?
早晓虚名耽此日,何妨实事干当时?
深恩感戴难酬答,愿求来世作连枝。
回首怡红浑似梦,汉关重入更无期。
亏我绿鬓未曾沾雨露,红颜薄命竟如斯。
自叹情长嫌命短,谁云死别胜生离。
今日得君怜悯我,就系九泉抱屈不胜悲。
此后杜鹃啼血如红泪,夜台唯诵鹧鸪词。
玉手强舒开纽扣,脱下个件红绫贴肉衣。
指甲更将来咬下,君呀你见物犹如见侍儿。
到宝玉凄凉忙接转,双流珠泪不胜悲。
欲言暂觉人声至,将到此,只着抽身起,又到晴雯此际倍凄其。

祭奠晴雯

蓉吐艳,菊芳菲,思娇无日不神驰。
恼煞虫声鸣曲砌,愁看丹桂挺新枝。
我想人生久别长相忆,何况九泉遥隔会无期。
昨日罗帏方就枕,见娇容貌甚依稀。
霓裳娇艳飘然至,含情体态极似当时。
行近窗前轻启语,婉转莺喉惹我思。
佢话自从别后常怀念,慰问温存可解颐。
重话玉皇命佢作芙蓉女,百花群卉佢专司。
仙凡路隔叫我休相忆,莫话食少愁多为别离。
相怜相爱共我谈心事,情投意合两相依。
星月渐低忙话别,奉命要往花宫不敢迟。
一声珍重忙辞别,空余环佩韵依依。
欲去欲留行又止,半愁半喜意如痴。

醒来却是南柯梦,抬头只见一灯微。
音容遥隔言犹记,教人怎不泪沾衣?
愁绪满怀情未已,不若花前祭吓姐娇姿。
想罢即呼焙茗至,礼物拈齐勿待迟。
行出园林芳草地,脱却华裳换素衣。
离内院,出花间,只见荷花零落百花残。
潇湘绿竹参差杂,蘅芜草色已成斑。
蝉噪疏林声惨切,鹿衔芝草躲前山。
秋景撩人空着眼,触起愁怀步竟难。
行行不觉湖山近,只见芙蓉红艳映罗衫。
此处与娇谈笑惯,不若祭奠多情在此间。
呼童即便排香案,礼物铺齐祭姐玉颜。
名香炷上情何限,心未成灰意自关。
初杯酒,泪倾倾,叫句晴雯娇姐鉴我微诚。
宝玉花前相敬请,香魂何故寂无声?
有声叫你做乜无声应,万望傍花随柳愿显吓英灵。
姐你红颜薄命皆前定,独系镜分鸾影你话几咁伶仃。
今日鲜花薄酒兼香茗,祭文一度表真情。
礼物虽微聊示敬,案前罗币奉过卿卿。
伏望英灵来鉴领,莫在瑶池埋怨话我无情。
昔日亭前斗草人何在?捉迷屏后已无声。
罗袂生寒谁为整,孔雀裘披益怆情。
二杯酒,奠佳人,返魂无术可回生。
五载绸缪徒恨恨,点能抛别意中人。
高标见嫉怜红粉,深信情根是祸根。
曾记梦中相扣问,玉皇封你作花神。
须然梦寐言难信,引古惩今亦可当真。
长吉昔年曾被召,至诚相感可为神。
蓬莱阻隔难亲近,天上人间并蒂分。
你睇雀鸟有情应见悯,金笼鹦鹉出唤晴雯。

三杯酒,恨重重,有怀未遂恨填胸,
共你携手宴游成幻梦,难向瑶台月下逢。
可惜风流情义重,就是西子杨妃拜姐下风。
我想娇花怎耐狂风打,弱柳难支骤雨风。
恨杀谗人将计弄,枉屈娇娆恨未穷。
今日珠沉江海中何用?好胜争强事总化空。
唯愿英灵相感动,再能圆叙世相从。
祭已毕,更悲伤,宝帛烧焚苦断肠。
袭人香霭无心向,秋纹波涌懒去流觞。
奁开麝月成空想,青灯愁对叹凄凉。
顾影自怜添怅怅,童蒙行近启言章。
娇姿自作仙班女,相公何在过悲伤。
倘或苦忆多娇咸病症,姐在蓬莱也惨伤。
古道佳人多薄命,安能欢聚百年长!
你睇稻香林外鸦归晚,野树连云障夕阳。
劝君息念回窗罢,莫因红粉误书香。
含情宝玉忙移步,抱闷迟迟自酌量。
记得娇姿病笃临危日,遗下罗衣尚带泪珠香。
今日物在人亡堪叹息,怡红幽寂更凄凉。
回望芙蓉成掩映,见物怀人意自伤。
愁别不堪情怅怅,只愿梦魂依旧会吓娇娘。

颦卿绝粒

深闺隐约闻鬟语,亏我愁肠百结自相牵。
话宝玉丝罗今已定,系同王府结姻缘。
此乃侍书传信息,重话星期下定娶婵娟。
咁就一点痴心成妄想,虚劳数载共温存。
满望幽情今已绝,恰似石投波里坠深渊。
彼苍生我多才貌,做乜六郎丰韵竟无缘!
回首大观群履迹,一场欢会化云烟。

素日知心唯宝玉,从来相爱复相怜。
情深可比胶投漆,曾把微词挑逗讨心坚。
知他亦是多情种,总系所干廉耻得神传。
私心尚望酬私念,同咏《关雎》个一篇。
记得调情雅谑相嘲戏,许多恩爱共缠绵。
我重每愁钗黛同时出,正系瑜亮唔该两并肩。
点想意外之虞非所料,就系还清泪债恨亦难完。
佢先问到此论琴谱,言词忍吐都似有情牵。
讲到知音二字神先丧,真正令人徒自结疑团。
忖度几番愁莫释,泣尽啼红胜杜鹃。
一缕柔肠经百转,芳心无主独凄然。
微躯此后何须惜,或者死归泉下可鸣冤。
等我夜台表白呢痴心事,定要问明因果重证吓生前。
即此冤魂未得图极乐,就系孤魂都甘在奈何天。
免得尘寰阅历伤心景,个阵寸断肝肠只自怜。
想到极情魂欲断,只着却衣伏枕闷恹恹。
不觉紫鹃移步到,将身行近便开言。
佢话姑娘服药今初愈,纵有闲情莫挂牵。
千金贵体宜珍重,怎好时常对景泪偷连。
若系神疲欲睡娇无力,做乜绣裯唔覆在身边。
你睇潇湘竹韵迎风响,恐怕薄凉顷刻又试病相缠。
况且丫鬟几次来相请,话晚膳安排在老太太个边。
一众姑娘相等候,望移玉步勿迟延。
小姐含愁将语答,纵有凤胆龙肝亦懒沾。
你可往上房回此语,等我权时歇息暂安眠。
紫鹃不敢频相劝,只着铺陈绣被盖住佢香肩。
鲛绡放下轻移步,将情回禀贾母尊前。
又到黛玉凄凉偷自苦,触起愁肠有万千。
痴心立意唯求死,纵有侍鬟相劝也徒然。
此后茶饭不思肠胃薄,一病蹉跎有数天。

连日大夫来诊脉,都话病势羸劳旦夕悬。
所为忧思郁结成深症,总要开怀顺气正为先。
若然逆气就会伤肝木,任你灵丹服下命亦难延。
紫鹃此际添烦恼,料得佢为宝玉成亲个段冤。
但系姑娘素日痴心事,叫我私情焉敢对人言。
怨只怨上头行错事,至此佢伤怀病得咁狂颠。
又恨天意不如人意愿,抑或姑娘命薄定系宝玉无缘。
眼见得危如朝露亦应难济,又怕佢病转沉吟亦有乜变迁。
不若将情回贾母,免至临时事迫久周旋。
含泪即忙呼雪雁,我暂出园中禀事端。
你在深闺顷刻相陪伴,留心侍候姐妆前。
话完步出潇湘馆,斯时雪雁更心酸。
想我姑娘染此沉疴病,命在须臾似倒悬。
又见佢一息全无声寂寂,莫不是佢芳魂此际已归天?
个阵心慌胆小怆惶甚,教人惆怅刻如年。
久候紫鹃还未转,亏我影只形单望眼欲穿。
正在惊慌难自慰,忽闻户外履声旋。
凝泪眼,细观真,只见侍书行近把言陈。
话你地姑娘贵恙今安否?做乜你颜容凄楚泪纷纷。
我适在深闺承主命,特来问候表殷勤。
为甚此间寂寞无人影,剩你危危聊坐对黄昏?
又到雪雁起身忙让坐,忍泪含悲诉一声。
多蒙你小姐情深重,独惜我地姑娘此病恐难生。
你暂且从容同坐下,我有一段衷情向你陈。
记得你日前曾说道,话宝玉与林家共结亲。
未卜此言真定否,望你将情告诉我知闻。
语毕侍书忙启齿,此事原来别有因。
实系执柯来作伐,借此图功欲献勤。
岂知老太太唔承允,重话将来亲上又要加亲。
当日系奴亲耳听,但系未知谁是佢意中人。

雪雁闻言长叹息,可惜我地姑娘就误丧此身。
侍书正欲询其故,又见紫鹃回说内厢行。
便责佢二人无见识,在此喁喁话甚因?
小姐病源因你起,此刻唔该又乱语云。
雪雁细将言尽诉,互相怜惜恨丛生。
忽听得娇声传语话姑娘到,重连呼雪雁倒茶临。
惊觉紫鹃忙进内,谁料个只鹦鹉在窗前弄巧音。
又见黛玉桃唇轻欲启,就问外厢谈论是何人?
侍书听说忙行近,就把问候言词代主细伸。
黛玉闻言轻点首,又承你小姐费心神。
刻下你若然归绣阁,相烦回候你姐千金。
丫鬟领命相辞别,又到颦卿无语自沉吟。
佢为听侍书言底事,犹如阴极一阳生。
正系心病还须心药治,解铃原是系铃人。
个阵疑团已释心明白,开怀顷刻病离身。
细想侍书言一切,仔细思量真正妙人神。
自悔自怜还自慰,且惭且喜恨皆伸。
真系多磨好事何须问,诚可悯,攻破狐疑阵。
想必赤绳紧系定,结呢一段鸳凤群。

黛 玉 葬 花

垂泪沉吟思昨夜,恰逢今日又系饯花天。
亏我愁绪满怀新旧叠,无计留春惜少年。
正系花谢花开魂托蝶,春来春去怨埋烟。
所以人比风花花易谢,你话谁知春月月常圆!
我想此际落花春去出,乱红成阵恨无边。
你睇脂冷翠寒纷落絮,秾桃艳李不争妍。
似此恨满东风无释处,百六芳辰不渐延。
咁就红颜飘薄依芳草,艳质凋零泣杜鹃。
昨宵庭外似觉悲歌发,一定系花魂鸟语哭离筵。

南 音

点得奴奴肋下生双翼,我愿随花你飞到半天。
流水胡麻应有路,唔知香丘何处怅无缘。
不如艳骨把香囊贮,一抔黄土葬婵娟。
免至你红消香断春谁主,狼藉春风孰可怜?
无聊无赖荷起花锄去,含情饮恨转过山边。
只见草色青青斜照里,垒垒花冢古苔前。
花呀你质本洁来还洁去,天台有梦许游仙。
虽则你返树无期还会发,细想红颜老死便茫然。
未卜奴身何日丧,青春无几过眼云烟。
今日痴情把花葬人应笑,唔知谁人葬我在他年。
想到此情肠更断,飘残红雨湿香肩。
饮泣悲歌愁绪乱,空眷恋,万事唔由怨,唔想一阵悲声惊动姐妆前。
忙拭泪,自狐疑,谁为衷情似我知?
我为葬花情懊恼,你又有何心事故凄其?
肩锄缓步便去寻踪迹,或者同病相怜一故知。
唔想转过山坡逢见宝玉,□谁想系你个伤心□命儿?
长叹一声移步转,腰肢摇曳荷锄归。
个阵宝玉呆呆花下立,如痴如醉暗神驰。
为我饯花寻伴到潇湘馆,唔想半途听见个首葬花词。
想到无可奈何花落去,便是红颜老死时。
一朝春尽花残日,个阵花落人亡两不知。
正系一字听来千点泪,百回肠断断肠词。
闲愁万种正在难开解,唔想见娇回去越觉伤悲。
无聊只着步转怡红院,可巧冤债相逢在半路时。
分花拂柳见娇前去,忍不住呢段愁怀百结丝。
哎妹呀须系你嫦娥不理凡庸事,我请你仙步云停少一迟。
不过讲明我呢一句心中事,伯劳湘燕任分飞。
佳人个阵咯把头回转,含嗔便答请说言词。
又道公子强颜开笑脸,实系有两句衷情诉与妹知。
谁知小姐就咁飘然去,你既有今朝何必又有初时?

佳人听得伤心语,好似金莲绊住一缕情丝。
便问当初今日缘何事？个阵公子凄凉泪又两垂。
情切切,叙前因,嗳我呢鹤哀鸿怨可诉瑶琴。
自从云辇光寒第,冲龄嬉戏度辰昏。
好比燕雏宿食飞鸣共,第一细意逢迎妹美人。
推心割爱轻裘马,每食难忘水一羹。
妹呀尚怕你令环唔大熨帖,事事纤毫解佢闻。
未曾动念先如意,万事何劳费素心？
妹呀发垂好爱同年长,胶漆情投怎似我两人？
正系生成天地无双品,花本连枝树并根。
余花侧干空垂艳,出岫无心是白云。
古道情如铁石终难改,鱼目和珠到底分。
有意当饶无意容,芝兰谁与草为群？
我姊妹同堂虽有几个,奈匪同胞破腹生。
其余外戚呼兄妹,亲疏难问晓得唔曾？
似此我两人同一样,估话钟期际遇本知音。
谁料恩情流水去,白眼看人当路尘。
况我百般还检点,奚敢妆前错半分？
纵然错过你亦应当教,就系示辱蒲鞭亦可行。
胜似镜花水月风流韵,少魂失魄点甘心。
把我无时愤恨难相劝,便死去含冤恨亦沉。
饶你西立求度脱,都要你言明底事始得超生。
小姐见生情亦惨,不由人不越销魂。
便问我昨宵求探你,做乜重关银钥不通津？
知你闭门不管窗前月,侍婢唔该弄舌唇。
宝玉闻言忙设誓,我若然如此立刻归阴！
昨宵宝姐姐亦来相访,略坐清谈便转行。
不信蘅芜相问讯,泉清石现表情真。
小姐沉吟心乍醒,死活何须语乱云！
此事有无何要紧,想必丫鬟丧气乱回音。

但你回须加教训,一言有玷辱斯文。
况且昨宵逢着我,若然别位罪难禁。
话完微笑轻撩鬓,又到公子含羞诉一句。
我今归去把丫鬟问,呢回唔好咁生嗔。
诸般过处应怜悯,得饶人处且饶人。
就系葬花虽雅韵,恐招闲懑病牵身。
本地风光随景运,休着紧,语毕人来禀,就话传言早膳入内厢行。

黛玉焚稿

暗闻宝玉婚姻定,亏我愁怀空转九回肠。
十载温存成画饼,和鸣无计结鸳鸯。
呢吓秋云命薄悬朝露,做乜女儿都哙为花亡。
风流往事成虚也,怨只怨贾母无情欠主张。
既系殷勤养育当我是亲孙女,亦该为人到底共我结呢段鸾凰。
恩情今日随流水,空令幽恨在潇湘。
一身多病重要受个的相思苦,生错作聪明故此要命去抵偿。
正系他年葬我知谁是,恶识生成事可伤。
自忖自思愁更怆,强扶鸳枕伴牙床。
命鬟收拾残诗稿,慢展双眸仔细看。
情书尽在其中写,断送红颜就系此锦囊。
稿呀姻缘若得谐心愿,就凭佳句当催妆。
个吓衷情定有同心咏,依稀神女共襄王。
而今空剩呢凄凉句,眼泪还完纸尚未干。
愁心一寸点捱得咁多相思想,眉懒放,对稿添惆怅。
罢咯!不若一星余火化诗囊。
呼侍婢,掌银灯,细语喃喃读几句。
眼前知己系呢诗千首,心血凋零又算一生。
非关文字多遭劫,实是美人黄土要你伴佢同行。
词人多少难传世,何况大观园内冇个知音?
女儿识字原非福,忏悔从前恨未能。

细思宝玉亦系多情子,做乜堂前总不去提亲?
回天今日都无力,空对残篇泣血痕。
秋窗枉作怀人咏,真正世间男女点好误种情根。
若然死后还留稿,任教吟咏请谁人?
黄泉未必无词赋,或者文场作个女将军?
况且薄情难放过,我就把诗词作状告佢背却前盟。
倾城倾国归何处,招魂谁赋大江滨?
黄花已有将开意,唔想兰闺把句吟。
我想葬花都重留香冢,尚余蝴蝶伴黄昏。
奴今焚稿不过咸灰烬,几缕香烟作暮云。
回思郡里奢华事,好似邯郸一梦深。
正系凤鸾有意思张珙,还书依旧负双文。
欲把绣房当作西厢记,佢薄情唔学君瑞咯我都枉做崔莺。
镜台尚有新诗稿,句句缠绵可操琴。
我自焚诗难割舍,哪堪焚帕更伤心。
痴心欲叩苍天问,情惨甚,呢咋月明谁为吊诗魂?
思往事,更凄其,唔该琴瑟寄相思。
雀屏未赘身先丧,巾帼英雄一局棋。
钗黛本来同绝色,做乜六郎容貌让佢独效于飞?
我想杨妃死去还留袜,仿佛凌波逐水湄。
我一去仅存诗稿在,都重情丝拼割要焚诗。
离骚不过孤臣怨,此稿正系含冤处女词。
心肝呕出中何用,孽债还清剩纸血书。
从头不敢高声读,恐怕帘前鹦鹉笑我癖性都唔除。
扬州稿本重携带,好似囊中宝剑刻刻相依。
若使新灰化作双蝴蝶,人琴点忍痛分离。
且系爱马尚然抛爱妾,何况小小蛙虫又更可知?
讲乜荷菊当时称第一,讲乜桃花行句共羡清奇。
讲乜持螯醉咏秋棠社,讲乜绝句联吟字字珠。
今朝都作无情物,咸阳一举痛何如。

稿呀你余灰莫学花飘荡,等我死后携同你到太虚。
说完猛向灯前撂,顷刻烟消火烬时。
寸心此际如刀割,泪洒重裘强自支。
作时辛苦焚时易,伯牙从此失钟期。
如柴病骨又怕凉风起,难买佳人续命丝。
痴心一点成虚话,晚景斜阳不久持。
茶铛药盏谁调理?一线余生饮血悲。
情天毕竟无终始,难遂意,勘破繁华事,今日尽焚诗稿咁就算撇去愁眉。

三　卷

宝黛埋花

自系元妃归省回宫后，个日凤纶恩诏下椒房。
就把大观园赐归荣国，命我姊妹同居各聚一方。
楼东缀锦迎春住，百花红紫绕回廊。
碧梧丹桂斋秋爽，探春长此日夕梳妆。
蓼风轩外芙蓉艳，琴书清设惜香房。
宝钗深处芜蘅院，纨嫂村居属稻香。
清幽最是潇湘馆，竹风时引座中凉。
黛玉风流居第一，春云深锁碧纱窗。
读书在我怡红院，往来朝夕兴偏长。
今朝正是花朝节，莺声燕语斗春光。
闲庭斗草飞蚨蝶，佳人拾翠问春忙。
千金一顷休辜负，我且傍花随柳自寻芳。
袖中笼个本《西厢记》，逍遥信步出回廊。
只见烟迷杨柳黄金嫩，雪艳梨花白玉香。
露痕晓滴荼薇架，葱茏草色长池塘。
将到沁芳桥个便，远见温泉水暖浴鸳鸯。
红鳞对对鱼吹浪，行近桥边扫石床。
斜倚碧桃花一树，摊书无语慢观看。
正系诗高不减清平调，肠断春词呢字几行。
正在出神观仔细，不觉莺啼一阵晓风香。
红飘满袖桃花落，香埋芳草蝶飞忙。
公子掩书长叹息，可惜飘零无主咁就负春光。

不如收拾尽付呢处东流水,你便好送流春去渺茫。
花呀任从化作浮萍荡,也胜呢污泥埋没枉烧香。
低头拾起残花片,就在沁芳桥畔送春忙。
恰似秋叶渡江无用楫,触起我绿波南浦暗愁伤。
正系消魂三月桃花水,眼见得落花流水咁就两茫茫。
长叹一声忙转步,只见石桥依旧落红芳。
愁倚栏杆心欲醉,几回惆怅断人肠。
笼书默默情无限,远望隔林人影露衣香。
行近恰逢刚是黛玉,见佢鸦锄挑起个个葬花囊。
柳腰摇曳桥边过,含情慢启吐言章。
桃花满面春风笑,问句宝兄何故自彷徨。
公子回头呼姊妹,我送春憔悴对春伤。
试睇水流花落春无主,飘泊天涯断我肠。
娇姿带笑回公子,尚忆当初红紫斗芬芳。
蜜蕊暗迎风露艳,低枝常惹蝶蜂忙。
廿四番风容易过,花无长艳总堪伤。
试睇明媚鲜妍能有几日?咁就一时零落恨茫茫。
惜花无计将花护,兄呀水流怎似呢处土埋香?
不如共同向桃花冢,你便扫花同葬也何妨?
公子点头称道妙,唔想袖中微露个本曲《西厢》。
玉手轻舒忙夺过,举目微观字几行。
只见艳词上写鸳鸯谱,珠玑吟遍口生香。
披坐春风难释手,兄呀果然佳句断人肠!
含笑语答佳人,妹呀你分明见得真。
记得曲中曾有话,我便比娇情事若何能?
知你无惭呢倾国倾城色,独惜多愁多病是侬身。
娇姿听罢他言语,羞涨红潮水粉痕。
柳眉暗蹙春山锁,杏眼微睁半怒嗔。
想我与兄姊妹原同辈,就把言词戏弄慢欺人。
《西厢》原属无稽语,点好将奴错比作崔莺。

公子羞惭忙告罪,妹呀得饶人处且饶人。
此后言词知检点,若还乱语咯我就折及今生。
小姐回嗔难忍笑,啐你一误何堪再误云?
且把残花收拾起,艳埋香冢趁黄昏。
莫令辜负呢春消息,恐教啼鸟笑痴人。
正系人自留春春自去,双双携手出花阴。
肩锄缓步行将近,空抱恨,香丘何处问。
点伴得呢杜鹃啼血啫咁就日吊花魂。

潇 湘 听 雨

月色溶溶秋寂静,孤灯愁对恨偏长。
胭脂懒把樱桃拭,云鬓无心理晚妆。
正系三楚精神空自减,六朝金粉怕炎凉。
人世青春能有几,风月催人鬓易霜。
自古红颜多薄命,亏我情丝万缕恨难忘。
记得为怀宝玉愁心样,衷情如醉倍堪伤。
意欲慰佢瑛宫个段无辜案,只为嫌疑所限自慎行藏。
大抵人生最易添愁恨,试睇落花无计怨春光。
忆惜晴雯送我个段鲛绡帕,泪痕盈满在牙床。
只为孤园寂寞难消遣,强题诗句暂解愁肠。
点想轻身偶被凉风染,几多憔悴费提防。
虽则死生有命人难强,独惜花无蝶采枉生香。
难同千古酬知己,做氹泪盈修竹馆号潇湘。
孤苦仃零无倚靠,虚怀心愿费思量。
一旦地隔天涯归漠漠,夜台无路恨茫茫。
思前想后增惆怅,你话教人如此怎不凄凉!
心自苦,泪沾裳,几回思想恨来迟。
一腔心事将谁寄,几回断肠有谁知?
正系花残叶卸尚有回春日,独惜人老衰颓点复旧时。
你睇当年美眷如花盛,今日水流云散各分飞。

春山闷锁谁为解？羞把妆台宝镜窥。
命薄如萍春水寄，飘零形影最堪悲。
最系聪明每把韶光却，石火虽红点得耐时。
远隔乡关何处倚，今日寄人篱下叹斯饥。
想我自别哥哥尝□记，金鱼赠别往牵丝。
睹物怀人谁致意？家乡无信费猜疑。
哥呀莫不是功名念切乘时去，未晓凤鸾曾否效于飞？
海角天涯飞两地，心悬千里倩谁知？
碧汉有情应怅望，总系青天无路可追随。
风景依然人自改，百忧如草雨中滋。
异地见花终寂寞，他乡闻乐更伤悲。
亏我眼穿尝许双鱼断，空望云中雁景迟。
人世最愁长往事，为忆离情翠黛低。
大抵家庭事业自有哥调理，我且不管乡园安否把寸心驰。
惆怅望，念伊人，寂寞闲庭百感生。
鲜花有意招游蝶，独怕春梦无心淡似云。
多情自古终离恨，点得秦楼同奏凤凰笙。
想我与他都是情相接，总系拾钗无主误浮生。
奔投千里殊孤苦，为着伤情两字倍消魂。
你睇近来男女心疏冷，都为谏人口舌争。
百般诋毁真堪叹，佢舌底波澜万丈腾。
愁倍起动恨生怜，亏我一日愁肠万恨牵。
虽存人世终余恨，不若泉台早赴且休然。
逍遥免被烽烟损，也得劳心如在玉壶天。
越思越想愁难禁，夜来倚枕闷加缠。
忽见窗棂日暗消疏雨，愁听园林泣杜鹃。
纱窗风透明灯暗，好似余丝莲藕断仍连。
清秋夜雨伤心处，惊破寒衿远梦牵。
独挑残焰云空断，秋情盈抱不成眠。
几回叹息愁难尽，看到纱窗盈泪倍堪怜。

妹呀秋词转叫我心肠断,两促离人更默然。
诗情怜似清商怨,点得玉箫齐赠艳阳天。
低头无语神摇动,暗地思量转自怜。
亏我相思万种何时了,独惜佢乱愁如草自相连。
香衿阻隔云空返,何时金屋贮婵娟。
总系微波有恨终归海,明月无情却上天。
忍泪叫声林妹妹,试睇画帘寒雨滴涓涓。
你病烦虽要寻欢笑,莫俾泪从情绪似雨缠绵。
咁样天寒需保重,我亦向怡红院处转回旋。
黛玉起身移步送,便叫紫鹃同伴过前边。
玻璃灯点频相照,两地心情只自怜。
公子相辞归去后,又到黛玉含愁恨转牵。
步入香闺愁寂寞,纱窗频觉雨声穿。
正系去雁远冲云梦雪,离人愁上洞庭船。
难得佢有样殷勤来慰劝,总系我三生无幸结前缘。
月不长圆花易落,青蛾最是误芳年。
闲云行止谁相识,如水衿怀可自怜。
思来总是如春梦,我且把晚妆闲卸只着孤眠。

潇 湘 琴 怨

人寂静,漏三更,棋声敲落月初沉。
一局未分谁胜负,黑白分明各用心。
宝玉无言傍坐着,又到妙姑停子把言陈。
正是久坐几忘秋夜永,试睇粉墙移影上花阴。
今宵暂别归桄翠,明朝步月再相寻。
话罢低头瞧吓宝玉,知情公子便回音。
我今亦别怡红去,好无相送共前行。
免使花间寂寞无人伴,凄风寒露夜相侵。
妙玉回言公子听,有劳相伴共同行。
茶罢片时方告别,惜春含笑送出花阴。

南　音

耳畔秋风闻叶落,铜壶滴漏响声频。
举头忽见天边月,清光如许动我愁心。
万里无云空色净,楼台近水夜沉沉。
疏星几点时明灭,银河遥隔鹊桥阴。
残枝瘦菊经霜冷,豆篱花架晚蛩吟。
行近木樨林下过,觉得香侵罗袖暗风生。
远听一声鹤唳松阴里,又见寒塘孤影渡瑶琴。
我便转过蓼风轩外栏杆去,又只见四边人寂悄无音。
忽见琴声闻耳底,高山流水韵沉浮。
猿啼秋峡声声泪,教人入耳暗自伤心。
趁此梧桐月落湖山静,我且石床聊坐听瑶琴。
琴初叠,忆文姬,怜卿孤苦少相离。
沙漠单身流万里,飘零红粉有谁知。
凄凉十八胡笳拍,肠断悲风夕照时。
想我黛玉生来原命鄙,正系古愁今恨两依稀。
自系扬州一别双亲弃,亏我奔投千里寄人篱。
况且孤苦仃零无意味,六朝金粉总愁思。
唉你抱琴有日终归里,堪叹我萍踪漂泊杳杳无期。
琴再叠,诉文王,万里羁愁事可伤。
当初只为遭谗谤,兼来恶党口难防。
宫中长舌偏狐媚,忠良谁复识姬昌。
奴奴命薄难堪想,思前想后倍凄凉。
异地羁愁谁可向?舌底难防佢暗箭伤。
百般诋毁甘遭枉,试睇唆摆何人点样肺肠。
唉你苦节终明,独我无一见谅。
明白白含冤,终日坐困潇湘。
琴三叠,吊钟期,知音如你世间稀。
当初为听琴音起,相见翻嫌恨面迟。
一曲千秋成绝调,垂来惆怅白云飞。
正系难同千古酬知己,何况钟情独我女儿。

天地生奴应有意,点得和鸣琴瑟慰我相思。
只恐高山流水成了往事,你话人琴点忍痛分离。
唉你破琴当日全始终,独惜我吟成寡鹊未必到薄情知。
重按谱,再调弦,亏我未听琴音泪下先。
声声诉出离人苦,凄凉往伏暗缠绵。
正系一点愁心千点泪,空怜孤月泣婵娟。
惜我感慨悲秋同宋玉,知你夜凉如水成眠。
肠断潇湘闻落雁,不减呢哀红鹤怨奈何天。
无端触起相思苦,真个怡情不独有成连。
正是相如素有求凰曲,独惜我琴心难诉苦情牵。
销魂愁对三更月,猛听得琴弹声断一条弦。
个阵妙玉失惊偷自想,可惜薄命红颜佢兆已先。
沉吟不忍重留恋,花前转步暗凄然。
宝玉如痴忙笑道,叫句仙姑何不同独先。
适闻弦断因何故？乞把此中琴趣便对吾言。
又到妙玉未言先叹气,试听琴音愁怨更重悲酸。
虽则眼前得过聊相过,但恐胶弦固柱嗜误了个前缘。
长叹一声忙步去,无聊独自转过前边。
公子凄凉移步懒,剩下呢天心明月向人圆。
月呀嫦娥有意怜孤客,我便执柯烦你月中仙。
但愿早望系足赤绳双美玉,赛过连城合璧种蓝田。
有日瑶琴共奏和鸣曲,红楼风月乐无边。
花底徘徊空眷恋,声渐远,归到怡红院,
亏我含愁终夜独对呢月落窗前。

宝 玉 赠 帕

风送荷花枕簟香,深院寥寥日正长。
想我宝玉偶遭严父谴,示辱蒲鞭极惨伤。
事因王府差人到,话我把琪官戏且擅收藏。
是以严父忽动雷霆怒,又值三弟趁机架祸殃。

重话日前侍婢黄金钏,为吾投井故身亡。
父听此言须发指,火上加油就怒不可当。
家法立传施楚夏,不容分诉表端详。
个阵棒如雨落难禁苦,魂痛三千实切肝。
感得祖母得闻来劝住,就时拥护转归房。
多端解救才苏醒,无奈遍体斯时已受伤。
祖母含悲忙抚慰,嘱吾珍重勿出中堂。
自从个日承慈命,就养静怡红料理棒伤。
后得宝姐灵丹方止痛,独系步履艰难未复常。
虽则患病在床诚困苦,幸免披翻黄卷在书窗。
合家大小都怜惜,正系祸中得福难成祥。
我平生最喜入钗群队,今日病中常得傍红妆。
个的姊妹共丫鬟来不绝,温柔乡里纵使病何妨?
第一知心林妹妹,情投意合世无双。
想佢昨天来问候,刚逢我睡着在此牙床。
佢玉手相推将我唤醒,见她惨淡花容带泪光。
咽哽几回方启齿,叫我前车当鉴莫遗忘。
此时正欲将言答,唔想凤姐声来自外厢。
就时辞别回香阁,后门趯出甚很忙。
想我杜门久未修游屐,神驰常恋馆潇湘。
一日三秋从古道,亏我片时暌隔就似几年长。
虽则目前佳丽应如许,怡红来往尽群芳。
独系知音举目人应少,唯有颦儿最合我心肠。
等我蒹葭玉树常挨倚,但愿他年伉俪结鸳鸯。
免至情丝系紧愁难尽,想思无主自凄凉。
我乃多愁多病痴情子,都为倾城倾国俏容妆。
宿恨未知何日了,天涯咫尺愿难偿。
情人旦夕垂青泪,罗帕啼痕不暂干。
不若将此鲛绡贻赠佢,或者她芳心能会我呢苦衷肠。
惆怅几回呼侍婢,悄对晴雯说事章。

鲛绡携去潇湘馆,为吾送上黛玉姑娘。
语毕晴雯承主命,轻揭珠帘出外厢。
玉步慢移穿曲径,来至深闺进入绣房。
黛玉开言忙细问,妹你因何到此方?
侍婢上前含笑答,伏唯小姐要知详。
只因公子差奴到,送上罗巾共请安。
话完呈上鲛绡帕,颦儿接转自思量。
只见洁白素罗身皎皎,泪痕积满在中央。
未审罗巾赠我原何意,教奴俯首自彷徨。
几度彷徨偷想过,忽然领会觉心伤。
须知所赠非无故,万千愁绪都在此中藏。
堪羡多情谁可比,不负垂青眼一双。
左想右思情惨怆神魂今荡漾,若嘱鬟归去谢他情长。

宝 玉 心 迷

暑热困人生苦恼,妆台斜倚闷恹恹。
人间富贵红颜女,描龙绣凤度芳年。
想我倾城倾国终何用,多病多愁日倒颠。
良医每嘱叫我清闲养,所以琴棋针黹总无缘。
独坐兰闺多厌倦,不如消遣出花边。
意欲访寻林妹妹,又妨去探稻香村。
料想湘云难久坐,必然在宝玉处云轩。
想完即便抽身起,不用鬟跟步向前。
轻轻步出花园去,只见奇花瑞草色鲜鲜。
桃树如云阴匝地,山榴似火叶相兼。
风舞绿杨生翠色,蝉声断续可人怜。
轻印苍苔穿曲径,又见俤桑红紫斗鲜妍。
步出栏杆频着目,烟景繁华别一天。
满沼荷花香喷鼻,嫩红娇白舞风前。
见佢似笑如羞开并蒂,恰似嫦娥姊妹在水云边。

只见水荇牵风如似带,侍女偷来采白莲。
柳腰轻摆转过蘅芜院,又见红稀绿暗草芊鲜。
回头修竹千株翠,金钩双挂在绣帘前。
园中景致观唔尽,故乜丫鬟唔见个在花边。
我想宝玉近来多放纵,把个的情词野史日流连。
不过都系才子佳人私撮合,偷传玩物表情坚。
今日宝玉麒麟他打失,又怕借是为非致弄得倒颠连。
今朝悄悄到怡红院,见机行事察佢两个言端。
刚刚行到书窗近,听见湘云里面笑声传。
细听已知经济事,又闻宝玉慢言宣。
又话林妹并无其语讲,若然有话我就不如前。
黛玉闻言惊复喜,长嗟一气见心酸。
喜得衷情素日与我同知已,真正高山流水不虚传。
做乜在人前就把私心吐,嫌疑不避乱开言。
佢既然与我成知已,岂无金殿锁文鸯。
何必又将金玉论,你有名无实怎会得情牵。
又来了宝钗个个贤娇姐,亏我九转肠回倍惨然。
又苦我个爹娘身早丧,举目无亲实可怜。
亏我满腹真情闲似水,铭心刻骨你话对乜谁言。
况且近日神思加恍惚,妙药虚劳旦夕煎。
气弱血亏成病症,红颜薄命久欲难延。
想到此时加倍苦,泪珠如雨湿腮边。
意中人去同相会,满胸愁绪步难前。
手执绣巾频拭泪,罗裳风卷转东边。
宝玉穿衣移步出,举头睇见一位女婵娟。
正系林家娇妹妹,罗衣月白绣带翩跹。
绿鬓堆鸦人窈窕,偏偏斜插翠花钿。
手执一把班姬扇,罗裙掩映曳金莲。
此景此人真可羡,飘飘疑是降凡仙。
行如风动三眠柳,凭似轻盈太液莲。

又见佢罗巾似拭腮边泪,弱体迎风欠自然。
趱步行前微笑道,林妹呀如今往哪边去?
为甚桃腮还带泪,不识谁人冲撞乞对吾言。
小姐回头知宝玉,只着改悲为喜笑开言。
奴奴无事游花苑,何曾烦恼上眉尖。
宝玉笑声还不认,至今犹带泪痕鲜。
笼袖与娇同拭泪,娇姿从后退金莲。
就话因何在此颠和倒,行为如此失观瞻。
重怕一时泄漏春消息,名誉攸关恐被外传。
个阵秋罗扇掩桃花羞不展,欲言还腼腆宜嗔宜喜可人怜。
兄宝玉,诉因依,亏我对景忘情妹误疑。
记得玉娇曾有话,佢话事到情深以死继之。
黛玉含羞将语道,纵然你死我亦都唔悲。
总系遗下此金无下落,又可惜个只麒麟永别时。
小姐说声犹未了,宝玉顿时急竖眉。
赶上连呼林妹妹,不识此言咒我定系要吾悲。
黛玉见他颜色变,自惭言语欠寻思。
又见佢通红满面流香汗,只着把绣巾同佢拭冰肌。
悄悄低声言语错,平时惯讲你岂有唔知。
宝玉痴呆空对面,定神久后说言词。
妹呀千万你将心放下,个阵妆台听见魂魄飞。
话我有什么心不放,有何闲事要我用心机。
我实想来唔晓得,望兄明示话奴知。
宝玉听完娇妹语,一声长叹锁双眉。
妹呀你系一个精乖伶俐女,一言唔识想成痴。
纵然真正唔明白,把我数日心肠枉费思。
你日日在深闺眉蹙损,汪汪泪垂怕人知。
只为深思深虑全无定,亏我满腹衷情付水湄。
莫道话不才当日错,你地红楼闺女亦该知。
皆因妹妹心唔下,至此弄成病症日操持。

妹呀疾病每从烦恼起,何况病后加愁乜了期。
勿话大夫诊脉全无效,纵有仙丹难救你断肠时。
娇听罢,转含羞:今日新愁又接着旧愁。
细想言词还恳切,思来句句合我心头。
一片微衷难启口,娥眉空盼恨悠悠。
宝玉神思俱不定,心随云散不能收。
从来有慢唔倾肝胆,今日欲说分明冇句话头。
个阵宝玉无言终默默,二人对面自生愁。
久后见娇轻咳嗽,又见佢秋波难阻泪双流。
见佢纤腰袅袅回归去,连忙呼妹诉情由:我有一言诉上娇宽宥。
携玉手,多娇皮眉紧皱,连忙拂脱满面娇羞。
不烦多说个的闲言语,岂有将人一旦付东流。
话完趱步穿芳径,花叶浓遮恨未休。
发呆花边频极目,怎想丫鬟在后头。
只话宝玉慌忙唔带扇,送来却热免担忧。
见佢与一美人花下立,潜踪隐迹慢凝眸。
久后玉人回转去,忙来花下诉情由。
做乜暑天唔带扇,我又问你因何情绪为谁羞?
宝玉此时如梦里,忙呼妹妹泪双流。
从来未敢言冲撞,等我诉明此事免担忧。
我为你深闺弱质成痴病,至此我抱病长年不自由。
愿娇保重千金体,莫因闲事乱心头。
袭人听罢他言语,个阵惊疑不定见担忧。
手拍香肩将语问,不识一番情景为谁愁?
宝玉失惊知话错,汗湿罗衣面带羞。
顿时夺了个把真金扇,发脚如飞出外头。
暗恨真情鬓识透,谁能够,寸心何日就,怎得大观园变作秦楼。

宝 钗 送 药

自系怡红探病个日回家后,亏我愁怀终日闷恹恹。

奴系宝钗红粉女,薛姓由来正妙年。
一从随母京华住,怎想风流结下呢段五百年冤。
只为我母与贾家是姨表戚,至此往来日夕快盘旋。
佢恩荣府第系忠心国,繁华富贵乐无边。
况且宝玉个种多情人所罕有,超群才貌正青年。
翩翩浊世一位佳公子,堪羡风流态度胜神仙。
私心久已还痴愿,空我几回相忆暗相怜。
记得萱亲常有话,当初曾有一真仙。
话奴个把金锁有奇来历,但系蓝田美玉就是良缘。
想我当年也亦闻人说,话宝玉生时有一种异端。
口含美玉通灵宝,莫不是意中人系我素日姻缘?
但系所妨黛玉林娇妹,自小投亲在他个边。
佢两个情投兼意合,几多怜爱意缠绵。
食寝何曾分两地,胜过同胞姊妹先。
况且贾母殷勤养育当佢亲生女,岂有为人唔共佢早定良缘。
只恐我镜花水月成虚想,眼看佢日长金殿宿文鸳。
想到此情魂欲断,哎,未晓奴奴金玉是否系姻缘。
记得佢为琪官个段无辜案,金钏怀愤把身捐。
凑着贾政佢系严亲亲听见,个吓佢雷霆发怒欲亦都难言。
哎,家教虽则本应唔在咁性烈啫,点舍得佢几回失魂苦受笞鞭。
后到贾母求情方解脱,就在怡红静养眼见佢病势缠绵。
未晓佢血染罗衣痕已愈否,不若行前送药慰情牵。
长叹息,自抽身,直到怡红深院那边行。
日移花影栏杆外,垂帘不卷寂无声。
行近纱窗鬟入报,袭人相见笑盈盈。
宝钗轻启樱桃口,悄语低言问一声。
你公子身中无恙否?比做昨宵曾否见安宁?
今有药丸一包交过你,调擦需用井泉清。
莫多劳动佢千金体,自然安养得神宁。
哎,总系佢年少不该行事错,岂可猖狂作事当为轻。

不独高堂为你心伤苦,就系我见他如此恨亦难平。
话尚未完犹未住口,唔想宝玉床中已尽听。
一声揭起红绡帐,见佢眼含愁水泪盈盈。
粉痕羞满桃花面,胸怀惆怅寂无声。
深情欲诉愁难忍,一种矜怜更动情。
沉吟伏视偷思怨:难为佢姊妹得咁情深。
想我不过蒲鞭来受辱,引佢暗地哀怜为我特临。
千般过爱言难尽,岂堪连累佢姊妹伤心。
设使我宝玉若然遭不测,个阵佢地为依何日泪始唔淋。
深情多感娇怜悯,就系死归黄土亦甘心。
正在踌躇神未定,忽听宝钗撩鬓把言陈。
叫句袭人娇妹言其事,未晓何人弄舌根。
致令佢受千般辱,又道娇姿详诉姐你知闻。
叫一句姑娘劳你动问,等我从头慢慢细说原因。
只为琪官藏匿个段无明事,你个令兄疑佢共宝玉同行。
是以谣言布散心怀忿,故此堂前触起佢父生嗔。
宝钗听罢长叹气,怨句长兄何必咁为人。
宝玉见娇长叹息,恐她怀抱暗生嗔。
连忙启口将言道,姐呀外人言语总难凭。
想你令兄与我同相厚,断无此事莫信为真。
知意宝钗回语答,公子呀你亦晓我兄平日惯横行。
此后交游须要谨慎,莫随他去又恐是非生。
千金贵体须知爱,凤凰应入猛鹰群。
况且我兄性格原横梗,岂似公子温柔敦厚善体人心。
休学个种风流成浪子,望君还要识重斯文。
个阵承欢自得双亲喜,不枉贾母殷勤一片苦心。
奴系至亲方正话你,剩口唔休话错别人。
又道袭人复说金钗事,只为佢盗钗环起祸根。
可恨丫鬟抱屈身投井,累及公子凄凉受苦一匀。
宝钗细说回娇语,我想至爱无如手足亲。

顽儿异母难同气,触起我家庭兄母越觉销魂。
我今暂别回家去,姐呀你便殷勤善待小东君。
明日再来相探问。一声珍重转前行。
袭人相送出怡红院,宝钗移步再说原因。
若系公子要须何用物,你便差鬟前到我边临。
奴奴房下诸般有,不须堂上去回音。
本待略谈片刻方回去,怎奈蘅芜远树日已西沉。
今番与姐同分手,无劳远送且回身。
莲花步步苍苔印,风阵阵,罗裳香远近,我且暂回书馆伴主东人。

四　卷

黛玉恨病

步返潇湘门口近,只道行前看姐玉人。
绣帏轻揭叫句贤娇姐,见她牙床倒卧睡黄昏。
忙把绣衾来盖下,不觉眼泪如同似水汾。
急欲延医将主救,无人商酌只剩孤身。
这种凄凉心又忿,忽闻门外履声频。
探春随母先来到,说道贾母亲临这事因。
李纨熙凤跟随后,共入房中唤姐几匀。
因何忽染沉疴症,千金不保实属何因?
见佢痴迷存一色,越使惊疑倍怆神。
恼气伤肝成恶病,有何缘故得咁迷昏。
若是果因亲事你唔如意,大家儿女识书文。
枉我一场恩爱育,不思劳报我深恩。
众人正在旁边劝,贾琏请进太医临。
众姐抽身回避去,留下床边一位老太君。
太医一见先行礼,转身来把脉调匀。
诊完已晓其中病,略谈几句外厢奔。
片时方药俱齐备,贾母叮咛各婢云。
须要小心侍奉汤和药,且看明朝点酌斟。
又到熙凤上前来奉劝,晚膳安排已日沉。
料想姑娘非险症,不须忧虑老年心。
请回内阁身安息,大众随同出外行。
紫鹃一面烹茶药,个种凄凉泪满衿。

好事变成冤孽债,可怜孤客病沉沉。
怎得姑娘心醒转,再同筹策过光阴。
不想黛玉病虚经血少,一时悲怨两交临。
痰上火冲迷本性,故此霎时狂病失其身。
抖过半天心暂醒,微开凤眼笑吟吟。
轻移玉体愁无力,低声微嗽话难伸。
紫鹃一见忙拭泪,上前来问好殷勤。
黛玉相看何恨苦,满腹含愁欲细分。
便叫开箱取出金和玉,又取诗词旧稿共瑶琴。
紫鹃恐主重相感,温柔劝姐勿劳心。
且请凝神来服药,望祈保重我千金。
黛玉无言将药弃,检还旧物泪珠淋。
剪碎绣巾和绣袋,几回哽咽苦难禁。
枉我存收为表记,今日人物分离两泪淋。
又把诗稿攒齐将火化,费我多年用意深。
几多赠答估话成随唱,岂料空言今日付消沉。
曾听琴音来讲学,问你指法如何点用心。
空羔情牵勤指拨,见物相怀悔未能。
恨将桌碎消我心头怨,件件排来索命真。
非我痴心成此病,实系赚奴太过用心勤。
如今飘叶随风冷,把奴厌弃恨难伸。
不死有何颜与面,青春独自丧孤魂。
悲到极头无解救,几回欲绝又番生。
四壁虫声灯影暗,凄风惨雨入窗临。
一阵神昏难坐住,牙床倒睡苦难襟。
一气如丝双眼闭,俨同七魄丧三魂。
紫鹃众婢多悲切,连忙哭叫泪沾身。
又见凤眼微开红透现,略停喘气半时辰。
凄凉叫句紫鹃妹,枉你相伴多年一片心。
指望终身同快乐,谁想半途今日惨别天人。

命鄙双亲皆早丧,眼前只有剩孤身。
共你如同亲姊妹,致嘱叮咛把话陈。
眼见奴奴将死丧,你件件安排细酌斟。
停棺照旧潇湘馆,千祈日后带我南行。
等我亦得回乡依父母,免使抛留异地苦难堪。
话未完时心又痛,再欲开言似未能。
哭痛紫鹃真惨切,声声情愿共主归阴。
一众把她来劝住,看真情景若何能。
一面着人先往堂前报,办佢后事共衣襟。
如今你哭死又中何用,还需商酌共沉吟。
紫鹃拭泪来观看,万般悲切苦中心。
今日尽地咁多情与义,眼前一旦化为尘。
纸短书长难尽表,颦卿弃世怎原因?
下折追寻知底蕴,结局如何请看后文。

黛 玉 弃 世

情切切,泪交飞,紫鹃含恨锁双眉。
心头失鹿东西撞,人世难寻续命丝。
我想往常小姐沾微恙,姊妹人人共主持。
今日沉疴不起人将逝,正系须臾旦夕命在于兹。
莫道众人无个问候,就系夫人太太亦不到多时。
始信人情多反覆,分明昨是与今非。
适到中堂人有一个,大抵都为宝玉完婚已有期。
因办洞房花烛事,故此调汤侍药都系我共雪雁操持。
斜倚曲栏心想碎,竹风蛩雁助人悲。
此际小姐未知生定死,忽然想起倍神驰。
牵绣幕,卷珠帘,轻轻移到床边。
见姐微微气喘红双脸,四肢难动口无言。
弱体覆衿形似纸,我怕千金苶命不久归天。
肠断几回呼雪雁,妹呀你快叫奶娘来此见妆前。

谁想奶娘一见千金面,哭声唔出泪涟涟。
紫鹃越发魂飞散,又见斜阳近晚天。
小姐若然真不测,叫我女流点晓殓妆前。
今日凄凉偏遇着佢地繁华事,欢会悲啼共一天。
想起宝玉近来真薄幸,往常恩爱化云烟。
虽则今宵鸾凤配,做乜睇住姑娘病死得咁心甜。
四路无门将气死,忽然想起稻香村。
料想孀居唔理事,就命丫鬟请李纨。
小鬟领命忙移步,竹林绕遍曲栏边。
园中景致无心向,来到兰房步占先。
匆忙难待人传报,即便潜身入画帘。
睇见李纨教子裁诗句,举笔沉吟用意专。
带泪行前将语禀,就话我的姑娘将近丧黄泉。
李纨听罢她言语,魄散魂飞上九天。
心迷唔顾高低路,抽身携婢出花园。
慌忙不暇来盘问,几回跌倒在花边。
一路行来心暗想,可怜妹妹咐迍邅。
此女玉容尘世少,才如锦绣更堪怜。
世间多少如花女,怎似佢貌如芍药带晴烟。
不独天下美人难比并,就系素娥青女也亦徒然。
鹤算最怜才二八,娥眉无复冠三千。
莫话闺中姑嫂多怜爱,就系下人哪个不哀怜。
咁样做人偏寿夭,红颜薄命不虚言。
伤心想起王熙凤,真正令人怀恨上眉尖。
设计偷梁和换柱,至此奴奴唔敢探妆前。
未知妹妹身沾病,难尽心情实挂牵。
凄凉泪染芙蓉面,嗟命蹇,妹死恩情断,可怜年少就归泉。
频拭泪到馆潇湘,只见寂寞无声如断肠。
两扇朱门分八字,萤灯掩映更悲伤。
想必红妆身已死,唔知衣衿何样殓姑娘。

慌忙举步行尤止,并无人影在潇湘。
适值紫鹃移步出,二人相撞倍凄凉。
李纨细把丫鬟问,比做姑娘点样酌商?
紫鹃苦切难开口,回指兰闺过佢看。
李纨不复将言问,连忙飞步入兰房。
行到床边心切切,泪珠如雨洒衣裳。
连叫几声林妹妹,见佢并无言语实心伤。
久后微微舒凤眼,似乎相识倍凄凉。
见佢桃唇轻欲启,口不能言切我肝。
又见佢绿鬓蓬松云乱挽,只闻气出少收藏。
眼盖微红无点泪,难为死得咁悲伤。
今日我呢凄凉人到凄凉地,新愁旧恨意茫茫。
又见紫鹃挨在牙床畔,面如土色好慌张。
涕泪交加流不止,李纨苦切共佢商量。
目下姑娘逢此大限,你便快取罗衣共绣裳。
锦褥翠衿俱整备,如迟一刻就难当。
佢系一个深闺红粉女,不可临终个阵冇的收藏。
紫鹃听罢佢言语,个阵凄凉实恶当。
滂沱大哭惊天地,丫鬟几个断肝肠。
李纨越发心无主,泪沾罗袖抹唔干。
闻声吩咐林家妇,命你传言到外厢。
即叫管家忙买办,姑娘后事速商量。
此事不须回太太,面禀前来到此方。
传来晚膳无心食,李纨鹃姐倍孤寒。
忽闻一派笙箫响,香荡漾,窗外云光亮,亏我伤心难忍见姑娘。

宝 玉 相 思

花烛好,月腾辉,洞房春色喜溢门楣。
此夕金碧画屏开孔雀,芙蓉绣幕待牵丝。
想我宝玉姻缘应冇再误,丝罗明是许订黛玉佳期。

百年今遂三生愿,不枉我栖鸳当日种就连枝。
正系蓝桥得践妆航约,夭桃浓李正当时。
罗绮风流欣独占,安排金屋待娇姿。
春风解释平生恨,任凭彩笔画双眉。
静里思量心暗喜,笙歌撩乱向人催。
共道洞房筵已设,传言公子莫迟迟。
酒绿灯红添夜景,交杯传送醉金卮。
个阵眼波偷看筵前递,见佢体态风流不似旧时。
虽则旁立个个侍儿明系雪雁,做乜低头无语似有满腹愁思。
番覆思量看佢仔细,恰似动静分明是薛宝儿。
独惜翠绕花盈难以细辨,鱼目和珠未识是非。
含情欲说又苦无人问,只着怀疑抱恨懒会佳期。
一声长叹独入红绡帐,蒙眬双眼自见神痴。
忽听帘钩怎响似有人声至,无奈拥被低言细问是谁。
只见银台烛影将明灭,睇真原是妹娇姿。
揽衣推枕我就徘徊起,妹呀做乜月落更残到得咁迟?
别来无恙见你容消减,莫不是为侬长日病相思?
知卿得慰我呢相如渴,乜事见面无言不发一词?
今日我病中情意坚生死,独惜日夕消魂你总未得知。
试睇屋梁月落三更转,只见环佩无声步悄移。
含恨近前呼句宝玉,往事前情你可尽知?
从此风流交付你,既有今朝何必又有初时。
此后我南归休要再记,凤鸾新耦正好乐效于飞。
话完即便抽身起,君呀相逢从此渺无期。
个阵宝玉慌忙快把罗衣扯,妹呀多情何苦独自咁伤悲。
今日我薄幸明知亏负你,也应怜念漫漫讲呢段心期。
唔想鸡声惊唤离人醒,蝶化南柯一梦飞。
起凭鸳枕添惆怅,正是杜鹃啼血五更时。
回首见袭人旁侍立,低声携手问句娇姿。
近来可到潇湘馆,比如风景似否前时。

花烛昨宵究竟是谁家女？教人疑惑暗里难知。
又到袭人轻启齿,朱唇漫展吐言词。
为君当日把佳期定,怎奈佢病中憔悴力难支。
只着就把薛宝姑娘来代替,君呀姻缘前定百载难移。
我想钗黛本来同绝色,温柔情性此更堪思。
况且鹊桥初渡双星夕,潇湘魂梦早赴瑶池。
闻此语,倍伤悲,昨宵情事果真奇。
只话春梦无凭难收信啫,点想伯劳燕子咁就各自分飞。
亏我命薄哪知缘更薄,呢阵花月欢吟莫问往时。
只恨高堂无见识,听人言语总不寻思。
明知金玉姻缘误,点好把我监成配薛宝儿。
十载温柔胶漆似,两人心事岂有话唔知。
无端扭断同心结,正系续命无丝恶缘主持。
韶华一梦随流水,纵使决尽江河莫洗此悲。
今日并头有意花空种,连理无心树枉移。
茜纱窗下怨我无缘分,黄土垄中妹你命薄何如。
独系心事未明咁就生死两地,不若行前哭奠,慰吓我呢别恨痴迷。

宝玉哭潇湘

移玉步,到中堂,相随姊妹问辰安。
略坐片时忙步出,触起伤情泪两行。
往日与娇同定省,今日未识渺渺香魂在哪方。
回栏转出亭中荡,心想怆再把桃源访。
今日神魂颠倒为着娇忙,忙转步,入园中。
你睇满园春色甚朦胧,清香阵阵随风送,落叶残枝满地红。
将身行近埋香冢,触起从前泪满胸。
曾记昔年娇在此,埋葬残花苦万重。
曾题诗句将花咏,曾同哭泣诉情衷。
今日岂知人作梦,亏我犹如利剑刺心中。
此后落花更有谁怜悯？愁万种,为娘心切痛,我只着带愁含恨苦入怡红。

临曲境,过庭中,又只见盈盈开满玉芙蓉。
伤心触起晴雯事,更觉衷情血泪红。
将身行近芙蓉下,叫句晴雯泪满胸。
妹你阴魂日在花丛动,可见颦卿佢玉容?
若然得见娇姿面,烦劳贤妹共我代诉情衷。
你话祸因起及王熙凤,恳娇你阴魂含恨切勿相容。
求娇你千万把我衷情诉,前言唔讲妹你亦尽知踪。
你话姻缘复到来生种,言词委托望你相从。
又只见太阳日出东方拱,珠泪涌,知心人断送。
不若我下阶移步,别却这芙蓉。
回栏直出到潇湘,你睇庭中寂静甚凄凉。
竹梢风摆撩人怆,花木凋零实可伤。
野草绵绵生满地,苍苔软软砌盈墙。
蜘蛛结尽千层网,兰蕙空留十里香。
举步近前临寝室,做乜尘烟无点却如常。
想娇你阴魂不散在此常来往,故此寂寞无尘这一方。
你睇花枝招展摇风响,心想像转入兰房上。
亏我一见娇姿灵柩碎我心肠。
频拭泪,叫句情人,此回难望共姐你相亲。
伤心触起从前事,提起当年欲断魂。
念卿初到我的寒门地,胜似同娘一母生。
自小花前同耍乐,全无一事不同群。
也曾潇馆同嬉笑,曾在怡红乐岁阴。
也曾促膝谈心事,也曾携手步芳林。
花间多少繁华事,常祈永远不相分。
点想冤家起及萧墙内,真忿恨,暗重机谋运,至此幽冥两地拆离群。
含啼再哭一声娇,知卿香魂叹无聊。
你兄今日前来吊,做乜园庭花木静萧萧?
往日莺啼鸟语情何妙,今日空余蜂蝶抱花朝。
此后唔望春游芳草地,难同永夜庆元宵。

夏日荷莲开正妙,难同池上乐逍遥。
中秋唔望同娘赏,难携菊酒共相邀。
唔望芦雪亭中同咏雪,可惜红梅仍放在花寮。
今日花木未知人已渺,还仍开放暗香飘。
亏我触景伤情难悦笑,心苦叫,为娘魂渺渺。
恨只恨小生命薄,故此断了蓝桥。
频着眼,看娇灵,亏我含啼血泪涌如倾。
想娇个种情和性,才如蔡谢又娉婷。
羞花闭月谁能并,联句吟诗压省京。
可叹红颜多薄命,至令今日附孤零。
亏我叫断肝肠难见应,可惜玉碎珠沉一旦倾。
忽闻步履连声应,唔想举头睇见一位女娉婷。
此际我乍惊着吓凝眸认,原来娇妹你个位女娇英。
见佢手执香油移步到,带怒含悲把步停。
行近叫声贤妹妹,扯住罗衣泪暗倾。
一向在于何院寓?姑娘深感你多情。
连问数声无一应,又只见佢满面嗔容不发声。
知娘为忆贤娇病,埋怨愚兄是薄情。
恨只恨点能借得三江水,等我便把衷情尽洗清。
若然娇你唔烦听,待我逐一从头把怨诉。
明愿娇千万唔烦听,来受领,念惜人孤影,望娇你高明鉴察我衷情。
紫鹃听,泪双流,公子你含啼着甚忧。
此非薛氏姑娘枢,何必在此泪双流。
此乃荒凉凄楚地,因何公子你到此芳幽。
想你欢娱燕尔新婚后,何来在此把身投。
今日害得佢青春少嫩归黄土,还来在此不知羞。
我娇福薄难消受,请归回转凤阁与龙楼。
说完便把香灯上,带怒含嗔把泪收。
下阶直出回门后,转入东林个便游。
个阵宝玉好似黄连吞入口,眉黛皱,气死回生后。

今生前程辜负,尽付落水东流。

宝 玉 入 闱

梧叶落,夜寒天,一场春梦不尝圆。
空空色色终成幻,回忆前尘恨倍添。
想我宝玉生在豪门娇养惯,莺花寻乐度芳年。
温柔乡里清闲客,风月场中快活仙。
穿是绮罗餐是肉,般般随我悦心田。
有何不足更想去超尘劫,欲遁空门证佛仙。
只为一个多情林妹妹,使我万恨俱灰几咁惘然。
想佢共我自小行踪同一处,彼怜此爱乐无边。
嘲风弄月阶前尘,结社联吟把句研。
大观园内群芳会,十二金钗佢占先。
玉洁冰清尘不染,早已渴望他年订凤鸾。
正系同心相印多时久,唯恐花残月缺奈何天。
岂料天果不从人所愿,竟使潇湘馆里叹凄然。
却为佢多病几经同菊瘦,每见痰中带血鲜。
是以祖母嫌渠唔配合,另择宝钗贤姐共我结良缘。
凑着个个凤姐亏心行诡计,移花接木把我凤鸾颠。
叫大观园里上下瞒我,齐声话黛玉与我结并头莲。
所以扶着新人行大礼,还是潇湘馆里众婵娟。
我带病悲亲原懵懂,斯身不办但欣然。
谁料合卺个宵吾喜事,正系佢含冤茹苦命归天。
后来病醒方知错,方晓得新人不是我意中缘。
自此潇湘冷落人稀少,空剩幽魂化杜鹃。
个阵我哀号莫禁魂飞渺,半成颠恨眼徒悬。
似从梦里寻他去,幸得一个空空和尚导我到瑶天。
三十六天同遍访,始见警幻群芳在目前。
倏然妙境人稀少,点想佢前身原是绛珠仙。
意欲近前呼妹妹,相思一诉解我愁缠。

谁料佢茫然不记前生事,待吾宾客礼翩翩。
谓我系神瑛侍者频相唤,令人夙因唔悟重尘缘。
此时即欲留修炼,一共超凡证上天。
空空和尚苦劝我暂且回归去,谓我未完俗累要迟延。
直等秋闱试后乡魁中,亲显名扬你事且了然。
个阵我在前途相等你,闱后同登极乐天。
我醒后此言尝谨记,立意栖真病亦痊。
料想流金恰似金梭掷,秋闱明日选才贤。
慈母娇妻何限喜,叫人侍候几咁纷喧。
文房四宝俱齐备,入闱什物万般全。
此时打点当前往,兰侄兼同去作七篇。
场后即将尘网脱,皈首空门乐自然。
便与空空和尚为同件,癃崔飞声上九天。
纵使桂枝扳得亦是虚名挂,薄答劬劳我事已完。
再不从宦海繁华里,身入其中受佢纠缠。
自此火坑跳出归莲界,贪嗔痴爱尽除捐。
独系去后可怜慈母苦,倚门翘首几时完。
佢估我此去无过三五日,便回奉晨昏解佢牵挂。
怎想一别永成千古恨,长离膝下使佢泪潸然。
细想不孝定知难免罪,唯愿一人成佛七祖便升天。
重有宝钗姐姐还堪怜,半载恩情已并肩。
虽系这段姻缘非我愿,实佢操持不愧系孟光贤。
喜得近来已自征兰梦,或者生得一年半载奉佢他年。
空闺寂守亦有人开解,始免使佢冷成寡鹄恨终天。
想罢连忙移步出,片时来到画堂前。
一见慈母亲随下拜,微微含笑近身边。
娘呀明日用心文字里,笔锋横扫掩群贤。
个阵一举成名标虎榜,鞠育微酬慰你目前。
但系此去形骸虽隔神常合,梦魂如在奉高年。
愿娘勿以吾为念,自娱晚景且欣然。

得快乐时须快乐,向来儿女眼前冤。
但得泥金贴报高堂上,即是孩儿酬答万般全。
转身又向娇妻拜,妻呀我这一担工程要你尽肩。
我想才全德备人难及,巾帼谁同你咁贤。
自赋桃夭刚半载,琴瑟齐辉在御弦。
并无一语曾交谪,我爱还兼你亦怜。
今日风雨倾盆分比翼,致嘱吾唯有一言。
高堂寝膳须勤侍,代吾子职望周旋。
宝钗听罢伤情极,无言空自泪涟涟。
又到夫人不住长叹气,儿呀暂别无过四五天。
做乜不祥言语纷纷乱,惹起我愁肠反挂牵。
想你从来娇养惯,一日离家当几年。
此去场中须自检,调护勤加食与眠。
但愿落笔如飞还早转,免使我遍倚门闾望眼悬。
你便快同兰侄往,等你叔侄同乐我暮年。
宝玉无言唯有笑,飒然竟自出门前。
从今罢脱红尘去,朱颜绿鬓漫情牵。
正系霏微花雨蒲团坐,别有逍遥自在天。

宝 玉 逃 禅

痴魂一自归离恨,潇湘寒雨独悲秋。
一别难明千古怨,空怜八载共绸缪。
红颜命比秋云薄,月悴花憔恨未休。
三生自怨无缘分,徒劳胶漆两情投。
忆昔茜纱窗下共欢笑,我宝玉痴心原望共你赋河洲。
点晓恩爱易招人所妒,虚言摆布为我暗易鸾俦。
自系洞房病里迷春色,今日李代桃僵万事休。
蝴蝶梦兰人已去,杜鹃啼血泪空流。
潇湘馆地无人迹,空余草色入帘幽。
知你泉台有恨无从诉,今日死生难改我铁石心头。

落花无主空被东风妒,招魂何处觅香邱。
昨宵庭外悲歌发,知是环佩归来月下留。
独恨阴阳两地难想见,追魂无术转成忧。
恰似星辰离合参商异,年华不忿咁就付水东流。
试睇彩云易散情同惨,好月难圆此恨怎休?
愁肠九曲黄河转,亏我明里开颜泪暗流。
回想红楼当日事,韶龄嘻笑过春秋。
娇嗔软语情何羡,艳曲佳词意总留。
记得潇湘春曲我把言挑逗,幽情发露佢重暗目生羞。
痴心一点为把残红葬,讲到花残春尽个句我就替佢担愁。
讲乜蘅芜戏扑双飞蝶,艳笼红麝半含羞。
心迷见妹我把痴情诉,知佢亦都多情空为我绸缪。
尺幅鲛绡曾遭赠,试睇佢和泪题诗血点未收。
芸轩梦兆鸳鸯绣,真正系情悟梨香分定莫求。
海棠结社添佳趣,丛菊留题赏晚秋。
螃蟹鲜嘲同讽咏,新词吐属尽是风流。
莫问大观重设宴,园林两度醉金瓯。
栊翠品茶逢妙玉,红梅白雪暗情投。
词吟风雨夜把潇湘访,笑我鱼蓑烟笠妙语相调。
曾记芦雪亭边同赏玩,联吟即景把诗酬。
灯谜雅制春游惯,暖香环岛境清幽。
千金撕扇为博晴雯笑,佢重病中曾为我补金裘。
凤姐班衣还效戏彩,罗绮丛中乐未休,
沉醉湘云眠芍药,满身花落认作是衿绸。
此后石床尘积无人到,飘残红叶绿阴收。
新妆空与平儿理,裙忆香菱为解石榴。
又到群芳夜宴怡红寿,彩红黛绿共祝千秋。
琼筵开处花环坐,觞飞人醉月当头。
独有颦儿风雅人难及,悲题五美句不胜收。
今日桃花社散人何处?词填柳絮谱亦空留。

品笛联诗多乐事,新词佳忏就赏中秋。
岂知聚散难常料,丫鬟先恨抱屈风流。
芙蓉诔撰空把花魂吊,茜窗词句重倩卿收。
莫记抚琴悲往事,秋声徒惹美人愁。
杯弓蛇影卿更多情重,空怜绝粒枉为侬忧。
记得谈禅个日已把心先许,我重话一飒只取就任波流。
虽则姊妹同班皆重义,难及黛妹情深意重更周。
自系海棠宴赏失去通灵后,致使痴迷不悟就中了奸谋。
闻得你肠断潇湘重焚却旧稿,嗟我问心难过你恨几时休。
正是一寸相思灰一寸,离天后此恨悠悠。
痴心屡欲把芳魂候,痛我相逢无梦愈见添忧。
我想人生好极亦系虚闲事嗜,讲到死别生离边一个共得到头。
金玉纵成鸾凤耦,风流祸展我早已心忧。
今幸蚌胎珠孕,更望早折蟾宫桂。等我优游昙花愿可酬。
独惜宝姐青春年尚少,丢佢孤衾寒守一灯秋。
姐呀此日非关侬负你,总系事到如今恶自出。
繁华堪破黄粱梦,罢咯不若尘凡早脱去觅清修。
蒲团夜坐三更月,心持半偈自优游。
纵使藕丝难忏今生断,定要荷叶圆泰再世修。
但愿禅天双去好,高临玉宇共你稳在琼楼。
兰因絮果应堪证,冰壶心地似清幽。
水月镜花成幻想,西方还向呢极乐中求。
凭他弱水三千里,终到蓬莱第一州。
船离脱海都仗慈航渡,免我今日住呢奈何天叫苦叹离愁。
他日龙华会上重相见,荷佛姻缘慰我夙修。
散花有伴喜你同天女,个阵我任是顽石无知也点头。
坚心不枉呢今日图清净,莲花世界乐度春秋。
笑我禅心似絮已沾泥久,泰已透,色空何所有,茫茫彼岸不若及早回头。

福州评话

黛玉葬花

欲讯愁情众莫知,喃喃负手扣东篱。孤标傲世偕谁隐,一样花开为底迟。
园露庭霜何寂寞,雁归蛩病可相思。莫言举世无谈者,解语何妨话片时。
八句菊诗为冠首,今将书史叙根由。此书本来无帝号,《金石缘》中摘出来。
小说名为《红楼梦》,平话又号《葬花坟》。要知此人前后事,列君静坐听端详。

(白)话表京都城内,有两座国公府,一为宁国公贾演的府第,一为荣国公贾源的府第。二府东西相对,极为广大,即宁荣二公,原籍金陵人氏,却是同胞一母所生。宁公居长,死后儿子贾代化袭了官职,代化生下两个儿子,长子名敷,早卒;次子名敬。及代化身故,理该贾敬袭职,谁知那敬老一心好道,自己搬去城外修行,将这官职,让与儿子贾珍往袭。贾珍生子贾蓉,今年才一十六岁。那荣公贾源死后,儿子贾代善袭官。代善娶金陵世家史侯的小姐为妻,生两个儿子,长名贾赦,次名贾政。现今代善弃世,史氏太君在堂。长子贾赦袭官,次子贾政系科甲出身,当今皇上赐他一个主事之衔,令其入部学习,现今升了员外之职。这政老为人端方,娶夫人王氏头胎生的公子,名唤贾珠,十四岁进学,二十岁娶妻李氏,生子名兰,那贾珠便一病身死。第二胎生了一位小姐,乃是元旦出世,因名元春,后被圣上选入凤藻宫为妃。第三胎又生一位公子,这公子出世时候,口中衔了一块五彩晶莹的宝玉,这玉正面镌有"莫失莫忘、仙寿恒昌"八字,背面乃一除邪祟、二疗疾病、三知祸福等字,有此奇异,因此取名宝玉。宝玉生得面如冠玉,唇若涂朱,七八岁之时,便十分聪明乖觉,唯住不嗜书,最好与女子玩耍。幸得政老家法最严,请师教训。宝玉生性灵敏,所以虽不甚读书,而文墨书信通晓。史太君爱如掌上明珠,便把自己使唤的婢女花袭人,命其伺候宝玉。那贾赦单生一子名琏,娶妻王氏,闺讳熙凤,乃王夫人之内侄女,为人十分才干,史太君因此把家事一概交其料理。但此书由《石头记》内摘出,其中男女上下人等,不下百余人,述之不可胜述,只得于要用之时叙出。如今且说书中最要紧之人,乃史太君之女,乃贾赦、贾政的胞妹,嫁与姑苏林如海为妻。这林如海是探花出身,现钦点为巡盐御史,年已四十,贾氏夫人生有一个儿子,不幸三岁夭亡。后又生一女,乳名黛玉,现年一十岁,生得聪明俊秀,夫妻爱如珍宝,只为时常多病,因此又号颦儿。一家三口,居住扬州任内。

且说夫人贾诰命,对同如海把言谈。女儿生性多聪敏,最好令她读书文。
能够知文便识礼,不枉书香的女儿。如海点头言称是,恰好同寅荐西宾。
此人雨村亦姓贾,知县班中一□员。林公当下备名帖,请了雨村到官衙。
也命女儿来上学,拜见先生读书文。黛玉聪明又勤读,先生教诲费精神。
不过两年多光景,诗词歌赋尽皆能。只是年轻身体弱,时时感冒受风寒。
黛玉读书一十岁,贾氏忽然病在床。姑娘素性兹贤孝,见母欠安苦在怀。
日夜与同婢仆等,殷勤奉侍在床前。谁想夫人寿应满,医药调治总无当。
一时化作南柯梦,痛煞如海林大人。廿载夫妻忽分手,叫人怎不碎肝肠。
最是可怜黛玉女,抱住娘尸哭不停。
哎,娘,吓!只望娘身长在世,女儿奉伺到暮年。
谁想半途相抛撒,令儿此后靠何人?仆妇丫儿也流泪,一齐劝解林姑娘。
如海命人备棺椁,收拾夫人的尸骸。安棺设灵俱沉妥,七七念经做道场。
也写讣音到京省,报与贾家得知情。七满之时做大墓,夫人灵柩到山林。
行丧送葬多热闹,黛玉姑娘做孝男。上山破土就安葬,回龙下山事周全。
御史为官多清正,实心办事报君王。福无双全自古语,祸不单行古人言。
不过年余多光景,林公如海病在床。请医服药都无效,求神告佛总无灵。
可怜黛玉林小姐,殷勤服伺父大人。林公病症难瘥减,月余一命赴幽冥。
黛玉抱尸哀哀哭,亲朋吊唁到来临。代替林公办后事,衣衾棺椁备周全。
收拾尸骸俱已毕,安棺设灵在官衙。只为未曾生男子,千金挂孝守灵帏。
三七开丧放讣帖,合城文武吊灵前。七满之时便发引,合葬夫人的坟台。
讣音传到金陵地,史氏太君痛断肠。去年哭女今哭婿,老泪汪汪好凄凉。
贾赦弟兄妻媳等,一齐劝解太夫人。贾母贪悲开言道,可怜吾女命乖违。
一子幼年便夭折,只余黛玉一女儿。目下宗枝须接代,未知承嗣是何人?
但吾黛玉甥孙女,孤苦伶仃最可怜。父亡母丧无倚靠,使吾悬挂在心头。

我身喜爱命你等,遣人往到扬州城,迎接黛玉来到此,陪伴吾身解愁怀。

赦政弟兄言称是,母亲言命谨依从。

(白)话表贾母因女儿女婿相继归亡,剩得黛玉一人。悯其伶仃无靠,故与儿子媳妇相量,接黛玉来到府中,朝夕陪伴,以解愁怀。贾赦、贾政等要得贾母欢心,怎敢违拗?自然个个称是,当下便命贾赦之子贾琏,带领几个丫儿仆妇次日天明,雇下一条船只,一同前往扬州,迎接黛玉。一路顺水顺风,不止一日,来到扬州,贾琏带同丫儿仆妇弃舟登岸,一直来到巡盐御史衙署。谁知林公出奠之后新任御史即行到衙接授,黛玉已经搬出公馆居住。贾琏查问明白,与同仆妇人等,来到公馆,见着门公,道明来历,门公进内通报,林公堂侄开天,即是承继林公为子的。当时闻报,金陵贾琏琏二爷前来,即命家人开起大门,出来迎接。上了大厅,贾琏分发了丫儿仆妇,进内拜见甥小姐,然后开天与贾琏深深一揖。口称:"表兄在上,小弟林开天有礼。"贾琏还了一礼,口叫:"贤表愚兄也有一礼。"兄弟二人便分宾主坐位,家人进茶沉妥。开天躬身道:"小弟自惭庸劣,此次承族间叔伯之命,出继与如海嗣父,承接宗祧。今日表兄远道而来,小弟未曾远接,抱罪殊深,乞表兄原谅。但表兄此番带同丫儿仆妇降临寒舍,不知有何钧命?乞道其详。"

贾琏闻言开声道,表弟你具听端详。只因嗣父并嗣母,连年相继命归亡。
讣音传到金陵地,舍间大小得知情。痛杀你身外祖母,朝夕伤心泪涌泉。
想到黛玉你妹子,难免伶仃受凄凉。因命表兄人一个,带来仆妇与丫儿。
来接黛玉贤表妹,往到都中舅家门。与同外妈相作伴,免得朝朝挂心怀。
望祈表弟无别事,促成此事莫□测。开天见讲回言答,表兄在上听弟言:
自从嗣父归天后,家中冷淡多寂寥。可怜贤妹黛玉女,朝夕思亲哭不停。
小弟见此凄凉景,十分忧虑在心头。今蒙外妈相爱惜,接妹金陵去玩游。
小弟心中深感激,怎敢相违不依从。兄弟二人正谈说,黛玉姑娘出厅堂。
与同贾琏相见过,问安外妈老夫人。不住眼中双流泪,贾琏闻声把言谈。
表妹不须生悲恻,且听愚兄说端详。今日此来非别故,只因外妈想汝们。
遣兄扬州来迎接,接你金陵去玩游。舅家姊妹多多少,陪伴你身不寂寞。
黛玉向前深拜谢,闲谈片刻进内庭。开天又命备酒宴,堂前接待琏二爷。
饮到更阑夜已静,书房铺盖备周全。贾琏房中去安睡,来朝早旦天光明。
黛玉行装备沉妥,衣衫首饰汇现成。开天又命备酒席,代替贤妹饯别行。

贾琏自然坐大位，兄妹相陪饮杯巡。黛玉心中多愁捧，美味珍馐下咽难。
时交正午水市到，船家催促要开头。主客三人便散席，挑夫进内担行囊。
轿班伺候高堂上，黛玉别兄上轿行。丫儿仆妇随后面，二爷跨马在后头。
开天相送到门外，回身进内不用言。如今且说贾琏等，一路匆匆不住停。
出了南阙城一座，来到扬州码道头。贾琏岸边便下马，船家透板舒现成。
黛玉姑娘也下轿，丫儿簇拥上大船。里进舱中坐沉妥，二爷吩咐船开头。
水面行舟风似快，数日之间到京城。贾琏命人先上岸，报知荣府得知情。

（白）话表贾母那日，坐在房中，正与凤姐等谈论贾琏前往扬州，迎接黛玉已经十有余日，谅来将次回归，忽见赖大妻子进来报道："琏二爷带同林姑娘回来，船已到了码头，乞派人往接。"贾母闻报，喜之不胜，即命凤姐出去派齐人夫轿马，前往迎接。如今且说贾琏立在船头，等候片刻之间，只见家人林之孝带同人夫轿马纷纷来到岸边，贾琏便命他上船搬运行李。然后叫仆妇、丫儿扶了黛玉，弃舟登岸，上了绿呢大轿，一路起行，贾琏仍应跨马后随。那黛玉坐在轿内，从纱窗中观看京城风景，其街市之繁华，人烟之茂盛，自与别处不同。里进城中，行了片刻，忽见街北有两个大石狮，中间三座兽环大门，门前坐着十几个华冠丽服之人。大门之上，有一匾额，上面大书"敕造宁国府"五个大字，黛玉想道："这是外祖母的长房了。"人往西不远，同样也是两个石狮，三座大门，门上匾额写是"敕造荣国府"五字，那轿便由西角门抬进。行有一箭之地，轿夫便歇了轿。后面仆妇丫儿都来轿边伺候。只见二门之内，出来四个小厮，将轿抬至垂花门，小厮退出，然后众丫儿仆妇上前，翻起轿帘，黛玉出来。扶着仆妇的手，里进垂花门，走过游廊，正中便是穿堂，堂上放着一个紫檀架、大理石屏风，后面便是五栏的大院。雕梁画栋，两边一带厢房，帘前挂着各色鹦鹉、画眉、黄雀各鸟。台阶上坐着几个穿红着绿的丫儿。一见黛玉，都笑迎上来道："适才，老太太正思念姑娘，可巧姑娘就来了。"

几个丫儿忙簇拥，翻开帘子进内房。报道林家姑娘到，黛玉把眼看分明。
只见丫儿人两个，扶着一位老婆婆。鬓发如银多光彩，手携拐杖迎上前。
黛玉心知外祖母，正要向前把礼行。早被太君来抱住，揽在怀中哭起来。
黛玉哀哀也痛哭，房中人众尽泪淋。大家慢慢相劝解，方才住哭转笑容。
姑娘拜见外祖母，史氏太君扶起来。便又开声来指点，拜见邢王两夫人。
也见李纨同凤姐，教她一一相称呼。贾母当时又传命，叫请各位姑娘们。

说道今朝远客到,不须上学读诗文。片时来了三姐妹,迎春惜春与探春。
一齐见礼俱已毕,各归座位饮香茶。众人查问黛玉母,如何得病命归亡。
黛玉从头来对答,贾母闻知又伤情。说道我身只一女,平时爱似宝和珍。
一旦忽然先我逝,叫吾怎不痛心怀。说时携住黛玉手,两泪汪汪又号啕。
大家人等齐劝慰,太君方止住泪痕。然后邀着黛玉女,与同大众许多人。
步出荣禧堂一座,命人请进两老爷。片时赦政两兄弟,一齐里进荣禧堂。
黛玉向前拜两舅,一家大小见周全。最后进来贾宝玉,表兄表妹把礼行。

(白)话表贾宝玉见着黛玉,把她上下一量,只见黛玉人才窈窕,态度风流,真有弱不胜衣之态,虽然体容消瘦,更显出一段。我见犹怜之丰姿。暗暗想道,世间哪有这等标致的人物,真可谓观止矣。因此两个眼睛时时送到黛玉脸上。谁想那黛玉看见宝玉一表丰仪,姿容俊秀,更加衣冠华丽,愈显得公子翩翩。也是暗暗想道:世间竟有这样如花似玉的男子,古人称何郎傅粉,信不虚也。由是两道秋波,也是时时向宝玉脸上留意。但初见之时,不便十分接谈,只是说些家常套语而已。怎晓得贾母见宝玉进来与黛玉相见,此二人是他心坎上所最怜爱之人,又见他年纪不相上下,便把黛玉一看,又向宝玉一照,不禁呵呵笑道:"我这一对的心肝肉,真是天造地设生成,粉斫玉雕的。"引得满堂之人都笑起来。贾母又命凤姐带同黛玉坐了小车,过去宁国府拜见贾珍人等。到了晚间回来,贾母便命排席房中,与黛玉接风。宝玉与同诸姊妹陪坐,酒残席散,贾母留宝玉与黛玉在房中安睡。

从此宝玉同黛玉,二人一处相玩游。日间同食夜同睡,都着贾母房中存。
两少无猜且慢表,先说金陵一富豪。姓薛名元财百万,不幸早年命归亡。
发妻王氏子腾妹,与同贾政是同襟。生下一男二女子,单字名蟠二十春。
娶过妻房夏氏女,未曾生下女和男。长女宝钗十一岁,次女宝琴只八龄。
家本金陵城外住,与同贾府有往来。只为薛蟠闹命案,因此搬移京都城。
住居荣府梨香院,两家却似一家人。如今且说宝钗女,姿容丰采貌超群。
自幼读书多颖悟,诗词歌赋也皆能。自从搬往梨香院,时同宝黛相玩游。
或在花前联诗词,或于月下相围棋。宝玉生来风流癖,爱同女子共盘桓。
无论丫头姊妹等,朝朝相聚乐嬉游。次岁元春要归省,荣府起造大观园。
亭如楼阁十余座,假山雪洞并鱼池。奇花异草与树木,满园排设宝和珍。
到了吉期妃驾幸,省亲已毕转回宫。

（白）话表元春省亲已毕，回转宫中，想起园中景致，佳丽十分，我此番驾幸之后，必定将此园封锁，岂不辜负了园中之景物。况家中宝玉与黛玉姊妹等，都是能诗会赋的，我何不叫他们进去居住，也不至于使佳人冷落，花柳无颜。便下一道谕，命太监夏忠捧到荣府，叫宝玉同诸姊妹等，搬入园中居住，不可封锁。贾政、王夫人接了谕，便回明贾母。遣人进去收拾铺设，然后拣个好日子，命宝玉、宝钗、黛玉、迎春、探春、惜春、李纨等，各择心仪的地方居住。

宝钗住居蘅芜院，黛玉潇湘馆中居。缀锦楼是迎春住，探春住是秋爽斋。
蓼风轩乃惜春住，李纨居住稻香村。宝玉住于怡红院，即日搬移俱周全。
一处丫鬟添四个，又加两个老嬷嬷。顿时园内多热闹，花枝招展柳含烟。
宝玉此时大欢喜，日同姊妹丫头们，或是读书或写字，或是弹琴或下棋。
有时作画吟诗句，有时刺凤与描鸾。斗草簪花无不至，还有一件吃口脂。
更加警幻初入梦，曾试袭人云雨情。生平注意唯黛玉，往来言语倍关情。
黛玉心中也有意，两人含蓄在心头。日子如梭多快过，搬进园中数月余。
那日二爷身无事，食完午饭俱周全。信步行来潇湘馆，看视黛玉林姑娘。
只见鹦儿睡床上，屋中悄悄寂无人。宝玉向前来推道，妹妹缘何不起来。
鹦儿睡眼矇瞳视，见是宝玉便开言。我因昨夜迟打睡，浑身酸楚欠精神。
你今先往别处玩，让我安闲睡片时。

（白）宝玉见讲，口称："妹妹，酸痛事小，睡出病来事大，我替你解解闷怀，那酸痛便好了。"黛玉合着睡眼道："我不困就是，让我歇歇片时，你去别处逛逛再来罢。"宝玉又推她道："叫我往哪里去？我见了别人心里便烦闷起来。"黛玉笑道："你既要在此里，便老老实实去坐在那边，彼此谈谈闲话罢。"宝玉道："我身上劳乏，也要倒倒片刻。"黛玉道："那你就在这里倒罢。"宝玉道："没有枕头，你我同歇一枕何如？"黛玉骂声：放屁！用手指道："外间怕没有枕头么？"宝玉走至外间一看，回来笑道："那枕头不知是哪个婆子用的，我不要。"黛玉见讲，翻起身来，带笑说道："你真是我命中的天喜星。"说时将自己倒的枕头推与宝玉，又起身向橱中拿了一个放在床上。二人对面倒下，由是谈谈笑笑，甚至用手拉来扯去，闹个不休，正玩笑间，宝玉忽闻一股幽香，从黛玉袖中发出，一时魂醉骨酥，便翻起身来，将黛玉的衣袖一把拉住，口中说道："你袖内带的是什么香？"黛玉道："我这时候并无带香，想是柜子里衣服的香气透出。"宝玉道："这香奇怪，不是那等香球、香饼之香。"说时便将黛玉的衣袖罩于面上，闻个不了。黛玉起来，拿过衣袖开声说道:"这时候也可去了。"宝玉道:"时候还早,你我斯斯文文,再躺着说话罢。"二人复又倒下,黛玉用手帕遮在脸上。宝玉恐她一时睡着,睡出病来,便哄骗她道:"你们扬州衙门里有一件大故事,你可知道么?"黛玉见他说的郑重,信以为真,便放下手帕道:"实在有什么事?"

宝玉顺口开言道,扬州原有一黛山。山中有个林之洞,内住一群耗子精。
是岁腊月初七日,鼠王升座议事情。说道明朝是腊八,家家煮粥庆良辰。
我们洞中欠果品,须往外方偷进来。便拨一枝小令箭,遣个能干耗鼠精。
即日下山去探听,哪个地方果品多。鼠精得令忙出洞,片时察访转回程。
禀道前村一大庙,回藏五件果品名。一是红枣二粟子,三为菱角四花生。
五名香芋最贵重,鼠王听说喜开颜。心中拨下五枝令,分派鼠精去窃偷。
堪堪发了四枝令,只余香芋令未行。群中跳出一耗鼠,身材小弱似无能。
向前愿往偷香芋,鼠王与众见他形。都道懦弱难堪用,一齐不准他前行。
小鼠躬身言说道,大王何以貌取人。看我身躯虽细弱,神通广大法无穷。
更加伶牙与利齿,机谋深远世难寻。此去庙中偷香芋,管教比众巧三成。
鼠王见讲闲声问,你们偷法是如何。小鼠见问回言答,我们非窃亦非偷。
摇身也变为香芋,滚入芋堆内面存。使人看也看不出,任他认也认不真。
然后用了分身法,将它搬运一扫空。鼠王与众都称妙,一齐启口把言谈。
你身既有这法术,先变与吾瞧一瞧。小鼠见讲回言答,大家要看也不难。
说罢摇身来变化,化一佳人貌整齐。众鼠呵呵大笑道,你今错变了形容。
原说有能变香芋,缘何现出女佳人。小鼠当时听此语,复出原形带笑云。
你们真是没见过,只知香芋是果名。怎晓巡盐林御史,有个姑娘貌超群。
才是当真的香芋,价重千金世间无。

(白)黛玉听罢此言,便翻身爬起,搂住宝玉,含笑说道:"你这烂舌头的,我就知道,你是骗我。"说罢,用手拧宝玉的腿头,宝玉也爬起来,哀告道:"好妹妹,饶了我罢,我下次再不敢了,我因为闻你的香气,忽然想起这个故典来。"黛玉笑道:"你明是解闷人家,还敢说是故典么?"一语未了,只见宝钗走来,笑道:"谁说故典,我要听听看。"黛玉忙起身让坐,笑指宝玉道:"除他之外,还有谁人呢?"宝钗道:"原来是宝兄弟,他见过的故典本是多的,只可惜到了正经应用之时,他偏偏都忘了。"黛玉见讲,笑道:"阿弥陀佛,到底是我的好姐姐,能替我出这一口气。"三人正说之时,见贾母房中的鸳鸯进来说道:"老太太方叫厨房,做几碗玫瑰羹,命我往请三位,恰好三位都在这里,现在老太太等着呢,如今就请三位前去罢。"宝钗道:"有劳姐姐了。"说罢与同宝玉、黛玉,一齐出了潇湘馆,往贾母那边而去。

时光刻度多快过,冬尽年终春又来。园内百花都开放,千红万紫自争妍。
喜坏二爷贾宝玉,与同林薛姊妹行。吟诗结社在园内,饮酒评棋昼夜忙。
好景本来容易过,不觉春深三月时。开到蔷薇花事了,浪蝶游蜂少往来。
春色满园关不住,飘英坠溷最伤情。花谢花飞不用表,且言宝玉贾二爷。
只为春归无聊赖,十分惆怅少欢情。懒在园中观景物,多向外方去现游。
有时如醉如痴态,行坐不安少精神。有个茗烟小孩子,乃是宝玉的书童。
眼见二爷这郁闷,想将方法解他愁。左右思来皆不妥,却唯一物可称怀。
即忙跑向书坊去,古今小说买许多。尽是淫词与秽史,推转书房献二爷。
宝玉一见大欢喜,爱如珍宝一件同。茗烟又把言嘱咐,二爷切勿拿进园。
倘被他人得知晓,奴仆难当这罪名。二爷听得言如此,沉吟不语暗踌躇。
便把文词风雅的,拣了几篇带进园。其余粗俚过秽亵,藏因书房内面存。
那日二爷贾宝玉,忽如有事上心来。坐在书房多倦意,不言不语闷沉沉。
袭人看到这光景,口叫一声宝二爷。今日这般的愁闷,何不把书来开怀。
宝玉被她提一句,记起茗烟小书童。曾买传奇书数种,嘱吾只可暗收藏。
此书放在床阁顶,何不拿来看一遭。想定之时到床上,顺手随拈一部来。
看时却是《会真记》,此书文雅又风流。细想房中看不得,怕遇大家姐妹们。
便把此书携在手,出了怡红的院门。将身来到沁芳闸,此间僻静少人行。
就在桥头来坐下,展开书册阅从头。堪堪看到入神处,一阵狂风过树梢。
吹得桃花飞片片,满身满地尽落红。宝玉看到这光景,不□将身站起来。
恐怕落花被践踏,只得将书手中提。更把衣襟来挽住,挽将花瓣起身行。
来到沁芳池畔立,将花抖入水中浮。只见飘飘与荡荡,流出沁芳闸外头。

(白)宝玉倒下落花,回转身来,见地下还有许多花瓣,正想把花瓣尽行扫入池中,忽听背后有人说道:"你在这里做什么?"宝玉回头一看,却是林黛玉,只见她肩上负着花锄,花锄上面挂着一个纱囊,手内又拿着花瓣。宝玉笑道:"林妹妹来得正好,你我一同把这落花扫起来,倒在沁芳池去。"林黛玉道:"倒在水里不好,你看这里的水甚是干净,只怕流出去有人家的地方,那水便污浊了,岂不是仍把落花糟蹋了。那边墙角上,我有一个花冢,如今可把落花扫起,装在我这绢袋里面,埋入花冢之中,日久坠土化了,岂不干净。"宝玉见讲,喜之不胜,便开声道:

"如此甚好,待我把书放下,帮你来收拾。"黛玉连口问道:"你看的是什么书?"宝玉见问,藏之不及,只得说道:"不过是《中庸》《大学》,没要紧之书",黛玉道:"你又在我面前说谎了,早拿来与我看看。"宝玉情知难却,便开声道:"好妹妹,若论是你,我原不怕的,只是你看了后,不可告诉别人。此书真是好文章,你若看时连饭也是不想吃。"一面说,一面将书递与黛玉。黛玉把花具放下,接书来看,果然越看越爱。不一时将十六出《会真记》都已看完。宝玉道:"妹妹,你说好不好?"黛玉笑道:"果真有趣。"宝玉笑吟吟道:"我就是个多愁多病的身,你就是那倾国倾城的貌。"

宝玉念完这两句,怒坏黛玉林姑娘。连耳带腮通红色,顿时竖起两道眉。
薄面含嗔开声骂,你这该死的狂徒。何处弄来淫词曲,拿进园中内面存。
还将这个混账话,说来欺负着我们。我今告诉舅父母,看你下回敢胡言。
说罢眼眶红欲泪,回转身来举步行。惊坏二爷贾宝玉,急急向前把手拦。
口口声声称妹妹,万祈饶恕这一遭。是我无心失检点,一时说错了言词。
倘若有心欺负你,报折我身池中亡。变做癞头龟一个,等你后来做夫人。
百岁归天的时节,我身愿往你坟台。替你驮碑在墓道,万世不能转轮回。
黛玉听他一篇语,不禁扑哧笑一声。转动颜容开言说,缘何吓到这般形。
我汉你,是个堂堂男子汉,却原来,也是银样蜡枪头。
宝玉窃听这般语,顿时带笑便开言:方才你说什么话? 我身也去告你们。
黛玉自知言有失,两颊猩红带笑云。
你说过目能成诵,我难道不能一目看十行。
宝玉将书来收起,口称此事不必提。你我正经埋花瓣,事毕一齐别处游。
说罢二人忙收拾,满地落花扫起来。盛入绢囊俱沉妥,黛玉荷锄起身行。
宝玉跟随在后面,齐来花冢上面存。正把落花掩妥协,忽见袭人忙步来。

(白)话表袭人,走近前来,开声说道:"你原来却在这里,可怜人哪一处没寻过。宁府大老爷身子欠安,姑娘们都过去请安,老太太叫打发你去,如今速速回房,改换衣服前往罢。"宝玉听时忙拿书,别了黛玉,同袭人回房而去。这里黛玉见宝玉去了,方才又听见袭人说,众姐妹都去宁府问安。谅来不在房中,也不用前去寻访,心下十分郁闷。正欲回房,堪堪走到梨香院墙角,只听墙内笛韵悠扬,歌声婉转,黛玉知是日前元春省亲之时所买的十二个女子,演习戏文。当时也不留心细听,偶然有两句吹到耳中,乃是"姹紫嫣红开遍,似这般都付与断井颓垣"

之句。黛玉已是十分感慨,后又听"如花美眷,似水流年"等句,恰与方才《西厢记》中"花落水流红,闲愁万种"之句,都是一样缠绵悲悯,不觉心痛神驰,眼中流泪。便一蹲身,坐在一块假山石上,细想那句中的滋味。正在情思萦回之际,忽然有人从背后击他一下,说道:"你做什么,一个人在这闷坐?"黛玉吓了一跳,回头看时,却是薛蟠的爱妾香菱。林黛玉道:"你这傻丫头,因为何事跑到这里来?"香菱笑嘻嘻答道:"我寻我们的宝姑娘尚未见着。方才到你房中,见你婢女紫鹃也要寻你。她说琏二奶奶送什么茶叶给你,你也回家去罢。"拉着林黛玉的手,回潇湘而去。

　　如今且说贾宝玉,自从香冢葬桃花。却被袭人来唤去,回房改换了衣裳。
　　问安往到宁国府,不过片时便回来。贾母房中坐一刻,回转怡红院中存。
　　谁想袭人花姐姐,却被宝钗唤过房。秋纹碧痕去汲水,晴雯麝月转家门。
　　上等姐儿都不在,只余几个小丫头。又料二爷用不着,早已外方去玩游。
　　宝玉衣裳换沉妥,偶因口渴要吃茶。眼见房中无一个,只得自家到窗前。
　　拿起碗儿将茶倒,忽然背后来一人。口叫二爷须仔细,烫了指头不是玩。
　　说时将碗来接去,倒了香茶捧向前。宝玉将茶向口饮,一面眼观那丫头。
　　身上衣衫半新旧,头挽髻儿滑似油。眉清目秀三分貌,细巧身材体态娇。
　　二爷带笑开声问,你们是否此间人。丫头见问称正是,宝玉当时又开言。
　　既是我们的屋里,缘何不认得你们。丫头冷笑回言答,二爷有所不知情。
　　我身虽是在此地,并无递水与递茶。未曾做过眼前事,二爷哪里认得来。
　　宝玉正要问名字,只见秋纹与碧痕。一路哈哈相嬉笑,扛着一桶水淋淋。
　　丫头一见忙出接,二人将桶放下来。停想片时忙进内,房中四向看分明。
　　眼见并无别一个,唯有我家宝二爷。心中俱各不自在,只得开声叫小红。
　　快把房中洗澡物,代替二爷备周全。小红答应去收拾,二人对手折衣裳。
　　折罢之时齐退出,带上房门起身行。宝玉房中去洗澡,且说秋纹与碧痕。

　　(白)话表秋纹、碧痕退出房外,把门反关清楚,便邀着小红,到对面房内,开声问道:"你方才同二爷在屋里作何勾当?"小红道:"我何曾在着屋里,只因我手帕不见了,往后面寻去,不想二爷回来,口渴要茶,叫姐姐们,一个也没有,我只得进去替二爷倒了一碗茶,姐姐们便来了,何尝有做什么勾当。"秋纹见讲,啐了一口道:"我方才叫你汲水,你便推有事,原来你倚望巧遇,要想爬上高枝,你何不把镜子来照一照,你配递茶递水不配。"碧痕道:"明日要茶要水之事,我们率性不管,该她去做便了。"秋纹道:"还是我们都散去,只留她在这屋里罢。"二人你一句我一句,说得小红哑口无言,片刻之间,袭人由宝钗处也回来了,宝玉房中也洗澡完了。袭人进去伺候宝玉穿了衣服,往贾母那边吃晚饭而去。

延过一晡第二日,宝玉外方去玩游。贾母房中吃午饭,吃完回转到怡红。
心烦意懒歇床上,正在蒙眬欲睡时。袭人看到这光景,将身动步到床前。
把手推他开言道,堪堪午饭吃才完。便要沉沉思打睡,腹中停滞怎奈何?
若是身闲多郁闷,何不外方去逛逛。宝玉见说□开眼,挽住袭人带笑言:
我身去是总要去,但难舍你一个人。袭人含笑开声道,快快起来莫多词。
说时拉了贾宝玉,二爷翻身便起来。口中说我多烦闷,叫吾往到哪方存。
袭人答道你且去,自然烦闷得消除。宝玉当时无何奈,只得下床步出门。
顺着回廊到院外,来了沁芳的溪旁。看罢金鱼才动步,忽见山坡上面存。
两只小鹿跑似箭,宝玉不知为何因。正在举头望远处,只见贾兰在后头。
手拈小小弓一把,也从山坡追下来。见着宝玉垂手立,口称二叔却在家。
宝玉道声何淘气,好好射它做什么?贾兰带笑回言道,今日只因未念书。
故将弓箭来演习,不期冲撞叔跟前。宝玉把头来点点,一时动步又前行。
堪堪走过数箭地,来至一所的院门。凤尾森森摇日影,龙吟细细发幽音。
抬头见是潇湘馆,二爷信步进内庭。眼观湘帘垂地下,寂然悄悄无人声。
忽闻一缕幽香气,却自纱窗透出来。

(白)宝玉当时闻着一阵幽香,正要向纱窗上偷看黛玉有无在着房内,忽然听得里面长叹一声,轻轻吟道:"每日家情思睡昏昏。"宝玉听是西厢词句,不禁心中感动起来,便向纱窗上一看,只见黛玉坐着床上伸腰,宝玉在窗外应道:"为什么每日家情思睡昏昏?"一面说,一面掀帘进去。黛玉见他进来,自觉忘情,不禁满脸飞红,把衣袖遮在面上,翻身向里躺下,假装睡着。宝玉走到床前,正要伸手往扯黛玉,只见黛玉奶娘并两个婆子都跟了进来,开声说道:"姑娘睡着了,等待醒时再请罢。"正说之时,黛玉便翻身坐了起来,带笑说道:"我何曾睡觉呢?"那奶娘并两个婆子见黛玉起来,也笑道:"我们汉是姑娘睡着了。"便唤紫鹃道:"姑娘醒了,快些进来伺候。"一面说一面都向房外去了。黛玉坐在床上,一面抬着两手整理鬓发,一面笑向宝玉道:"人家睡觉,你进来做什么?"宝玉见黛玉醒眼蒙眬,香腮带赤,不觉神魂飘荡。一斜身坐在一靠椅上,微微笑道:"你方才说什么?"黛玉道:"我方才睡着,何曾有说什么。"宝玉道:"你也不必撒谎,我都听见了。"二人正在说话间，只见紫鹃步进房来，宝玉笑道："紫鹃把你们的好茶倒一碗我吃。"紫鹃道："这里哪有好的，若要好的须等袭人来时，方才有的。"黛玉道："你不必理他，先给我打一盆水来。"紫鹃道："他总算是客，自然先倒了茶，然后打水。"

宝玉当时听此语，带笑说声好丫头。

若共你，多情小姐同鸳帐，怎舍得，叫你叠被与铺床。

宝玉说时正得意，只见姑娘把脸沉。两眼如珠流下泪，带哭含悲把言谈。
你们近日多混账，看我犹如下等人。外间听了无稽语，也来与我相谈论。
看了邪书与秽语，也来把我作笑谈。我是你身玩耍品，时时可以解闷怀。
说罢下床向外走，惊坏宝玉贾二爷。急忙拦住相哀告，千声妹妹万姑娘。
是我一时真该死，万千不可告诉人。下次若凡再敢说，嘴上生疔烂舌头。
二爷正在哀求处，只见袭人走进来。说道老爷相呼唤，快快回归换衣裳。
宝玉听得这般语，有如霹雳起半天。难顾黛玉林妹妹，急与袭人走出房。
黛玉一边停慢表，且说二爷转怡红。换过衣裳俱沉妥，出了一座大观园。
堪堪来到三门上，眼见茗烟在跟前。急忙启口开声问，老爷唤我为何由。
茗烟见问回言答，二爷且去便知情。说罢跟随贾宝玉，出了二门到大厅。
宝玉心中犹胡想，忽闻墙角发笑声。只见薛蟠拍着手，脸带笑容把言说。
若凡不说姨父唤，怎能叫你出门来。茗烟双膝忙跪下，宝玉方才心了然。
薛蟠作揖赔不是，且替茗烟来求情。宝玉当时也无奈，骂道狗头快起来。
茗烟叩头退出去，薛蟠启口叫兄台。小弟请兄非别事，只因有个古董行。
行内日兴程掌柜，送来果品并佳肴。我们自吃恐折福，因此请兄来共尝。
并有小弟好朋友，詹光即与单聘仁。带同唱曲一小子，闻他词调实超群。
今日我们乐一乐，大家尽醉始转回。说罢同来书房内，詹单各客已来临。
二爷一一相见礼，分宾坐位道姓名。茶罢闲谈时下事，片刻酒筵已铺排。
谦让一回使入席，薛蟠下面做主人。酒饮半酣含醉态，优僮檀板唱歌词。
果然曲调多清妙，大家赞赏不住停。金乌西坠天将晚，酒残席散各转回。

（白）话表宝玉在薛蟠家中饮酒已毕，回至园中，袭人正记挂着他今日往见贾政，不知是祸是福，只见宝玉带醉回来，因问其缘故，宝玉一一向她说了。袭人道："人家牵肠挂肚的等你，你尽管在外面饮酒作乐，也不打发人送个信来安安人家的心。"宝玉道："我何尝不晓得送信，只因听那孩子唱的妙曲就忘却。"正说时，只见宝钗走进房来笑道："你骗了我们新鲜的东西了？"宝玉也笑道："姐姐家的东西,自然是我们骗的。"宝钗摇头笑道:"昨日我哥哥特地要请我吃,是我不吃。我知道我的命小福薄,不配吃这东西,因此叫他留着送与别人。"两人说说笑笑,丫头倒了茶来,宝钗一面吃茶,又与宝玉说这闲话,暂且不表。

如今先说林黛玉,与同宝玉斗事非。却被袭人来呼唤,道言贾政叫他们。
半天不见宝玉转,心中也替他忧疑。日暮食完了晚饭,闻得宝哥已回来。
即时打算去寻讨,问他舅氏唤为何。将身离过潇湘馆,望着怡红信步行。
忽见宝钗前面走,料她也是往怡红。自己便随她后面,堪堪来到沁芳桥。
只见斜阳初坠落,嘈嘈鸦雀各投林。又见水禽成双对,纷纷飞入池中存。
五色羽毛纯且洁,光华闪烁实异常。止步向前闲观看,因而耽搁了一回。
片时来到怡红院,眼见双扉闭沉沉。黛玉把门来叩动,且言院内的事情。
晴雯与把碧痕女,只因拌嘴论短长。正在纷争动气处,恰值宝钗步进来。
晴雯此际多不悦,心中抱怨不住停。暗道无端姑娘辈,毫无体贴丫头们。
半夜三更还到此,令人劳之不能眠。堪堪烦恼无处泄,又听外边人叩门。
晴雯越发动了气,不问外间是何人。高声说道都睡了,有事明朝请早来。

(白)林黛玉站着门外,听了此言心中想道:宝玉房内的丫头们,不比别处,他是玩耍惯的,莫非里面丫头未曾听见我的声音,只当是别人的丫头敲门,所以不开,便又高声说道:"是我,你还不开门么?"谁想晴雯正在恼怒,偏偏不认得是黛玉的声音,便使性说道:"二爷吩咐,无论是谁,一概不许进来。"

可怜姑娘林黛玉,当时听得这般言。心中又愧又抱恨,立在门前失精神。
本要高声来喊问,回思转想自踌躇。此处虽然舅第宅,可当我家一样同。
但我姓林他姓贾,我身总算是客人。况且爹娘身亡过,如今倚靠他家门。
虽蒙外妈相爱惜,究是她家外女孙。倘若认真来呕血,反觉分毫趣味无。
想到无聊生感慨,不禁纷纷泪涌泉。进不进来退不退,正在愁肠言语间。
忽闻里面生笑语,姑娘细听更凝神。认是宝钗同宝玉,不由更动气十分。
思想宝玉何如此,莫是今朝的事情。疑吾告诉舅舅晓,因此十分恼着吾。
但我未曾去告诉,缘何打听不分明。如今恼到这地步,竟然不放我进房。
难道明朝不见面,从兹决绝莫往来。越思越想越伤感,一时如碎了肝肠。
不顾苍苔凉露重,不知花径冷风寒。亭亭孤影阶前立,悲悲切切哭起来。

(白)原来这林黛玉秉绝代姿容,具稀世俊美,当时立在阶前痛哭,那附近柳枝花朵上,所有的宿鸟栖鸦,一闻此声,都不忍听,俱各远避,高飞而去。如今且说黛玉,正在悲泣,忽听院门开启,只见宝钗出来,后面宝玉、袭人等都出来相送。黛玉想要向前问问宝玉,又恐当着众人面前,羞了宝玉不便,因此将身隐在一旁,让宝钗过去。宝玉、袭人等,一齐进去,关闭了门。黛玉方转过身来,望着怡红院的门还洒了几点眼泪。自觉无趣,便慢行缓步,一路回转自己房中。紫鹃、雪雁接着,见姑娘眼泪未干,晓得又因何事伤感,只得伺候她卸下残妆,各各退去。原来紫鹃、雪雁素日晓得黛玉性情,无事闷坐,不是愁眉,便是长叹,并且常常的无缘无故,一人坐在房中,两眼流泪。起先,还有人把言语解劝她,或怕她思父母,想家乡,受委屈,谁知后来,一年一月,竟常常如此,把这个样儿看惯了,所以也无人理她。当下林妹妹卸妆之后,倚着床栏杆,两手抱膝,含着泪痕,好似木雕泥塑一般,直坐到二更已过,方才睡了。

不说姑娘身安睡,延过一晡天光明。那日四月二十六,乃是芒种的良辰。
此节过时便是夏,花神退位花凋零。尚古风俗有成例,这日闺中众女儿。
都排各色好礼物,园中篱下饯花神。因此贾家荣国府,大观园内众女孩。
这日天明都早起,一齐来到园中存。或用柳枝编轿马,或用绫罗作旌旗。
将把丝绳来系住,挂在树间并枝头。风吹绣带飘飘动,花枝招展似流霞。
更加园中众女伴,钗环装饰倍整齐。真是桃羞与杏让,果然燕妒并莺惭。
当下宝钗李纨等,与把迎春姊妹们。内堂拜罢芒种节,一齐都到大观园。
各处亭台去游玩,评花斗草乐融融。单单不见林黛玉,迎春启口把言谈。
今日满园春色老,遵循古例饯花神。也算闺中的韵事,正是我们行乐时。
刻下大家都齐集,缘何不见林颦儿。莫是房中还睡觉,却忘今朝好良辰。
宝钗见讲开言道,她是多愁多病人。今日莫非有甚事,又在闺中把泪垂。
待我潇湘馆里去,查她行径是如何。说罢之时便动步,别过大家姊妹们。
走过沁芳桥一座,将近潇湘馆门前。抬头忽见宝兄弟,身穿一件雪锦袍。
头戴束发冠一顶,脚着绣花三镶鞋。低头不住向前走,里进潇湘馆中存。
宝钗一见忙住步,默地心中细思量。宝玉与同林黛玉,素小一处食和眠。
言语诸多不忌讳,行坐全无避嫌疑。更加嘲笑无忌惮,忽然怒骂忽嬉游。
此刻若凡冲进去,未知两个是如何。难免诸多不便处,不如不去且回头。
想毕堪堪移转步,眼见得一只蝴蝶甚稀奇。

(白)话表薛宝钗要往潇湘馆,寻讨黛玉,只因宝玉里进黛玉房中,自己不便进去,堪堪抽身回步,忽见面前一只玉色蝴蝶,大如圆扇,一上一下,迎风飞舞,十分有趣,宝钗意欲将此蝴蝶扑来玩耍,遂向袖中取出折扇,向草地上来扑。只见那一只蝴蝶,忽起忽落,来来往往,将欲飞过沁芳闸去,引得宝钗蹑手蹑脚,一直跟到池边。只觉得身中香汗淋漓,忍不住娇喘细细,便在池边滴翠亭上歇了一歇。然后又寻它们而去。如今且说林黛玉,因昨夜敲不开门,疑在宝玉身上,一时气恼不过,回转房中,两眼悬泪,到了二更已过方才睡着。所以今日起来迟了,又闻得众姊妹都在园中做饯花胜会,心中想道:我若不去,众姊妹必定笑我痴懒,便急急梳洗沉妥。换了衣服,正要出门寻众姊妹而去,谁想堪堪举步,出了屋子,只见宝玉匆匆跑来,笑嘻嘻道:"好妹妹,你昨天有无告诉我去,害我担了一夜的忧。"谁知黛玉连睬也不睬,她故意回头向紫鹃道:"把屋子收拾沉妥,下了一扇纱窗,看那大燕子回来时,便把帘放下,金炉内添上香,把炉罩上好。"一面说一面往外就走。

宝玉看到这光景,默地心中自思量。
忙步向前来赔罪,作揖打恭把礼行。
出了院门到园内,寻讨大家姊妹们。
看她怎得这般样,不是昨天的事情。
往到薛家去饮酒,日已西沉才转回。
一面说来一面走,不禁随她背后来。
也有坐来也有立,仰观双鹤舞翩跹。
黛玉答云昨睡晚,因此日高才起来。
只见探春三小姐,向前只叫宝哥哥。
如今妹有一宗事,要与哥哥来商量。
说时别过众姊妹,与同宝玉向前行。
莫非昨日那回事,语言冲撞恼在怀。
谁知黛玉全不理,脸带怨容举步忙。
宝玉心中多纳闷,思来想去费猜疑。
但我昨天言冲撞,即被袭人叫出门。
并无再见她的面,却从何处恼他们。
远见宝钗同姊妹,都在太湖山石旁。
一见黛玉都起接,笑道颦儿来何迟?
说时宝玉身也到,大家含笑相招呼。
小妹二天没见面,正想请安到怡红。
你我一齐前面去,谈谈片刻再回来。

(白)话表探春因要与宝玉说话,便邀同宝玉来到一株石榴树下,探春道:"昨日仿佛听见老爷叫你出去,却为着何事?"宝玉笑道:"是别人假说的,老爷并无呼唤。"探春道:"我这几月,又须有千几串的钱,如今且寄你处,等待你出门时节,或是好字好书,并轻巧好玩的物件,替我买几件回来。"宝玉道:"我出门玩耍时候,什么城里城外都曾走过,并没见有新奇精致的东西,总不过是那金银铜瓷等,其余就是那木头古董而已。"探春道:"这等东西我都不要,你上回买那柳枝编的小篮子,竹根做的香篮儿,胶泥塑烧的风炉儿,这几件都好,谁知却被他们都抢了。"宝玉笑道:"你原来要这等物件,这也不值什么钱,不过拿几百钱,叫小子们出去,包买得两车来。"探春道:"小子们知道什么,你替我拣那奇而不俗的,多带几件回来,我就比上回那样的鞋再做一双与你穿。"宝玉笑道:"你提起鞋来,我还记得那日穿这个鞋,可巧遇见老爷,老爷问是谁人做的?我并时哪敢说是三妹妹做的,只得说是前日我生日时,舅母给我穿的,老爷听是舅母给的,也不敢说,停了半日道:'何苦来,虚耗人力,作践绫罗。'我听了这话,后来也不敢穿了。"正说时,只见宝钗在那边笑道:"说完了么?谁不知你哥哥妹妹加倍亲热,要说话时,就丢下别人,我们要听一句,就使不得么?"探春、宝玉二人听了此言,方才笑着走来,仅只剩宝钗们闲话。

如今且话贾宝玉,抬头不见林颦儿。晓得她身为着彼,因而躲避别地场。
当下心中细思想,我今率性任他们。等待两天气过后,再去寻她说分明。
想时心下多不乐,低头偶看地中存。只见许多落花片,尽是凤仙与玉姐。
重重叠叠如铺锦,十分感叹暗思量。总因我的林妹妹,近时生气在心头。
因无这等闺人在,把此落英去掩埋。待我替她来收拾,送到那边葬花坟。
宝玉堪堪想到此,只见宝钗薛姑娘。与把大家众姐妹,约他出外去玩游。
二爷见讲回言答,你们前步我就来。大家答应向前去,宝玉眼观许多人。
离却沁芳桥已远,便把衣襟兜起来。随将地下落花片,如此衣襟内面存。
然后登山并渡水,穿林绕树过太湖。望着日前葬花冢,忙步匆匆走不停。
堪堪转过山坡后,忽闻风送哭声临。二爷倾耳来细听,呜呜咽咽好凄凉。
当下心里思想到,莫非哪个女丫头。受了谁人的委曲,走到此间来悲啼。
想时停步再细听,竟然字句甚分明。

诗曰:
花谢花飞飞满天,红消香断有谁怜。游丝软系飘春榭,落絮轻沾扑绣帘。
闺中女儿惜春暮,愁绪满怀无释处。手把花锄出绣帘,忍踏落花来复去。
柳枝榆荚自芳菲,不管桃飘与李飞。桃李明年能再发,明年闺中知有谁?
三月香巢已垒成,梁间燕子太无情!
明年花发虽可啄,却不道,人去梁空巢亦倾。
一年三百六十日,风刀霜剑严相逼。明媚鲜艳能几时,一朝漂泊难寻觅。
花开易见落难寻,阶前愁杀葬花人。独把花锄泪暗洒,洒上花枝见血痕。
杜鹃无语正黄昏,荷锄归去掩重门。青灯照壁人初睡,冷雨敲窗被未温。
怪侬底事倍伤神?半为怜春半恼春。怜春忽至恼忽去,至又无言去不闻。

昨宵庭外悲歌发,知是花魂与鸟魂。花魂鸟魂总难留,鸟自无言花自羞。
愿侬肋下生双翼,随花飞到天尽头。天尽头,何处有香丘?
未若锦囊收艳骨,一抔净土掩风流。质本洁来还洁去,强于污淖陷渠沟。
尔今死去侬收葬,未卜侬身何日丧。侬今葬花人笑痴,他年葬侬知是谁?
试看春残花渐落,正是红颜老死时;一朝春尽红颜老,花落人亡两不知!

（白）列位你道这一篇的词,是谁人在山坡之下哭的?原来就是林黛玉。只因昨夜晴雯不开门一事,错疑在宝玉身上,次日又巧遇着饯花之期。正在一腔抑郁未曾发泄,又惹起伤春愁思,因把残花落瓣扫去掩埋,遂不禁感花伤己,眼中流泪,哭了几声,便随口念了几句伤春的诗词。不想宝玉在山坡之后听见,起先不过点头感叹,次又听到"侬今葬花人笑痴,他年葬侬知是谁?""一朝春尽红颜老,花落人亡两不知"句,不觉哭倒山坡,把衣襟上兜的落花撒了一地,因想林黛玉的花颜月貌将来亦到无可寻觅之时,岂不心碎肠断。既黛玉终归无可寻觅之时,推之他人,如宝钗香菱袭人等,亦可以到无可寻觅之时矣。至宝钗等终归无可寻觅之时,则自己又安在哉?且自己既不知何在,则此处此园此花此柳,又不知当属谁姓矣。因此一而二,二而三,思来想去,也不禁动起悲伤,呜呜咽咽哭将起来。

漫言宝玉也悲泣,且说黛玉林姑娘。正在伤春情难已,念出一篇葬花词。
忽然耳听山坡后,也有悲声甚凄凉。当时暗自思量道,人人都笑我心痴。
如今听此悲啼者,难道心痴与我同。想时举步来寻讨,眼观宝玉立坡旁。
当下向前来啐道,原来狠心短命人。说到此言急掩口,长叹一声动步行。
二爷看见林黛玉,晓得念词是姑娘。又见姑娘抽身走,也知有意躲他们。
当时自觉无趣味,抖抖衣襟上面土。转出山坡忙举步,想寻原路返怡红。
抬头又见林黛玉,却在前边缓步行。宝玉慌忙来赶上,口称妹妹站片时。
我今只说一句话,大家撒手各分头。黛玉回身见宝玉,本来不肯理他们。
听他说出这般语,只得将身把步停。便道有何话一句,请你二爷快讲来。

（白）宝玉当时见黛玉站着问他,便带笑道:"我说出两句话,你听不听?"黛玉见他原说一句,今又说两句,以为又是无关紧要之言,便回头就走。宝玉见她举步,不便再去拦她,只得在她后面叹道:"既有今日,何必当初?"黛玉听见此言,回不得将身站住,回头问道:"当初怎么样,今日怎么样,你可解说与我听听看。"

宝玉见问叹了气,口称妹妹听端详。当日你身来到此,都在幼年童稚时。
祖母十分多爱惜,看承你我一样同。吃饭之时便同桌,睡觉之时便同床。

日间各处相游玩,都是我身伴你们。无论什么心爱物,妹妹要时尽管携。

平日百般相体贴,总怕你身恼在怀。

实只望,从小到大都亲热,始终和气过日时。

谁知你,人大来时心更大,不把我身放在怀。

倒与外来姐妹等,评谈嬉笑乐和谐。把我们,三日不理四不见,令人暗把闷葫芦。

况且我身姊和姐,虽有几人不算亲。一个皇宫为妃子,两个又是异母生。

我身只算是独子,与把妹妹一样同。

只怕你,心肠与我无二样,苦乐悲欢总一般。

如今又把我不理,令人难测内中由。

可惜我,素日用心与用意,到此全然付东流。

真是有冤无处诉,今日当初两不同。

说到此言声已促,不住纷纷两泪流。黛玉当时听此语,眼中又见这般形。

不觉把,昨宵之事灰一半,眼中也是泪如泉。

只是低头无一语,宝玉斯时又开言。今我自知是不好,致令贤妹恼频频。

从今以后都更改,再不敢,妹妹跟前有错行。

纵然有点差和错,望你言词教我们。或打或骂都可以,我身感激在心头。

切勿不瞧与不睬,使我心中欠主裁。终日昏昏并忽忽,有如听失魄与丧魂。

就是那晨身便死,也难免,含冤负屈在阴曹。

任凭高僧来忏悔,欲想超脱也不能。

总要你,说出内中的缘故,我身才得去投生。

(白)宝玉说出这一篇之言语,字字句句真是肺腑中流出,无限可怜,无限悲痛,任凭你铁石之人,闻之亦必动心泪下,而况黛玉与宝玉,是个心心相印,为世界独一无二钟情之人,哪有不感动之理?当下林黛玉听了这话,不知不觉把昨晚敲门不开之事都抛在九霄云外了。便开声说道:"你既有这等的心情,昨日晚间我到你房外,为什么不叫丫头开门?"宝玉听了此语,不禁错愕道:"你这话从何说起,我若有这样,立刻就死你面前。"黛玉见说,啐了一声道:"清早起来,说甚么死的活的,全无忌讳。究竟你说有就有,没有就没有,何必起甚么誓呢?"

宝玉见讲回言道,妹妹你且听端详。昨日袭人来呼唤,说道老爷叫我们。

即忙回转怡红院,换了衣裳便出门。堪堪来到二堂口,忽见薛蟠这浑人。

前打掌呵口笑,恭身赔罪把言谈。只为他身一朋友,送他四色好佳肴。

不敢自家来受用,特备酒宴请我们。为怕我身不肯去,央求小子者焙茗。
进内假言老爷唤,方能骗我出园门。许时无□□从□,往到他家饮杯□。
酒残席散天色晚,我身回转到怡红。换过衣服才沉妥,外面进来一个人。
看时却是宝姊姊,当下大家坐评谈。不过片时多光景,她身辞别便转回。
哪曾见你林妹妹,到我怡红来叩门。如今妹妹说此话,真是无辜屈死人。
黛玉听得这般语,暗暗心中细思量。片刻之间含笑道,你身有所不知情。
昨日袭人来呼唤,道言舅舅叫你们。我心汉是当真事,替你担忧在心头。
待到晚间吃饭后,闻得汝身已转回。因此思量来问问,将身移步出潇湘。
堪堪来到沁芳闸,眼观宝姐在前行。也是往你怡红院,本要随她一齐行。
因见水禽在池内,羽毛文采可爱人。即时站住闲观看,片刻回身到怡红。
不想双扉已关闭,即忙用手来叩门。内面答云都睡了,有事明朝请再来。
当时听得这般语,怎不叫人恼在怀。如今听你说此话,我的心头已了然。
总是你们丫头等,各各偷空去玩游。懒得动身来启户,因将此语强支吾。

（白）宝玉见讲开声答道:"据林妹妹所言,分毫不差。昨晚宝姐姐来时,我与她同了袭人姐姐,都在里间闲谈,那丫头们却在外栏盘嘴,我因此未曾听见,以致被她们这等放肆,难怪林妹妹动气。如今等我回去,问是谁人答应,将她狠狠的教训一番,以解林妹妹之委曲便了。"黛玉答道:"据我看来,你的姑娘们,哪一个都是任情任性的,你也该教训教训,只是论起理来,此话也不该我说。但今日得罪了我事小,倘明日甚么宝姑娘贝姑娘来时,丫头们也得罪了她,那事情岂不更大了。"说时又不住冷笑。

宝玉当时听此话,只得陪她笑两声。心下十分不过意,口称妹妹听端详。
我的房中丫头等,唯有袭人尚老成。其余尽是孩子气,不知天日性高浑。
昨宵不肯将门启,谅必不知是你们。倘若晓的林妹妹,万千不敢相推辞。
妹妹于今无别事,饶她初次且包涵。我代她们来赔罪,这宗情事莫再提。
说罢之时深深揖,姑娘冷笑欲开言。忽见丫头人一个,忙步匆匆到跟前。
道声奉过太太命,相请二爷林姑娘。齐到上房去吃饭,各人等候已多时。
宝玉见讲言称是,与同黛玉一齐行。离过山坡穿曲径,眼观满地尽落红。
出了暖香坞一座,紫菱洲已在跟前。对对闲鸥眠水畔,一行雁阵下沙汀。
过了板桥芭蕉坞,一派绿天日午时。蓼汀花溆风景好,蜂狂蝶乱影翩跹。
抬头远见芍药园,片片落花似雨飘。来到稻香村一座,十亩南风大麦黄。

犁耙水阵与蓑笠，田家风味最清幽。
正是那，漠漠水田飞白鹭，阴阴夏天啭黄鹂。
再行数武潇湘馆，翠竹森森左右分。风过潇潇发清响，日高低映影参差。
一带曲栏砌卍字，纱窗四面纳凉飙。回廊一架白鹦鹉，低声呼唤姑娘回。
紫鹃雪雁忙出接，黛玉掀帘入内庭。说道宝哥请少待，我身进去换衣裳。
宝玉点头便站住，黛玉更衣即出来。二人动步又前走，出了潇湘一座门。
对面熏风吹习习，恰趁柳荫树下行。对对流莺鸣睍睆，双双燕子语呢喃。
穿林渡径忙不住，转过一座沁芳桥。五色金鱼相游泳，一对鸳鸯戏水旁。
二人转过怡红院，一同出了大观园。来到王夫人房内，眼观饭食排现成。
迎春惜春三姐妹，更有宝钗共四人。都在房中相等候，王氏夫人坐在床。
见了宝玉与黛玉，即时带笑把言谈。刻下时间已交未，厨房午膳才周全。
排便之时命婢女，呼唤你们两个人。谁知许久不见到，总是园中去玩游。
害得此间众姐妹，饿到目汪与头眩。如今快快去吃食，莫使她们闹饥荒。
说得大家皆发笑，尽归座位不用言。片刻之间食沉妥，丫儿收拾了残肴。
用过茶汤俱已毕，一齐入座相评谈。王氏夫人问黛玉，汝身近日病如何。
所制药丸可曾吃，谅来总有减此复。黛玉答言瘥一点，宝玉闻声把言谈。
太太要医林妹妹，只须交我三百银。配制药丸与她食，不外十天病复元。
王氏夫人闻言道，你身到底爱说谎。一料药丸值多少，何须用得许多金。
宝玉见讲回言答，记得前番薛大哥。也曾配过这一料，足足花销三百银。
不信但问宝姐姐，方知儿子不虚言。宝钗急道我不晓，莫将言语派他人。
说罢眼观林黛玉，见她得意笑微微。宝钗心内多不快，王氏夫人已知情。
便把别言来支却，片时见一丫儿来。说道方才老太太，心中闷要抹骨牌。
有请姑娘与太太，齐到上房去玩游。当下大家同移步，往到上房不用言。
唯有宝玉同黛玉，一同回转自家房。相亲相爱过时日，二人情意甚绸缪。
都道后来为夫妇，谁知分浅与缘悭。因此忽悲又忽喜，后又更有事多端。
此书名为《石头记》，只接葬花一段词。列君若要知详细，下集焚稿断痴情。
事儿情长摧剪断，续编后事结全文。

《红楼梦(上集)》(益新书局总批发)，选自台北"中央研究院历史语言研究所"、俗文学丛刊编辑小组《俗文学丛刊(第381册)》(新文丰出版股份有限公司2001年版)。

黛玉焚稿

不辨啼痕与墨痕,无情火断有情根。者宵果应灯花谶,往日空怜蜀鸟魂。
慧业已随人遁世,痴环休为竹开门。鸭炉兽炭寒如水,剩得心头一缕温。
八句诗词咏焚稿,且将后事续前文。

(白)前集说到林黛玉,因晴雯不肯开门,错恼在贾宝玉身上,后来念了葬花词,被宝玉听见,二人各各伤感,及至说出原因,大家方才解了疑惑,依旧和好。如今且说薛宝钗,自小之时,有个癞和尚给一只辟邪金锁,与她戴在项上。正面刻是"不离不弃"四字,反面刻是"芳龄永继"四字,更嘱咐云:等日后有玉的,方可与结婚姻。有这段的故事,所以惹起林黛玉无限的猜嫌,疑忌之心,暂且不表。

如今且说荣国府,时当五月庆端阳。合家贺节多热闹,元妃宫内赐礼仪。
宫扇香珠红麝串,一人一份载分明。喜坏二爷贾宝玉,眼观礼物笑开颜。
想道我们这一份,果然比众大不同。命人携送与黛玉,自己谢恩入宫闱。
片刻之间回归转,只见紫鹃捧物来。说道姑娘也有了,吩咐交还与二爷。
宝玉无奈来收起,即往潇湘馆中行。见着黛玉称妹妹,为何不要我礼仪。
黛玉见问回言答,我身乃是草木人。怎比她们金玉质,福深受得你珍奇。
宝玉见讲多着急,满脸通红难支持。便将项上通灵玉,摘来摔在地埃尘。
又寻一石狠敲磕,幸得玉坚不损伤。急坏姑娘林黛玉,不禁高声哭起来。
向前夺过通灵玉,一把剪刀手中提。原来玉中的绦穗,乃是姑娘亲手为。
当时将穗来剪断,惊坏紫鹃女丫鬟。命人报与袭人晓,自己飞跑到上房。
禀明太太老太太,婆媳闻知大惊惶。即时来到潇湘馆,眼观宝黛两个人。
宝玉无言但流泪,黛玉无语只是啼。通灵宝玉仍无恙,看来此事亦平常。
当时将把一场祸,移到紫鹃与袭人。便把二人骂两句,回头安慰了颦儿。
然后将玉来拾起,邀同宝玉起身行。一齐出了潇湘馆,遂将此事来和平。
延回一晡第二日,且言黛玉林姑娘。想起昨日口角事,十分退悔在心头。

因此暗中多郁闷,紫鹃劝解在边旁。姑娘正要开声语,忽听院中人敲门。

(白)话表林黛玉,正要开声说话,忽听院外有人叫门,紫鹃倾耳细听,笑道:"这是宝玉的声音,想他是来赔罪了。这等炎热天气,太阳又大,岂不叫他曝坏了。"一面说,一面出去开门,果然正是宝玉。紫鹃跟随宝玉进来,含笑说道:"我只当宝二爷再不上我的门,谁知这时候便又来了。"宝玉笑道:"你们把极小的事,倒说大了,我好好的,为甚么不来?我就是死了,一日也要来潇湘馆一百次。"说时已进黛玉房内,只见黛玉又在床上痛哭。黛玉本不曾哭,因见宝玉进来,又说出许多情话,因此更觉伤心,滚下泪来。

宝玉看见这光景,脸带笑容近床前。口称妹妹可大好,缘何无事又泪淋。
昨天与你来争口,原是我身太猖狂。要打要骂都可以,万勿不理着我们。
怕是旁人来看见,以为你我未和平。
惹他到此相劝解,岂不是,你我二人反生疏。
姑娘听得这般语,默地心中细思量。
宝玉说此生疏语,可见得,比较别人亲三成。
当时带泪含悲道,你今不必哄我们。
从此大家各分手,万不敢,再行亲近宝二爷。
就当我们身已去,免得亲疏论一场。

(白)宝玉见讲笑道:"好妹妹,你往哪里去呢?"黛玉道:"我回家去。"宝玉笑道:"你回家去,我便跟你去。"黛玉道:"我若死了呢?"宝玉道:"你若死了,我便出家做和尚。"黛玉一闻此言,顿时脸带怒容,开声骂道:"想你是要死了,这等胡说,你家亲姐姐亲妹妹倒有几个,明日都死了,你有几个身子做和尚?明日我把这话告诉去。"说罢又哭。

宝玉听她说此语,也知自己错话言。顿时急得通红脸,低头无语也泪淋。
要将手帕来拭泪,便向身中去取携。谁知忘记带身上,竟将衫袖拭泪痕。
黛玉虽然啼不住,眼中时刻觑二爷。见他身上的衣服,乃是簇新藕纱衫。
拿来拭泪甚可惜,当下自家止了啼。回身挨到枕头畔,取出一方白鲛绡。
丢在宝玉的身上,依然掩面哭起来。宝玉见她掷手帕,即忙接在手中存。
拭了眼中泪已毕,将身挨近眠床前。伸手挽着林黛玉,转动笑容把言谈。
我身五脏都碎了,你们何苦这样啼?大家齐把泪痕拭,老太房中去玩游。
姑娘将手来搵道,谁人同你扯拉拉。一天大似一天了,还是这般的顽皮。

堪堪说到这一句,外面有人嚷进来。口口声声道好了,倒把二人吃一惊。
宝黛回头把眼看,原来却是凤姐儿。

(白)列位你道凤姐为何到此,为何口中大嚷:"好了!好了!"原来那昨日黛玉与宝玉生气,一把通灵玉来磕,一把绦穗剪了。贾母见他二人生气,恰好第二日乃是薛蟠生日,以为明日叫他二人往那边看戏,两个一见自然好了。谁知到了那日,宝玉因得罪黛玉,推病不去;黛玉因退悔不该剪了玉上的绦穗,恐宝玉从此不戴,心中觉得烦恼,便也推病不去。贾母见了他二人如此,心上十分着急,抱怨不休,凤姐在旁劝道:"老太太不必如此担忧,他二人不出三天包管好了。"到了饭后,凤姐来怡红院看视宝玉,听袭人说道:"二爷往潇湘馆去了。"因此凤姐连步就到潇湘,果见他二人在那里说话,不禁连声说道:"好了!好了!"当下凤姐将贾母抱怨的话述说了一遍,然后对黛玉、宝玉说道:"你二人也该到老太太那边去,叫她老人家也放心放心。"说着拉了黛玉就走,宝玉随后跟来,一齐来到贾母房中,说说笑笑勿庸细表。

日子如梭多快过,光阴荏苒月余零。且言贾母的孙女,姓史名字叫湘云。
生得十分好容貌,也能博古与通今。许日来到荣国府,拜见祖姑史太君。
也见大家众姐妹,然后将身到怡红。袭人接住里进内,见过宝玉贾二爷。
三个正在闲谈论,忽见丫头报事情。说道老爷唤宝玉,外堂会见贾雨村。
宝玉见说抱怨道,此老真真太啰嗦。老爷陪他也罢了,为何定要见我们。
湘云见讲开声道,总是你身好处多。因此他们才要会,常言主雅客来勤。
况且你身今已大,也该外面去应酬。会这为官作宰客,谈谈讲讲仕途情。
学此经济与学问,后来出仕显朝堂。岂可终朝在家内,姐妹队中过日时。
宝玉见讲开声道,快请姑娘别处游。
我们这里多龌龊,怕染你,经济学问宦中人。
袭人正在拿衣服,听此言词急答云。姑娘快莫说此话,正是牛前读契文。
上次宝姑娘到此,也说许多正经言。不等话完先走出,羞得姑娘脸通红。
我们替他不过意,想他必定恼在怀。谁料姑娘量宽大,并无烦恼半分毫。
倘是林姑娘若此,必然闹得莫奈何。闹到他身啼共哭,然后又将不是赔。
宝玉见讲开言说,你道我们林姑娘。若凡说这混账话,我身也是不依从。

(白)三人房中正在谈论,原来林黛玉却在房外窃听,见史湘云说经济一事,宝玉如此答应,心中不觉又惊又喜,又悲又叹。所喜者,自己眼力不错,果然宝玉是个知己;所惊者,他一片私心竟在人前说出;所叹者,他既为我知己,缘何又有金玉之论;所悲者,我父母早逝,虽有铭心刻骨之言,无人为我主张,况近日每觉神思恍惚,病已渐成,医云:恐致痨症。我虽为你知己,但恐不能久待,你虽为我知己,奈我命薄。想到此间,不禁滚下泪来。要进去相见,自觉无味,便一面拭泪,一面抽身回去。谁知宝玉穿了衣服出来,远远望见林黛玉前走,似乎有拭泪之状,即忙赶上,笑道:"好妹妹,往哪里去?为何又哭起来?"黛玉回头见是宝玉,便勉强笑道:"我好好的,何曾有哭。"宝玉笑道:"没看珠泪尚且未干。"一面说,一面抬起手来,替黛玉拭泪,黛玉忙向后退了几步,说道:"你这般动手动脚,又要死了。"宝玉笑道:"说话忘情,也顾不得死活。"黛玉道:"死了原无紧要,只是丢下什么金姑娘,何如呢?"这一句话,又把宝玉急得一脸是汗。黛玉自悔失言,也不禁近前伸手替他拭汗。宝玉叹一口气道:"你放心!"黛玉见讲,停了半天道:"我有什么不放心,我不明白这话。"宝玉道:"汝就是不放心的缘故,因此弄了一身的病来。"黛玉听得此言,好像从他肺腑中掏出来,不觉滚下泪来,回身便走。宝玉望着黛玉,只是出神。

如今且说怡红院,袭人送出史湘云。记起宝玉未带扇,忙携扇子追出来。
抬头望见林黛玉,与同宝玉正立谈。片刻黛玉身走去,宝玉一人自出神。
袭人赶上来说道,为何扇子也不携。谁知宝玉未听见,一把拉着花袭人。
开声说道好妹妹,我们心事你怎知。如今率性对你说,就死黄泉也甘愿。
我今也是因为你,弄了一身病难言。只怕你身病愈后,我身病症始痊平。
袭人见讲吓一跳,晓得他身认错人。大声喊道还不去,宝玉方才定了神。
见是袭人来送扇,一时羞得脸通红。夺了扇儿跑出去,这里袭人暗思量。
方才听得他言语,分明为着林姑娘。细看这般的行径,将来难免事蹊跷。
若是宝钗犹则可,颦儿心性万难当。今须设法来处缔,异日方能免祸殃。
袭人想罢归房去,后来逶迤且慢言。如今且说贾宝玉,走出花厅上面存。
只见父亲陪宾客,果然是那贾雨村。宝玉向前行了礼,坐在边旁相评谈。
奈为方才黛玉事,十分烦闷在心头。因此言谈多冷淡,问答之间欠精神。
政老看他这光景,暗中恼怒忍在怀。片刻雨村辞别去,宝玉匆匆转怡红。
换过衣裳俱沉妥,恐怕袭人又多言。即忙跑出怡红院,贾母房中走一遭。
只为时当盛暑际,午后大家有倦容。二爷走到好几处,都因午睡半掩门。
后到母亲上房内,眼观几个小丫头。手拈针线都打盹,凉床睡着亲生娘。

一个丫头正捶腿，看来却是金钏儿。也是蒙眬含睡眼，宝玉轻轻走近前。

将她耳坠来摘下，金钏醒时把眼瞧。见是二爷便含笑，摆手令他快出门。

（白）当下宝玉见金钏脸带笑，双眸含缝，大有一段风情，便生恋恋不舍之意，由是探头看他母亲合着双眼，料是已经睡了。便向自己荷包之中，拈出一粒香雪润津丹，送在金钏儿口内，金钏儿也不开眼，把丹吃了。宝玉便就势拉她的手，轻轻说道："我和太太讨你去我们那边何如？"金钏儿睁开眼把宝玉一推，笑道："你忙什么？金簪儿掉在井里头，有你的，只是有你的，这句俗语难道也不明白？我告诉你一个巧方法，你往东院里拿环哥与彩云去。"宝玉笑道："任他去罢，我只守着你。"

宝玉堪堪说到此，只见床中王夫人。翻身起来带怒脸，打了金钏一嘴巴。
骂道你这小娼妇，有敢教坏我爷们。宝玉当时看此景，早已如此跑出门。
当下一凡众人等，闻声各各进房来。王氏夫人气不住，开声吩咐玉钏儿。
快唤你娘里进内，将你姐儿领转回。玉钏应声便出去，惊坏金钏女丫儿。
即忙跪在尘埃地，哀求苦告王夫人。夫人素性原慈厚，从来不打丫头们。
今朝金钏行无耻，生平最恨这宗情。因此任她啼共哭，全然不肯来收留。
片时金钏母亲到，夫人对她说分明。白氏无言称遵命，领了女儿出房门。
可怜金钏啼不住，含羞忍耻起身行。谁知金钏性最烈，自从驱逐转回程。
想起身为贾府婢，于今已是十一年。素来太太相爱惜，未曾打骂着我们。
无端平地风波起，得遇二爷里进房。也是我身失检点，一时言语相戏顾。
太太闻知心发怒，将奴逐出贾家门。丑声传得众知晓，有何颜面再为人。
想到伤心啼不住，许夜樵楼鼓三更。将身投向井中去，她娘白氏不知情。
次日见她身不在，四处查寻者无形。片刻有人去汲水，井中现出一尸骸。
即忙捞起来验看，原来却是金钏儿。白氏抱尸啼不住，遣人暗报王夫人。
宝玉袭人也知晓，难免替她来见怜。恰好宝钗薛小姐，来到怡红院中行。
袭人对她说此事，宝钗当下得知情。即忙步到上房内，安慰姨妈王夫人。

（白）话表宝钗来至王夫人房内，只见鸦雀无声，独有王夫人坐在那里垂泪。宝钗也不便先提此事，只得一旁坐下。王夫人问道："你从那里来？"宝钗道："从园里来。"王夫人道："你从园里来，可曾见你宝兄弟么？"宝钗道："他方才穿了衣服出去。"王夫人叹道："你可知一宗奇事？金钏儿投井死了。"宝钗故意诧异道："怎么好好的，投井死了？"王夫人道："只因前日，她把我一件东西弄坏了，我一时生气打她一下,将她逐出。我原要等几天气过,再叫她进来,谁知她一时性烈,就投井死了。岂不是我的罪过。"宝钗笑道:"姨妈悲善之人,固然是这样想,据我看来,她并不是赌气投井,大半是由井边经过,失足跌下。纵使是赌气投入,也是她自取其祸,与姨妈有何干涉?"王夫人叹道:"话虽如此说,但我心中总觉不安。"宝钗笑道:"姨妈若是过意不去,不过多赏她几两银子,以尽主仆之情便了。"王夫人道:"我方才赏她五十两银子。意要再给她新的衣服两套,谁知丫头们都没有新做的,存意叫我缝赶杀。"宝钗道:"姨妈不用如此,我前日倒做了两套,未曾上身,拿来给她岂不省事。"王夫人道:"你难道不禁忌?"宝钗道:"姨妈放心,我从来不计较此事。"

  宝钗说罢抽身走,且言宝玉在怡红。闻知金钏投井死,心内又惊又凄惶。
  暗想母亲性慈善,此时必定不安宁。自悔不该行错事,无端害了命一条。
  匆匆安慰母亲去,换过衣裳便出门。来到王夫人房内,太太见他又伤怀。
  不禁双眸流下泪,宝玉霎时也泪淋。夫人正要开言说,眼见宝钗自外来。
  带了丫儿人一个,手抬两套新衣服。宝钗进内把眼看,只见宝玉坐边旁。
  与同太太齐流泪,察言观色已了然。便将衣服交明白,告辞太太退出房。
  夫人便命丫儿女,唤了金钏母亲来。又掏几件的首饰,连同衣服付她们。
  吩咐高僧请几个,念经超度她灵魂。白氏千恩与万谢,叩头辞别转回程。
  且说夫人王诰命,眼见房中已无人。便把宝玉来教训,二爷无语但垂头。
  片刻之间身退出,一路连声叹息频。恨不即时身也死,随同金钏一齐行。
  一面愁思一面走,转过屏风到厅前。对面忽来人一个,可巧与他撞满怀。
  只见那人喝声住,宝玉心中吃一惊。举首看时非别个,乃是政老他父亲。
  即忙垂手边旁立,贾政闻声喝骂云:你身垂头与叹气,这等失神为何由?
  不想图谋正经事,空作世间一男儿。昨日雨村身到此,叫了半天才出来。
  谈吐毫无慷慨气,一味葳蕤等小孩。
  我看你,脸上一团私欲态,有何心事这忧愁?

(白)话表贾政正与宝玉动气,忽见贾环带着几个小厮一阵风跑,贾政喝命小厮:"与我快打!"贾环见了父亲甚怒,便吓得骨软筋酥,只得低头站住。贾政便问:"你跑什么?"贾环见他父亲甚怒,便乘机说道:"方才儿子原不曾跑,只因从那井边经过,那井里前日淹死一个丫头,我方才看见,人头这样大,身子这样粗,看得实在可怕,所以才赶跑过来。"贾政听了,惊问道:"好好的,谁去投井,我家从无这样事情。自祖宗以来,皆是宽柔待下。大约我年近五旬,于家务疏忽,不然执事人等,操刻专之权,致使弄出这暴殒轻生的祸患。若是外人知道,祖宗的颜面何在!"喝令叫贾琏来问,看小厮们答应一声,方欲去叫,贾环忙上前拉住贾政的衣服,双膝跪下道:"父亲不要生气,此事须问太太房里的人,别人一点也不知道,我听见母亲说。"说到这句,故意止住不语,回头四顾,贾政见其如此,便将眼色一丢,小厮们明白,都往后退出。贾环便悄悄说道:"我母亲告诉我说,宝玉哥哥前日在太太房里拉着太太的丫头金钏强奸不遂,打了一顿。金钏儿便赌气投井死了。"原来那贾环乃贾政爱妾赵姨娘养的,性情古怪,平日见贾母、王夫人等待他与宝玉不同,心下十分暗恨宝玉,因此把这事说与贾政。

贾政当时听此语,气得面如金纸同。喝令小厮拿绳索,带同宝玉里书房。
说道谁人来劝阻,我把家私交他们。自将鬓发来剃去,扫除烦恼入空门。
免得上辱及宗祖,下生逆子有罪名。惊坏二爷贾宝玉,急得遍身汗淋淋。
眼见焙茗又不在,无人报信到内庭。贾政当时泪满面,一叠连声叫小厮。
拿了绳索并大板,喝将宝玉捆起来。小厮哪敢相违背,将把二爷缚周全。
贾政将门来关闭,吩咐小厮众家人。有谁进内去报信,即行打死不容情。
说罢便将大板夺,小厮按住宝二爷。政老一时气难逼,口骂畜生不住停。
学业荒疏倒也罢,还敢奸邪作下流。淫迫母婢无廉耻,有何颜面再为人。
不如一顿来打死,免得臭名万古传。一面骂来一面打,高抬板子不轻饶。
可怜宝玉情最惨,先前还得嚷和呼。后来气软声嘶了,只是呜咽哭不停。
众人见他打得狠,无奈向前去劝求。政老总是不答应,众人暗暗报内庭。
先给王氏夫人信,后同贾母史太君。如今先说王诰命,闻信之时大吃惊。
急忙换过了衣服,扶着一个小丫头。不顾外间有客否,赶到书房内面存。
贾政眼观夫人到,不由火上又加油。把那板子打更快,王氏夫人哭号啕。
向前抱住了板子,小厮松放贾二爷。宝玉已是动不得,贾政气坐椅中存。

(白)话表贾政被王夫人抱住板子,便坐着椅中,道声:"罢了,罢了。今日必定要气死我了。"王夫人哭道:"宝玉虽然该打,老爷也要自己保重,且炎暑天气,老太太身上又不大好,打死宝玉事小,倘或老太太一时不位在起来,岂不事大。"贾政冷笑道:"我养此不肖的逆子,已是不孝,倒不如趁今日结果了他的狗命,以绝后患。"说罢,吩咐拿绳来勒死。王夫人赶忙哭抱宝玉,只见他面白气弱,一条绿纱的小衣,一片皆是血渍,身上看至手臂,或青或紫,竟无一点好处,不觉失声大哭起苦命的儿来,因哭起苦命的儿,便又哭起贾珠来了,许时里面的人闻得王夫人出来,那李纨、凤姐并迎春姐妹也早已出来了。王夫人哭着贾珠,别人犹可,唯有李纨禁不住也放声大哭。贾政见时,那眼泪更如珠的滚下。正闹之际,忽听了丫儿报道:"老太太来了。"只听窗外连气带喘的声音喊道:"先打死我,再打死他。"贾政见母亲来了,又急又痛,连忙迎接出来。只见贾母扶着丫头气喘吁吁,里进书房,贾政上前躬身赔笑道:"天气炎热,母亲有话叫孩儿进去吩咐,何必自己出来。"贾母冷笑道:"我倒有话吩咐,只是我一生没养得个好儿子,叫我向谁说去。"

贾政当时听此语,即忙跪下把言谈。孩儿教训不肖子,也因耀祖与荣宗。
母亲说出这般话,叫着为儿何克当。史氏太君听此语,冷笑一声便开言。
我今不过一句话,你身就觉当不来。
现今你下这毒手,叫宝玉,年轻体弱就能当?
你言教训你儿子,为着荣宗耀祖来。
想当日,你父在生的时节,曾否这般训你们?
说时不禁滚下泪。贾政连忙赔笑云:总是孩儿性太急,以致这般乱胡行。
从今以后再不敢,万望娘亲莫伤神。说罢叩头又认罪,贾母命他快起来。
回转身来看宝玉,见他打得不像形。心中又气又悲痛,抱住宝玉哭不停。
熙凤与同姐妹等,向前劝解老年人。贾母方才止了哭,命人抬进宝二爷。
丫儿仆妇齐动手,要将宝玉搀起来。凤姐开声喝骂道,你这糊涂的东西。
不看他们什么样,怎能搀得进内庭。快些往到我房内,小小藤床抬出来。
丫儿仆妇忙答应,片时抬出小藤床。轻将宝玉放床上,一齐扛住起身行。

(白)话表丫儿仆妇抬了宝玉,随着贾母、王夫人等进去,送至贾母房中。彼时贾政见贾母怒气未消,不敢自去,也跟了进来。看那宝玉,果然打重了,暗中也自追悔,不该下这毒手,复向前劝慰贾母。贾母含泪说道:"儿子不好,原是要管的,但不该打到这等地步,你今还不出去,难道于心不足,要在这里看他死了才去么?"贾政即忙退去,此时薛姨妈同宝钗、香菱、袭人、史湘云等也都来看视,袭人满心委屈,只是不好开声。当下见众人围着伺候宝玉,自己也不必向前了,便走出二门,命小厮唤了焙茗来问道:"方才二爷为着什么事受打?你为何也不早来送信?"焙茗着急道:"偏偏那时我不在跟前,打到中间,我才听见,忙打听缘故,却是为着金钏姐姐之事。"袭人道:"老爷怎么晓得?"焙茗道:"我听见跟老爷的人说,是环三爷说的。"袭人听了,心中也就信了八九分。等后回到贾母房中,见众人都替宝玉调治沉妥。贾母命将宝玉慢慢的抬回房中去,众人答应一声,七手八脚将宝玉送入怡红院内,卧好床上,又乱了半日,众人渐渐散去。

袭人见得众人去,将身移步到床前。含泪问云何事打,宝玉叹声把言谈。
不过为那些小事,如今也是不必提。但我下身多疼痛,你们瞧看是如何。
袭人见说便伸手,替他中衣脱下来。不过轻轻略转动,二爷呼痛不住停。
袭人把眼来观看,两腿青红尽伤痕。不禁咬牙抱怨道,如何下得这心肠。
平日肯听我的话,何致今朝受凄凉。幸得没伤到筋骨,未曾打出残疾来。
倘若筋伤与骨折,一生埋没怎奈何。说时忽听丫儿报,外间来了宝姑娘。
袭人见报多忙乱,也知不及穿中衣。忙拿一床夹纱被,就将宝玉盖周全。
只见宝钗身走入,手拈一颗黑药丸。交与袭人便说道,晚间用酒来研开。
替他涂上伤痕处,淤血消除热毒清。宝玉开声便道谢,宝钗安慰了数言。
也讲早听人的话,不至今朝受重笞。说罢之时便辞去,袭人相送出房门。
然后回身来服伺,代替二爷穿中衣。红日西坠天将晚,二爷对把袭人云:
你们即便去梳洗,让我安心睡片时。袭人见讲退出去,外房栉沐不用言。
宝玉一人卧床上,昏昏默默睡蒙眬。似见丫儿白金钏,啼啼哭哭到床前。
诉说因她投井事,声音言语又模糊。宝玉半醒与半梦,毫无介意在心头。
延到片时多光景,觉得有人推他身。正在恍恍惚惚际,耳内又闻悲切声。
宝玉梦中又惊醒,开眼却是林颦卿。犹恐此时是梦幻,忙将身子来欠伸。
向她脸上来细看,只见她,两个眼睛肿似桃。
满面泪光如雨洗,不是黛玉那是谁?

(白)话表宝玉见是黛玉,仍旧倒下,叹了一声说道:"你来做什么,虽是太阳已落,那地上余热未散,不怕受暑么?我虽然挨打,并不觉疼痛,我这样是装出来的,好叫他们在外面,散布老爷听听,其实是假的,你不可信以为真。"林黛玉此时虽不是号啕大哭,然这等悲悲切切,较之号啕大哭,更觉凄楚。当下听了宝玉这一篇的话,心中虽有万句言词,不能说得半句。片晌方呜咽道:"你从此可都改了么。"宝玉见讲便长叹一声道:"你放心,莫说这样的话,我就为此人死了,也是情愿的。"话犹未了,只听院外人说二奶奶来了,黛玉知是凤姐到此,急忙立起身来,说道:"我从后院去,片刻再来。"宝玉拉住道:"这又奇了,好好的缘何怕起她来?"林黛玉急道:"你看看我的眼睛罢。"宝玉会意,赶忙放手。黛玉三步两步转过床后,刚出后院,凤姐已从前头来了。

凤姐将身步进内,查问二爷痛如何。袭人答道已少减,宝玉床中说多劳。
熙凤片时便退出,更有管家媳妇们。纷纷都到相问候,袭人回答已安眠。
延过一晡第二日,也请医生来治疗。丸散丹膏敷患处,不过数时便起床。
一家大小都欢喜,宝黛二人暗放怀。从此二爷情愈笃,满怀属意林姑娘。
黛玉与他同心事,除非宝玉不嫁人。只叹爹娘早亡过,这段姻缘谁主张。
愁肠百结难分解,精神伤损病日增。虽同姐妹宝玉等,吟诗作赋解闷怀。
怎奈未能售凤愿,时时见面总带愁。夏去秋来冬又到,且言黛玉林姑娘。
病态清癯多消瘦,史氏太君真挂怀。想到燕窝最滋补,一日命人送一回。
雪雁紫鹃两婢女,殷勤服侍不用言。如今且说贾宝玉,闻道颦儿病在床。
忙忙来到潇湘馆,恰值姑娘正午眠。二爷不敢来惊动,眼见紫鹃在回廊。
身穿墨缎薄棉褛,宝玉将身步近前。伸手向她身上抹,脸带笑容把言谈。
这等棉衣多单薄,难道身中不怕凉。紫鹃正色闻言道,二爷有所不知情。
姑娘时刻相吩咐,你我现今年长成。说话休要动手脚,怕是旁人论短长。
姑娘近日亦自重,思量疏远你二爷。
二爷此后若见彼,切不可,如前一样学轻浮。
紫鹃说罢入房去,且言宝玉的形容。

(白)列位,紫鹃缘何今日说出这等的言语呢?原来紫鹃素性极乎灵敏,黛玉所有性情行径,她一概皆知。此次为着宝玉致病的缘由,亦所深晓,但不知宝玉的心事究竟如何。因此今日见他前来探病,特以此言相试,谁知宝玉着急黛玉,有如铁锅一般。如今忽听紫鹃说黛玉因彼此年长,要疏远宝玉,此言半天霹雳,震得魄散魂飞,遂不知不觉滴下泪来,随便行至一块山石之上,坐着出神。恰值雪雁由贾母处取了燕窝回来,远见青松之下,山石之上,坐着一人,垂头丧气,正在出神。雪雁心中不解,及至走近一看,却是宝玉,暗想他必定又受我们姑娘的委屈了。只待回至房中,将燕窝交与紫鹃,见黛玉未醒,便问紫鹃道:"姑娘睡尚未醒,是谁给宝玉受气,使他在那里流泪出神?"紫鹃见讲,连忙问道:"他在何处?"雪雁道:"在沁芳亭边松石之上。"紫鹃道:"你听候姑娘,我去就来。"说着便走出潇湘馆,来寻宝玉,及到宝玉跟前,含笑说道:"我不过说了两句话,为着大家齐好之事,你一气就跑到这风地里来哭,幸得雪雁拿燕窝回来看见,不然在这里吹了半天,岂不弄出病来?"宝玉道:"我见你说得有理,因想你们既要远我,他们自然也渐渐都远我了,所以伤起心来。你说雪雁拿燕窝来,是否给林妹妹吃的?"紫鹃道:"自然是的,因你妹妹病深了,老太太每日给她燕窝一两,说吃过二三年,病就好了。我想你妹妹今年在这里吃,自然有老太太供给,明年回苏州家去,哪里有这闲钱吃呢?"

宝玉当时听此语,笑道你们果说谎。苏州虽是她原籍,奈她父母已双亡。
家内无人相照顾,因此前来我家门。现今尚且得病症,明年归去靠着谁。
紫鹃带笑回言答,原来你是一愚人。她身父母虽亡过,难道全无伯叔们。
前因老太多疼爱,故此接来住几年。现今年长该出阁,自然要送她转回。
明年这里不送去,林家必有人来迎。前日姑娘因此事,还叫我身告你们。
小时相送的物件,大家各各收转回。二爷听得这般语,犹如顶上一声雷。
七魄三魂全失却,沉沉无语半时辰。紫鹃看到这光景,正要开声再与言。
只见晴雯身走到,道言老太唤二爷。谁知他却在这里,如今速速往上房。
紫鹃带笑开言道,他来这里看姑娘。我们告诉诸病症,他还不信我的言。
你今可把我拉去,说罢紫鹃转回房。晴雯把眼看宝玉,满头满脸汗淋淋。
眼直面青如呆子,不胜惊异在心头。忙忙拉了二爷手,回转怡红院中存。
袭人一见多惊骇,问他不笑亦不言。扶他睡下他便睡,扶着起来便起来。
丫儿人等都忙乱,一齐呼唤总枉然。无奈上头去通报,晴雯诉说紫鹃言。
袭人见说冲冲怒,匆匆跑到潇湘来。只见紫鹃在房内,服侍姑娘吃药茶。
袭人不顾什么样,向前拉住紫鹃云:方才你在花园里,对同宝玉说甚言。
现他已是不中用,你们自己去作为。说罢之时坐椅上,眼泪如珠落不停。

(白)林黛玉正在吃药,忽见袭人这等怒气,举止大变,又说宝玉已是不中用了,料知必有大故,把心一反,将方才所吃的药全行呕出,不住大嗽一阵,一时气喘起来,紫鹃忙上前捶背,黛玉伏枕喘息片晌,便推紫鹃道:"你不用捶,快拿绳子来,将我勒死。"紫鹃哭道:"我不过说几句顽话,他就认真起来。"袭人道:"你还不知道他是呆子,每每把顽话认起真来。"黛玉道:"你说了什么,趁早前去解说,自然就醒了。"紫鹃听说忙下了床,同袭人往怡红院而去。到了怡红院,谁知贾母王夫人等都在那里了,贾母一见紫鹃心中大怒,骂道:"你这丫头,同二爷说了什么话?"紫鹃道:"并没有说什么话,不过说几句的顽话。"谁想宝玉躺在床上,一见紫鹃,忽呵呵一声,大哭起来,众人方才放心。贾母只当紫鹃得罪宝玉,便拉紫鹃来到床前,与宝玉赔罪。谁知宝玉一手抓住紫鹃,死也不放,说道:"要去连我都带去!"众人不解,细问起来,方知紫鹃说要回苏州去,以致如此。贾母流泪道:"我只当有什么大事,原来是这句顽笑话。"薛姨妈道:"原是他姊妹二人一处长大,所以听她要去,自然是加倍伤心,究竟无什么大病。老太太、姨太太即便放心。"唯是宝玉死拉着紫鹃不放,贾母、王夫人无法,只得叫紫鹃与宝玉作伴,并说明黛玉实无回去,乃是自己与他顽笑的话言。然后又命琥珀暂去服侍黛玉。黛玉时时也遣雪雁来探消息。

片刻医生来到此,看完病症俱周全。说道症由急痛起,不过疏通便和平。
开了药方退出去,贾母大家各回房。延过数日多光景,二爷病症已复元。
紫鹃回转潇湘馆,黛玉查询了缘由。紫鹃见问从头述,也道二爷果有情。
听见我们要回去,他身便做那样形。一片真心实可羡,姑娘切勿负他们。
黛玉将她啐一口,满脸通红默无言。暗想自家身多病,此命必然不久长。
细看宝玉的光景,虽然心内无别人。但是老太与舅母,全无此意半分毫。
深恨爹娘身在世,何不早成这姻缘。姑娘想到伤悲处,频频叹息泪如泉。
耳听樵楼敲三鼓,无情无绪躺在床。忽见丫儿来说道,外面雨村请姑娘。
黛玉见讲回言答,我虽前有跟他们。出见十分不便益,为吾谢谢贾老爷。
丫儿答道非别故,他来道喜林姑娘。只为南京有人到,迎接姑娘转家门。
说时又见凤姐等,与把邢王两夫人。笑道我们今到此,一来恭喜二送行。
姑娘见说多惊骇,熙凤开声把言谈。你身不用装聋哑,喜事缘何不知情。
你父湖北为粮道,娶过继母贤惠人。托了雨村为媒妁,将你许亲他侄儿。
因此遣人来接你,大约回家便过门。姑娘听说这般语,吓得遍身汗淋淋。
不禁伤心啼共哭,眼观贾母在边旁。因想哀求老太太,此事或还可挽回。
即忙双膝跪在地,抱着贾母啼凄凉。道言老太快搭救,我身虽死不回南。
贾母答云不中用,女儿终须出嫁时。黛玉哭云我不去,情愿贾家为丫儿。
贾母道声我不管,扶着丫头便出门。姑娘打算寻自尽,眼观宝玉在面前。
笑云妹妹今大喜,黛玉拉他把言谈。原来汝是无义汉,如今叫我跟着谁。
宝玉答言休要去,你身原是许我们。我的心肝为你碎,不信来时请瞧瞧。
说时携出小刀子,直向胸前划下来。鲜血淋淋流不止,姑娘惊吓走三魂。
不住号啕来痛哭,耳听紫鹃唤姑娘。黛玉将身来转动,却是南柯梦一场。
喉间尚且呜呜咽,枕边衾里湿泪痕。紫鹃便唤雪雁起,倒茶伺候林姑娘。

(白)话说雪雁正在酣睡,被紫鹃唤醒,便起来倒一碗茶与黛玉吃下,黛玉神息稍定，想起方才梦中形景，暗叹宝玉虽然有心，怎奈老太太、太太等都是无意，据此看来，这事态有几分不妥，当下不觉又伤起心来，嗽了一阵，吐出一口痰来，紫鹃拿过痰盒，只见痰中是块紫血，不禁呵吓一声，急把痰盒拿去。黛玉见紫鹃的形景，又觉喉间有些甜腥，也晓得这一口必然是血，便昏昏的躺下。延到天明，紫鹃急往上房回明贾母、王夫人得知。贾母、王夫人一面命人往请王医生，一面吃过早粥，来到潇湘馆看视黛玉。只见她面色淡黄，精神短少，婆媳二人向前安慰一番，然后退出。片刻王医生来，看了病症，开了药方。黛玉连吃数剂颇觉瘥减。延过数日，黛玉精神稍复，便命紫鹃排下笔砚笺纸，静坐写经。恰好宝玉因自己大好了，前来看视黛玉，黛玉起身让坐，叫雪雁倒茶。宝玉笑道："妹妹还是这般客气。"黛玉道："现今你我一天大似一天，怎比得小时候，不讲规矩。"二人遂坐下闲谈一刻，宝玉与黛玉稍有倦容，便起身道："妹妹你且歇去罢，我还要到三妹妹那里去。"黛玉道："你若见了三妹妹，替我问候一声。"宝玉答应出门去了。黛玉送到门口，自己回来，走到里间床上躺着。心里想道："宝玉近来说话半吞半吐，忽冷忽热，也不知是什么意思？"

黛玉心中正思想，且说紫鹃女丫儿。
眼观雪雁立廊下，不言不语自出神。
雪雁被她吓一跳，叫声姐姐莫做声。
说罢嘴儿努房内，退立栏干悄悄云。
紫鹃见讲吃一跳，道声此语是谁言？
品貌端庄才又好，因而一说便成全。
只怕姑娘身走出，急同雪雁入房来。
紫鹃一见心疑惑，姑娘原是躺在床。
当时问茶并问水，姑娘无语但摇头。
又听紫鹃雪雁语，此身如在海中飘。
想来正应梦中谶，由不得，千愁万恨一齐来。
将身偏到床上躺，左思右想总徒然。
暗道不如早日死，也免得，眼观意外的事情。
从今身子来糟蹋，少不得，数月之间命必亡。

收拾笔砚俱沉妥，将身步出房门前。
紫鹃走到跟前问，有何心事这般形。
今日我听一句话，对你言时莫声张。
姐姐你曾听见否？宝玉原来定了亲。
雪雁答云侍书说，乃是府尊的女儿。
紫鹃正要重再问，耳听房中嗽一声。
眼观黛玉气带喘，堪堪身坐椅中存。
何时身起不知晓，此事必然被窃闻。
如今且说林黛玉，方才正在起愁情。

黛玉想定了主意，泪眼蒙眬到天明。衣也不添被不盖，茶饭分毫不沾唇。

（白）话表黛玉立定主意，糟蹋身躯，饥寒不顾。紫鹃、雪雁多方解劝，总是不依。宝玉虽然不时问候，只是黛玉因年纪已大，不比小时，呵以柔情挑拨。所以虽有千言万语，说不出来，宝玉知她的心事，欲把实言安慰，又恐黛玉生嗔，反添病症，因此两人见面，只用浮言相告而已，正是求亲反疏了。谁想黛玉自立意自戕之后，粒米不肯沾牙，身体渐渐不支，倒在床中，只有奄奄一息。贾母王夫人等每日轮流看视，那日紫鹃往王夫人处取药，房中只有雪雁一人，恰好迎春命侍书前来探视黛玉。雪雁道："我家姑娘已是人事不省了，但你前日对我所言，宝玉定亲之事，是真的么？"侍书道："我前日听二奶奶房中小红说的，昨日又听她说实无此事，不过众门客等要讨老爷的欢喜，因此有说品貌好的，有说妆奁厚的，谁知老太太心里早有人了，就在俺们园子里的。所以听了外来的话，都一概辞却。"

　　侍书正说这般话，恰好紫鹃转回房。骂道你们有言语，何不外方去评谈。
　　雪雁见骂开言道，姐姐何须恼在怀。姑娘人事都不省，纵有言词怎听闻。
　　紫鹃尚未言回答，忽听姑娘嗽一声。急忙跑到床前问，姑娘可要水和汤。
　　黛玉微微睁开眼，转身说道拿汤来。紫鹃便把姑娘搀，雪雁捧汤到床前。
　　送在唇边吃两口，仍原躺落床中存。便问方才谁说话？好似侍书的声音。
　　侍书见讲忙答是，向前问候林姑娘。黛玉点头轻说道，回时问你姑娘安。
　　侍书答应便退出，片时贾母等来临。眼观黛玉神稍定，各各安心退出房。

　　（白）原来黛玉病势虽然沉重，心里却还明白，起先听雪雁传说宝玉定亲，因此绝粒寻死，今日又听见侍书说实无此事，方晓前日是议而未成。更兼听侍书说贾母主意，亲上做亲，又是园里的人，自然是自己了，因此一想，阴极阳生，精神顿觉清爽，正是心病恰对心药，所以黛玉的病症渐渐减退，仍应日间往各处行动，宝玉亦常来评谈，暂且不表。

　　如今且说怡红院，海棠既僵忽开花。贾母大家来赏玩，宝玉换衣出接迎。
　　匆匆未挂通灵玉，花前同众饮杯还。及至酒残人去后，宝玉归房换衣裳。
　　袭人一见便查询，通灵宝玉哪方存。二爷答道未曾挂，袭人桌上去找寻。
　　谁知踪迹全不见，惊得遍身汗淋淋。便唤秋纹与麝月，房中各处遍搜寻。
　　怎奈分毫无影响，翻箱倒箧全俱无。各人面面齐相觑，宝玉心中也惊惶。
　　袭人急得只是哭，片时合府尽知情。也去扶乩与测字，也有告佛与求神。
　　连闹三天全无效，史氏太君把言谈。此玉是他的性命，怎容遗失不追寻。
　　吩咐外言悬赏格，谁人献出一万银。当时便有不肖者，以假混真来诈财。
　　却被众人相察出，打骂一番逐出门。合府之中愁共哭，唯有黛玉林姑娘。

想起当时金玉话，暗思僧道总无实。金玉若果有缘分，今日缘何把玉丢。
莫非为我姻缘故，使他金玉两分开。想时暗自心欢喜，顿把连朝劳乏忘。
不言黛玉心内事，且言二爷近日情。自从失了通灵玉，终日在家闷沉沉。
出门走动多懒惰，有时说话大糊涂。茶饭捧来他便吃，饥渴竟然全不知。
贾母众人看此景，知他因玉失神魂。荣府丢玉正忙乱，忽报元妃暴病薨。
史氏太君啼不住，政老夫人痛断肠。又值子腾身病故，王氏夫人更悲哀。
贾府接连失意事，果然灾祸不单行。暂放此章停慢表，且言贾政在朝堂。

（白）话表贾政原居工部员外郎之职，那年正值京察工部，将贾政保列一等，吏部带领引见，皇上念他勤俭谨慎，即放了江西督粮道，谢恩之后，已奏明起程日期。许时虽有亲朋贺喜，贾政也无心酬应，更加家中人口不宁，出行日期又近，实是放心不下。正在为难，只见贾母命人来唤，即忙进内，见王夫人含愁带病，也在那里，便向前请了贾母的安，贾母命他坐下。

贾母当时开声叫，我儿你且听娘言。为娘年已登大耋，堪堪见得两孙儿。
一个早年先弃世，只余宝玉一个人。我身素日甚疼爱，偏生多病与多灾。
现今遗失通灵玉，弄成失魄与丧魂。昨日遣人往命馆，将他命运算分明。
据言须娶属金女，暗里扶持把喜冲。为娘因与媳妇等，从长计议这宗情。
想到宝钗的金锁，曾经和尚嘱言云：只等后来有玉者，便是三生凤世缘。
因而求了姨太太，将把宝钗许我们。借他金锁来招引，或能找出那通灵。
你心倘若不相信，生死从今听他们。若凡要望宝玉好，此事须当着从权。
当兹赴任日期迫，是非你可对娘言。贾政闻言赔笑道，娘亲真是太仁慈。
这般设法爱孙子，孩儿哪敢不依从。但要问明姨太太，得她应许方可行。
其次贵妃身薨逝，虽然不禁嫁和婚。只是宝玉应有服，一时就娶总不能。
况且孩儿须赴任，怎能等候在家庭。有此两宗不便处，大家还要议完全。

（白）话表贾母听贾政一篇言语，心中想了一想，果然不错，唯是要救宝玉的命，不得不越礼从权，便开声说道："你若应许他办，为娘自有方法，包管妥当。姨太太那边，我和你媳妇已经与他说清楚；若论服里娶亲，原是不便，况且宝玉病未脱体，也不宜成亲，如今不过为着冲喜起见，不得不变通办理。现在两家都已愿意，又有金玉的良缘，那婚是不用合了，只须择一个好日子，行了聘礼，即日选个吉期，一概鼓乐不用，只用十二对提灯，一把八座轿，迎接新人。来时照我南边的规矩，拜了堂，然后坐床撒帐，岂不是就算娶了亲了。此时也不排宴席，也不请亲友,等待宝玉病好,过了功服,然后择日合卺,再行排席请人。如此赶办,你也可以在家眼见,去时也好安心,岂不是一举数得么。"贾政听了,原不愿意,只因贾母主意,不敢相违,便勉强赔笑道:"母亲打算极是。即便分发媳妇们行去,唯是要吩咐家下人等,不可声张,倘若闹得内外皆知,诸多不便。"贾母道:"这个我都晓得。你且去办你应酬的事去么。"贾政无奈答应出去,这里贾母一面吩咐将荣禧堂后面屋子收拾干净,以为宝玉的新房,一面命王夫人、凤姐,吩咐众丫头婆子等,不准声张,谁人谈论,即行撵出。

　　暂放这章停慢表,且说袭人花姑娘。闻知定了宝钗聘,不胜欢喜在心头。
　　后来想起夏天事,我身送扇宝二爷。竟然认我为黛玉,说出私情话多言。
　　前日紫鹃与玩笑,道言黛玉要转回。他便丧魂与失魄,哭到死去又活来。
　　况且素常的行径,真如鱼水一般同。现今若娶宝小姐,自然丢却林姑娘。
　　怕只怕,冲喜不能反催命,他人哪里得知情。
　　我身若不去回禀,害了他人误自身。袭人想定了主意,即忙来见王夫人。
　　也将宝黛的行径,从头一一说分明。
　　王氏夫人大惊骇,回明贾母得知情。许时凤姐在房内,三人秘密来商量。
　　可恨奸逸王凤姐,用下抽包的计谋。外面声言娶黛玉,瞒骗二爷一个人。
　　更有临时的诡计,暂放一章停慢言。如今且说林黛玉,自从解却侍书疑。
　　日间稍稍进饮食,身中略觉好些微。许日堪堪午饭后,随带紫鹃出房门。
　　一要请安老太太,二来自己散闷怀。离过潇湘许多路,忽忆汗巾未曾携。
　　便叫紫鹃回去取,自家缓步向前行。过了沁芳桥一座,来到当年葬花坟。
　　忽听有人呜咽哭,黛玉寻声过粉墙。眼观一个丫儿女,眉浓眼大体又肥。
　　不知哪个房内用,只得向前看分明。谁知又是认不得,姑娘开口问她云:
　　你们好好在家内,为甚伤心哭凄凉。丫儿见问拭了泪,口叫一声林姑娘。
　　我们不过错说话,珍珠姐姐得知闻。不问青红与皂白,竟然把我打起来。
　　世间有此不说理,叫人怎不恨在怀。

　　(白)黛玉见讲,方知珍珠是贾母屋里的丫头,便开声问道:"你叫什么名字?你说的是什么话,你姐姐就打你?"那丫头答道:"我名傻大姐,说的就是我们宝二爷娶宝姑娘的事情。"黛玉听了这句的话,有如一个疾雷,当心打来,由不得魂飞天外。片刻精神略定,便拉着傻大姐,来到墙角,就是前日葬花之处。黛玉开声问道:"宝二爷娶宝姑娘,你姐姐为什么打我?"傻大姐道:"只为宝二爷失玉之后,终日糊糊涂涂,据王太医说他有病。因此老太太和太太、二奶奶等商量,求姨太太把宝姑娘娶来,一来与宝二爷冲什么喜,二来要与林姑娘寻了婆家。"说时看着林黛玉笑了一笑。那黛玉已经听得痴呆了,这傻大姐又只管啰唆说了许多言语。黛玉许时方寸已乱,也无心听着,只得低声说:"你不要说了,被人听见,又要打你了,你去罢。"傻大姐去后,黛玉想要回转潇湘馆,谁知两脚已经软了,只得一步一步慢慢走来。走了半日,又错了路径,哪能得到。如今且说紫鹃取了手帕,走到沁芳桥,却不见黛玉,正在观望,只见黛玉颜色雪白,飘飘荡荡,在那里东转西转,又见一个丫头在前面飞跑。因离的太远,看不出是谁,当下惊疑不定。只得赶到黛玉面前,轻轻问道:"姑娘缘何又要回去?"黛玉随口答道:"我要去问问宝玉。"紫鹃见讲,十分惊异,又不敢违拗。因宝玉失玉之后,在贾母房中居住,便扶着黛玉向贾母这边而来。

　　主婢二我同移步,来到贾母房门前。只见黛玉多奇怪,不似先前软弱形。
　　自把竹帘来掀起,将身直入房中存。贾母床中正午睡,丫头打盹在边旁。
　　袭人听得帘声响,却自里间走出来。见是紫鹃同黛玉,即忙相请进内房。
　　黛玉便向椅中坐,眼观宝玉倚在床。不言不语嘻嘻笑,姑娘含笑亦无言。
　　两人不问长和短,一齐对笑有片时。忽闻黛玉开声问,宝哥得病为何由。
　　二爷带笑回言答,我身病为林姑娘。紫鹃见讲暗错愕,袭人心内亦惊惶。
　　晓的机关相漏泄,二人迷惑一样同。便对紫鹃称姐姐,我叫秋纹同你们。
　　扶你姑娘回房去,歇歇片时看如何。紫鹃见讲头点点,秋纹带笑便向前。
　　将把黛玉来扶住,姑娘也便站起来。面觑宝玉尚傻笑,紫鹃催促起身行。
　　黛玉笑言回去也,即便翻身步出门。谁知到此人反健,不用秋纹紫鹃扶。
　　行路如飞脸带笑,将近潇湘馆门前。紫鹃后面相追赶,道言侥幸已到家。
　　谁想话声尚未歇,姑娘身忽倒埃尘。只听哇哇声一响,口中吐出鲜血红。
　　紫鹃惊得魂欲散,便与秋纹两个人。搀扶黛玉里房内,安放床中人昏迷。
　　雪雁紫鹃齐痛哭,秋纹忙步跑转回。延过片时多光景,姑娘渐渐能还阳。
　　睁开两眼低声问,你们何事哭凄凉。紫鹃见问开言答,姑娘刻自上房回。
　　忽然晕倒在门外,我们惊吓故悲啼。黛玉见讲便答道,我身就死亦有时。
　　说罢此时气又喘,紫鹃便叫倒茶来。

(白)话表黛玉因方才听得宝玉宝钗之事情,一时急怒,所以迷了本性,及至回来,吐了这一口血,心中却渐渐明白,因想起傻大姐的话来,晓的事难挽转,此时反不伤心,唯求速死,以完此债。且说秋纹飞跑回去,把黛玉晕倒的事情,告知贾母,贾母大惊,便叫王夫人、凤姐过来查问,凤姐道:"我已吩咐过上下人等,是谁又走了风声?"贾母道:"如今且不必论,先去看看如何。"婆媳三人,一同来到潇湘馆,见黛玉颜色如雪,神气昏沉,心下十分惊恐。片刻只见黛玉微微睁眼,看见贾母在她身旁,便喘说道:"老太太,你白疼了我了。"贾母见讲十分难受,便道:"好孩子,你且养着身体,我请医生调治,不过数时,自然好的。"黛玉微微一笑,把眼又合了,外面丫头回道:"医生来了。"贾母、王夫人、凤姐三人趁势回去,商议事情。这里王医生同贾琏进来,看过黛玉病症,开了药方出去,勿庸细表。如今且说贾母回房,便对凤姐道:"我看颦儿的病症,只怕难好,你也替她预备后事来,冲一冲或者好了,大家也可放心。就是不然,也不至于临时忙乱。"凤姐答应办去。过了一日,凤姐在贾母房中,吃过早饭,想要试试宝玉,便走进里间,对宝玉道:"宝兄弟,老爷已择定吉期,替你娶林妹妹过来,你喜欢不喜欢?"宝玉笑嘻嘻,把头一点道:"我要看林妹妹去。"凤姐拦道:"你瞧她做什么?"宝玉道:"我有一个心,从前交与林妹妹,如今要叫她带过来,放还我肚子里。"凤姐听了此言,晓的宝玉情已钟于黛玉,便一笑而出,告知贾母,急与薛姨妈商量抽包之法,专候吉期而行。暂且不表。

如今且说林黛玉,虽然吃药病难痊。连日吐了几番血,一息奄奄倒在床。
紫鹃劝改全无用,也曾告诉到上房。怎奈太太老太等,专心料理娶亲情。
全无到此来看视,潇湘馆内静寥寥。可怜黛玉睁开眼,唯见紫鹃一个人。
暗叹人情多冷淡,自知万分难生全。那夜樵楼二更鼓,黛玉床中定精神。
便命紫鹃来扶起,又呼雪雁打火盆。移了灯台到床畔,命将诗稿拿出来。
姑娘拈诗略展眼,欲泣无声暗断肠。狠命将诗来扯碎,一齐丢向火中焚。
长叹一声双目闭,怨深恨极人昏迷。慌得紫鹃频叫唤,片刻微微有气回。
便把姑娘轻放下,无限伤悲泪双行。盼到更阑天明亮,姑娘颇觉定精神。
略把茶汤进一口,谁知午后血又来。紫鹃晓得难挽救,便呼雪雁守床前。
自己上房去告诉,出了潇湘一座门。来到贾母房内看,谁知肃静无一人。
只有丫头老妈妈,问她都道不知情。无奈回身出房外,默地心中细思量。
莫非宝玉要完娶,大家都在新人房。我今且去怡红院,瞧瞧宝玉是如何。
想罢之时便动步,来到怡红院中存。谁知也是肃肃静,出来却遇一小鬟。

(白)话表那小鬟,名叫墨雨,一见紫鹃,便笑嘻嘻道:"姐姐你往哪里?"紫鹃道:"我听见宝二爷娶亲,要来看热闹,谁知不在这里,你可知新房设在何处?"墨雨低声说道:"上头吩咐,不许做声,我这话告诉姐姐,姐姐千万不可告诉雪雁。今夜二爷娶薛姑娘,房子就在荣禧堂里。姐姐要看须等更阑夜静前去。"紫鹃见讲应声"晓得",忍不住两泪汪汪,咬牙恨道:"宝玉吓宝玉,你今日竟然做出这件事来,看你明日有什么脸来见我。"一面哭,一面走回潇湘馆,进内看时,只见黛玉肝火上炎,两颧发赤。紫鹃晓的不好,暗想今日宝玉娶亲,李宫裁是个孀居,自然回避,如今只得请她前来做主。便命一个丫头速往稻香村,请大奶奶到此。丫头答应去了片时,只见李纨满脸泪痕,慌忙里进潇湘馆。问紫鹃道:"姑娘什么样了?"紫鹃牙关已硬了,一字也说不出,只得用手指着床上,李纨见此光景,更觉伤心。连忙走近床前一看,只见黛玉已不能言语。李纨轻轻叫了两声,黛玉却微微开眼,似有知识之状,唯是一句话、一点泪俱无。李纨也知难以挽救,便叫紫鹃将黛玉衣衾拿出,与她换好。那时天色已经晚了,只见贾琏的爱妾平儿带着管家林之孝的妻子进来,平儿对李纨道:"我们奶奶不放心,叫我来瞧瞧林姑娘,既有大奶奶在此,我们奶奶也放心。"说罢,也到床前看视林黛玉,忍不住流下泪来。这里李纨便对林之孝的妻子道:"你来正好,快快出去告诉管事的,预备林姑娘的后事。"林之孝的妻子答应一声,又道:"方才二奶奶同老太太商议,那边要借紫鹃姑娘一用。"紫鹃许时哪里肯去,李纨只得与平儿商量,叫雪雁随林之孝的妻子前去。

当下宫裁李氏女,与把平儿说片时。要转稻香暂理事,便与平儿一齐行。
这里紫鹃啼不住,且听樵楼鼓三更。只见黛玉小转动,轻唤紫鹃拿茶来。
紫鹃便把了梨汁,向前慢灌两三匙。黛玉微微开了眼,面觑紫鹃把言谈。
你身服侍我数载,有如姐妹一样同。指望两人归一处,谁知今日两分离。
但我此身是干净,洁来洁去返真元。吩咐他们无别事,将我骨骸送回南。
说到此间已无力,气喘声微难再言。紫鹃到此肠都碎,急唤丫头请李纨。
片刻宫裁身已到,恰好探春也进来。向前摸了黛玉手,已经冰冷似石头。
又见目光都散却,唯闻气息已低微。忽然叫道宝玉好,两眼一翻便呜呼。
可怜她,香魂一缕随风散,愁绪三更入梦遥。
李纨探春啼不住,紫鹃哭倒地埃尘。片刻宫裁止了哭,与同探春两个人。
传唤管家林之孝,预备衣棺俱周全。
收拾尸骸已沉妥,安放潇湘馆中存。然后禀明贾母等,暂放一章且慢言。

（白）原来黛玉气绝之时，正是宝玉与宝钗拜堂之候，凤姐恐宝玉见疑，因此要叫紫鹃前来扶新人。许时宝玉见雪雁扶住新人，暗暗想道："紫鹃为何不带来，却叫雪雁随嫁？"后又想道："雪雁原是她南边带来的，紫鹃是我家里的，自然是带雪雁为是。"及至拜堂，坐床撒帐等事，都已沉妥。喜娘揭起盖头罗，雪雁走开，莺儿等上前伺候，宝玉睁眼一看，好像宝钗，心中不信，自己一手提灯，一手擦眼，定睛细看，果是宝钗，只见她盛装艳服，鬟低鬓軃，真是荷粉露垂，杏花雨润。宝玉此时，心无主意，自己以为是在梦中。只见他不言不语，如醉如痴，立着不动。贾母恐他发病，亲自扶他上床，凤姐请宝钗进入里间坐下。宝钗此时，自是低头不语。宝玉停了片时，见贾母、王夫人都坐在那里边，便轻轻叫过袭人①问道："方才那一位美人是谁？"袭人笑道："是你新娶的二奶奶。"宝玉道："二奶奶到底是谁？"袭人道："老爷主意娶的奶奶，便是宝姑娘。"宝玉道："我方才明明看见雪雁扶着是林姑娘，你们做什么骗我？我要寻林姑娘去。"说罢竟要下床。贾母等只得向前拦住，用好言安慰，怎奈宝玉总是不懂，口口声声只要寻林妹妹去。

从此宝玉病复发，终日昏昏与沉沉。众人苦劝全不晓，宝钗暗暗苦在怀。
那日竟把黛玉死，对同宝玉说分明。二爷不禁放声哭，失倒床中人昏迷。
魂灵往到阴司内，寻讨黛玉林姑娘。忽遇一人对他说，黛玉无魄又无魂。
阴府并无她名字，你们速速快转回。倘若有心要寻访，修真养性见有时。
宝玉醒来大会悟，长叹数声定精神。即时亲往潇湘馆，大哭一场解痴情。
从此医药来调治，宝玉竟然病复元。与把宝钗成亲后，入闱秋试考北场。
出场竟不归家转，削发修行入空门。榜发二爷中魁首，一家大小喜又愁。
后来宝钗生一子，更有许多事短长。归结宝玉与黛玉，名为焚稿断痴情。
此书总名《红楼梦》，小史又号《金玉缘》。
千年一去无踪迹，册上编书世间传。

《红楼梦（下集）》（益新书局总批发），选自台北"中央研究院历史语言研究所"、俗文学丛刊编辑小组《俗文学丛刊（第381册）》（新文丰出版股份有限公司2001年版）。

---

① 原文无"袭人"二字，据上下文添加。

滩 簧

根据赧生居士(又署名逃情居士)所编《红楼梦全部滩簧》(四集四十出)抄本收录:(1)每集毕附目录,分为元、亨、利、贞四集,共四十部。(2)卷端题:红楼梦全部滩簧。逃情居士编。(3)版心题:原情、前梦、聚美、合锁、游园、省亲、探亲、围谑、开社、释怨、索优、谏构、听雨、试情、补裘、搜园、失玉、设谋、焚帕、哭园、后梦、护玉、遣袭、拯玉、返魂、谈恨、单思、煮雪、赠金、坐月、见兄、花悔、示因、劝婚、题书、剖情、解仇、仙合、玉圆。(4)卷末有"红楼梦谱旧番新,这又是赧生君士戏编成,唯愿普天下情人莫动情"字句。

元　集

原　情

命薄果然命薄，情多实是情多。多情薄命可如何？只好替天补过。半枕红楼残梦一编，红豆新歌酒阑灯焰，泪成河直把唾壶敲破。

红楼一书，不知何人所作，本名《石头记》，曹雪芹先生删改数遍，书乃告成。看他作书之意，无非打开情窟，唤醒痴顽。无奈篇册浩繁，一时难以展玩。后有红豆村樵，改作传奇，又只是文人击节，学士倾心，城市乡村，不能遍及。爰有逃情居士，沿其旧曲，杂以俚言，节其冗长，归于简便。庶几花前月下，美景良辰，随意弹词，皆堪动听。今日晓窗无事，且把《原情》一出，请教诸公。

（末）天若有情天亦老。（贴）月如无恨月常圆。（末）有人打破三生梦。（贴）高坐清虚第一天。（末）小仙乃放春山、遣香洞、太虚警幻境、警幻真人焦仲卿是也。（贴）小仙乃警幻仙姑兰芝夫人是也。（末）夫人，我和你生堕分离劫数，今归忉利天宫。上帝因我夫妇识破痴情、分司幻劫，夫人主离恨天，小仙主补恨天。专管世间情男情女，离合死生，统领各司，稽查册籍。但凡一切因果皆我太虚天中主之，那一种还泪公案，夫人合当主持。也该打点步散相思了。（贴）相公，我想情场颠倒，那些痴儿骏女沉溺其中，真堪一笑也。

世间苦恼是情场，你看一片情天大网张，便是仙缘也难避情中劫，问谁能学太上把情忘？

此刻，神瑛、绛珠、芙蓉仙子和一班欢喜冤家，俱已下世，只是绛珠魔劫甚重，意欲召彼神瑛，梦游幻境，谱成歌曲，指点迷途，相公意下如何？（末）夫人言之有理。

若果忘情不上迷津渡，也省得许多恩报与仇偿，只是凤孽已深，恐难唤转。纵然醍醐，全把仙姬仗，还怕佳人命蹇易折伤。（贴）相公如今先召神瑛随指点，然后以练容金鱼赐与绛珠，则他日回生，便易为力了。

要得真身不坏把仙乡转,全靠这练容金鱼好护藏。那芙蓉仙子呵,芙蓉杨柳早注定同根长,因此两灵儿重复现高唐。好笑绛珠聪明一世,懵懂一时,矢着求仙志愿,只想登仙界。哪知求仙不果,反被女仙降。

(末)夫人,这也由他,只是史真人应为夫人弟子,会当以真诀相传了?(贴)是。此刻且慢,且待了却尘缘再为指授。

她本是侯门薄命的孤孀妇,应做大罗天上好仙娘。直等她改换云装抛绣袜,才得骑鸾参拜母西王。(合)生生死死情无恙,一曲红楼好梦长。夫人吓,你且去唤取神瑛到上方。

前　　梦

功名水上浮沤,荣华草露空留。常傍玉闺春暖,也应抵得封侯。

(生)小生姓贾,名唤宝玉,本贯金陵人也。先祖代善,以功封荣国公,中年下世。祖母史太君在堂,父亲讳政,现任工部员外。母亲王氏,诰封宜人。小生生时,口中衔下一块五彩晶莹之玉,因而取名宝玉。只因祖母爱怜,与姊妹们一同娇养。我想女子是水做的骨头,男子是泥做的骨头。我只是见了女子,便觉神清气爽,见了男子,便觉臭浊逼人。因此,日在园中,未尝轻出户外。近日祖母又赏了一个侍儿,名唤袭人,温柔可爱,倒也罢了。怎奈父亲定要小生读书,为求取功名之计,只得闷守书斋,了无生趣,正是:但愿一生花里活,何须百卷案头排。

你见白驹倏忽过流光,真果是除却温柔没有乡。但得隈红倚翠在闺中老,说什么状元及第探花郎。可笑这班女子也撇不去功名两字,常常苦劝小生,也觉太不知心了。怎能够红闺得一个知心伴,巾帼中绝少俗人肠。那时窗明几净相酬和,才美是紫薇花对紫薇郎。

呀,痴坐半日,身子困乏,不免打睡片时。嫩寒锁梦因春晓,乱絮吹云觉昼长。呵呵唷。(贴)春梦随云散,飞花逐水流。寄言众儿女,何苦觅闲愁。小仙兰芝夫人,来领宝玉魂游太虚,化其痴心,早入佳境。来此已是,"宝玉醒来。"(生)"呀,这却是何处也。你看朱栏玉砌绕回廊,瑶草琦花喷鼻香。真果是清凉世界无尘迹,把个武陵源竟放入小渔郎。"

且住,那边有位仙姑,待我问她一问:神仙姐姐,这是什么所在?(贴)此乃放春山遣香洞太虚幻境,吾即警幻仙姑是也,司人间之风情月债,掌尘世之女怨男痴,今日与尔相逢亦非偶然,可便随我一游。(生)这可妙极了!

滩 簧

只见轻云冉冉起,身旁灵雨飞飞拂面庞,此身已入天台路,早又见翠榜金书字两行。吓,那边有副册对联待我看来:假作真时真作假,无为有处有还无。呀,这对句好奇怪,为什么将真作假偏多误,为什么有处为无费解详。

那里还有许多匾额,待我索性看来:痴情司、结怨司、朝啼司、暮哭司、春感司、秋悲司、薄命司。看这两旁配殿,各署司名,不知里面是些什么?吓,神仙姐姐,小生要到各司中随喜随喜呢。(贴)此各司中,贮着普天下过去未来的女子册籍,想你肉眼凡躯,不便看得的。(生)吓,神仙姐姐,小生哪里就能知道,略容我去去罢。(贴)也罢,就在这薄命司中走一遭罢。宝玉走进司来,只见案上册籍重重,随手拿了一册,上面写着《金陵十二钗正册》,又一册上写《金陵十二钗副册》,又一册上写《金陵十二钗又副册》。且住,小生家本金陵,莫非我家女子都在这上面?待我展开一看:"霁月难逢,彩云易散。"这却是谁?"堪羡优伶有福,却与公子无缘。"又是谁?待我且看正册:"玉带林中挂,金簪雪里埋。"越发奇了,后面还有许多画儿好难解也。

都是些哑谜儿教我难猜破,就如闷葫芦怎好细推详?只恐隋何也难解其中意,便是杜家也莫识此中藏。

罢了罢了,真真闷煞小生也。(贴)吓,宝玉,这闷葫芦打他则甚?且和我游玩去来。宝玉忙出司来,随着仙子游行。忽听得仙乐齐鸣,迥异人间箫管,呀,是歌得好也。

听声声檀板杂笙簧,迥异人间歌舞场,这才是,此曲只应天上有,不亚是羽衣一曲奏霓裳。

请问神仙姐姐,此曲何名?(贴)此曲名《红楼梦》。(生)好是好的,只是音节悲凉,又无头绪,小生不愿听它。(贴)咳,痴儿尚未醒也,我这仙音指点,胜是梦黄粱。怎全唤不醒莽儿郎?也是他生来命数皆前定,要把那相思甘苦总亲尝。

你看宝玉竟自去了,怎生的唤他不醒也。(生)呀,猛可的日暗风凄路径荒,烟雾迷离黑水长。这溪边又没有桥梁渡,但只见狰狞虎豹把爪牙张。

哎呀,吓死我也。(贴)宝玉作速回头,那里都是迷津,其远千里,其深万丈,你若堕落其中,那便百千万劫了。(生)啊唷!

却原来迷津巨浪深无底,一堕其中命早亡。望仙姑指与逃生路,要你慈悲速赐大慈航。

哎呀,不好了!水中许多夜叉鬼来了!神仙姐姐,救我一救!偏偏唤她不应,竟自去了。

吓得我三魂不守身流汗,小鹿儿心头只乱撞。霎时间仙凡阻隔如尘障,只落得战战兢兢自感伤。

哎呀,神仙姐姐,你来吓。此时宝玉梦境将终,仓皇无措,袭人在旁,看他这般光景,忙惊问道:"宝玉,宝玉,你是怎样的吓?"(生)哎,好奇梦也。

无端噩梦好惊惶,黑海迷津没主张。(丑)你到底做了什么梦的吓?(生)袭人吓,且和你归向房栊仔细详。

聚　美

(外)生平严正立朝端,为感君恩天地宽。但愿公余频舞彩,白头人最爱寻欢。下官贾政,字存周,贯本金陵,位居水部。夫人王氏,内助甚贤,所生三子三女,大儿贾珠不幸夭亡,寡媳李氏,守节抚孤,颇称贤淑。二儿宝玉,衔玉而生,也还聪慧,争奈情性乖张,诗书懒读,只因母亲钟爱,终日在姊妹丛中厮混,不能严加约束。三儿贾环,生性懦愚。大女元春,以才人入选,蒙圣恩册为凤藻宫贵妃。三女探春、四女惜春,韶年未字。家兄贾赦,已袭正爵,皇上念先人之功,特颁余荫,是以下官得司令职。近来又蒙恩旨,许元妃归省,现在盖造省亲别墅,录录多事。今日秋光甚好,特请母亲出堂,欢笑一番。夫人酒筵可曾齐备?(老旦)齐备多时。(外)如此奉请母亲出堂。

风高气爽好秋光,喜只喜彩戏斑衣侍北堂,纵然白发身强健,你看这矍铄精神老未降。

话言未了,母亲出堂来也。"母亲,孩儿拜揖。""婆婆,媳妇拜揖。"(净)罢了,孩儿,媳妇,请我出来则甚?(外)今日秋光甚佳,儿媳备有酒筵,请母亲一坐。(净)生受你们,你们也坐了,叫两个孙媳伺候罢。(外)是。(老旦)是。

一家和气致佳祥,只听得满耳笙歌绕画堂,玉杯中饮不尽长庚酒,金盘里说不尽山珍海错香。这才是人间占尽天伦乐,伫看那百岁灵蓍闰更长。

老太太对着这班儿女,笑逐颜开,满心欢悦,只不曾见宝玉。因问道:"媳妇,宝玉哪里去了?"(老旦)婆婆,到庙上跪香去了。(净)我说他怎么不来呢。听得你薛家妹子带了儿女,也要进京。敢则也该到了,只是林丫头着人接他,怎么还不见来?好生放心不下。

可怜她伶仃孤苦没爷娘,教老身挂肚又牵肠。远迢迢望不见扬州路,地角天

滩　簧

涯各一方。几回入梦又被江拦住,恨没有长房缩地方。

老太太正在思念,忽见奴婢上来禀道:"老太太,林姑娘到了。"(净)"好好,我正想她,她可巧就来了。我的儿在哪里?"(旦)老太太,甥孙女叩见,请老太太万福金安。(净)罢了。儿吓,你怎的命苦,你父母就通不在了,我也不能见他一面。

提起你椿萱实惨伤,为甚他夫妻相继竟偕亡?丢得你影只形单无伴侣,问你个承继哥哥可善良?纵然友爱怎比亲兄妹。有甚言词吞吐费周章,到底女孩儿不比男儿汉,哪能够吐胆倾心说短长,此中有多少疑难处,料你一天倒有九回肠。因此接你到家中住,靠着老身如靠你嫡亲娘。

当时,老太太便将他二舅舅、二舅母以及珠大嫂、琏二嫂等,逐一指与黛玉叙了礼。贾政见了黛玉,便也呜呜咽咽地哭说道:"儿吓,我和你母亲是最相友爱的,你今在此,就与家中一样,有甚言语,告诉你舅母便了。"(旦)是。王夫人便也接口说道:"儿吓,诸事不可作客,须要老实些。只是有一件嘱咐你,我有个孽胎祸根,是家里的混世魔王,你只不要睬他。"(旦)是。舅母所说的,可是衔玉而生的那位表兄么?(老旦)正是。(旦)如此甥女知道。黛玉此时口里答着,心里便想着:这个宝玉,不知怎生个古怪人儿?正猜疑间,只听外面一阵脚步响,丫鬟进来报道:"宝二爷来了。"黛玉抬头一看,只见是一个青年公子,头上戴着束发嵌宝紫金冠,齐眉勒着二龙抢珠金抹额。身穿一件二色金百蝶穿花大红箭袖,束着五彩丝攒花结长穗宫绦,外罩石青起花八团倭缎排穗褂,脚下蹬着青缎粉底小朝靴。面如秋月,色似春花,鬓若刀裁,眉如墨画,鼻如悬胆,睛若秋波,项上金螭缨络,又有一根五色丝绦,系着一块美玉。黛玉吃了一惊:呀,好奇怪吓。

我也是宦家不出闺门女,哪曾惯见男儿甚面庞。为甚的相逢偏似曾相识?不但眉目有些面善,并且依稀还见过这衣裳。

只见宝玉向贾母请了安,贾母吩咐去见他母亲,随即转身去了一回,再来时已换了冠服,头上周围一转的短发,结成小辫,红丝结束,共攒至顶中胎发,编成一根大辫,黑亮如漆,从顶至梢,一串四颗大珠,用金八宝坠脚,身上穿一件银红撒花大袄,仍旧戴着项圈,下面半露出松花绫裤,锦边弹黑袜,厚底的大红鞋。

越显得唇红齿白如樊素,宫粉轻匀似六郎。真果是万种情思堆眼角,十分风韵世无双。

看他外貌是极好的了,但不知情性如何。进得门来,走向榻前,便倒在贾母怀中。贾母一头惯着,一头说着:"外客未见,怎就脱了衣裳了?这是你林妹妹,

349

还不去见个礼儿。"宝玉连忙走来,作了揖一旁坐下。定睛一看,只见一双似喜非喜的含情目,两湾似蹙非蹙的笼烟眉,泪光点点,娇喘微微。闲静似娇花照水,行动如弱柳扶风。便暗暗的点头道:实在与众不同。

世间不少羞花貌,从未见这珊珊仙骨女红妆。看她憨都欲睡非关醉,弱不胜衣不是狂。这才是飞环下界嫦娥出,更说甚纣罗西子汉王嫱。

妙是妙极了,只有一件奇处,这妹妹我好像认得的吓。"老太太,这是林妹妹吓,怎么这样面熟?"(净)又胡说了,你在哪里见过他?(生)见是不曾见过,却有些面善。

想我出胞胎就在这京城地,并不曾烟花三月下维扬,莫不是梦中曾有相逢日,为什么左思右想竟遗忘?

请问妹妹尊名。(旦)奴家黛玉。(生)表字?(旦)无字。(生)吓,我送妹妹一字,莫若"颦颦"二字极妙。正谈论间,那里薛姨太太和宝钗也都来了,各人挨次见过礼。礼毕归坐,贾母便吩咐王夫人道:"咱家梨花院空着,就请姨太太和姑娘到那边住去。林丫头的行李就铺在我里间房里,她来的丫头小,就叫紫鹃常服侍她罢,宝玉就搬到前间住去。"老太太吩咐已毕,各人也都散去,单讲宝玉出得门来,神魂恍惚,便自言自语道:"妹妹,我认得你,料你也认得我。毕竟在哪里会过的,怎么总记不起来,好奇怪呀。"

似曾闻过这燕泥香,及至飞来,反记不起哪家梁。妹妹吓,教我无头无绪,今夜怎思量。

合　　锁

红帘深掩香闺悄,梅花昨夜新开了。无力拨炉灰,慵来病乍回。不知愁甚个草草梳妆坐,云冷暗罘罳猧儿睡醒时。

(小旦)奴家薛宝钗,金陵人也。生书香之后,为豪富之家,最厌繁华,颇耽书史。父亲早逝,老母相依。近因携眷来京,寄居贾府,姨母甚是爱怜,又得与姊妹们时时相聚。其中黛玉姿才,一时无两,尤相契合。此间有位姨弟,名唤宝玉,说他是衔玉而生的。想奴家幼年,有一疯僧,赠我一把金锁,说是将来与有玉的是姻缘,因此奴家见了他,常常回避,只不知这话可还当真否。

自来天意甚苍茫,提起那疯僧言语似荒唐,他说奴家是一个赔钱货,那衔玉生来便是好东床。因此人前几次相回避,但不知玉胎金锁是否两相当,若果前生注定姻缘簿,少不得莲池颠倒护鸳鸯。

这也由他,且喜绿窗人静,不免做些针黹则个。(生)空房嫌寂寞,别院问婵娟。小生宝玉,自与林妹妹相依,十分友爱,又且性情洒脱,吐属温柔。自古佳人难得,知己尤不易逢。因此,小生一心一意要和她到老,只不知祖母意下如何。

看她姿才已是闺中秀,却没有闺中陋习儿女腔,有时娇嗔薄怒,也觉心神荡。有时深谈浅笑,总觉唾花非板重不轻狂。真是求遍人间无寡双,若得一言许配成佳偶,便美我一生痴福乐无央。

今日到东府看戏未回,小生独坐房中,十分孤寂。前日听得宝姐姐身子欠安,不免去看她一看。虽则她装聋作哑情疏淡,看她暗里藏娇有别肠,当此花憔月悴人无奈,未免身惹微疴自感伤。

来此已是她闺中,不免掀帘进去。宝姐姐,特来看你,如今可痊愈么?(小旦)原来是宝玉兄弟,蒙你挂念,多感盛情。如今算全好了。请坐。莺儿倒茶来。(贴)来了。原来是宝二爷,二爷,今日甚风儿吹你到此?(生)特来瞧瞧姐姐的病体的。(小旦)吓,兄弟成日价说你这玉,我究竟不曾赏鉴,今日倒要见识见识。(生)请看。(小旦)呀,真是奇怪,看它灿若九霞,润分五色,这玉儿呵,真果空明晶洁闪奇光,不比那璞守荆山石里藏,却是谁人凿得天根破,留下这陆离光怪甚精良。

(贴)姑娘,你看这上面还有字呢。(小旦)呀,果然有字。待我看来。吓,莫失莫忘,仙寿恒昌。你看反面也有字迹,我再看来。一除邪祟,二疗冤疾,三知祸福。吓,莫失莫忘,仙寿恒昌。呀,好奇呀,一边儿绿字夸仙寿,一边儿金字辟灾殃。便又自言自语道:他和我分明配就成双对。便把这八字低吟,不敢放声扬。

莺儿在旁听此八字,便说道:"姑娘,这两句倒像和姑娘项圈上的是一对儿么。"(生)吓,原来姐姐项圈上,也有八个字,我也要赏鉴赏鉴呢。(小旦)兄弟你莫信她,没有什么字。(生)姐姐你怎么瞒我的呢。(小旦)不过是两句吉利话儿,你要瞧,你便拿了瞧去。(生)咦,果然也是八个字:不离不弃,芳龄永继。姐姐,这八个字果真和我的是一对儿。

看这芳龄几字正好对恒昌,敢则是因果其中早暗藏,只说是马牛风本无相及,好奇怪呀,难道这玉和金竟配就两鸳鸯?

宝玉正在猜疑,莺儿在旁说道:"二爷,这是个和尚送的,说要一个……"宝钗生怕莺儿说出,不等说完便连忙喝住道:"你不去倒茶,在此乱谈甚么?"宝玉见她喝住莺儿,话虽未完,却也猜着,于是偷眼把宝钗一看。

见她柳娇花媚,也非凡品大人家举止甚端详,凝眸正在含情处,一阵的风从肋后过来香。

呵唷唷,好香吓,姐姐,你熏的什么香?(小旦)我从不喜熏香。(生)这香味儿,竟从未尝闻过。(小旦)吓,是了。我今早吃了冷香丸的。(生)什么冷香丸?(小旦)说也琐碎,这方子是春天白牡丹花蕊十二两,夏天白荷花蕊十二两,秋天白芙蓉花蕊十二两,冬天白梅花蕊十二两,于次年春分日晒干研细;又要雨水的雨十二钱,白露的露十二钱,霜降的霜十二钱,小雪的雪十二钱,你说这丸药可难凑巧?不上几年,也竟办全了。(生)吓,原来如此。

按这名花分季各收藏,还要调和雨露艳雪与清霜,怎怪这芬芳透入肌肤内,这才是花气浑如百和香。

两人正在闲谈,此时黛玉已从东府回来,顺便来瞧宝钗。听见宝玉声音,故作迟回,窃听片时,因亦带笑进来,说道:"好香吓。"(小旦)原来是林妹妹,请坐。(生)妹妹,外面下雪了么?(旦)可不下了半日呢。(生)莺儿,你叫我的人取斗篷去。(旦)是吓,我来了,你就该去了。(生)哪里就去,不过是取了来罢了。只是冷得狠,有一杯酒搏搏风才好。事有凑巧,恰好太太着人送了酒来,宝玉喜得了不得,便说道:"正想着酒吃,若是冷的,则更妙了。"(小旦)吓,宝兄弟,那《本草》上道得好:酒性最热,热饮则散,冷饮则凝,快不要吃冷的。(生)是。便依着姐姐吃热的罢。黛玉在旁嗤的一笑,向着宝玉便点点头说道:"全仗这芳樽酒暖把寒凉破,莫要冰透人间热肺肠。"似此温言也美关情,甚冷热亏他一力总承当。

(贴)姑娘,外边下雪呢,特送手炉来的。(旦)谁叫你送来?(贴)是紫鹃姐姐叫送来的。(旦)我就冷死了么,亏你倒听她的话,我的话只当耳边风。她说了说比圣旨还狠些。宝玉听得此言,明知黛玉话里有因,又不好抢白她,只是笑而不言。

看他聪明一任花奚落,悉听她莲花舌底有锋芒。宝钗亦冷笑着,暗暗说道:"这话儿要夺随何坐,却缘何危言恶语把人伤?"我且装聋权当西风过,只好强自开怀入醉乡。

妹妹,再请一杯。(小旦)酒多了,我们也该去了。(生)我们去罢。满天大雪乱飞扬。(旦)姐姐,请罢。(小旦)请。兄妹相携玉手双。(旦)宝玉,我问你可有暖香?(生)什么暖香?(旦)若无暖香,怎配冷香呢?我还问你,以后可吃冷酒了?(生)妹妹,休得取笑。你怎的有这许多游戏好文章。

游　　园

大抵天王最圣明,入宫妃子许归宁。黄麻一纸传宁府,旧日园林顿换新。

(外)下官贾政,自得了元妃省亲旨意,府中分派各人起造。刻下工程俱已告竣,贾珍前来回禀,说大哥已经瞧过,只等我去看看,恐有不妥当处,再行改造。落得诸公在此,便请同去一游。(杂)正要瞻仰,愿附与同行。(外)来吩咐宝玉、同珍儿一同前去,在园门外伺候。(末)是。(外)列位请。(杂)老世翁请。(外)今日天气晴明,正好散步。来不多路,已到园门。吓,这是正门了,一顺五间,这光景好不威严也。

你看瓦皆铜雀是泥金背子泥鳅一斩平。门栏窗槅都是新花样一色水磨。不用粉涂成一带墙垣如白雪,下面是虎皮石块乱砌自成纹。

"还好,不落富丽的俗套!吩咐开了园门。"(杂)是。(生)爹爹。(外)罢了。随我进来。(生)是。(外)妙吓!进得园来,就是一带翠嶂挡住面前,若非此山,则园中所有景致,一览无余,岂不索然无味?足见山子野胸中,大有丘壑,方能构此。我们再往前去。呀,又是一山突出,则更出人意表了。

又是重重叠叠石崚嶒,总是天然怪兽杂飞禽。似这心机更比偶迂巧,要比姑苏狮岭胜三分。上边是斑斓剥蚀堆苔藓,旁挂着条条俱是些薜萝藤,两峰高插疑无路。哪知这中间呵,却有羊肠小道可通行。

我们就从此小径游去,回来由那一边出去,便可遍览矣。"珍儿,你且在前引路。"逶迤行来,已是山口了。列位,你看山上有镜面白石一块,恰好迎着正面,须有题咏才好。(杂)是。老世翁,据晚生的愚见,题"叠翠"二字,也还用得。据小弟的愚见,题"锦障"二字,也可。并还有说"小终南""赛香炉"皆可题得。列位,你知道这诸公是什么意思?他们知贾政要试宝玉才情,故此只将些俗套来敷衍。果然贾政回头,向着宝玉说:"你且拟来。"(生)是。据孩儿看来,此处非主山正景,原无可题之处,不过探景一进步耳,似乎直书古人"曲径通幽"旧句,倒也大方。(杂)妙极!妙极!二世兄天分才情,过人远矣。(外)不当过奖,取笑罢了。我们就此前去。吓,这里又是一洞,就进洞去逛逛。哦唷,这洞中光景越发不同了。

茏葱佳木森森列，一派奇花不识名，看这花花木木交深处，又是一线清流从石隙行。

我们再进几步，向那北边去。吓，原来又是平坦大路，这景致又别了。

上边是插天楼阁层层耸，画槛雕栏簇簇新。下边是青溪泻玉如明镜，白石周遮竟像似玉围屏，中间是石桥三折多回曲，桥上空空立一座水心亭。

既有亭子，何不借此少坐，歇息歇息，再走何如？（杂）是极是极。只是此处又该题咏了。（外）是，就请教。（杂）我想当日欧阳公醉翁亭云"有亭翼然"，就名"翼然"何如？（外）"翼然"虽好，但此亭压水，须切此意方佳。依小弟拙见，欧阳公有"泻于两山之间"句，竟用他一"泻"字，再斟酌一字也罢了。（杂）如此，就用"泻玉亭"罢。（外）用也用得，也还不甚洽意。宝玉也拟一个来看看。（生）是。父亲所说极是，但此处为省亲别墅，似当依应制体裁，此等字似乎不合，改作"沁芳"二字，可还用得？（外）匾上二字却还容易，再作一副七言对来。（生）是。宝玉四顾一望，计上心来，乃念道：绕堤柳借三篙翠，隔岸花分一派香。（外）也罢了。对子还俯就用得。（杂）吓，老世翁，对句不但工稳，而且风雅宜人。二世兄真大才也，难得吓难得。

这才是诗才赋手天生就，又况佳句琳琅在妙龄。尤爱他灵心慧舌无迟钝，真果是八叉七步又重生。

（外）列位过誉了，小孩子当不起。我们歇了此会，赶早走罢。（杂）走呀。出得亭来，你看一山一石、一花一木，随手点拨，无不宜人，真令人赏玩不尽也。吓，老世翁，前面又到了一个所在，我们再去看来。

又只见一带花墙屋数槛，修竹千竿个个青。且到里面看看。入门便都是回廊绕，甬道中石子碎铺成。那里边却又是小小三间屋，乃是一间暗与两间明，你看这屋中摆设，更妙不可言，匡床几案无宽窄，都是量着房儿打就似天生。

（外）列位，这房里还有小小角门，我们索性进去。吓，原来是一个后园。"珍儿，这些花草也不问它，这一道飞泉又从何处来的吓？""回老爷，这后院墙下开了一隙，得泉一脉。因而开沟尺余，灌入墙内，绕阶缘屋，直至前院，盘旋竹下而出。"（外）吓，原来如此。此处却有许多受用，若能日夜坐此窗下读书，也不枉虚生一世。

看这梨花雪白竟似玉攒成，又衬着几卷芭蕉绿可人。此间别有幽闲趣，恰好泉声断续和书声。

此间又该题咏了。(杂)此间匾额须题四字。(外)请教用哪四字?(杂)据晚生说,可用"淇水遗风"。据晚生说,可用"睢园遗迹"。(外)未能免俗,还请再拟。(杂)不如还请世兄拟一个罢。(外)未曾做时,先要议论人家的好歹,可见就是个轻薄人,非载道之器了。也罢,今日任你狂谈,却要先说出议论来,方许你做。适才诸公所说,可使得么?(生)据孩儿看来,诸位不要见怪,都觉有些不妥。(外)怎么不妥?(生)吓,爹爹,这是第一处行幸之所,必须颂圣才是,若用四字的匾额,又有古人现成的,何必再做?(外)畜生,你此话又差了。

看你开言狂妄全无忌,难道这"淇水""睢园"都是杜撰成?想诸公寝食皆由古,你怎便妄薄今人爱古人。

(生)是。非是不现成,觉得太板了,似乎"有凤来仪"四字稍稍松活些。(杂)妙极妙极!真有死活之别,且才合颂圣体制。老世翁,此君家千里驹也。(外)畜生,可谓管窥蠡测矣,再题一联来。(生)是。就用"宝鼎茶闲烟尚绿,幽窗棋罢指犹凉"罢。(杂)也未见得。且暂存着。列位,我们再走一走。(杂)哎,老世翁,适才那种幽僻地方,怎么又换了极朴实的世界,真出人意表也。(外)果然朴实。忽见青山中阻不容行,哪知转过山旁景又新,一带土垣俱是黄泥抹,墙上周遮尽稻茎。外边是桑榆槿柘交相映,里面是茅竹低低屋数楹。团团又一带青篱隔土井,无栏水自清。还有那桔槔不住的回环转,列亩分畦尽都是菜蔬麦。

咳,此种光景,总系人力穿凿,而入目动心,未免引起我归农之意矣。

俨似村墟无一点尘嚣态,触起我归田解组心,有日天恩容我辞朝关,我便北窗高卧老闲身。

列位,你看篱外有白石一块,亦是留题之所,请教何题?(杂)此处若悬匾额,莫若直书"杏花村"为妙矣。(外)是。说起杏花村,我倒提起一件事来了。珍儿,看来此处都妙,只少酒幌一个,明日就做一个来,不必华丽,用布帘系在竹竿上,就从此树梢挑出,则妙极矣。且此处亦不必养雀鸟,只养些鸡鹅鸭之类,才相称呢。

总要合着农家情共景,最忌的富丽与新鲜。新酒旗儿似飞燕把双人舞,一竿影影挂疏林,鹅群鸭阵般般有,还要夹杂些犬吠与鸡鸣,这才是穷檐茅屋真佳趣,又何用绿凤黄鹂一两声。

适才诸公所说"杏花村"三字可谓现成已极,只是犯了正名,还要虚拟一个才好。宝玉你怎么说?(生)据宝玉看来,旧诗有云:红杏梢头挂酒旗,如今且题

"青帘在望"罢。至于村名,若用"杏花村"三字,未免太俗了,又有唐人诗云"柴门临水稻花香",何不用"稻香村"的为妙。(外)哇,我把你这个无知的孽障,你能知道几个古人,记得几首旧诗,也敢在老辈前卖弄。方才那些胡说,也不过试你的清浊,取笑而已,你就认真的狂妄起来了。畜生,我且把诗之源委,大略说与你听:

　　自从三百开山祖删后,何曾有嗣音?十九首尚不失毛诗义,可惜仅有篇章又失了名。五言体制传苏李柏梁台成了,然后七言成。到后来李杜文章光万丈,参军开府隽而新。他如谢家诗芙蓉才出水,鲍家诗錾彩又镂金,一时收不尽囊中句,真个是汗牛充栋记难清。

　　至于古来以诗名者,亦复悉数难终,我也大概说些你听听:小杜儿青楼称薄幸,白香山声价重鸡林。瘦如贾岛寒东野,江拟潘才海要让机云。他如咏鸳鸯自古推崔珏,鹧鸪诗郑谷世交称,蝴蝶儿谢氏名希逸。一声长笛端让倚楼人,这都是当年风雅成名单,问你胸中可晓得这诸君。

　　一时狂谈,遗笑得狠了。(杂)老世翁言之有物,足见渊通。二世兄是有天分的,加以家学渊源,则更冲天有日矣。可贺可贺!老世翁,那边茅堂甚佳,我们再游玩一番。(外)有趣有趣。诸公游兴,正复不浅也。(杂)老世翁请。(外)诸公请。一径行来,已是茅堂。你看纸窗木榻,富贵气象,一洗皆空。又别是一般光景了。宝玉做一对来。(生)是。新涨绿添浣葛处,好云香护采芹人。(外)更不见得了。我们且出去逛逛,就从这山坡转过去,看是如何。(杂)也好,就这样逛逛。

　　且自穿花度柳行将去,依着云根,又听得响泉声,这一旁穿过荼蘼架、木香栅,早香气袭衣襟,芍药圃、牡丹亭,且到那蔷薇院里暂消停。

　　妙吓,你看薜荔倒垂,落花飞堕,此情此景,巧夺天工,诸公将何以题之?(杂)此处题咏,再不必拟了。恰好是"武陵源"三字了。(外)又落实了,而且陈腐。(杂)不然嚜,就用"秦人旧舍"四字罢。(生)据宝玉管见,越发过露了,且"秦人旧舍"说避乱之意,如何使得,不知"蓼汀花溆"四字可用得?(外)更是胡说,我们且进港洞。珍儿,此处有船没有?"回老爷,采莲船共四只,座船一只,如今尚未造成。"(外)嗳,可惜不得入了。"不妨从这山上盘回可以进去,待侄儿引道便了。"

　　须要从容抚树又攀藤,只着身儿向里行。老爷,你看落红点点随波下,水面微风起皱纹。这一边两行垂柳丝如线,那一边苍松古柏尽干云,柳阴中又露出桥三折,过桥去,便大路可通行。

(外)如此嚜,宝玉这来,扶我前去,走吓。好了,度过桥来了。奇呀,这又是什么所在?迎面又是插天的一块岭塊山石,四面群绕各样石块,竟把里面房屋尽行遮住,我且进去瞧瞧,却原来一株花木俱无,竟都是些异草。

也有的牵藤颠倒垂山岭,也有的蹒跚横竖透云根,也有的垂檐绕柱牵连长,也有的紫砌盘阶滋蔓生,也有的飘摇如翠带,也有的盘屈似泥金,也有的累累红比丹砂艳,也有的离离翠比雀毛新。真果是,奇奇怪怪难分晓,更比那花木重重点缀精。

有趣有趣,耳目一新,只是不大认识。(杂)老世翁,想亦是薜荔藤萝之类耳。(外)薜荔藤萝,哪得有此异香?(生)吓,诸位,薜荔藤萝,这众草中原是有的,若以此名概之,则断乎不能。那香的是杜若蘅芜了。这一种大的,是茞兰。那一种大的是金葛。红的自然是紫芸,绿的自然是青芷。想来《离骚》文选上,所有的些异草,有叫作什么"布帛纶组"的,有叫作什么"石帆水松"的,悉数难终。如今年深岁久,也渐渐的唤差了。(外)哇,畜生,谁问你来?(生)是,是。(外)吓,列位,你看两边俱是抄手游廊,我们就顺着这边游廊步去。吓,原来是五间清厦连着卷栅,四面出廊,绿窗油壁,更比前清雅不同。

这才是窗明几净无尘迹,坐此全然心迹清。只要火炉石铫烹香茗,直吃到两腋清风习习生,闲来理一理孤桐谱,月下轻调绿绮琴,倦时就在这窗前卧,也算是羲皇以上人。

此造却出意外,诸公必有新题以颜其额。方不负此。(杂)老世翁,此处匾额,莫若"兰风蕙露"四字贴切了。(外)也只好用这四字。对联呢?(杂)晚生倒想了一联,大家批削批削:"麝兰芳霭斜阳院,杜若香飘明月洲"。(外)妙则妙矣,只是斜阳二字,似乎欠妥。晚生也有一联请教:"三径香风飘玉蕙,一庭明月照金兰。"贾政此时拈须沉吟,意欲也题一联,忽见宝玉在旁,不敢做声,因喝道,"怎么你应说话时,又不说了,还要等人请教你不成?"(生)是。据宝玉看来,此处并没有兰麝洲渚之类,莫如"蘅芜清芬"四字,对联则是"吟成豆蔻诗犹艳,睡足荼蘼梦也香"便罢了。(外)吓,这是套的"书成蕉叶文犹绿,吟到梅花句亦香",不足为奇。(杂)老世翁,这倒不妨。李太白《凤凰台》作,全套黄鹤楼,只要套得好,细评起来,这一联,竟比书成原句,尤觉幽雅活动,可谓青出于蓝矣。说着大家出来,走不多路,又到了一个极闹热的地方。

只见巍峨崇阁冲天起,一转高楼十几层。琳宫四面都回抱,复道迢迢石板平。这才是金辉兽面千重丽,彩焕螭头万象春。(外)这是正殿了,贵妃虽崇尚节俭,今日礼仪如此,富丽些也不为过,我们赶行一步,那前面就是牌坊了。

看它龙盘螭护雕纹细,却又透漏全无斧凿痕。

列位,此处是最要紧的所在,必须斟酌几字才好。(杂)是。似乎"蓬莱仙境"四字倒可用得。(外)且慢,此处非可草率,宝玉也题一个来,大家商议商议。

哪晓得他低头无语暗沉吟,一任父命尊严总不闻,想这情形历历如亲见,只觉得反复寻思总记不真。

此时众人哪知道宝玉的心事,只当他受了半日折磨,精神耗散,遂忙劝贾政道,罢了明日再题罢。贾政冷笑道:"畜生,你也有江淹才尽的时候了。也罢。限你一日,明日题不来,定不饶你。这是第一要紧处,好生作来。珍儿,我们还有几处未游?"

"老爷,自进门至此,才游了十之五六。"(外)罢了,这几处不能游了。

也算是贪山爱水心豪壮,多少湾环不计程。自笑主人难免俗,未免动劳贵步累嘉宾。

(杂)老世翁,说哪里话来?(外)吓,列位,小弟还有一言奉告,不知诸公尊意若何?(杂)请教。(外)吓,列位,此时虽说是精神倦,问可有余勇雄心再一行?(杂)老世翁怎样吩咐,当得奉陪。(外)吓,列位,据小弟愚见,到底从那一边出去,也略观大概。(杂)妙极妙极!(外)如此嚜,请。(杂)还是老世翁请。(外)领道了。众人缓缓而行。走不多时,已来至一所大桥,桥下之水,如晶帘一般奔入,原来这桥便通外河之闸,引泉而入者。贾政因问此闸何名?宝玉在旁便回道:孩儿知道,此乃沁芳源之正流,即名"沁芳闸"。(外)胡说,偏不用"沁芳"二字。珍儿,前面还有多少可游戏的地方?"老爷,地方很多,从此前去,有清堂、有茅舍、有堆石为垣、有编花为门、有山下之优尼佛寺、有林中之女道丹房,这总不去罢,恐老爷们腿软脚酸,前面有所院落甚佳,一则可以游玩,二则借此歇息歇息。"(外)如此甚好,我们赶上前去,迤逦行来。你看粉垣环护,绿柳周垂,竹篱花障,编就这月洞门儿,即此便佳,我们就从此洞门进去,妙吓。

又是游廊一带栏杆曲,石畔芭蕉万卷青,那边是一树海棠遮半壁,层层叠叠似一扇伞支撑,真果是丝垂金缕随风漾,葩吐丹砂透日明。

(杂)老世翁,海棠也常见遇,从没见这样好的。(外)列位,这叫作女儿棠,乃外国之种,俗传出女儿国,亦不经之谈耳。据愚见看来,大约骚人吟咏,都因此花红若点脂,弱如扶病,近乎闺阁风度,故以女儿命名。世人都未免认真了。(杂)此解妙极,晚生们茅塞顿开矣。(外)吓,列位,那里有房,且进去看看。奇吓,此房收拾,全与别处不同,怎么总分不开间槅来?

　　你看四面平镶板一层,板中雕缕尽空灵。待我逐一看来,这是流霞百福新花样,这是岁寒三友旧图文,这又是人物兼山水,这又是花卉杂飞禽,这是仿摹集锦如挑织,这是安藏博古拟丘坟,都是些名人妙手呈奇巧,胜是那脂粉调和笔染成。这更奇了,都是一槅一槅的,却又似断实连,这槅中摆的是书成套,那槅中笔砚用盘盛,这槅中拿成枝臂新盆景,那槅中插就名花尽古瓶。

　　至于槅式花样种种不同,或圆或方,或宽或窄,也有葵花的,也有蕉叶的,也有连环半壁的。这一壁纱糊五色,仅剩小窗,那一壁轻伏彩绫,又如幽户。这种奇思妙想已经巧不可阶,这墙上许多玩器又怎生办法的。

　　满墙儿排列都顽意,槽子抽来配浅深。分明是悬瓶琴剑皆悬挂,及至用手摸时都与壁相平。

　　似这等神出鬼没的手段,实在生平未见,我们再向里去。哎呀,怎么走到此间,竟摸不着路径了。你看这边有门可通,那里又有窗槅住。我且走向前去,呀,又是一架书挡住去路,待我再回头去,好了,窗纱明透,这门径是可行的了。哦唷唷,那对面又走进一起人来了,他即可来,我亦可去。呀哚,原来就是自家的样儿,是一架琉璃屏子、我且转过镜子,看可有去路。哎呀,门越多了,毕竟从那里走吓。"老爷,这里来。从此门出去,便是后院,出了后院倒比先近了。"

　　大家是埋步低头向贾珍,碧纱幮又转过两三层,果然一路皆平坦,一霎时早进了院墙门。蔷薇满架花成障,香气氤氲乱袭人。此身才转过花棚去,又只见青溪前阻不能行。

　　"珍儿,这水又从何处而来?""老爷,这水原从那闸起,流至洞口,从东北山坳里,引到村庄里,又用一道岔口,引至西南上,共总流到这里,仍就合在一处,从墙下出去。"(外)原来费这许多周折,可谓人巧夺天矣。(杂)吓,珍兄,青溪过了,这大山又阻住去路,怎么走? 列位随我来。

　　你们只沿着山边休乱走。此山转尽道平平,通衢大路全无碍。列位哪! 那不是列戟平分相府门。

（杂）呵唷唷，有趣有趣，搜神夺巧，至于此极，观止矣。老世翁，请进府罢，晚生们有事暂违。待等元妃归省后，这些匾额对联，方能齐整，那时再来瞻仰，效苏胡子赤壁之雅可也，得罪了。（外）请吓。

园中结构胜云林，子野心机算慧灵。指日元妃归省，拜天恩。

省　　亲

元妃此日准归宁，从此亲难敌至尊，恰好元宵佳节到，金吾令可禁皇城。

（外）臣们归弱女，主阙谢洪恩。下官贾政，自从去年园成之后，并园中色色斟酌妥当，方敢具本题奏，当蒙恩旨，准予今年正月十五日，贵妃归省。自初八日，已有太监在此，酌定方向，一切更衣燕坐，以及受礼开宴退息之所，俱已派定。随又有巡察地方，总理关防太监，带了许多小太监来，各处设楗张围，并指示我等人员，何处出入，何处进膳，何处启事，种种仪注。外面又有工部官员，并五城兵马司，打扫街道，撵逐闲人，亦已停妥，今日正是吉期，内外人等，只得在此恭候。

男男女女禁喧器，真果是，内外装潢候早朝。一霎时，音沉响寂夕严肃。忽见匹马飞来，我且仔细瞧。原来是一位公公，贾政接着忙问道："来了么？"（杂）早多着哩，未初用晚膳，未正到宝灵宫拜佛，酉初进大明宫领宴看灯。那时方请旨，只怕戌初才起身呢。（外）既这样，禀老太太，且回房等候。随有执事人等，带领太监们吃酒去，一面吩咐挑了蜡烛，各处准备点灯。

不多时园中晢晢似庭燎，沿路红光烛影摇。掩映不知明月上，此间才算闹元宵。

一会儿工夫，又听得外面马炮之声络绎不绝，有十多个太监喘吁吁跑来拍手儿，这些太监都会意知道是来了，各按方向站立。贾赦率领合族子弟在西街门外，贾母率领合族女眷在大门外迎接。半日静悄悄的，忽见两个太监，骑马缓缓而行，至西街门下了马，将马赶出围幕，便面西而立着。半日又是一对，也是这个样儿。又过了一会，才来了十多对，便隐隐听见鼓乐之声了。

只见龙旌凤翣排宫扇，后随着提炉对对把御香烧。再后头是七凤金黄伞一柄湾湾曲了腰。最后还有几个年轻的太监，手捧着漱盂绣帕销金盒，一般儿带履与冠袍。

队一坠坠都过完了，然后才是八个太监抬着一顶金顶金黄绣凤銮舆缓缓行来。贾母等连忙跪下，早有太监过来扶起贾母等。那銮舆便抬入大门仪门，往东一所院落，门前又有太监跪请下舆更衣，于是抬进了门，太监退下。只有昭容彩嫔等引元妃下了舆，只见苑内花灯闪闪，皆系纱绫扎成，精致非常，上面有一匾灯，写着"体仁沐德"四字。元妃入室更衣，出来复上了舆进了园。

只见园中缭绕香烟满，花影缤纷暗动摇，灯光处处环相映，鼓乐声声入耳遥。说不尽太平景象雍熙世，富贵荣华乐盛朝。

贾妃在轿内看了此园内外光景，点点头叹道："太奢华过费了。"忽又见太监跪请登舟，贾妃下了舆，弃岸登舟，舟中一望，越发夺目了。

只见清流一带如游龙势，栏杆两岸都是石周遭，风灯各色玻璃盏，万道银光射晚潮。沿池儿桃杏无花叶，却用通草绌绫掇树梢，这才是累累悬灯如火树，就是那池中荷荇凫鸥之类，皆是些螺蚌装成借羽毛。至于座船上，又有许多各种盆景灯儿，点得如同白昼，外边是珠帘绣幕围围罩，两边儿用的桂桨与兰桡。行不多时，入一石港，港上一面匾灯，明现着"蓼汀花溆"四字。贾妃看了笑道："'花溆'两字就好，何必'蓼汀'。"侍座太监听了，忙离舟登岸，飞传与贾政。贾政即刻换了。维时舟临内岸，去舟上舆，便见琳宫绰约，桂殿巍峨，石牌坊上，"天仙宝镜"四字，贾妃命换了"省亲别墅"四字。于是进了行宫，只见庭缭绕室香屑布地，琪花火树，玉槛金窗。

说不尽毯铺鱼獭，花砖软帘卷，虾须玉蒜摇，扇分雉尾依屏列，香燕龙涎出鼎飘。

贾妃四路观看，便问此殿何无匾额，随侍太监跪启道："此系正殿，外臣未敢擅拟。"随又有礼仪太监跪启道："请升座受礼。"两阶乐起，二太监引着贾赦、贾政等，于月台下排班上殿，昭容传谕曰"免"，贾赦等退出。又引荣国太君及女眷等，自东街月台上排班，昭容再谕曰"免"。贾母等亦退下。茶三献，贾妃降座，乐止。退入侧室更衣，方备省亲车驾出园，来至贾母正室，欲行家礼，贾母等俱跪止之。彼此上前厮见，贾妃一手挽着贾母，一手挽着王夫人，你道此刻三人是什么光景？

唯有茫茫呜咽齐相对，泪珠儿滚滚竟如潮。心儿中都有万语千言说，怎奈一字儿未吐又号咷。可怜一堂骨肉皆林立，看这悲苦情形不忍瞧。

贾妃无可奈何，只得忍悲强笑，安慰贾母、王夫人道："当日既送我到那不得见人的去处，好容易今日回家，娘儿们一会，不说不笑，反倒哭个不了。一会子我去了，又不知多早晚才能一会呢。"说到这句，不禁又哽咽起来，邢夫人等忙上来劝解，方住了哭。贾母等贾妃归了座，又逐次一一见过，又不免哭泣一番。然后东西两府,执事人等,在外厅行礼,其媳妇丫头亦皆行礼毕,小太监启奏。贾政在帘外问安,贾妃听说,忙于内行参等事,又向贾政说道:"田舍之家,得遂天伦之乐,今虽富贵,骨肉分离,终无意趣。"贾政含泪道:"贵妃休得如此。臣本是鸦阵鸠群贱羽毛,上赐天恩,许近凤凰巢,这总是贵妃独得山川秀,才波及寒门赐锦袍,唯有鞠躬尽瘁供臣职,仰答洪恩地厚与天高。

但祈贵妃自加珍爱,唯肃恭勤慎,以侍天威,庶不负皇上眷顾隆恩,勿以政夫妇残生为念。"贾妃亦嘱以国事宜勤,暇时亦须保养,切勿挂念。贾政又启道:"园中所有亭台轩馆,皆系宝玉所题,如有一二可寓目者,请即赐名为幸。"贾妃听得宝玉能题,便含笑说道:"果进益了。"贾政退出,贾妃因问宝玉因何不见,贾母启道:"无职外男,不敢擅入。"贾妃命引进来,小太监即刻将宝玉引进,先行国礼毕,命他进前,携手揽着怀内,又抚其头颈笑道:"比先长了好些。"一语未终泪如雨下,尤氏、凤姐等上来启道:"筵宴齐备,请贵妃游幸。"贾妃起了身,即命宝玉导引,遂同诸人步自园门。早见灯光之中,诸般罗列,进得园来。

劈头儿见着"有凤来仪"匾,看他字迹儿倒也善挥毫。走过了红香丝玉皆佳境,又见竹竿儿高挂着酒旗飘,再来到"蘅芜清芬"处,总觉是天然图画笔难描。

由此登楼步阁,涉水缘山,一处有一处的点缀,一处有一处的铺陈,无不十分奇巧,贾妃大加奖赞。却又劝道:"以后不可过奢了,此皆未免过分。"迤逦行来,已到正殿,吩咐免礼,然后归了座,大开筵宴。贾母等在下相陪,尤氏、李纨、凤组等捧羹把盏,贾妃命笔砚伺候,亲拂罗笺,择其心喜者赐名,题其园之总名曰"大观园",正殿匾额题了"顾名思义"四字,又对联一副:"天地启宏慈,赤子苍生同感戴;古今垂旷典,九州万国披恩荣。"又改题"有凤来仪"名"潇湘馆","红香绿玉"改作"怡红快绿",赐名"怡红院"。"蘅芜清芬"赐名"蘅芜院","杏帘在望"赐名"浣葛山庄",正楼曰"大观楼",东面飞楼曰"缀锦阁",西面叙楼曰"含芳阁",其余如"蓼风轩""藕香榭""紫菱洲"等名。又有四字匾额,如"梨花春雨""桐叶秋风"等名,不可胜纪。又命旧有匾联不可摘去,于是先题一绝句云:"衔山抱水建来精,多少工夫筑始成。天上人间诸景备,芳园应赐大观名。"写毕,向诸姊妹笑道:"素乏捷才,聊以塞责。异日少暇,必补撰大观园记、省亲颂等文,以记今日之事。妹等亦各题一匾一诗,随意发挥。此中如潇湘馆、蘅芜院、以及怡红院、浣葛山庄四处我所极爱,必得别有章句题咏方妙。诸姊妹才情,我所素知,不必限定今日,随便做成。令四妹妹以锦笺汇写,着人传进内宫慢慢地赏鉴。至宝玉竟能题咏,一发可喜。却要当面试他一试,方不负我自幼教授之苦心。"宝玉只得答应下来,自去构思。

只见他埋头独坐把腿儿摇,沉思搦管费推敲,好在平生尚有诗材料,拂拂花笺不住的走霜毫。

宝玉做了一会,潇湘馆与蘅芜院两首已经做完,现做怡红院一首,起稿内有"绿玉春犹倦"一句,宝钗转眼瞥见便暗说道:"贵人因不喜'红香绿玉'四字,才改了'怡红快绿',这会子偏又用'绿玉'二字,何为?况且蕉叶之典故颇多,再想一个改了罢。"宝玉见宝钗如此说,反被她急住了。

急得汗流满面心焦躁,欲改无从首乱摇。想他平时也好看闲诗赋,到此刻呵,偏生典故记不起咏芭蕉。

宝钗看他着急,便笑道:"你只把'玉'字改'蜡'字就是了。"(生)吓,姐姐这绿蜡可有来历么?(小旦)吓,你将来金门对策,大约连赵钱孙李都忘了呢。唐朝韩翊咏芭蕉诗,头一句就是,"冷烛无烟绿蜡干",难道都记不得了。(生)该死,眼前现成之句,一时竟想不到。姐姐真可谓一字师了。(小旦)还不快做上去。只姐姐妹妹的,谁是你姐姐,那上头穿黄袍的,才是你姐姐呢。说着,宝钗便走开了,宝玉续成了此首,共有三首,只差"杏帘在望"一首,哪知越少越难,越急越费事了。

想来想去无佳句,把个才尽江淹发了毛。原只要平平八句胡诌起,哪问他鹤膝与蜂腰。怎奈枯肠搜索全无用,侧着头儿不住的皱眉梢。

黛玉在旁,见他构思太苦,走至案旁,知宝玉只少"杏帘"一首,因叫他抄录前三首,却自己吟成一律,写在纸条上,搓成个团子,掷向宝玉跟前。宝玉也不暇细看,遂忙恭楷誊完呈上。贾妃看头一首是《有凤来仪》,念道:"秀玉初成实,堪宜待凤凰。竿竿青欲滴,个个绿生凉。迸砌妨阶水,穿帘碍鼎香。莫摇分碎影,好梦正初长。"第二首是《蘅芜清芬》,又念道:"蘅芜满静苑,萝薜助芬芳。软衬三春草,柔拖一缕香。轻烟迷曲径,冷翠湿衣裳。谁咏池塘曲,谢家幽梦长。"第三首是《怡红快绿》:"深庭长日静,两两出婵娟。绿蜡春犹倦,红妆夜未眠。凭栏垂绛袖,倚石护清烟。对立东风里,主人应解怜。"第四首是《杏帘在望》:"杏帘招客饮,在望有山庄。菱荇鹅儿水,桑榆燕子梁。一畦春韭绿,十里稻花香。盛世无饥馁,何须耕织忙。"贾妃看毕,喜之不尽,说:"果然进益了,这《杏帘在望》一首,尤为四首之冠。'浣葛山庄'竟改为'稻香村'罢。"此时贾蔷带领一班女戏子在楼下,正等得不耐烦,只见一个太监飞跑下来说:"诗已做完了,快拿戏目来。"贾蔷忙将戏目呈上,并十二个人的花名册子,少顷点了四部戏,这四部戏就点得妙极了。怎见得?第一出是《豪宴》,看他们大观堂上开筵宴洒,酒后分题也算得兴儿豪。第二出是《乞巧》,众家姊妹能吟咏,不但拈针把锦字挑,真果是灵心夺得天宫巧。是否登楼瓜果乞仙巢。第三出是《仙缘》,看他们珊珊本是神仙骨,唯有天缘才得聚今宵。第四出是《离冤》,这一出越发情见乎辞了。想元妃自入深宫里,离愁挨尽可怜宵,不多时又要分离去,料得思家无语暗魂销。

那班女子却也个个争胜,虽是妆演的形容,却做尽悲欢离合的情状,戏演完了,只见太监执一金盘点糕之属,进来问"谁是龄官?贵妃有谕:'教她再做,不拘哪两部就是了。'"因又做《相约》《相骂》两部。贾妃甚是欢喜,说这女子很难为她,好生的教习,额外赏了两匹宫绸、两个荷包并金银锞子食物之类。然后散筵,将未到之处,复又游玩一番。

忽见山环佛寺隔尘嚣,盥手拈香自烧,本来好佛成天性,跌跪蒲团不住的曲弯腰。

礼拜已毕,又赐了"苦海慈航"一额,又额外加恩与一班优尼女道,随即出了寺门,仍到大观楼下,太监跪禀启赐物俱齐,请验按例行赏,乃将略节呈上。贾妃从头看了无话,即命照此施行。太监下来,一一发放,只看给贾母的好生体面:

两枝如意金和玉沉香拐杖,却用锦囊包念珠一串是伽楠结,宫绸宫缎八定总铰销,还有那紫金笔锭皆如意,喜庆儿银锞式蹊跷。

至于送王夫人等二分,只减了如意拐珠四样。贾敬、贾赦、贾政等,每分御制新书二部,宝墨二匣,金银盏各二只,表礼同前。宝钗、黛玉、诸姊妹等,每人新书一部,宝砚一方,新样格式金银锞二对。宝玉亦同。贾兰是金银项圈二个,金锞二对。尤氏、李纨、凤姐等,皆金银锞四锭,表礼四端,其余若贾珍、贾环、贾蓉、贾蔷以及东西两府上上下下皆有赏赐。众人谢恩已毕,执事太监启奏,时已丑正三刻,请驾回銮。

听得一声启奏回銮信,霎时间忍不住泪珠抛,是人家常有归宁日,偏是深宫相隔北堂遥。

此时贾妃心如刀割,却又勉强笑着,拉了贾母与王夫人的手不肯放,再四叮咛:"不须记挂,好生保养要紧,如今天恩浩荡,一月许进内省视一次,见面尽容易的,何必过悲。倘或明岁天恩仍许归省,也未可知,但不可如此奢华靡费了。"贾母等已哭得哽咽难言,贾妃虽不忍别。

怎奈皇家规矩难违错,限定时辰谁敢犯王条,只得硬心肠忍泪乘銮去。可怜贾母与王夫人,此时站在园门,呆呆的望着銮舆,落泪涌如潮。归来旷典感天朝,归去离魂两地销,偏是省亲人去探亲的又来瞧。

探　　亲

认亲来相府求助为庄家。(老旦)世间只有富名香,最怕穷人没处帮,幸有高亲肯行善,赠予银两又衣裳。

自家刘姥姥的便是,前在贾府,曾蒙老太太、太太诸人,帮衬许多银两衣服,刻下才略宽余些,又蒙她们盛情,约我常来走走,我得了这个好机会,还不来呢?适才蒙周瑞家的大娘,同我进来,已经见过姑奶奶,她到老太太身边去了,叫我在这里坐着等她。你看平姑娘回来了,知道她很有个分儿,只得迎去叫她。吓,平姑娘好。(小旦)哎呀,刘姥姥吓,你老人家好!(老旦)早要来请姑奶奶的安,因为庄稼忙,今年托你姑娘的福,多打了两石粮食,瓜果菜蔬,也算丰盛的,这是头一起下来的,自己并没敢吃过,拣的些尖儿,孝敬姑奶奶、姑娘们尝尝新的。

想平日山珍海错转觉味寻常,怕的是油腻熏人懒去尝,似这园蔬本不是稀奇货,或者尝新反觉得菜根香。

(小旦)多谢得很,真真扰的不当。(老旦)罢嚛,再说了个扰字,我就要丑死了呢。姑娘,看你脸上有些春色,在哪里偏杯我们的?(小旦)可不是呢,适才大奶奶和姑娘们拉着吃螃蟹,灌了两盅,脸就红了,怪道早起我就看见那螃蟹,一斤只好称两三口,那三大篓,倒有七八十斤呢,怎么就吃完了。(老旦)哎呀呀,这样螃蟹就是五分一斤,十斤五钱,五五二两五,三五一十五,再搭上菜酒,倒有二十多两银子。阿弥陀佛,这一顿钱,够我们庄稼人过一年的了。

听说罢,意慌张,大人家做事突辉煌,真果钱财使用如尘土,不比小人家,柴米费周章。

(小旦)姥姥少要说巧话罢,我且问你,可曾见过奶奶呢?(老旦)见过了。叫我等着呢,只是天要晚了,我们也去罢,别要出不得城去,才是饥荒呢。"姥姥,倒是我替你瞧瞧去。"周瑞家的娘子去了一会,走来笑嘻嘻地说道:"可是你老人家福来了,竟投了这两个人的缘分了。"(老旦)大娘怎么样?"吓,二奶奶在老太太跟前,我原是悄悄地告诉二奶奶,说刘姥姥要家去。忽然投了她的缘,说今儿晚了,就住一夜,明日再去。偏生老太太听见,问刘姥姥是谁?二奶奶便回明了。老太太说:'我正想个积古的老人家说话,请了来我见一见。'这可是想不到的,投上缘了。"

这才是天缘凑巧人难料,就是我们引见的人儿也与有光。她那里呆呆等你谈闲话,切莫迟延冷她热心肠。

姥姥快些去罢。(老旦)看我这个样儿,怎好见她?好嫂子,你就说我去了罢。

一则衣衫褴褛难相见,二则乡里人何能见大方?便是东西南北浑难定,莫要钝腮拙口反冲撞。

(小旦)吓,姥姥,你不要害怕。我们老太太,最是惜老怜贫的,比不得那狂诈四的。况且有我奶奶在那里,我和周大娘送你去,还怕什么?(老旦)哎呀,姑娘这就好得很了。

多谢你周旋一片好心肠,算有个体贴人儿在一旁。纵然礼数多差错,全仗你暗中提拔略帮帮。

(小旦)那个自然,不消嘱咐。我们走罢。(老旦)走吓。一径行来,已到贾母堂前。(小旦)姥姥,那歪着榻上捶腿的就是老太太。(老旦)知道。刘姥姥走上堂来,忙到贾母跟前,笑嘻嘻地福了几福,口里说道:"请老寿星的安。"(净)不敢不敢。我这里回礼了。人来,把椅子端来,就坐着我这块,好谈叙谈叙。老亲家,你今年多大年纪了?(老旦)不敢。七十五了。(净)这么大年纪,还这样硬朗,比我大好几岁呢。我要到这么年纪,不知怎么动不得呢。(老旦)我们生来是受苦的人,老太太生来是享福的,若我们也这样,那些庄稼谁做呢?(净)眼睛牙齿,都还好么?(老旦)都好。就是今年左边的槽牙活动了。(净)这可是造化,我老了,都不中用了。

两耳全聋眼没光,记性儿旋说便旋忘。故此老亲家老眷都疏忽,反恐见面之时礼数荒。倦时斜躺身儿卧,闷将来和孙女孙儿闹一场。

(老旦)呵唷唷,这正是你老太太的福了。我们想这么着,怎能够呢。(净)什么福,不过是老废物罢了。也这才听见凤哥儿说,你带了好些瓜果来,我正想个地里现结的瓜果菜儿吃,外头买来的,不像你们田野的好。(老旦)哦唷,有甚么好处,不过是些野意儿,吃个新鲜罢了。

不过是野蔬野菜家常物,妇女们偷闲种几行。虽然洁净无他味,怎抵得鸡鱼蹄肚润枯肠。算是鹅毛儿千里聊申敬,大家儿胡乱略尝尝。

(净)说哪里话,多谢得紧,亲家,我们也有个园子,里面也有果子,你明日也尝尝,带些家去。不嫌我这里,就住一两天再回去。(副净)好吓,老太太留你,你就住两天。把你们那里的新闻故事的儿,说些我们老太太听听。(净)罢嚛,她是老实人,凤丫头,你休打趣她。你们抓些果子与板儿,拿些钱给他,叫小幺儿们带他外头玩去。刘姥姥吃了茶,便把乡村中所见所闻的事情景致,说了些,你道她说些什么。

她说是早起携锄便下乡,打杷薅草各匆忙。午时送饭田中吃,各人家妇女各携筐。就是老身做不动庄稼事,也帮着浆浆洗洗拈补些旧衣裳。只等夕阳西下无生活,牧童儿短笛口无腔。这是忙庄稼的时候。到了打场时,还更忙呢,虽则忙,倒也好戏。稻穗儿总不离三五寸,割将来装得满船黄。小灯笼高挂在杨枝上,只听得碌碡声声是练场。

(净)吓,原来如此,却也有趣。亲家你歇歇罢,那里凤丫头请你吃晚饭,你吃了再来。刘姥姥别了老太太,到这里吃晚饭,虽则家常便碟,却也有几样认不得,这是不消说的。凤姐知道刘姥姥合了老太太的心,又随即打发过来,老太太又吩咐鸳鸯带了去洗澡,鸳鸯便将自己随常的衣服挑了两件给刘姥姥换上。这姥姥哪曾见过,又欢喜又诧异,便说道:"这般行事,实在长这么大,也没经过,好奇呀。"

平日清身何异烂泥浆,哪曾见碧波清水似沧浪。不凉不热真停当,更有那丸子搓来遍体香。这也罢了,那澡盆更古怪。往常间用的是割稻腰胶桶,哪曾见这般雅致又辉煌。周身银嵌的新花样,叶叶枝枝七宝装。那中间坐板尤奇异,好像个净桶分开只剩了半边墙。若说这几件衣服,更要受折呢。小缸儿青布比如皋好,没多时全要洗和浆,这绫䌷缎匹何曾惯,就是过门也没有这嫁衣裳。

澡已洗过,还到老太太跟前走走。寻些闲话儿说说:"哦唷,哥儿来了,姑娘们也来了。我说个古言你们听听。我们村庄上有件奇奇怪怪的事:去年冬天,接连下了几天雪,地下压了三四尺深,我那日起得早,还没有出房门,只听外头草响,我只当有人偷草,就爬着窗眼儿一瞧,却不是我们庄上人。"(净)不是庄上人,定是过路客了。他身上冷了,抽些草烤火去,也是有的。(老旦)也并不是客人,所以说来奇怪,老寿星,你当个什么人?原来是一个十七八岁、极标致的一个小姑娘。

她梳着油头黑闪光,穿一件大红绉袄,不亚是新嫁娘。白绫裙在腰间系,真果是六幅拖来着地长。霎时不见了娇模样,只说是作怪妖精上了庄。后来细细查根底,哪知埂上原有个旧池塘。

听得人说,当先有个什么老爷,是姓什么的,叫什么的,可是古怪,在家偶然闲谈,便记得明明白白的,今儿说道他,怎一时总记不起来。(小生)姥姥,不必什么名姓,不必想了,只说那缘故罢。(老旦)可是胡话,去年的话,今年就记不得了,怪不得老太太说记性坏了,旋说旋忘了。我总要记她起来,不说个姓名还说我是乱诌呢。(小生)姥姥,叫你别要记,你难道还说谎呢。(老旦)吓,我就诨说个老爷罢。

那老爷没有亲生子,只生得这一个小姑娘。她小名若玉多尖巧,识字知书一笔的好文章。如这种好姑娘,就活到一百岁,哪里占了我的。她偏生的会短命。年才十七身亡故,就把老夫妻双双哭断肠。将这个小姑儿装金塑了像,就在那田头盖一座小祠堂。听得说两个老人家才呆气呢。派定家人来照应,朝朝早晚要烧香。到了后来,说起也可怜,谁知年深日久无人管,看这庙儿倒塌没处把身藏。

自从没有祠堂,上无遮盖,受了日精月华,那像也就成精了,时常出来,在各村庄店道上闲游。我们村庄上的人,还商议着,要打了这塑像,平了庙呢。(生)姥姥,快别要如此,若平了庙,打了像,这罪过就不小呢。(净)亲家,你请歇歇,可还有什么新闻。(老旦)多得很呢。就是一时想不起来,等我想想看。吓,有了,我们庄子东边,有个老奶奶,今年九十多岁了,只有一个儿子,养下一个孙子,好容易养到十七八岁上竟死了,哭得黄荠缸不酸呢。落后他儿子又死了,又加倍的伤心,几乎把一双眼睛哭瞎了。哪晓得过了年余,忽然有了喜了,偏偏养了一个儿子。今年才十三四岁,约摸在八十左右养的,生得粉团儿一般,聪明伶俐非常,现在从了先生读书,并不像个老来子。说是干浆瘪枣的,你晓得是个什么缘故?

却原来一生常蔬把荤腥断,终日里念佛持斋学太常。又时时参拜观音像,就感动娘娘奏玉皇。曾经托梦与她,说她本来命里并无后,特赐麒麟送进房,到如今惯养如珍宝,我曾多回亲见这小儿郎。

姥姥这一段说话,也不知是真是假,却暗合了贾母、王夫人的心事,连王夫人也都听住了。无奈夜已深了,老太太也要睡了,一时大家散去。刘姥姥仍旧到凤姐那边,与平儿同宿,一席村谈坐画堂,编来大半属荒唐。列位,请看明朝姥姥又登场。

围　　谑

昨宵传笑语，今日听新闻。高兴无如史太君，大观园里宴钗裙。刘家姥姥装愚蠢，笑破顽皮嫩嘴唇。

（正旦）园里翻新趣，楼中检旧藏。妾身李纨，因老太太一时高兴，要在园中赏玩，已叫了丫头们将落叶扫了，桌椅抹了，一切应用茶酒器皿俱已齐备，这回却换了花样，不用桌席，吩咐每人跟前，摆高几一张，各人爱吃什么，拣样儿做几样，再用一个十锦攒盒，自斟壶一把。外头高几，恐不够用，二奶奶已着丰儿将钥匙送来，只得命素云开了楼门，并传唤几个小厮们，一张一张的抬下楼来。哦唷，姥姥，好早降吓。（老旦）大奶奶，倒忙的紧，老太太留我，叫我也热闹一天去。（正旦）我说呢，你不得回去，就那么慌法。姥姥，你也上楼去瞧瞧。（老旦）好得很了，也让我见识见识。

说不得爬上楼梯廿几层，霎时间腰儿酸坠腿儿疼。想这般年纪何曾老，为甚的椿椿埋钝不如人。好了，爬上来了，且让我歇歇再瞧。这里是通长板盒搁得四边平，恰似橱柜扳来又没得门，垫来物事又真新式。若说是两张条凳，这凳脚缘何少一根。

（杂）姥姥，你认不的么，那是围屏盒子，那两条凳，就叫做三脚马儿，一根也不少的。（老旦）吓，原来如此，你不说，我哪里知道。这些木头货，是认得的了，只是也有些不同。

桌椅条台都见过，却有几样花纹认不清。还有那四方六角琉璃片，想是屋中悬挂的各花灯。

阿弥陀佛，就有这许多物件，若是我们家里，把人都搬清了，还没住搁呢，下去罢。哦唷唷，你看老太太也来了，这许多姑娘与哥儿总来了。（正旦）老太太也实在高兴，这时候倒进来了，我只当还没梳头呢。碧月，将那菊花捧来。只见一个大荷叶式的翡翠盘子，里面养着各色折枝菊花。老太太便拣了一朵大红的簪了鬓上，向着凤姐儿说，也替刘亲家戴两枝。这凤姐是个闹鬼儿，当不住有这句话，便将盘中菊花，都替刘姥姥簪了，笑嘻嘻地说道：

好的是老来鬓发未凋零，一总撸来却还有百十根。且让我横三竖四盈头插，把这一盘花都送与老年人。

（净）凤丫头，你就是这样闹，看是个什么样儿。黛玉在旁，便笑说道："老太太,她这是有来历的,曾记得古人诗上说:'人世难逢开口笑,菊花须插满头归。'不插满头,谁开口笑呢。"说得众人都笑起来,刘姥姥也笑道:"我这头也不知修了几世,今儿才这样体面起来。"

我也曾少年时候将花爱,好做个风流俊俏人。就是一时乡下无花采,也要把菜花儿攒起在鬓旁簪。到秋来扁豆栅开放,我还要插几枝带上些本来藤。因此人人说我是村中俏,品论人才也算有七八分。到如今人虽老心非老,问谁人比得上我老妖精。

刘姥姥这几句话越发把众人都笑呆了,说说笑笑走走,不觉已到沁芳亭了。丫鬟们抱了锦褥,铺在栏杆榻板上,老太太倚栏坐下,便叫刘姥姥也坐在旁边。(净)亲家,这园子好不好?(老旦)爷呀,我们乡下人,到了年下,都上城来买些画儿,回去贴贴。大家常谈闲话,说怎么也到这画儿上逛逛去。

哪知人间真有名园在,比那印板图儿胜十分。也有的花花草草红兼绿,也有的楼台亭阁嵌窗桥。只恨我眼光照近难观远有,许多下下高高望不真。

好是好极了,怎得有人会画,也照着这个园子,画一张我带家去,给他们瞧瞧,也见识见识。(净)亲家,这个不难,你瞧我这个小孙女儿,她就会画,明儿叫她画一张送你如何?(老旦)哦唷唷,怎的这个姑娘就这样巧法。

看她千娇百媚天生就,年纪轻轻才十岁春。就有这般妙手真难得,莫不是神仙特地降凡尘?

好姑娘,我拜你一拜,千万看老太太分上,赏我一张罢。(净)姥姥包你有就是了。且随我来逛逛,这叫作潇湘馆,我们且进去。(老旦)是。你看这一进门来,两边翠竹,地上苍苔布满,中间却是一条羊肠路道,尽都些石子漫的,这路让他们好走,我就从这泥地上走去。(杂)姥姥,你上来走,仔细青苔滑倒了。(老旦)姑娘,不相干的,我是走惯了的,姑娘们只管走罢。我是生长乡间不比你城中客,辱在泥涂久惯经。脚跟儿把得住苍苔滑,反怕那石子高低要挃了脚中心。可惜你满帮花扦弓鞋小,倒别要污泥沾滞不能行。

哦唷,才说嘴就打了嘴,偏偏的滑倒了。(净)小蹄子,还不搀起来,只站着笑呢。(老旦)不用搀得,我已爬起来了。(净)可扭了腰不曾?叫丫头们捶一捶。(老旦)不用不用,哪里就这样娇嫩了。哪一天不跌两下子,都要捶起来还了得。(净)姥姥,且进去歇一歇。刘姥姥跟着进来,两只眼睛不住的乱相看,这案上设着笔砚,又见书架上堆着满满的书,便问道:"这必定是哪位哥儿的书房了。"(净)

姥姥,不是书房,就是我这外孙女儿的屋子。(老旦)呀,这哪里像个小姐的绣房,竟比上等的书房还好呢。(净)就是这窗上纱的颜色旧了,我记得咱们家里,先有四五样颜色糊窗的纱呢?明儿给她把这窗上的换了。(副净)吓,老祖宗,可是那银红蝉翼妙么?还有好儿匹呢。

昨儿曾开着库房门,看见大板箱中叠几层。也有折枝各式新花样,也有许多蝙蝠杂流云。也有穿花百蝶如飞动,总觉身儿轻软色鲜明。

我竟没有见过,拿了两匹出来,做两床绵纱被,想来一定是好的。(净)呸,人都说你没有不经过不见过的,连这个纱还认不得呢,明儿还说嘴呢。(老旦)老太太何不教导她,连我们也学学乖。(副净)是嗒,好祖宗,教给我罢。(净)那个纱比你们的年纪还大呢。你且听着:

这纱儿远不同蝉翼软烟罗三字,你可曾闻织来并没有多花样。就是染将来四色最轻匀,一样儿是雨过天青色,一样儿是八香色可人,一样银红一样松花绿,这四样儿都是软烟名,只银红另自名霞彩,比那三样纱儿分外轻。你知道为何叫作烟罗的。若是糊窗或做梅花帐,远远观来如同烟雾生。你知道就是这个缘故,如今上用的府纱,也没有这样软绵轻密的了。先时原不过糊窗,后来我们拿它做帐子试试,也竟不差。明儿找出几疋来,就拿那银红的,替她糊窗子便了。(老旦)阿弥陀佛,我们想做衣裳,也还怕折福,拿着糊窗子,岂不可惜。(净)也好,凤丫头,只怕还有,你找一找,都拿出来,送这刘亲家两匹,有雨过天青的,我也做一顶帐子挂挂。姥姥,这屋里窄狭,再往别处逛逛去。(老旦)嗨,人的话一些儿也不差,真是大家子住大房。昨儿见了老太太的正房,原大得异样,大箱大桌大窗棂大床儿睡得十余人,更有那柜儿大得真奇异,把我们的房子只好在里边盛。东边人听不见西边话,南边灯照不到北边明。开路神站着犹嫌矮,四金刚坐着远离身。若不是许多物件零星摆,仅可辔头一任马横行。怪道后院里有个地马儿,想我又不上房子晒什么东西,要这梯子何用?后来我才想起来,为的是柜头要把东西放,除却这梯儿岂不要请仓神。

如今又见了这小屋子,比大的越发齐整了。这屋里东西,只好看看,却都不知叫什么,我越看越舍不得离了。(净)姥姥,还有好的呢,我都带你去瞧瞧。说着离了潇湘馆,远远望见池中船只,便说道:"他们既备了船,我们就坐一回,吩咐早饭就摆了三姑娘那边。"贾母与刘姥姥等坐船去了,凤姐儿同李纨等抄着近路前去。一会儿到了秋爽斋,就在晓翠堂上摆开桌案等候。鸳鸯便说道:"二奶奶,天天咱们说,外头老爷吃酒吃饭,都有一个凑趣的,拿他取笑。咱们今儿也得一个女清客了。"凤姐点头会意,说"我知道"。只见贾母等那里也都来了,凤姐忙拿着西洋布手巾,裹着一把乌木三镶银箸,按席摆下,知道刘姥姥必挨着老太太这边坐,就单把一双老年四楞象牙镶金的筷子与刘姥姥。各人坐定,姥姥也入了坐,只见筷子是漫黄的,拿了手里是漫重的,便说道:"这又奇了,我这指头儿秃蠢如粗棍,不比那纤纤玉手人,为甚的乂儿不伏俺拘管,比我们铁锨儿还要重三斤。"

说的众人都笑起来,只见一个媳妇端了一个盒子,站在当地。一个上来揭去盒盖,李纨端了一碗,放在贾母桌上,凤姐连忙上来拣了一碗鸽蛋,放在刘姥姥桌上,其余一切,总散定了。贾母这边说声请。刘姥姥站起身来,高声说道:"老刘老刘,食量大如牛,吃个老母猪不抬头。"众人一听,上上下下都哈哈大笑起来。列位,你道她们笑成个什么样儿?

这一边坐的是湘云女,掌不住香茶望外喷。那一边黛玉又岔了气,伏着桌边儿一遍一声哼。王夫人说不出心中话,指着凤姐儿乱戳不开声。薛姨妈也掌不住茶喷出,喷了探春女一身。引得探春碗内香茶泼,又泼着迎春女一身。惜春便离了原来座,揉一揉肚皮儿只觉得肚肠疼。宝哥儿直笑向娘怀里滚,把个老太太笑得泪儿淋。

这是合席上人笑的样儿,还有那嬷嬷与丫鬟们,又是一个样儿,也有忍着笑的。

替她姊妹把衣裙换,也有忍不住笑的,躲着屏风后面望地下蹲。一个个弯腰曲背难撑起,抿着嘴儿气结不能伸。你道这里里外外可有不笑的,也有,只有鸳鸯凤姐生熬住,变着脸儿四目暗传情。

刘姥姥拿起箸来,只当不听见,又说道:"这里的鸡儿也俊,下的蛋也小巧怪俊的,我且得一个儿。"刘姥姥正夸鸡蛋小巧,凤姐儿在旁笑道:"姥姥,你知道这蛋什么价钱?"

莫因它小巧看轻贱,这一枚儿值一两雪花银,因你是外来亲戚非常客,故把这稀罕东西特奉承。

你快些尝尝,冷了就不好吃了。刘姥姥便伸筷子要夹,哪里夹得起来,满碗里闹了一阵,好容易撮起一个来,才伸着嘴要吃,偏又滑下来,滚在地下,忙丢下筷子去拾,早有地下人拾了出去,刘姥姥叹了口气,说道:

滩簧

"眼睁睁一两花银子信手挥来没响声,怎么穷人嘴福生来丑,你们还在那里笑呢,可晓得老娘气得眼花昏。"

(净)这会子谁又把那筷子拿来,都是凤丫头支使的,还不换了呢。一声吩咐,旁边人连忙收了,照样换了一双,刘姥姥看道:"去了金的,又是银的,总不及俺们的毛竹筷子伏手。"

(副净)姥姥,怕的菜里有毒,这银子下去了,就试出来的。(老旦)吓,这菜里有毒,哪怕毒死了,也要吃完的。贾母看她有趣,吃得又香甜,把自己的菜也端过来与她吃。随即贾母等,都往探春卧室中去了,这里收拾残桌,又放了一桌,李纨与凤组对坐,鸳鸯旁坐,吃了饭。凤姐说:"姥姥,刚才不过大家取乐,你别要多心。"(老旦)姑奶奶,说哪里话,哄着老太太开个心罢,可有什么恼的?我这会子倒要笑呢。(副净)你笑什么?

笑你们宽宏度量应该大,为什么茶饭称来只好四两轻。看来事烦食少真辛苦,怪不得风儿吹着也不能挡。

说罢大家又笑了一笑,也就同到探春卧室来了。这卧室是三间屋子,并不曾隔断,当地放着一张花梨大理石大案,案上堆着各种名人法帖,并数十方宝砚。各色笔筒笔海,内插的笔如树木一般。那一边设着斗大的一个汝窑花囊,插着满满的一囊水晶球的白菊。西墙上当中挂着一张焦尾琴,案上设着大鼎。左边紫檀架上,放着一个大官窑的大盘,盘内盛着数十个娇黄玲珑大佛手。右边洋漆架上,悬着一个白玉比目磬,旁边挂着小槌。刘姥姥见了这些摆设,十分诧异,说道:"这真奇了,若说是一张十仙桌子,就该是木头的,为甚的中间石板平镶嵌石,上又如何长黑纹?这些堆着的,想是什么簿子了,我虽认不得字,却也看见过。只见白纸中间描黑字,那曾见黑纸中间反将白粉誊?这些砖头土块怎放在毡条上,又将这牙筷儿玉簪儿都用半升盛。我索性到那边看看去,呀,更异样了。大人家料想有盛花罐,怎错把茶食坛儿当住瓶,这里面想插的是花了。分明已到了秋时候,这绣球花却从何处寻?那壁上挂的,越发不懂了,若说是张板凳又全无腿。曾捺在锅堂烧去两三分,条条扯面因何用,看他朗朗希希倒有六七根。"

姥姥正在那里唧唧哝哝暗中猜摸,探春知道她通不认识,遂将屋里这些物件,逐一告诉了她,姥姥方才明白。正说话间,忽然一阵风过,隐隐听得鼓乐之声,姥姥便说道:"这里临街倒近,不知是谁家娶媳妇儿呢。"(净)吓,姥姥,这屋子境身远,街上的哪里听见,是家里的那班女孩子,演习吹打呢。既是她们演习,何不叫她们进来，大家逛一逛，咱们可又乐了。凤丫头，我吩咐你，叫她们就铺挑在藕香榭水亭子上，借着水音更好听。咱们就在缀锦阁底下喝酒，又宽阔，又听的近，你知会她们就是了。咱们也走罢。一径行来，已到了荇叶渚，坐了船，到了花溆，就是薛姨妈的住处，于是泊船拢岸，进了蘅芜院。逛了一回出来，一直来到缀锦阁下，文官等上来请了安，点了几套曲子，下去伺候不提。单讲这阁下，俱已摆设齐整了。

上面是两张黎榻铺陈，满铺的是蓉簟齐边上锦茵。榻前摆两张雕花几，几上各式总描金。也有的海棠式样多精致，也有的梅花式样杂龟纹。也有的葵花荷叶无同样，还有那六角方圆扇面形，一分攒盒形，随几旁边又放着小炉瓶。

上面二榻四几，是贾母薛姨妈，下面一椅两几，是王夫人，其余都是一椅一几。每人一把乌银洋錾自斟壶，一个十锦珐琅杯。大家坐定，贾母笑道："咱们先吃两杯，今日也行一个令，才有意思。"大家点头笑道："很好，老太太也要吃一杯令酒才是。"（净）这个自然，酒干了。鸳鸯，你也吃一杯，就坐在我旁边，代宣酒令。（鸳）是。诸位听着，酒令大如军令，不论尊卑，唯我是主，违了我的话，是要受罚的。刘姥姥便下了席，摆着手道："别这样捉弄人，我家去了。"鸳鸯喝令小丫头拉上席去，说哪一个再多言，先罚一壶。我如今说个骨牌副儿，从老太太起，顺领下去，至刘姥姥止。比如我说一副儿，将这三张牌拆开，先说头一张，次说第二张，说完了合成一副儿的名色，无论诗词歌赋成语俗语，比上一句，都要合韵，错了的罚一杯。众人都道：这个令好，就说罢。鸳："吓，有了一副了，左边是张天。"贾母说："头上有青天。"鸳："当中是个五六合。"贾："大桥梅花香彻骨。"鸳："剩了一张六合幺。"贾："一轮红日出云霄。"鸳："凑成便是蓬头鬼。"贾："这鬼抱住钟馗腿。"大家喝彩道好，贾母饮了一杯。鸳："又有了一副了，左边是个大长五。"薛姨妈道："梅花朵朵风前舞。"鸳："右边是个大五长。"薛："十月梅花岭上香。"鸳："当中二五是杂七。"薛："织女牛郎会七夕。"鸳："凑成二郎游五岳。"薛："世人不及神仙乐。"说完，大家称赏，也饮了一杯。鸳："又有了一副了，左边长幺两点明。"湘云道："双悬日月照乾坤。"鸳："右边长幺两点明。"湘："闲花落地听无声。"鸳："中间还得幺四来。"湘："日边红杏倚云栽。"鸳："凑成一个樱桃九熟。"湘："御园却被鸟衔出。"说完也饮了一杯。以下挨次说过，到了刘姥姥，姥姥道："轮到我了，少不得也要试一试。"鸳："左边大四是个人。"姥姥想了半日，说道，是个庄稼人罢，众人哄堂一笑，贾母道："说的好，就是这样说。"姥姥说："我们是庄稼人,不过是现成本色,众位姑娘姐姐们别笑。"鸳:"中间三四绿配红。"姥姥道:"大火烧了毛毛虫。"鸳:"右边幺四真好看。"姥姥道:"一个萝卜一头蒜。"鸳:"凑成便是一枝花。"姥姥两只手比着说道:"花儿落了结了个大倭瓜。"众人听了,又复哄堂大笑。于是吃过门杯,又说道:"今儿实说罢,我的手脚粗,又喝了酒,怕失手打了这瓷杯,有木头杯给我一个,便失手也无碍。"鸳鸯果命人将黄杨根子整刓的,十个大套杯拿来。贾母道:"姥姥年纪大了,只满斟一大杯罢。"姥姥两手捧着木杯,一头喝,一头看,鸳鸯笑道:"姥姥,酒吃完了,到底这杯子是什么木头的?"(老旦)姐姐不是敢欺你说:

想你们生小在香闺内,怎认得这木头出处叫何名,我是成年成月在乡间住,日与这树林儿做了好乡邻。做困时将它来作枕,走乏了倚着它且安神。嘴儿里日日将它说,眼儿里刻刻与它亲。任它良材坏木都知道,要让我们乡下人儿认得真。

想你们这样人家,断没有那贱东西,况且这么沉重,亦断乎不是杨木,一定是黄松做的。众人听了,不觉哄堂大笑,正在笑个不了,只见一个婆子走来,说姑娘们在藕香榭请示下。(净)是喏,我倒忘却了,就叫她们演罢。不一时,只听得那边呵,声声箫管传幽韵,夹着丝弦响更沉,正值天高气爽微风送,又只听歌喉度水又穿林,顿教人神静心都醉,不禁的葡萄酒自斟。

一时听得高兴,大家饮了一杯,刘姥姥从未经过,且又有了酒趣,不觉地手舞足蹈起来。黛玉笑道:"怪不得当日圣乐一奏,百兽率舞,如今才有一牛耳。"这句话,哄得众姐妹都笑起来,笑了一会,贾母也觉坐烦了,便说道:"大家的酒也都有了,也要散散呢。"正起身时,丫鬟们又端了两个小捧盒,揭开看时,每盒内是两样点心,这盒内是两样蒸的,一样是藕粉桂花糖糕,一样是松瓤鹅油卷。那盒内是两样炸的,一样只有一寸来大的小饺儿,一样是奶油炸的各色小面果。大家随便吃了一点,刘姥姥见那小面果子,都玲珑剔透,各式各样,只管的看着笑说道:

看它许多花样都精巧,这一朵牡丹式样更疼人。我们乡间也有聪明女,就是将纸描来也万不能。我要将它携带乡间去,说不得仔细包来用手巾。让他们描下个新花样,只恐绣出花来还不及果儿精。(净)姥姥你家去,我送人一坛子,你先趁热吃几个罢。刘姥姥原不曾吃个这些东西,且都做的小巧,哪里够她吃,故此每样都吃了些,就去了半盘了。丫头们把盒子收过,送上茶来,贾母等吃过了茶,又带了刘姥姥至栊翠庵来。妙玉接了进去,一面都往东禅堂来。大家坐定,妙玉亲捧了一个海棠花式雕漆填金云龙献寿的小茶盘,里面放一个成窑五彩小盖钟,送与贾母。贾母接了,吃了半盏,便递与刘姥姥说:"你尝尝这个茶。"刘姥姥便一口吃尽,说道:"好是好,就是淡得狠,再熬浓些就好了。"妙玉瞅了一眼,然后众人都是一色的官窑脱胎填白盖碗,妙玉便把宝钗、黛玉的衣襟一拉,二人会意,随她出去,在耳房内坐下。妙玉自向风炉上煽滚了水,另泡了一壶。恰好宝玉也走进来,妙玉刚要去取杯子,只见道婆收了上面茶杯来,妙玉命将那成窑的茶杯别收了,搁在外头去罢。宝玉会意,知为刘姥姥吃过,她嫌腌臜不要了,又见妙玉另拿出两只杯来,这杯子厉害呢:

一个是旁边一耳雕花透三字镌来体八分,你知道叫什么?名字叫做瓟斝,问它来历传王恺,后面小楷成行看得真,到后来,宋时秘府曾清赏,苏氏眉山还记了名。妙玉不知从哪里得来的呢,就将此杯斟了一斝,递与宝钗。那一只形像,也古得紧呢,比那空门托钵形微小,也有三个垂珠篆字清,看来篆体秦兼汉,点犀桥的名号也稀闻。

妙玉又斟了一盏,递与黛玉,就将前番自己吃茶的那只绿玉斗,斟与宝玉。宝玉笑道:"常言世法平等,她两个就用那样古玩奇珍,我就是个俗器了。"妙:"吓,这是俗器?不是我说狂话,只怕你家里,还找不出这样的俗器来。"于是又寻了一个大盏,更精工的了不得。

此盏原来整竹根却经妙手细雕成,上面是十环九曲都精细,还有那百二蟠虬节节总分清。

妙玉笑道:"就剩这一个,你可吃的了这一海?只是没这些茶你糟蹋,岂不闻一杯为品,二杯即是解渴的蠢物,三杯便是饮驴了。"妙玉因向海内斟了约有一杯,宝玉细细咀嚼,赏赞自不必说。单讲黛玉吃了茶,问道:"这也是旧年雨水么?"妙玉又冷笑道:"好个大俗人,连水也尝不出来。这是五年前曾住蟠香寺收的梅花上雪片未沾尘,运来舍不得家常用,你看埋在那地下不是,贮着那鬼脸青中到至今。今年夏天才开了这瓮,我只吃过一次,这才是第二回,你怎么就尝不出来?"黛玉知她天性怪癖,吃过茶便约着宝钗走了出来。宝玉和妙玉赔笑道:"那茶杯已腌臜了,白撂了岂不可惜,依我说,不如给了那贫婆罢。"妙玉道:"这也罢了,你就带去给她罢。"交代明白,贾母已经出来,妙玉送出山门,回身便将门闭了,不在话下。且讲贾母觉身子困乏,便往稻香村来歇息,薛姨妈、王夫人等亦都乘空歇息,随便歪着,王夫人又吩咐将攒盒总散与众丫头们吃去。这众丫头们,将攒盒俱搁在山石上,倒也热闹。

也有的在石上把拳来赌,也有的在山下把草花寻。也有的照水撩云鬓,也有的倚树把鸟声听。这些攒盘用惯无心吃,不过是些微随意略沾唇。

此时鸳鸯要带着刘姥姥逛去,众人也都跟着取笑,恰好来到此间,刘姥姥看见这些姐儿在这里闲戏,并不吃甚东西,便心里叹道:"连我没有吃过,还那般饿狗似的,她们一个也不尝,想是吃厌了,怪不道古语说,宁要大人家奴,不要小人家女,可不是逼真的。"说着已来至省亲别墅的牌坊底下,刘姥姥道:"哎呀,这里还有大庙呢!"爬下来嗑了许多头,众人腰都笑弯了。姥姥道:"你们笑什么?这样的庙宇,我们那里很多,这牌楼上字,我都认得的。""吓,姥姥,你认得这是什么字?"(老旦)吓,我告诉你罢:

是牌楼总竖在天心里,上排就煌煌大字用泥金。不知这玉皇宝殿谁人写,可惜少把旗杆竖两根。

众人听说"玉皇宝殿"四字,正笑得拍手打掌,刘姥姥觉得腹内一阵乱响,忙拉着一个丫头,要了两张纸,就解衣,众忙喝道,这里使不得,忙命一个婆子,带了东角上去了。那婆子指与她地方,也就走开了。姥姥因多喝了些酒,又吃了许多油腻,又喝了几碗茶,不免通泻起来,蹲了半日方完。及出厕来,只觉得:眼花缭乱头沉重,辨不出来时路一程,四边一望皆房舍,山石楼台叠几层。毕竟今番该向何方去,且顺着这条石子往前行。

漫漫的走来,却喜已是一派房舍,怎么又找不出门来?那边有一带竹篱,我且向那里去。吓,原来这里也有豆棚,好了,那里有个月洞门,我就从这洞里进去。你看一带水池,上面有一块白石,横架在上,那旁有石子甬道,且踱过去,顺这甬道走就是了。哦唷唷,好多弯子吓。好了,又有个房门了,且进房去看看。哎呀,小姑娘吓,你这会子才来。

教我东撞西摸无投奔,摸去撞来总没得门。这时候才碰到这房门内,你怎么安心儿捉弄我老年人。

吓,姐姐,领我出去,再别要躲去罢。

劳你肩肩一路搀扶我,咳怎么含笑呆呆不作声。

刘姥姥见那女孩儿不答,便赶来扯她的手,咕咚一声,便撞到板壁上,把头碰得生疼。再瞧一瞧,呀呔,原来是一幅画儿,哪里有这样凸出来的,等我来摸摸看,呀,都是一色平的,点点头叹了几声,一转身方得了一个小门,门上挂着一条葱绿撒花软帘。姥姥掀帘进去,只见四面墙壁玲珑剔透,琴剑瓶炉,皆贴在墙上,锦笼纱罩,金彩珠光,连地下砌的砖块,皆是碧绿凿花,竟越发把眼花了。找门出去,哪里有门,哎呀,不好了,这便怎处?

这一边雕花书架挡住前头路,那一旁又总是整围屏,我且得到屏后看看,好了,这屏风背后就是通行路,你看前边早来了自家人。

前边来的,好像是个老婆子,莫非是我亲家母么。吓,你见我这几日没家去,亏你找我吓,是哪位姑娘带你进来的?你好没见世面,见这园里的花好,就死活的带了一头,咳,怎么也只是笑,不讲言语?吓,我晓得了。

听说大人家有什么穿衣镜,用什么玻璃块子最光明。安排壁上雕空嵌,别要就是我在当中认不得。

等我抹一抹看,吓,可不是一面镜子,被它拦住,如何走得出去?姥姥一面说一面只管用手摸,哪知这镜子,原是西洋机括,可以开合。被刘姥姥乱摸之间,其力巧合,便撞开了关捩。掩过镜子,露出门来,姥姥又惊又喜,遂走了出来。呀,妙吓。

你看现成床帐金钩挂,恰好空房四顾总无人。我这里头昏脑闷腰肢痛,两腿酸麻也是勉强撑。又被这劳风劈面吹来,恶酒上头来倒有七八分。

我且借他这床上歇歇,等酒消了再走。哦唷唷,此时刘姥姥酒总上来,只说弯一弯腿的,哪知道身不由己,前仰后合的,一歪身就倒在床上睡熟了。众人还在那里等她,见许久不来,因命婆子仍到原旧解手的地方,找了一回没有,袭人道:"一定是醉了,迷了路,顺着这一条路,往我们后院子里去了,我且瞧瞧去,一面回来。"进了怡红院,这院里的小丫头,都偷空玩去了,因一直进了房门,转过集锦槅子,就听得呼声如雷,哎呀,好生古怪。

这房中从没有闲人到,是谁胆大如天擅进门?若说是小丫头偷向窗前卧,哪就有这样鼾齁鼻息严。就是二爷午倦聊滩饭,他那悠悠呼息睡得最安宁。

袭人连忙走进房来,只闻见酒屁臭气,满屋难当,向里一瞧,只见姥姥扎手舞脚的仰卧床上,袭人这一惊不小,慌忙赶上来,将姥姥没死活的推醒。"吓,姥姥,她们哪一处不找到,你还在这里。"(老旦)姑娘,我该死了。我不知怎样到这里的。袭人恐惊了人,被宝玉知道,只向她摇手道:"快别做声,随我出去。"到了外边房里,又与她两碗茶吃了,酒才渐渐醒来。"吓,姑娘这才是阿谁小姐的深闺里,房里边如此好铺陈,我莫非走入天宫里,只觉得香气氤氲乱袭人。"

滩 簧

"吓,这个么,是宝二爷的卧房,哎,姥姥,人问你在哪里?你只说在山子石上打了个盹的。"(老旦)吓,我知道。于是跟着袭人,从前面出去。见了众人,果说是在草地下睡着的,众人也就罢了。刘姥姥于是带着板儿,先来见凤姐儿,说道:"姑奶奶,明日一早定要家去了。真真蒙老太太、太太和姑奶奶一辈子的人,都这样怜贫惜老照着我,我回去没别的报答。唯有是多请名香虔礼拜,祷祝虚空过往神。保佑你阖家安乐无灾害,这就算我们穷人尽了心。"

(副净)姥姥,你别喜欢,都是为你,老太太也被风吹了,现在睡着不舒服呢。我们大姐儿也着了凉了,在那里发热呢。(老旦)姑奶奶,老太太有年纪的,不惯十分劳乏的,服两剂调理药,也就好了。倒是大姐儿,不该到园里去,比不得我们的孩子,会走了,哪个坟圈子里不跑去,或是遇见什么神了,替她瞧瞧祟书本子,莫要不信邪吓。

怕她无端撞着了甚邪神,因此周身发热又头疼。祟书查出真缘故,只要花费钱粮纸一分,包管你孩儿安稳全无事。我要算老练多年久惯经。

这一语提醒了凤姐,忙叫彩明将《玉匣记》翻了一回,果然遇了花神,用五色纸钱四十张,向东南方送之大吉。凤姐儿笑道:"果然不错。"随即化了纸,一会儿果见大姐儿安稳。凤姐儿谢了又谢,便顺口吩咐平儿道:"明儿咱们有事,怕不得闲儿,趁今儿把送姥姥的东西打点了,她一早就要走呢。"(老旦)哎呀,姑奶奶,不敢多破费了,还扰得少呢。(副净)也没有什么,不过随常的东西,带回去热闹些罢了。说着平儿将姥姥领到那边房里说道:

"姥姥你瞧瞧:这炕上堆来无别物,不过是送你的各零星。这是你心爱的酥油饼,与在园中吃的些小点心。这是茧绸两疋家常货,刚做得一身袄子一条裙。这是你要的纱成疋软烟罗颜色是天青。这是你原来口袋装瓜果,如今老实些,竟将瓜果总倒下来了,还你一头御米两包银,这包中银数你亲查点,整整齐齐一百金。姥姥,你别笑话,这两件半新不旧的裙和袄,不过是聊为表表我细人心。"

(老旦)哦哟,姑娘这是哪里说起,扰了老太太、太太、姑奶奶们这些厚赠,又蒙姑娘盛情,只是我怪臊的,又不好不收,怕辜负了你姑娘的心,真真蒙情,我也感谢不尽了。(小旦)吓,姥姥,你只管睡去,我替你收拾妥当了,就放在这里,明早一统带回去。姥姥又进去谢了凤姐,随即辞过,到贾母这边,睡了一夜。次早梳洗毕,等老太太看过病,上来谢了,同鸳鸯出来,鸳鸯又将炕上一个包袱,指与刘姥姥说道:"这是老太太给你的,这包袱时无非是几件衣服,与面果子等物,不必细说。至前日洗澡时所换的衣服,都送与姥姥。"姥姥千恩万谢,鸳鸯又吩咐一个老婆子,唤进二门上的小厮,拿着东西,同刘姥姥出去。姥姥又到凤姐那边谢了,一并拿了东西,命角门上小厮搬了出去,直送刘姥姥和板儿上车去了。

这才是投亲独得亲帮亲,不比那无情刻薄人,你看姥姥嘻嘻笑出门。

亨　集

开　社

海棠开后菊花开,都是名园绝妙材。如此秋光如此景,尽他士女斗诗牌。

(生)豪兴开诗社,雄心赴战坛。小生宝玉,自从父亲奉旨点了学差,起身之后,每日在园中游荡,甚觉无聊。可喜探春妹妹忽然高雅,打发翠墨传启前来,打点要开诗社,甚合吾意,如今就去商议,看是如何。

听说联吟兴顿增,权将笔墨聚钗裙,只是闺中颇有生花手,别肠儿好不过薛和林。怕的是男儿武艺输巾帼,提起推敲又未免气先吞。

虽然如此,却也要去瞧瞧,再作道理。(老旦)吓,二爷哪去?(生)怎么?(老旦)这个帖子,是芸哥儿叫送来请安的,现在后门外等着呢。(生)吓,我已知道了。我问你,就是他来的,还有什么人?(老旦)吓,二爷,还有两盆花儿。(生)你出去对他说,我知道了。难为他想着,你便把花儿送到我屋里去就是了。一径行来,已到了秋爽斋,只见宝钗、黛玉、迎春、惜春已都在那里了。探春笑道:"二哥哥你也来了,我不过偶然起了个念头,写了几个帖儿试一试,谁知一招就都来了。

真个纸条儿胜是官家票,把这些诗翁都押上我家门,料想锦囊佳句无从贮,因此思量各自显才能。"

(旦)姑娘,你们要起诗社,只管起,可别着我姓林的数儿,我是不敢来的。(正旦)你不敢,谁还敢呢?

不必奸言故把人奚落,知道你的诗才素有名。只怕清新你是庾开府,未免坛中尚有鲍参军。

宝玉在旁,看她们在那里斗嘴,连忙解劝道:"这是一件雅事,大家鼓舞起来,不要你谦我让的。"一语未了,恰好李纨也来了,说道:"好,很雅。三妹妹既高兴,我就帮你作起兴来。但既要起诗社,就是诗翁了,须要起个别号,彼此称呼才好。莫只管弟兄姐妹仍从俗,另改个名儿风雅要宜人。我是改定了,我住了稻香村,就叫作'稻香老农',再无人占去了。诸位,以为如何?"(杂)妙极妙极。"既是这样,我便替诸位各拟一个何如?"(杂)更妙,就请教。"如此我就草诶了,我想迎妹妹住在紫菱洲,这'菱洲'二字也真高雅。惜妹妹住在藕香榭,那'藕榭'佳名不用更。至于林妹妹住在潇湘馆,薛妹妹住在蘅芜苑,一个是'潇湘妃子'浑相似,一个就封她'蘅芜君'。探春妹妹,住在秋爽轩,就叫'秋爽居士'罢,只是居士主人到底不确,又嫌累赘,这里桐梧芭蕉尽有。她又是最喜芭蕉的,相应就称'蕉下客'罢。至宝二爷,本有几个外号,就随便混叫,不必起了。却要定个规矩,限个日期,才好。"探春道:"在社年纪本是你大,就一切听你斟酌,没个不依的。"(正旦)是。话也要说得公道。我与菱洲藕榭,皆不善诗,亦莫拘定不做,若遇着容易的题目韵脚,我们也随便做一首,你们四个人,却是要限定的。

　　主人翁只好轮流做题目儿,在座各阄分。出题限韵,都是当场派,明明白白半点儿不欺人。却要限个时刻,一首诗也无甚难斟酌,把这梦甜香只用刻三分,至于做诗的日期,多则过烦,少又太寂寞了。一月中两次才公道,就照各店中的利市,赏你们个初二十六定开荤。风风雨雨皆无阻,有一个不到者,罚例就依金谷的旧章程,这头一回的主人,既是蕉下客起的兴儿,就让她先做,不拘或明或后皆可。那倒不必了,俗语说得好,真个是改日不如撞日好,就是今朝尚未到斜曛。

　　(正旦)如此甚好,我就出题了。适才我来时,看见他们抬进两盆白海棠来,倒是好花,也就是好题。相应就大家做一做,菱洲,你就限个韵儿。是。于是走到书架前,随手抽出一本诗来,却是一本七律,随即递与众人看了,体就是七言律了,即将诗本掩过,又向一个小丫头道:"你随口说一个字来。"那丫头正倚门立着,便说了个'门'字,随又取了韵牌匣子,抽出十三元一屉,命丫头随手拿了四块,却是盆、魂、痕、昏四字,大家见有了韵脚,便都思索起来。

　　也有的托腮独坐默默想,也有的手作推敲两字形,也有的踱来踱去在回廊上背手埋头缓缓行。唯有黛玉若不经意,或则是抚弄梧桐窥日影,或则是摩挲蕉叶听秋声,一霎时探春改抹都停当,一笺儿双手递迎春。随后宝钗也拂花笺写,没多时四韵又书成。

　　宝玉看她两人,已经交卷,便着了急,说道:"了不得,只剩了一寸香了,我才有了四句。"便向黛玉说道:"香要完了,只管蹲在那潮地下做什么?"见黛玉不理他,只得也走向案前,写了出来,交与迎春,迎春交与李纨,李纨道:"我们要看诗了,若看完了还不交卷,是要受罚的。"于是先看探春的稿上写道:

斜阳寒草带重门,苔翠盈铺雨后盆。玉是精神难比洁,雪为肌骨易销魂。芳心一点娇无力,倩影三更月有痕。莫谓缟仙能羽化,多情伴我咏黄昏。

大家看了,称赏一回,又看宝钗的道:

珍重芳姿昼掩门,自携手瓮灌苔盆。胭脂洗出秋阶影,冰雪招来露砌魂。淡极始知花更艳,愁多焉得玉无痕。欲偿白帝宜清洁,不语婷婷日又昏。

李纨笑道:"到底是蘅芜君。"说着又看宝玉的道:

秋容浅淡映重门,七节攒成雪满盆。出浴太真冰作影,捧心西子玉为魂。晓风不散愁千点,宿雨还添泪一痕。独倚画栏如有意,清砧怨笛送黄昏。

大家看了,宝玉说探春的好,李纨说宝钗的好,因又催黛玉。黛玉说你们都完了。说道提笔一挥而就,李纨取过来看道:

半掩湘帘半掩门,碾冰为土玉为盆。

看了这两句宝玉先喝起彩来,说是从何处想来?

偷来梨蕊三分白,借得梅花一缕魂。

众人看了,也都不禁叫好。说果然比别人又是一样心肠。又看下面道:

月窟仙人缝缟袂,秋闺怨女拭啼痕。娇羞默默同谁诉,倦倚西风夜已昏。

众人看了,都道是这首为上,李纨道:"若论风流别致,自是这首。若论含蓄浑厚,终让蘅芜君。"探春道:"评的有理,潇湘妃子当居第二,怡红公子呢?"(正旦)他只好压尾罢,你服不服?(生)我是服的。只是蘅潇二首,还要斟酌。(正旦)原是依我评的,不与你们相干。再有多言者必罚。从此以后,定于每月初二、十六这两日开社,出题限韵,都要依我,这其间你们有高兴的,只管另择日子补开,我也不管。只是到底也要起了个社名才好。可巧才是海棠诗开端,就叫个海棠诗社罢。说毕,大家用些酒果,各自散去,一夕无话。到了次日,恰好袭人打发宋妈妈送鲜果,与代做的针黹与史湘云。宝玉听了,便喜得了不得。我说心中忐忑因何事,左右寻思总记不清,为甚的诗坛姊妹都齐集,怎生单单忘却了史湘云。

袭人姐姐,你慢些叫她去,我一走就来。说着便忙走到贾母跟前,立逼着叫人接去,贾母便将送礼人叫来,吩咐同史姑娘一统回来。到了午后,果然史湘云来了,宝玉就把始末缘由告诉她,又要把诗她看,李纨说且慢,她后来的,且先罚她和了诗。湘云道:"你们忘了请我,还要罚你们呢,就拿韵来,免不得要出丑的。"李纨便将韵脚告诉了她,她也等不得推敲,一面只管和人说话,心内早已和成,即用随便的纸笔录出,众人看她头一道诗写道:

神仙昨日降都门,种得蓝田玉一盆。自是霜娥偏爱冷,非关情女欲离魂。

秋阴捧出何方雪,雨渍添来隔宿痕。却喜诗人吟不倦,岂令寂寞度朝昏。

众人说道:"我们四首诗,也想绝了,再一首也不能了,怎么她这首诗,一句也不重了我们的,这就奇了,且再看第二首。"又写道:

蘅芷阶通萝薜门,也宜墙角也宜盆。花因喜洁难寻偶,人为悲秋易断魂。

玉烛滴干风里泪,晶帘隔破月中痕。幽情欲向嫦娥诉,无那虚廊月色昏。

众人看一句,惊讶一句,都说这个不枉做了海棠诗,真该要起海棠社了。史湘云道:"明日先罚我的东道,就让我先邀一社,可使得?"众人道:"这更妙了。"因又将昨日的诗,与她评论了一回,至晚各散。宝钗将湘云邀往蘅芜苑去安歇,当晚两人灯下叙些寒温与近来景况,说了一回,湘云便向宝钗说道:"姐姐,她们昨儿做海棠诗,我如今要做菊花诗如何?"(小旦)菊花倒也合景,只是前人太多了,怕的落套,须以菊花为宾,以人为主。(老旦)此说甚妙。两人拟了一会,便拟了十二题。(老旦)吓,姐姐,却限何韵呢?(小旦)据我的愚见,竟不必限韵罢。

一则是大家取乐闲吟咏,原不是故用尖儿强难人。二则是一时兴会来佳句,遇着个险韵儿倒又拙人心。还怕韵儿本不与诗题合,就是勉强成诗也未免硬而生。

(老旦)这话很是,便只咱们五个人,难道每人做十二首不成?(小旦)这也太难人了,谁能做哪一个就做哪一个,或是诗才敏捷能全做,一任她高才捷足便先登。

二人商议妥帖,方才熄灯安寝。次日湘云同了宝钗,到了藕香榭,这藕香社实在好个地方:

只见四面朱栏排亚字,当中池水碧波清。接山跨水多纤曲,后面是桥梁曲折可通行。

湘云就烦各婆子,将酒蟹等放在池中亭子上,大家随便吃些酒菜,湘云便取了诗题,用针绾在墙上,又把不限韵的缘故说了一番,众人看见,都说新奇,只怕做不出来。大家闲散一回,宝钗便提笔至墙上,把头一个"忆菊"勾了,底下又赘一"蘅"字,宝玉也随将"访菊""种菊"勾了,底下赘一"怡"字。黛玉接过笔来把第八个"问菊"、第十一个"菊梦",都勾了,也赘了一个"潇"字。探春起来看道:"竟没人作'簪菊',让我做。"湘云也走来,将"对菊""供菊"一连两个都勾了,也赘上一个"湘"字。其余剩下四个题,"画菊"便是蘅芜君补了,"咏菊"便是潇湘妃子补了,"菊影"便是湘云补了,没有一顿饭工夫,十二题已做全。各自誊写出来,都交与迎春。另拿了一张雪浪笺过来,一并誊写出来,某人作,底下赘明某人的号。李纨从头至尾看毕,笑道:"等我从公评来。"李纨逐一看完,便说道:"通篇看来,各人有各人的警句,然总不能称全璧,唯有潇湘妃子,三作俱佳,不得不推为魁首了,试读与诸位听听。其第一首咏菊诗云:

无赖诗魔昏晓侵,绕篱欹石自沉音。毫端蕴秀临霜写,口齿噙香对月吟。
满纸自怜题素怨,片言谁解诉秋心?一从陶令评章后,千古高风说到今。

第二首问菊云:

欲讯秋情众莫知,喃喃负手叩东篱:孤标傲世偕谁隐?一样花开为底迟?
圃露庭霜何寂寞?雁归蛩病可相思?莫言举世无谈者,解语何妨话片时?

第三首菊梦云:

篱畔秋酣一觉清,和云伴月不分明。登仙非慕庄生蝶,忆旧还寻陶令盟。
睡去依依随雁断,惊回故故恼蛩鸣。醉时幽怨同谁诉?衰草寒烟无限情。

合观三诗,亦未免于纤巧,好在不伤堆砌,且无一语生硬,安得不首屈一指乎?至如蘅芜君之忆菊'空篱旧圃秋无迹。冷月清霜梦有知',湘云之供菊'隔坐香分三径露,抛书人对一枝秋',蕉下客之簪菊'短鬓冷沾三径露,葛巾香染九秋霜',皆系锦囊佳句,而较之潇湘妃子,终逊一筹,鄙见如是,高明以为何如?"众人都说道:"是极,公极。"唯有宝玉笑道:"我又落第了,难道谁家种,何处秋,都不是访不成?昨夜雨,今朝霜,都不是种不成?"李纨道:"你的也好,只是不及这几句新巧就是了。"大家又评了一回,复又要了些热螃蟹来,就在大圆桌上,吃了一回,方各散去。

果然男儿不及女儿心,两次难争李杜名,请把雅事丢开看逸情。

葬　花

全无怜蝶意,空有惜花心。小生宝玉,性本多愁,情偏错爱,当此暮春时候,一片风光好难消遣也。

忽忽系不住好春光,倚遍雕栏自感伤,你看纷纷乱落如红雨,都是些剩粉零碎亲夕阳。恨只恨妒花风雨情何薄,空惹得浪蝶游蜂乱逐香。不异是美人一夜归黄土,把个粉黛骷髅委北邙。

小生与林妹妹,两小无猜,同心已久,自谓得一知己,可以无恨,不料她搬进园来,性格忽一变,或远或近,若喜若嗔,倒教小生无从捉摸。

好教我心猿意马乱茫茫,离合无凭没主张。有时似嗔似喜全难定,没奈何偷滴酸心泪两行。一肚皮愁恨向谁诉,只好闲和燕子共商量。

小生十分无奈,因此携着这《会真记》,出得怡红院来,不免依花藉草展阅一番,以解闷怀则个。

我且破苍苔小坐傍花墙,把这艳曲香词读几行。无聊别没有消愁法,且自降心细意按宫商。争奈东风底事无情义,忍把芳菲历乱打纱窗。

呀,早落得满身花片也。我想美女名花,皆天地至灵之气,那美人全在温存,这花片岂宜践踏?待我送入沁芳桥下,作个水葬湘妃,也不枉惜玉怜香一场。只是这地上的,还要扫起来,一统送去才好。

你看清波无一点污泥混,恰好这花片鲜妍紧护藏。一任明霞千点随流去,真不枉雁齿佳名号沁芳。

宝玉兜了花片,抛下桥去,复又坐在那里,将《会真记》展开观看。不想黛玉荷了花锄,挂了纱囊,持了扫帚,缓缓走来,一头走一头吟道:

"俺本是瑶岛司花的旧女郎,常记着珠宫艳友意彷徨。眼看着绿肥无计怜红瘦,空教我无聊搓粉又揉香。虽然拾翠精神健,变做了伤春症候怎担当。因此奴家放不落拈花手,几回割不断惜花肠。只得准备云锄将胭脂扫,一任丹砂几斗都贮入绛纱囊。省得他摧花雨打缤纷落,省得他妒花风紧乱飘扬。恨只恨芳春一去无消息,这便是薄命红颜没下场。吓,原来宝玉也在此间。宝哥哥,你看什么书呢?"(生)妹妹来得正好,我和你将这落花扫起罢。(旦)且慢!将书来看。(生)没有什么书吓。(旦)你又来了,一本书儿也这样藏头露尾的,若不拿来,我就恼了。(生)哦,恼了?妹妹如何恼得,请看。黛玉接过手来看了一会:"呀,是好文字也呵。"

这便是《金荃集》上的好文章,这便是《玉台咏》里的墨花香。锦翩翩一似飞琼回舞袖,韵悠悠恍如月殿奏霓裳,超超元箸非庸手,要算个红豆词中独擅场。

原来词曲之中也有天仙化人手段。(生)妹妹看得好快吓!(旦)你道俺女孩儿家便无一目十行的本事么?(生)妹妹,你道好不好?(旦)果然有趣。宝玉一时情浓,便随口戏道:"我是个多愁多病身,妹妹你便是倾国倾城貌了。"黛玉闻听此言,霎时杏眼圆睁,心中大怒,便将书本掷下:"哦,好胡说哪。

你怎生信口乱雌黄,全不把这两句言词自忖量,说什么多愁多病无伦次,说什么倾国倾城太荒唐,好端端年少闺中友,定要齐星儿背走两参商。

我去告诉舅舅,看你如何?"

(生)妹妹,饶过这次罢,以后再也不敢了。(旦)平白的语言将我来轻薄,我和你双双亲口诉高堂。(生)妹妹,饶了罢。(旦)你仗着斯文礼体把身饶恕,便装出百样温柔可也枉着忙,为甚没遮拦倚着年轻幼,问你无端欺负到底甚心肠?

(生)小生怎敢欺负,不过一时语言昏愦,冒犯妹妹,倘属有心,便堕落这沁芳桥下。(旦)何苦说这样的话吓。

谁要你盟神立誓把灾殃犯,敢则是失心中酒语猖狂。从今后正言庄论无差失,少不得一生解祸转呈祥。我们扫花去来。(生)是。止不住锦栏前蜂蝶纷纷采,只免了锦鞋边躏玉与蹂香,前日是花团锦簇春光腻,今日个薄幸东风不耐常。

妹妹,我想这花瓣儿,和美人一般,岂宜践踏?如今也送到桥下去罢。(旦)哥哥,此间水气虽清,但是流出园门,便有许多积浊,岂不污了此花?我在那湖山背后,立了一个花冢,尽使碎绿残红皈依净土,你道何如?(生)妙吓,我宝玉也算惜花,怎及妹妹这般精细。(旦)不劳谬奖,来此已是,大家葬花则个。(生)呀,妹妹为何落泪来?(旦)吓,偶有所感耳。

看这土一丘来花一囊,花犹如此剩残妆。想人生也同此花憔悴,怕的是嫩叶娇枝不长久。

(生)妹妹,珍重玉体,切莫常常愁闷。(贴)风回群蝶舞,花绕鬓云香。我晴雯为寻二爷来到园中,怎奈都寻不着,原来和林姑娘在此葬花。二爷,太太请你呢。(生)如此,我去了。妹妹也回去罢。(旦)知道,哥哥请。你看宝玉去了,不免也回潇湘馆去。唉,侬今葬花人笑痴,他年葬侬知是谁。一朝春尽红颜老,花落人亡两不知。黛玉想到此间,不觉泪如泉涌,因将手中锄帚,抛在地下,软瘫瘫坐在道旁,泪痕满面,愁闷无言,恰好紫鹃为寻姑娘至此:"呀,怎生痴痴流泪?是谁得罪了也。"(旦)吓,紫鹃,我触景伤情,你哪里知道?扶我回去罢。(杂旦)姑娘嗽病又起了。(旦)唉,闲非闲是断柔肠,缠绵病体负春光。姑娘到底为着何来?好替你细叩根原下一个解愁方。

释　　怨

钟情忽变两情肠,几费调停没主张,这个瞒心他昧已,热场顷刻是冰凉。(杂

（旦上）奴家乃林姑娘之侍女紫鹃是也，只因那日宝二爷和我姑娘玩笑，凭空说了两句，什么多情小姐同鸳帐，不要你叠被铺床。当时姑娘就恼了，幸而老爷叫他，飞奔而去，也就罢了。接连几日，或喜或怒，反复无常，到了前日，宝玉来看姑娘病体，正好说话，忽又大闹起来，这一闹直闹得天翻地覆，亏得袭人和我，抵死劝开，两下竟不来往。我想姑娘和宝玉，心下其实相亲，只为你疑我，我疑你，两下便生了许多风浪，竟不知姻缘大事，可能成就否。日来姑娘不住悲伤，奴也劝过多回，总不开怀。那宝玉又全不过来，难道等我家姑娘去赔他的不是不成？因此奴家也十分幽闷。

　　看他们姻缘心写又心藏，为甚的恨语仇言忽变肠？纵是情天故意加磨炼，还只怕筐篮漏水没收场。

　　你看姑娘出房来了，我且闪在一边，听她说些什么？（旦）怨海深无底，愁城锁不开。奴家黛玉，身不逢辰，命尤多蹇，这几天情绪，触目伤心，好难排遣也。

　　满眼孤凄实可伤，两相怜爱本难忘。谁料闲言触起冲冠怒，到如今星儿背走竟参商。情懊恼，意彷徨，一刻相思一断肠。倒不如快刀儿竟把情根断，省得瞒人偷泪千行。

　　奴家原知宝玉心中有我，便是金玉姻缘，他又岂肯听那些邪说？只是事有可疑，头一次，他要看宝姐姐的香串，呆了半晌，等到脱下来时，他并不知去接。第二次，宝姐姐到怡红院去，随即关上门儿，奴家敲门不开。第三次，他来看我，我说了几句霜儿雪儿、暖香冷香的话，他便十分着急。至于前日偶因张道士提亲，奚落了他几句，他竟动了真气，奴家和他口角一场，这几天竟不过来，可不负了奴家的心也。

　　这两天情绪真无赖，何异断梗浮萍水一方。此身正没个安排处，又遇着风波吹送太颠狂。我那宝玉呵，他好似纸鸢断了东风线，劣马无端撒了缰。抛得我顾影自怜还自叹，就是铁石人儿也断肠。

　　（杂旦）奴家听了半日，似有悔心，再等我劝她一劝。姑娘，只管闷闷的怎么？（旦）紫鹃，我一腔心绪，难解难言，叫我怎的不闷？（杂旦）姑娘，不是紫鹃多嘴，宝玉的脾气，别人不知，我们是知道的，前日也怪姑娘太激厉些了。（旦）呀，紫鹃，你怎么倒派我的不是。（杂旦）姑娘，若论他平日待姑娘，确是好的。未免姑娘歪派他些，他才这样的呢。（旦）咳，紫鹃，说他则甚，你且取本书来，我看看解闷。（生）孤负香心空自悔，调停花事太无才。小生那日从窗隙中，偷窥林妹妹，听她说了一句"整日价情思睡昏昏",不觉心痒起来,以致语言颠倒,更兼这几日,屡次不顺她心意,教她生气,总由小生不能温存之过吓。

只怪我语言冒昧无含蓄,信口儿触犯太荒唐。念娇花禁不起微风荡,怎当得潇潇飒飒暗摧伤。没摆布,细思量,只好负荆软语慰萧娘。

自从吵了一场,两日不敢过去,今日且与她赔话,看是如何?紫鹃姐姐开门。(杂旦)是哪个?(生)是我。(杂旦)这是宝玉声音。吓,来赔不是了。(旦)紫鹃,不许开门。(杂旦)罢咧,姑娘看破些罢。紫鹃开了门。"呵唷,好稀客吓,我只道二爷再不上门了,又来做甚么?"(生)我便死了,那魂灵儿,一日也来一百遭。一头说一头走,连忙见了黛玉。"吓,妹妹,可大好了?"一连叫了几声,黛玉总不理他,宝玉便说道:"我知道你不恼我,我却不敢来,又不敢不来,所以今日才来的。你若不理我,叫别人知道我们拌嘴,大家前来相劝,那倒不生分了么?"(旦)嗳,你也不必来哄我,我也不敢亲近二爷了,只当我去了罢。(生)你往哪里去?(旦)我回家去。(生)你回家去,我便跟你去。(旦)我死了呢?(生)你死了,我做和尚。(旦)你又来胡说了。(生)嗳,妹妹,你哪里知道我的五脏都碎了,你还只是哭吓。

休要把啼痕轻湿九回肠,本是性命相连怎忍便乖张。我和你如针穿线难离孔,我和你似影依形共一双。说不尽万般体贴千般爱,须要牢锁情关休教雀了笼。就是前日,也不过偶然角口,不料便成芥蒂。小生如今也悔不来了,还望你宽宏大度权饶恕,莫只管吐苦含悲自感伤。从此一天云雾都消散,也省得再惹旁人说短长。(旦)非是我多疑多怨多猜多忌,怎奈你心偏猛可的异寻常。(生)小生怎敢偏心,那些亲都是些没相干的,你我是姑表兄妹呢。说来父党总亲近,怎敌那母党亲儿势更强。(生)冤哉冤哉,其实小生心中并无别人,还要妹妹怜念。(旦)可也不能了。你早把妄心剪断休痴想,莫只管絮絮叨叨假做腔。一任你甜言蜜语说下灵天表,我只当耳边风已过东墙。

(生)妹妹,还要你回心转意,小生以后,再也不敢了。(旦)再敢呢?(生)再敢冲撞,但凭妹妹处置何如?(旦)饶便饶你,以后却不许来。(生)妹妹,还要许来才好,嗳。

蜂猜蝶怨最难防,苦辣酸辛味尽尝。天哪,只要你不起风雷终日照春阳。

索　优

王命亲衔来寻小蒋涵,听得潜藏贾府,此话有人谈谁说没相干,咱乃忠顺王府长史官是也,奉王爷钧旨,前往贾府,索取优人蒋涵,左右打道。

任他龙潭虎穴好深藏,用手拈来容易等探囊。纵使妖狐狡兔营三窟,怕不连忙献出小云郎。

已到贾府,门上有人么?什么人?请烦通报一声,说忠顺王府差官要见。请少待。老爷有请。禀老爷,忠顺王府差官要见。(外)奇呀,无端劳过访,有事起猜疑,下官平日,与忠顺王府,并无往来,差官为何至此?有请。吓,老先生。(外)不敢,大人。(末)下官此来,非敢擅造,因奉王命,有事相求。仰仗老先生做主。(外)大人奉王命前来,不知有何见谕?望大人宣明,学生好遵办。(末)老先生也不必办得,只用一句话就完了。我们府里有个小旦琪官儿,名唤蒋涵,一向好好在府,如今竟三五日不见回去,各处寻不着。闻得人说,他近日和衔玉的那位令郎相厚,下官听了,尊府不比别家,可以擅来索取,因此启明王爷。王爷说,若别个戏子呢,也就罢了,这琪官儿,甚合我心,是断断少不得的,故此请老先生转达令郎,将琪官放回。一则可慰王爷之心,二则下官等,也免访求之苦。(外)哎呀呀,这畜生要死,这还了得。叫宝玉来。宝玉即刻叫到。(外)该死的畜生,你怎么就做出这无法无天的事来,那琪官是忠顺王驾前承奉的,你何等草莽,敢于哄骗他出来,现在隐藏何处?从直招来。(生)哎呀,爹爹呀。

孩儿是终朝闭户在内书房,从不敢偷闲游戏到街坊。生平也未见琪官面,也不知他居住在何方。为甚的无辜造此新闻话,似这等诬言飞语未免太荒唐。

大人还要容访。(末)吓,世兄,原是访来的,公子也不必隐瞒,或藏在家里,或知其下落,早说出来,我们也少受些辛苦,这便是公子的大德了。(生)哎呀,大人吓。

说起家君家教多严厉,规矩森森迥异常。真果是外严内肃多齐整,似这般油调人儿没处藏。况且王爷府上多威耀,外人又焉敢略轻狂。想是大人误听了传讹话,还请三思别处再商量。(末)吓,公子,若说不知,那红汗巾怎得在公子处?宝玉听说这话,便吃了一惊:哎呀,这事坏了,且打发他去,再做道理。大人既知底里,为何他置了房屋,倒不知道呢?(末)在哪里?(生)他在东郊二十里紫坛堡居住,恐在那里,也未可知。(末)如此嚛,一定是在那里了,我且去找一回,找到便罢,若没有,再来请教。下官就此告辞。(外)不敢,请。贾政起身相送,便吩咐道:"宝玉,不许动,回来有话问你。"宝玉知道事不好了,怎能递个信儿里边去才好,培茗、锄药怎么一个小厮也不在,如何是好?好了,来了个老婆子,你快些进去,告诉老太太、太太,说老爷要打我呢。要紧要紧。老妪聋着耳朵,未曾听清要紧二字,便认成金钏儿跳井之事,说道"跳井吓,让她跳去,怕什么?"宝玉着急说道:"出去叫我的小厮来。"哎,什么不了的事,老早说完结了。(生)呀呸,苦呀。

教我闻言身颤无良策,确是谁人送信与伊行。偏遇这痴聋喊叫全无用,吓得我此时心胆总慌张。料想严君不肯把鞭笞恕,可怜我瘦弱身躯费抵挡。二爷,老爷在书房叫你呢。(生)哎呀,不好了。听传呼魂魄都飞去,做了个飞蛾投火受灾殃。哥儿快走,不要迟挨,连累我们。(生)想来无法把严威避,只得硬着头皮去走一场。

(丑)风雨横空至。(贴)雷霆震地来。姐姐,听得老爷痛打二爷,老太太、太太都到书房去了,不知为着什么来,这样生气。(丑)论二爷呢,很会闹事,也得老爷教管教管才好。(贴)只是他哪里禁受得起。吓,姐姐,我和你门前望望,看可有什么消息。(丑)如此就去,哎呀不好了,那抬来的,不是宝玉么。你看老太太,太太们也都来了。

只见他已经惩创遭横挞,料想是肉绽皮开受重伤。看这淋漓鲜血在衣襟上,想必满身儿紫黑间青黄。可怜嫩皮肤自幼从娇养,怎不教人针薍刺肝肠。

(净)儿吓,你好好将息,我再来看你。嗳,虎毒不食儿,牛老犹舐犊。怎么就打得这个样儿。袭人,你好生服侍。(丑)奴婢知道,哎呀呀,二爷,到底为着何事,就这样毒打。(生)不过是那些事,问他做甚。袭人,你且瞧瞧,看哪里打坏了。(丑)娘吓,打得重呢,若听我一两句,敢也不致如此。(小旦)忍悲怜大杖,止痛倩灵丹。袭人姐姐,晚间将这药用酒研开,替他敷上去,就好了。(丑)多谢姑娘。(小旦)宝兄弟可好些了?(生)吓,宝姐姐,好些了。(小旦)嗳,早听人一句话,也不致有今日。莫说老太太、太太心疼,就是我们看着,心里也……宝钗说了半句,不好出口,便低着头说道:"明日再来看你,你好生静养罢。"宝玉睡在床上,自解自叹:"唉,我受了这一顿,他们一个个怜惜,我若死了,也还不知怎样悲痛呢。只不知林妹妹更伤到个什么分儿了。"话犹未了,只见林黛玉慌忙走进房来,抚生大恸,宝玉抬起头来,长叹一声:"唉,妹妹,你又来做什么?虽然太阳落了,那地上热还未退,若受了暑怎么好?我虽然吃了打,也不觉疼痛,我不过装这样子,教老爷听,其实是假的,你切不可认真。"黛玉呜咽了一回,便哭说道:"哥哥,你从此可都改了罢。"(生)你但放心,我就死也死得着了。多谢你深情泪落如红雨,湿透了罗衣并绣裳。看来一家谁似你心疼爱,倒教我愁肠顷刻变欢畅。翻劝你暑云凉雨空园里,切不可闷倚芸窗重感伤。看你身躯瘦弱同孤鹤,须要保护扶持自备防。若得你精神强健身无恙,免得我一番挂肚与牵肠。两人正在叮咛,晴雯报道:"二奶奶来了。"黛玉作了忙,说道:"我从后院去了,回来再来。"宝玉扯住她手说道:"这又奇了,怕她做甚?"(旦)唉,哥哥,你瞧瞧我眼睛,又该她取笑了。宝玉才放了手,黛玉连忙闪下。凤姐便问道:"宝兄弟可好些了?"(生)好了些了,谢谢你。(副净)你安心睡着,我去送些东西来与你吃,只是打得太重些。说道也就走了,宝玉长叹一声:唉,厌物走了,好来得不凑巧吓。

谁要她虚情假意前来问,吓得我那心腹上的人儿没主张。只得抽身后院相回避,料想她心里匆忙脚不忙。就是我么,也还有千言万语来叮嘱,总被她分开情绪两茫茫。

吓,晴雯,你这里来,我吩咐你,你瞧瞧林姑娘去。(贴)二爷,有什么话说?(生)没有话说。(贴)既没话说,她问我来做什么?我怎样回答她?(生)也罢,就将这床头两条鲛绡帕子,送与她罢。说我多多致意。(贴)哎,二爷,这帕子旧了,怎好送去?(生)不妨,越旧越好。(贴)这样我与你放下帐儿,你安心睡一睡,我就拿了这帕子到潇湘馆走一遭者。

无端下马拜荆条,愁宋还怜瘦沈腰。我此去呵,只恐泪出情肠要淹透两鲛绡。

诿构

终日凄凄但泪流,为儿憔悴哪忘忧,是谁暗肆销金口,忍见鞭笞一一抽。

(老旦)妾身王氏,只生宝玉一人,不知今日为着何事,被老爷痛打一番,若不是老太太和我抵死救回,几乎一命难保。这畜生又本不争气,只是也太狠了。

全不顾妾身只此续箕裘,下得无情竟当住楚冠囚。听说环儿暗里挑唆久,难道要鹊巢全占单只养斑鸠?我那苦命的儿吓,不知这时候怎么样了?料他心惊肉颤难消受,覆去翻来不自由。若使娇儿竟把残生丧,教我这半百人儿没靠。心耿耿,恨悠悠,也怪他不习端方学下流。若还托天保佑无妨碍,似这般死里逃生可也自知羞。

适才着人到怡红院去,唤个人来,问她一问,此时想也该来了。(丑)随机施暗箭,趁火接犁头。太太呼唤袭人,有何吩咐?(老旦)不管叫谁来罢,却又丢下了他,叫谁服侍呢?(丑)二爷安稳睡了,有她们伺候着呢。怕太太有甚吩咐,她们听不明白,倒误了事。(老旦)也没甚话问,问他这会子疼的怎样了?(丑)宝姑娘送一丸药来,替他敷上,便沉沉睡去,可见好些。(老旦)可吃些什么?(丑)喝了两口汤。(老旦)我听得说,今日宝玉挨打,是环儿在老爷跟前说了什么话,你可曾听见?(丑)倒没听见甚话,说是二爷霸占了王府什么小旦琪官,差官来要,所以打的。(老旦)也为这个,还有别的缘故呢?

也是风波起处顺手便推舟,活把个倒运人儿丢入水中流。只说是无常定葬江鱼腹,据你说这光景,大局宝玉的性命,还可保全,却喜灯残还有个送灯油。

(丑)太太放心,大事是无碍的,不过是人吃些苦罢了。倒是袭人今日大胆,在太太跟前,说句不知好歹的话,论理么……(老旦)你只管说,不要吞吞吐吐的。(丑)是。论理我们二爷,也得老爷教训教训才好,若再不管,不知将来做出什么事来呢。(老旦)我的儿,我何曾不知道教管儿子,只是你珠大爷又死了,我年已五十,只剩他一个,又生得单弱,老太太又宝贝一般,若太管紧了,或有好歹,岂不倒坏了?

我原知义方本应遵家教,也曾絮絮叨叨语不休。只为珠儿一病身亡故,因此宽容不肯过搜求。况且高堂溺爱如珍宝,这膝下娇儿身体又轻浮。怕他十分拘束难禁受,若有差池事怎休?

我又常时说他,说过也略好些,过后又依然如故,端的吃了亏才罢。(丑)不要说太太说他,就是我也常常苦劝,只是再劝不醒,今日太太提起这话,我还记着一件事,要回明太太呢。(老旦)我的儿,你有甚言语,只管说不妨。(丑)也没甚说的,只是怎么变个法儿,教二爷搬出来住就好了。(老旦)哎呀,难道和谁作怪不成?

听她言词不是无根话,莫非暗中无耻学私偷?我这门庭世代传清白,怎容得污秽名儿到外头。

(丑)太太请息怒,眼前还没甚事,却保不住将来不和谁作怪。袭人的小见识,觉得二爷也大了,姑娘们也大了,宝姑娘林姑娘,总系亲眷,到底有男女之分,日夜在一处起坐,觉到不甚方便。由不得叫人悬心。二爷性格,太太是知道的,倘若错了一点半点,人多口杂,那小人的嘴,有什么分寸?即如今日二爷挨打,就有人眼睛哭得红桃子一样的呢,这却为着何来?那么丫头中,还有个把狐狸妖精,好打扮得花红柳绿,引诱他的,也要太太定个主意呢。(老旦)

却是我糊涂总未存神看,一任他们同戏又同游。此中有多少,嫌疑处,哪里就玉洁水清没过尤。不是你今朝一语来知觉,只怕要连理交枝花并头。

好孩子,你这话提醒了我,我竟不知你这样好,我自有道理,只是还有一句,你今日既这样说,你好歹留心,保全了他,就是保全了我。(丑)太太,我日夜悬心,又不好出口,只好这灯儿知道罢了。

我只怕事儿走漏空遗臭,因此闲中时刻暗担忧。等闲都不敢轻开口,怕的传言坏了好名头。终朝并没个安闲候,但愿离却园中心便丢。那宝姑娘却是好的,自来语言庄重全无苟,算得个君子虽和绝不流。真是金枝玉叶不比常根蒂,若个有福儿郎赋好逑。(老旦)儿吓,你真个聪明伶俐天生就,又能体贴人情到地头。难得女儿家大义都明白,不比那妖精狐狸会私勾。儿吓,我将你留在宝玉房中,教你们一辈子过活。要你打起精神替我分烦恼,莫只管苦避嫌疑又害羞。不然我也叫你开脸了,一则老爷未必肯依,二则你做了屋里人,就不敢劝他,三则到底未有正配。倒怕机关早露春消息,翻惹闲言把好事休。至于你的月钱,每月在我分例内,派出银二两、钱一吊,我对你二奶奶说就是了。只要千斤担子你全担着,漫道燕子双飞欠一筹。儿吓,恐宝玉唤你,你且去罢。

谁知孽下妾,提醒梦中人。袭人听了这话,连忙跪下,磕了个头,谢过太太,便欢欢喜喜出来,说道:"妙吓,这番却被我摆布着了,且喜无人听见。"

这才是潜人妙处能浸润,生拆散他们女共牛。亏我锦囊妙计悬河口,博得个花蕊双双看头头。只是太太忒拘泥了,什么正配不正配呢,算来枕边早干尽风情事,除我破天荒谁敢占头筹?从今怕甚言挑逗,让我绿珠稳踞石家楼。杀人须用笑中刀,舌底横生万丈涛。袭人吓袭人,真个从来谣诼爱吹毛。

听 雨

芳龄虚度可怜宵,四壁秋声破寂寥。你看莲房露冷霖红粉,窗外疏篁碎玉敲。只觉酸来心底眉尖锁,撇不去凄凉怀抱两鲛绡。费支持瘦损花容貌,只落得情句书成独自瞧。

(旦)奴家黛玉,身因宝玉受责,未免心酸,走去看他,又怕泪眼难干,被凤丫头取笑,只得悄地回来。哪知他命晴雯,送来半旧鲛绡手帕两幅,奴家始初不解其意,既而想出他的意思,倒教奴家喜一回,悲一回,当下在帕上题了三绝。忽然一病缠绵,将次两月,或好或歹,医药无灵。嗳,似这般伶仃孤苦,所愿都虚,一旦鬼箓冤沉,人天梦断,不免痴魂难化也。

空教我双眸流血哭号啕,料这月缺花残命不牢。此身漂泊如蜉蝣寄,伫看那石火泡光总易消。罢嚛也罢了,为甚聪明误把精神耗?做了个浪死虚生没下梢。这些时哥哥也不见有书来,想当日仙鱼相赠河桥别,杳不见平安书信雁来捎。莫不是功名未上天衢路,连于飞也未卜凤鸾交。此间喜鸾姐姐,姿容性格冠绝一时,我倒有意与他撮合,只不知他那里姻缘曾订下否?惆怅他武陵远隔无消息,便是渔郎无处访仙桃。唉,我也不用管这些闲事了。痴守着株儿专待兔,倒做了杜鹃花落乱红飘。莫再想连如碧玉环牢扣,莫再想双似鸳鸯头共交。生来是一个孤鸾命,哪里有破镜重圆那一朝?想我和他虽然情投意合,怎奈无人做主,舅母也不甚爱怜,加以凤丫头百般诋毁,以致老太太心上,也冷落了许多,看来是无益的了。不如早赴泉台,倒落得身心干净也。既不能食同器、居共牢,不如早跨班龙吹洞箫。纵使小梁清未许把仙曹领,且下个此日根来再世苗。不知今生可消得前生债,猜不透三生缘法枉煎熬。偏是今夜这般风雨呵,只听空帘渐沥乱声敲,杂一片盲风四壁号。这壁厢不住的潇潇摇竹叶,那壁厢又早是沥沥打芭蕉。更有那红栏一带无遮蔽,铁马叮咚乱动摇。奴本愁人,禁不得多愁助,偏偏的一声低又一声高。这才是淋零绞得肝肠断,和我这泪珠儿点滴不相饶。孤窗无赖,无以消愁,不免题诗一首,以写闷怀则个。觑着他天心太忍将人闪,闪得我病他痴两悴憔。怎怪得悲秋易使红颜老,怕这一首秋词要吟瘦沈郎腰。

(生)冲泥过别馆,含意慰愁人。吓,妹妹,你还没有睡么?(旦)哥哥,这样风雨,怎么又来的吓。(生)我想风雨长宵,妹妹必然孤闷,特来和你谈谈。(旦)你好了,我因抱病多日,没来看你。(生)我好了,妹妹可好些?(旦)也只如此。(生)日来可服药么?(旦)药是吃着,也无甚效验。(生)妹妹这病,都由郁结而成,总要排遣些才好。

你本来面如桃瓣腰如柳,瘦怯怯的身儿怕动劳。偏是多愁不肯闲排遣,以致病魔缠绕不轻饶。如今又遇着秋时候,怕含悲宋玉易魂销。须保重莫心焦,精神打起度昏朝。夜深恐有新寒入,莫只管孤坐窗前灯自挑。看这文房四宝都齐整,想有新诗欲待写鲛绡。

待我看来,原来妹妹诗已写完,我且捧读一回。(旦)偶尔闲吟,略无好句,看不得,看不得。(生)好妹妹,赏我看看罢。(旦)你要看,你就拿去看来。(生)吓,《秋窗风雨夕》,这题倒与《春江花月夜》相似了。(旦)是嗬,此诗原拟此题。(生)如此嘿,待我看来:

秋花惨淡秋草黄,耿耿秋灯秋夜长。已觉秋窗秋不尽,哪堪风雨助凄凉。
助秋风雨来何速,惊破秋衾秋梦续。抱得秋情不忍眠,自向秋屏挑泪烛。
是喏,秋本愁人,又兼风雨,未免有情。谁能遣此吓。且再看来:
泪烛摇摇爇短檠,牵愁照恨动离情。谁家秋院无风入,何处秋窗无雨声。
哎呀,妹妹,这就是你自寻烦恼也,怎么又想起家来呢?且看下面说些什么?
罗衾不奈秋风力,残漏声催秋雨急。连宵脉脉复飕飕,灯前似伴离人泣。
寒烟小院转萧条,疏竹虚窗时滴沥。不知风雨几时休,已教泪洒窗纱湿。
唉,可怜。读妹妹此诗,使我寸肠欲断也。

虽则是铸雪裁云锦句敲,一似空江呜咽送回潮。拂红笺写不尽秋宵怨,对青灯禁不住倩魂销。宝玉此时一腔热血,满腹悲凄,不敢直说,又忍不住不说,只得掉转身来,自言自语,两泪交流,便暗暗的说道:"苦了她一心离绪如丝乱,痛煞我万种情肠似火烧。把这香衾隔断无消息,问几时金屋许藏娇。妹妹呀,你是个病烦人还要寻欢笑,休要自买闲愁首自搔。

诗稿在此,妹妹保重。"(旦)你去罢,我要睡了。(生)我去了。(旦)且慢,外间风雨难行,紫鹃,可将玻璃灯点起,照了二爷去。(生)不用你送,我自己照了去罢。(旦)风天雨地不辞劳,一盏心灯焰不销。嗳,难得他百样殷勤慰寂寥。

试　　情

软风庭院宝帘垂,开到桃花春又归。纤纤瘦影添憔悴,心病难将心药医。(杂旦)奴家紫鹃是也,只因姑娘和宝玉,那番口角之后,情意加倍绸缪,但未知宝玉之心,是真是假,几番要试他一试,且等他今日到来,再做道理。(生)为探花信息,常使蝶痴迷。小生宝玉,为着林妹妹,一径行来,已到潇湘馆了。

一番花谢一增悲,锦地香天两意违。妒煞双双蜂蝶都成对,偏是我苦耐春愁瘦沈园。

你看深掩湘帘,悄无人语,敢是往别处去了。紫鹃姐姐,姑娘呢?(杂旦)睡了。(生)她夜来咳嗽可好些?(杂旦)好些了。(生)紫鹃姐,你穿得这样单薄,还在这风头里坐呢。(杂旦)二爷,一年小,二年大,以后不要动手动脚,那起说黑道白的,背后嚼舌,你全不留心,还是这样行为,怎怪得姑娘近来,远你都远不及呢。宝玉听得此言,顿时坐下,便像呆了的一般,适值雪雁取了人参回来,见宝玉吃了一惊,说道:"那桃花树下,不是宝玉么,怎么痴痴的坐着哭呢。想是又受了姑娘的气了。

说你痴时目下更加痴,为甚偷向花间把双泪垂?料是今番又受了葫芦闷,笑你这卖蜜的人儿没面皮。

吓,姐姐,宝玉可又受了姑娘的气?在那沁芳亭后,桃花树下流泪呢。"(杂旦)原来如此,我去寻他。

我且纤纤小步到花蹊外,原不过为着幽情悄试伊。果然在红桃花下双流泪,消受这阵阵春风不肯归。

吓,二爷,我不过说了两句淡话,你就在这风头里赌气,若是弄出病来,还了得么。非是我这般说你,可记得几日前头,你兄妹两个在这里说话,二奶奶走来,被她奚落了一阵,因此姑娘才这样说,以后存些神罢了。我且问你,你前日说甚么燕窝的话。(生)我因你家姑娘离不得燕窝,是我回过老太太,一天送一两,大局吃上二三年,也就好了。(杂旦)唔,好是好得狠,就是吃惯了,明朝家去怎么好?(生)谁家去?(杂)你妹妹回扬州去。(生)你说白话呢,原因无人照应,才接她来的,如今回到哪里去?(杂)她有她哥哥,不会照应她么?况且年纪大了,该出阁了,自然送还林家,难道在你贾家一世不成?

她不过娇花偶尔把高枝附,指日夭桃正及时。料来寄生不是安身处,现有她一门兄长好相依。况且摽梅迨吉难迟误,少不得门当户对及早赋于归。大约明年,早则春、迟则秋天,这里不送去,林家也是要打发人来接的。大半是桃花开后春将尽,听声声杜宇不如归。纵使攀留暂住无多日,也不过篱菊开时蟹正肥。

前日姑娘说过了,叫我告诉你,小时玩的些东西,她送的,你还她;你送的,她还你。快打点去罢。(生)哎呀,

听说罢魂儿飞去云霄外,只当住花底鸳鸯好并栖。缘何指日成抛弃,便教我骨化形销怎别离。到那时清清冷冷愁无计,彻骨相思病怎医。

(杂旦)二爷,二爷,哎呀,怎么神色顿时改变?不要弄出病来。二爷,我是哄你的,你看叫了半日,全然不理,这个光景,是不好了嚯。

霎时间忽发了痴愚症,看他衰飒无神但泪垂流。定着眼珠所事都茫昧,紫鹃哪紫鹃,你作甚来由假意把他欺。叫他千声万遍何曾应,似这种痴心委实世间稀。才信他真情真意无更变,怪不得玉人心醉竟如泥。

(贴)承恩传密语,奉命唤娇儿。奴家晴雯,新病初痊,精神尚少,今因老太太宫里回来,寻二爷说话,来此是潇湘馆,我且进去。哎呀,那不是二爷么,怎么这

个样儿?(杂旦)吓,妹妹,他来问姑娘病,我告诉他,就变成这个样儿,你快扶回去罢。这却怎么好?我且回潇湘馆去,再做道理。紫鹃回到馆中,主婢正在闲谈,只见袭人飞奔前来,口里叨叨唠唠,说道:"这是哪里说起?紫鹃姑奶奶,你说了些什么话?你瞧瞧他去,你回老太太,我都不管。"此时黛玉在房,听她言语激烈,神气慌张,便惊问道:"怎么样?"(丑)吓,姑娘,不知紫鹃姑奶奶,说了什么,我们那呆子,眼也直了,手脚也冷了,胡说八道,是甚么林家接的人来了,快打出去,看着西洋船,说是接的船来了。据李嬷嬷说,大局是不中用了,只怕这时候已经没用了。姑奶奶,你这是何苦吓。(杂旦)哎呀,我并没说什么,不过几句玩话,他就认真了。(丑)你还不知道他是个傻子?玩话专要认真的。

他本来天生情性憨痴惯,又惯把虚言当实辞。为甚的安心故意招他气,一个好端端的人儿着了迷。不知你口中说甚蹊跷话,暗用心机要断送伊。只要你保他生死无关碍,任你遮遮掩掩也休想再推辞。(杂旦)我怎么保他?(丑)你不保谁保?(旦)吓,紫鹃,不必在此闲闹,你说了什么话,赶早去解说,只怕就好了。(丑)去呀,姑奶奶。(杂旦)去呀。(旦)嗳,她们去了,我想宝玉忽然这个样儿,敢是紫鹃说了奴家回去的话,他情急了,故尔如此,此心真可感也。

只怪我时低运也低,带累他蜂欺蝶也欺。心似悬旌摇摆全难定,恨没有仙丹立刻醒昏迷。没摆布,好孤凄,可能托天保佑化灾危。雪雁,你去看二爷可曾好呢?若使他身稍有差池处,哥哥吓,你便先赴泉台我后随。

雪雁看了二爷,连忙回来,见了姑娘,说道:"姑娘,紫鹃去了,二爷就哭出来了,说是要去同我去,只是拉着紫鹃不放呢。"(旦)你看见二爷没有?(贴)我看见的果真好了。(旦)吓,果真好了。阿弥陀佛,

断尽柔肠为别离,如醉如痴实惨凄,紫鹃哪紫鹃,却教我病中人情泪又双垂。

补　　裘

祝寿归来又懊侬,无端闲闷塞胸中。呢金裘忽遭残损,若个空空妙手缝。

小生宝玉,早间奉太太之命,到舅舅处拜引寿,蒙老太太新赐一件俄罗斯国的雀金裘,不防后襟子上,烧去指头大的一块,这便怎处?麝月,你赶着叫人悄悄拿去,看有能干的织补匠,就补好了,天亮就要用的。哪知去了半日,仍旧拿回,不但不能织补,连认也不认得。宝玉听得无人会补,嗒声顿足,抓耳挠腮,说这怎么好?此时晴雯卧病在床,听得宝玉着急,忍不住翻身说道:"拿来我瞧瞧。没那

福气穿罢了。"只见她乌云两鬓乱蓬松,强起披衣尚怯风。喘吁吁启齿多吞吐,软哈哈开眼又蒙眬。虚飘飘身体轻如叶,昏沉沉头重耳喧哄。若还不与他坚心补,怕这冤家憔悴了好形容。若还勉强把金针度,又恐这屡躯有始竟无终。

嗳,说不得挣命捱着,也要替他补起来呢。(生)哎呀,晴姐姐,这个断乎使不得。你才略好些,如何做得生活。快别要起来谑。

看你腰肢一搦如柴瘦,这病体虚羸气力穷。便是消闲伏枕难安稳,怎当得低着头儿鞠了躬。休造次,且从容,我拚着高堂气满胸。任凭打骂甘身受,不要你夜深扶病试针工。

(贴)二爷,你不要管我,我且瞧一瞧。吓,这是孔雀金线的。

真果是俄罗雀羽生光彩,捻线搓来费女红。回纹花样都新巧,比那凫靥裘儿更不同。麝月妹妹,好在咱们家里也有这线,你只帮我扶着,我且坐起来,试他一试。须把金刀先刮得散松松,背后钉绷用竹弓,两条儿界线分经纬,照他这原样儿织了又兼横拈针弄赶着缝。一霎时,上交火起面通红,哎呀,好不自在呀,顿觉心儿惊乱头儿闷,惊花到眼全不辨西东,腰围疼坠如山重,指尖儿零落痛难容。

(生)吓,晴姐,你吃些滚水。不吃,歇一歇再看,且将这件灰鼠斗篷披在肩上,不要着了寒。这里还有枕头,你且靠着。(贴)咳,小祖宗,你只管睡罢,再熬上半夜,明儿眼睛抠烂了,那可怎么是好。宝玉见她着急,只得胡乱睡下,哪里睡得着吓。

听声声四打自鸣钟,闪闪空房蜡烛红。看她强支病骨拈针线,似这般爱侬情重反愁侬。

(贴)好了,略清楚些了,待我再缝一缝。

一任他眼光散乱神虚晃,说不得瘦骨劳蒸气逆冲。剩丝儿噉喘双肩重,要做得天衣无缝始成功。

妙吓,竟被我补完了。妹妹,取一个牙刷来。(小旦)吓,牙刷在此。你看她运斤妙手竟成风,要算是灵犀一点突玲珑。又把牙刷细细将绒毛刷,真果是新旧回纹一样同。任他灵心慧眼难猜破,这才是合笱无痕又斗缝。

姐姐,好手段。一些也看不出。姐姐,你竟做得俄罗斯国的裁缝呢。(贴)补虽补了,到底不像,我也再不能了,妹妹,快扶我睡罢。

声声玉漏滴铜龙,补就呢金性更慵,二爷呀,我这舍命拼君总为你素情浓。

搜 园

　　珠情玉韵虎狼心,吓鬼瞒神计最深。笑里有刀君莫怕,把持威福到而今。(副净)咱家王熙凤,丈夫贾琏,本系大房之子,因这边二老爷家下无人照管,二太太是奴姑母,特命搬来,代理家务。奴因主持家政,顺我者生,逆我者死。今早二太太满面怒容,拿着一个春意儿香袋,说是傻大姐在园里拾得,被太太看见,听了王善保家的话,叫我搜园。我想园中,这班儿姑娘丫头,平时好不厉害,借此去搜她一搜,搜得着,大家出气,搜不着,又不与我相干。二太太怎么又叫了晴雯来,骂了一顿,说要撵她出去,不知是谁放了暗箭,此时天色尚早,我且歇息片时。

　　正是月中打算把兔儿擒,准备渔竿水里钓金鳞。我是翻箱倒笼不肯轻饶过,任他哀求莫想徇私情。只是眼前天色尚嫌早,且倚香衾安稳养精神。

　　不言王熙凤和衣打睡,单讲宝玉此时坐在园中,毫不知情。正在孤闷无聊,赖有晴雯相依为命,怎奈屡求欢好,执意不从。看来光景是怕袭人妒忌,这也怪她不得,只是害杀我也。虽则是群花环绕怡红院,无奈痴心苦恋个中人。看她缠绵情义如山重,偏是咫尺红墙隔乱云。

　　宝玉正在那里自解自叹,只见晴雯飞奔前来,倒在宝玉怀中,放声大哭。宝玉惊得目瞪痴呆,连忙问道:"是谁欺负了你?快快说来。"(贴)吓,二爷,适才太太唤去,也不问青红皂白,便说道:"好个美人儿,真是个狐狸精呢。谁许你这样花红柳绿的?"又说:"你干的好事,打量我不知道么,我明日揭你的皮呢。"二爷,你道我干了什么事,还要撵我出去呢。

　　没头没脑不解因何事,说出来的言辞要怕煞人。你看花红柳绿多多少,硬派我是个狐狸与妖精。料来听信了谗人话,真是海底奇冤不得伸。

　　(生)吓,晴雯,你便怎样说?(贴)二爷,她问宝玉可好些?我说我不甚到他房里去,要问袭人呢。太太便说道:"阿弥陀佛,你不近宝玉,是我的造化。"便喝声:"出去,我看不上这浪样儿。"二爷,这不把我冤屈死了么。

　　多蒙你恩情格外垂青眼,真个是大度从容到一百分。不想无辜被此奇冤屈,就是立毙阶前目不瞑。这才是春蚕到死丝难尽,直到蜡炬成灰才泪不霖。我自那番病后,身子总不得好,近来又着风寒,再果真撵了出去,多分是死多活少也。只是二爷呵,和你终朝亲爱无他故,要算是玉洁与冰清。料想今生无分酬君德,只好来生再想报君恩。宝玉闻听此言,心如刀割,便将晴雯搂在怀中,也不觉泪

滩　簧

下。唉,听说罢柔肠寸断身如刺,娘吓,你屈煞这人儿却怎生。想萱亲平日多慈爱,为甚今朝毒手下无情?或亦是太太气话,你且休慌。(贴)哎呀,二爷,我心里也明白,是人放了暗箭,看来断不能免了。只是舍不得你,怎生是好?料来红颜薄命无根蒂,只是未遂你的欢娱悔恨深。可怜我墙花露草无依靠,反落了虚名耽误到如今。

两人正在诉苦未终,王熙凤早已带领多人,直奔园来,好不厉害。

说是特地搜园寻破绽,凤鞋儿历乱踏芳尘。霎时间已到了怡红院,只见双双早已闭重闱。

(杂)呀,门已关了,门内有人么?快些开门。(生)呀,奇呀!

听楼头更漏已沉沉,因何寅夜来敲月下门?况且声音嘈杂如狼虎,平地风波却骇人。

忙叫袭人开了院门,只见凤二娘在前,后面跟着许多人,一涌都进来了。(生)吓,二嫂子却是为何?(副净)吓,宝兄弟,丢了一件要紧东西,怕是丫头们偷了,大家查一查好除疑。你们去搜罢。众人一齐答应,真个如狼似虎。便问道:"此是谁的箱笼,谁来打开。"袭人忙将箱子开了,众人搜了一回,没有什么。便又问道:"这又是谁的?"晴雯心头火起,怒冲冲的将箱子倒翻地上。(杂)哎呀,姑娘不要生气,叫查就查,不叫查,便让我们回太太去。二娘说:"妈妈,别和她一般见识,你且细心搜你的。"

只见她满地掀翻衣共裙,零脂剩粉杂灰尘。一霎时园中都被搜寻到,也没什么,都细翻过了,再向别处盘查走一巡。

宝玉此时爱莫能助,哑口无言,见她们一个个都去了,方才叹了一声,"唉,这是哪里说起?晴雯,你身子有恙,又闹乏了,快去睡罢。"晴雯正打点去睡,太太却已走进园来,怒冲冲的说道:"好奇怪,竟没有搜到。

我只说香囊料是妖精物,谁知逐件搜来没处寻。想是其中早露春消息,暗里偷藏绝了根。到底生来尤物难容忍,一见了红红绿绿便生嗔。因此前来除却迷魂阵,省得妖狐日后再缠人。"

(生)母亲。(老旦)罢了,袭人,晴雯呢?(丑)太太,晴雯病了。(老旦)扯她来。喔,好个病西施。你妆这样儿给谁瞧?扯她出去,交与她哥嫂。我统共一个宝玉,难道凭你们引他坏了么?袭人,以后这些丫头,你须查管,我将宝玉交与你也。宝玉,你此后好生念书,仔细你爹爹要问你。(生)是。孩儿送母亲。(老旦)

罢了,难容心上刺,且拨眼中钉。太太去了,宝玉回到房中,好生痛哭,袭人在旁劝道:"二爷,哭也不中用了。"(生)不中用也要哭,你管我则甚?我想晴雯,也是老太太那里过来的,和你一样,虽生得比人强些,也没什么妨碍着谁的去处。

一样的爷娘自小娇生养,不过因无食无衣苦卖身。若果看承另眼如亲女,就是猫狗还知感报恩。为何百般凌虐千般辱,教她无边冤抑不容伸。不知谁人暗把良心丧,只恐无故挑唆要烂舌根。这才是哑儿吃下黄连药,不能说苦唯有自酸辛。晴雯吓晴雯,你此去呵,漫天风雨妒芳春,无计留花昼掩门,怕不做露叶风灯俏断魂。

失　　玉

(净)我盗一只牛。(副净)我偷一只狗。(净)若无牛狗大家撒手。(副净)若有牛狗大家一口。(净)贫僧志九。(副净)小道涵虚。(净)道兄,咱们法力高强,云游四海。我能隐身。(副净)我能望气。(净)我能勾摄生魂。(副净)我能变幻梦境。这家当我真仙。(净)那家认我活佛。道兄,这京城你住过的,可有什么巧宗儿?(副净)怎么没有。

惹大皇都真是闹嘲嘲,只要你神通广大法儿高。若果非非妙想人难测,任甚巧宗儿哪怕犯天条。

如今有一宗大买卖,海上藩王,招延豪杰,你我如此法力,到了那里,怕不军师元帅起来么?(净)吓,道兄,此事我已留心久了,只是要建奇功,须凭两个阵法,(副)一个迷魂阵,一个勾魂阵。那迷魂阵,用三百二十名美女。(副净)吓,师兄,那美女娇娇怯怯,哪里拿得动刀,使得动剑,要她做什么?(净)吓,道兄,她自有厉害,还待动刀动剑么?

你看人见花枝尚且把娇花爱,况是红颜格外又娇娆。一双秋水盈盈活,两道春山淡淡描。真个是樱桃樊素口,还带上个杨柳小蛮腰。任他坐怀不乱奇男子,只怕玉人一见也魂销。

(副净)那勾魂阵呢?(净)那勾魂阵,要二百八十名美男。(副净)要他做甚?(净)吓,天下还有不好女色,专好男色的呢。

自古风情让宋朝,孔圣人曾把他姓名标。莫说后庭个个将花爱,便是夫人见了也痒难挠。后来子都又生得庞儿俊,孟夫子也曾极赞姣儿曹。大抵龙阳生就如花貌,美男儿更比美人高。

滩簧

道兄，就是迷魂阵迷不得他，少不得勾魂阵也勾住他，这不是一网打尽么？（副净）师兄，这两阵却是好的，据我看来，还得摆个元宝阵才好。他们见了元宝，才顾财不顾命呢。

自从盘古到今朝，祸福都由财字招。也有的因钱办出功名路，也有的因钱顶戴煌煌气概豪。也有的因钱惹出飞来祸，并产倾家把世业消。也有的因钱争斗遭人命，也有的因钱流落学吹箫。就是那卖奸做贼诸儿女，其中亦颇有好根由。只为图财眼下才温饱，哪管旁人唾骂与讥嘲。算来万般皆下策，世间只有发财高。

师兄，可是元宝阵少不得的。（净）有趣有趣，吓，道兄，我闻得藩王有十万军兵，可以到彼挑选，只是领队之人，须得一个绝色，还要有些根器才好。他那里只怕没有，须是带一个去才妥当。（副净）我想那年在大荒山，无稽崖经过，那块女娲氏补天未用之石，如今已投人世，真是一件奇宝，到处有瑞云笼罩，神鬼护持，出入百万军中，矢石不能伤损，此去甚是合用。只是轻易不出大门，没法拐他前去，怎么得了这玉，他就不得活了。（净）这个容易，我们如今隐身进去，取了他玉，等到垂危，将玉送还，用几句话儿打动他，归我禅门，不怕他不随着我走。那不是人也得了，玉也得了么。（副净）好计好计，就这样行便了。（净）他家也该有些女子，可有好的么？（副净）女子极多，美的也不少，若论绝世佳人，也只两个，一个叫林黛玉，一个是使女柳晴雯。（净）晴雯昨日死了，我已收了她魂了，那黛玉呢？（副净）她家老太太，曾到我们师父那里烧香，我们通看过，并且还有年庚八字在我们师父处，替她禳灾祈福呢。（净）这就好了，我们就行起隐身法来，到他府里去，一面摄魂，一面盗玉便了。因各手里画符，口里念咒，一阵妖风，到了贾府。妙吓，

亏得我两人变幻神通大，鬼画符儿手段高。真形顷刻寻难见，化着烟云在暗里飘。趋壬藏癸般般会，还要做鬼装神或化妖。这才是偷天换日真灵妙，便是慧眼人儿也没处瞧。

进得府来，只见两团黑气，穿过夹道，走进胡同，这里是了。咱们进去，道兄，在这里了。（副净）果然是一件至宝，咱们如今回去，查查黛玉年庚，摄取灵魂，再拐了宝玉，那事业就做成了。

从此抽身直向东洋去，绝妙坑人路一条。任他雄兵上将都投首，就是妙算神机怎脱逃。咱们不时前来，看个机会，好用言语打动他。（净）极是，须要看风，然

后把操来下,料想这片玉收来人儿没处跑。

僧道已去,只见袭人提着灯笼慌慌忙忙,一头说,一头哭,皇天菩萨吓,怎么好端端把玉丢了?如今哪一处没有找过,哪一人没有问过,只得到园里找去。唉,平时这劳什子,没日不挂着,偏偏今日枯海棠开了,一家子闹着赏花,做诗呢,吃酒呢,我只顾忙着伺候,不知他怎么丢了,叫我哪里去找?屋里屋外,只少翻过地皮来,也没些影音,这园里又这没有,菩萨吓,我可不是个死罪么。

命酒看花兴突豪,谁知平地起波涛,失却通灵从此受煎熬。

设　　谋

无端幽闷苦沉沉,几度开言吐又吞。大事临头难摆脱,叫侬终日坐毡针。(老旦)老身王氏,自孩儿失玉痴呆,老太太着急盼咐老爷替他娶亲冲喜,因宝丫头有一把金锁,可以辟邪,又有金玉姻缘之说,定了主意,要讨宝丫头,这是妙极的了。怎奈袭人悄悄请我出来,说宝玉与林丫头十分绵密,唯恐知道娶宝丫头,不是冲喜,倒是催命,这却如何是好。

不提防他桃子心中另有仁,教我两下踌躇薛与林。若竟权宜一箭把双雕射,只恐马跨双头又万不能。况且林家既系衰门,林丫头性情气度也总不及宝丫头,且又是个病鬼儿,料她狂蜂未必经秋老,这飞絮轻花怎受晓风侵。

(旦)回老太太去,看是如何,老太太。(净)媳妇,

你看我萧萧白发盈双鬓,更为儿孙病体皱眉心。这两天眼昏恼闷头难起,就是三餐茶饭也怕沾唇。

适才袭人鬼鬼魆魆和你说些什么?(老旦)她说宝姑娘甚好,实在老太太好眼力。但是宝玉心中只有林丫头,怕娶了宝丫头,这畜生要闹得天心不顺呢。故此回了媳妇,要想个万全之策。(净)这就难了,林丫头原也好,就病多些,况且又与他姨妈说过了,怎好改口呢?

这事儿关系非轻可,总要她身儿坚固比黄金。怕的是无端发起癫狂兴,有何良策及早去搜寻。

此时凤姐在旁便插嘴说道:"良计倒有一个,只不知姑妈肯不肯?"(老旦)你有什么主意?可就说来,大家商议。凤姐便向太太耳边说了一气,太太点头笑道:就这么行罢了,随又在老太太耳边这等这样,如此恁般,说了一遍。(净)喔,这样却好,只是苦了宝丫头了,若林丫头知道,又怎么样呢?(副净)老太太,这话

原只说与宝玉听,外面一概不许提起,有谁知道呢?

只好李代桃僵真作假,好的他病痴未必认分明。直等佳期同照团圆镜,或遇着天鸾保佑将就结朱陈。不是我说,那林妹妹左性儿很难受呢,她口儿尖利情儿僻,一个瘦怯人儿又常是病缠身。看来也没有高年享,只怕风里鲜花不久要飘零。况没有镇家宝锁驱邪祟,怎比不离不弃偕老度芳龄。

且待我试试看。袭人扶二爷出来,吓,宝兄弟大喜,老爷给你娶亲了。(生)哎。(副净)给你娶林妹妹,好不好?宝玉听说娶林妹妹,便手舞足蹈起来。(副净)哎,说你好了才给你娶林妹妹,还这样傻,就不给你娶了。(生)我不傻,你才傻呢,我且瞧瞧林妹妹去,叫她好放心。(副净)林妹妹早知道了,要做新媳妇,她还肯见你么?(生)吓,娶过来看她见我不见我。(副净)袭人,快扶他进去罢,看这光景,竟要行那着了,只求姨太太去。

任他千翻百掉总认着顶门针,不过擘开莲子权意借莲心。但愿石人说得情肠转,便是一家有福退灾心。看来阴谋除此无良策,切记人前切莫露风声。以假为真不是真,暂将妙计慰痴人,全仗心机一线转乾坤。

利　　集

焚　　帕

眼见痴呆病已成,总因奇祸失通灵。潇湘孤馆难消受,添皱双蛾熨不平。(旦)奴家黛玉,自从得帕之后,谱成三曲,写入孤桐,不料末调太高,君弦忽断,自谓孱躯将辞人世。哪知不几日间,宝哥失玉疯癫,形神危殆。奴家看过几次,着实忧心。不知今日如何,再去看他一看。

我和他双双鸥鹭已心盟,不料征鸿眼下要离群。想他所衔之玉,莫非就是我林黛玉么？若果口衔黛玉为生命,谪仙人数合配双成。为甚的十载虚花成画饼,为甚的两心泛梗似浮萍？若是前世无缘,就不该见面时情投意合,就不该见面时心畅与神清。到如今急登登全昏了原来性,赤力力枉费了志诚心。哪里是星儿为祟魔儿压,分明走入愁堆落阱坑。说起失玉这事,可也太奇。四处跟寻,竟无踪影,若是奴家数应此玉,必且先他而死矣。若果天机已送青鸾信,只怕先落桥头织女星。

黛玉正在愁闷无聊,忽见傻大姐哭来,便问道:"傻丫头,你哭什么？"(丑)姑娘,珍珠姐姐打我的。(旦)她为什么打你？(丑)就是为宝二爷娶宝姑娘的事。黛玉听娶宝姑娘的话,吓得目瞪痴呆,过了半晌,神气方定,说道:"你随我来,你方才说的什么？""吓,姑娘,我告诉你,老太太、太太、二奶奶,商量娶宝姑娘过来,与宝二爷冲喜。我便说这个也是宝,那个也是宝,真正才宝做一堆呢。我这句话,又没犯法,她就打我了。姑娘,你评评这个理罢。咦,我正告诉她,她怎么就走了？"(杂旦)傻大姐,我家姑娘呢？(丑)姑娘吓,适才说话未完,就走了。(杂旦)你与她说什么？(丑)就是宝二爷娶宝姑娘的话。(杂)哎呀,不好了,快寻姑娘去。

紫鹃连忙赶上一步,走到跟前,说道:"姑娘回去罢。"(旦)吓,可不是这就是我回去的时候了。一径行来,已到潇湘馆中,不妨黛玉一跤跌下,不省人事,口吐鲜红。紫鹃和麝月,将姑娘搀到房中,勉强扶坐床边,然后慢慢的将她睡下,说道:"不好了,今番罢了。"黛玉过了一会,转醒过来:"哎,紫鹃,你哭什么?"(杂)刚才姑娘从二爷处来,觉得身子有些不快,我没了主意,所以哭的。(旦)紫鹃哪,我能早死,这就是万幸了。

冤孽债此日已还清,望夫山今生不用登。要再想知疼着热应无分,一枕邯郸梦已醒。东风已许杨花定,但愿速化虚烟再不生。

此时老太太听得紫鹃说,姑娘病很,随即扶着凤姐到了潇湘馆。看见黛玉这般光景,一声长叹:"唉,林丫头,你怎么又病了。"(旦)吓,老太太,你白疼了我了。

多谢你亲情怜念孤单女,把一朵广陵花移到阆仙庭。怎奈我柔枝弱干无根蒂,当不住盲风怪雨侵。到头来只落得都干净,待等转世前来再报恩。

黛玉说了这话,闭了双目,翻身向里,老太太等也就走出房来。"紫鹃,这些话到底是谁说来?"(杂旦)不知姑娘听了谁的话。"凤丫头,看这孩子,不是我咒她,只怕难得好了,也该替她预备。"从来心病难医,林丫头果是心病,不但治不好,也没心治她了。"我们那边还有紧要的事,说完了好办□前去。"黛玉听她们都去了,长叹一声:唉,天生的苦杏仁,又做了没根基水面萍。只说靠周亲免□□,又谁如没相干晓月与晨星。说什么秋雨挑灯花结冢,□□□□□□□。到今日□□一个无安顿□不得回头一笑冷如冰。

(杂旦)姑娘,冷么?火盆移近些罢。(旦)好吓,再近些,将我诗本和那写字的手帕拿来。(杂旦)是,姑娘诗本手帕在此。(旦)吓,紫鹃,外面是谁?哄得紫鹃忙向外瞧,黛玉就将诗帕抛入火中,紫鹃回头看见,急忙抢出,已经烧坏。"呀,姑娘这是什么意思吓。"(旦)吓,紫鹃,你哪里知道。

非是我无情收拾归阴府,自古人亡不复再留琴。与其留向人间传笑柄,不如硬着心肠付丙丁。图干净,莫酸辛,省得你睹物怀人血泪零。

紫鹃,我和你分有尊卑,情同姊妹,只道终身聚首,不断今日分离。这也是大数如此,你也不必悲伤。我死之后,那妆奁内嵌有个紫金鱼儿,千万与我合殓,倘得太阴练形,也胜是虚生一世。(杂旦)姑娘,事到如今,我也不得不说了,姑娘心事我也知道,现在宝玉这样大病,况且娘娘服制未满,怎能做亲?那些瞎话,不要听他。还要自己保重才好。(旦)紫鹃吓紫鹃,

暗昏昏已猜透人情薄,纵然不死也虚生。你是我体贴人儿不必将权词慰拼,赴黄泉再不恋红尘。省得心头眼底无穷恨,完了千行泪债哪复系痴情。纵不得

金丹绛雪归仙境,可也算风快钢刀斩葛藤。妹妹,我的身子是干净的,好歹叫她们送我回去,魂灵娇小愁孤冷,好扶住松楸归葬广陵城。

宝玉、宝玉,你好……吓。(杂旦)姑娘醒来,姑娘醒来。(旦)哎呀,宝玉吓,你害得我好噱。镜花水月枉劳心,焚却鲛绡债已清。宝玉吓,你便哭煞园中只好待来生。

哭 园

五更风雨暗潇湘,隐恨沉沉几断肠,冤苦彻天无处诉,梦魂空恋茜纱窗。(生)小生贾宝玉,一病痴迷,被他们欺鬼瞒神,一场摆弄,只说娶了林妹妹,哪知还是宝姐姐。及至细问根由,方知林妹妹已死。呀,就这样害杀了她也,前随老太太、太太,到潇湘馆哭了一场,未能尽哀,被她们催逼回来。今日是宝姐姐生日,众人欢呼畅饮,小生勉强吃了几杯,按不住心头悲感,佯推欲卧,悄悄的来到园中,着实哭她一哭。哎呀,妹妹呀,

你竟泉台一去路茫茫,丢得我冷冷清清病欲狂。就是生离还怕折河桥柳,怎当得今番死别隔阴阳。熨斗儿熨不开双眉皱,快刀儿割不断九回肠。偏是假姻缘暗把人拘缚,听那些无赖言辞更感伤。哎呀,妹妹吓,你看这竹枝儿到处牵蛛网,绿意儿零落打风霜。物犹如此人何在,再想那酒地花天今世没商量。

那日一恸而绝,径向泉途问你,有人说你生不同人,死不同鬼。大嫂子又说你临死之时,半空有音乐之声,一定是成仙的了。小生久拼一死,倒为此展转迁延。

拼向酆都城里来相会,又怕鬼门关无处觅红妆。因此偷生权在人间住,并不是贪恋他人竟变肠。教我不生不死怎无奈,问你珊珊仙佩毕竟在何方?小生当日梦中,曾将此心剖交与你,只道你过门时带来与我,哪知如今,你带着上天去了。可怜我虚空盼望空翘首,只见重重叠叠暮云张。凡躯怕没有升仙福,痴想着阆苑蓬瀛枉断肠。魂颠倒梦荒唐,料不能再世兼葭倚玉傍。怎生织女把心肠软,放下云梯及早度牛郎。好妹妹,你看往日情怀,来度我一度罢,若论娶宝姐姐,这一节事情,小生之心唯天可表。非是我薄情愿作东床婿,只恨那欺鬼瞒神下贱王。指着鹿儿当马来欺负,硬把道旁苦李勉强代桃僵。那时小生呵,病得神魂颠倒难分别,真果是昏昏沉沉入洞房。后来识破奸人计,免不得闹一场来哭一场。至今仍虚了夫人座,就是宝姐姐吓,她一夕何曾敢自当? 妹妹吓,你生前喜也是

怜小生,嗔也是怜小生,难道死后就全不怜小生么?算来只差得佳期会,怎抹尽楼头听雨墓埋香。几回又与你谈立妙,学那处士鸡窗话未尽。

想那日和你谈禅,你笑着说道:"宝玉,我问你,宝姐姐和你好,你怎么样?宝姐姐不和你好,你怎么样?你和宝姐姐好,宝姐姐偏不和你好,你怎么样?你不和宝姐姐好,宝姐姐偏和你好,你怎么样?"我笑道:"任凭弱水三千,我只取一瓢饮。"到今日呵,

被那黑心人暗里把钢叉使,断送你个欢喜冤家竟夭亡。提旧恨,诉离肠,你莫恋珠宫仙曲奏霓裳。若念我痴魂不散堪怜悯,你便彩云速驾返潇湘。呀,你看日暗天边,风来墙角,敢则是妹妹来了也。阴风一阵绕回廊,只见纸灰如蝶乱飞扬。莫不是天风吹送飞琼下,竟许襄王此日会高唐?

妹妹,你来了么?在哪块?吓,没有吓,哎呀,你竟不肯一现仙容,叫小生从哪里寻你吓,恸煞我也。我这里哭诉把椒浆奠,你竟认做虚情假意郎。直等此身也被罡风化,才信个侬真是热心肠。

哎呀,妹妹呀,痛煞我也。不讲宝玉在园中痛哭,单讲今日是宝钗生日,众人都在那里欢饮,忽不见了宝玉,宝钗四处找寻不着,一路寻到园中,只见宝玉哭倒在地。(小旦)唉,可怜,宝兄弟醒来。(生)哎呀,林妹妹呀。

你本活生生国色与天香,为甚遭逢红雨杂玄霜?剩此疏篁低亚因谁绿,难道无缘语谶竟应了茜纱窗?料这志诚心你也难埋没,只是这彻骨相思愿怎偿?(小旦)宝兄弟,回去罢。(生)嗳,日洒荀郎泪万行,空园呜咽叫寒螀。妹妹呀,何日长眠一觉醒潇湘。

后　　梦

痴情常恋主,好事却多磨。(贴)奴家柳五儿,珊珊玉骨,怯怯花枝。因为二爷爱惜女孩儿,常想贴身伺候,费尽许多心力,日来才在身旁。谁知二爷为林姑娘去世,抱染沉疴,近日方痊,了无情绪。兼之二奶奶端庄可畏,袭人又时刻提防,奴家倒将旧日念头一齐冷了。

可怜我玉身娇小入情场,反被情牵没主张。终日含愁带病都是情丝漾,倒不如无情省得自悲伤。近日多情已幸依张敞,哪晓得画眉佳话反周章。

今夜二爷忽然要在外房住宿,派奴服侍,只得在此伺候。你看那里二爷早已来也。(生)无眠终夜费思量,一去才知梦已凉。难缴此生冤孽账,匆匆草草小黄

梁。小生自林妹妹死后,只是抛她不下,却被这些人行监坐守,实在可厌可憎,只得在这外房住下。哎呀林妹妹吓,你若怜着小生,好歹今夜在梦中会我一会。

我是无明无夜望娘行,望你悄趁鸡窗早赐光。若肯今宵梦里来相会,我和你西窗剪烛诉悲怆。谁料金环不为羊权降,教我着甚支吾此夜长。

妹妹不来,好生难睡。还是起来坐坐,嗳,悠悠生死别经年,魂魄不曾来入梦。此时五儿在旁伺候,宝玉相看五儿,便叹异道:"人说五儿和晴雯一样,果然脱个影儿。"便招着手说道:"五儿这来。"(贴)二爷要什么?(生)我问你,你和晴雯姐姐好么?(贴)好的。(生)晴雯病重,我去看她,不是你也在那里么,你听见她说什么?(贴)没有听见。宝玉此时情不自禁,便笑嘻嘻的携住五儿的手说道:"你怎么没听见?她和我说早知担了虚名儿,也就打正经主意了。是不是?"(贴)也亏她女孩儿家,说出这样话来。(生)怎么你也是道学先生?这又奇了。(贴)二爷,夜深了,睡罢。今夜不是要养神么?怎么倒坐着呢。(生)实告诉你罢,什么养神,倒是要遇仙呢。(贴)莫说混话,人家听见,什么意思。(生)呀,好奇怪,外间什么响?敢则林妹妹来了也。

何处虚声起绣窗,想是仙真今果降兰房。那不是镂金裙佩风来往,生怕我妄想痴心发病狂。因此玲珑梦里空无障,只觉得声影依稀渐渐近回廊。

呀,何处乐声嘹亮,待我看来,真如福地。吓,原来是一座禅林,还有一副对联:假去真来真胜假,无原有是有非无。且住,我记得太虚幻境,那对联是"假作真时真亦假,无为有处有还无",这里也是什么真假有无,却说得好,待我进去,问问去来因果。你看一径松阴,满空花雨,气象好不庄严也。

只见台阁森森法雨香,松花一径翠阴凉。吓,薄命司,原来这就是太虚幻境。我梦中来过的,且喜册籍犹存,待我取来一看。

你看行行字迹分明在,不比前番哑谜费参详。这玉带挂在两株树上,不是林黛玉么,这雪里金钗,不是薛宝钗么,一个是长眠花下无昏晓,一个是针黹闲拈倚绣窗。看这诗句,也无甚不祥。为何这般悬异?早是一离一合分荣悴,并且一生一死太荒唐。

待我再看这弓上香橼,敢是大姐姐,虎兔相逢大梦归,是吓,她是卯年下世的。这船中女子,想是三妹妹,这古庙美人,想是四妹妹。这飞云几缕,逝水一湾,这定是史湘云了。上面金书一帘字,又是何故?我且看这又副册,这水墨之痕,敢是晴雯了。怎么后面又有五株柳树呢?这鲜花一簇,破席一条,分明是花袭人了,"堪羡优伶有福,却与公子无缘"。哦,是了。

一个是含冤负屈归泉壤,闪得我苦痛难言断寸肠。一个是残花移植阶除外,与我无缘没下场。今朝明白了,也这花胡账还有那不了的闲缘再另商。

唉,只是服侍多年,怎么抛得她下。吓,(贴)宝二爷,你又发呆了。林姑娘请你呢。(生)呀,这是晴雯吓,待我赶上前去。

我且把两般心事诉红妆,只觉得满袖氤氲漾异香。呀,一路赶来不见晴雯,那林妹妹又在何处?哎呀,林妹妹呀,哎呀晴雯吓。(杂)何方蠢物,敢在此上界啼哭?叫力士打出去。(生)呀,你看她如此庄严兼整肃,想那黄荆仙杖怎能当。此间不许凡夫到,只得回头急急转家乡。

(小旦)神瑛侍者请转。(小生)那边呼唤,又是为何?呀,原来还是晴雯,你想杀了我也。(小旦)我非晴雯,乃妃子的侍女,奉命请你一会。(小生)姐姐,那妃子是谁?(小旦)你到那里便知。(小生)呀,她的声音面目,皆是晴雯,怎么却说不是呢?(小旦)来此已是。神瑛侍者请进。(旦)抬起头来。(小生)哎呀,妹妹,你原来在这里,想杀了你也。(杂)唗,这侍者怎生这般无礼,快快出去。(小生)吓,苦吓。叫我从哪里出去?

心中事,恨最长,问谁人能够比娲皇?刚才一会旋离去,料得无缘和你共成双。似这般福地真清净,就容我再停一刻又何妨?(净)宝玉,你看了离恨天中什么了?(小生)呀,原来活佛也在这里,看了些册籍。(净)世上情缘,都只如此,你可悟了?(小生)悟了。(净)既悟了,你去罢。和尚用手一推,宝玉不觉一跤跌醒。哎呀,好奇怪呀。(贴)二爷二爷,魔住了么。不好了,二爷又犯了病了。(小生)唉,我明白了。

浮云过眼皆成幻,消尽闲愁慢感伤。红楼梦破我已都明亮,从此撇开尘界上天堂。心儿畅,眼儿光,不用枝头花底再干忙。平生孽债已清偿,填却银河浪不狂。小生原许下他做和尚的,岂可失信,是必端拜莲花礼梵生。

护　　玉

玉还看病退,花好没人怜。(丑)奴家花袭人的便是,前二爷病了,有个和尚送了玉来。顿时病起,和好人一般,那和尚要一万银子,打算几日,尚未停妥。这也由他,只是日来待我光景大不相同,怕他知道奴家的暗计,存恨在心。那日他对莺儿说,袭人是靠不住的,这话原就古怪了,今果这个样儿,这便怎处?

无端灵玉失旋归,真果是菩萨慈悲暗送回。看他一身病退人如故,作事言谈总不痴。只把奴家搁起无心恋,看这神情改变事堪疑。

袭人正在焦愁,只见宝玉进来,拿了这玉便走。(丑)呀,二爷,你急忙忙拿玉哪里去?(生)还和尚去。(丑)哎呀,这玉是你的命根,还不得的。(生)吓,这玉就死命的不放,若我走了,又怎么样呢?那时太太与宝二娘,听得宝玉要将这玉还和尚,也都来了。太太便说道:"儿吓,怎么好端端拿这玉去做什么?"(生)吓,母亲,那和尚不近人情,定要一万银子,我还了他玉,他见得不甚稀罕,敢则随意给他些就罢了。(老旦)吓,这倒使得,若真果还他,可又闹不清了,我想媳妇的头面,还变得来。你也不用出去,我给他钱就是了。(生)吓,母亲,和尚会是要会的。(老旦)唉,这畜生竟不知是何意见哪。

看他心儿古怪突离奇,恋昙花竟要作缁衣。好端端怎忍抛家计,却爱那野鸭儿全不恋家鸡。畜生吓畜生!生父娘恩义全辜负,怎便生生拆散好夫妻。

(净)白昼逢僧佛,元叩啸鬼狐。咱家志九,几次打探机缘,才知他与黛玉、晴雯有情未遂,且喜两人魂魄已摄来,可以诱他同走。待他出来,敢则就上钩也。(生)师父,玉被他们抢去。弟子在此,愿随师父去罢。(净)我是要玉不要人的。(生)师父慈悲则个。(净)你且起来,你可知那玉的来历么?(生)弟子不知,望师父指点。(净)听着:

这玉儿本生在大荒西,倚着高峰青埂算神奇。无端偷下了繁华界,不过是了结情缘。无用再痴迷,你若及早皈依,那黛玉、晴雯的仙魂,便指日可见。只要你脱然拼得把红尘弃,眼看着两小相依永不离。那时空门慢慢的传衣钵,包管你心如明镜身比旧菩提。

(生)如此弟子就随师去罢。(净)你有世缘未了,等到那日,我自来引你。(生)请问师父,弟子还有多少世缘?(净)你且听我一偈:火宅抽身,鳌头小占,意马收缰,玉人见面。咦,荣华富贵没收成,和你同登太虚殿。(生)是吓,弟子梦游太虚幻境,曾见过师父的,真是一尊活佛,但不知这地方却在何处?(净)说远就远,说近就近。且等你灵山高掇上天梯,和你潜踪再换紫制衣。那时欢天喜地都如意,也只有鸠摩宗法许双栖。

宝玉我和你既有旧缘,如今不要银子了,但吩咐你的言语,须要记着,我去也。(小生)多谢师父。

西来大意赖扶持,打破葫芦没底儿,且喜那仙草仙花尽可依。

遣 袭

拐行手段我为魁,妖魅拐人拐到漏州西。顽意任他尖巧,着痴迷昏愦。何曾有座上天梯把戏。(净)贫僧志九是也,想我用尽心机,骗得宝玉心肯意肯,约定今日出场同走。道兄,我们等他去。这时候好放牌了,快走快走,踏破铁鞋无觅处,得来全不费工夫。(杂)老哥走吓,我们贾府家丁,因为二爷和兰哥儿乡试,今日出场,特来接他。哥吓,人山人海,眼睛要放快些呢。知道,哥吓,你看那里兰哥儿出来了,怎么二爷还没有出来?我们去问兰哥儿。有理。(净)吓,道兄,那出来的不是宝玉么?宝玉这里来。(生)来了,师父,我们走罢。

这才是天空海阔鸟高飞,我且脱着儒衣换佛衣。师父,那黛玉晴雯的仙魂,指日可见么?(净)今日就见的。(生)妙吓。仙魂今日重相会,从此应无肠断时。

当时宝玉随着和尚走了。贾府家丁多日,不见影儿,只得回来。禀过太太,太太闻信大惊,痛哭一场,吓,儿喏,

爱你聪明绝世常似珠擎掌,怎忽被人哄骗心孔顿糊涂。你全然不顾爹娘老,丢得我堂上萧萧两鬓枯,又全然不念你妻房小,撇得她镜里红颜对照孤。怪我当初不合把情根断,也免得今朝抛弃合家圆。覆地翻天无觅处,难道华盖遭逢命犯孤?

老身只有一个宝玉,出得科场,不知去向。京城内外,跟寻一月有余,都无下落。他却中了第七名举人,天子爱他文学,询及缘由,令各省地方官搜寻,也无消息。哎呀儿吓,早知如此,便娶了林丫头也罢了。日前写了家书,报与老爷知道,不知如今可接着否。哎呀儿。(小旦)哎呀二爷吓。

你因何不明不白走歧途?怎今日一举成名反废书。好端端撒舍无消息,比那病死家园惨不如。我便红销翠减何庸惜,只是苦了年高白发姑。

婆婆。(老旦)媳妇,我生儿不肖,误你青年,使我沉痛。(小旦)婆婆说哪里话来。媳妇颜不花红,命如纸薄,遭兹遗弃,莫可如何。尚望婆婆强自排遣,切莫过伤。(老旦)儿吓,你叫我怎能不伤心也。

我是千辛万苦把慈乌养,只说他永恋雕梁学燕雏。谁知飞向天边无定所,不知生生死死近何如。若还竟没有归家日,我这伶仃孤苦情谁扶?(小旦)吓,婆婆,你孩儿撇你原凄惨,怪不得你洒泪含愁每急呼。只是老年人禁不得常悲苦,

若说是膝下赡依尚有奴。料儿夫终有归来日,莫只管朝倚门来暮倚闾。算来万事由天定,喜的是石中韫玉水怀珠。婆婆吓,若是托天但人熊罴梦,又何患形儿单窄影儿孤?

(老旦)这还算好。儿吓,我还有事和你商量。(小旦)婆婆有什么事情,吩咐媳妇便了。(老旦)这般寻觅,宝玉是不回来了。那袭人虽然跟他多年,却未收在屋里,不便留她。我已着人唤她兄嫂去了。等他来时,叫他领回另嫁。那五儿更不必说了,人也大了,也叫她出去配人罢。倒是袭人有些难处,若苦苦遣她,怕她寻死觅活;若不遣她,又怕老爷回来不依,岂不反耽搁了她么。

真教我左思右想无良策,毕竟遣去收留哪一途。怕留她反误她终身事,若竟自遣她去罢,又恐怕自寻短见学痴愚。似这两难没有安排法,且看她来时言语竟何如。

(小旦)婆婆,袭人五儿都来了。(老旦)吓,袭人,我想宝玉和你虽有恩情,却未分明说破,老爷是全不知道的。我岂不愿你为宝玉苦守,只是老爷如何肯依?我已吩咐过你哥嫂,叫他替你寻一门正经亲事,我还重重的与你一份妆奁,你却不要拂我之意。(丑)哎呀,太太呀,念袭人呵,

我这身躯早和公子俱,忍抱琵琶别处觅欢娱。纵然不比千金体,到底是出水莲花被染污。但愿开恩容我把空房守,我便白了头颅也不怨孤。

(老旦)吓,袭人,你既未分明,便还是侍女。哪有侍女守节之理?况且老爷也断不依的。(丑)吓,这便怎处?

听说是守义从来无侍女,兼之主人坚执不肯略含糊。当此两难真没个调停处,只好凭听夫人发放吾。

(老旦)好孩子,你真个明白。你哥嫂定与你拣个好人家的。五儿,你是不用说的,我已叫你娘去了,你好好跟她回去配人罢。(贴)太太,五儿却是不愿出去的。(老旦)这又奇了,你与宝玉什么相干?你倒不肯出去,却是什么意思?(贴)五儿不为二爷起见,只是不愿出去,念我五儿呵,

投身未久侍阶除,忍似那海燕匆忙别旧庐。五儿果然有了过犯,太太撵了是该的,甚怨尤便教除名去,难道这大树阴中就多了奴?若是二爷在家,或者还有一说,如今二爷又走了,怕什么,比不得花貌晴雯遭忌妒,还望你洪恩萍梗许依蒲。

(老旦)我的言语,竟敢不依。你可仔细你的皮肉。(贴)哎呀,太太,五儿情

愿处死,是不愿出去的嘘。(老旦)倒教我疑惑起来了。不知她痴心留恋因何故,莫非私情曾共阿儿居?(贴)二爷并无苟且。(老旦)既无苟且,为什么不肯去呢?(贴)五儿情愿长久伺候二奶奶。(老旦)不劳。锦堂中自有人呼唤,绣帷前不劳你再帮扶。今日偏不许你在这里,若要支吾再敢相违,勾动了无明教你没完肤。五儿到此无奈,只得跪在太太身旁,连磕了几个头,放声大哭,说道:"只求太太恩典罢。"(老旦)这又奇了,看她涓涓清泪如珠滚,这求告哀哀似切肤。难言说就里无缘故,免不得今番示辱要鞭蒲。

侍儿取家法过来。(小旦)婆婆且请息怒,待媳妇问问她去。吓,五儿,随我来。(贴)是。(小旦)五儿吓,

你趁早倾心吐胆把真情说,不必瞒神欺鬼更装愚。料得官人另眼曾看待,你且从头至尾把心事告知奴。(贴)二奶奶,五儿并不为着二爷,只是不愿出府。(小旦)这真奇了。任你吹毛求疵全无影,她竟是一片冰心在玉壶。

吓,婆婆,她说并不为着二爷,只是不愿出府。依媳妇愚见,且送她四妹妹那边去,晨钟暮鼓,受些凄凉,自然就肯去了。(老旦)此言甚是。侍儿,你可送五儿到栊翠庵去。只是我那亲儿呵,你却在何处也?孤云出岫渺愁予。(小旦)可能月再团圆花再舒。(贴)二爷呀,我只为那一夜灯前不忍辜。

拯 玉

吾乃波罗揭谛。吾乃波罗僧揭谛。奉菩萨法旨,来到毗陵,暗助贾政擒妖,并送黛玉、晴雯魂魄,交与史太君管领。你看贾政官船早到也。(外)下官贾政,奉母桐棺,南来卜葬。窀穸已成,放舟北归。途中接得家信,宝玉、兰儿皆领乡荐,怎奈宝玉不知去向,各处访查,竟无踪影,好不烦闷人也。左右,前面是哪里了?(杂)毗陵了。(外)吩咐住船。(杂)是。(外)唉,我想宝玉失去,夫人媳妇不知伤到个什么份儿呢。

冻雨寒云别墓庐,舟中杂感重唏嘘。慈颜正苦悲风木,又得逃去痴儿一纸书。回肠百结难分解,为甚的恶事重重好事无。须发白,精力枯,无端衰凤又离雏。我想他衔玉而生,本是一桩奇事,从来这一辈人,不过借胎而已,多应是灵胎偶借把玄珠练,功成圆满反蓬壶。只是他也没有什么功果吓,若非此去登仙籍,只怕奸人拐骗入虚无。

(净)走吓。一山复一山。(副净)一水复一水。(合)不过几多时,行来数千

里。师兄,我们带了宝玉,出了京城,一直南来,几次要想逃回,被咱们洒了迷药,他才不能言语,如今去苏州相近了,走上海船,还愁他飞上天去么?(净)便是,只是今日这样大雪,怎么走呢?别要将小子冻坏了,那就没蛇弄了。且到毗陵驿歇去。如此快走。

你看纷纷大雪不便赶程途,且在毗陵借一个小庵居。料有青帘高挂河桥口,且自倾囊尽兴把酒来沽。

妖僧妖道,急忙赶到驿前,打点住脚,宝玉亦低着头,随着两人急走。急觉耳边有人呼唤,"宝宝,你爹爹在此,还不上船,向哪里走?"宝玉如梦斯觉,抬头一看,果见他爹爹坐在船中,向着船头,倒身便拜。贾政见了,吃了一惊,"呀,这不是宝玉么,家丁们快来,将宝玉收了。"和尚们见势头不好,丢着宝玉,脱身便走。早被揭谛神暗中拦住,打倒在地。众人将宝玉扶上船来,默默洒泪,一字不能言语。贾政便知道是着了迷药,叫人且扶到内舱歇息,不可离人。随即叫带过妖僧妖道来,吩咐"速取狗血秽物,淋这狗才,扯下去重打。"(净)老爷不必动怒,情愿认供。(外)从实招来。(净)老爷吓,

僧名志九他本号涵虚,两人法术都仗隐身符。先入府中窃取通灵玉,还玉之时故意索朱提。其实分文不取将言辞露,却借度佛为名骗鲁愚。不过数言哄诱他心肠转,约定出场之日随我入歧途。因此奔波来到毗陵驿,料想骊龙睡醒定要索原珠。这总是真情没半点虚诬话,只求你施恩留下两头颅。

(外)该死的狗才,左右与我重打。想这狗才身上必有妖物,与我细细搜来。左右一齐动手,当将通灵宝玉搜出,又收出一葫芦,一铜匣,一木匣。(外)唉,这葫芦做什么的?(净)这葫芦能幻梦境。(外)这铜匣呢?(净)这是迷药。(外)这木匣呢?(净)这是摄魂的。(外)狗才,还了得。即便打开木匣,只见内里有许多木人儿,旁有小册一本,尽是些女子年庚。贾爷见了大惊,吓,原来就是俺荣国府闺秀一名林黛玉,使女一名柳晴雯呀。

只见生魂簿上把闺秀姓名书,顿教那林木凋残柳叶枯。这女孩儿与你何仇隙,却把芳魂摄着入虚无。到今朝才晓得残生误,我便寸磔奸徒虽死有余辜。

(净)爷爷不妨,拔了针儿便回生的。贾爷忙将针儿拔了,说:"狗才,快将宝玉迷药改来。"和尚取了半碗水,画了符念了咒,顿将宝玉喷醒。软哈哈睡在船中,一面贾爷吩咐左右:"拿我名贴,将这两个妖人,并这些妖物,送交该县,按律处死。"却又低低吩咐,随意说一家奴姓名,不必指明宝玉。(杂)是。当将两个妖

人押送县里去了。后面并无他们的交代。单讲宝玉,此时已经苏醒,潸潸泪下:"爹爹,宝玉该死,望爹爹诉罪。"(外)你这玷辱祖宗、不守规矩的奴才。贾爷口里虽骂,心里却舍不得,随又抱住宝玉说道:"儿吓,这苦是你自作自受呢,可知你中了第七名举人么?"(生)孩儿路上见奉旨找寻榜文,便思转去。

苦被妖僧紧紧暗挈拘,只得随他劳顿走江湖。若不是爹爹正气把妖气胜,眼见此身流落塞沟渠。(外)唉,教我闻言止不住长叹气。我道孩儿心境本非愚,曾听得夫人说他疯癫之症,实因黛玉而成,莫非逃走出家,也是为此?据这妖僧所说,黛玉尚可回生,此言若真,定将黛玉配他,方能杜绝后患。若要他痴情斩断邪心改,除是同偕到老才不堕空虚。我与黛玉之母,何等友爱,不幸身双亡单留此女,原该立定主意,娶她做媳,竟草草聘了宝钗。这都是夫人姊妹情深,姑嫂念薄也。都是她偏心溺爱装聋瞆,暗里分斤硬自配罗敷。听得说也是琏儿媳妇,数黑道白,一味迎合太太,所以如此,我好恨吓,又是她雌黄谗口相欺罔,把个如玉人儿屈死葬荒芜。若果天边破镜重圆满,问你挑唆益处竟何如?宝玉听他父亲自言自语,虽不甚明白,却也猜着几分,便暗暗的欢喜道:"我只为佳人痴想登仙界,才礼拜禅和撼道枢。耐酸辛空泣杨朱路,险把儒冠抛弃信浮屠。原来妖人摄了她两人魂魄,又来骗我,且喜老爷将针儿拔了,两人若真果回生,我还要成什么佛吓。她那里芳魂能向人间住,我这里佛足何须世外趺。相逢此后欢无尽,好比云中得月饿噙珠。"(外)明日写书,先差赖升回去,报知喜信便了。我儿,随我进来睡罢。更漏声和怨气除,(生)阮生幸免泣穷途。(合)还怕梦里相逢未必是真吾。

返　魂

一声清磬净喧哗,守定空门便是家。回想玉人魂已化,几回肠断泪如麻。(杂旦)奴家紫鹃,自随四姑娘在栊翠庵,倒也一尘不染,万念皆空。只是想起姑娘,便有万分悲感。那袭人已嫁什么蒋琪官去了。五儿妹妹,抵死不肯出府,太太送来庵中,与我一房居住。未经一月,便染沉疴,不知此时如何?待我再看一看。

你看灯光如豆暗窗纱,窗外凄凉叫暮鸦。可怜她床上呻吟眠不得,这几天水米不沾牙。待我揭开帏幔挑灯看,唉,可怜,真果骨瘦如柴,消尽艳容华。

唉,身子困倦,长夜难熬。我且打睡片时。(贴)走吓,妙吓。

今世咱就是前世他,接树移花共一家。亏得我青莲未受污泥染,却爱他荆山白玉也无瑕。料这张冠李戴由前走,便是李代桃僵定不差。

我晴雯应借五儿尸身还阳,老太太将林姑娘和我一同带进府中,便到太太那边去了。我送林姑娘到潇湘馆,她教我寻唤紫鹃。一路行来,好不荒凉冷落也。

你看月馆风亭半败斜,红梅寒重锁新芽。趁风儿早抵庵门下,菩萨,弟子晴雯,少刻回生,伏望菩萨慈悲,保佑我金轮再转从此没波渣。

紫鹃姐姐,我回来了。林姑娘在那里等你呢。(杂旦)吓,晴雯妹妹,姑娘在哪里?你哄我的,我不信。(贴)我哄你么?快跟我见姑娘去吓。姐姐,这不是你姑娘。(杂旦)哎呀,姑娘吓。(旦)紫鹃妹妹,我到了家,还不能进去,我好苦吓。(杂旦)哎呀,晴雯妹妹,你到哪里去吓?晴雯妹妹,原来却是一梦。

你看几上灯昏自结花,听那谯楼更鼓已三挝。空房梦醒人何处?究竟是南柯一枕未还家。

吓,五儿妹妹,你可要些汤水?有暖的粥汤在此,待我灌她些儿,好了,竟受了些汤粥了。(贴)呀,这是哪里吓?(杂旦)五儿妹妹,这是你卧房吓。(贴)我不是五儿。(杂旦)是哪个?(贴)我是晴雯吓。(杂旦)呀!你因何痴魂不散回家转?借着别样藤儿结作瓜。我与你生前绝少冤愁事,为甚白日青天着了邪?

(贴)姐姐,我回生了吓。(杂旦)五儿呢?(贴)五儿寿命已绝,她如今伺候老太太去了。(杂旦)呀,有这等事业?妈妈,你回太太去,说晴雯借五儿之身回阳了。(正旦)再生传异事,半夜听新闻。奴家探春,适才闻得晴雯借尸还阳,特来看看。

闻说是病娃尸解柳回家,不由人惊诧动嗟呀。此中应别有蹊跷故,我且亲到床前去细问她。

紫鹃,真个晴雯借尸还魂么?(杂旦)姑娘,或是五儿着邪,或是晴雯回生,尚未可定。只是紫鹃方才一梦,却是奇怪。(正旦)什么梦呢?(杂旦)姑娘吓,

梦见晴雯对我分明说,说我那苦命的姑娘共到家。我便抽身忙到了潇湘馆,果见娇魂泪洒似两横斜。

姑娘便说道:"紫鹃,我到了家了,还不能进去。我好苦吓。"(正旦)紫鹃,如你这样说,连林姑娘也要活转来呢。(杂旦)正是,我恨不得就到潇湘馆,扶她起来。姑娘你道奇怪不奇怪?(贴)有甚奇怪?我方才同林姑娘回来的,教我来唤你,有甚奇处?

劝你们从今尽把疑团释,莫把真金错认是泥沙。借尸也不是稀奇事,请把拐

李仙翁谱细查。只是回了太太,恐怕重新撵我出去。春魂初醒犹含恨,只怕依旧东风逐落花。

以前撵我,怕我引诱二爷,如今二爷不在家,不妨留下我来,等二爷回来再撵罢。(正旦)吓,晴雯,你敢知道二爷的下落么?(贴)怎么不知?我和林姑娘本同二爷一处走的,如今林姑娘也回生了,二爷也待回来了。(正旦)阿弥陀佛,果然如此,就是天大的喜了。(老旦)方惊异梦回灯下,忽报奇闻到榻前。(杂旦)太太来了。(老旦)好奇事吓。(杂旦)太太,她说二爷待回来了。(老旦)哦,好孩子,你且细细告诉我。(贴)吓,太太,晴雯和姑娘生魂皆被妖僧摄去,然后二爷也来了,一路儿走,后来二爷遇见老爷,上船就拜。老爷赶出舱来,那僧道回头就走,被老爷赶去拿住。当时在船审问,拔去木人上针儿,便有神人引林姑娘和我到了宗祠,跟着老太太过来的。现今林姑娘在潇湘馆,专等巳初一刻回生。二爷在老爷船上,少不得一同回来的。(老旦)是了,你这话是准的了,我今夜得了一梦,梦见老太太说道:"好了,林丫头回生了,明日巳初一刻,快去开棺。"我正在踌躇,老太太就恼起来,说我是正经话,不要说宝玉和林丫头前生配定姻缘,就是这两府也要在他手里兴旺呢,你若不信,还你一件信物,便将手中寿星拐掷来,我吓醒了。果然拐在床上。好孩子,宝玉回来,我回明老爷,叫你们一辈子过活。(贴)多谢太太恩典,往后不撵就够了。(老旦)我的儿,

只要你安心苦守旧官衙,包管你唱随不隔茜窗纱。那时桃红柳绿都随你,再没个妒你人儿闲嗑牙。从前冤屈休牢记,只愿娇儿指日便还家。

如今且大家同到潇湘馆去。(杂旦)是。且与晴雯放下帐儿,四姑娘,你在此照应着她罢。(正旦)知道。(老旦)紫鹃,去请了大奶奶来。

记得送终时只有她收殓,今日再生时如何少得她?且喜甥女已生,宝玉是一定回来了。多谢神明厚德真无量,看活现潇湘白玉花。纵蝶儿诩诩飞犹怯,且喜花逢春气透灵芽。今朝连打归魂卦,料想未归娇儿指日定还家。笺愁赋恨惘咨嗟,情死情生数不差,伫听声声鹊噪不闻鸦。

谈　　恨

飘飘犹未定惊魂,玉貌如花弱不胜。多事一番蝴蝶梦,蓬蓬何处是真身?(旦)奴家林黛玉,死去重生,可谓万幸,只是以前那些魔障,翻堪一笑也。痴情受尽痴情害,一死偿还前世债。从今识破万人心,剪尽愁肠割尽爱。晴雯,我和你

身为异物,不料重生,幸喜血气归原,精神如故。只是人情可见,生也无聊,倒是这练容金鱼害人不浅也。

我算把痴情还过了前因,便重到人间何殊地下人?纵使今番未把金身坏,我已六根清净再不恋红尘。却笑他留恋心底还痴钝,不解愁肠依旧入愁城。可知情河怨海深无底,不用低迷随我向空门。

(杂旦)忙将天上喜,报与地中人。姑娘,老爷回来了,就来看你呢。(旦)你去替我请老爷安。说我当不起老爷来看,我就来叫老爷。(杂旦)是,姑娘。果然宝玉也回来了。(旦)哎,我以后耳中总不许有这两字。(杂旦)呀,此话怎讲吓。(外)人间果有回生事,天上应无未了缘。甥女在哪里?(旦)舅舅。(外)哎呀儿吓。

只说你游魂一去杳难寻,谁料珠完玉好重见掌中珍。这相逢料不是南柯梦,真教我喜在眉头笑在心。

(旦)请问舅舅,我那良玉哥哥在哪里?可有什么信息?(外)儿吓,他已得中乡魁,大约腊底春初,便可至此。儿吓,你既思想亲人,却不要生分了我吓,俺也是你娘行骨肉亲,莫只单念同枝一本人。你看夫人、媳妇,也总来了。(小旦)爹爹。(外)媳妇,你来得正好。你林妹妹也不是外人,你疼她就如孝顺我一般。

全仗你朝朝暮暮来探望,须要留着神儿体着心。只等她精神如故身强健,我才把千斤担子好离身。(小旦)是,媳妇知道。(老旦)晴雯,你来见了老爷。(贴)晴雯见老爷请安。(外)起来。果然与晴雯一般无二。晴雯,你与紫鹃都是老太太的人,你们若念老太太,便好生服侍林姑娘,我少不得另眼看待你们,

须得千依百顺调停好,还你个窝儿安乐好栖身。我这些话中另有深滋味,莫认做闲言过耳不经心。你们都明白了么?(杂旦)明白了。(外)我儿,再来看你,当前难说心中事,眼下聊传弦外音。(杂旦)姑娘,你可听见老爷的话么?(旦)哎,紫鹃,这影墙儿转添我闷三分,往事抛开哪还有意中人?只身儿不要人帮衬,一任风波起处摇不动定盘心。(贴)姐姐,我问你宝玉做亲,怎样光景?(杂旦)哎,晴雯妹妹,说也可恼,二爷自失玉之后,人事不知。老太太动了个冲喜念头,琏二奶奶便力荐宝姑娘,说出许多好处,又是什么金锁可以镇邪了,又是什么金玉是配定的姻缘了,却又吩咐众人,只说是娶的我家姑娘,还要叫我搀拜,才稳得住二爷的心。你想我可肯去?被我发挥一阵,只得叫了雪雁去,二爷果然认是姑娘,欢欢喜喜,心地也就明白了。及至坐床之后,揭去方巾,见是宝姑娘,顿时又

疯傻起来。（贴）唉，二奶奶这是何苦吓！（杂旦）尤可痛恨，是那袭人，不但你是她害的，就是姑娘也是她害的呢。（旦）吓，紫鹃，那些话我总不听，怎么袭人也害我呢？这个倒要听听。（杂旦）唉，说起袭人好不狠毒呢，姑娘，你才好了，不要听了气苦。（旦）呵呵，你道我什么人？这番回过来，定了一个死主意：饶你说什么，于我有甚相干，何至气苦吓。

我是空空洞洞的一条心，任甚飞来祸眼等浮云。定如止水明如镜，莫认着今番犹是昔时人。

紫鹃，你只管讲不妨。（杂旦）是，那日老爷打了二爷，太太叫袭人去问话，他便道晴雯狐狸妖精，花红柳绿的引诱二爷，保不住二爷便和谁作怪了。又说宝玉打坏了，有人哭得眼都红了，又要将宝玉搬出园去。太太一时不察，都听了她的话，故此不多几日，就撵了晴雯，姑娘，你道这些话，可恨不可恨。（旦）哎，这才是知人知面不知心呢。

只怪我痴情泪眼落纷纷，才惹她暗里谗言血口喷。无端舍命缘何故，到如今云开风静枉劳神。抛情种，断情根，一笑回头万念平。

（杂旦）晴雯妹妹，说起二爷，真是可怜。（贴）姐姐，怎么可怜么？（杂旦）姑娘归天之后，他偷空儿便黏着我问长问短，又跟着老太太来园痛哭，那日宝姑娘生日，又偷进园来，哭倒在地，半日方苏。至于你死之时，当住芙蓉神祭你，见扇含愁，披裘洒泪，这不可怜么。（贴）唉，实在可怜。

止不住伤心万点旧啼痕，似这般多情我怎报深恩。便教返魂割不断芙蓉恨，只是桃花命薄奈何春。

哎呀，二爷呀。（旦）呆丫头真个转了一世，梦还未醒么？姑娘吓，为的是指尖无恙红绫在，怎忍一番离别下无情。

（旦）这也怪你不得，但是香魂不返，又将如何？凡事须看破些才好。（杂旦）呀，这番姑娘，竟另换了一个人儿也。

听她言词无意把朱陈结，倒没个夭桃定准好良辰。只可怜宝玉呵，他病郎当痴想巫山会，可知道暮雨朝云没半分。这才是香灯空忆飞琼鬓，早已是春梦无心似野云。（旦）紫鹃，我们好睡了。（杂旦）好睡了。（旦）镜花莫再话前生，拥被闲眠安梦魂。晴雯吓，休更伤心辗转听残更。

单　思

　　只为情无已,逃入空门里。谁料空门苦更多,一命几休矣。

　　此事终何底,算遍无如死。只是如今你又生,难道翻抛你。(生)小生为着林妹妹,一心要成佛作祖,好去寻她。哪知被妖人欺骗,尝尽辛苦,幸而父亲救转。果然黛玉重生,晴雯再世,一天喜事。恨不即刻走去,与她痛哭一场,诉说些悲离的言语。怎奈人人俱说,林妹妹这番转过,漠然无情,并不许提宝玉二字,因此不敢前去,惹她烦恼。哎呀,妹妹呀,你恨是该恨的,只是小生的苦衷,难道你就不能怜鉴么?当此满窗月色,四壁风声,好难消遣也。

　　只听得萧萧瑟瑟耳边过,莹莹月色挂天河。空庭寂寞无人到,提起新愁泪更多。真折蹭好蹉跎,长夜如年唤奈何。只说回生好事今成就,谁料从来好事更多磨。小沧桑才把风波静,真果是一波才静又生波。(生)自你死后,那种哀苦悲凉,你虽未曾亲见,谅紫鹃断无不提之理。为你终朝忧闷把沉疴染,似傻如痴着病魔。泪珠儿穿不尽千条线,愁担儿称不起两肩窝。软哈哈不亚是黔驴醉,昏沉沉倒做了春梦婆。这都是你侍儿亲眼曾瞧见,难道把死后相思话说讹。若论未死以前,你我情分,也算是极厚的了。可记得花前月下双携手,更禅榻诗坛笑语和,也有时片言不保逢乡怒,不过是风来水面起微波。一霎时风平浪静仍如故,不住的窗前灯下共吟哦。生缘在,死恨多,多罗树底病维摩。到今日呵,眼巴巴盼到花重放,却爱孤芳自赏意云何?天哪,若果无回生的日子,我倒也死心塌地,今不明明的在那潇湘馆里么,怎教我心猿意马没收罗,则问你此日回生做什么?把个定盘心断送残身我,闪黄昏心胆尽消磨。

　　我也曾搯断苦肠,和衣欹枕,究竟何曾睡得着吓。合眼时便见婵娟在,但开眸无处觅娇娥。这几天便当做经年过,算是出禅关依旧做头陀。哎呀,妹妹呀,辜负你深情美满当还报,竟算我亏心短幸犯由多。还要你开恩发放笼中鸟,莫把旧时欢笑真果变干戈。

　　(小旦)水中难捉月,镜里怎拈花。二爷,夜深了,请睡罢。(生)麝月,我且问你,这两日林姑娘做些什么?晴雯为何也不过来?(小旦)吓,姑娘么,修仙定了,终日和四姑娘谈道呢。晴雯跟着她,也是寸步不离。二爷,我劝你也不必十分认真了,果是姻缘自然配合,若不是姻缘,枉自苦坏了身子。(生)唉,麝月吓!

　　我是个薄福人儿如命何,这不了身躯还该受折磨。我想玉洞桃花,蓝桥琼液,就是神仙也想夫妻做,偏是她长斋绣佛独自念弥陀。难道此身一转心都转,把往日多少恩情付逝波?

我想她那种深情,断不致这般冷落,只怕世上未必有这个人,她们故造出这些言语来的,不但林妹妹,便是晴雯,也只是虚骗我的。她的指甲绫衣,现在我处,此情岂比寻常,若果重生,岂竟不来看我。

想是凭空捏造一派谎偻㑇,未必落花重复上枝柯,故把虚言传说来欺负,哄得我寸肠万断泪成河,休弄鬼莫传为讹,我要问个道地打破这砂锅。麝月,可是世上并没有林姑娘和晴雯吓?

(小旦)怎么没有,我见过好几次了。(生)哦,你见过好几次了,当真?(小旦)当真。(生)果然?(小旦)果然。(生)真是乌衣久返旧巢窠,甚法儿安排两下再调和。麝月吓,只怕行到糖州也只是苦味多。

煮　雪

愁看满目旧风光,死死生生太渺茫。艳雪一庭寒院晓,梅花无主暗浮香。(旦)无端死入黄泉路,无端生向红尘住。可怜生死不由人,想起都因情字误。奴家林黛玉,调摄多时,身轻体健,可以外间走动,只为厌看世态,静养闺房,却又十分孤闷。紫鹃,这几日怎么四姑娘全不过来?(杂旦)想是雪阻了,今日是个好日子,姑娘外边走走罢。(旦)我也正想出去散散呢。

莲步珊珊到画堂,恍似南柯一梦醒。匡床看图书满壁,都是前生样唯有这树是空心花断肠。紫鹃,替我将白描祖师像张挂起来,念弟子前生冤孽也消除尽,但愿今生多烧些断头香。还怕前生不了添魔障,伏望仙真及早渡慈航。

(贴)姐姐,看这光景,姑娘的修仙是定了吓。(杂旦)这样仙女,却也不枉。(旦)紫鹃,开了窗儿,我看看雪景呢。妙吓,你看竹斜横径,梅重垂墙,好一派雪景也。

活像是辋川图画现当窗,只少谢家锦句贮吟囊。看他旋飞旋化就似我重生样,怕再被惊风飞逐过东墙。

(杂旦)姑娘,不要着了寒,进去罢。(旦)紫鹃,你说史姑娘孀居修道,将次成功,难道我就当真不及她么?

只要胆儿尝透薪牢卧,怕不乘烟驾雾到西方。就是眼前这些花草,受了日月精华,也会成形脱体。我若不早回头,便是草木不如了。从今细细把情芽剪,少不得脱开蝶网与蜂缰。(正旦)寻梅来别院,扶竹过回廊。林姐姐在哪里?(旦)原来四姑娘来了,请坐。妹妹,我连日看这几种性命圭旨的书,好不有味呢。

　　看这金书意味真元妙,不比那蜃楼海市假铺张。你下工夫研的通身亮,我仗胸中一点旧灵光。再将元都珍宝从容讲,怕不机心机事总消亡。(正旦)姐姐,你原是蓬瀛暂谪人间客,前生应也是杜兰香。只怕暗中魔劫难消尽,有几个初平叱石便成羊。

　　(小旦)绣窗重见云容姊,碧乳来烹雪水茶。妹妹们请了。(旦)原来是宝姐姐,请坐。(小旦)妹妹,你回过来,更出落得娟丽了,你两个人像似在这里谈道,怎么瞒着我呢。(旦)姐姐,讲了你也不懂的。(小旦)你看她欺我倒这个像儿,你不告诉我,我倒告诉你,这仙佛是不容易做的,论林妹妹自然是天下第一个女孩儿了,也还拿不定就做神仙呢。

　　闻听得阿难十种本无常,原有那下界人儿列上方。范成君也曾擎湘阴磬,许飞琼也曾鼓震灵簧。青琳翠水般般在,问你几生修到驾鸾凰?

　　(旦)宝姐姐,你也拿不定人,从来神仙也没有人预先认出的。(小旦)妹妹,我却知道你,断断做不成神仙。(旦)你不知道我,我却知道你是个情虫。(小旦)好,将我编入虫字号了,宝玉说是禄蠹,你又说是情虫,真是一对儿呢。(旦)呀啐。(小旦)闲话少说,我带了龙井芽茶,且试试雪水何如?(旦)妙吓。

　　自回生情愿耐凄凉,兰闺深锁了茜纱窗。旧时姊妹还来往,越觉得殷勤越感伤。且把玉杯金盏休停放,洗净心脾分外凉。(正旦)吓,姐姐,这味儿果然配口,素心风味称禅床,睡汉曹腾莫漫尝。看这一盏轻瓷浮浅绿,欲消内热只此是良方。(小旦)我也去了。让你们谈道罢。嶘山妙品胜琼浆,真比陶家味更香。妹妹,今夜同我住了罢,同拥香衾仔细阅琳琅。

赠　　金

　　岳岳公侯府,潭潭勋戚家。可怜穷到骨,逋客满门哗。(小生)在下吴新登的便是,自老爷救了二爷回来,林姑娘也回生了。想来定是姻缘,将来得了这分大妆奁。咱们两府就很兴旺了,只是眼前饥荒难打,债务有数万金之多,这却怎么处?话言未了,那送欠帖的又来也。

　　你看门前债主乱奔驰,真果是排就行行似雁儿。料这空空无计能回避,问谁是倾囊倒箧肯扶持?

（杂）二太爷，我们这一项银子，是少不得的。我们本钱短少，全要仰仗二太爷呢。（小生）老客，帖子呢？和我瞧瞧：荣源缎号，三千五百两；恒昌银号，一千六百两；瑞隆南货号，八百八十两；恒舒油蜡号，三百两。是了，这小账呢？是清楚的，大账怕未必得全呢。（杂）二太爷，这有几两银了，值得府上什么？都要仰仗二太爷呢。

　　说起蝇头利息甚些微，终日奔波但只觅刀锥，看你们挥金本自如尘土，如我们这点账目不过是九牛拔一根小小毛儿。

　　今且暂去，仰仗二太爷罢了。（净）放债放债，西儿买卖。先要低头，还要担待。五除六扣七支八派，若是不还，打降撒赖。（杂）放走了呢？（净）有时放走便做乞丐。好吴二爷，替我回一回。（小生）还早呢，去一会子再来。（净）好二太爷，做兄弟的路远，就替我回一回。（小生）回也是这样，不回也是这样，等候着就是了，瞎跑什么。

　　现在我府中事冗没闲时，如你这闲散人儿哪得知。且在门前耐着心肠等，不必匆匆往返费奔驰。

　　（净）你讲什么，晚来说迟了，早来又说早了。只管躲着，躲到什么时候呢？看你躲得过是汉子，摆什么架子，闹长随呢。（小生）哎，这府里有你老西儿闹的份儿？滚罢。（净）好，滚罢。谁滚谁看，咱们拼着性命，把你这班没良心的王八羔子。咱们只知道欠债的还钱，谁知道什么府里府里。（小生）你这狗攮的，好大胆！我打你这狗攮的。（副净）咱们王老五，好个直性人儿，顽话罢咧，就气得那么着。吴二太爷，也不要认真了。咱们且去，改日再来。还拜二太爷罢。（小生）这样闹法，如何是好？且去回了老爷再讲。（外）臣门喧比市，债主狠如狼。下官贾政，家业萧条，一身逋欠，当兹岁暮，无计可施，这便怎处？

　　王孙冷落旧门楣，虎落平阳被犬欺。点金此日全无计，这如洗空囊没法去搬移。闹嘲嘲百债齐喧嚷，当此残年委实费支持。

　　（小生）禀老爷，这债务闹的太不像样了。（外）便是我都听见了。只是这数万金的事情，一时没法。昨日因那几桩事儿，逼迫着已将你大奶奶二奶奶的钗环首饰都典了，才分派开去。今日又是这样，教我如何摆布呢？（小生）奴才昨儿听得赖升说要面求老爷赏脸，他情愿招架了外边的账目，老爷不如准了他罢。（外）怎样奴才的钱，也使起来呢？等我再想主意。

　　空教我心儿急碎全无用，似这百孔千疮病怎医。就是敷衍开发，也得万余金。才能挡到新年,再作计较。这万余金何处来开发?真是无梁大桶怎生提。看这家门势败如山倒,对此何能不皱眉?

（老旦）挥金真似土,琢玉可为心。老爷,林丫头知你年事艰难,着晴雯送来叶金六百,我觉得哪好用她的体己呢,老爷斟酌,看是怎么样?（外）夫人,这孩子实心,使了她的罢。吴新登,你就拿去,交与琏哥儿派散。（小生）是。（老旦）床头金尽浑无色,掌上珠擎亦可怜。吓,晴雯,你姑娘这番美意,莫非回了心么?（贴）哪是回心,她要上天,这是丢在尘埃中的呢。一寸芳心一寸金,赠金不是断金心。姑娘吓,只恐道味难如世味深。

坐　月

神仙不是难为者,乾坤自在吾向持。心休更涉情尘,一朝梅子熟,含笑坐青云。（旦）奴家黛玉,因舅舅年下诸事掣肘,赠金六百,一则尘埃之物,带不上天,二则算还了老太太白疼了我的账。遂自元日为始,定下修炼工夫,半月来六气常调,一关已透,不但病魔远避,亦且悲喜俱忘,眼见得升天有日矣。今夜上元佳节,月色满天,独坐高楼,真如世外仙源,这心地好不清凉也。

你看虚窗满透月光圆,一片空明鉴澈天空中。似听嫦娥笑,贪看星河自卷帘,云影净,露华鲜,洗尽尘心便是仙。好笑宝玉,还苦苦的贪着奴家,怎知我孤云野鹤清凉惯,你只好枉自相思独仔肩。昨日晴雯,说他又发了旧病,我倒好笑,奴家是两世之人,与他恩断义绝,莫说是病,就是死了,与奴什么相干?奴已是一丝不挂无牵绊,便任他病死且谁怜。此身已脱却蚕从路,怎肯再入蚕窝自裹缠?若说两人自小相依恋,我也受尽风波苦万千。自从焚过了鲛绡帕,算是了却前缘没后缘。此心再不作沾污絮,让我飞向空中别有天。只等哥哥来时问他要一个人踪不到的地方,他干他的功名,我完我的修行。料也定然依我,纵使不依,奴家拿定主意,谅他也奈何我不得。我是身经百炼坚如铁,牢守空门志已专。百八念珠经一卷,更无俗愿到胸前。

（杂旦）姑娘,夜已深了,下楼睡罢。（旦）也好睡了。呀,你听鹊声乱噪,触起乡愁好难为怀也。可怜他无枝栖息环三匝,触起我故乡愁思满江南。也曾在十三楼畔闲联句,也曾在廿四桥头夜泊船,也曾在桃花小坞看红雨,也曾在杨柳长堤赏绿烟。也曾在观中着意把琼花品,也曾在阁东乘兴把早梅看。也曾在文选楼敛衽参前哲,也曾在玉钩斜洒泪吊婵娟。一时间说不尽家乡景,到如今把三月烟花一例删。只是我那良玉哥哥呵,不知他风餐露宿今何处?空教我地角天涯望眼穿。

紫鹃醒来,我也要睡了。(小生)忙将天外雁,报与馆中人。这里来,此间是了。开门吓。(杂旦)这会儿什么人叫门?待我问来。是哪个?(小生)吴新登。(杂旦)做什么?(小生)林大爷家王总管到了,有话面回姑娘。(旦)好了,我哥哥到了。唤他进来。(杂旦)王伯伯,姑娘唤你。(副净)是。王元叩见姑娘,请姑娘的安。(旦)老人家罢了,一路辛苦了。大爷呢?(副净)大爷差老奴进京来,找寻一所住宅,大爷等个伴儿,在正月初间长行,大约月底月初可到。现有家书在此,大爷吩咐,凡事请姑娘做主就是了。(旦)唉,我已身入泉台,不料还有见这家书的时候。

只说是相逢须待黄泉路,又谁料一纸家书活眼观。拆封皮灯下孜孜看,翻教我一半恓惶半喜欢。

(副净)大爷前岁,接着姑娘凶信,整整哭了几天。去岁舅太爷信来,知道姑娘回生,万分欢喜。日来姑娘精神也如旧了?(旦)好了。(小生)奴才吴新登,回姑娘,适才听王总管说,林大爷要寻住宅,咱们东边这所大宅子整整齐齐不用修理,实价一万九千两,现在老爷吩咐要卖,何不请林大爷买了罢。(旦)这宅子可和我这是隔着一墙么?(小旦)正是。(旦)很好。我也便当,你明日就看定了罢。(副净)是。大爷也曾吩咐,近着这府里些,老奴明早就看去。

(旦)好。恰好是闲房一所相连贯,看疏竹萧萧紧拂帘。从此葛藤都斩尽,一家儿分作两家天。

老人家,你且去歇息罢。(副净)是。再生人世还千里,一纸家书抵万金。(旦)妙吓,哥哥一来,奴家修仙之愿,便可遂了嘘。

我不爱他飞翚鸟革观瞻壮,但要他几净窗明屋数椽。只是世外红尘飞不到,让我蒲团稳坐悟真诠,哥哥吓盼望寄书岁泪涟,忽闻家信转凄然。幸喜幽居卜得可修仙。

贞　　集

见　　兄

提起潇湘百感生，痴情无用更伤情。个侬陡把心肠变，两世人成两截人。（生）小生宝玉，闻得林妹妹回生，万分欢喜。谁知她果真改变，闻问不通，前日晴雯寄来言语，说人有见面之情，教我到潇湘馆当面说开。她插竹花门为号，今日听得麝月说，花门上有个竹枝，因此一径行来，恨不得立时相见也。

我须要叨叨碎碎问颦卿，只问她为甚缘由变了心。若还慈悲肯医我心头病，少不得一笑回头百媚生。重缱绻，再殷勤，不过是故向人前假撇清。那时把一杯冷水全温热，便算我一番死去也重生。

吓，麝月，那花门上不见有竹枝吓。（小旦）刚才有的，怎么又没有了。想是有人呢。吓，二爷，那不是一群人走进去么。（生）咳，这又不凑巧了，我们且回去罢。（小旦）回去罢。（生）正是千种相思对谁说。（小旦）一天好事又多磨。（旦）喜逢亲手足，苦诉旧衷肠。适才王元来说，我哥哥到了，怎么还不见来？

我这里为望佳音侧耳听，真果檐前喜鹊噪声声。待等今番儿兄妹重相见，只恐两人诉不尽别离情。

（小生）妹妹在哪里？（旦）哥哥来了。哎呀哥哥吓！（小生）哎呀妹妹吓！一泛画舫放扬州。（旦）死别生离无限愁。（小生）今日京华重聚首。（旦）无言但有泪双流。哥哥，我妹子呵——

无端羽化入空冥，枉死城中恨已沉。只说是黄泉永隔红尘路，多亏了金鱼保护又重生。（小生）果然起死回生，分明是神仙预来救你。如今身体可健了？（旦）倒觉得比先好些。但觉得幻花泡影心全悟，把那缺月孤灯梦唤醒。到如今身轻体健全无恙，气爽神清没病根。潇湘孤馆真清净，日诵黄庭一卷经。

紫鹃、晴雯，过来见了大爷。紫鹃们见大爷叩头。（小生）请起，我家姑娘在此,很劳动了。(小旦)大爷说哪里话?(旦)哥哥,你几时起身?怎么今日才到?妹子眼都望穿了。(生)我么——

因为山盟海誓石交情,欲订行期又屡更。等到新春恰好逢人日,才把行装整顿问征程。(旦)石交是哪个吓?(小生)他乃臭比芳兰温似玉,算是姜姓人儿号景星。当日炼容金鱼就是在他家得的。

他本英年妙品,饱学多才,已中新科解元,算是当今第一流的人物,现在与我同住,至今尚未婚配,待等琼筵饮过方行聘,银汉双吹碧玉笙。

(旦)哥哥,前日王元来时,恰好舅舅家这座宅子闲着,妹子便做主买了。不过粗粗料理,一切规模,还要哥哥自家主张。(小生)这也好极的了。妹妹,我想回明舅舅、舅太太,接你过去。一则兄妹聚首,二则那边事烦,初来摸不着头脑,全仗你做主呢。(旦)我么——

在此间却也似针毡坐,原望你来时搬进那重门。只是等哥哥娶了嫂嫂,那时过来,觉得便当些,须等碧梧枝上双栖凤,那时阖家同庆画堂春。

(小生)这又何必呢?还是搬过来便当些。(贴)大爷,你不必这样说法,我家老爷太太是不肯放姑娘过去的。有甚事情,不过一墙之隔,叫人来往便了。黛玉听得此言,便身微微冷笑道:

听他出言吐语含深意,还在梦里眠中睡未醒。纵使蝶儿不过墙头去,难道此间有甚好阳春?哥哥,妹子倒有个两便之法,听说那边绛霞轩,接着我这潇湘馆,只要墙边开一个通行户,那便往往来来总惯经。绛霞轩路接潇湘径,不过分花拂柳只抵一家行。

(小生)如此甚好,妹妹,我问你一句话,适间舅母那边呵——

衣香鬓影隔帘纹,绝似浣纱人在纻罗村。纵使此间即是蟾宫地,哪有一对嫦娥在殿上行?一个五短身材,长眉凤目;一个面如满月,眉若春山。不知是舅母什么人?可曾受过聘没有?(旦)你道哪个好?(小生)那后面一个更好。真是羞花闭月天生艳,怪不得雁儿惊落浪鱼沉。看她纤秾修短都匀称,更兼两鬓如蝉齿瓠生。人生最重青鸾镜,可容我鹊桥稳渡比双星。

(旦)吓,他是舅太太的女孩儿,叫做喜鸾。哥哥,我替你做媒罢。(小生)妹妹若肯做媒,愚兄就万幸了。(旦)媒是做的,也要先讲谢仪。(小生)谢仪么,也不用讲得,少不得令兄也有个对仗儿还你。(旦)啐,哥哥,此事须请南安郡主作伐,里面的事,总有妹子。姻缘事,求便成,但劝吾兄休急暂消停。先将聘礼安排定,约你个春围榜后订心盟。

（末）老爷请林大爷书房用饭。（小生）来了。妹妹,我再来看你,适间所说,千万不要忘了嚜。只因一面逢鸳偶,陡起三生卜凤心。（旦）我哥哥煞是多情也。

听声声絮语叮咛嘱,为爱她娇姿艳质本天真。佳期好不过琼林宴,奴家久有此心,恰好他又亲见,这才是天缘凑巧不费妁媒心。但是姜生之说,好不荒唐。自信胡麻不是人间饭,却笑哥哥枉自费调停。

（贴）姑娘,我看大爷却也义气,只是姓姜的也太便宜了,若不是趁大爷便,难道他坐西洋船来不成？若不是大爷那般护着,敢则打他出去。（旦）倒也不是这样讲呢。大爷是个家主,他拿定主意,谁还拗得他过？他既同姜大爷好,就分些家货与他,谁拦得住？晴雯、紫鹃,听得姑娘这番言语,气满胸怀,两人走向外边,一个捶胸一个顿足,齐声说道:"罢了罢了。原来姑娘是这般样个人儿,我们也不是这屋里人,散场时候快了。"两人在外边互相谈论,一时情不自禁,声音也就渐高了,早被黛玉听见,便微微冷笑道:

看她们含怒匆匆向外行,错把她心当我心。我不过是闲言戏语将她耍,怎便认住曾参竟杀人。她们哪知我的心吓。我是一泓秋水无渣滓,皎洁虚空澈底清。久已死灰不向人间热,冰肠怎肯与俗人温。任她们猜疑多少孤疑病,到底黄雀焉知鸿鹄心。待我再耍她一耍,紫鹃,今日大爷这一来呵,我从前孽障才消尽,百样的愁肠一旦宁。

（杂旦）哎呀,听姑娘这些言语,好没分晓,果真如此,宝玉不白苦了么？日后怎么相见哪。太虚令忽点浮云,鲢鲤相淆两不分。不知何时方见水儿清。

花　　悔

无语低头暗自嗟,一念生着一着行。差东风又放故园花,乐杀人家恼杀奴家。（丑）奴家花袭人,自从宝玉潜逃,太太遣嫁,来到此间,虽然小小人家,也还温饱,兼之丈夫最善温存,也算可人夫婿,但是昨日他从林府唱戏回来,说起林姑娘已自回生,昨日是她生辰,她哥哥替她祝寿,两府中太太奶奶姑娘们都在座中,好不威严,好不亲热呢。

同是一家儿无异膝投胶,只有我在泥涂若□尽云霄。这情形不忍亲瞧见,就是一经传述已魂销。

当时林姑娘赏出缎匹四卷,酒筵两席,还说道:琪官的家里人,也是今日生辰,可就叫人送与她去。奴家见了,好不惭愧呢。又说宝玉也自归家,晴雯亦复回生。哎呀,天哪,怎么世上的事,奇奇怪怪,到了这样地位。我如今想起来,好不悔恨也。

想当日心机用尽争强胜,还学那奸人笑里暗藏刀。到今日桩桩都被旁人笑,只好忍气含羞自解嘲。我想宝玉的情分,哪些儿差了。他不过情痴也想成仙佛,因此着了昏迷过了妖。其实离家并没有多时日,怎就抱了琵琶别跳巢。

他那夜也曾说起,做了一出商妇琵琶,那林姑娘椅背后,立着一个绝色佳人,说这琵琶娘子真个花红柳绿,狐狸妖精一般,想来就是晴雯了。

听他言中字里含讥刺,这怨结深深定不消。我可不是现世现报了么?这番来现世分明报,真果是冤家路窄最蹊跷。

我想林姑娘当日原也待我好的,只为东风压了西风,这句言语,叫我胆寒起来,才使了机谋,将她们的姻缘打破,以致送了她的性命。早知宝玉与我无缘,又何必管他那些闲事。

仗着些谗言暗里相唆使,误了个如玉人儿顿骨销。究竟害人于已曾何益,哪见斑鸠永占鹊儿巢。怪我当初情性原颠倒,算来搬砖磕脚总是自掯毛。如今生的生了,归的归了,料他们旧情此日添新爱,翠馆红楼兴更豪。只苦了奴家了,自分红颜一命如水薄,只落得隔断天渊别泪遥。

若是永远分开,倒也各走各路,只是林姑娘何等聪明、何等尖利,她岂肯轻轻饶我,将来还不知怎样呢。

怕她用心机常常施暗箭,将我那几宗儿还报论分毫。只是昨日那些赏赐,也还垂念旧人,到底是大家人物心慈爱,或者肚量宽宏竟肯饶。倒怕晴雯这番回过来,定是宝玉的人了。纵使林姑娘不记前情,她的利嘴利舌,哪里还肯恕我吓。她的嘴儿尖利心儿毒,用下连环怎脱逃。这也是奴的不是,平白地在太太跟前说她许多不是,撵了去,送了残生,也忒毒了。哪知她又会活转过来呢,常言道:相逢狭路无从避,就是关着门儿祸自遭。就做她无意报仇,依然姊妹相待,奴家也就愧死了。愧山鸡难与鸾凤并好,香儿自己把断头烧。反望仇家格外施宽典,似我这倒运人儿恨怎消。算来倒不如一死。唉,只是又死迟了,若肯坚心死抱住尾生桥,又何至流水杨花逐浪飘。水经泼后难收起,只好暗里担惊暗自焦。唉,事已如此,也说不得了,但愿再不相逢,便是万幸,祸福无门总自招,一朝失脚太无聊,真个是弄鬼人终没下梢。

示　　因

　　三花顶上发光芒，五岳真形袖里藏。金阙玉楼何处起，个中识破只寻常。（老旦）我史湘云幸遇兰芝夫人，指点精微，得成正果。已可飞仙御气，控影升空。只为宝玉黛玉生死姻缘，忽生魔障，那黛玉痴迷既醒，愿弃尘凡，矢志甚坚，非人可夺。

　　她便死向空门志不回，潇湘镇日掩双扉。个侬原是蓬莱客，只是凤凰终要齐于飞。

　　因此师父命我运用仙机，于中作合，昨日黛玉生辰，接我过来，就便在栊翠庵，与四妹妹住下，随机应变，成就此缘，也算俺升天一大功劳也。

　　要我暖回冰窟拨残灰，也算炒着沙泥做粥糜。我想天下绝顶聪明人，总有绝顶痴愚处，看她回嗔变喜非容易，只等愁限消清灾度移。教她和谐重缔双双美，全仗我随时点化用灵机。

　　（正旦）修仙明是伴，谈道暗相师。我贾仲春在这栊翠庵中，十分清净，近有史姐姐移来同住，不时听她讲说，更觉心境空明，我好喜也。姐姐，昨日林姐姐生日，好不得意。你看她酬应虽烦，神闲气静，也无非是要胜凤嫂子的意思，竟认真被她踹过了。（老旦）妹妹，那两席酒筵，四卷缎匹，竟要把袭人愧死呢。（正旦）姐姐，你那一出商妇琵琶，也点得忒狠些。（老旦）我哪里存心？不过是玩意儿罢了。（正旦）其实细想起来，却也不为过。

　　她本饥时恋食饱时飞，就说她别抛琵琶也没话回。本来嫁衣裳着得真容易，怎免得旁人说是非？（老旦）这也是命该如此，她也强不过的。本来命有红鸾照，应与优人共倡随。自来猪群狗党何曾错，就是嫁鸡逐犬数难违。

　　（小旦）欲知剪发辞婚意，料是钟情恋旧心。姑娘，翠缕刚才在潇湘馆听得她们说，林姑娘回心了。（正旦）怎么回心呢？（小旦）今日林大爷来，说什么天下英雄，莫如姜景星的话，要把林姑娘配他。林姑娘顿时要剪了头发，被晴雯夺了剪子，她就哭闹了半日，慌得林大爷作揖陪礼，费了无限周旋才罢。这不是回心了么？（老旦）只怕未必，据我看来——

　　她的游仙梦儿兀自尚迷恋，这欲剪香鬟私意我全窥。未必情仇忽作情痴想，只怕铁石心肠此日未曾回。

　　（正旦）好个林姐姐，亏她立得定，我当初也是这样，才得自由自在的呢。（老旦)未必哪。(正旦)吓,姐姐,你怎么只是笑?难道她还立不定么?(老旦)唉,有这句话——

自来天机哪把人猜透,料她有头无尾半路要心灰。不要说她就是你,也还立不定呢。敢则雁堂送喜难回避,只怕吹到秋风要放梅。(正旦)姐姐,你还是激着我,还是料定我。(老旦)只怕料着些儿。凭你心坚如石终须转,事到其间不敢推。我且讲与你听,大凡人要成坚,不但自己心上一无挂碍,也要上天肯成全他。天若定了人的终身,人总不能拗过的,一任他男男女女生就珊珊骨。总要生前打下旧根基,看这莲花宝座非容易,火候成时自有上天梯。

当初那些成佛作祖之人,或历尽魔障,或超出繁华,要知历得尽,跳得过,也就是天意了。(正旦)姐姐,如你这样说,倒总归天意了。(老旦)怎么不是?我且问你,你前生是什么样的人儿?(正旦)我哪里知道?(老旦)哦,却原来这不是初世为人,就想上天么。(正旦)

听她言真悟矣,我是走了歧途没旧基,从今加倍把工夫炼。不问他命蹇时乖数又奇。

姑娘,不好了,闻得二爷,一直到林姑娘那边,呆呆的笑,说是林妹妹,我单为你想的病了。那林姑娘连忙走开,晴雯在旁劝道:二爷回去罢。他便点头笑道:可不是就是我回去的时候了。立起身来就走,恰好麝月也来了,和晴雯扶他回去,哪知到了园中,便哇出一口血来,现在人事不知,一家子围着哭呢。(老旦)二哥哥一心颦儿,怎奈颦儿略无转意,这也忒过分了。(正旦)吓,姐姐,你做神仙,管人家那些么?(老旦)怎么不管?他竟愿甘情死到底难迁就,可知这月老姻缘还待我施为。似这痴心男子何曾见,倒是那女子欺心觉太奇。

填完恨债,吉星随定,有微风水面吹。且待会合之后,再与他手种瑶林道笋肥。

劝　　婚

名花一朵隔疏帘,不许看花只手拈。怨雨愁云消不得,替他蹙损两眉尖。(贴)奴家晴雯是也,我想二爷,自从潇湘馆回去,吐血之后,人事不知,已经不可救药,多亏老太太阴灵保佑,回转过来,幸而不死。虽则将心放下,只是姑娘性情,抵死不回,好在喜姑娘过了门,暗中又添一番帮衬,已将林大爷说准了。

他是硬着心儿不转石同坚,一任那死里逃生是枉然。好在他夫妻暗里能帮助,或者这已破瓶儿赖瓦全。

前日大爷与喜姑娘来说,老爷做主,替宝玉求亲,将荣国公诰命来迎。怎奈姑娘说出三件事来,第一件,要在潇湘馆住,旧时姊妹仍居园中,这却无甚难处。第二件,要袭人夫妇进府服侍,我想王府优伶,岂能投身此地?向日王府要人,二爷被打,那番光景,可见难了。第三件,梨香院女乐,照先在内承值,老爷最恶歌童舞女。岂肯叫他们进来?这是姑娘故意刁难,以便绝婚,你用这毒计也罢了,却教我怎么好?这两日并无回音,只怕不顺了。姑娘吓姑娘,你何苦定要送了宝玉的性命吓。

分明是此心不准结良缘,故作刁难事儿有许多般。你要修仙竟让你成仙去,怕这坑人罪案又要摘尘凡。

(小旦)为传灵鹊信来过小鸾山。晴雯,你姑娘呢?(贴)在房中。(小旦)请她出来。(贴)喜姑娘,那边有了好消息么?(小旦)有了。(贴)姑娘,喜姑娘在这里。(旦)玉女心常定,冰人舌漫饶。嫂嫂请坐。(小旦)姑娘请。(旦)那日将奴灌醉,都是你们的主意。我哥哥素平却好,不知连日什么缘故,只听嫂嫂的言语呢。(小旦)这可是没有的话,你醉了,我们服侍着你,不谢我们也罢了,倒科派我们的不是么?我有正经事和你商量,你倒怄起我来了。

记得你醉时颠倒恶心烦,我是左右扶持做小鬟。到如今醒来好意翻成恶,似你这薄幸人儿委实太刁顽。我想起来回去了。话也不说了。(旦)嫂嫂,不要假,你说什么正经话?(小旦)吓,你叫教我说的,我就说——

且把闲言戏语仅抛却,还将此来正论略谈谈。姑娘,可不是我们前日那三条儿,少不得一件的?(旦)便是。可不是少了一件,我们不依的。通依了我们才依他呢。(旦)便是。(小旦)如此嘛,姑娘改不过口来了,通依了,你吩咐的三桩事儿须全到,今日是一总遵依没变迁。(旦)这是你的鬼话,我不信。(小旦)吓,你哥哥见你的言语都依了,只得送了年庚过去,早已拜过亲了。潇湘馆即日动工,还有什么骗你处?你若不信,立刻与你个分晓。

传唤袭人夫妇来投见,顺领着那女乐梨香园都是一抹肩。姑娘吓,你翠绡不必把啼痕掩,朱陈婚嫁要安恬。况且昨朝聘礼全收过,算是米已煮成饭儿、木已造成船。(旦)唉,嫂嫂,这是何苦来吓?

为甚么生死将人着紧粘,全不顾我愁波频涨泪痕添。想他佳人已有罗敷配,硬把个天空飞鸟效鹣鹣。可怜我无边苦海深无底,直要苦过今生不许甜。(小

滩簧

旦)姑娘吓！看你珊珊本是神仙品,不亚似一朵青莲出水鲜。但是好花儿尚且开连蒂,你何苦孤单只想住云龛。不是我夸口说,就是我那宝兄弟呵,他也算少年貌似潘安美,不比那夯汉痴儿惯惹嫌。为着你泪儿洒处都成血,为着你身儿病倒瘦堪怜。到如今恹恹不像个人模样,一息余生都要你周全。救他一命胜把浮屠造,就是一家儿都感激你再生缘。(旦)唉,今番是罢了嚯,教我重沉沉硬把恨筹担,这衷肠苦尽怎回甘。只为女孩儿此事难开口,便是哥嫂跟前,也觉羞人答答的不能谈。千愁集,万恨攒,唯有挂着虚名到底没粘连。

(小旦)姑娘,我去了。(旦)嫂嫂请。(贴)吓,喜姑娘,怎么那边三件事通依了。(小旦)通依了。(贴)真真费了大爷姑娘的心了,我看我们姑娘也竟无可如何了,这可不好呢。(小旦)是喏,晴雯,好的也不止她一人呢。一丸香饵钓金鳌,竟得珊瑚十丈高。宝兄弟你好喜也,打点洞房双烛点螭膏。

题　　画

功名富贵等浮云,一被浓香是福人。偏我愁怀终不解,朝朝相对不相亲。(生)下官贾宝玉,向蒙天子洪恩,钦赐进士,召入词林,叨居大考第一,恩荣逾次,可慰椿萱。宝姐姐,昨生一子,名唤芝儿,十分美秀。加以三妹妹归宁,一门团聚,喜事重重。只是林妹妹于归以后,并不交言,终朝忧闷,无计可施。不知可有怜念我的时候,今日栊翠庵山上山下,梅花大开,当此景秋,寒花吐馥,也是奇事,为此特来赏玩一番。

你看满林寒雪一枝新,本是上宫香品占先春。今日梧桐叶落秋才到,早放出满林金粉为何因？看他停匀活现林家范,敢则是琼姬垂盼许温存。

(老旦)第一花枝来报喜,三千粉黛尽含愁。二哥哥,几时来的？(生)适才来的,妹妹来得甚好,你梅花为甚么而今就开了？(老旦)你去问他,为何问我？(生)谅你必知道些缘故,你到底也下个比语吓。(老旦)比语么,就算群玉山头罢。(生)好个群玉山头。(杂)二爷呢？皇上有旨,立招入宫奏对。宝玉听得圣上传宣,立时去了。史湘云见案上有大观园图一幅,随即拉得墨浓蘸得笔饱,说道:"事不宜迟,我且将此图题起款来。"就图旁边蝇头小楷,写了:"柔兆捊提之岁,八月九日,世袭一等荣国公臣贾政命次女贾仲春恭绘。"湘云正写完了,贾仲春恰好来看梅花,看见图上落此款式,吃了一惊:"哎呀,云姐姐,你这是什么意思吓？"

我不过书窗乘兴学丹青,你为何字字行行写得清?看这称呼款式尤奇异,难道这图画将来要进呈?好姐姐,告诉我罢。(老旦)我亦是偶然高兴,有何奇异。(正旦)看她微微含笑无言语,全把天机瞒着暗瞧因。想这梅花开放非无故,我要打破疑团须问你史湘云。

姐姐,你到底告诉我些影儿。(老旦)什么影儿?一会儿就知道的,话言末了,宝钗黛玉也都来了,随后有一小厮慌慌忙忙,望着仲春说道:"四姑娘,皇上有旨,立取大观园图进呈。"(正旦)哎呀,皇上怎么知道的?(末)皇上问大观园景致,二爷回奏有图,故此来取的。史湘云说:"图在这里,快些拿去。"黛玉在旁点点头:"是了,他也不免了,只怕倒不能如我呢。"仲春此时看这光景,实在猜疑,委决不下,说道:"你看史姐姐题这图画,好生诧异,恰好就取去了,难道其中有甚缘故么?"

为甚么君王立刻提图画,可见她带笑书题已透明。我想她当日曾说"秋风吐梅",今可不是"秋风吐梅"了。那番梦中,元妃姐姐,又将冠服与我,倘若有甚旨意,却是奈何?万一君王一纸把黄麻下,这宠命如何敢逆鳞。看这线儿无故将针引,倒教我此心忽突费思寻。林姐姐,我要搬到你那里住几日呢。(旦)好呀。(老旦)自然是要搬的,快走快走,迟一刻,就来不及了。

她住花天依旧如孤鹤一个,充饥画饼尚虚名。只怕秋风强试云梯步,若问破瓜时候还要待阳春。

宝钗听见这话,便惊问道:"吓,云妹妹,难道林妹妹与宝玉,还未成婚么?"(老旦)你不信问她去。只是四丫头,更可笑呢,忽漫移居妄想同修炼,哪知龟兹仙枕早有并头人。

(正旦)哎呀,这是什么话呢?(老旦)妹妹,我实告诉你罢。

恩星诏,春梦神,你算是平白登天入九层。定光身忽交了繁华运,晒经台偏染了巫峡云。这都是前缘注定氤氲簿,非是我凭空捏造敢胡云。你进去罢,快脱云衣打点陪龙衮,试取梅花作证明。四丫头,不用搬的了哪,那不是簇拥宫车已到门。

剖　　情

不如意事常八九,可与人言无二三。(生)下官贾宝玉,吃尽万苦千辛,才得娶了林妹妹,只道宿愿既谐,两心相得。哪知我浓情似酒,她面冷如冰,竟至杜绝往来。不假辞色,如何是好?

秦欢晋爱甚时该,教我虚名顶着怎安排?她那里牢牢关锁心如铁,我这里恹恹瘦损骨如柴。虎头牌打不破相思寨,只落得重重云雾暗天台。

且待紫鹃晴雯到来,和她们商议商议,看可有什么法儿?(贴)虚名成事实,死别又生全。奴家晴雯,自随姑娘陪嫁过来,无奈姑娘矢志修仙,至今未与宝玉成婚,竟把我们抵着他的窝儿,因此干了实事,不止提着虚名。

羞答答春风早已度花开,任凭他软玉温香抱满情。我算是二分春色横眉黛,偏是他一池鱼水未和谐。

(杂旦)好事欢欺主,清规自守奴。奴家紫鹃,只因姑娘未与宝玉成亲,几次怜爱奴家,未曾如他心愿。一则羞人答答的,二则怎好欺负姑娘,只是姑娘也太痴想了。

非是我几度空房扣不开,只为他鸳鸯分宿尚疑猜。但是双双夫妻归和好,情愿朝云暮雨赴阳台。

(杂)二爷。(贴)二爷。(生)好,好,你们都来了。(贴)二爷为甚么这个闷法?(生)唉——

叹则叹命薄鰍生太不材,到今日佳期无法订裙钗。她安心儿谗忍把天良昧,并不许一言半语剖胸怀。莫说她肌肤无福能亲近,便是偶然言笑总丢开。算来并没甚冤仇结,教我这没底的相思病怎挨?

(贴)嗳,也可怜,这事须仗着紫鹃姐姐呢。(杂旦)我有什么用处?(生)好姐姐,你怎么劝姑娘和我说句话儿也好。(杂旦)这也奇了,她爱说便说,不爱说,我怎样教她说呢?(生)好姐姐,不要作难,你劝转了她,我就感激你一世呢。(杂旦)二爷,你也别要性急,我何尝不劝来。

我为你八方四面都安排到,也曾冷语闲言将凤恨排。就是莺猜燕怨曾何碍,终究要凤偶鸾交两意谐。只要你单眠独宿坚心耐,包管灯前枕畔称心怀。

(生)既这样说,我端端正正坐在房中,等她回来便了。(旦)笼灯来翠馆,映月下瑶台。(杂旦)姑娘回来了。(旦)回来了。黛玉正进房来,忽见宝玉坐在那里,回头便走。"香雪,还要我到栊翠庵去。"宝玉见她回头要走,匆忙拦住了门,说道:"林妹妹吓,你请少坐,让我把几句话说完了。我们从小在一处,我也知道你,你也知道我。我只恨前生前世,不曾修个女身,若做了女孩儿,不拘是姊妹丫鬟跟了你,总能知你的心,着你的意。如今既不是女儿,你就嫌弃了。

只恨我今生未投着女儿胎,因此嫌侬不肯把眼儿抬。好端端佳偶翻成怨,问你这不解冤仇从何处来?

唉,从前你时刻恼我,我也知道,无不过说'我林黛玉这样人,连宝玉也不能知心了',还不委屈么。你可是这个意儿?我和你自见面以来,哪一事不辩明,就是那番口角,也总说开了。只有娶宝姐姐一节,我和你生死分离,无从剖别。哎呀,妹妹呀,提起这一节,实在冤屈呢,一家中人人都说是娶的你,进房时还见雪雁搀着你,及至见了宝姐姐,我就吓死了。

恨他们张冠李戴安排巧,只说我懵懂全然窍不开。及至见了庐山真面目,险些儿一命赴泉台。那时却也顾不得宝姐姐,便道林妹妹你往哪里去了?宝姐姐,你怎么霸占住了,那里癫狂言语无遮挡,也顾不得她恼闷满胸怀。往后之事,我也不忍说,料想紫鹃也都说过,我当初说做和尚,妹妹,我不曾负了这句话吓,俺曾去皈依三宝参诸佛,以致奔走风尘惹祸灾。到如今,归来才把夭桃赋,为甚的死结冤仇永不开?若说负心怪不得你心儿恨,也须怜念我当初的命运乖。这都是真情一点无虚假,还要你俯鉴愚忱把贵手抬。须解释,莫疑猜,只问你再生人世为谁来?"(旦)唉,宝玉这番言语,说得黛玉哑口无言,便不觉潸潸泪下,暗暗的叹了一声,唉——

听他言辞字字酸心骨,忍教我无语低头泪暗揩。似这等负羞情急原难怪,怎把他真情当假来。晴雯,你服侍二爷去睡罢,我也被他闹烦了。宝玉听得此言,十分焦躁,不觉怒气横生。唉,还怪我语言琐碎污人耳,不由人心肠绞碎恨难排。哎,罢了罢了。妹妹始终恨我,我也无处伸冤了,还活他则甚?我便下慧刀剪断愁千结,一命归西任死埋。这时宝玉忿不顾身,便将剪子拿在手中,甘心刺死。幸而紫鹃在旁,连忙夺过。呀,二爷,这是何苦来吓?(生)吓,紫鹃,我把心肝呕尽无人听,只好将血心儿亲剖付她来。(旦)哎呀,你今日是什么意思,敢是要我命么?(杂旦)二爷,你且请出去罢,怎么就急得这个样儿?甚缘由戕生不自裁,无端的情性又全乖。你且平平气儿还宁耐,权且暂离此地等将来。

(生)我到这地方,也非容易,去是不去的,我还有话说呢。(杂旦)原来二爷还有话说。(旦)吓,紫鹃,你让他说,说完了好去。(生)唉,妹妹,你还是这样声气,并无半点怜念之心。我的话么,也只是要说出妹妹的心来。你从前举目无亲,恨着凤嫂子袭人闹鬼,到今日气也吐尽了,现世也报尽了。别人道你还要报复他,只我知道你另有一番作为,叫地上地下人,一齐愧死。你还有什么冤抑不伸,各种各样,称心满意,却单单把我压入九幽地底,不能照着你心孔里一线光儿,我好不命苦也。

苦磨拖惯掉歪,看这假夫妻长年长日怎生挨。算来此身活着也真无奈,胸儿中重重痞块怎浇开。还不尽循坏簿上人冤债,难道竟这般苦去没甘来?

(旦)罢了,二爷,我如今知道你不负心了。你好好的去睡罢。(生)妹妹说这话,我死也瞑目了。(旦)谁又说死说活,不要招起我赌咒来。(生)不敢不敢,我既说明了,妹妹叫我去我就去。

但得娘行心意能回转,又何必骤图欢爱和谐。这一番万语千言在,妹妹吓,愿你把话踪儿中宵自剪裁。

(旦)唉,宝玉去了。你看他含情欲绾同心带,为省他冤掼不开。唉,只是我呵,可被他苦孜孜要拖入海中来。

解　　仇

甘心自吃苦中苦,失足谁怜人上人。(丑)奴家花袭人,果被林姑娘用计,连丈夫买进府来。眼看着紫鹃晴雯和宝玉成双作对,实在暗里伤心,好在林姑娘大度包容,不记前情,无奈晴雯等冷笑开嘲,言三语四,我想在矮帘下,谁敢不低头?只是小心谨慎,求免罪过罢了。哪知昨夜二爷瞒着她们,定要与我叙旧,只得勉强顺从,幸而姑娘尚未圆房,紫鹃晴雯近来住在怡红院,不知就里。若使知道,可不又有许多难受的言语了。适间二爷要雀金裘,叫着奴家,现在衣箱俱系晴雯掌管,只得前去,正是:谗人反恐遭谗口,小事还须要小心。(贴)新欢诚足恋,旧恨怎能忘?奴家晴雯,于归宝玉,爱若掌珍,可谓心满意足,但只前生恨事,不能忘怀,未免添一番惆怅也。

晓妆初罢步惝移,夜雨香酣倦不支。闻道旧情重叙添惆怅,怕他新欢暗又起猜疑。这才是妖精狐狸将人引,不由人恨满心头手自捶。

前日王善保家的,得了不是,被奴发出,打了四十,革了三月口粮,稍快此心。只有袭人,却甚难处,近来见了我们,那般羞惭觳觫的样儿,也觉可怜,但听得宝玉日来颇颇与她叙旧,我想分宠夺爱,料也不能,却怕她又使机心,暗中摆布,不如回了姑娘,攥她出去。

看她羞人事儿太自低,怎嫁了邯郸又与别人私。却在人前假意装端正,其实暗里偷鸡我尽知。只恐从今又要添唇舌,一张谗口似南箕。只是奴家此刻也比

439

不得当初,哪里还怕她弄鬼?到底终朝未免争闲气,奴是吃过她的甜儿怕再受欺。

（杂旦）晴雯妹妹,我适才听了半日,莫非你有伤人之意么?（贴）不瞒姐姐说——

我只将她近来丑事搜根底,看她个会说嘴的人儿可有面皮。

（杂旦）你说他什么丑事?（贴）姐姐不知,她勾着二爷叙旧,这才是真引诱呢。（杂旦）这可不是醋罐子打翻了。（贴）姐姐,不是这样说,料我今番不比她从前,妒不过是一还一报正相宜。（杂旦）妹妹,你也不要太狂了,我们本是一样的人,就是她错走路,怕她心里不难过?况且而今的你,现在的他,也算在你跟前现报。你是夭折过的人,再修修来世罢。

原怪她本来往事太离奇,还念姊妹情怀在一堆。只望你饶她识见多卑鄙,把那些恶语仇言再莫提。

（贴）不是我要害她,怕她得宠起来,又要害人呢。（杂旦）吓妹妹,太太如今也知道了,便有言语,断不信她。况且姑娘这番恩典,她也未必敢再弄鬼了,至于二爷呢——

不过是偶因旧雨把佳期会,无非是流水云行念岂迷。况且色衰断不比从前爱,哪见凤凰反怕失时鸡?

料来二爷,也不致听她言语。我还告诉你,当初我们的分儿赶不上她,如今她的分儿却也赶不上我们,劝你打打倒算盘,忍耐些罢。（贴）姐姐,只是哪里忍得住吓。（杂旦）妹妹,勉强耐了些,就是我也未尝不恼她,那日我和二爷说顽话,二爷认了真,即刻就发了病,她走到我那里,怒目张眉,指手画脚,大大的被她教训了一番,我如今想起来倒好笑。

她却会做狐狸假作虎狼威,究竟兴风作浪奈何谁?

（贴）唉,姐姐,你说她不能奈何哪个?我就被作奈何死了,还要怎样?（杂旦）吓,你今日呢?她今日呢?

可笑她当年枉把心机用,到今日高低早已判云泥。她便把天香梦锁鹅绒被,怎算得蘸晕花开翡翠帷?

（丑）当年空惹恨,今日但怀惭。晴姑娘,二爷要雀金裘呢。（贴）绮霞在哪里?（杂旦）来了,姑娘做什么?（贴）你死在哪里?这么花红柳绿狐狸妖精的,二爷要雀金裘呢,快拿去。（杂旦）罢吓,妹妹,我替你们说开了罢。袭人姐姐,晴雯

滩　簧

妹妹恼你,也很该的。你从前也太过了些,我适间劝了她半日,叫她看姊妹份上罢,你也不可再伤人了。(丑)姑娘吓,我还敢伤人么?只求晴姑娘高抬贵手,放我过去,就感恩不尽了。(贴)姐姐,你说什么,话太言重了,就是二爷,还要看当日份上呢,莫说我们了。(杂旦)晴丫头,你还是这样说法,就此说开罢了,不用再提了。(贴)是了,既说开便罢了,我们还是好姊妹何如?(丑)姑娘,这也当不起——

但求你抛开旧怨莫深追,怪我当初颠倒太胡为。从今再不敢多饶舌,你便开着笼儿也没处再高飞。(杂旦)妹妹,这还不可怜么?一番阅历苦方知,事到临头悔后迟。从来雪逞风威,白占没多时。

仙　合

一顶云冠一道袍,人间小住误蟠桃。闲调龙虎栖尘榻,万里天空月子高。(老旦)我史湘云,自从仲妃入宫,仍在栊翠庵住下,日来宝玉剖情,黛玉心头已转,只为恋着修真,不肯便谐伉俪,今夜她来,待我使个法儿,教她自绝求仙之念,少不得姻缘成就也。

好在她情词已拨转定心盘,这两天有些意马与心猿。再等来时暗把仙机用,包管她情仇指日变良缘。

我且打坐片时,林妹妹也好待来也。(旦)仙缘信自误,情种必须锄。奴家林黛玉,只因宝玉剖情,心中甚是恍惚,但是修仙事大,岂可更被情迷?况他妻妾已有三人,又何必要奴家凑数,倘失真元之体,难免魔障之生,现有云妹妹仙机微妙,微验多端,也不忍当面错过,只得再到她那里,哀告一番。来此已是栊翠庵了。

你看耿耿明星烁碧天,月光如镜一轮悬。想此时早打蒲团坐,待我悄笼灯且偷入葛仙坛。要她点石成金早把顽愚化,权效那郑隐投师李炼丹。我也曾示她数次,争奈几番祈恳传仙诀,她只是微微含笑把语遮瞒。同冰炭,没猜嫌,总要她红炉点雪露元关。

云妹妹,请了。(老旦)颦儿夤夜到此,却是为何?(旦)特来求你传授修仙要诀呢。(老旦)颦儿,我哪里知道——

自古仙家要诀难轻授,莫认我神仙伴侣乱胡缠。(旦)妹妹,你见花知入宫之喜,说梦知同路之人,游园不沾风雨,渡水不湿衣裳,灵迹甚多,如何隐瞒得住吓?

（老旦）颦儿，那不过葫芦鬼谷把金钱卜，那便算餐霞饮露十洲仙。

（旦）好妹妹，你只怜我志诚学道，不愿堕落红尘，我的根基虽不如你，今世也无甚罪过，便是前生孽障未清，料了许我改过，只求你慈悲，传了要诀，凭你教我怎样都依的。（老旦）吓，凭我教你怎样都依？（旦）都依。（老旦）既是这样，你用心听我传授——

快与多情宝玉成鸳侣，莫迟误了重生再世缘。（旦）好妹妹，不要取笑了，你再不肯传，我就死在你跟前。（老旦）你拿死来挟制我。你便顿时碎首，把胸肝沥，我可也不甚惊心胆又寒。颦儿，你再闹我，我就变个小戏法，教你忘了羞耻，自寻宝玉去。那时玉山不等郎推倒，管教你身比飞蝉自上竿。休迷乱，莫闲缠，归房请去早安眠。

（旦）好妹妹，我知道你的厉害，我跪着你，只求你怜我一个女孩儿，没爹没妈，死死生生受了无穷苦恼，教我早成功果，免堕轮回，你便是恩师了。

望仙师，早见怜，提携同上大罗天。若能纤纤弱骨把金丹换，便是烧香剪肉不眉攒。

（老旦）林丫头，我也被你闹烦了，我实告诉你罢。你的根基来历，也和我差不多，只是魔劫重些，且去勤积功课，静候天缘，到那交代换功时，自有真仙来引。但你姻缘未了，断断走不上这路的，欲得真传，先偕匹配。真炉才许把真元炼，你未了尘缘怎许结仙缘？（旦）妹妹，这又何必呢？（老旦）非是我强你，这是你心头自有丝难剪，请自观心看可有俗情牵？

你若不信，且跟着我打起坐来，你看你自己的心，有用没用，就知道了。（旦）是。黛玉取了蒲团，合掌低眉，一禅打坐。只认是三关将透无遮碍，谁知那旧恨新愁都到眼前。

我想若不是宝玉牵缠，可也久登彼岸了，其实宝玉也怪他不得，本来自幼儿我们就好，就是我死也是为他，生也是为他。前日他那样剖白，却也可怜，此时黛玉低着头，一心便总在宝玉身上，陡然悟着修仙，却又把此心连忙拨转，牢牢拿定，无奈意马心猿，不能自主，便又想道，我便这样了，好笑紫鹃也不和宝玉一处，难道定要我圆成了，她才顺他？这也太痴了。哎呀，不好了，怎么只是宝玉二字横来竖去，在我心上，这却怎么好？

生就冤家抵死相缠扰，断送我身投苦海又无边。（老旦）颦儿，你如今知道了，你也看见你的心了，任你千回万转情牵住，未断情根怎学仙？没奈何且自成姻眷。但愿你恩情美满从此效鸳眠,天色明了,你且去罢。(旦)唉,奴是去了嚧。(老旦)这番颦儿着了道儿,我且神游太虚,回复师父法旨去者。已仙岂不愿人仙,为是仙缘有世缘,待等情花结果上香天。

玉　　圆

　　十载痴心一夜酬,恩多终是不成仇。从今身在蓝桥驿,乞与琼浆百万瓯。(生)下官贾宝玉,邀天之幸,竟得林妹妹大发慈悲,许赐欢好。恩情无比,怨恨都消,便是成佛登仙,也无这般快乐。今日未上衙门,准备和她畅谈一日,紫鹃晴雯,备有喜筵,并请宝姐姐来,大家欢笑一番,你看林妹妹早出房来也。

　　真果是珊珊玉佩一仙人,谪向人间偶降生。宝玉吓,我问你是何福分能消受,便是金屋何能贮此身?

　　(旦)情根终不断,仙籍几时登。奴家林黛玉,矢志修仙,尘心已断,自分与宝玉终身水炭,誓不同炉。谁知大数难逃,前缘预定,一禅打坐,神差鬼使,只是宝玉二字儿上心来,无可奈何,只得依着云妹妹仰顺天心,强成欢好,真教奴没法也。

　　奴是一心痴想脱迷津,怎奈命里遭逢结晋秦。把求仙志愿都消尽,反觉从前冷眼太无情。(生)妹妹来了,我好不侥幸也。被你经年隔断洞房春,险把豫章城改了望夫城。平白地炎炎火热成水冷,我便百样调停不称心。怎么我要死的时候,你也全不动心,便是我恹恹一夕余残喘,你也只当西风耳不闻。如今欢爱成佳偶,提起那般光景你可也觉心疼。

　　(旦)唉,我既经生死,愿弃尘缘,一意元功,心上哪得有你吓?(生)而今心上可有我了?你说哪。(旦)有你便怎样?没你便怎样?我恨不得丢完了你,还做旧日工夫去呢。(生)好妹妹,莫再糊涂了,你我如今得在一处,便是真正仙人,登了天界,还修什么仙吓。

　　你我占银河也算得牵牛织女星,还胜他一年一度叙离情。此身已同在青云上,不用痴心妄想到蓬瀛。

　　只讲一个情字,我生也为你,死也为你,就想上天,也只为你。你生也为我,死也为我,怎么想成仙,就丢了我?我问你到底丢得下丢不下?(旦)算丢不下就是了。

　　此后丢郎又怎能,算是爱水恩山两世情。自小儿嗔喜都怜你,点点星星总记在心。记得沁芳桥下把花来葬,记得茜纱窗里把雨来听。似这等死离生怨才相聚,怎忍把意树开花反看轻?只可惜两条手帕,一册词诗,临死时都被我烧了。(生)那诗词不妨,我已经录出来也。(旦)也亏你好记性。(生)吓,妹妹,心坎儿上搁着的,怎么会忘了?我是字字行行全录出,只可惜鲛绡墨迹化灰尘。至于诗词一册,大半是和我们唱和的,妹妹料还记得,闲来无事,再补录一本未迟。待等我绿窗人静春和煦,你还耐着心儿慢慢再誊真。

(小旦)昨夜犹画饼,今夜始眠鸳。奴家宝钗,早间紫鹃来说,方知宝玉和林妹妹已经欢好,他们备有酒筵,和他二爷姑娘贺喜,请我过去,落得与他们胡闹一场。唉,我来看仙人呢,哪知仙人丢不下凡人了,这不情虫么?(旦)宝姐姐,你是个道学先生,怎么将上堂"声必扬"也记不得呢?(小旦)那说的男子,可知道内言不出于梱,梱内人原听得的。你只不要说听不得话就是了。(旦)啐,你谈道学,怎么谈出个小哥来呢?(小旦)妹妹,这话是又有还报的呢。(旦)啐。(小旦)宝兄弟,你如今是不病的了。

料你康强无病总安宁,这都是海上仙方会保身。(旦)不错,是吃的冷香丸吓。(小旦)妹妹,你休嘴硬,但问你宵来雨露潜滋润,一点儿一点儿怎样滴花心?(旦)呀啐。(小旦)呵,妙吓——

羞得她红云满面如霞绮,越显得娇容妩媚更疼人。莫说老奴见此心如醉,就是我见犹怜也动情。也亏是炼容炼得工夫到,馋得金鱼唤醒梦中人。

(生)是吓,好妹妹,你把金鱼儿给我瞧瞧。黛玉改下金鱼,付与宝玉。宝玉接在手中,看见金鱼上也有八字:"亦灵亦长,仙寿偕藏",呀,这不是与我那玉上一对儿。(旦)却及不上那"不离不弃,芳龄永继",宝姐姐当初把锁他看时,你还是有意,还是无意?(小旦)这有什么意思,不过是被他缠得没法罢了。(旦)这也难说。(小旦)你当初又多的什么心呢。(生)总不提他罢,你看那边大嫂子来了。(正旦)百劫经过花带雨,一心回后月开云。兄弟妹妹大喜。(生)嫂嫂请坐罢,嫂嫂,你见过这金鱼没有?(正旦)怎么没有,林妹妹过去时,是我给她含上的,回过来,又吐在我手里,也还见她游过一次。(生)吓,嫂嫂曾见过的,我倒没见过。

你看他吹珠沫,耀金晴,抵多少秋水濠梁眼下生。我这里作个揖儿,谢你一谢,感谢你通灵保护佳人在,才得今朝比目看游行。

(小旦)想我这金锁,不过人力所为,这才是真宝贝呢?他那玉从胎里口中衔出,你这鱼从死后口中吐出,这不是天定姻缘磨。(生)是,你看这玉和金委实天生就,却要怪造化缘何会弄工。(小旦)吓,姐姐,就是你那金锁,虽然全借人功造,那八字也无非暗配成。

（贴）彩云双旖旎。（杂旦）明月尽团圆。奶奶、二爷、姑娘们好,坐席了。（生）就坐罢,你们也坐下。（杂旦、贴）告坐了。（正旦）如今两府重兴,皆赖林妹妹之力,果然老太太托梦不差。（小旦）不但两府,就是我母亲那边,自哥哥犯罪之后,也都是林妹妹照应,实在可感。（旦）嫂子说哪里话。姐姐,你我有什么分别,怎么说起可感来了。

看来银钱原不过如尘土,少不得明中拂去暗中生。况且一家人自应相关切,怎便较及锱铢等俗情。

（正旦）这也实在难得,就是巧姐儿出门,若论凤丫头待她光景,就冷落些也该,她却哪些儿不周到？可不是该感激她呢。（生）是吓,嫂嫂,若不是凤嫂子闹鬼,我们也早完成了,提起来也实在可恨。

害得她死去我逃生,霎时间两下没收成。流离艰苦都尝遍,到今日呵,虽然圆满却也费调停。

（旦）罢了,她今日在哪里呢？以前的话,总不必提它罢,只是忘了一个人儿,还该把史妹妹请来才是。（生）哎呀,连我也忘记了。（贴）适才晴雯请过,史姑娘不在家,栊翠庵的门也锁了。（生）吓——

想是云腾脚下飞升去,故此冷冷清清闭了门。到今朝才知篆字非无故,看那太虚册上早已注芳名。

这也罢了,由她去罢。哦,外面起风了。袭人,看是什么风儿？（丑）云头甚乱,不知是东风、是西风？黛玉接口说道,也不知东风压了西风、西风压了东风？只怕是上风压了下风呢。袭人此时,看他们情投意合,满座欢娱,她却在旁服侍,已经泪点盈眶,闷怀难遣,听得此言,越发难过,暗暗的叹了一声,唉——

我触起前言暗吃惊,真果是有舌如刀怕煞人。当年为甚的成枭獍,到今日呵,只落得刺芒在背箭攒心。

二爷,太太来了。（老旦）门阑重见喜,巡幸又承恩。甥女,皇上有旨,仲妃又要归省了。（旦）舅母,仲妃归省,甥女这边,事更多了。回上舅舅舅母,甥女欲问宝姐姐要了莺儿麝月,也与二爷收了。现在紫鹃晴雯,也未圆房,就一事做了罢,也可帮办些事儿。（老旦）这样很好,拣个日子就行了罢。（旦）是。（老旦）难得吓,难得吓——

看她待下全无嫉妒心,性情和顺又贤能。成就了青年美眷歌樛木,伫着麒麟天早降徐陵。荣国府,喜重兴,料得芝兰玉树满阶庭。

《红楼梦》谱旧翻新,这又是赧生居士戏编成,唯愿普天下情人莫动情。